코드 1030

BAD LUCK AND TROUBLE

by Lee Child

코드 1030

BAD LUCK AND TROUBLE
잭 리처 컬렉션

리 차일드 지음
정경호 옮김

오픈하우스

일러두기

1. 본문의 아래 첨자는 모두 역자 주이다.
2. 외국 인명·지명은 외래어표기법을 따르되 일부는 관용적인 표기를 따랐다.
3. 책·신문·잡지명은 『 』, 영화·연극·TV·라디오 프로그램명은 「 」, 시·곡명은 〈 〉,
   음반·오페라·뮤지컬명은《 》로 묶어 표기했다.

1

    사내의 이름은 캘빈 프란츠, 헬리콥터는 벨 222였다. 프란츠는 양다리가 모두 부러져서 들것에 몸이 묶인 채로 헬리콥터에 탑승해야 했다. 어려운 일은 아니었다. 벨 222는 사업상 출장이나 경찰 업무용으로 제작된 쌍발 엔진 기종으로 승객을 7명까지 태울 수 있을 만큼 내부 공간이 넓었다. 칸막이 밴의 문만큼 큼지막한 옆문은 활짝 열어젖혀져 있었다. 게다가 중간 좌석 한 줄을 통째로 들어냈기 때문에 프란츠의 들것을 들일 공간적 여유가 충분했다.

    벨은 엔진을 켠 채로 대기 중이었다. 두 사내가 들것을 옮겼다. 그들은 회전하고 있는 프로펠러 아래로 상체를 바짝 수그리고 한 명은 앞에서 뒷걸음질로, 다른 한 명은 뒤에서 짧은 보폭으로 쫓아가며 들것을 옮겼다. 열린 문 앞에 이르자 앞에 섰던 사내가 들것의 손잡이를 문턱 위에 걸쳐 올린 다음 여전히 상체를 수그린 채 옆으로 몸을 뺐다. 뒤에 섰던 사내가 들것을 안으로 힘껏 밀어 넣었다. 프란츠는 깨어 있었다. 엄청난 고통을 고스란히 느끼면서. 프란츠가 비명을 지르며 몸을 뒤척였다. 하지만 원하는 대로 움직일 수는 없었다. 가슴과 양 허벅지를 안전벨트가 바짝 조이고 있었기 때문이다. 두 사내도 벨에 올라탔다. 둘은 프란츠의 들것을 놓은 공간 뒤에 자리를 잡고 문을 세게 닫았다.

그들은 기다리고 있었다.

조종사도 기다렸다.

세 번째 사내가 회색 문에서 나오더니 콘크리트 바닥을 가로질러 걸어 왔다. 사내는 프로펠러 바람을 피해 상체를 낮게 수그리며 한 손으로는 나 부끼려는 넥타이를 가슴에 눌러 고정시켰다. 마치 자신의 무죄를 호소하 는 피의자 같은 모습이었다. 사내는 길고 뾰족한 벨의 앞머리를 돌아 조종 사 옆 좌석에 올라탔다.

"출발."

짧게 지시를 내린 사내가 안전벨트를 매기 위해 고개를 숙였다.

조종사가 터빈을 가동시켰다. 천천히 돌고 있던 세 개의 프로펠러 날이 수십 개로 보일 정도로 회전이 빨라지더니 잠시 후 아예 하나의 원형이 되 어 회오리바람을 일으키며 돌아가기 시작했다. 이내 수직으로 이륙한 벨 은 왼쪽으로 살짝 방향을 튼 다음 선회하는가 싶더니 바퀴를 거둬들이면 서 곧장 300미터 상공으로 떠올랐다. 벨은 그 고도에서 앞머리를 숙이고 는 북쪽을 향해 속력을 높여 날아가기 시작했다. 도로, 과학단지, 공장들, 그리고 뚜렷하게 구역이 구분된 교외 주택단지들이 벨 아래로 지나갔다. 건물들의 벽돌 벽과 금속 마감재를 덧댄 외벽들이 늦은 오후의 햇빛을 받 아 불타듯 붉게 빛나고 있었다. 손바닥만 하게 보이는 잔디밭과 풀장들은 하루의 마지막 햇살 속에서 에메랄드와 터키석처럼 반짝거렸다.

"어디로 가야 하는지 알고 있지?" 앞좌석에 탄 사내가 말했다.

조종사는 말없이 고개만 끄덕였다.

벨은 고도를 약간 더 높인 뒤 둔탁한 프로펠러 연타음을 남기며 어둠이 세력을 넓혀 오고 있는 북동쪽 하늘을 향해 날아갔다. 저 아래 고속도로가 보였다. 서쪽으로는 흰 헤드라이트 물결, 동쪽으로는 붉은 후미등의 물결이 이어져 흐르는 고속도로를 가로지른 뒤 1분이 지나자 도시 북단의 개발 지역이 끝나고 대신 잡초들만 무성한 구릉지대가 나타났다. 석양을 향하고 있는 경사면들은 오렌지색으로 빛나고 그 반대편 경사면과 아래 계곡들은 칙칙한 갈색빛이 짙어 가고 있었다. 잠시 후 구릉지대는 사라지고 작고 둥근 봉우리들이 연이어진 산악지대가 시작됐다. 벨은 그 봉우리들이 허공에 대고 그려 낸 외곽선을 따라 상승과 하강을 반복하며 비행을 계속했다. 앞좌석의 사내가 상체를 돌려 뒤에 누워 있는 프란츠를 내려다보았다. 사내의 얼굴에 미소가 떠올랐다가 사라졌다.

사내가 말했다. "이제 20분 정도만 더 가면 돼."

프란츠는 아무 대꾸도 하지 않았다. 통증이 너무나 심했다.

벨은 시속 260킬로미터로 비행 중이었다. 20분이 지나자 90킬로미터를 더 날아가서 산악지대 너머의 사막 깊숙한 상공에 이르렀다. 조종사가 기수를 들어 올리며 속도를 늦췄다. 앞좌석의 사내가 창문에 이마를 밀착시키고선 어둠 속을 열심히 내려다보았다.

"여기가 어디쯤이지?" 사내가 물었다.

조종사가 말했다. "예전에 왔던 곳입니다."

"확실해?"

"대충."

"우리 발아래엔 뭐가 있지?"

"모래요."

"고도는?"

"900미터입니다."

"대기 상태는 어떤가?"

"잔잔합니다. 상승온난기류는 몇 가닥 있지만 바람은 불지 않습니다."

"안전할까?"

"항공학적으로는 안전합니다."

"그럼 시작해."

조종사는 벨의 속력을 좀 더 낮추고 한 차례 선회한 뒤 정지비행모드로 돌입했다. 벨이 지상에서부터 900미터 상공에 멈춰 섰다. 앞좌석의 사내가 다시 상체를 뒤로 돌리고선 뒷좌석에 나란히 앉아 있는 두 사내에게 신호를 보냈다. 두 사내가 안전벨트를 풀었다. 한 사내가 상체를 웅크린 채 프란츠의 발을 피해 가며 주춤주춤 몇 발짝 앞으로 나왔다. 이어서 한 손으로는 풀어낸 안전벨트의 한쪽 끝을 단단히 붙잡고 다른 손으로는 헬기 옆문의 빗장을 풀었다. 좌석에서 몸을 반쯤 돌리고 그 사내의 행동을 지켜보고 있던 조종사가 기체를 약간 기울였다. 빗장에서 풀려난 문짝은 그 무게와 기체의 기울기에 의해 활짝 열어젖혀졌다. 조종사는 다시 수평상태를 복구한 다음 시계방향으로 천천히 선회하기 시작했다. 그 회전력과 대기의 압력으로 인해 문짝은 열린 상태를 유지했다. 프란츠의 머리 쪽에 앉아 있던 사내가 몸을 앞으로 수그리더니 들것을 45도 경사가 되게 들어올렸다. 첫 번째 사내가 들것이 통째로 문밖으로 미끄러져 나가지 못하도록 발치 쪽 손잡이와 레일 사이에 자신의 발을 끼워 넣었다. 두 번째 사내가 들것의 머리 쪽 손잡이를 잡고 마치 역도선수처럼 용을 쓰더니 거의 수직으로 들어 올렸다. 두 개의 벨트로 묶인 프란츠의 하중이 아래로 쏠렸다. 프란츠는 키가 컸다. 몸집도 컸다. 의지도 강했다. 양다리는 이미 아무

쓸모가 없어졌지만 강력한 힘으로 상반신을 뒤챘다. 그는 머리를 양옆으로 거세게 도리질 쳤다.

첫 번째 사내가 잭나이프를 꺼내어 칼날을 튕겨 뺐다. 그 칼날을 톱처럼 사용해서 프란츠의 양 허벅지를 묶고 있던 끈을 잘랐다. 잠시 숨을 돌린 사내가 이번엔 그의 가슴 부위를 묶고 있던 끈을 끊었다. 아주 신속한 동작이었다. 그와 동시에 두 번째 사내가 들것을 완전히 수직으로 세웠다. 프란츠로서는 한 발을 앞으로 내디딜 수밖에 없었다. 부러진 오른쪽 다리였다. 그는 짧게 비명을 지르며 본능적으로 다른 쪽 발을 내디뎠다. 부러진 왼쪽 다리였다. 양팔로 마구 허공을 휘저었지만 앞으로 쓰러지는 상체를 추스를 수는 없었다. 허리 아래를 꼼짝할 수 없는 상태에서 무게 중심이 앞으로 기울어지자 그의 몸뚱이는 활짝 열어젖혀진 문밖으로 머리부터 곧장 떨어졌다. 소란스러운 어둠 속으로, 프로펠러가 일으킨 회오리바람 속으로, 끝 모를 허공 속으로.

일순 정적이 찾아들었다. 엔진의 소음마저 잦아든 것 같았다. 잠시 후 조종사는 선회 방향을 바꾼 다음 반대쪽으로 기체를 기울였다. 기울기와 무게에 의해 문이 저절로 닫혔다. 터빈이 다시 일반비행모드로 가동되기 시작했다. 프로펠러가 힘차게 밤공기를 휘저었다. 벨이 다시 앞머리를 숙였다.

뒷좌석의 사내들이 자리에 앉아 안전벨트를 맸다.

앞좌석의 사내가 말했다. "이제 돌아가자."

2

그 일이 있고 나서 17일째 되던 날, 리처는 포틀랜드에 있었다. 돈은 거의 떨어진 상태였다. 포틀랜드에 있었던 건 거기가 포틀랜드이기 때문이었다. 그 이틀 전, 버스가 그를 내려준 곳이 거기였을 뿐, 특별한 볼일이 있었던 건 아니었다. 하지만 빈털터리 신세가 된 데에는 구체적인 이유가 있었다. 사만다라는 이름의 지방검사보를 독신자 클럽에서 만났고 그녀의 집에서 이틀 밤을 보내면서 저녁을 두 번 샀기 때문이었다. 그녀는 일찌감치 출근했고 이제 오전 9시, 리처는 젖은 머리로 주인 없는 집을 나서서 시내 버스 터미널을 향해 걸어가고 있는 중이었다. 오라는 곳도, 갈 곳도, 돈도 없었지만 충분한 휴식을 취한 뒤라 발걸음은 가벼웠다.

2001년 9월 11일, 테러리스트들에 의해 참극이 자행된 이후로 리처의 삶에는 실질적으로 두 가지 큰 변화가 일어났다. 첫째, 접이식 칫솔 말고도 항상 지니고 다니는 물건이 한 가지 더 늘었다. 여권이었다. 새로운 시대에서는 사진이 부착된 신분증을 요구하는 경우가 너무도 많아졌다. 특히 여행이 그랬다. 리처는 은둔자가 아니라 방랑자였다. 숨죽인 칩거 생활은 그의 삶이 아니었다. 그는 끊임없이 돌아다녀야 했다. 그래서 그는 새시대의 새로운 규칙을 군말 없이 받아들였다.

둘째, 은행 거래 방식을 바꿨다. 제대한 뒤로 여러 해 동안 그는 버지니아의 은행에 전화로 송금을 요청하고 현지의 웨스턴 유니온미국의 송금 전문회사 지사에서 돈을 찾는 방법을 고수해 왔었다. 하지만 테러리스트들의 자금 유통 경로를 봉쇄하기 위한 조치가 전면적으로 시행되고 나서부터는 전화를 통한 은행 거래가 극도로 제한을 받게 되었다. 그래서 리처는 ATM 카드를 이용하게 되었다. 그 카드는 그의 여권 갈피에 꽂혀 있었다. 비밀번호는 8197. 리처는 스스로를 재능이 뛰어난 존재라고 생각해 본 적이 없었다. 다만 몇 가지 특이한 능력이 있는 것 같기는 했다. 대부분은 그의 엄청난 체구, 그리고 거기서 나오는 괴력과 연관된 물리적인 능력이었다. 하지만 다른 능력도 있었다. 시계를 보지 않고도 시간을 알 수 있는 능력이 그랬다. 숫자에 대한 집착과 그에 따른 산수 능력도 그의 덩치나 힘과는 아무 상관이 없었다. 8197을 비밀번호로 삼은 것도 그래서였다. 그는 97이라는 숫자가 좋았다. 두 자리 소수 가운데 가장 큰 숫자이기 때문이다. 81도 좋았다. 자릿수의 합이 제곱근과 똑같은 유일한 숫자이기 때문이다. 8 더하기 1은 9, 81의 제곱근도 9. 이 우주상에 다른 어떤 숫자도 그런 기막힌 균형을 이루지 못한다. 완벽한 숫자.

리처는 현금을 인출할 때마다 미리 머릿속으로 잔고를 계산하곤 했다. 수수료와 몇 푼 안 되는 이자를 빼고 더하는 것도 잊지 않았다. 단순히 산수에 대한 집착 때문만은 아니었다. 금융기관의 명세서를 무턱대고 믿을 수 없었기 때문이기도 했다. 하지만 그의 의심에도 불구하고 그의 암산 결과와 실제 잔고는 늘 정확하게 일치했다. 따라서 ATM 카드를 사용한 이후로 그는 단 한 번도 놀라거나 열 받은 적이 없었다.

포틀랜드에서의 그날 아침 이전까지는 그랬었다. 그날 아침, 현금인출기 앞에서 그는 처음으로 놀랐다. 그의 계산보다 천 달러 이상 많은 금액이 계좌에 들어 있었기 때문이다. 물론 열 받진 않았다.

정확하게 1,030달러였다. 명백한 실수. 은행 측의 실수. 잘못된 계좌로의 입금. 마땅히 시정되어야 할 실수. 그로선 결코 웬 떡이냐는 식으로 받아들일 수 없는 돈이었다. 그는 낙관주의자였다. 하지만 정당하지 않은 횡재를 행운이라 여기고 꿀꺽할 파렴치한은 결코 아니었다. 간이명세서를 요청하는 버튼을 눌렀다. 이내 얇은 종이 한 장이 구멍에서 비어져 나왔다. 최근 다섯 건의 거래 내역이 희미한 회색 잉크로 기록되어 있었다. 그 가운데 세 건은 ATM 현금 인출 내역이었다. 물론 그가 뚜렷이 기억하고 있는 것들이었다. 네 번째는 가장 최근에 은행에서 입금한 이자였다. 다섯 번째는 사흘 전에 이뤄진 거래 내역이었다. 입금. 1,030달러. 간이명세서의 폭은 너무 좁아서 칸을 나눠 대차를 기입할 만한 공간적 여유가 없었다. 그래서 입금, 즉 수익은 괄호로 표기하는 모양이었다.

(1,030)

1,030달러.

그 자체로는 흥미로운 숫자가 아니었다. 하지만 리처는 한동안 그 숫자를 들여다보았다. 그의 산수 머리가 빠르게 돌아가고 있었다.

물론 소수가 아니다. 2보다 큰 짝수는 결코 소수가 될 수 없다. 제곱근은? 당연히 32보다 약간 클 것이다. 세제곱근은? 당연히 10.1보다 약간 작을 것이다. 인수는? 많을 수는 없다. 5와 206, 그리고 10과 103, 그리고 당연히 2와 515.

정말 특별할 게 없는 숫자다.

1,030

은행 측의 실수.

그럴 수도 있고, 그렇지 않을 수도 있고.

리처는 일단 기계에서 50달러를 인출한 다음 주머니에서 동전을 찾아 손에 쥐었다. 이제 공중전화를 찾아야 했다.

버스 터미널 안에 공중전화가 있었다. 거래 은행의 전화번호는 그의 기억 속에 주소를 외우듯 저장해 두었다. 서부는 940, 동부는 1240. 버지니아는 점심시간이었지만 누군가는 전화를 받을 거라고 확신하며 번호를 돌렸다.

실제로 누군가 전화를 받았다. 이전에 한 번도 들어 본 적이 없는 여자의 목소리였다. 상당한 관록이 배어 있는 목소리였다. 점심을 먹으러 간 창구 직원들의 빈자리를 메우기 위해 지원에 나선 뒤쪽 사무실의 매니저인 것 같았다. 여자가 자신의 이름을 밝혔다. 하지만 리처는 분명히 알아듣지 못했다. 여자는 이어서 소중한 고객 운운하는 각본상의 전화 응답 멘트를 길게 읊었다. 리처는 그녀가 말을 마치기를 기다렸다가 용건을 밝혔다. 자신에게 이익이 되는 은행 측의 실수를 바로잡으려는 고객의 존재에 여자는 상당히 놀란 것 같았다. 물론 긍정적으로.

"실수가 아닐 수도 있소." 리처가 말했다.

"그 금액이 입금될 줄 알고 계셨단 말씀인가요?" 그녀가 물었다.

"그건 아니오."

"고객님의 계좌로 다른 분들이 자주 입금을 하시나요?"

"그것도 아니오."

"그렇다면 단순한 실수인 것 같군요. 안 그런가요?"

"입금한 사람이 누군지 알아야겠소."

"그 이유를 설명해 주시겠어요?"

"그걸 설명하려면 상당한 시간이 걸릴 거요."

"그래도 설명이 필요합니다." 여자가 말했다. "고객의 비밀 보호를 위한 조치니까요. 은행 측의 실수로 인해 어떤 고객은 이익을 보고 또 어떤 고개은 불이익을 당한다면 원칙과 규율뿐만이 아니라 윤리적인 관행에도 위배되거든요."

"메시지일 가능성이 있소." 리처가 말했다.

"메시지요?"

"과거로부터."

"무슨 말씀이신지……."

"내가 헌병으로 근무했던 시절로부터." 리처가 말했다. "헌병들의 무전은 암호화되어 있소. 1030은 동료들의 지원을 다급하게 요청할 때 헌병들이 사용하는 코드요. 이제 좀 이해가 되시오?"

"아뇨."

리처가 말했다. "내가 모르는 사람이 입금을 했다면 그때는 1,030달러짜리 실수가 발생한 게 맞소. 하지만 내가 아는 사람이라면 이건 지원을 요청하는 암호라고 봐야 하오."

"아직도 전 이해가 가지 않네요."

"숫자가 쓰인 방식을 보면 1,030달러라기보다는 1030이라는 무선 코드 같아 보이지 않소? 명세서를 보시오."

"지원을 요청하려 했다면 고객님께 전화를 걸지 않았을까요?"

"난 전화가 없소."

"그럼 이메일은? 아니면 전보나 편지로 알릴 수도 있었을 텐데요."

"그런 것들을 받아 볼 수 있는 주소가 없소."

"그럼 보통 때 저희 은행에서는 고객님께 어떻게 연락을 드렸죠?"

"연락 온 적이 없소."

"모종의 연락을 취하기 위해 상대방의 계좌에 입금을 한다는 건 상식적으로는 생각하기 힘든 방법이잖아요."

"그게 유일한 방법이었을 수도 있소."

"기술적으로도 아주 힘든 방법이에요. 고객님의 계좌를 추적해야 하니까요."

"알고 있소." 리처가 말했다. "신용정보 네트워크를 활용할 수 있는 능력과 두뇌를 지닌 사람만이 할 수 있는 일이오. 그런 사람이 지원을 요청하고 있다면 정말 큰일이 벌어졌다는 말이고."

"그래도 액수가 너무 크잖아요. 암호로 교신을 하기 위해 천 달러가 넘는 돈을 남의 계좌에 입금하다니."

"그래서 내가 능력과 두뇌를 겸비한 누군가라고 했잖소."

전화선 반대편에서는 아무 대꾸도 없었다. 잠시 후 여자의 목소리가 다시 들려왔다. "입금한 사람이 누구일지 생각을 정리하신 다음 가능성 있는 이름들을 불러 주시면 어떨까요?"

"나와 함께 일했던 능력 있고 똑똑한 사람들은 아주 많소. 그리고 대부분 아주 오래전에 함께했던 사람들이오. 그 사람들의 목록을 정리하려면 몇 주는 걸릴 거요. 그때쯤이면 너무 늦어 버릴 수도 있소. 게다가 나는 전화도 없잖소."

여자가 다시 입을 다물었다. 하지만 키보드를 두드리는 소리가 희미하게 들려왔다.

"지금 그 사람의 이름을 찾고 있는 중이오?"

"이러면 안 되는데……."

"누구에게도 말하지 않겠소."

전화기 저편에는 다시 침묵이 흘렀다. 키보드 두드리는 소리도 그쳤다. 여자의 눈앞에 놓인 스크린에 문제의 이름이 떠오른 게 분명했다.

"말해 주시오." 리처가 말했다.

"이 이름을 그냥 발설할 수는 없어요. 고객님이 저를 도와주셔야 해요."

"어떻게?"

"제가 납득할 만한 단서를 주세요. 그럼 저도 아무 근거 없이 정보를 발설한 건 아닌 셈이 될 테니까요."

"어떤 단서가 필요하오?"

그녀가 물었다. "그러니까, 남자인가요, 여자인가요?"

리처의 얼굴에 잠깐 미소가 떠올랐다가 사라졌다. 정답은 바로 그 질문 속에 있었다. 여자였다. 여자일 수밖에 없었다. 능력 있고 머리 좋은 여자. 풍부한 상상력과 다각적인 사고방식을 지닌 여자. 숫자에 대한 그의 집착을 알고 있는 여자.

"어디 봅시다." 리처가 말했다. "입금된 지역은 시카고일 거요."

"맞아요. 시카고 지점에 당좌수표로 입금됐어요."

"니글리."

"맞아요!" 여자가 말했다. "프랜시스 L. 니글리."

"이제 우리가 나눴던 대화는 모두 잊어버립시다." 리처가 말했다. "은행 측의 실수가 아니었소."

3

리처는 오직 헌병으로만 13년 동안 군에서 복무했다. 군 생활 3년째에 프랜시스 니글리를 알게 됐고 6년째부터는 가끔씩 함께 작전을 수행하곤 했다. 그는 장교였다. 소위, 중위, 대위, 소령, 거기서 대위로 강등됐다가 다시 소령. 반면에 니글리는 상사보다 높은 계급으로의 승진을 한사코 거부했다. 그녀의 머릿속엔 장교후보생학교란 존재하지 않았다. 리처는 그 까닭을 알 수 없었다. 10년의 세월 동안 한솥밥을 먹으면서도 그녀에 관해 모르고 있던 사실은 물론 그 외에도 많았다.

하지만 그녀에 대해 알고 있는 사실들도 많았다. 머리가 좋은 여자였다. 능력 있는 여자였다. 일 처리가 완벽한 여자였다. 대담한 여자였다. 아주 거친 여자였다. 그리고 공적인 관계에서는 전혀 스스럼없는 헌병 동료였다. 하지만 사적인 관계에서는 아니었다. 그녀는 사적인 관계 자체를 거부했다. 결코 사생활을 드러내지 않았으며 육체적으로든 감정적으로든 친밀한 관계를 맺는 법이 없었다. 오직 일과 연관된 경우에만 스스럼없이 행동했다. 정당하거나 필요하다고 판단될 때는 어떤 제약에도 얽매이지 않았다. 어떤 것도 그녀를 가로막을 수 없었다. 정치적 실리, 현실적 이익, 예의, 규범, 심지어 일반인들이 법이라고 부르는 사회적 규약까지도 얼마든지 무시할 수 있는 여자였다. 그래서 리처는 그녀를 자신의 특수부대로 불러들였다. 함께했던 2년 동안 그녀는 단 한 번도 그를 실망시키지 않았다. 주위 사람들은 리처 팀의 탁월한 성과를 그의 리더십 덕분으로 돌렸다. 하지만 리처가 생각하기엔 니글리가 있었기에 가능한 일이었다. 그녀는 그 정도로 대단했다. 리처조차 가끔씩은 두려움 비슷한 감정을 느끼게 만들 정도로.

그런 그녀가 긴급히 지원을 요청했다면 그건 자동차 열쇠를 잃어버렸기 때문은 아닐 것이다. 그녀는 시카고 소재의 어느 보안 관련 업체에 재직 중이었다. 리처는 그걸 알고 있었다. 4년 전, 그녀를 마지막으로 보았을 때 그 일을 하고 있었다. 그녀는 리처가 예편하고 나서, 1년 후에 전역을 했다. 그러고는 곧장 지인의 회사에 들어갔다. 그의 생각엔 평사원이 아니라 파트너로 들어간 것 같았다.

그는 다시 주머니를 뒤져서 동전 몇 개를 더 찾아냈다. 장거리 전화 안내 번호를 돌렸다. 시카고를 부탁했다. 기억 속에 남아 있는 니글리의 회사 이름을 댔다. 사람의 목소리가 끊기고 잠시 후 번호를 읊는 기계음이 들려왔다. 그 번호를 눌렀다. 안내원이 응답을 하자 프랜시스 니글리를 부탁했다. 안내원은 시종일관 공손한 어조를 유지하면서 잠시 기다려 달라고 부탁했다. 그가 생각했던 것보다 훨씬 규모가 큰 회사인 것 같았다. 그는 달랑 한 칸짜리 사무실을 상상하고 있었다. 먼지가 더께로 앉은 창문과 낡은 책상 두어 개, 그리고 우그러진 파일 캐비닛 하나가 사무실 안 풍경의 전부일 거라는 생각도 했었다. 하지만 지금 안내원의 차분한 목소리와 라인이 연결되는 소리, 그리고 흘러나오는 통화 대기 음악 소리는 그곳이 그의 상상보다 훨씬 더 큰 규모임을 말해 주고 있었다. 최소한 두 개 층을 쓰고 있는 회사일 것 같았다. 깔끔하게 페인트칠 된 복도, 정성 들여 장식

한 벽면들, 데스크마다 연결되는 내선 전화 교환 시설.

남자의 목소리가 수화기에서 흘러나왔다. "프랜시스 니글리 씨 사무실입니다."

리처가 물었다. "니글리를 좀 바꿔 주시오."

"실례지만 어디십니까?"

"잭 리처라고 하오."

"아, 그러시군요. 이렇게 연락 주셔서 감사합니다."

"그쪽은 누구신지?"

"저는 니글리 씨의 비서입니다."

"니글리의 비서?"

"네, 그렇습니다."

"그녀는 지금 사무실에 있소?"

"LA로 출장을 떠나셨습니다. 지금쯤 비행기에 타고 계실 겁니다."

"내게 전할 메시지는 남겨 두지 않았소?"

"최대한 빠른 시간 내에 선생님을 뵙고 싶어 하십니다."

"시카고에서?"

"최소한 며칠 동안은 LA에 머무실 예정입니다. 선생님이 그리로 가셔야 할 것 같습니다."

"대체 무슨 일이 일어난 거요?"

"저는 잘 모르겠습니다."

"회사와 관련된 일이 아니오?"

"절대 아닙니다. 그랬다면 혼자서 처리하셨을 겁니다. 여기서 직원들과 함께요. 낯선 사람들에게 연락하셨을 리가 없죠."

"난 낯선 사람이 아니오. 그쪽보다 훨씬 오래전부터 그녀와 알고 지냈으니까."

"죄송합니다. 거기까지는 미처 몰랐습니다."

"그녀의 LA 숙소는?"

"그것도 잘 모르겠습니다."

"그럼 내가 어떻게 그녀를 찾을 수 있단 말이오?"

"선생님이 혼자서도 충분히 찾으실 거라고 말씀하시던데요."

"무슨 상황인지 모르겠군. 일종의 테스트인가?"

"만일 선생님이 자신을 찾지 못한다면 선생님께 도움을 청할 필요도 없다는 말씀을 하셨습니다."

"그녀의 신변에 무슨 일이 생긴 건 아니오?"

"뭔가를 걱정하고 계신 것 같기는 합니다만 제게는 별 말씀 없으셨습니다."

리처는 수화기를 귀에 댄 채 벽을 향하고 있던 몸을 돌렸다. 금속제 전화선이 그의 가슴에 감겼다. 그는 나지막하게 엔진 소리를 울리고 있는 버스들과 시간표를 재빨리 훑어보았다.

"나 말고 다른 사람에게도 그녀가 연락을 취했소?" 리처가 물었다.

남자가 말했다. "명단을 갖고 계셨습니다. 선생님 성함이 맨 위에 있었고요."

"비행기가 도착하면 사무실로 전화를 하기로 되어 있소?"

"아마 그러실 겁니다."

"그러면 내가 가고 있다고 전해 주시오."

4

리처는 터미널에서 셔틀 버스를 타고 포틀랜드 공항으로 갔다. 거기에서는 LAX_{LA 국제공항의 코드명}로 가는 유나이티드항공의 편도 티켓을 샀다. 물론 여권을 제시하고 ATM 카드로 지불했다. 즉석에서 구입하는 편도 티켓 요금은 혀를 빼물 만큼 비쌌다. 알래스카 에어라인 티켓은 좀 더 저렴했을 테지만 리처는 그 항공사가 마음에 들지 않았다. 기내식 접시받침의 깔개로 성서 구절을 인쇄한 종이를 사용하기 때문이다. 식욕을 떨어지게 만드는 방법도 여러 가지였다.

공항검색대 통과는 리처에게는 일도 아니었다. 사실상 지니고 있는 게 없었기 때문이다. 벨트, 열쇠, 휴대폰, 시계, 그 어떤 것도 없었다. 신발을 벗고 엑스레이 검색기를 통과하기 전에 주머니 속의 동전들을 플라스틱 바구니 위에 털어놓은 게 전부였다. 시작부터 끝까지 겨우 30초가 걸렸다. 다시 신발을 신은 리처는 동전들을 주머니에 쓸어 담고 게이트를 향해 걸음을 옮겼다. 머릿속엔 온통 니글리에 관한 생각뿐이었다.

회사와는 관계가 없는 일이라고 했으니 사적인 문제일 것이다. 하지만 그가 아는 한 그녀에게는 사적인 문제가 있을 수 없었다. 사생활 자체가 없는 여자였으니까. 물론 그녀 역시 일상 속에서 소소한 문젯거리들을 만날 수는 있었다. 하지만 그녀에게 다른 사람의 도움을 요청할 만큼 심각한 사적인 문젯거리가 생긴다는 건 불가능했다.

현관에 서서 귀찮게 떠들어대는 행상인?

니글리는 말을 섞기 싫어서라도 즉시 권하는 제품을 사들인 다음 현관 문을 닫았을 것이다. 그러고는 당장 자선단체에 전화를 걸 테고.

동네 모퉁이에서 수작을 걸어 오는 마약 밀매꾼?

그 불운한 사내는 다음 날 아침 신문에 한 줄짜리 기사의 주인공이 될 것이다. '주택가 골목에서 칼에 여러 차례 찔려 살해된 마약 거래상, 범인은 오리무중.'

스토커? 혹은 전철 안에서 만난 치한?

생각이 거기에 이르자 리처는 살짝 몸이 떨렸다. 니글리는 신체적인 접촉을 극도로 혐오한다. 그 이유는 아무도 모른다. 하지만 짧고 우연한 접촉이 아닌 한 그녀의 몸에 손을 대는 자는 몇 달 동안 한 팔에 깁스를 하고 다녀야 할 것이다. 아니, 두 팔 모두에.

그럼 대체 무슨 문제일까?

아무래도 과거와 연관된 문제인 것 같았다. 니글리의 과거, 그건 곧 군대를 의미했다. 단순히 어림짐작만은 아니었다. 비서는 그녀가 명단을 작성했다고 했다. 그의 이름이 명단 맨 위에 올라 있다고도 했다. 따라서 특수부대 시절의 동료들에게 지원을 요청해야 할 필요가 있는 문제인 게 거의 확실했다. 리처에게 군대는 아주 먼 과거 속의 잔재로만 남아 있었다. 다른 시대, 다른 세계, 다른 법칙. 하지만 현재의 잣대로 과거를 재려 하는 사람은 늘 있게 마련이다. 그렇다면 헌병 시절, 그녀의 처분에 앙심을 품은 누군가가 복수를 꾀하고 있는 걸까? 아니면 오랜 세월 동안 풀리지 않고 있던 어떤 사건의 실마리가 새롭게 드러난 걸까? 얼마든지 그럴 수 있었다. 리처의 특수부대는 군복을 입은 범인들에게는 악몽 그 자체였다.

특수부대원들에게 덤비지 마라.

그의 대원들 가운데 한 사람이 만든 슬로건.

그러고 보니 그게 니글리였던 것 같기도 했다. 아무튼 그의 대원들은 마치 군 범죄에 대한 선전포고와 같은 그 슬로건을 누구 앞에서나 거리낌 없이 되뇌곤 했다.

그렇다면 누군가가 특수부대원들에게 덤빌 작정을 하고 나선 상황일 수도 있었다. 그래서 옛 동료들에게 소환장을 돌리기 위해 니글리가 명단을 작성했는지도 모른다. 하지만 여기서 또 다른 의문이 제기된다. 만약 그런 경우라면 니글리가 그를 제일 먼저 찾을 리가 없었다. 리처는 미국에서 가장 찾아내기 힘든 사람이었다. 게다가 그녀는 자신의 신변을 그에게 부탁해 본 적이 없었다. 오히려 늘 그를 보호하려 했던 사람이었다.

리처는 머리를 흔들어 소득 없는 의문들을 떨쳐낸 뒤 비행기에 올랐다.

공중에 떠 있는 시간 내내 그는 LA에서 그녀를 찾을 궁리에 몰두해 있었다. 한때는 사람을 찾는 일이 그의 임무 중 하나였고 그는 그 임무를 완벽하게 수행해내곤 했다. 성공의 비결은 공감이다. 그들처럼 생각하고 그들처럼 느끼며 그들이 보는 대로 보는 것이다. 그들의 입장, 아니 그들 자체가 되는 것이다.

물론 탈영병들의 경우는 훨씬 쉬웠다. 목적지가 없기 때문에 그들은 극도로 단순한 판단에 따라 숨어들 곳을 결정하곤 한다. 게다가 그들은 어떤 장소로 다가가는 게 아니라 어떤 장소로부터 멀어지고 싶어 한다. 그러다 보니 무의식적으로 지리적인 조건에 지배를 받게 된다. 이를테면 동쪽에서부터 어느 도시로 숨어들어 온 경우, 그 도시의 서쪽 끝에 자리를 잡는 식이다. 추적자들과의 물리적인 거리를 최대한 넓히고 싶은 본능 때문이다. 도시의 지도와 버스 시간표, 그리고 공중전화번호부를 한 시간쯤 훑어보는 것만으로도 리처는 탈영병들이 숨어 있는 구역, 심지어 숙박업소까지도 정확히 알아맞히곤 했다.

하지만 니글리의 경우는 차원이 달랐다. 그녀는 어떤 문제를 향해 다가가고 있는 중이었다. 그는 그 문제가 무엇인지 전혀 모르고 있었다. 따라서 단서는 리처가 알고 있는 그녀의 취향과 습관뿐이었다. 무엇보다 그녀의 소비 취향이 싸구려라는 사실에 주목해야 했다. 가난하거나 구두쇠라서 그런 게 아니었다. 자신에게 필요하지 않은 것에는 단 한 푼도 쓰지 않는 그녀의 생활 습관 때문이었다. 게다가 그녀에겐 필요한 게 별로 없었다. 그녀는 마사지를 즐기지도 않았고 고급 향수를 뿌린 베개를 편안해하지도 않았다. 룸서비스나 다음 날 아침의 기상예보를 필요로 하지도 않았다. 치렁치렁한 가운이나 푹신한 슬리퍼는 그녀의 관심 밖이었다. 그녀에게 필요한 것은 몸을 누일 침대 하나와 빗장이 걸린 문이었다. 사람들로 붐비지만 세상의 이목에서 돌아앉은 지역, 바텐더와 프런트 직원이 손님들을 특별히 기억할 필요도 없고 그래 봐야 별 소득도 없는 곳, 값싼 숙박료와 임대료 때문에 뜨내기들이 꼬이는 지역. 그렇다면 다운타운은 아니었다. 베벌리 힐스도 아니었다.

그럼 어디일까? LA라는 대도시, 지상 도로의 총 연장 길이가 3만 킬로미터가 넘는 그 광활한 지역에서 그녀가 편안하게 있을 수 있는 곳은 과연 어디란 말인가?

할리우드. 리처는 금세 대답을 찾았다. 번화가에서 남동쪽으로 비켜난 지역. 선셋 대로 주변의 풍경이 갑자기 초라해지는 할리우드의 어느 구석진 곳이 그 대답이었다.

나라면 그곳에 묵을 것이다.

그리고 그녀 역시 그곳에 묵을 것이다.

비행기는 예정보다 조금 늦게 LA 공항에 내려앉았다. 점심시간을 훌쩍 넘긴 시각이었다. 기내식이 제공되지 않았기에 리처는 배가 고팠다. 포틀랜드의 지방검사보 사만다는 그에게 아침으로 커피와 브랜 머핀을 차려주었는데 이젠 아주 먼 과거 속의 일 같기만 했다.

리처는 식당에 들르지 않았다. 곧장 택시 승차장으로 나간 그는 한국계 기사가 모는 노란색 도요타 미니밴에 올라탔다. 기사는 권투에 관한 얘기를 끄집어냈다. 리처는 권투에 대해 아는 것도 없었고 관심도 없었다. 재미라곤 찾아볼 수 없는 다른 세계의 스포츠였다. 솜을 채워 넣은 글러브와 벨트 라인 위만 가격해야 하는 규칙은 그의 세계에서는 존재하지 않았다. 게다가 그는 말하는 것 자체를 좋아하지 않았다. 그래서 그는 기사가 혼자 주절대도록 내버려둔 채 뒷좌석에 조용히 앉아만 있었다. 차창을 통해 오후의 갈색 햇볕이 뜨겁게 쏟아져 들어왔다. 야자수, 영화 광고판, 급제동 자국이 연이어 찍혀 있는 연초록빛 차선, 그리고 자동차들. 자동차의 강줄기, 자동차의 홍수. 그는 신형 롤스로이스와 구형 시트로엥 DS를 보았다. 둘 다 검정색이었다. 피처럼 빨간 MGA와 연한 파란색의 57년식 선더버드도 보았다. 둘 다 오픈카였다. 나란히 달리는 노란색 60년식 콜벳과 녹색 2007년식 콜벳도. 그 도로를 반나절 동안만 지켜보고 나면 현재까지 시판된 모든 차종을 구경할 수 있을 거라는 생각이 들었다.

기사는 101번 도로를 북쪽으로 달리다가 선셋 대로 직전의 출구에서 빠졌다. 차가 램프를 내려서자마자 리처는 세워 줄 것을 부탁했다. 잠시 후, 남쪽을 향해 걷던 그가 왼쪽으로 방향을 틀고 동쪽을 향해 멈춰 섰다. 선셋 대로의 서쪽 자락. 그 일대에 값싼 숙박업소들이 밀집해 있다는 사실을 그는 이미 알고 있었다. 길 양옆으로 1킬로미터가량 상업지역이 펼쳐져 있었다. 후덥지근한 남부 캘리포니아의 대기 속에는 먼지와 배기가스 냄새가 짙게 배어 있었다. 열 개가 훨씬 넘을 게 분명한 모텔들을 일일이 훑으며 도로 양쪽을 왕복하려면 대략 2킬로미터를 걸어야 했다. 최소한 한 시간은 걸릴 것이다. 배가 고팠다. 앞쪽 오른편 멀리 데니스 간판이 보였다. 식당 체인점. 그는 일단 배부터 채우기로 마음먹었다.

철망이 둘러쳐진 공터들과 노변에 주차된 차들을 잰걸음으로 지나쳤다. 쓰레기들과 소프트볼 크기의 회전초줄기 밑동에서 떨어져 공 모양으로 바람에 날리는 잡초 덩어리들은 보폭을 넓혀서 뛰어넘었다. 긴 육교를 타고 101번 도로를 가로질렀다. 잡초가 무성한 갓길과 드라이브 스루 차선을 넘어 데니스의 주차장으로 들어섰다. 식당 건물 옆벽에는 창문들이 줄줄이 나 있었다. 리처가 어느 창문 앞에서 걸음을 멈췄다. 부스에 혼자 앉아 있는 프랜시스 니글리의 모습을 보았기 때문이다.

5

4년 전 마지막으로 보았던 모습과 별 차이가 없었다. 그녀도 이젠 마흔에 가까워 가는 나이였다. 하지만 외모는 예전 그대로였다. 여전히 길게 기르고 있는 검은 머리는 반질반질 윤이 났다. 검은 두 눈동자에도 생기가 가득했다. 늘씬하고 유연한 몸매도 고스란히 유지하고 있었다. 체육관에서 여전히 많은 시간을 보내고 있다는 증거였다. 분명했다. 그녀는 몸에 꽉 끼는 흰색 티셔츠를 입고 있었다. 약간 부푼 재봉선 아래 드러난 그녀의 팔뚝에서는 지방질 한 점 찾아볼 수 없었다. 다른 부분도 마찬가지였다.

건강하게 그을린 피부색이 아주 보기 좋았다. 손톱도 깔끔하게 다듬어져 있었다. 명품인 것 같은 티셔츠. 그가 기억하고 있는 과거의 그녀보다 경제적으로 훨씬 여유로운 삶을 살고 있는 모습이었다. 일반인으로서의 삶에 완전히 적응하고 사업상으로도 성공을 거둔 게 분명했다. 잠시나마 그는 자신의 초라한 행색이 신경 쓰였다. 값싼 옷가지와 쭈글쭈글한 구두, 그리고 촌스러운 헤어스타일. 니글리가 눈부신 성공을 이루는 동안 자신은 뭘 하고 있었는지 자괴심마저 일었다. 하지만 옛 친구를 다시 만났다는 기쁨이 거북한 감정들을 이내 몰아냈고, 그는 다시 걸음을 옮겨 출입구로 다가가 안으로 들어섰다. '자리로 안내해드릴 때까지 기다려 주십시오'라고 적힌 안내판을 그냥 지나쳤다. 리처는 그녀가 앉아 있는 부스를 향해 곧장 걸어갔다. 그녀가 그를 올려다보며 미소를 지었다.

"안녕." 니글리가 말했다.

"안녕." 리처가 말했다.

"점심 드실래요?"

"그러려고 여기 들어온 거야."

"그럼 주문하죠. 드디어 당신이 여기까지 찾아왔으니까."

"마치 여기서 나를 기다리고 있었다는 말처럼 들리는군."

"그랬죠. 그리고 당신은 제시간에 도착했고요."

"내가 제시간에 도착했다니?"

니글리가 다시 미소를 머금었다. "당신은 오리건, 포틀랜드에서 내 사무실 직원에게 전화를 했어요. 그 직원이 발신자 표시를 추적해서 버스 터미널 공중전화라는 걸 알아냈고요. 난 당신이 거기서 곧장 공항으로 가서 유나이티드항공편을 이용할 거라고 짐작했어요. 당신은 알래스카항공을 싫어하니까. LA 공항에서 여기까지는 택시를 탈 테고 따라서 당신의 도착 예정 시간을 쉽게 계산해 낼 수 있었죠."

"내가 이리로 올 줄 알고 있었단 말이야? 바로 이 식당으로?"

"옛날에 당신한테 배운 대로 한 것뿐이에요."

"난 자네한테 가르쳐 준 게 없는데."

"있어요." 니글리가 말했다. "기억 안 나요? '그들처럼 생각해라. 그들이 되어라.' 그래서 나는 당신 입장에서 생각해 봤죠. 당신은 내가 할리우드 어딘가에 묵을 거라는 결론을 내릴 것이다, 그래서 우선적으로 여기, 선셋 대로 일대를 훑을 것이다, 하지만 포틀랜드에서부터 날아오는 유나이티드 국내선에서는 기내식을 제공하지 않는다, 따라서 당신은 배가 고플 것이고 일단 시장기를 때우려 할 것이다. 이 지역에 당신이 갈 만한 식당이 몇 군데 있긴 하지만 이곳의 간판이 제일 크고 무엇보다 당신은 미식가가 아니다. 그래서 여기서 기다리면 당신을 만나게 될 것이다."

"여기서 나를 만난다고? 나는 내가 자네의 행방을 추적하고 있다고 생각했는데."

"맞아요. 내가 당신을 추적한 것도 맞고요. 나를 찾는 게 곧 당신을 찾는 거니까."

"자넨 지금 여기에 머물고 있는 건가? 할리우드에?"

그녀가 고개를 가로저었다. "베벌리 힐스, 윌셔 호텔."

"그럼 나를 마중하려고 여기 나와 앉아 있었던 거야?"

"10분 전에 왔어요."

"베벌리 윌셔 호텔이라. 자네 많이 변했군."

"난 그대로예요. 변한 건 세상이죠. 값싼 모텔은 더 이상 내게 알맞은 숙소가 아니에요. 난 이메일과 인터넷, 그리고 페덱스 서비스가 24시간 필요하니까요. 업무 공간과 보조 인력을 활용할 수 있는 숙소에 묵을 수밖에 없어요."

"자네 얘길 듣다 보니 내가 완전히 구시대의 유물처럼 느껴지는군."

"당신도 발전하고 있는 중이잖아요. ATM 카드도 사용하고."

"쓸 만한 전략이었어. 계좌 입금을 통한 메시지 말이야."

"당신이 제대로 가르쳐 준 덕분이죠."

"난 자네한테 아무것도 가르치지 않았어."

"지옥을 맛보게 해준 게 누군데요."

"어쨌든 아주 멋들어진 전략이었어." 리처가 말했다. "10달러와 30센트였어도 마찬가지였을 거야. 아니, 훨씬 나았겠지. 10과 30 사이에 점이 찍혀 있었다면 그 의미를 보다 빨리 알아챌 수 있었을 테니까."

니글리가 말했다. "비행기 표를 살 돈이 필요할 것 같았어요."

리처는 아무 말도 하지 않았다.

"난 당신 계좌를 쉽게 찾아냈어요." 니글리가 말했다. "그리고 해킹한 자료를 한번 훑어봤어요. 당신, 부자는 아니더군요."

"난 부자가 되고 싶지 않아."

"알아요. 하지만 난 당신이 내 1030 호출에 응답하기 위해 없는 돈을 긁어모아서 여비를 마련하게 할 수는 없었어요. 그건 정당하지 않잖아요."

리처는 어깨를 한 번 으쓱해 보였다. 인정할 건 인정해야 했다. 그가 부자가 아니라는 건 사실이었다. 오히려 궁핍한 처지였다. 은행 잔고는 거의 바닥이 나서 당장 생계를 꾸릴 대책을 마련해야 할 상황이었다. 몇 달 동안 막노동이라도 해야 할 판이었다. 특별한 일거리가 나타나지 않는 한.

웨이트리스가 메뉴를 들고 다가왔다. 니글리는 메뉴를 펼쳐보지도 않고 치즈버거와 소다를 주문했다. 리처도 즉시 참치 샌드위치와 뜨거운 커피를 주문했다. 메뉴를 다시 받아든 웨이트리스가 물러갔다.

리처가 말했다. "이제 코드 1030을 날린 정확한 이유를 설명해 주겠나?"

니글리는 대답 대신 몸을 아래로 수그렸다. 그녀가 바닥에 놓은 토트백에서 검정색 링 바인더를 찾아 쥐고 다시 자세를 바로잡았다. 그 바인더를 식탁 위에 올려놓은 뒤 리처 쪽으로 밀었다. 어떤 검시 결과 보고서의 복사본이었다.

"캘빈 프란츠가 죽었어요." 그녀가 말했다. "누군가 그를 비행기 밖으로 내던져 버린 것 같아요."

6

캘빈 프란츠는 리처의 사관학교 동기로서 역시 헌병 장교였다. 리처의 13년 군 생활 동안 두 사람의 계급은 거의 항상 똑같았다. 발령받는 대로 근무지를 전전하다가 여기저기서 우연히 만나 하루 이틀쯤 술로 밤을 지새우기도 하고 전화로 가끔씩 안부 인사나 정보를 나누기도 했으며, 각자 맡은 사건들이 서로 얽힐 때는 공조 수사 끝에 성과를 올리기도 했다. 그들은 그렇게 같은 보직의 동기생들 간의 일반적인 교류를 이어나갔다. 그러던 중 두 사람은 파나마에서의 어떤 작전에 함께 투입되었다. 기간은 짧았지만 아주 중요한 임무였다. 함께 임무를 수행하는 동안 두 사람의 관계는 급속도로 가까워졌다. 작전을 성공적으로 끝마친 시점에서는 그들은 더 이상 단순한 동기생이 아니었다. 피만 나누지 않았을 뿐 형제나 다름없었다. 리처가 일 계급 강등됐다가 복권된 뒤, 특수부대의 편성부터 지휘까지 전권을 부여받았을 때 그의 머릿속에 첫 번째로 떠오른 이름이 캘빈 프란츠였다. 이후 2년 동안 그들은 헌병 조직의 최정예 특수부대에서 고락을 같이했다. 그들의 우정은 더욱 두터워졌다. 하지만 특수부대가 해체된 뒤 두 사람은 다시 다른 길을 걷게 되었다. 그 이후로 현재까지 리처는 프란츠를 다시 보지 못했다.

그 그리웠던 친구를, 그 형제를 리처는 이제야 다시 만났다. 두껍게 도료를 칠한 대중식당의 테이블, 그 위에 펼쳐진 링 바인더, 그 속에 끼워진 부검 사진 속에서.

생전의 프란츠는 리처보다는 작았지만 보통 사람들에 비해서는 상당한 거구였다. 190센티미터에 95킬로그램 정도였을 것이다. 우람한 상체와 긴 허리, 그리고 상대적으로 짧은 다리. 쭉 뻗은 몸매는 아니었다. 어찌 보면 원시인을 연상시키는 체형이었다. 하지만 전체적인 외모는 미남 축에 속했다. 성격은 외모보다 더욱 뛰어난 사람이었다. 온유하면서도 강인하고 능력이 있으면서도 겸손했다. 함께 있으면 누구든 왠지 마음이 든든해지는 느낌을 받게 되는 사람이었다.

부검 사진 속의 그의 모습은 처참했다. 스테인리스 침대에 벌거벗겨진 채 누워 있는 그의 피부는 카메라 불빛 탓에 연녹색을 띠고 있었다.

처참했다.

하지만 산 사람의 눈에 시신들은 끔찍해 보이기 마련이다.

리처가 물었다. "이걸 어떻게 구했나?"

니글리가 말했다. "내가 자료 구하는 재주는 있잖아요."

리처는 그 말에 아무 대꾸도 하지 않고 다음 장으로 넘겼다. 의료진의 검시 소견이었다. 신장 190센티미터, 몸무게 85킬로그램. 사인은 엄청난 외부 충격으로 인한 체내 여러 장기의 파열 및 기능 상실. 양다리 골절. 흉곽 골절. 혈류 속 히스타민 과다 분비. 극도의 탈수. 위장에는 어떤 음식물도 없이 오직 위액뿐. 사망 직전에 체중이 급속히 감소했으며 그 이전 상당 기간 동안 물과 음식을 섭취하지 못한 상태. 사망 당시 입고 있던 옷가지에서는 정황을 설명해 줄 만한 단서가 없었으나 다만 바지 양쪽 발목과 무릎 사이의 정강이 부분에서 철 산화물 성분 검출.

리처가 물었다. "시신이 발견된 장소가 어디지?"

니글리가 말했다. "여기서 북동쪽으로 80킬로미터쯤 떨어진 곳이에요. 딱딱한 모래밭과 자잘한 바위들로 덮여 있는 황무지. 도로의 갓길에서부터 90미터가량 떨어진 지점에서 발견됐어요. 오고 간 발자국은 없었고요."

웨이트리스가 음식을 가져왔다. 리처는 니글리가 치즈버거를 집어 들기를 기다렸다가 자신의 샌드위치를 먹기 시작했다. 오른손으로는 바인더를 넘겨야 했기에 왼손만 사용해서 식사를 했다.

니글리가 말했다. "그 지역 보안관보 두 사람이 순찰차 안에서 독수리들이 하늘을 맴돌고 있는 걸 봤대요. 차에서 내려 그 지점까지 걸어갔더니 시체가 있었던 거죠. 그들은 프란츠가 하늘에서 떨어진 것 같다고 말했어요. 부검을 담당했던 검시관도 동의했고요."

리처가 고개를 끄덕였다. 마침 그의 눈길은 검시관의 결론 부분을 훑고 있었다. 추락사. 내장의 파손 상태로 미루어 약 900미터 높이에서 딱딱한 모래바닥으로 떨어진 정도의 충격이 몸통에 가해진 것으로 추정된다는 결론. 그 결론에 따르자면 프란츠는 몸통부터 바닥에 떨어졌다. 그렇다면 산 채로 추락했다는 얘기가 된다. 이미 숨이 끊어진 몸뚱이는 머리부터 떨어진다. 유체 역학. 프란츠는 공포에 사로잡힌 채 양팔로 허공을 마구 휘저으며 떨어져 내린 것이다.

니글리가 말했다. "그의 지문을 통해 신원을 확인했더군요."

리처가 물었다. "자네는 어떻게 알게 됐지?"

"사흘 전에 그의 아내가 전화로 알려 줬어요. 프란츠가 수첩에 우리 이름을 모두 기록해두고 있었나 봐요. 예전 동료들을 위해 따로 페이지를 만

들어 두었던 것 같아요. 모두에게 연락을 해봤지만 나하고만 통화가 됐다더군요."

"그가 결혼했다는 건 금시초문인걸."

"얼마 전 일이었으니까요. 아이도 있어요, 네 살짜리."

"그가 일은 하고 있었나?"

니글리가 고개를 끄덕였다. "혼자 흥신소를 운영했어요. 처음엔 기업체 정보 자문을 주로 받았었는데 최근에는 신원 조회 쪽으로 비중이 옮겨진 것 같더군요. 데이터베이스 추적이라든지 뭐 그런 거요. 그가 얼마나 철저한 사람인지는 당신도 잘 알잖아요."

"어디서?"

"여기, LA에서."

"대원들 모두 사설탐정이 된 건가?"

"대부분은."

"나만 빼고?"

"우리가 군에서 익힌 기술이 그것뿐이잖아요."

"프란츠의 아내는 자네에게 뭘 부탁하려고 연락한 거지?"

"어떤 부탁도 없었어요. 그냥 그의 사망 소식을 알리려고 전화했던 거예요."

"사망 원인을 규명해 달라는 건 아니었고?"

"그거야 경찰이 수사 중이니까요. 정확히 말하자면 LA 카운티 보안관들이죠. 프란츠의 시신이 발견된 장소가 LA 카운티라서 LA 시 경찰국의 관할권 밖이거든요. 그래서 현재 LA 카운티 보안관 사무실 소속의 보안관보 몇 명이 그 사건에 매달려 있어요. 그들은 특히 범행에 동원된 비행기에 초점을 맞추고 있어요. 베이거스 =라스베이거스에서부터 서쪽으로 날아온 비행기라고 추정하고 있더군요. 전에도 그 비슷한 사건이 있었대요."

리처가 말했다. "비행기가 아니야."

니글리는 아무 말도 하지 않았다.

리처가 말했다. "비행기는 허공에 머물러 있을 수 없어. 시속 160이나 130킬로미터까지 속도를 줄일 수도 없고. 게다가 운항 중인 비행기 밖으로 내던져진 물체는 후류에 휘말려서 날개나 동체 뒷부분에 부딪힐 수밖에 없어. 그랬다면 프란츠는 그 충격에 의해 이미 사망했을 테고 그의 시신에는 그 상처가 남아 있어야 해."

"두 다리가 부러졌잖아요."

"900미터 상공에서 맨몸으로 땅에 떨어질 때까지 시간이 얼마나 걸릴까?"

"20초?"

"그의 혈액 속에는 히스타민 성분이 가득 차 있었어. 엄청난 고통이 가해졌다는 얘기지. 문제는 그게 즉각적으로 이루어지는 반응이 아니라는 거야. 사망하기 20초 전에 부상을 당했다면 히스타민이 다량으로 분비될 수가 없어."

"그래서요?"

"다리에 부상을 입은 건 훨씬 전이야. 최소한 이삼일은 됐을 거야. 그 이상일 수도 있고. 자네도 철 산화물이 뭔지 알지?"

"녹." 니글리가 말했다. "쇠에 스는."

리처가 고개를 끄덕였다. "누군가가 쇠파이프로 프란츠의 두 다리를 부러뜨린 거야. 한 다리씩 차례로. 그를 기둥 같은 곳에 세워서 묶어 놓은 다음 정강이를 가격했겠지. 뼈가 부러질 만큼 세게. 그래서 쇠파이프에 슬어 있던 녹 가루가 그의 바지 섬유 조직 속까지 파고들었을 테고. 엄청나게 고통스러웠을 거야."

니글리는 아무 말도 하지 않았다.

"게다가 범인들은 프란츠를 굶겼어." 리처가 말했다. "물조차 주지 않았고. 그래서 10킬로그램이나 체중이 감소한 거야. 최소한 이삼일 동안 감금돼 있었던 게 분명해. 고문을 당하면서."

니글리는 아무 말도 하지 않았다.

리처가 말했다. "헬리콥터였어. 밤이었을 거고. 900미터 상공에서 정지 비행모드로 떠 있었던 거지. 그 상태에서 문을 열고 프란츠를 산 채로 내던진 거야."

리처가 눈을 감았다. 그의 오랜 친구, 그의 형제가 어둠 속에서 양팔을 마구 휘저으며 공중제비를 돌면서 20초 동안 추락하는 장면이 눈앞에 떠올랐다. 바닥이 어딘지도 모른 채, 언제 그 바닥에 부딪쳐 몸뚱이가 부서질지도 모른 채. 완전히 부러져 기능을 잃은 두 다리를, 추락하는 연 꼬리처럼 끌면서.

"헬리콥터가 이륙한 곳도 베이거스가 아니었을 거야." 그가 다시 눈을 떴다. "일반 헬리콥터로 왕복할 수 있는 거리가 아니니까. LA 어딘가에서 이륙해서 곧장 북동쪽으로 날아갔을 가능성이 커. 보안관보들은 엉뚱한 나무를 향해 짖어대고 있는 거야. 헛다리를 짚은 거지."

니글리는 여전히 아무 말이 없었다.

"코요테의 먹이." 리처가 말했다. "시체를 감쪽같이 처리하려 했던 거지. 발자국이든 차바퀴 자국이든 남기지 않고, 추락하는 동안 프란츠의 몸

36

에 붙어 있던 범인들의 머리카락이나 체모들은 강한 바람에 죄다 날아갔을 테고. 법의학적인 증거물을 남기지 않으려고 치밀하게 계획을 세운 거야. 그 계획에 따라 프란츠를 산 채로 내던진 거지. 그를 먼저 사살할 수도 있었지만 그러지도 않았어. 탄도도 단서가 될 수 있으니까."

리처는 입을 꾹 다물었다. 잠시 후 그는 바인더를 닫은 다음 방향을 180도 돌려서 니글리 쪽으로 밀었다.

"자네는 이 모든 걸 이미 알고 있어." 그가 말했다. "안 그런가? 자네도 글을 읽을 줄 아니까. 자넨 나를 다시 한번 시험하고 있는 중이야. 내 머리가 아직 제대로 돌아가는지 확인하기 위해서."

니글리는 아무 말도 하지 않았다.

리처가 말했다. "자넨 나를 바이올린처럼 연주하고 있어."

니글리는 계속 입을 다물고 있었다.

리처가 물었다. "나를 여기까지 불러낸 이유가 뭐지?"

"당신이 좀 전에 말했던 것처럼 보안관보들이 엉뚱한 나무를 향해 짖어대고 있으니까요."

"그래서?"

"당신이 뭔가 해야 해요."

"난 당연히 그렇게 할 거야. 두고 봐. 현재 시간부로 놈들에겐 사형선고가 떨어진 거야. 내 친구를 헬리콥터에서 내던지고 나서 그 얘기를 자랑삼아 떠벌리고 다닐 놈들을 살려 둘 수는 없지."

니글리가 말했다. "아뇨. 내가 당신에게 바라는 건 그게 아니에요."

"그럼 뭐지?"

"옛 조직을 재건해 줘요."

7

옛 조직.

그 조직이 창설되기까지의 제반 과정은 미 육군 수뇌부의 한심한 작태를 또 한바탕 여실히 드러내주었다. 다른 모든 사람들이 그 필요성을 명백히 인지하고 나서도 3년이라는 세월이 흐른 뒤에야 펜타곤의 책상귀신들은 그 조직의 창설에 관해 거론하기 시작했다. 그 후로도 고급 양복쟁이들과 녹슨 별짜리장성급 장교를 속되게 이르는 말들은 위원회입네 대책회의입네 하면서 다시 1년을 질질 끌다가 조직 창설을 승인했다. 하지만 역시 펜타곤이 하는 일, 그 모든 서류는 다시 빛을 볼 날을 기약받지 못한 채 누군가의 책상 서랍 속에 처박혔다. 그러던 중 갑자기 상황이 심각해지자 상부에서는 부랴부랴 계획을 진행시켰다. 하지만 무사안일주의에 빠져 있는 군부 고위 인사들 가운데 그 임무를 자청하는 사람은 없었다. 책임 전가가 수건돌리기처럼 이어진 끝에 결국 기존의 110특수부대를 모태로 새로운 조직을 창설하자는 타협이 이루어졌다. 그 타협의 기저에는 밑져야 본전이어야 한다는 시장논리가 깔려 있었다. 성공을 거두면 좋고 실패했을 때도 자기들에겐 전혀 불똥이 튈 염려가 없도록 안전장치를 마련해야 했다. 그래서 그들은 미운오리새끼를 조직의 리더로 세우기로 결정했다. 능력은 있으되 주는 거 없이 미운 놈. 그들은 오랜만에 만장일치로 잭 리처를 지목했다.

그들은 대위로 강등됐던 리처에게 다시 소령 계급장을 달아 주는 것으로 충분한 보상은 끝났다고 생각했다. 하지만 리처가 그들의 제안을 기꺼이 받아들인 건 알량한 승급 때문이 아니었다. 뭔가 제대로 판을 벌일 수 있는 기회라고 여겼기 때문이었다. 그만의 방식으로. 그들은 조직 구성까지 그에게 일임했다. 그로서는 참으로 감사한 일이었다. 특수부대원은 육군의 최정예 헌병대원이어야 했고 그는 그 대원들이 누군지, 그리고 어디에서 그들을 찾아낼 수 있는지 이미 알고 있었다. 조직은 일단 소규모여야 했다. 물론 속도와 유연성을 위해서였다. 보안을 위협할 수 있는 보조 인력은 처음부터 필요 없었다. 필요한 서류 작업은 대원들이 직접 하면 될 일이었다. 못하면 말고.

　마침내 리처는 여덟 명의 이름에 낙점을 찍었다. 캘빈 프란츠, 토니 스완, 조지 산체스, 프랜시스 니글리, 스탠 로우리, 마누엘 오로스코, 데이비드 오도넬, 칼라 딕슨. 그까지 포함해서 아홉 명의 대원들 가운데 여성은 두 명, 딕슨과 니글리뿐이었다. 니글리는 또한 그들의 조직에서 유일한 부사관이었다. 나머지 대원들은 모두 장교였다. 오도넬과 로우리는 대위, 다른 여섯 명은 모두 소령. 일반적인 군 조직이었다면 통솔 체계를 유지하기에 상당한 부담이 따르는 편성이었지만 리처는 전혀 개의치 않았다. 아홉 명의 대원이 긴밀하고 격이 없는 관계를 이루며 임무를 수행해 나가기 위해서는 수직이 아니라 수평적인 구조가 더 적합하다는 판단을 내렸기 때문이다. 나중의 얘기지만 결국 그의 판단은 옳았다.

　그들의 조직은 이를테면 느닷없이 월드시리즈에 진출한 촌구석의 야구팀이었다. 스타 플레이어는 없었다. 따라서 쓸데없는 자존심도 없었고 화합을 위협하는 이기심도 없었다. 뛰어난 재능을 가졌음에도 불구하고 그

동안 빛을 발하지 못했던 선수들이 서로를 부추기며 공동의 목적을 위해 매진하는 아주 훌륭한 한 팀이었다. 잠재력과 효율성이 엄청날 수밖에 없었다.

리처가 말했다. "그건 아주 오래전 얘기야."

"뭔가 해야 해요." 니글리가 말했다. "우리 모두. 힘을 합쳐서. 당신도 기억하고 있죠? '특수부대원들에게 덤비지 마라.'"

"하나의 슬로건이었을 뿐이야."

"아뇨. 그건 우리의 각오 그 자체였어요. 우리는 그 정신으로 모든 역경을 헤쳐 나갔잖아요."

"사기를 끌어올리기 위해서였을 뿐이야. 일종의 허세였어. 어둠 속에서 불어대는 호각 소리였다고."

"그 이상이었어요. 우린 항상 서로의 뒤를 지켜 줬어요."

"그땐 그랬지."

"지금도, 그리고 앞으로도 영원히 마찬가지예요. 그게 우리의 숙명이니까. 누군가가 프란츠를 죽였어요. 가만히 있을 수 없잖아요. 만약 당신이 살해당했는데 나머지 대원들이 나 몰라라 한다면 당신은 어떤 기분이겠어요?"

"만일 그랬다면 난 어떤 느낌도 없을 거야. 이미 죽었는데 뭘 느껴."

"내 말이 무슨 뜻인지 알면서 왜 이래요."

리처는 다시 눈을 감았다. 다시 그 장면이 떠올랐다. 어둠 속에서 아무렇게나 공중제비를 돌며 추락하는 캘빈 프란츠의 모습. 비명을 질렀을 것이다. 아닐 수도 있고. 형제와도 같은 옛 친구.

"나 혼자서도 처리할 수 있어. 자네와 함께해도 좋고. 하지만 옛 조직을 재건하는 건 무리야. 제대로 될 리가 없다고."

"꼭 그래야만 해요."

리처가 눈을 떴다. "왜?"

"다른 동료들도 함께할 권리가 있으니까요. 2년 동안 모든 고난과 싸워 가며 얻어 낸 권리예요. 우리 마음대로 그들의 권리를 박탈할 수는 없어요. 그들이 많이 서운해할 거예요. 완전히 남남이 될 수도 있다고요. 그래선 안 되잖아요."

"그래서?"

"우린 그들이 필요해요, 리처. 프란츠는 보통 솜씨가 아니었으니까요. 아주 훌륭했죠. 나만큼, 아니, 당신만큼이나. 그런데 누군가에 의해 두 다리가 부러지고 헬리콥터 밖으로 내던져졌어요. 그 범인들을 상대하려면 동원할 수 있는 모든 힘을 그러모아야 해요. 다른 대원들을 모두 불러내야 한다고요."

리처는 그녀를 바라보았다. 그의 머릿속에서 니글리의 사무실 직원의 목소리가 울렸다.

'명단이 있습니다. 선생님이 첫 번째로 응답을 주셨습니다.'

그가 말했다. "다른 대원들을 찾기가 훨씬 쉬웠을 텐데 내게 제일 먼저 연락한 이유가 뭐지?"

니글리가 고개를 저었다.

"다른 대원들과 연락이 되질 않아요." 그녀가 말했다.

8

명단. 아홉 개의 이름. 아홉 명. 그 가운데 두 명의 소재는 구체적으로 확실했다. 리처와 니글리, 할리우드 웨스트 선셋의 데니스. 한 명의 소재는 추정적으로 확실했다. 캘빈 프란츠, 어느 시체 안치실.

"다른 여섯 명의 소재는?" 그가 물었다.

"다섯이에요." 니글리가 말했다. "스탠 로우리도 죽었어요."

"언제?"

"벌써 몇 년 됐어요. 몬태나에서 교통사고로. 음주운전 차량에 치였대요."

"난 모르고 있었어."

"엿 같은 일들이 일어나기도 하는 거죠."

"빌어먹게도 맞는 말이야." 리처가 말했다. "난 스탠을 좋아했어."

"나도요." 니글리가 말했다.

"그럼 다른 사람들은 어디 있지?"

"토니 스완은 여기 남부 캘리포니아 어딘가에 있는 어느 방위산업체의 보안부서에 근무하고 있어요. 부팀장으로."

"회사 이름은?"

"잘 모르겠어요. 신생기업인 것 같던데. 최근에 설립된 회사. 스완이 거기서 일한 것도 1년 남짓밖에 안 됐어요."

리처가 고개를 끄덕였다. 그는 토니 스완 역시 좋아했다. 키는 리처보다 작지만 어깨가 떡 벌어져서 거의 사각형에 가까운 체형이었다. 지적이면서도 붙임성 있는 성격에 농담도 잘하는 친구.

니글리가 말했다. "오로스코와 산체스는 베이거스에 있어요. 동업으로 보안 관련 사업체를 운영하고 있죠. 카지노와 호텔이 주 고객이에요."

리처가 다시 고개를 끄덕였다. 조지 산체스가 그와 비슷한 시기에 예편했다는 얘기는 들었다. 군대에 환멸을 느끼고 때려치웠다는 소문이 돌았다. 마누엘 오로스코는 군 생활을 계속할 계획이라고 들었었지만 그가 마음을 바꿔 먹었다고 해서 놀랄 일은 아니었다. 두 사내 모두 홀쭉한 몸매만큼이나 성질도 강퍅해서 특히 부당한 상황을 견디지 못하는 걸 너무나 잘 알고 있었기 때문이다.

니글리가 말했다. "데이비드 오도넬은 워싱턴 D.C.에서 아주 실속 있는 흥신소를 운영하고 있어요. 의뢰가 끊이질 않는대요."

"그렇겠지." 리처가 말했다. 오도넬은 아주 꼼꼼한 사내였다. 그들 조직의 서류 작업을 늘 혼자 도맡곤 했다. 겉모습은 아이비리그 출신의 공부벌레였다. 하지만 그의 한쪽 주머니에는 언제나 잭나이프가 들어 있었다. 다른 쪽 주머니에는 손가락 마디에 끼우는 쇳조각, 브라스 너클이 들어 있었다. 이래저래 쓸모가 많은 사내였다.

니글리가 말했다. "칼라 딕슨은 뉴욕에 있어요. 법정회계사죠. 워낙 돈에 관해 빠삭하니까요."

"숫자에 관한 문제에는 그녀를 따라올 사람이 없지." 리처가 말했다. "내가 왜 모르겠어." 그와 딕슨은 가끔씩 여러 가지 유명한 수학적 정리들을 입증하거나 반증하며 함께 시간을 보냈었다. 둘 다 순전히 아마추어들이었기에 전문 수학자들에겐 한심하게 보였겠지만 두 사람은 시간 가는 줄 모를 정도로 빠져들곤 했었다. 딕슨은 까무잡잡한 피부에 아주 예쁜 여자였다. 자그마한 체구에 늘 행복한 표정이었지만 사람들을 판단하는 점수는 후하지 않았다. 불행하게도 그녀의 판단은 대부분 들어맞곤 했다.

리처가 물었다. "그 친구들에 대해 어떻게 그리 많은 걸 알고 있지?"

"늘 행방을 추적해 왔으니까요." 니글리가 말했다. "그런 걸 관심이라고 하던가."

"그런데도 자네가 그들을 불러내지 못한 이유는?"

"나도 모르겠어요. 돌아가며 계속해서 전화를 걸었는데 아무도 받질 않네요."

"그렇다면 지금 우리 대원들 전체에게 공격이 자행되고 있다는 얘긴가?"

"그럴 가능성은 없어요." 니글리가 말했다. "내 위치는 딕슨이나 오도넬과 마찬가지로 훤히 드러나 있어요. 하지만 어떤 위협도 없잖아요."

"아직까지는."

"그럴 수도 있겠죠."

"내 계좌에 입금하던 바로 그날 다른 대원들에게도 연락을 시도한 건가?"

니글리가 고개를 끄덕였다.

"그럼 고작 사흘 전이군." 리처가 말했다. "다들 바쁜가 보군."

"그럼 어떻게 하면 좋을까요? 그들의 연락을 기다려야 할까요?"

"그냥 다른 대원들은 잊어버리자고. 프란츠의 복수는 자네와 나 둘만으로도 충분해. 단 둘이 해치우자고."

"옛 조직을 다시 일으켜 세우면 훨씬 낫잖아요. 우린 훌륭한 팀이었어요. 당신은 미 육군 역사상 가장 뛰어난 리더였고요."

리처는 아무 말도 하지 않았다.

"뭐죠, 이 침묵은?" 니글리가 말했다. "지금 무슨 생각을 하고 있는 거예요?"

"내가 만약 역사를 다시 쓸 수 있다면 우리가 함께했던 시절보다 훨씬 이전의 시점에서부터 시작하고 싶다는 생각을 했어."

니글리는 양손을 모아 깍지를 낀 뒤 바인더 위에 내려놓았다. 길고 매끄러운 손가락, 갈색 피부, 매니큐어를 칠한 손톱, 도드라진 힘줄.

"한 가지 물을게요." 그녀가 말했다. "내가 다른 대원들은 모두 불러 모아 놓고, 당신에겐 입금을 통해서건 다른 어떤 수단을 통해서건 연락을 하지 않았다고 쳐요. 프란츠가 살해됐고 당신을 제외한 옛 동지 여섯 명이 복수를 했다는 사실을 몇 년이 흐른 뒤에 당신이 알게 됐다고 쳐요. 그러면 당신 기분이 어떻겠어요?"

리처가 어깨를 으쓱거렸다. 그러고도 잠시 뜸을 들였다.

"나쁘겠지." 그가 말했다. "배신당했다는 느낌? 혹은 따돌림당했다는 기분이 들겠지."

니글리는 아무 말도 하지 않았다.

리처가 말했다. "알았어. 대원들을 모아 보자고. 하지만 영원히 기다릴 수는 없어."

주차장에는 니글리가 렌트한 자동차가 세워져 있었다. 그녀는 밥값을 지불한 뒤 리처를 데리고 밖으로 나왔다. 빨간색 무스탕 컨버터블이었다. 함께 차에 올라탄 뒤 니글리가 버튼을 눌러서 차 지붕을 닫았다. 이어서 차에 두고 내렸던 선글라스를 꼈다. 잠시 후 빨간색 무스탕은 후진으로 주차장을 빠져나온 뒤 첫 번째 신호등에서 선셋 대로로 꺾어져 남쪽을 향해 달려 나갔다. 베벌리 힐스 방향이었다. 운전하는 그녀의 옆에서 리처는 오후의 햇살에 부신 눈을 가늘게 뜬 채 조용히 앉아 있었다.

데니스에서 서쪽으로 30미터가량 떨어진 지점에 서 있던 갈색 포드 크라운 빅토리아 안에서 토머스 브랜트가 그들이 떠나는 모습을 지켜보고 있었다. 그가 휴대폰을 집어 들고 자신의 보스인 커티스 모니에게 전화를 걸었다. 모니는 전화를 받지 않았다. 그래서 브랜트는 음성 메시지를 남겼다.

"그녀가 지금 막 그들 가운데 첫 번째 인물을 픽업했습니다."

크라운 빅토리아 뒤쪽으로 다섯 대의 자동차를 사이에 두고 군청색 크라이슬러 한 대가 서 있었다. 차 안에는 군청색 정장 차림의 사내가 앉아 있었다. 그 사내 역시 빨간 무스탕이 도시의 스모그 속으로 사라지는 모습을 지켜보았다. 그 사내도 휴대폰을 집어 들었다.

"그녀가 지금 막 그들 가운데 첫 번째 인물을 픽업했습니다. 정확히 누군지는 모르겠습니다. 부랑자 같은 행색인데 덩치가 엄청납니다."

보고를 마친 사내는 보스의 말에 귀를 기울였다. 전화기를 잡지 않은 자유로운 한쪽 손으로 넥타이를 셔츠 앞섶에 대고 지그시 누르며 쓰다듬는 보스의 모습이 사내의 눈앞에 떠올랐다.

9

이름에서도 알 수 있듯이 베벌리 윌셔 호텔은 베벌리 힐스를 관통하는 윌셔 가에 자리 잡고 있다. 정확히는 로데오길 입구 맞은편이었다. 석회석으로 지은 두 동의 건물이 앞뒤로 서 있는 구도였다. 지어진 지 오래된 앞쪽 건물은 멋을 부린 외양이었고 최근에 지어진 뒤쪽 건물은 밋밋한 모습이었다. 윌셔 가와 평행을 이루고 있는 주정차 차로가 두 건물 사이를 가르고 있었다. 니글리는 그 차로로 무스탕을 몰고 들어가 열을 이루고 있는 몇 대의 검정색 리무진들 뒤에 세웠다.

리처가 말했다. "난 이런 곳에 묵을 만한 형편이 안 돼."

"내가 당신의 방을 미리 예약해 뒀어요."

"예약만 한 거야, 요금까지 낸 거야?"

"요금은 내 카드에서 빠져나갈 거예요."

"난 갚을 능력이 없어."

"됐네요."

"하룻밤에 몇백 불일 텐데."

"내가 낸다니까요. 이번 일에는 상당한 전리품을 기대해도 될 거예요."

"그거야 그놈들이 부자일 경우에 가능한 얘기지."

"부자들이에요." 니글리가 말했다. "상당한 자금력이 있는 자들이 분명해요. 헬리콥터까지 가지고 있으니까요."

그녀는 낮게 엔진을 그르렁대고 있는 차 안에 키를 꽂아둔 채로 육중한 빨간색 차문을 열고 바닥에 내려섰다. 리처도 조수석 문을 열고 내렸다. 한 사내가 달려와서는 니글리에게 주차증을 내밀었다. 종이쪽을 받아 든 그녀는 보닛을 돌아서 호텔 본관 로비 뒷문을 향해 걸어갔다. 리처도 그녀를 따라갔다. 뒤에서 바라본 그녀는 걷는 게 아니라 마치 무게 없는 존재처럼 떠다니는 것 같았다. 사람들로 붐비는 구불구불한 복도를 깃털처럼 가볍게 통과해서 그녀가 로비로 들어섰다. 엄청나게 넓으면서도 화려한 공간이었다. 프런트 데스크와 벨보이 데스크, 그리고 관리 데스크가 각각 따로 자리 잡고 있었다. 군데군데 놓인 연한 색깔의 벨벳 안락의자에는 멋지게 차려입은 손님들이 앉아 있었다.

리처가 말했다. "저 사람들 눈에는 내가 영락없는 부랑자로 보이겠군."

"백만장자로 보일 수도 있어요. 요즘은 차림새만으로는 구별이 되지 않으니까."

그녀는 리처를 프런트 데스크로 데려가서 투숙 절차를 밟았다. 그가 적어낸 이름은 토미 섀넌이었다. 스티비 레이 본의 전성기 시절, 그 밴드의 전설적인 베이시스트. 리처가 좋아하는 연주자들 가운데 한 명이었다. 리처의 얼굴에 미소가 피어올랐다. 가능한 한 서류상으로 흔적을 남기고 싶지 않았다. 오랜 시간 동안 그렇게 살아왔다. 이젠 거의 본능에 가까운 습관이 되었다. 그는 니글리에게 고개를 끄덕여서 감사를 전한 뒤 물었다. "여기서 자네 이름은 뭐지?"

"내 이름 그대로예요." 그녀가 말했다. "난 더 이상 가명을 쓰지 않아요. 귀찮아서."

프런트 직원이 키 카드를 내밀었다. 리처는 그걸 셔츠 주머니에 넣었다. 프런트에서 몸을 돌린 그는 다시 한번 로비를 찬찬히 둘러보았다. 은은한 석재 샹들리에, 두꺼운 카펫, 큼지막한 유리 화병마다 가득한 꽃, 향기를 머금은 실내 공기.

"자, 이제 시작해 보자고."

그들은 니글리의 객실에서 시작했다. 방 두 개짜리 스위트룸이었다. 거실은 정사각형이었고 천장은 높았다. 게다가 푸른색과 황금색이 두드러져서 마치 버킹엄 궁전 실내의 일부처럼 장중한 분위기였다. 창가의 책상 위에는 노트북 컴퓨터 두 대가 놓여 있었다. 그 옆에는 휴대폰 충전 겸 거치대, 그리고 다시 그 옆에는 노트 한 권이 펼쳐져 있었다. 고등학생들이 신학기에 구입하는 편지지 크기의 노트였다. 그 위에 다섯 장의 종이쪽이 얹혀 있었다. 다섯 개의 이름, 다섯 개의 전화번호. 둘은 죽고 둘은 이미 모여 있는 옛 조직의 나머지 대원들의 연락처.

리처가 말했다. "스탠 로우리에 관해서 좀 더 얘기해 줘."

"얘기할 게 별로 없어요. 제대한 뒤 몬태나로 이주했어요. 거기서 트럭에 치여 사망했고요."

"뭐 그런 엿 같은 경우가 다 있어?"

"그러게요."

"몬태나에선 뭘 했대?"

"양을 키웠어요. 버터를 만들고."

"혼자서?"

"여자친구와 함께요."

"그녀는 아직 거기 살고 있나?"

"그럴걸요. 목장이 아주 넓어요."

"왜 하필 양 목장에 버텼었지?"

"몬태나에서는 사설탐정이 할 일이 없으니까요. 그리고 여자친구가 거기 출신이었거든요. 양떼와 함께 자란 여자."

리처가 고개를 끄덕였다. 언뜻 보기에 스탠 로우리는 귀농의 꿈을 일구며 살아갈 수 있는 사람이 절대 아니었다. 그는 펜실베이니아 서부 지역의 어느 삭막한 산업도시 출신의 덩치 큰 사내였다. 채찍처럼 유연하면서도 철로의 침목처럼 다부진 흑인 친구였다. 농촌보다는 대도시의 음산한 뒷골목이나 소란스러운 선술집이 어울리는 사내였다. 하지만 그의 유전자 어딘가에는 흙과의 뗄 수 없는 연결고리가 내재되어 있었다. 그래서 리처는 그가 농부가 됐다는 사실이 전혀 놀랍지 않았다. 탁 트인 푸른 하늘 아래 끝없이 펼쳐진 초원에 무릎까지 파묻고 선 채, 협수룩한 옷차림에 상관없이 행복한 표정을 짓고 있는 스탠의 모습이 리처의 눈앞에 떠올랐다.

"다른 대원들은 왜 응답이 없는 거지?" 리처가 물었다.

"나도 몰라요." 니글리가 말했다.

"프란츠가 최근에 맡았던 일은?"

"그걸 아는 사람이 없는 것 같아요."

"그의 새 와이프가 아무 말 않던가?"

"새 와이프가 아니에요. 결혼 5년차니까."

"나한테는 새 와이프야." 리처가 말했다.

"사실 그녀한테 꼬치꼬치 캐물을 수가 없었어요. 갑자기 내게 전화를 걸어서는 남편이 죽었다고 말했어요. 그녀도 아는 게 없을 거예요."

"그녀를 찾아가서 물어봐야 해. 그녀가 출발점이야."

"먼저 다른 대원들에게 연락을 시도한 다음에 그렇게 하기로 해요." 니글리가 말했다.

리처는 다섯 장의 인쇄된 종이쪽들을 집어서 세 장을 니글리에게 건넸다. 그녀는 자신의 휴대폰을, 그는 객실전화를 사용했다. 칼라 딕슨과 데이비드 오도넬이 그의 몫이었다. 뉴욕과 워싱턴 D.C., 동해안으로 진출한 대원들. 둘 다 전화를 받지 않았다. 그들 사무실의 자동응답기를 통해 정말오랜만에 그리운 목소리들을 들은 걸로 일단 만족해야 했다. 그는 기계에대고 두 차례 똑같은 메시지를 남겼다. "잭 리처다. 프랜시스 니글리로부터 코드 1030을 접수한 뒤 현재 캘리포니아, LA 소재의 베벌리 윌셔 호텔에 묵고 있다. 이 메시지를 듣는 즉시 그녀의 휴대폰으로 전화하도록."

전화기를 내려놓은 뒤 니글리를 향해 고개를 돌렸다. 그녀 역시 토니스완에게 비슷한 내용의 메시지를 남기고 있는 중이었다.

"그들의 집 전화번호는 없나?" 리처가 물었다.

"등록돼 있질 않아요. 당연하죠. 나도 마찬가지니까. 아무튼 시카고의우리 직원이 열심히 찾고는 있어요. 하지만 옛날처럼 쉽지가 않아요. 전화회사들의 보안이 엄청 강화됐으니까요."

"휴대폰은 가지고 다니겠지." 그가 말했다. "요즘은 다들 그러잖아?"

"그 번호들도 몰라요."

"하지만 그들이 어디에 있든지 휴대폰으로 사무실 자동응답기 내용을확인할 수는 있잖아. 안 그래?"

"그렇죠."

"그런데 왜 아무도 연락을 하지 않는 거지? 사흘이나 지났는데."

"모르겠어요." 니글리가 말했다.

"스완에겐 비서도 딸려 있을 거야. 부팀장이라고 했던가? 부하 직원이 많을 거야."

"부하 직원들은 하나같이 그가 잠시 자리를 비웠다는 얘기뿐이에요."

"내가 한번 연락해 보지."

니글리에게서 스완의 연락처를 넘겨받은 리처가 외선으로 통하는 9번과 그의 사무실 번호를 연이어 눌렀다. 연결음에 이어서 벨소리가 들려왔다.

벨은 계속해서 울렸다.

"아무도 받질 않아." 리처가 말했다.

"1분 전에는 누군가가 받았었는데." 니글리가 말했다. "그의 직통 번호예요."

응답이 없었다. 리처는 전화기를 귀에 댄 채로 끈기 있게 기다렸다. 열번, 열다섯 번, 스무 번, 서른 번. 리처가 전화를 끊었다. 다시 번호를 확인한 뒤 또 걸었다. 마찬가지였다.

"이상하군." 리처가 말했다. "대체 뭐하는 곳이지?"

다시 한번 종이쪽을 확인했다. 이름과 전화번호뿐, 나머지 네 장과는 달리 주소가 적혀 있지 않았다.

"회사 위치가 어디지?" 리처가 물었다.

"잘 모르겠어요."

"회사 이름은?"

"뉴에이지 디펜스 시스템스. 전화를 받으면서 그렇게 소개하더군요."

"무기 만드는 회사 이름이 뭐 그따위야. 친절하게 죽여 주겠다는 건가?

백파이프로 음악을 연주해 주면 사람들이 혼자서 손목을 긋는다고 믿는 작자들인가 보지?"

리처가 다시 전화기를 들었다. 이번에는 411, 전화번호 안내였다. 뉴에이지 디펜스 시스템스라는 회사는 미국 내에 없다는 대답이었다. 그는 전화를 끊었다.

"전화번호부에 등록을 하지 않는 회사도 있나?" 리처가 물었다.

니글리가 말했다. "가능해요. 특히 방위산업체의 경우에는. 게다가 그 회사는 신생기업이니까."

"어디 있는지 알아내야만 해. 어딘가에 공장이 있겠지. 최소한 사무실이라도 있어야 해. 그래야 엉클 샘미국 정부를 뜻함이 수표를 보내지."

"알겠어요. 그것도 수사 절차에 포함시키죠. 프란츠의 와이프를 만난 뒤에."

"아니, 그 전에." 리처가 말했다. "사무실들은 시간이 되면 문을 닫잖아. 과부들은 언제든 만날 수 있지만."

이번엔 니글리가 자신의 휴대폰을 다시 집었다. 그녀는 시카고의 부하 직원에게 뉴에이지 디펜스 시스템스의 주소를 찾으라는 지시를 내렸다. 페덱스, DHL 혹은 UPS미국 화물 배송회사의 전산망을 해킹하라고 했다. 택배원들은 실제 건물 주소를 필요로 한다. 그들은 우편함을 이용하지 않는다. 꾸러미를 당사자에게 직접 건네주고 사인을 받아야 하기 때문이다.

"휴대폰 번호도 찾아보라고 해." 리처가 통화 중인 니글리에게 말했다. "다른 대원들 것도."

니글리가 송화구를 가리고 말했다. "이 친구는 사흘 동안 그 번호들을 추적하고 있는 중이에요. 열심히 하고는 있지만 쉽지 않은 일이에요." 이어서 간단한 인사와 함께 통화를 끝낸 그녀가 창문 앞으로 다가갔다. 주차하는 사람들의 모습이 내려다 보였다.

"이제 기다리는 일만 남았네요." 그녀가 말했다.

20분이 채 지나기 전에 니글리의 노트북 하나에서 이메일이 도착했다는 신호가 울렸다.

10

니글리의 부하 직원이 시카고에서 보낸 이메일에는 UPS 전산망을 통해 알아낸 뉴에이지 디펜스 시스템스의 주소가 적혀 있었다. 두 군데였다. 하나는 콜로라도, 다른 하나는 LA 동부.

"말 되네." 그녀가 말했다. "생산 시설을 분산시킨 거군요. 그 편이 안전하니까. 적대 세력의 공격을 받게 되는 경우에 대비해서."

"적대 세력의 공격? 웃기는 소리." 리처가 말했다. "지들끼리 갈라 먹은 거야. 상원에서. 콜로라도는 공화당, LA는 민주당. 여물통 양쪽에서 주둥이들을 박은 거지."

"그런 상황이었다면 스완은 그 회사를 그만뒀을 거예요. 그가 어떤 사람인지 당신이 더 잘 알잖아요."

리처가 고개를 끄덕였다. "그랬을 테지."

니글리가 지도를 펼쳤다. 두 사람은 함께 그 회사의 LA 주소지를 확인했다. 에코 파크와 다저스타디움을 차례로 지나고 나서 패서디나 남부인지 LA 동부인지 경계가 모호한 지역이었다.

"아주 머네요." 니글리가 말했다. "한참 걸릴 거예요. 러시아워니까."

"벌써?"

"LA의 러시아워는 30년 전에 시작됐어요. 석유 자원이 고갈될 쯤이나 끝날 거예요. 아님 산소가 떨어질 때든지. 아무튼 회사 문을 닫기 전에 도착할 방법은 없어요. 뉴에이지는 내일로 미루고 오늘은 프란츠의 부인을 만나 보는 게 좋겠어요."

"결국 자네가 아까 주장했던 대로 끌고 나가는군. 역시 자넨 나를 바이올린처럼 다루고 있어."

"그녀가 더 가까운 곳에 있잖아요. 그게 전부예요. 게다가 이 사건에서 중요한 인물이기도 하고."

"어디 있는데?"

"산타모니카."

"프란츠가 산타모니카에서 살았어?"

"주소로 볼 때 바닷가 앞은 아니에요. 하지만 그래도 상당히 괜찮은 집일 거예요."

과연 상당히 괜찮은 집이었다. 상상했던 것 이상이었다. 10번 도로와 산타모니카 공항의 중간쯤에 나 있는 작은 도로변에 위치한 아담한 방갈로였다. 바다에서는 3킬로미터가량 떨어져 있었다. 노른자 위치는 아니었지만 아름다운 집이었다. 니글리는 주차할 공간을 찾지 못해서 그 앞을 두 번 지나쳤다. 대칭 구조였다. 흔들의자 한 쌍을 내어 놓은 현관을 사이에 두고 양쪽에 베이 윈도우^{벽면에서 일부분을 내밀어 만든 창}가 하나씩 나 있었다. 처마는 보통 집들보다 약간 낮았다. 돌, 나무, 그리고 스페인 기와를 자재로 사용해서 지은 건물이었다. 장식은 프랭크 로이드 라이트와 아트 앤드 크래프트 스타일을 반씩 섞어 놓은 것 같았다. 그런데도 어수선하기는커녕 아주 깔끔한 분위기를 풍기고 있었다. 페인트칠은 완벽했다. 벽면이 스스로

빛을 발하는 것 같았다. 창문들은 깨끗했다. 진짜로 빛나고 있었다. 앞마당은 단정했다. 녹색 정원이 예쁘게 가꾸어져 있었다. 환한 빛깔의 꽃들 사이에서는 잡초 한 포기 찾아볼 수 없었다. 깨끗하게 청소된 아스팔트 진입로는 짧지만 유리처럼 매끄러웠다. 캘빈 프란츠는 철저하고 깔끔한 사람이었다. 리처는 그 작은 집에 오롯이 배어 있는 옛 친구의 체취를 느꼈다.

마침내 두 골목 떨어진 도로변에서 어떤 예쁜 여자가 도요타 캠리를 빼자 니글리는 거기에 무스탕을 주차시켰다. 차문을 잠근 뒤 두 사람은 함께 프란츠의 집까지 걸어갔다. 늦은 오후였지만 아직 더위는 가시지 않았다. 바다 냄새가 솔솔 풍겨 왔다.

리처가 물었다. "지금까지 우리가 만났던 과부가 몇 명이나 될까?"

"셀 수도 없죠." 니글리가 말했다.

"자네 집은 어디지?"

"일리노이, 레이크 포레스트."

"들어 본 적이 있어. 살기 좋은 곳이라더군."

"맞아요."

"축하해."

"열심히 살았거든요."

잠시 후 두 사람은 진입로에 들어섰다. 현관문으로 다가가는 그들의 발걸음이 눈에 띄게 느려졌다. 리처는 어떤 반응을 맞닥뜨리게 될지 알 수 없었다. 프란츠는 17일 전에 죽었다. 그가 과거에 만났던 셀 수 없이 많은 과부들은 대부분 혼자된 기간이 그보다 훨씬 짧았다. 그가 찾아가 소식을 전했을 때야 비로소 남편의 죽음을 알게 된 여인들도 적지 않았다. 17일 이라는 기간이 어떤 작용을 했을지 그로서는 알 수 없었다. 그녀가 지금 슬픔과 상실의 어떤 단계에 있을지 모를 일이었다.

"그녀의 이름이 뭐지?" 리처가 물었다.

"안젤라." 니글리가 말했다.

"알았어."

"아이 이름은 찰리예요. 사내아이."

"알았어."

"네 살이고요."

"알았어."

그들은 현관으로 올라섰다. 어렵지 않게 초인종을 찾아낸 니글리가 손끝으로 그걸 눌렀다. 마치 초인종의 전기 회로가 방문객의 마음을 간파할 수도 있다고 여기는 듯 짧고 부드럽게, 그리고 경건하게. 집 안 어딘가에서 조용하게 울리는 벨소리가 리처의 귀에 들려왔다. 그 밖에 다른 소리는 들리지 않았다. 기다렸다. 1분 30초쯤 지난 뒤 현관문이 열렸다. 처음엔 저절로 열린 줄 알았다. 아래를 내려다보고서야 리처는 문을 연 주인공을 확인할 수 있었다. 작은 사내아이가 문손잡이를 잡은 팔을 한껏 뻗치고 서 있었다. 손잡이는 높았고 아이는 작았다. 아이는 발돋움까지 해가며 밖으로 열리게 돼 있는 문짝의 회전력에 맞서고 있었다.

"네가 찰리구나." 리처가 말했다.

"네." 아이가 말했다.

"아저씬 아빠 친구란다."

"우리 아빠는 돌아가셨어요."

"나도 알고 있다. 그래서 아주 슬퍼."

"나도 그런데."

"너 혼자 그렇게 문을 잡고 있는 게 힘들지 않니?"

"아뇨." 아이가 말했다. "괜찮아요."

캘빈 프란츠를 똑 닮은 아이였다. 정말 판박이였다. 얼굴도 체형도 똑같았다. 짧은 다리, 긴 허리, 길쭉한 팔. 어깨는 티셔츠에 가려져 있었지만 그 너비와 골격으로 미루어 떡 벌어지게 될 미래를 예고하고 있었다. 차분하게 위안을 주는 서늘하고 짙은 눈동자도 여지없이 프란츠였다. 그 눈동자가 말하고 있었다. '걱정 마세요. 모든 게 괜찮아질 테니까요.'

니글리가 아이에게 물었다. "찰리, 엄마 집에 계시니?"

아이가 고개를 끄덕였다.

"뒤쪽에 있어요." 아이가 말했다. 아이가 손잡이를 놓은 뒤 몇 발자국 물러섰다. 초대였다. 니글리가 먼저 들어갔다. '뒤쪽'이 있을 수 없을 만큼 좁은 집이었다. 넓은 방 하나를 네 구역으로 나눈 것 같은 구조였다. 오른쪽엔 화장실을 사이에 둔 작은 침실 두 개, 왼쪽엔 작은 거실과 좁은 주방. 그게 전부였다. 좁았다. 하지만 예뻤다. 회색이 감도는 흰빛과 옅은 노란빛 천지였다. 꽃무더기가 흐드러진 화병들, 흰색 나무 셔터로 햇빛을 가린 창문, 반질반질 윤이 나는 마룻바닥. 리처가 현관문을 닫았다. 거리의 소음이 차단되자 집 안에 정적이 내려앉았다. 몇 주 전까진 아주 아늑한 분위기였을 것이다. 하지만 그 분위기는 더 이상 지속될 수 없었을 것이다.

한 여자가 주방 쪽에서 걸어 나왔다. 정확히 말하자면 거실과 주방을 가로막고 있는 간이 벽 뒤에서였다. 몸도 숨길 수 없을 만큼 허술한 벽이었다. 하지만 리처는 벨소리가 났을 때 그녀가 그 뒤로 숨어들어 간 게 틀림없다고 판단했다. 리처보다 훨씬 젊어 보였다. 니글리보다도 몇 살 어린 것 같았다. 물론 프란츠보다는 한참 어리고.

큰 키, 날씬한 몸매, 흰 피부, 금발 머리, 그리고 푸른 눈동자. 스칸디나비아 혈통을 고스란히 드러내고 있는 외모였다. 헐렁한 브이넥 셔츠를 걸치고 있었기에 쇄골이 훤히 드러나 있었다. 갓 샤워를 한 것 같았다. 화장도 했고 머리도 단정히 빗질되어 있었다. 손님을 맞기에는 완벽한 차림이었지만 편안해 보이지 않았다. 그녀의 눈가에 억제할 수 없는 당혹감이 서려 있었다. 마치 그 부분만 불안한 표정의 가면을 쓰고 있는 것 같았다.

　잠시 어색한 침묵이 흘렀다. 이윽고 니글리가 앞으로 나서며 인사를 건넸다.

　"안젤라? 난 프랜시스 니글리예요. 전화로 통화했던."

　안젤라 프란츠가 반사적으로 미소를 지으며 손을 내밀었다. 니글리가 그 손을 맞잡고 짧게 악수를 나눈 뒤 리처가 앞으로 나섰다.

　"잭 리처라고 하오. 상심이 크실 텐데 뭐라고 위로의 말씀을 드려야 할지."

　리처도 친구의 아내와 처음으로 악수를 나눴다. 그의 손 안에서 더욱 작게 느껴지는 안젤라의 손은 무척 차가웠다.

　"지금까지 수없이 그 말씀을 하셨겠죠. 안 그런가요?" 그녀가 말했다.

　"유감스럽게도 그렇소." 리처가 말했다.

　"당신 이름도 캘빈의 수첩에 적혀 있었어요." 그녀가 말했다. "그이처럼 당신도 헌병이었더군요."

　리처가 고개를 저었다. "그 친구처럼은 아니오. 그 친구는 나와는 비교도 안 될 만큼 훌륭한 헌병이었소."

　"말씀만이라도 고맙습니다."

　"아니, 사실을 얘기한 거요. 난 정말로 그를 존경했소."

"그이는 당신들 모두에 대해 얘기하곤 했어요. 정말 자주. 가끔씩 난 내가 재혼한 것 같은 느낌이 들곤 했어요. 그이가 이전에 한 번 결혼했던 사람처럼 느껴졌었죠. 바로 당신들과."

"그것도 사실이오." 리처가 다시 말했다. "우린 한 가족처럼 근무했소. 솔직히 부인은 운이 좋으셨소. 우리 모두가 그랬던 것처럼."

"캘빈도 그런 얘기를 하곤 했어요."

"오늘 보니 캘빈은 제대한 뒤에 운이 더 트였던 것 같소."

안젤라가 다시 반사적으로 미소를 지었다. "그랬을까요? 하지만 그 운도 끝나 버렸잖아요. 안 그런가요?"

찰리가 그들을 지켜보고 있었다. 상황을 파악하기 위해 반쯤 뜬 두 눈이 프란츠를 꼭 닮아 있었다.

안젤라가 말했다. "와 주셔서 고마워요."

"우리가 해드릴 수 있는 일이 뭐 없겠소?"

"죽은 사람을 되살릴 수 있나요?"

리처는 아무 말도 하지 않았다.

"그이가 당신에 관해 내게 들려줬던 얘기가 모두 사실이라면 당신이 당장 그런다고 해도 난 놀라지 않을 거예요."

니글리가 말했다. "누가 그랬는지 밝혀낼 수는 있어요. 그게 우리가 군대에서 함께 했던 일이거든요. 그건 프란츠를 다시 살려 내는 것과 거의 마찬가지예요. 말하자면 그렇다는 얘기죠."

"하지만 그런다고 그가 다시 살아나는 건 아니잖아요."

"맞아요. 그럴 순 없는 일이죠. 정말 유감이에요."

"여긴 왜 오신 거죠?"

"부인께 위로가 될까 해서요."

"하지만 두 분은 날 모르시잖아요. 난 그이가 제대한 뒤에 만났으니까요. 당신들과는 직접적으로 관계가 없는 사람인 거죠."

안젤라가 주방을 향해 뒤로 몇 걸음을 옮겼다. 하지만 이내 마음을 고쳐먹은 듯 다시 돌아와 두 사람 사이를 옆 몸으로 통과한 뒤 거실로 들어가 앉았다. 그녀가 양팔을 팔걸이에 걸쳤다. 리처는 그녀의 손가락들이 움직이는 걸 보았다. 마치 꿈속에서 타자기를 치는 듯, 혹은 피아노를 치는 듯, 얼핏 보아서는 감지하기 힘든 떨림이었다.

"난 당신들 조직의 일원이 아니었어요." 그녀가 말했다. "가끔씩 나도 그랬었다면 하고 바랄 때가 있었어요. 캘빈에게는 엄청난 의미였죠. '특수부대원들에게 덤비지 마라.' 그 얘기를 입에 달고 살았어요. 미식축구를 보다가 쿼터백이 태클을 당해 쓰러지면 환호성을 지르며 소리쳤어요. '특수부대원들에게 덤비지 마라.' 찰리한테도 마찬가지였어요. 힘든 일을 시킨다고 아이가 징징거리기라도 하면 캘빈의 입에서 여지없이 그 구호가 터져 나왔죠. '찰리, 특수부대원들에게 덤비지 마라.'"

찰리가 어른들을 올려다보며 웃었다. "덤비지 마라." 아이가 말했다. 가느다란 목소리였지만 프란츠와 똑같은 어조였다. 하지만 아이는 앞부분은 입안에서 웅얼거리기만 했다. 네 살짜리에겐 너무 어려운 단어였던 모양이다.

안젤라가 말했다. "바로 그 슬로건 때문에 여기 오신 거죠?"

"꼭 그런 건 아니오." 리처가 말했다. "그 슬로건 뒤에 깔려 있는 무언가 때문이라고 하는 게 더 정확할 거요. 우린 서로를 보살폈소. 그게 전부요. 내가 여기 온 건 만약 입장이 바뀌었다면 캘빈도 그랬을 게 틀림없기 때문이오."

"그이도 그랬을까요?"

"물론."

"그이는 과거를 모두 묻어 버렸어요, 찰리가 태어났을 때. 내가 바가지를 긁어서가 아니었어요. 아빠로서 최선을 다하자고 스스로 결심했던 거예요. 그래서 그 슬로건 말고는 모든 걸 잊으려고 노력했어요."

"하지만 잊지 못했을 거요."

"맞아요. 잊지 못했어요."

"그가 어떤 일을 하고 있었소?"

"어머 이런, 죄송해요." 안젤라가 말했다. "자리도 권하지 않았네요."

거실에는 소파가 없었다. 너무 좁았기 때문이었다. 소파를 들여놓는다면 등받이를 타 넘고 거실에 드나들어야 했다. 대신 안락의자 두 개와 어린이용 흔들의자가 놓여 있었다. 안락의자들은 작은 벽난로를 사이에 두고 하나씩 놓여 있었다. 그 벽난로 위엔 마른 꽃이 한 무더기 꽂혀 있는 중국산 토기 화병이 놓여 있었다. 굴뚝 왼쪽에 놓인 어린이용 흔들의자의 등받이 상단에는 찰리의 이름, 일곱 개 철자가 가로로 새겨져 있었다. 부지깽이나 그 비슷한 쇠막대를 달궈서 사용한 것 같았다. 전문가의 솜씨는 아니었지만 멋을 부리지 않은 글씨체가 단정해서 보기 좋았다. 프란츠의 작품이었다. 아들에게 주는 아빠의 선물. 리처는 그 의자를 물끄러미 바라보다가 안젤라의 맞은편 안락의자에 앉았다. 니글리는 그 의자의 한쪽 팔걸이에 한쪽 엉덩이를 걸치듯 올려놓았다. 그녀의 허벅지가 리처의 팔에 거의 닿을 것 같았다. 하지만 그런 일은 일어나지 않았다.

찰리가 리처의 발을 넘어가서 자기 의자에 앉았다.

"그가 어떤 일을 하고 있었소?" 리처가 다시 물었다.

안젤라가 말했다. "찰리, 밖에 나가서 놀아."

찰리가 말했다. "엄마, 나도 여기 있고 싶어."

리처가 말했다. "안젤라, 캘빈이 어떤 일에 관여하고 있었소?"

"찰리가 태어난 뒤로는 신원조회 의뢰만 맡았었어요." 안젤라가 말했다. "사업이 아주 잘됐어요. LA라는 곳이 그렇잖아요. 도둑이나 각종 인간쓰레기들을 종업원으로 잘못 고용하지나 않을까, 아니면 애인이나 배우자가 악질 범죄자는 아닐까, 모두들 그런 걱정 속에서 살아가고 있는 곳이니까요. 인터넷이나 술집 같은 곳에서 사람을 만나고 나면 다들 일단 온라인으로 상대방의 신원을 검색하죠. 그다음엔 사설탐정에게 전화를 걸고."

"사무실은 어디에 있소?"

"컬버 시티에요. 한 칸짜리 임대사무실. 베니스와 라시에네가 대로의 교차로 부근이에요. 여기선 10번 도로를 타고 가면 금방이에요. 그이는 그 사무실을 마음에 들어 했었어요. 조만간 거기 들러서 그이 물건들을 챙겨 올 생각이에요."

니글리가 물었다. "우리가 먼저 그곳을 살펴봐도 될까요?"

"보안관보들이 이미 수색을 끝냈어요."

"우리가 직접 수색해야 해요."

"왜죠?"

"프란츠가 신원조회보다 훨씬 더 심각한 의뢰를 받았던 게 분명하니까요."

"인간쓰레기들은 살인을 저지르죠. 도둑들도 가끔씩 그러고."

리처가 찰리를 바라보았다. 작은 프란츠가 그를 마주 바라보았다. "하지만 이런 식으로 살인을 하진 않소."

"알겠어요. 원하신다면 그렇게 하세요."

니글리가 물었다. "사무실 열쇠는 갖고 있나요?"

안젤라가 천천히 몸을 일으킨 뒤 주방으로 들어갔다. 잠시 후 그녀는 크기가 다른 두 개의 열쇠를 달아맨 직경 3센티미터의 쇠고리를 들고 돌아왔다. 평범한 열쇠들이었다. 그녀는 열쇠고리를 잠시 손바닥 위에서 어르고 난 뒤, 내키지 않는 듯 천천히 니글리에게 건넸다.

"쓰고 나서 돌려주셔야 해요." 그녀가 말했다. "그이의 물건이니까."

리처가 물었다. "캘빈은 자기 물건들을 집 안에 보관하고 있었소?"

"이 집에요?" 안젤라가 말했다. "그이는 이리로 이사 온 뒤로는 속옷도 입지 않았어요. 수납공간을 아끼느라고요."

"이 집으로 이사 온 게 언제였소?"

안젤라는 여전히 서 있었다. 가녀린 몸매였지만 워낙 좁은 공간이라 거실이 꽉 찬 것 같았다.

"찰리가 태어난 직후에요." 그녀가 말했다. "주택에서 살고 싶었거든요. 이곳에선 정말 행복하게 살았어요. 작은 집이지만 더 이상 바랄 게 없었죠."

"마지막 날 평소와 다른 점은 없었소?"

"네. 여느 때처럼 아침에 출근했어요. 그리고 돌아오지 않았을 뿐이죠."

"그게 언제였소?"

"보안관보들이 그이의 시체를 찾았다는 소식을 전하기 위해 여길 찾아오기 5일 전이었어요."

"사업에 관한 얘기를 부인께 자주 했었소?"

안젤라가 말했다. "찰리, 목마르지 않니?"

찰리가 말했다. "괜찮아, 엄마."

리처가 물었다. "캘빈이 자기 일에 관해서 무슨 얘기든 한 적이 있었소?"

"별로 없었어요." 안젤라가 말했다. "영화사에서 배우들의 배경을 조사해달라고 의뢰하는 경우가 가끔씩 있었어요. 과거를 알아보기 위해서. 그이는 그렇게 해서 알게 된 연예계의 뒷얘기들을 어쩌다 한 번씩 들려주곤 했어요. 그게 다예요. 정말로."

리처가 말했다. "우리가 알고 있는 프란츠는 아주 솔직한 성격이었소. 뭐든 혼자 마음에 담아 두는 법이 없었소."

"그 성격은 변하지 않았어요. 당신은 그래서 그이가 누군가에게 원한을 샀다고 생각하나요?"

"그건 아니오. 나는 그의 솔직한 성격이 변한 게 아닐까 생각했을 뿐이오. 부인은 그런 그의 성격이 어땠소?"

"난 좋았어요. 사실 그이의 모든 걸 사랑했어요. 그이의 정직하고 솔직한 성품을 존경했어요."

"그렇다면 나도 솔직해져도 괜찮겠소?"

"물론이죠."

"내 생각엔 부인이 우리에게 말하지 않은 뭔가가 있는 것 같소."

11

안젤라 프란츠가 다시 의자에 앉았다. 그녀가 물었다. "내가 뭘 얘기하지 않았다는 거죠?"

"뭔가 유용한 사실." 리처가 말했다.

"유용한 사실? 지금 내게 대체 뭐가 유용할 수 있다는 거죠?"

"단지 부인에게뿐만 아니라 우리에게도 유용한 뭔가가 있을 거요. 그와 결혼했으니 캘빈은 당연히 부인의 가족이지만 그는 우리의 가족이기도 하오. 우린 그와 생사고락을 함께했소. 부인이 원하지 않더라도 우린 그에게 무슨 일이 일어났는지 알 권리가 있다는 말이오."

"무슨 근거로 내가 뭔가를 감추고 있다고 생각하는 거죠?"

"내가 질문을 할 때마다 부인이 제대로 답변을 하지 않고 있기 때문이오. 내가 캘빈이 하고 있던 일을 물었을 때 부인은 일단 우리에게 자리를 권하면서 시간을 끌었소. 내가 다시 묻자 이번엔 찰리에게 나가 놀라고 말했소. 당신의 대답을 듣지 못하게 하려고. 그 대답이 사실과 다르다는 걸 찰리가 지적할까 봐."

안젤라가 눈을 들어 리처를 똑바로 바라보았다. "이제 내 팔을 부러뜨릴 건가요? 누군가를 심문하던 중에 당신이 그 사람의 팔을 부러뜨렸다는 얘기를 캘빈에게 들은 적이 있어요. 아니, 당신이 아니라 데이비드 오도넬이라고 했던가? 정확히 기억이 나지 않는군요."

"아마 내가 맞을 거요." 리처가 말했다. "오도넬은 다리 전문이니까."

"약속할게요." 안젤라가 말했다. "난 아무것도 감추는 게 없어요. 전혀. 난 캘빈이 무슨 일을 하고 있었는지 몰라요. 그가 말해 주지도 않았고요."

리처도 그녀를 바라보았다. 불안한 속내를 드러내고 있는 그녀의 푸른 눈동자를 보면서 리처는 오히려 약간이나마 그녀에 대한 믿음이 생겼다. 그녀가 뭔가를 감추고 있는 건 틀림없었다. 하지만 캘빈 프란츠와 직접적인 연관이 없는 사실일 거라는 생각이 들었다.

"알겠소." 리처가 말했다. "사과드리겠소."

잠시 후 리처와 니글리는 그 여리고 차가운 손의 주인과 다시 한번 악수를 나눈 뒤 심심한 위로의 인사를 건네고 나서 그 집을 나섰다. 프란츠의 컬버 시티 사무실 약도는 이미 챙긴 다음이었다.

토머스 브랜트가 두 사람이 떠나는 모습을 지켜보고 있었다. 그는 프란츠의 집에서 서쪽으로 35미터 떨어진 곳에 세워 놓은 자신의 크라운 빅토리아로 돌아가고 있는 중이었다. 그의 손에는 좀 전에 모퉁이 편의점에서 산 커피가 들려 있었다. 차까지 15미터 남겨 놓은 지점에서 그는 걸음을 멈추고 리처와 니글리의 뒷모습을 지켜보았다. 두 사람이 90미터 떨어진 모퉁이를 돌아서 사라지자 그는 커피를 한 모금 마신 뒤 그의 보스인 커티스 모니의 단축번호를 눌렀다. 그리고 자신이 지켜봤던 내용을 음성 메시지로 전달했다.

같은 시각에 군청색 양복 차림의 사내는 그의 군청색 크라이슬러 세단으로 걸어가고 있었다. 차는 베벌리 윌셔 호텔의 주정차 차로에 세워져 있었다. 그의 지갑은 50달러만큼 가벼워져 있었다. 프런트 직원에게 건넨 뇌물. 덕분에 그의 정보 창고는 그만큼 채워져 있었다. 하지만 그는 그 새로운 정보를 어떻게 해석해야 할지 몰라 당황스러웠다.

그는 휴대폰으로 보스에게 전화를 했다. "프런트에서 얻어 낸 정보에 따르자면 덩치 큰 사내의 이름은 토미 섀넌입니다. 하지만 우리가 갖고 있는 명단에는 그런 이름이 없습니다."

그의 보스가 말했다. "명단에는 착오가 있을 수 없어."

"제 생각도 그렇긴 합니다만."

"토미 섀넌은 십중팔구 가명일 거야. 그자들의 오랜 습성이 여전히 살아 있는 거지. 그러니 계속해서 지켜보도록."

모퉁이를 완전히 돌아선 뒤, 리처가 물었다. "자네도 갈색 크라운 빅토리아를 봤나?"

니글리가 말했다. "그 집에서 서쪽으로 35미터가량 떨어져 길 건너에 세워져 있었고 연식은 2002년."

"아까 데니스 바깥에서도 봤던 차 같아."

"확실해요?"

"그건 아니고."

"구형 크라운 빅토리아는 아주 흔해요. 택시, 중고 렌트카 등등. 수요도 많고."

"그렇긴 하지."

"어쨌든 그 차는 비어 있었어요." 니글리가 말했다. "빈 차는 걱정할 필요가 없잖아요."

"데니스 바깥에서는 비어 있지 않았어. 어떤 사내가 타고 있었거든."

"같은 차라면 수상한 일이긴 하네요."

리처가 걸음을 멈췄다.

니글리가 물었다. "돌아가 볼까요?"

리처는 잠시 망설이다가 고개를 가로저은 뒤 다시 걸음을 옮겼다.

"아니." 그가 말했다. "별일 아닐 거야."

10번 도로의 동쪽 차선은 꽉 막혀 있었다. 두 사람 모두 LA 지리에 밝지 못했다. 그 고가도로를 빠져나와 다른 길을 찾을 엄두가 나지 않았다. 결국 컬버 시티까지 8킬로미터를 도보보다 느린 속도로 가야 했다. 베니스 대로와 라시에네가 대로가 교차하는 지점에서 고가를 내려왔다. 안젤라가 그려 준 약도는 정확했다. 별 다른 특징이 없는 낮고 긴 상가 건물이었다. 작은 우체국이 첫 번째 칸을 차지하고 있었다. 리처로서는 그런 우체국을 정확히 뭐라고 부르는지 알 수 없었다. 그냥 작은 우체국? 위성 우체국? 우편배달 사무소? 아무튼 정식 지사는 아니었다. 우체국 옆으로 약국, 네일숍, 세탁소가 차례로 들어서 있었다. 프란츠의 사무실은 그다음이었다. 유리문과 창문 모두 위쪽의 좁은 공간만을 남겨 둔 채 머리 높이까지 안쪽에서 갈색 페인트가 칠해져 있었다. 그 갈색 공간의 상단에는 검은 페인트로 테를 두른 금색 상호가 전화번호와 함께 세 줄로 적혀 있었다.

캘빈 프란츠 흥신소.

"슬프군." 리처가 말했다. "안 그래? 육군을 주름잡던 사내가 이런 곳에 안착하다니."

"가장이었잖아요." 니글리가 말했다. "그로선 가장 쉽게 돈을 벌 수 있는 방법이었어요. 그의 선택이었고요. 그는 충분히 만족하며 지냈을 거예요."

"하지만 시카고에 있는 자네 사무실은 이렇지 않은 것 같던데?"

"네." 니글리가 말했다. "이렇진 않죠."

그녀가 열쇠고리를 꺼냈다. 안젤라가 마지못해 내어 준 프란츠의 물건. 그녀가 둘 중 큰 열쇠를 사용해서 잠금장치를 풀고 문을 잡아당겨 열었다. 하지만 그녀는 안으로 들어가지 못했다. 발 디딜 틈도 없이 쓰레기가 꽉 차 있었기 때문이다. 가게 용도로는 작고 개인 사무실 용도로는 크다고 할 수 있는 사각형 공간이었다. 컴퓨터부터 전화기까지 모든 사무기기들은 사라지고 없었다. 책상과 서류함을 비롯한 사무집기들은 모두 산산이 부서져 있었다. 뭔가 감춰져 있는 것들을 찾아내기 위해 서랍만이 아니라 이음새 부분들까지 철저히 깨고 부숴 가면서 뒤진 흔적이었다. 의자는 완전히 헤집어져서 속을 채워 넣은 내용물이 죄다 드러나 있었다. 화장실 용기들 역시 사기 조각 무더기로 변해 있었다. 그 모든 파편들과 서류 나부랭이들이 무릎 높이까지 바닥을 뒤덮은 난장판이었다. 한마디로 태풍이 휩쓸고 지나간 폐허였다.

리처가 말했다. "LA 카운티 보안관보들이 이렇게까지 철저하게 수색하진 않았을 거야."

"절대 아니죠." 니글리가 말했다. "그럴 가능성은 제로예요. 범인들 짓이에요. 뭔가를 필사적으로 찾으려 한 흔적. 그들에게 불리한 단서를 수거하려고 이랬을 거예요. 보안관보들이 방문하기 전에 다녀간 게 분명해요. 아마 며칠 전쯤에."

"보안관보들은 이 난장판을 목격하고도 안젤라에게 알리지 않았어. 그녀는 이 상황을 모르고 있었어. 조만간 이리로 와서 프란츠의 물건들을 챙겨갈 거라고 했잖아."

"일부러 알리지 않은 걸 거예요. 가뜩이나 슬픔에 젖어 있는 미망인을 불안하게 만들고 싶지 않았던 거죠."

리처가 인도로 물러나서 왼쪽으로 몇 발짝 움직인 뒤 문에 적힌 금빛 상호를 바라보았다.

캘빈 프란츠 흥신소.

그가 한쪽 손을 들어 캘빈 프란츠의 이름을 가렸다. 그리고 그 자리에 데이비드 오도넬을 가상으로 적어 넣었다. 이어서 산체스, 오로스코 그리고 칼라 딕슨도.

"왜 모두 전화를 받지 않는 걸까? 느낌이 안 좋아." 리처가 말했다.

"우리 대원들 전체를 대상으로 삼은 건 아니에요." 니글리가 말했다. "그건 아닌 게 분명해요. 프란츠가 당한 지 17일 이상이 지났는데도 아직 내게 아무 일도 없는 걸 보면."

"그건 나도 마찬가지이긴 해." 리처가 말했다. "하지만 프란츠도 우리를 찾지 않았어."

"그게 무슨 뜻이죠?"

"프란츠가 우리 두 사람에게 연락을 하지 않았기 때문에 우리가 아직까지 무사하다는 얘기야. 곤경에 처했을 때 프란츠가 연락할 사람이 누굴까? 물론 다른 대원들이지. 하지만 자넨 아니야. 이젠 노는 물이 다르니까. 게다가 자넨 너무 바빠. 그리고 나도 아니야. 자네 말고는 아무도 나를 찾을 수 없으니까. 나머지 대원들에게는 우리 두 사람보다는 훨씬 쉽게 연락을 할 수 있어. 자, 그럼 가정을 해보자고. 혼자 힘으론 어떻게 해볼 수 없는 곤경에 빠진 프란츠가 우리 두 사람을 제외한 나머지 대원들에게 연락을 했다. 그들 모두 프란츠를 돕기 위해 이리로 달려왔다. 그래서 현재 모두 같은 처지에 처해 있다."

"스완도 포함해서요?"

"스완은 거리가 가장 가까워. 만약 내 가정이 맞다면 그가 가장 먼저 도착했을 거야."

"그랬겠죠."

리처가 말했다. "프란츠가 믿을 수 있었던 건 오직 그들뿐이야."

"그는 내게 연락했어야 해요." 니글리가 말했다. "난 즉시 달려왔을 거예요."

"프란츠는 자넬 예비군으로 남겨 뒀을 거야. 처음엔 여섯 명으로도 충분하다고 생각했겠지."

"도대체 무슨 일이기에 여섯 명이나 되는 사람들을 사라지게 만들 수 있을까요? 그것도 최정예 특수부대원 여섯 명을."

"생각하기조차 싫군." 리처가 그렇게 말하곤 입을 다물었다. 그의 대원들은 어떤 적도 물리칠 수 있는 전문가들이었다. 실제로 그는 몇 번씩이나 그들에게 불가능에 가까운 임무를 맡겼었다. 그때마다 그들은 성공을 거두고 돌아왔다. 그들의 상대방들 역시 보통 수준을 능가하는 전문가들이었다. 군 수사관이 담당하는 사건의 범인들은 일반 범죄자들과는 차원이 다르다.

니글리가 말했다. "더 이상 여기 머물러 있어 봐야 아무 소용이 없어요. 시간 낭비일 뿐이에요. 우린 아무것도 찾을 수 없어요. 범인들이 모두 찾아냈을 테니까."

리처가 말했다. "찾지 못했을 거야."

"근거는요?"

"이 현장이 말해 주고 있어." 리처가 말했다. "쓰레기가 꽉 차 있잖아. 원하던 것을 찾게 되면 수색을 중단하는 게 일반적이지. 하지만 범인들은 이곳을 철저하게 뒤집어 놓았어. 물론 마지막 순간에 원하던 것을 찾았을 수도 있어. 하지만 그럴 가능성이 얼마나 될까? 그다지 높지 않을 거야. 원하는 것을 찾지 못했기에 그자들이 이곳을 이 지경으로 만들어 놓은 거야."

"그럼 그게 어디 있을까요?"

"나도 모르지. 그나저나 그게 뭘 것 같아?"

"서류, 플로피 디스크, CD, 뭐 그런 거 아니겠어요?"

"부피가 작은 물건인 건 확실해. 놈들이 서랍의 이음새 부분까지 부숴서 확인한 걸 보면."

"프란츠는 그걸 집으로 가져가지 않았어요. 일과 가정을 분명히 구분 지어가며 지냈던 것 같아요."

그들처럼 생각하라. 그들이 되어라.

리처가 몸을 돌렸다. 마치 프란츠의 사무실에서 방금 인도로 발을 내디딘 모습으로 그가 한 손을 반쯤 말아쥔 뒤 빈 손바닥을 내려다보았다. 지금껏 그는 수많은 서류를 작성했다. 하지만 플로피 디스크를 사용하거나 CD를 구워 본 적은 한 번도 없었다. 그래도 그게 뭔지는 알고 있었다. CD는 12.5센티미터의 둥근 합성수지 조각이다. 대개 얇은 플라스틱 케이스 안에 들어 있다. 플로피 디스크는 그보다 더 작다. 한 7.5센티미터 정도? 그리고 사각형이다. 편지지 크기의 서류는 세 번을 접어도 가로, 세로의 길이가 각각 21, 10센티미터 정도이다. 따라서 서류일 가능성은 희박하다.

손바닥 안에 들어갈 만큼 작은 물건.

결정적인 단서가 될 수 있는 중요한 물건.

작고 중요한 그 물건을 캘빈 프란츠는 어디에 숨겼을까?

니글리가 말했다. "프란츠가 그걸 차 안에 숨겼을 가능성도 있어요. 차를 몰고 출퇴근했을 테니까요. 그러니 만약 그게 CD라면 그 차의 CD플레이어 안에 들어 있을 거예요. 당연한 장소라는 점을 역이용하는 전략인 거죠. 아마 네 번째 차례일 거예요. 존 콜트레인 다음 차례."

"마일즈 데이비스." 리처가 말했다. "프란츠는 마일즈 데이비스를 더 좋아했어. 존 콜트레인도 듣긴 했지. 하지만 마일즈의 앨범에 끼여 있을 때만 들었어."

"아무튼 CD처럼 보이게 해놓았을 거예요. 그 위에 매직펜으로 마일즈 데이비스의 이름을 적어 놓지 않았을까요?"

"그 물건이 CD이고 또 차 안에 숨겨져 있었다면 범인들이 찾아냈을 거야." 리처가 말했다. "사무실을 이렇게 철저하게 뒤집어 놓았을 정도라면 차 안도 마찬가지였겠지. 프란츠는 좀 더 안전한 곳을 원했을 거야. 자네 얘기대로 허를 찌르는 전략도 그럴듯하긴 해. 하지만 당연한 장소라는 건 애초에 들킬 위험을 내포하고 있어. 따라서 늘 마음을 졸이게 되지. 프란츠는 그러고 싶지 않았을 거야. 퇴근을 한 뒤엔 안젤라와 함께 찰리를 데리고 놀면서 마음 편하게 시간을 보내고 싶었겠지."

"그렇다면 어딜까요? 은행 금고?"

"이 부근엔 은행이 없어." 리처가 말했다. "프란츠가 군이 멀리 떨어진 은행을 이용하진 않았을 거야. 교통이 이렇게 막히는 상황에선 더욱 아니지. 게다가 만약 그 물건을 수시로 확인할 필요가 있었다면 더더욱 아니야. 은행 업무 시간은 제한돼 있으니까."

"고리에 열쇠가 두 개 매달려 있어요." 니글리가 말했다. "큰 건 사무실 열쇠. 작은 건? 물론 책상 열쇠일 가능성도 있긴 하지만."

리처가 문을 향해 돌아서서 각종 파편과 쓰레기들이 가득 찬 사무실 안을 살펴보았다. 책상 잠금장치도 어딘가에 묻혀 있을 것이다. 나무 서랍에서 분리된 직사각형의 작은 철 덩어리. 그가 다시 몸을 돌린 뒤 모퉁이를 향해 몇 걸음 옮기다 멈춰 섰다. 왼쪽을 보았다. 오른쪽을 보았다. 다시 손을 반쯤 말아쥔 뒤 빈 손바닥을 내려다보았다.

첫째, 나라면 어떤 물건을 감췄을 것인가?

"컴퓨터 파일이야." 그가 말했다. "틀림없어. 범인들도 그걸 찾으려 했던 거야. 컴퓨터에 입력한 서류. 프란츠는 절대로 입을 열 사람이 아니야. 하지만 그자들은 그의 컴퓨터에서 파일을 복사한 흔적을 찾아냈을 거야. 그걸 가지고 프란츠를 추궁했을 거고. 물론 그는 실토하지 않았어. 그래서 놈들이 그의 두 다리를 부러뜨린 거야. 하지만 고문을 당하면서도 프란츠는 불지 않았어. 결국 그자들은 이리로 와서 샅샅이 뒤진 거고."

"그래서 그게 어디 있을까요?"

리처가 자신의 손바닥을 다시 한번 내려다보았다.

둘째, 작고 중요한 물건을 나는 어디다 감출 것인가?

"사적인 공간은 아니야." 그가 말했다. "나라면 전문적으로 물건을 보관해주는 곳에 맡겨 놓을 거야. 나 말고 다른 누군가가 그 보관을 책임져주는 곳."

"그럼 금고네요." 니글리가 말했다. "은행. 작은 열쇠에는 아무 표시도 없어요. 은행 물건이라는 얘기죠."

"내가 프란츠였다면 은행에 맡기지 않았을 거야." 리처가 말했다. "일단 다니기가 힘들어. 이용 시간도 제한돼 있고. 한두 번이라면 몰라도 자주 이용하기에는 너무 불편해. 바로 그 부분에 주목해야 해. 규칙적으로 이용했을 거야. 사람들은 컴퓨터를 그런 식으로 사용하지 않나? 매일 밤 자료를 보강한단 말이지. 따라서 한 번 이용하고 말 보관 장소는 아닐 거야. 그 사실을 염두에 두고 생각을 정리해야 해. 한 번 이용하고 말 거라면 상당히 먼 거리라고 해도 다녀올 수 있어. 하지만 매일 밤 이용해야 한다면 안전하면서도 가까운 곳이어야 해. 그리고 언제든 찾아갈 수 있는 곳이어야 하고."

"난 내 앞으로 이메일을 보내곤 해요." 니글리가 말했다.

리처가 잠시 침묵을 지켰다. 이내 그의 얼굴에 미소가 피어올랐다.

"이제야 머리가 제대로 돌아가기 시작하는군." 리처가 말했다.

"프란츠도 그랬을 거라는 생각이에요?"

"절대 그랬을 리가 없어." 리처가 말했다. "이메일은 곧장 컴퓨터로 날아오잖아. 그러니 범인들도 곧장 컴퓨터를 붙들고 늘어졌겠지. 프란츠의 사무실을 난장판으로 만드는 대신 메일의 암호를 푸느라고 시간을 보냈을 거라는 얘기야."

"그럼 그가 어디다 감췄을까요?"

리처가 몸을 돌린 뒤 건물에 들어선 점포들을 차례로 훑어보았다. 세탁소, 네일숍, 약국.

그리고 우체국.

"이메일이 아니야." 그가 말했다. "일반 우편물. 바로 그거였어. 새로운 디스크에 자료를 보강한 뒤 매일 밤 그걸 편지 봉투에 담아 우체통에 집어넣은 거야. 자기 앞으로 주소를 적어서. 그의 사서함 주소. 프란츠 앞으로 발송된 모든 우편물이 모이는 곳. 우체국 안에 있는 임대용 서류함. 그의 사무실 문을 봐. 우편물 투입구가 없어. 우편 시스템을 이용하면 안전을 보장 받을 수 있어. 밤이든 낮이든 수많은 눈동자가 그 행방을 지켜보고 있으니까."

"하지만 받아 보기까지 시간이 걸리잖아요." 니글리가 말했다.

리처가 고개를 끄덕였다. "서너 장의 디스크를 번갈아 사용했을 거야. 어느 하루든 두세 장의 디스크가 발송부터 배달에 이르는 우편 시스템의 어느 한 과정에 머물러 있었겠지. 프란츠는 매일 밤 그의 최근 자료들이 안전할 거라는 확신을 가지고 퇴근할 수 있었을 테고. 우체통을 터는 건 쉬운 일이 아니야. 우체국 직원을 어떻게든 요리해서 다른 사람 명의의 우편물을 가로챈다는 것도 불가능에 가깝고. 미국의 우편 시스템은 스위스 은행만큼이나 보안이 철저해."

"그 작은 열쇠." 니글리가 말했다. "책상도 아니고 은행 금고도 아니었군요."

리처가 다시 고개를 끄덕였다.

"그의 우체국 사서함."

12

하지만 미국의 우편 시스템도 24시간 개방되어 있는 건 아니다. 오후 늦은 시각이었다. 세탁소는 열려 있었다. 네일숍도 영업 중이었다. 약국도 문을 닫지 않았다. 하지만 우체국의 문은 닫혀 있었다. 이미 4시에 업무 시간이 끝난 것이다.

"내일," 니글리가 말했다. "우린 하루 종일 차를 타고 돌아다녀야 할 거예요. 스완의 회사에도 가봐야 하니까요. 따로 움직일 게 아니라면."

"우리 둘이 반드시 함께 다녀야 해. 혼자선 할 수 없는 일들이 있으니까." 리처가 말했다. "다른 대원들 중에 누구든 불쑥 나타나서 우리를 도와주면 좋겠군."

"그렇게만 된다면 얼마나 좋을까요? 내가 힘들어서 이러는 건 아니라는 거 알죠?"

그녀는 작은 의식이라도 거행하는 것처럼 조심스럽게 휴대폰을 꺼내 들고 화면을 살펴보았다. 역시나 아무 메시지도 없었다.

호텔 프런트에도 메시지는 없었다. 호텔 음성사서함도 마찬가지였다. 니글리의 노트북 컴퓨터 두 대 가운데 어디에도 새로운 이메일은 없었다.

아무것도 없었다.

"그냥 우리를 무시해 버리고 있는 걸 수도 있어요." 그녀가 말했다.

"아니." 리처가 말했다. "그들이 그럴 리 없어."

"이젠 정말 불길한 생각이 드네요."

"난 포틀랜드에서 현금지급기 앞에 섰을 때부터 안 좋은 느낌이 들었어. 그땐 거의 빈털터리였지. 어떤 여자에게 저녁을 샀거든. 두 번이나. 그냥 집에서 피자나 시켜 먹었어야 했어. 자기 집이니까 그녀가 돈을 냈을 텐데. 돈이 남아 있었으면 그 망할 놈의 기계를 이용할 일도 없었고 그랬으면 아직까지도 우리 주변에서 무슨 일이 벌어지고 있는지 몰랐을 거야."

"여자?"

"거기서 누굴 좀 만났거든."

"예뻤어요?"

"기막히게."

"칼라 딕슨보다?"

"막상막하."

"나보다?"

"자네는 한참 쫓아와야 하고."

"잤어요?"

"누구랑?"

"포틀랜드에서 만난 그 여자랑."

"그게 왜 궁금한 거지?"

니글리는 대답하지 않았다. 대신 대원들의 연락처가 적힌 다섯 장의 종이를 카드 패처럼 섞은 다음 석 장은 자기가 갖고 나머지 두 장은 리처에게 건넸다. 리처의 몫은 토니 스완과 칼라 딕슨이었다. 그는 서랍장 위에 놓인 호텔 전화로 먼저 스완의 번호를 돌렸다. 벨이 울렸다. 30번, 40번. 아무도 받지 않았다. 그는 전화를 끊은 다음 이번엔 딕슨의 번호를 돌렸다. 지역 번호 212, 뉴욕 시티. 아무도 받지 않았다. 벨이 여섯 번 울린 뒤 자동응답기로 넘어갔다. 귀에 익은 딕슨의 목소리가 흘러나왔다. 삐 소리가 날 때까지 그 목소리를 듣고 있다가 지난번과 똑같은 메시지를 남겼다. "여긴 리처. 프랜시스 니글리에게 1030 호출을 받았다. 현재 위치는 캘리포니아, LA 소재의 베벌리 윌셔 호텔, 메시지 받는 대로 즉시 그녀에게 연락 바란다." 이어서 그는 잠시 망설이다가 한마디 덧붙였다. "제발, 칼라, 우린 당신 목소리가 너무나 듣고 싶어. 녹음된 거 말고 진짜 목소리."

그가 전화를 끊었다. 니글리도 거의 동시에 휴대폰을 닫으며 고개를 가로저었다.

"느낌이 영 안 좋아요." 그녀가 말했다.

"모두 휴가를 갔을 수도 있어."

"한꺼번에?"

"감방에 들어가 있을 수도 있어. 다들 상당히 거칠잖아."

"그건 진즉에 내가 알아봤어요. 철창에 갇힌 사람은 아무도 없어요."

리처는 아무 말도 하지 않았다.

니글리가 말했다. "당신은 칼라를 정말로 좋아했어요. 아닌가요? 좀 전에 전화할 때도 아주 흐물흐물하던 걸요."

"난 대원들 모두를 좋아했어."

"하지만 그녀는 좀 더 좋아했죠. 그녀와 잔 적 있어요?"

리처가 말했다. "없어."

"왜죠?"

"내가 직접 뽑은 대원이니까. 난 그녀의 대장이었어. 부적절한 관계가 용납되지 않는 상황이었지."

"이유는 달랑 그거 하나뿐이었나요?"

"아마도."

"알았어요."

리처가 물었다. "다른 대원들이 하고 있는 일에 대해 구체적으로 알고 있는 거 없나? 그들 모두가 한 번에 며칠씩 연락이 되지 않는 상황을 설명해줄 만한 이유가 있을까?"

"오도넬은 해외로 출장을 다녀야 해요." 니글리가 말했다. "뭐든 닥치는 대로 일을 맡으니까요. 배우자의 불륜 행각을 조사해 달라는 의뢰가 들어오면 남태평양의 리조트까지도 날아가야 해요. 양육비를 지급하지 않는 이혼남을 찾아야 할 때면 세상 구석구석을 뒤져야 하고요. 어린아이 유괴 사건이나 미국 시민이 해외에 구금된 사건들 같은 경우에도 마찬가지고. 해외입양 문제도 그래요. 동유럽이나 중국 같은 나라에서 입양을 원하는 사람들은 원하는 아이를 찾기 위해 사설탐정을 현지로 보내기도 하니까요. 오도넬이 외국에 나가 있을 만한 이유는 수없이 많아요."

"하지만?"

"그 어떤 이유로도 그가 연락을 해오지 않는 상황이 설명되지 않는다는 게 문제예요."

"칼라 딕슨은?"

"누군가의 돈을 찾아 주기 위해 케이만에 내려가 있을지도 몰라요. 하지만 그런 일은 자기 사무실에서 온라인으로도 얼마든지 할 수 있어요. 돈이라는 게 꼭 현지에 쌓여 있는 건 아니니까요."

"그럼 어디 있지?"

"돈이란 건 일종의 개념이에요. 전자화 되어서 컴퓨터 스크린 속을 떠다니고 있는 거죠."

"산체스와 오로스코는?"

"그들은 자기들만의 세상에 자신들을 가둬 두고 있어요. 나는 그들이 베이거스를 결코 벗어나지 않으려는 이유를 모르겠어요. 사업상으로도 그건 아니죠."

"스완의 회사에 대해서는 알고 있는 거 없어?"

"그런 회사가 있다는 거, 사업을 하는 중이라는 거, 등록돼 있다는 거, 주소가 있다는 거. 그게 다예요. 그 밖엔 아는 게 없어요."

"보안을 중요시하는 회사일 거야. 그렇지 않다면 스완을 채용했을 리가 없겠지."

"모든 방위산업체는 보안을 중요시해요. 최소한 그런 척이라도 하는 게 일반적이죠. 자기들이 국가 안보상 극비에 속하는 프로젝트를 항상 진행하고 있는 것처럼 보이려고."

리처는 그 말에 아무 대꾸도 하지 않았다. 그냥 앉은 채로 창밖을 물끄러미 바라만 보았다. 날이 어두워지고 있었다. 길었던 하루가 어느덧 저물고 있는 중이었다.

그가 말했다. "실종되던 날 아침, 프란츠는 사무실로 가지 않았어."

"근거는요?"

"자네도 알고 있잖아. 안젤라가 그의 열쇠고리를 갖고 있었으니까. 프란츠는 사무실 열쇠를 집에 두고 나갔어. 그날 어딘가 다른 곳으로 갔던 거야."

니글리는 아무 말도 하지 않았다.

"그리고 그 상가의 건물주는 범인들을 봤어." 리처가 말했다. "사무실 출입문의 잠금장치는 말짱했어. 프란츠에게서 열쇠를 뺏었을 리는 없잖아. 아예 갖고 있질 않았으니까. 따라서 놈들은 건물주를 속였거나 구슬려서 열쇠를 입수했을 거야. 건물주는 그들의 얼굴을 봤어. 그 사람을 만나는 게 우리가 내일 해야 할 일들 가운데 하나야."

"프란츠는 내게 연락을 했어야만 했어요." 니글리가 말했다. "난 모든 일을 제쳐 두고 달려왔을 텐데."

"정말 그랬어야 했어." 리처가 말했다. "자네가 함께 있었다면 어떤 끔찍한 일도 일어나지 않았을 테니까."

리처와 니글리는 1층 식당에서 함께 저녁 식사를 했다. 호텔 로비의 앞쪽 코너에 자리 잡은 그곳에선 노르웨이에서 수입했다는 생수 한 병 값이 8달러였다. 식사를 끝낸 뒤 곧바로 인사를 나누고 각자의 객실로 흩어졌다. 리처의 방은 니글리의 스위트룸보다 두 개 층 아래에 있는 일반실이었다. 그는 일단 옷을 모두 벗어던지고 욕실로 들어갔다. 샤워를 마친 뒤에는 옷들을 매트리스 밑에 넣었다. 그만의 다림질법이었다. 침대에 들어가서는 깍지 낀 양손을 머리 뒤에 받치고 천장을 뚫어지게 바라보았다. 1분 동안은 온통 캘빈 프란츠 생각뿐이었다. 30초짜리 TV 광고로 편집한 어느 공직 입후보자의 전기처럼 두서없는 장면들의 연속이었다. 어떤 장면들은 생생했고 또 어떤 것들은 흐릿했다. 하지만 그 속에서 프란츠는 움직이고 말하고 웃고 있었다. 하나같이 활기찬 모습들이었다. 이어서 칼라 딕슨이 등장했다. 가냘픈 체구, 가무잡잡한 피부, 냉소적인 성격의 그녀가 프란츠와 함께 웃고 있었다. 데이비드 오도넬도 이내 합류했다. 큰 키에 금발, 준수하면서 학구적인 외모, 하지만 양쪽 주머니에 흉기를 지니고 다니는 사내. 그다음엔 조지 산체스. 그의 얼굴엔 만족스러울 때마다 짓곤 하는 특유의 미소가 떠올라 있었다. 가늘게 뜬 두 눈, 약간 벌어진 입술, 그 사이로 보이는 금니 한 개. 그리고 길이와 너비가 똑같은 체형의 토니 스완. 이어서 마누엘 오로스코도 등장했다. 그는 한 손에 쥔 지포 라이터의 뚜껑을 계속해서 열었다 닫았다 하고 있었다. 그는 그 소리를 너무도 좋아했다. 마지막엔 스탠 로우리까지도 나타났다. 자기 귀에만 들리는 리듬에 맞춰 건들거리는 머리, 테이블을 두드리는 검고 굵은 손가락들.

리처는 눈을 깜빡여서 천장 위에 떠오른 모든 장면들을 지워 버렸다. 그러고 나서 눈을 감았다. 그는 이내 잠 속으로 빠져들었다. 밤 10시 30분이었다. 길었던 하루가 막을 내렸다.

LA의 밤 10시 30분은 뉴욕에서는 다음 날 새벽 1시 30분이다. 리처가 LA의 호텔 방에서 잠 속으로 빠져들어 가던 바로 그 시각, 런던발 브리티시 에어웨이 여객기가 JFK 공항에 착륙했다. 예정보다 지연된 도착이었다. 따라서 브리티시 에어웨이 터미널에서 승객을 맞이했어야 할 이민국 직원들은 모두 퇴근한 뒤였다. 결국 그 여객기는 4번 터미널까지 견인되어 가서 공용 대합실에 승객들을 내려놓았다. 입국 수속을 기다리는 승객들 대열의 세 번째에 일등석 손님 한 사람이 서 있었다. 2K 좌석에 앉아 도착할 때까지 내내 잠만 잤던 사내였다. 보통 키에 보통 체중, 하지만 차림새는 보통이 아니었다. 죄다 명품이었다. 고급으로 몸을 치장한 사람들 특유의 자신감 넘치는 분위기, 평생 동안 부자로 살아온 행운을 늘 자각하고 있는 사람들만이 지니고 있는 겸손하지도, 그렇다고 천박하지도 않은 분위기가 물씬 풍기는 인물이었다. 마흔 살쯤 되어 보였다. 아주 세련되게 다듬은 숱 많고 윤기 나는 검은 머리, 연갈색 피부, 그리고 적당한 체구로 미루어 인도나 파키스탄, 혹은 이란이나 시리아, 아니면 레바논이나 알제리, 심지어 이스라엘이나 이태리 출신일 수도 있었다. 그가 소지한 영국 여권은 아무 문제 없이 이민국 세관을 통과했다. 지문 검색대 위에 눌러 찍은 사내의 네 번째 손가락도 마찬가지였다. 일등석의 안전벨트를 풀고 나서 고작 17분 뒤, 사내는 휘황찬란한 뉴욕의 밤거리로 나서서 택시 승차장에 늘어선 대열을 향해 잰걸음을 옮겼다.

13

다음 날 아침 6시에 리처는 니글리의 스위트룸으로 올라갔다. 그녀는 진즉에 일어나서 샤워까지 끝낸 상태였다. 그의 짐작으로는 아침 운동도 한 시간쯤 하고 난 뒤인 것 같았다. 방 혹은 호텔 피트니스센터에서, 아니면 아예 밖에 나가서 조깅을 하고 왔는지도 몰랐다. 아무튼 피부가 반지르르한 것이 기운이 넘쳐 보였다. 신선한 산소를 듬뿍 머금은 혈액이 온몸을 돌고 있는 게 분명했다.

두 사람은 룸서비스를 통해 아침을 주문했다. 기다리는 동안 대원들에게 또다시 전화를 걸었다. 이번에도 허탕이었다. LA 동부, 네바다, D.C., 뉴욕. 그 어디서도 응답이 없었다. 리처도 니글리도 이번엔 메시지를 남기지 않았다. 재차 연락을 시도하지도 않았다. 전화를 끊고 나서도 결과에 관해 어떤 얘기도 나누지 않았다. 웨이터가 벨을 누를 때까지 그들은 아무 말 없이 앉아 있었다. 계란, 팬케이크, 베이컨에 커피가 곁들여진 아침이었다. 식사를 마친 뒤 니글리가 주차관리실에 전화를 걸어서 차를 준비시켰다.

"프란츠의 사무실 먼저?" 그녀가 물었다.

리처가 고개를 끄덕였다. "프란츠가 중심이니까."

함께 엘리베이터를 타고 내려온 두 사람은 무스탕을 몰고 꽉 막힌 라시에네가 대로를 남쪽으로 기듯이 따라 내려가 컬버 시티 초입의 우체국에 도착했다.

니글리가 프란츠의 사무실 앞에 차를 세웠다. 차에서 내린 두 사람은 세탁소와 네일숍, 그리고 약국을 차례로 지나쳤다. 밖에서 들여다본 우체국 안은 아주 한산했다. 문 위에 걸린 안내판이 30분 전에 개점했다는 사실을 알려 주고 있었다. 개점 직후의 혼잡함이 이미 몰려왔다 사라진 모양이었다.

"이렇게 텅 빈 상태에서는 불가능해." 리처가 말했다.

"그럼 건물주부터 만나 보죠." 니글리가 말했다.

그들은 약국으로 들어갔다. 짧은 약사 가운을 걸친 노인네가 구형 감시 카메라가 내려다보고 있는 조제 선반 뒤에 서 있었다. 그는 두 사람에게 세탁소 사장이 건물주라고 알려 줬다. 월세를 받아 가는 사람에게 드러내 보이곤 하는 세입자들의 억제된 적의가 역력히 배어 있는 말투였다. 그의 간략한 설명에 따르자면 건물주는 세탁소를 운영하며 모은 돈으로 전체 상가를 사들인 한국계 이민자였다. 아메리칸 드림을 실현한 주인공. 리처와 니글리는 약사에게 감사의 말을 전한 뒤 약국 밖으로 나와 네일숍을 지나 세탁소 안으로 들어갔다. 건물주는 한눈에 알아볼 수 있었다. 그는 화학 약품 냄새가 코를 찌르는 작업 현장을 분주히 돌아다니고 있었다. 다리미판들이 소리를 내며 김을 뿜어 올리고 있었다. 비닐 백에 포장된 옷들이 머리 높이에서 돌아가는 자동 컨베이어 가로대에 빽빽이 걸려 있었다. 사장은 땀을 뻘뻘 흘리고 있었다. 열심히 일하는 사람이었다. 그런 상가 두 채는 소유할 자격이 있는 사람이었다. 아니, 어쩌면 이미 소유하고 있을지도 몰랐다. 혹은 몇 채 더.

리처는 곧장 본론으로 들어갔다.

"캘빈 프란츠를 마지막으로 보신 게 언제였소?" 리처가 물었다.

"난 그 양반을 거의 보지 못했어요." 건물주가 대답했다. "볼 수가 없었죠. 사무실에 입주하자마자 대뜸 창문에 칠을 해버렸으니까."

그 갈색 페인트가 적이 못마땅했던 모양이었다. 그 공간을 새로 세주기 전에 칠 벗기는 도구를 들고 한참을 고생해야 할 테니 당연한 불만이기도 했다.

리처가 말했다. "그가 출퇴근하는 모습은 봤을 거 아니오? 이 상가에서 당신 가게의 영업시간이 제일 길 것 같은데. 안 그렇소?"

"가끔씩 본 것 같긴 해요." 그가 말했다.

"가끔씩 보던 걸 그나마 아예 보지 못하게 된 때가 언제부터요?"

"한 3~4주 전쯤?"

"그 사내들이 찾아와서 사무실 문을 열어달라고 부탁하기 직전이었다는 말이오?"

"어떤 사내들을 말하는 겁니까?"

"당신이 프란츠의 사무실 열쇠를 내준 사내들."

"그 사람들은 경찰이었어요."

"경찰은 두 번째로 찾아왔고."

"첫 번째로 찾아온 사람들도 경찰이었어요."

"그들이 당신에게 신분증을 제시했소?"

"분명히 그랬어요."

"분명히 그러지 않았을 거요." 리처가 말했다. "신분증이 아니라 100달러짜리 지폐 한 장을 보여줬을 테니까. 두세 장이었을 수도 있고."

"그래서 뭐가 잘못됐다는 겁니까? 그건 내 열쇠고 여긴 내 건물이에요."

"어떻게 생긴 사내들이었소?"

"내가 그걸 왜 당신에게 말해야 하죠?"

"우린 프란츠의 친구였소. 그게 이유요."

"친구였다고요?"

"그는 죽었소. 누군가가 그를 헬리콥터 밖으로 던져 버렸소."

세탁소 사장이 어깨를 한 번 으쓱했다.

"그 사람들이 어떻게 생겼는지 잘 기억이 나지 않는데요." 그가 말했다.

"그자들은 당신 건물 한 칸을 쓰레기장으로 만들어 놓았소." 리처가 말했다. "열쇠를 건네준 대가로 그들에게서 받은 돈은 수리비로는 턱도 없이 부족할 거요."

"건물 수리는 내 문젭니다. 여긴 내 건물이니까요."

"불이 나서 당신 건물이 죄다 재로 변한 채 연기만 뿜어 올리고 있다면? 내가 오늘 밤에 다시 이리로 와서 건물 전체를 불살라 버린다면 어쩌겠소?"

"당신은 감옥에 가게 되겠죠."

"내 생각엔 아닌데. 당신처럼 기억력이 형편없는 사람이라면 경찰들에게 내 인상착의를 설명할 수 없을 테니까."

그가 고개를 내저었다. "백인들이었어요. 두 사람. 군청색 양복 차림에 새 차. 그냥 평범한 사람들처럼 보였어요."

"그게 다요?"

"그냥 백인들이었어요. 경찰은 아니었고. 말끔한 외모에 있는 티가 팍 팍 풍기는."

"특별한 점은 없었소?"

"있었다면 당신에게 다 얘기했을 겁니다. 내 건물을 쓰레기장으로 만든
자들이니까."

"알겠소."

"친구분 일은 정말 안됐습니다. 좋은 사람 같아 보였는데."

"좋은 사람이었소."

14

리처와 니글리는 다시 우체국으로 갔다. 이번엔 안으로 들어갔다. 우체국치고는 좁은 공간이었다. 공공기관답게 대충 장식해 놓은 그 공간은 제법 사람들로 붐비고 있었다. 오전 업무가 정상적으로 가동되고 있는 모습이었다. 창구 직원은 한 사람뿐이었고 그 앞으로 몇 명의 손님들이 길지 않은 줄을 이루고 있었다. 니글리는 리처에게 프란츠의 열쇠고리를 건넨 뒤, 그 줄의 끝에 붙어 섰다. 리처는 뒤쪽에 놓인 허리 높이의 서류작성용 탁자로 다가갔다. 유리 아래 여러 칸으로 나뉜 공간에서 아무거나 골라 서식을 한 장 뽑았다. 택배 확인 신청서였다. 그는 플라스틱 용수철 끝에 매달려 있는 펜을 집어 들고 허리를 수그린 채 서류를 작성하는 시늉을 했다. 한쪽 팔꿈치에 의지해서 탁자 위에 옆으로 기댄 자세로 손만 부지런히 놀렸다. 니글리를 보았다. 창구 앞에 이를 때까지 3분 정도 걸릴 것 같았다. 그는 그 시간 동안 사서함들의 배열을 눈에 익혔다.

사서함들은 로비의 뒷벽을 꽉 메우고 있었다. 크기는 세 종류였다. 대, 중, 소. 소형이 가로 세로 각각 삼십 줄과 여섯 줄, 그 아래로 중형이 각각 스물네 줄과 네 줄, 그리고 다시 그 아래로 대형이 각각 열여덟 줄과 세 줄. 소형은 180칸, 중형은 96칸, 대형은 54칸, 모두 합쳐서 330칸.

프란츠의 사서함은 어느 것일까?

일단 대형 가운데 하나일 건 틀림없었다. 프란츠는 비교적 오랜 기간 동안 사업을 운영했다. 게다가 상당한 양의 우편물을 받아 봐야 하는 사업이었다. 신용 거래 내역서, 재정 상태 보고서, 공판 기록 등등. 분량이 많은 자료들이 적지 않았을 것이다. 가로 20, 세로 25센티미터짜리 사진들이나 전문 잡지들도 대형 우편 봉투를 필요로 한다.

대형 사서함.

하지만 저 중 어느 것일까?

알 길이 없었다. 프란츠가 마음대로 선택할 수 있었다면 대형 사서함이 시작되는 줄, 즉 바닥에서부터 위로 세 번째 줄에 있는 것들 중 출입구에서 가장 가까운 맨 왼쪽 사서함을 택했을 것이다. 깊숙이 걸어 들어갈 필요도 없고 허리를 잔뜩 구부리지 않아도 되니 당연한 선택이었을 것이다. 하지만 프란츠가 마음대로 선택할 수 있는 게 아니었다. 사서함은 우체국에서 내주는 대로 받을 수밖에 없다. 칸이 비는 대로 선착순으로 지급하는 것이 절대 원칙이기 때문이다. 사망이나 이사 등 비게 된 이유야 어떻든 사서함 승계는 일종의 제비뽑기다. 완전히 복권 추첨이다. 쉰네 개 중에 하나.

리처는 왼손을 주머니에 넣고 프란츠의 열쇠를 손가락으로 더듬었다. 잠금장치 구멍에 그 열쇠가 맞는지 확인하는 데에는 3초쯤 걸릴 것이다. 최악의 경우 쉰네 번째가 프란츠의 사서함일 수도 있었다. 그 경우라면 거의 3분이 걸린다는 계산이 나온다. 들킬 위험이 너무도 컸다. 게다가 최악의 경우보다 더한 일이 일어날 가능성이 있었다. 어떤 사서함의 잠금장치에 열쇠를 찔러대고 있는 그의 뒤로 그 사서함의 주인이 다가온다면? 의문, 항의, 고함, 신고. 영락없이 연방법 위반이다. 물론 무사히 우체국을 빠져나올 자신은 있었지만 빈손으로 도망치기는 싫었다.

리처의 귀에 니글리의 목소리가 들려왔다. "안녕하세요?"

그가 왼쪽으로 고개를 돌렸다. 니글리가 대열의 맨 앞에 서 있었다. 그녀의 상체가 카운터 위로 수그러졌다. 카운터 직원의 눈길이 그녀에게 모아졌다. 리처는 펜을 놓고 주머니에서 열쇠를 꺼내 들었다. 사서함이 들어찬 벽 앞으로 살그머니 다가갔다. 바닥에서부터 위로 세 번째 줄, 맨 왼쪽 대형 사서함의 잠금장치 구멍에 열쇠를 찔러 넣었다.

실패.

시계 방향으로 한 번, 시계 반대 방향으로 한 번 힘을 주었다. 열쇠는 돌아가지 않았다. 열쇠를 뽑은 뒤 그 아래 칸 구멍에 찔러 넣었다.

실패. 다시 맨 아래 칸, 실패.

니글리는 항공 우편 요금에 관해 길고도 복잡한 질문을 주절거리고 있었다. 양 팔꿈치를 카운터 위에 괸 자세였다. 그녀는 카운터 직원이 스스로를 세상에서 가장 중요한 인물이라고 착각하게 만드는 기술을 구사하고 있었다. 리처는 오른쪽으로 약간 이동한 뒤 바닥에서부터 위로 세 번째, 왼쪽에서 두 번째 칸의 구멍에 열쇠를 찔러 넣었다.

실패.

네 개 확인, 오십 개가 남았다. 지금까지 소요된 시간은 12초. 이제 확률은 1.85퍼센트에서 2퍼센트로 높아졌다. 그 아래 칸, 실패. 웅크리고 앉아 바닥 칸을 확인했다.

실패.

웅크린 자세를 유지한 채 오른쪽으로 약간 이동했다. 바닥 칸부터 확인에 들어갔다. 실패. 바로 위 칸, 실패. 맨 위 칸, 실패. 아홉 개 확인, 소요시간 총 27초. 니글리는 여전히 입을 쉬지 않고 있었다. 리처의 왼쪽에서 어떤 여자가 다가왔다. 사뭇 높은 곳에 있는 사서함을 열어젖힌 여자가 구겨진 채로 가득 차 있는 내용물을 손갈퀴로 긁어냈다. 여자가 그 자리에 멈춰 선 채 우편물들을 분류하기 시작했다. '저리 가시오.' 리처가 속으로 애원했다. '제발. 쓰레기통 앞에 가서 하시오.' 그녀가 떠났다. 그는 오른쪽으로 한 걸음 이동했다. 니글리는 여전히 말을 하고 있었다. 직원은 여전히 그녀에게 귀를 기울이고 있었다. 가로 네 번째 줄의 맨 위 칸, 열쇠는 맞지 않았다. 그 아래 칸에도 맞지 않았다. 바닥 칸에도 맞지 않았다.

열두 개 확인. 이제 확률은 마흔두 개 중 하나로 높아졌다. 상당한 진전이었다. 하지만 갈 길이 멀었다. 가로 다섯 번째 줄의 세 칸 모두 실패. 여섯 번째 줄도 마찬가지였다. 열여덟 개, 전체의 3분의 1은 확인이 끝났다. 확률은 계속해서 높아지고 있었다.

밝은 면을 보자.

니글리는 여전히 말을 하고 있었다. 리처는 내내 카운터 쪽을 향해 귀를 열고 있었다. 그녀의 뒤에 선 사람들이 인내심을 잃어 가고 있다는 걸 보지 않고도 느낄 수 있었다.

이제 일곱 번째 줄이었다. 맨 위 칸, 키를 꽂았다. 힘을 주었다. 돌아가지 않았다. 그 아래 칸도, 바닥 칸도 마찬가지였다. 니글리가 말을 멈췄다. 직원이 뭔가를 설명하기 시작했다. 니글리는 못 알아듣는 척했다. 리처가 다시 오른쪽으로 이동했다. 여덟 번째 줄, 맨 위 칸. 맞지 않았다. 실내가 조용해졌다. 리처는 자신의 등 뒤에 꽂히는 시선들을 느낄 수 있었다. 그 아래 칸, 열쇠를 꽂았다. 힘을 주었다. 금속성의 마찰음이 제법 크게 울렸다.

실패.

실내는 조용했다.

바닥 칸에 열쇠를 꽂았다. 힘을 주었다.

열쇠가 돌아갔다. 잠금장치가 풀렸다.

리처는 엉거주춤한 자세 그대로 한 발짝 뒤로 물러나 작은 문을 활짝 열어젖혔다. 우편물이 가득 쌓여 있었다. 테이프로 주둥이를 봉합한 봉투들, 큼지막한 갈색 봉투들, 비닐로 포장한 잡지들, 우편엽서들.

실내가 다시 소리를 되찾았다.

니글리의 목소리가 그의 귀에 들려왔다. "도움 주셔서 정말 감사해요."

타일 위를 걷는 그녀의 발자국 소리가 들려왔다. 그녀의 뒤에 서 있던 사람들이 한 명씩 앞으로 이동하는 소리가 들려왔다. 과연 늙어 죽기 전에 용무를 끝낼 수 있을지를 확인하기 위해 고개들이 다시 카운터 쪽으로 쏠리는 것을 느낄 수 있었다. 그는 한 손을 사서함 깊숙이 밀어 넣고서 내용물들을 앞쪽으로 쓸어냈다. 양손으로 그것들을 모아 쥔 다음 바닥에 대고 몇 차례 추슬러서 정리한 뒤 웅크리고 있던 자세를 곧게 폈다. 우편물들을 한쪽 겨드랑이에 낀 뒤 사서함 문을 잠그고 키를 주머니에 넣었다. 몸을 돌려 현관을 향해 걸어 나오는 그의 모습은 누구의 눈에도 자연스럽기 그지없었다.

니글리는 무스탕 운전석에 올라앉아 그를 기다리고 있었다. 리처가 상체를 수그리고 운전석과 조수석 사이의 보관함 속에 우편물 뭉치를 던져 넣었다. 그가 조수석에 올라탔다. 즉시 우편물 정리에 들어갔다. 잠시 후 테이프로 주둥이를 봉합한 네 개의 작은 봉투가 추려졌다. 수신인란에 적힌 사서함 주소, 눈에 익은 프란츠의 필체였다.

"CD를 집어넣기엔 너무 작은데." 리처가 말했다.

그는 우체국 소인들을 확인해가며 네 개의 봉투들을 날짜순으로 정리했다. 가장 최근의 소인은 프란츠가 실종된 날짜와 일치했다.

"하지만 실제로 보낸 건 그 전날 밤이었을 거야."

리처는 테이프를 떼어낸 뒤 봉투를 거꾸로 잡고 흔들었다. 은색 물체가 그의 손바닥 위에 떨어졌다. 5센티미터 길이에 약 2센티미터의 너비, 두께가 아주 얇은 금속제 물체, 대가리엔 플라스틱 캡이 씌워져 있었다. 열쇠고리라면 알맞을 것 같았다. 그 몸뚱이에 글씨가 인쇄되어 있었다.

128MB.

"이게 뭐지?" 리처가 물었다.

"플래시 메모리." 니글리가 말했다. "플로피 디스크의 신형 버전이에요. 파손될 위험은 대폭 줄고 용량은 100배쯤 늘었을 거예요."

"이걸로 뭘 어떻게 하는 거지?"

"컴퓨터에다가 이걸 꽂은 다음 저장된 자료를 확인하면 돼요."

"그렇게 간단해?"

"패스워드가 걸려 있지 않다면 그래요. 하지만 분명히 걸려 있을 거예요."

"보조해 주는 소프트웨어가 없어도 되는 거야?"

"옛날엔 필요했죠. 하지만 더 이상은 아니에요. 모든 건 발전하게 마련이죠. 아니, 관점에 따라선 퇴보한다고 볼 수도 있겠네요."

"그래서 우린 뭘 하면 되는 거지?"

"머릿속으로 목록을 작성하면서 호텔까지 가는 거예요. 프란츠의 패스워드를 맞춰 보는 거죠. 구식이긴 하지만 현재로선 다른 방법이 없어요.

아마 세 번 틀리면 파일이 자동으로 지워질 거예요."

그녀가 차에 시동을 걸었다. 무스탕은 도로변을 떠나 상가의 소방도로 위에서 깔끔하게 유턴을 한 다음 라시에네가 동쪽 차로로 들어섰다.

군청색 양복 차림의 사내가 그들이 떠나는 모습을 지켜보고 있었다. 그는 약국 전용 주차장에 세워 놓은 군청색 크라이슬러 세단의 운전석에서 내내 몸을 웅크리고 있었다. 그가 휴대폰을 집어 들고 보스의 번호를 눌렀다.

"두 사람이 이번엔 프란츠의 사무실에 들르지 않았습니다." 그가 말했다. "대신에 건물주와 얘기를 나눴습니다. 그런 다음 우체국으로 들어가서는 한참 있다가 나왔습니다. 프란츠가 자기 앞으로 우편물을 발송해 왔던 게 분명합니다. 그래서 우리가 찾지 못했던 거고요. 이제 그 물건은 그 두 사람 손에 들어갔습니다."

15

니글리는 노트북 컴퓨터 측면의 구멍에 플래시 메모리를 꽂았다. 리처는 스크린을 지켜보았다. 1초가 지나자 아무 변화가 없던 화면 위에 아이콘이 떠올랐다. 플래시 메모리와 똑같이 생긴 아이콘이었다.

파일 이름은 'No Name'이었다.

니글리가 스크린 위로 손을 뻗쳐서 집게손가락으로 가볍게 두 번 두드렸다. 아이콘이 전체 화면으로 확대되면서 패스워드 입력창이 나타났다.

"젠장." 그녀가 말했다.

"자네가 이럴 거라고 말했잖아." 그가 말했다.

"어떡하죠?"

군복무 시절 리처는 컴퓨터 패스워드를 수없이 풀어냈다. 그 비결 역시 철저히 상대방의 입장에서 생각하는 것이었다. 아예 상대방이 되는 것. 강박증이 심한 꼴통들은 알파벳의 앞쪽과 뒤쪽 철자들을 마구잡이로 섞는 것도 모자라 숫자까지 몇 개씩 보태곤 한다. 물론 자기들에게도 아무 의미가 없는 조합이다. 그런 경우 패스워드를 풀어내기란 실질적으로 불가능하다. 하지만 프란츠는 강박증과는 거리가 먼 사람이었다. 그는 마음의 평정을 유지하는 법을 알고 있었다. 물론 보안의 필요성이 대두될 때는 진지해지긴 했지만 필요 이상으로 심각해지는 법이 없는 사람이었다. 그리고 그는 단어 지향적인 사람이었다. 그에겐 숫자보다 단어가 우선이었다. 주변 일에 관심이 많고 충직한 성격, 평범한 취향, 코끼리 같은 기억력. 그런 사내가 선택한 패스워드는 과연 무엇일까?

리처가 말했다. "안젤라, 찰리, 마일즈 데이비스, 다저스, 쿠팩스, 파나마, 파이퍼, 매쉬, 브루클린, 하이디, 제니퍼."

니글리는 수첩의 새 페이지를 펼치고 그가 애기한 단어들을 모두 받아 적었다.

"이유는?" 그녀가 물었다.

"안젤라와 찰리는 당연하지. 가족이니까."

"하지만 너무 당연하니까 지워야 하지 않을까요?"

"글쎄, 역발상이란 것도 있긴 한데. 아무튼 마일즈 데이비스는 그가 제일 좋아했던 가수, 다저스는 그가 응원하던 야구팀, 샌디 쿠팩스는 그가 제일 좋아했던 선수."

"그럴듯하네요. 파나마는 왜죠?"

"프란츠는 1989년 연말에 파나마로 파견됐었어. 그로 하여금 군인으로서 진정한 보람을 느끼게 해준 임무였지. 잊을 수가 없었을 거야."

"파이퍼는 미셸 파이퍼의 그 파이퍼인가요?"

"그가 가장 좋아했던 여배우지."

"그러고 보니 안젤라가 그 여배우와 약간 닮은 것 같아요. 안 그래요?"

"맞아."

"매쉬는?"

"그가 제일 좋아했던 영화." 리처가 말했다.

"당신이 알고 있는 건 10년 전의 프란츠라는 사실을 잊지 말아요." 니글리가 말했다. "그 이후로 좋은 영화가 얼마나 많이 나왔는데."

"패스워드라는 건 가슴 깊숙한 곳에서 나오는 법이야."

"어쨌든 철자가 네 개뿐이잖아요. m-a-s-h. 너무 짧아요. 요즘 대부분의 소프트웨어는 최소한 여섯 자 이상을 요구한단 말이에요."

"알았어. 매쉬는 넘어가지."

"브루클린은?"

"그가 태어난 곳."

"난 몰랐어요."

"아는 사람이 거의 없어. 그가 어릴 때 가족을 따라 서부로 이주했거든. 그러니 그것도 패스워드 후보로 괜찮은 것 같아."

"하이디?"

"그의 첫사랑. 정말 기막힌 여자였나 봐. 그녀 얘기를 꺼낼 때마다 입에 거품을 물더군."

"난 그것도 전혀 몰랐어요. 남자들끼리 낄낄거릴 땐 나를 완전히 따돌렸던 거군요."

"당연하지." 리처가 말했다. "칼라 딕슨도 끼워 주지 않으니까 너무 섭섭해하지는 마. 우리 남자 대원들은 여자들의 눈에 감상적으로 비치는 게 싫었거든."

"어쨌든 하이디도 지울게요. 다섯 글자니까. 게다가 이제 프란츠의 마음은 안젤라에게 완전히 옮겨 갔어요. 아무리 기막혔다고 해도 옛날 여자 친구의 이름을 패스워드로 사용하고 싶은 마음은 들지 않았을 거예요. 같은 이유로 미셸 파이퍼도 지워야겠군요. 그런데 제니퍼는 또 누구죠? 두 번째 여자친구? 역시 기막힌?"

"제니퍼는 그가 키우던 개 이름이야." 리처가 말했다. "그가 어린아이였을 때. 자그마한 몸집의 검은색 믹스견. 열여덟 살까지 살았대. 그 개가 죽었을 땐 미치도록 슬펐다더군."

"가능성 있는 후보네요. 하지만 안젤라, 찰리, 매쉬, 하이디, 파이퍼를 지우고도 여섯 개예요. 기회는 단 세 번뿐인데."

"열두 번이야." 리처가 말했다. "네 개의 봉투, 네 개의 플래시 메모리. 날짜상으로 가장 오래된 것부터 시작하면 돼. 어차피 기존의 내용을 지속적으로 업그레이드한 거니까 앞의 세 개는 지워져도 상관없잖아. 그렇게 아홉 번, 가장 최근 파일에서 두 번, 그러니 열한 번은 틀려도 된다고."

니글리는 객실 탁자 위에 네 개의 플래시 메모리를 날짜순으로 늘어놓았다. "당신은 그가 매번 패스워드를 바꾸지 않았다는 걸 확신할 수 있어요?"

"프란츠가?" 리처가 말했다. "지금 농담해? 프란츠 같은 사내는 자신에게 특별한 의미를 지닌 단어를 한번 선택하면 죽을 때까지 간직하는 법이야."

니글리가 날짜상으로 가장 오래된 플래시 메모리를 컴퓨터에 꽂았다. 스크린 위에 예의 아이콘이 떠오르자 그녀는 패스워드 입력창에 커서를 가져다 댔다.

"됐어요." 그녀가 말했다. "패스워드 후보들 사이에 우선순위가 있나요?"

"사람 이름부터 가지. 그다음엔 장소. 프란츠도 그 순서를 밟았을 거야."

"다저스도 사람 이름에 포함시켜야 할까요?"

"물론이지. 야구는 사람이 하는 거니까."

"알았어요. 하지만 음악부터 가죠." 그녀가 'milesdavis'를 친 뒤 엔터 키를 눌렀다. 잠시 응답이 없던 스크린이 이내 원상태로 회복됐다. 패스워드 입력창에 빨간 글씨가 적혀 있었다.

올바른 패스워드가 아닙니다.

"한 번 날아갔고." 그녀가 말했다. "이번엔 스포츠."

그녀가 'dodgers'를 쳤다.

올바른 패스워드가 아닙니다.

"두 번 날아갔고." 그녀가 'koufax'를 쳤다.

노트북에 내장된 하드 드라이브가 웅웅대더니 이내 스크린이 먹통이 되었다.

"무슨 일이지?" 리처가 물었다.

"데이터가 자동으로 삭제되는 소리예요." 그녀가 말했다. "컴퓨터가 스스로 지워 버린 거예요. 쿠팩스도 아니었어요. 세 번째 기회도 날아갔네요."

그녀가 첫 번째 플래시 메모리를 뽑아 쓰레기통을 향해 던졌다. 은빛 포물선을 그리며 골인.

두 번째 플래시 메모리가 꽂혔다.

그녀가 'jennifer'를 쳤다.

올바른 패스워드가 아닙니다.

"네 번 날아갔고." 그녀가 말했다. "그의 강아지도 아니었네요."

그녀가 'panama'를 쳤다.

올바른 패스워드가 아닙니다.

"다섯 번." 그녀가 'brooklyn'을 쳤다.

스크린이 먹통이 되었다. 하드 드라이브가 웅웅거렸다.

"여섯 번." 그녀가 말했다. "그의 고향도 아니었어요. 여섯 개 모두 틀렸네요. 리처, 빵점."

두 번째 플래시 메모리도 쓰레기통에 던져 넣은 뒤 그녀가 세 번째 것을 꽂았다.

"다시 도전해 보시죠."

"자네 차례야. 난 너무 오랫동안 쉬었나 봐."

"프란츠의 군번은 어떨까요?"

"아닐 것 같은데. 프란츠는 단어 지향적인 친구였어, 숫자가 아니라. 게다가 내 경우에는 군번과 사회보장번호가 동일해. 프란츠도 마찬가지일 거야. 그럼 훤히 노출돼 있는 거잖아."

"당신이라면 어떤 패스워드를 사용하겠어요?"

"나? 난 숫자 지향적인 사람이야. 당연히 내 패스워드는 숫자들이야. 게다가 숫자들은 자판 두 번째 줄에 일렬로 늘어서 있어. 기억하기 쉽고 타자 실력도 필요 없으니 일거양득이지."

"어떤 숫자들을 사용할 건데요?"

"여섯 자리 숫자? 나 같으면 일단 내 생년월일 여섯 숫자를 적은 다음 그 여섯 자리 숫자와 가장 가까운 소수를 계산해서 그걸 패스워드로 삼을 거야." 그가 잠시 뭔가를 생각하고 나서 말을 이었다. "다시 생각해 보니 그건 안 되겠어. 그 조건에 해당하는 소수가 두 개니까. 하나는 내 생년월일 여섯 자리 숫자보다 정확히 7이 작고 다른 하나는 정확히 7이 커. 소수 대신에 제곱근을 써야겠어. 그 제곱근은 소수점을 중심으로 앞으로 세 자리, 뒤로 세 자리야. 서로 다른 숫자 여섯 개. 소수점만 지워 버리면 완벽한 패스워드가 되는 거지."

"참 복잡하기도 하네요." 니글리가 말했다. "프란츠는 절대 그렇게까지 머리를 굴리진 않았을 거예요. 아니, 이 세상에서 그런 패스워드를 만들어 낼 사람은 당신 말고는 없을 거예요."

"그러니까 훌륭한 패스워드지."

"프란츠의 첫 번째 자동차가 뭐였죠?"

"형편없는 고물이었을 거야."

"하지만 남자들은 차라면 죽고 못 살잖아요. 그는 어떤 차를 제일 좋아했죠?"

"난 차를 좋아하지 않아."

"프란츠의 입장에서 생각해봐요, 리처. 그가 어떤 차를 좋아했죠?"

"그는 늘 빨간색 재규어 XKE를 몰고 싶어 했어."

"그게 패스워드일 가능성이 있을까요?"

관심과 열정을 지닌 사내. 애정과 충성심으로 가득 찬 사내.

리처가 말했다. "글쎄, 프란츠는 자신에게 특별한 의미가 있는 단어를 패스워드로 삼았을 거야. 부적 같은 효력이 있는 단어, 그걸 떠올릴 때마다 가슴이 훈훈해지는 단어. 젊은 시절의 롤모델일 수도 있겠고, 혹은 오랫동안 가지고 싶었거나 아껴 왔던 물건일 수도 있겠고. 그렇게 보자면 재규어 XKE가 패스워드일 가능성도 있어."

"시도해 볼까요? 이제 여섯 번밖에 남지 않았어요."

"기회가 육백 번 남았다면 시도해 볼 텐데."

"잠깐만요." 니글리가 말했다. "안젤라가 우리에게 했던 얘기 있잖아요. '특수부대원들에게 덤비지 마라.' 이 슬로건을 그가 늘 입에 달고 살았다는 얘기 말이에요. 그건 어떨까요?"

"패스워드가 그렇게 길어도 되는 거야?"

"잘라야죠. '특수부대원들', 혹은 '덤비지 마라.'"

코끼리 같은 기억력의 소유자.

리처가 고개를 끄덕였다. "그땐 우리 모두의 황금기였어. 그러니 프란츠도 그 시절을 떠올릴 때마다 가슴이 훈훈해졌을 거야. 특히 컬버 시티 한구석에 처박힌 채 보람도 없는 일을 하고 있었으니 더 그랬을 거야. 사람들은 일부러라도 향수에 잠기곤 하지. 안 그래? 〈The Way We Were〉라는 노래도 있잖아."

"영화로도 나왔어요."

"맞아. 그건 보편적인 감정이야."

"어느 걸 먼저 시도하는 게 좋을까요?"

리처는 기억 속에서 찰리의 목소리를 떠올렸다. 높고 가느다란 어린아이의 목소리, '덤비지 마라'.

"덤비지 마라." 그가 말했다. "아홉 철자."

니글리가 'donotmess'를 친 뒤 엔터 키를 눌렀다.

올바른 패스워드가 아닙니다.

"빌어먹을!" 그녀가 말했다.

곧바로 'specialinvestigators'를 쳤다. 그녀의 손가락이 엔터 키 위에서 잠시 머뭇거렸다.

"너무 긴 것 같은데?" 리처가 말했다.

"할까요, 말까요?"

"해봐."

올바른 패스워드가 아닙니다.

니글리가 말했다. "아오!" 그러고 나선 입을 꾹 다물었다.

목소리에 이어 찰리의 모습이 리처의 눈앞에 떠올랐다. 찰리는 등받이 상단에 자기 이름이 깔끔하게 새겨져 있는 작은 의자에 앉아 있었다. 프란츠의 솜씨. 나무 그을리는 냄새가 풍겨 오는 것 같았다. 아빠가 아들에게 주는 선물. 프란츠가 마련한 가장 뿌듯한 선물이었을 것이다.

사랑, 자랑, 헌신.

"난 찰리가 마음에 들어." 리처가 말했다.

"나도요." 니글리가 말했다. "참 귀여운 아이예요."

"아니, 패스워드로 말이야."

"너무 빤하잖아요."

"프란츠는 그다지 복잡하게 생각하지 않았을 거야. 지속적으로 업그레이드를 하고 있던 상황이었어. 당장엔 보안에 주의를 기울이기보다는 쉽고 빠르게 데이터에 접근하는 게 우선이었을 거야."

"그렇다고 해도 그건 너무 빤하잖아요. 그는 위기 상황 중에 이 파일들을 작성했어요. 예전엔 쉽게 패스워드를 결정했을지 모르지만 이번엔 신중을 기했을 거예요. 자기 앞으로 우편물을 보낸 게 그 증거잖아요."

"허를 찌르는 전략을 구사했을 수도 있잖아. 역발상. '찰리'가 너무도 빤한 건 사실이야. 하지만 그렇기 때문에 다른 사람들은 그게 패스워드일 거라고는 생각하지 못했을 거란 얘기지. 보안상 훌륭한 패스워드란 그래야 하는 거 아닌가?"

"가능한 얘기긴 하지만 그럴 것 같진 않네요."

"그나저나 이 파일 속에는 어떤 내용이 담겨 있을까?"

"우리가 반드시 봐야 할 필요가 있는 어떤 것들이겠죠."

"'찰리'로 시도해봐."

니글리가 어깨를 한 번 으쓱한 뒤 'charlie'를 쳤다.

엔터 키를 눌렀다.

올바른 패스워드가 아닙니다.

하드 디스크가 돌아가면서 메모리가 자동으로 지워졌다.

"아홉 번째 실패." 니글리가 말했다. 그녀는 세 번째 플래시 메모리를 휴지통에 던져 넣은 뒤 마지막 메모리를 꽂았다. "이제 세 번 남았어요."

리처가 물었다. "찰리가 태어나기 전에는 프란츠가 누굴 가장 사랑했을 것 같아?"

"안젤라." 니글리가 말했다. "하지만 그건 더 심한데요."

"해봐."

"진심이에요?"

"난 도박꾼이야."

"기회가 세 번뿐인데?"

"해보라니까." 그가 다시 말했다.

그녀가 'angela'를 쳤다.

엔터 키를 눌렀다.

올바른 패스워드가 아닙니다.

"열 번째 실패." 그녀가 말했다. "두 번 남았어요."

"안젤라 프란츠는 어때?"

"오, 리처."

"그녀의 처녀 때 성은?"

"난 그녀의 처녀 때 성까진 몰라요."

"전화해서 물어봐."

"진심이에요?"

"일단 알아보기라도 하자고."

니글리가 수첩을 뒤져서 안젤라의 휴대폰 번호를 찾았다. 그녀가 응답을 하자 니글리는 일단 이름을 밝힌 뒤, 잠시 잡담을 나눴다. 리처는 그녀가 준비했던 질문을 하는 걸 들었다. 안젤라의 대답은 물론 들리지 않았다. 하지만 그는 니글리의 두 동공이 약간 커지는 걸 보았다. 니글리의 얼굴에 그런 표정이 떠올랐다는 건 보통 사람 같으면 바닥에 자빠질 정도의 충격을 받았다는 말이었다.

그녀가 전화를 끊었다.

"파이퍼였대요." 그녀가 말했다.

"흥미롭군."

"아주 많이."

"그 여배우와 친척인가?"

"그런 얘기는 없었어요."

"자, 이제 그걸로 가보자고. 프란츠로서는 일석이조였을 거야. 가슴은 두 배로 푸근해지면서 죄책감을 느낄 필요는 전혀 없었을 테니까."

니글리가 'pfeiffer'를 쳤다.

엔터 키를 눌렀다.

올바른 패스워드가 아닙니다.

16

객실 안은 더웠다. 답답했다. 산소가 부족했다. 방이 작아진 것처럼 느껴졌다. 니글리가 말했다. "열한 번째 기회마저 날아갔어요. 이제 딱 한 번 남았네요. 성공하느냐, 아니면 물거품이 되느냐, 마지막 기회예요."

리처가 물었다. "우리가 아무 짓도 하지 않으면 어떻게 되는 거지?"

"그러면 파일에 저장된 내용을 보지 못하게 되는 거죠."

"아니, 패스워드를 지금 당장에 풀어야 하는 건지 물었던 거야. 그래야 해? 아니면 나중에 해도 되는 거야?"

"어디로 도망가지는 않아요."

"그럼 쉬었다 하자고. 나중에 해결하지. 기회가 한 번밖에 없으니 신중을 기해야 되잖아."

"지금까지는 장난이었어요?"

"제대로 주의를 기울이지 않았던 건 사실이잖아. 일단은 LA 동부로 가서 스완을 찾아보자고. 그를 찾게 되면 해답을 얻을 수 있을지도 몰라. 그러지 못한다고 해도 최소한 맑은 정신으로 다시 도전할 수는 있겠지."

니글리가 주차관리실에 다시 전화를 했다. 10분 뒤, 두 사람을 태운 빨간색 무스탕은 윌셔 대로를 동쪽으로 달리고 있었다. 윌셔 센터와 웨스트레이크를 차례로 지나고 갑자기 이리저리 휘기 시작한 도로를 다시 어느 정도 달리자 맥아더 공원이 나타났다. 거기서부터는 패서디나 고속도로를 타고 북동쪽으로 올라갔다. 엄청난 규모의 텅 빈 주차장 한가운데에 콘크리트 덩어리로 서 있는 다저스타디움을 지나고 나서 잠시 후 다시 시내 도로로 내려왔다. 보일 하이츠, 몬트레이 파크, 알람브라, 패서디나 남부를 차례로 거치는 구불구불한 도로였다. 공업 단지와 사무실 단지, 상가들, 게다가 신구 주택가까지 뒤섞여 있는 지역이었다. 도로변에는 차들이 빈틈을 찾을 수 없을 만큼 빽빽이 주차되어 있었다. 교통은 너무나 혼잡해서 마치 반고체 상태의 물질이 흐르는 것처럼 더디기 그지없었다. 갈색 하늘. 니글리가 운전석 사물함에서 조악한 랜드 맥널리 지도를 꺼내 리처에게 건넸다. 80킬로미터 상공에서 지구를 촬영한 것 같은 지도였다. 리처는 두 눈을 가늘게 떴다. 그렇게 초점을 모으고는 지도 위에 회색 선으로 그어진 도로 이름과 차창 밖에 이따금씩 지나가는 이정표를 대조해 가며 연신 방향을 지시했다. 하지만 그녀에게는 별 도움이 되지 않았다. 오히려 운전에 방해만 될 뿐이었다. 돌고 꺾어야 할 지점들을 30초는 지난 뒤에야 일러주었기 때문이었다. 어쨌거나 리처는 두 눈을 가늘게 뜬 채 자기 일에 열심이었다.

그래도 결국엔 목적지에 도착했다. 회사의 이름이 새겨진 키 낮은 대리석 기둥이 돌고 돌아 찾아온 그들을 묵묵히 맞이했다. 벽면 전체가 모두 유리인 네모반듯한 건물이었다. 건물 주위로 철책이 둘러쳐져 있었다. 높이가 상당한 데다가 꼭대기에는 레이저 철조망이 똬리를 틀고 있어서 일반인들에겐 결코 만만치 않은 철책이었다. 하지만 리처 같은 전문가가 보기엔 절단기 하나만 있으면 누구든 10초 안에 상처 없이 뚫고 들어갈 수 있는 철책이었다. 건물은 평범하게 조경된 부지 한가운데에 자리 잡고 있었다. 나무와 하늘이 유리에 반사되어 건물이 그 자리에 있는 듯 없는 듯 묘한 풍경을 연출하고 있었다.

활짝 열려 있는 정문 주변에 경비실은 보이지 않았다. 경비원도 없었다. 문 자체도 견고해 보이지 않았다. 정문 안쪽의 주차장은 절반쯤 채워져 있었다. 마침 복사기 회사 트럭 한 대가 빠져나오고 있었다. 니글리는 그 차가 지나가기를 기다렸다가 정문 안으로 무스탕을 몰고 들어가 건물 출입문 근처의 방문객 전용 주차 공간에 세웠다. 차에서 내린 두 사람은 잠시 서 있었다. 늦은 아침이었다. 공기는 후덥지근했다. 주위는 조용했다. 직원들 모두 각자의 일에 몰입해 있는 것 같았다. 혹은 할 일이 없는 건지도 몰랐다.

출입문 역시 통유리였다. 몇 개의 낮은 계단을 올라 그 앞에 서자 문이 자동으로 열렸다. 문 안쪽은 사각형의 넓은 로비였다. 석판 바닥에 벽면은 알루미늄이었다. 군데군데 가죽 의자들이 놓인 그 공간 맨 안쪽에 긴 안내 데스크가 설치되어 있었다. 그 뒤에 서른쯤 돼 보이는 금발의 여자가 서 있었다. 그녀가 입고 있는 반팔 셔츠는 유니폼인 듯 봉긋하게 솟아오른 왼쪽 가슴 어림에 '뉴에이지 디펜스 시스템스'라는 회사 이름이 수놓여 있었다. 현관문이 열리는 소리를 분명히 들었을 텐데도 금발의 여자는 니글리와 리처가 로비를 반쯤 건너간 뒤에야 고개를 들었다.

"어떻게 오셨죠?" 그녀가 물었다.

"토니 스완을 만나러 왔소." 리처가 말했다.

여자가 직업상의 미소를 띠며 물었다. "성함들이 어떻게 되시죠?"

"잭 리처 그리고 프랜시스 니글리. 스완과는 군대 시절부터 절친했던 사이요."

"그럼 잠시만 앉아 계세요." 여자가 데스크 전화기를 집어 들었다. 리처
와 니글리는 가죽 의자 쪽으로 걸어갔다. 니글리는 그 가운데 하나에 앉았
다. 하지만 리처는 앉지 않았다. 그는 선 채로 알루미늄 벽에 비친 금발의
모습을 지켜보았다. 그녀의 목소리가 들렸다. "토니 스완 씨의 친구 두 분
이 로비에서 기다리고 계십니다." 전화를 끊고 나서 그녀는 리처가 그녀
를 보고 있지 않는데도 그가 서 있는 쪽을 향해 미소를 지어 보였다. 로비
엔 이내 침묵이 내려앉았다.

4분 남짓 지속된 침묵은 석판 바닥을 내딛는 발자국 소리에 의해 깨졌
다. 안내 데스크 한쪽에서 건물 안쪽으로 이어지는 복도에서 들려오는 소
리였다. 소리로만 판단할 때 중키에 날씬한 체격의 여자였다. 리처가 복도
입구를 향해 눈길을 돌렸다. 이내 어떤 여자가 걸어 나왔다. 마흔쯤 되었
을까? 마른 체구에 흰 블라우스와 검정색 바지 정장을 차려입고 갈색 머
리를 맵시 있게 다듬은 용모였다. 여자는 안내 데스크의 금발에게 수고했
다는 표시로 미소를 지어 보이고 나서 곧장 리처와 니글리를 향해 걸어왔
다. 손을 뻗으며 여자가 말했다. "마거릿 베런슨입니다."

니글리가 자리에서 일어났다. 두 사람은 각자 이름을 밝힌 뒤 차례로
여자와 악수를 나눴다. 가까이에서 보니 여자의 얼굴에는 길고 깊은 상처
가 나 있었다. 짙은 화장으로도 감춰지지 않는 상처였다. 아주 오랜 기간
동안 껌을 즐겨 씹은 듯, 비어 있는 입인데도 껌 냄새가 짙게 풍겼다. 꽤
값나가 보이는 장신구들을 걸치고 있었지만 결혼반지는 없었다.

"우린 토니 스완을 찾아왔소." 리처가 말했다.

"알고 있습니다." 여자가 말했다. "자리를 옮겨서 말씀을 나누시죠."

로비의 알루미늄 벽판 가운데 하나가 그 자체로 문이었다. 그 안쪽 공간은 직사각형의 회의실이었다. 로비 복도 안쪽까지 들어갈 자격이 되지 않는 방문객들과의 면담을 위한 장소였다. 탁자 하나에 의자 네 개가 놓인 그 공간의 한쪽 면은 바닥부터 천장까지 통유리였다. 그 유리창 밖은 바로 주차장이었다. 빨간색 무스탕이 2미터 거리에 있었다.

"전 마거릿 베런슨이라고 해요." 여자가 다시 말했다. "뉴에이지의 인사부장입니다. 결론부터 말씀드리죠. 스완 씨는 회사를 그만두셨습니다."

리처가 물었다. "언제 그만뒀소?"

"3주가 조금 더 된 것 같군요." 베런슨이 말했다.

"무슨 일이라도 있었소?"

"두 분이 스완 씨와 특별한 관계라는 걸 제게 확인시켜 준다면 좀 더 편안하게 말씀을 나눌 수 있을 것 같네요. 사실 누구든 안내 데스크에서 옛 친구라고 얘기할 수 있는 거니까요."

"흠, 어떻게 입증하면 되겠소?"

"스완 씨의 키가 얼마 정도였죠?"

"180센티미터 정도."

베런슨이 웃으며 말했다. "스완 씨가 돌조각을 문진으로 사용했다고 말씀드린다면 혹시 그 돌이 어디에서 난 건지 말씀해주실 수 있나요?"

"베를린 장벽." 리처가 말했다. "그 장벽이 무너졌을 때 그는 마침 독일에서 근무 중이었소. 난 그 일이 있고 난 직후에 그리로 가서 그를 만났소. 지방에서부터 기차를 타고 베를린으로 올라가 장벽 조각 하나를 손에 넣었다고 했소. 그리고 그건 돌이 아니라 콘크리트요. 그 위에 페인트 낙서 흔적도 있고."

베런슨이 고개를 끄덕였다.

"제가 스완 씨에게 들은 얘기와 일치하는군요." 그녀가 말했다. "그 물건도 정확히 묘사하셨고."

"그럼 이제 무슨 일이 있었는지 말해 주시오." 리처가 말했다. "그가 자진해서 그만둔 거요?"

베런슨이 고개를 가로저었다.

"그건 아니었어요." 그녀가 말했다. "우리가 어쩔 수 없이 그를 해고했어요. 그만 해고한 건 아니었어요. 우리 회사가 신생기업이라는 사실을 참작해주면 고맙겠네요. 불안정한 만큼 리스크도 뒤따르는 상황의 연속이에요. 사실 창업 당시의 청사진을 기준으로 삼자면 현재 우리는 계획했던 좌표에 이르지 못한 상태예요. 솔직히 고전하고 있는 거죠. 그래서 대대적인 인사 조치를 단행해야 했어요. 신입사원은 남기고 고참은 내보내는 원칙이 수립됐죠. 결국 중견사원들이 직격탄을 맞게 됐어요. 저도 우리 부서의 차장을 내보내야 했어요. 스완 씨는 보안팀 차장이었는데 안타깝게도 그역시 정리해고 명단에 올랐어요. 회사로선 정말로 놓치기 아까운 인재였어요. 사정이 좋아지면 어떻게 해서라도 그를 다시 데려오고 싶은 마음이에요. 하지만 그때쯤에는 이미 어딘가 다른 직장에서 든든하게 뿌리를 내린 뒤겠죠."

리처는 유리창 밖의 반쯤 빈 주차장을 흘깃 내다보았다. 주위의 소리에도 귀를 기울였다. 건물 내부 역시 절반은 비어 있는 것 같았다.

"잘 알겠소." 그가 말했다.

"잘 알긴 뭘." 니글리가 말했다. "난 지난 사흘간 그의 사무실로 수없이 전화를 걸었어요. 그때마다 그가 잠시 자리를 비웠다는 대답만 들었고요.

앞뒤가 맞지 않잖아요."

베런슨이 다시 고개를 끄덕였다. "그건 제가 직접 지시한 사항이에요. 엄밀히 말하자면 해고 당사자들을 위한 배려죠. 상황을 모른 채 전화를 걸어온 지인들에게 사무실 직원들이 그들의 해고 사실을 곧이곧대로 알려주면 당사자들은 어떻겠어요? 스완 씨의 경우도 마찬가지예요. 그가 직접 그 사실을 주위에 알리는 게 여러모로 그를 위해 훨씬 나은 방법이라는 얘기죠. 그래야 그도 자신의 이력을 보호할 수 있을 테니까요. 그래서 저는 전화 접수를 받는 직원들에게 당분간만이라도 선의의 거짓말을 하도록 지시한 거예요. 그 부분에 관해 사과 말씀을 드리고 싶지는 않네요. 이해해 주시면 고맙겠어요. 우리 손으로 내보낸 직원들에게 보일 수 있는 마지막 정성이라고 생각해 주세요. 스완 씨의 이력서에도 해고보다는 자진 사직이 훨씬 더 도움이 될 거예요. 그가 여기서 잘렸다는 걸 새 직장에서 모르는 게 유리하지 않겠어요?"

니글리는 잠시 생각한 뒤에 고개를 끄덕였다.

"알겠어요." 니글리가 말했다. "충분히 이해가 가네요."

"스완 씨에게는 특히 배려를 해드리고 싶었어요." 베런슨이 말했다. "우리 모두 그를 많이 좋아했거든요."

"당신들이 좋아하지 않았던 사람들은 어떻게 됐죠?"

"그런 사람들은 없었어요. 우리는 그 가치를 신뢰할 수 없는 사람들은 절대 채용하지 않으니까요."

리처가 말했다. "내가 스완의 사무실로 전화했을 땐 아무도 받지 않았는데."

베런슨이 다시 고개를 끄덕였다. 경력이 녹록지 않은 여자였다. 경력만큼이나 인내심도 상당한 것 같았다. "사무 보조 인력들도 정리해고 대상이었어요. 계속 남아 있게 된 직원들은 이제 각자 다섯 개 내지 여섯 개 전화 라인을 책임지고 있는 상태예요. 그러니 통화 중에 다른 전화를 받지 못하게 되는 경우도 종종 발생하는 거죠."

리처가 말했다. "앞으로의 회사 전망은 어떻소?"

"구체적으로 대답 드리기는 어려운 질문이군요. 하지만 선생님은 충분히 짐작하시리라 믿어요. 군 출신이니까요."

"우리 둘 다."

"개발과 동시에 시장에 등장하는 신무기들이 얼마나 되는지 알고 계시죠?"

"많지는 않을 거요."

"아뇨, 아예 없어요. 우린 그 부분까지 감안해서 청사진을 작성했어요. 하지만 출시가 자꾸 미뤄지고 있는 상황이에요."

"어떤 무기요?"

"말씀드릴 수 없어요."

"어디서 만들어지는 거요?"

"바로 이곳에서요."

리처가 고개를 가로저었다. "아니, 그럴 리 없소. 세 살짜리도 타고 넘을 수 있는 철책에다가 정문에는 경비실도 없고, 로비에 완벽한 보안시스템도 설치되지 않은 이 건물에서? 스완이 어떤 사람인지는 누구보다 우리가 더 잘 알고 있소. 만일 이곳이 보안상 극비에 속하는 프로젝트가 진행되고 있는 현장이라면 그가 설계한 보안시스템이 이렇게 허술할 리가 없소."

"우리 회사의 무기 제조 시스템에 관해서는 어떤 말씀도 드릴 수가 없어요."

"스완의 직속 상사가 누구요?"

"우리 회사 보안팀장이요? LA 경찰국 간부로 정년퇴직한 사람이에요."

"그 사람은 놔두고 스완은 내보냈다? 신입은 남기고 고참은 내보내는
게 원칙이라고 하더니 보안팀은 예외였던 거요?"

"모두 훌륭한 인재들이에요. 남은 직원들이나 떠난 직원들이나. 정리해
고는 정말 쉽지 않은 결정이었어요. 하지만 어쩔 수가 없었죠."

2분 뒤, 리처와 니글리는 뉴에이지 주차장의 무스탕으로 돌아와 앉아
있었다. 자동차는 엔진을 그르렁대고 있었지만 두 사람은 그걸 대체 어디
로 몰고 가야 할지 막막할 뿐이었다.

"타이밍이 아주 고약한걸." 리처가 말했다. "스완이 갑자기 직장에서 잘
렸다, 문제가 생긴 프란츠가 그에게 전화를 했다, 그럼 스완이 할 일은 빤하
잖아? 곧장 프란츠에게 달려가는 거지. 차로 20분 거리밖에 안 되니까."

"직장이 있건 없건 스완은 프란츠에게 달려갔을 거예요."

"다른 대원들 모두 마찬가지야. 실제로도 그랬을 거야."

"그럼 모두들 죽은 걸까요?"

"희망은 최선을 꿈꾸며 품는 거고 계획은 최악을 대비해 세우는 거야."

"아무튼 이제 당신이 바라는 대로 된 셈이네요, 리처. 우리 둘뿐이니까."

"이런 식으로 둘이 되기를 원한 건 아니었어."

"난 도무지 믿어지지가 않아요. 어떻게 그들 모두가?"

"누군가에게 대가를 받아내야 해."

"무슨 수로요? 우린 아무것도 가진 게 없어요. 하나 있긴 하죠. 패스워

드를 풀 수 있는 마지막 한 번의 기회. 하지만 너무나 초조해서 결국엔 그 기회를 써보지도 못할 거예요."

"이 시점에서 초조는 금물이야."

"그럼 패스워드를 맞춰 봐요."

리처는 입을 다물었다.

돌아올 땐 내내 일반도로를 탔다. 니글리는 말없이 차를 몰았다. 리처는 3주 전 같은 길을 따라 차를 몰았을 토니 스완의 모습을 머릿속에 그려보았다. 뉴에이지 사무실 책상 위와 서랍 속에 있던 물건들을 채운 박스가 그의 차 트렁크에 실려 있었을 것이다. 조악한 소련제 콘크리트 조각도 그 속에 들어 있었을 것이다. 옛 친구를 돕기 위해 달려가는 길. 정신없이 달려왔을 다른 대원들의 모습도 떠올렸다. 산체스와 오로스코는 라스베이거스에서부터 15번 도로를 타고, 오도넬과 딕슨은 동부 연안에서부터 비행기와 택시를 번갈아 이용해 가면서 왔을 것이다.

재회. 반가움.

공동 작전.

하지만 깨지지 않는 벽을 향한 돌진.

그들의 영상이 사라지고 그와 니글리만이 차 안에 타고 있는 현실이 새삼스럽게 다가왔다.

단 둘. 현실이란 직면하는 것이지 맞서 싸우는 게 아니다.

니글리는 베벌리 윌셔 주정차 차로에 차를 세웠다. 두 사람은 뒤쪽의 굽은 복도를 통해 본관 로비로 들어갔다. 엘리베이터 안에서도 두 사람 모두 입을 꾹 다물고 있었다. 니글리가 열쇠로 객실 문을 열었다.

다음 순간 그녀의 자세가 빳빳하게 굳었다.

정장 차림의 사내가 창문가의 의자에 앉아 캘빈 프란츠의 부검 기록을 읽고 있었기 때문이다.

금발, 준수한 용모, 느긋한 자세.

데이비드 오도넬.

17

오도넬이 고개를 들었다. 얼굴 가득 그늘이 드리워져 있었다. "내 자동 응답기에 녹음돼 있는 그 무례하고 상스러운 메시지들에 관해서 따질 작정이었어요."

그가 부검 기록을 들어 보이며 말을 이었다. "하지만 이제 이해가 가는군요."

니글리가 물었다. "여긴 어떻게 들어온 거죠?"

오도넬이 말했다. "날 몰라?"

"대체 자넨 어디 있었던 거야?" 리처가 물었다.

"한동안 뉴저지에 있었어요." 오도넬이 말했다. "여동생이 아파서."

"많이?"

"아주 많이."

"그래서 죽었어?"

"아니, 괜찮아졌어요."

"그렇다면 곧장 이리로 왔어야지."

"곧장 온 거예요. 메시지를 확인하자마자." 약간 볼멘 소리였다.

"걱정 많이 했어요." 니글리가 말했다. "당신도 당한 줄 알고."

오도넬이 고개를 끄덕였다. "당연히 걱정했어야지. 그리고 지금도 걱정해야 해. 아주 걱정스러운 상황이야. 난 비행기를 타기 위해 네 시간을 기다려야 했어. 그동안 여기저기 전화를 걸었지. 프란츠가 전화를 받지 않더군. 물론 이제 그 이유를 알았지만. 스완, 딕슨, 오로스코, 산체스, 모두 전화를 받지 않았어. 그래서 결론을 내렸지. 그들 중에 한 명이 모두를 소집해서 모종의 문제를 해결하기 위한 작전에 돌입했다고 말이야. 당신과 대장은 빼고. 당신은 시카고에서 눈코 뜰 새 없이 바쁜 사람이고 대장이 어디 있는지는 아무도 모르니까. 그리고 이번엔 나도 아니었어. 잠시 연락 불통 상태였으니 말이야."

"난 그렇게 바쁘진 않았어요." 니글리가 말했다. "나라는 사람을 그렇게도 몰라요? 난 모든 일을 제쳐 두고 당장에 달려왔을 거예요."

오도넬이 다시 한번 고개를 끄덕였다. "사실 처음엔 그게 내 유일한 희망이었어. 다른 친구들이 당신에게도 연락을 했을 거라고 생각했으니까."

"그런데 왜 그들이 내게 연락을 하지 않았을까요? 내가 싫어서?"

"설사 그들이 당신을 싫어했다고 해도 연락은 했을 거야. 어떤 작전이든 당신 없이 수행한다는 건 한쪽 손은 등 뒤로 접고 남은 한쪽 손만으로 싸움을 하는 것과 마찬가지니까. 알고서야 그런 짓을 할 멍청이가 어디 있겠어? 하지만 결국 현실적 계산보다는 일종의 편견이 앞섰던 거지. 당신이 너무 잘나가고 있었기 때문이야. 그래서 그들은 당신에게 연락을 할까 말까 망설였을 거야. 나중에야 연락하지 않은 걸 후회했겠지만 그땐 이미 돌이킬 수 없는 시점에 이른 다음이었겠지."

"그래서 당신 생각은요?"

"그들 가운데 누군가에게 심각한 문제가 발생했던 거야. 이제 보니 그 한 명이 프란츠였고. 그래서 그는 즉각적으로 달려와 줄 수 있는 옛 동료들에게 도움을 요청한 거야. 당신과 대장에겐 애초에 연락할 생각이 없었고 나는 연락이 닿지 않았던 거지."

"우리도 같은 생각을 했어요. 당신이 멀쩡한 건 뜻밖이지만. 당신 여동생이 아팠던 건 우리에겐 행운이었어요. 여동생이 당신을 살린 셈이죠."

"그렇지만 내 동생에겐 나쁜 일이었지."

"징징대지 마." 리처가 말했다. "어쨌든 자네 동생도 살아 있잖나."

"그나저나 대장, 정말 오랜만이에요! 니글리도 정말 반가워."

"이 방엔 어떻게 들어온 거죠?" 니글리가 물었다.

오도넬이 의자에서 몸을 반쯤 일으키곤 재킷 한쪽 주머니에서 잭나이프를, 다른 쪽 주머니에서는 브라스 너클을 꺼냈다. "이런 물건들을 지니고 공항검색대를 통과할 수 있는 사람이 호텔 방문 하나 열지 못할 것 같아?"

"그것들이 주머니에 있는데 공항검색대를 어떻게 통과할 수 있죠?"

"안 가르쳐 줘." 오도넬이 말했다.

"세라믹." 리처가 말했다. "세라믹은 무사통과야. 금속이 아니니까. 이제 저런 물건을 금속으로 만드는 회사는 없어. 이름만 여전히 브라스 너클일 뿐이지."

"정답." 오도넬이 말했다. "그래서 가능했어, 니글리. 쇠로 된 부분이 없거든. 잭나이프의 스프링만 빼고. 하지만 그건 너무 작아서 걸리지 않아."

"이렇게 만나니 정말 반갑군, 데이비드." 리처가 말했다.

"그러게요. 다만 좀 더 행복한 상황에서 만났다면 좋았을 걸 그랬습니다."

"그래도 행복지수가 50퍼센트나 증가했어. 나와 니글리는 달랑 우리 둘만 남은 줄 알았거든. 이젠 셋이 됐군."

"그나저나 뭐 좀 나왔어요?"

"별로. 프란츠의 부검 기록은 자네도 이미 봤고. 그것 말고는 백인 둘이 그의 사무실을 뒤집어 놓았다는 사실뿐이야. 하지만 그들은 거기서 아무 것도 찾지 못했어. 프란츠가 자기 앞으로 우편물을 발송해 왔기 때문이지. 우린 그의 사서함을 뒤져서 네 개의 플래시 메모리를 찾아냈어. 패스워드를 풀 기회는 한 번 남았고."

"그래서 지금 그 기회마저 날려 버릴까 봐 걱정이에요." 니글리가 말했다.

오도넬이 숨을 깊게 들이마셨다. 하지만 당장에 내뿜진 않았다. 보통 사람으로선 불가능할 정도로 오랫동안 참은 뒤 숨을 토해냈다. 천천히. 그의 오랜 습관이자 묘기였다.

"지금까지 시도했던 단어들이 뭐였지?" 오도넬이 물었다.

니글리가 수첩을 뒤적거려서 그 단어들이 적힌 페이지를 찾은 뒤 펼친 채로 오도넬에게 건넸다. 오도넬은 손가락 하나를 입술에 댄 채 읽었다. 리처는 그를 지켜보았다. 11년만의 재회였다. 하지만 외모는 거의 그대로였다. 옥수수색 머리카락에는 흰빛이 전혀 눈에 띄지 않았다. 그레이하운드처럼 날렵하게 빠진 몸매에도 군살이 전혀 붙지 않았다. 한편 입고 있는 양복은 상당히 고급이었다. 니글리와 마찬가지로 경제적인 기반이 제대로 잡힌 것 같았다. 사회에 나와 성공한 것이다.

"쿠팩스도 아니었단 말이야?" 그가 니글리에게 물었다.

니글리가 고개를 가로저었다. "세 번째 시도였는데 아니었어요."

"제일 먼저 시도한 게 아니었어? 프란츠를 그렇게 모르나? 그는 신적 존재, 우상, 영웅, 뭐 그런 쪽에 완전히 꽂혔던 사람이었어. 여기 적혀 있는 단어들 중에는 쿠팩스 딱 하나구만. 나머진 하나같이 감상적인 것들뿐이네. 마일스 데이비스도 가능성이 약간 있긴 해. 프란츠가 음악을 좋아했으니까. 하지만 그는 음악이 본질적인 가치가 아니라는 생각을 갖고 있었어."

"음악은 부수적이고 스포츠는 본질적이라는 얘기예요?"

"야구는 은유야." 오도넬이 말했다. "월드시리즈 마운드에 올라선 샌디 쿠팩스 같은 투수, 오직 자신의 양어깨로 모든 부담을 떠메고 있는 고독한 영웅. 프란츠는 바로 그런 존재를 숭배했고 동시에 자신도 그렇게 되기를 바랐던 거야. 그의 패스워드는 그가 본받고자 하는 대상일 게 분명해. 프란츠의 성격을 감안하자면 섬세하지도 복잡하지도 않은 단어일 거야. 찬란하게 꾸며낸 별명이 아니라 그냥 이름, 그것도 간단히 성만 패스워드로 썼을 거라는 얘기지."

"그럼 당신이 생각하는 패스워드는 뭐죠?"

"어렵네. 기회가 딱 한 번밖에 남지 않았다니 말이야. 잘못 짚었다간 완전히 나 혼자 뒤집어쓰는 거잖아. 그나저나 그 안에 뭐가 들어 있는 거지?"

"반드시 감추어야 할 자료겠지." 리처가 말했다. "양다리가 부러져도 입을 열지 않았던 어떤 것. 그 어떤 고문에도 불지 않았던 어떤 것. 그래서 범인들이 완전히 돌아버린 거야. 프란츠의 사무실은 태풍이 휩쓸고 지나간 폐허나 다름없었어."

"이제 우리의 목표는?"

"놈들을 찾아내서 모조리 쓸어버리는 것. 그 정도면 자네가 움직일 만한 충분한 동기가 될 거야. 안 그래?"

"천만에. 그걸론 부족해요. 난 마지막 한 놈까지 다 죽여 버린 뒤 조상들 무덤에도 오줌을 갈길 겁니다."

"성질은 죽지 않았군."

"오히려 더 개 같아졌다고 봐야죠. 대장은 좀 변했어요?"

"변했다면 서둘러 옛날로 돌아가야지."

오도넬의 얼굴에 옅은 미소가 잠시 떠올랐다 사라졌다. "니글리, 사람들이 해서는 안 될 짓이 뭐지?"

"특수부대원들에게 덤비는 것."

"정답이야." 오도넬이 말했다. "그랬다간 죽음뿐인 거지. 한 가지 더 물어볼게. 룸서비스로 커피 좀 시켜도 될까?"

그들은 함께 커피를 마셨다. 유서 깊은 호텔에서만 사용하는 전기도금 주전자에서 끓여낸 진하고 강한 커피였다. 대화를 나누진 않았지만 서로의 머릿속은 환히 꿰뚫고 있었다.

마지막 한 번의 기회. 프란츠가 설정한 패스워드는 무엇일까.

세 사람 모두 머릿속에 떠오르는 단어들을 분석하고 지우고 다시 분석하는 과정을 반복하고 있었다. 마침내 오도넬이 커피잔을 내려놓으며 말했다. "까짓 거 한번 해보자고. 물고기를 낚든지 미끼만 잃든지, 결판은 내야 할 거 아니야? 두 사람 생각엔 뭘 것 같아요?"

니글리가 말했다. "난 모르겠어요."

리처가 말했다. "자네가 해, 데이비드. 뭔가 떠오른 게 있잖아. 난 알 수 있다고."

"영광입니다. 대장한테 이렇게 전폭적인 신뢰를 받다니."

"자넬 내던질 수 있을 만큼만 믿겠다는 거야. 삐쩍 말랐으니 상당히 멀리까지 나갈 것 같은데. 정확한 거리는 자네가 실패하고 나면 알 수 있을 거야."

오도넬이 의자에서 일어나서는 손가락들을 우두둑 겹쳐 꺾은 뒤, 탁자 위에 놓인 노트북 앞으로 다가갔다. 그가 스크린 위의 패스워드 박스에 커서를 갖다 대고는 일곱 개의 철자를 입력했다.

숨을 깊게 들이마셨다.

잠시 뜸을 들였다.

기다렸다.

엔터 키를 눌렀다.

파일 디렉터리가 떠올랐다. 크고, 굵고, 명확한 글씨체였다.

오도넬이 숨을 내쉬었다.

그가 입력했던 일곱 개의 철자.

r-e-a-c-h-e-r.

18

리처는 마치 뺨을 한 대 맞은 사람처럼 컴퓨터 화면에서 고개를 홱 돌렸다. "아니, 이게 뭐지? 이럴 순 없어."

"그는 대장을 좋아했어요." 오도넬이 말했다. "존경했고요."

"이건 완전히 무덤에서 들려오는 목소리 같군. 저승사자의 호출."

"어쨌든 대장은 이렇게 멀쩡하게 살아 있잖아요."

"부담이 두 배로 늘어났어. 이제 절대 그를 실망시킬 수 없게 됐어."

"굳이 이 패스워드가 아니었어도 대장은 프란츠를 실망시키지 않을 거잖아요."

"그래도 지나치게 부담스러운 걸."

"지나친 부담이란 건 없어요. 우린 부담을 즐기는 사람들이잖아요. 부담이 있어야 우리도 발전을 하는 거고."

니글리가 책상 앞에 앉았다. 두 눈을 화면에 고정시킨 채 부지런히 자판을 두드렸다.

"여덟 개의 독립 파일이 있어요." 그녀가 말했다. "일곱 개는 숫자로 채워져 있고 나머지 하나는 이름들이에요."

"그 이름들부터 살펴보자." 오도넬이 말했다.

니글리가 어떤 아이콘을 클릭하자 워드프로세서 페이지가 떴다. 그 페이지 위에 다섯 개의 이름이 한 줄씩 차지하고 차례차례 적혀 있었다. 맨 위에 있는 이름은 굵은 글씨체에 밑줄까지 쳐져 있었다.

아자리 마흐무드Azhari Mahmoud.

그 아래 네 개의 이름은 모두 서양식이었다.

에이드리언 마운트Adrian Mount, 앨런 메이슨Alan Mason, 앤드루 맥브라이드Andrew MacBride, 앤서니 매슈스Anthony Matthews.

"이니셜이 다 똑같아." 오도넬이 말했다. "맨 위에 있는 건 중동 쪽 이름이네. 모로코에서부터 파키스탄까지 어디서나 쓰는 이름."

"시리아." 니글리가 말했다. "내 느낌으로는 그 나라 사람 이름 같아요."

"나머진 영국 사람들 이름인 것 같아." 리처가 말했다. "안 그래? 미국 이름이 아닌 것 같지? 브리티시나 스코틀랜드 쪽이 맞을 거야."

"그게 중요한가요?" 오도넬이 물었다.

리처가 말했다. "이 명단만 갖고 말하자면 프란츠가 네 개의 가명을 가진 어느 시리아 사람의 뒷조사를 했던 자료일 것 같아. 다섯 개 이름의 이니셜이 같다는 게 그 증거야. 억지로 짜 맞춘 것 같아서 어색하지만 그래서 더욱 설득력이 있는 거지. 그리고 그 가명들이 영국 이름들이라는 심증이 가는 건 서류가 정리된 방식이 영국식이기 때문이야. 아주 꼼꼼하잖아. 분명히 미국식은 아니지."

"그럴 수도 있겠네요." 오도넬이 말했다.

리처가 말했다. "이제 숫자들을 띄워 봐."

니글리가 워드프로세서 페이지를 닫은 뒤 일곱 개의 도표들 가운데 첫 장을 스크린에 띄워 올렸다. 숫자가 나열된 도표였다. 맨 위 숫자는 10/12, 맨 아래는 11/12, 그 사이엔 비슷한 크기의 숫자들이 스물 몇 개가량 끼여 있었다. 특히 10/12, 12/13, 그리고 9/10은 여러 번 반복되고 있었다.

"다음." 리처가 말했다.

다음 번 도표도 첫 번째 것과 거의 똑같았다. 13/14로 시작해서 8/9로 끝나는 숫자들의 수직적 나열. 그 중간엔 비슷한 크기의 숫자들 스물 몇 개.

"다음." 리처가 말했다.

세 번째 도표도 별 차이가 없었다.

"날짜들인가?" 오도넬이 말했다.

"아니야." 리처가 말했다. "13/14를 봐. 13월 14일은 없어. 14월 13일도 없고."

"그럼 박스 스코어인가? 어느 야구 선수의 경기 기록."

"그렇다면 완전히 미친 게임들이었겠지. 14타수 13안타, 13타수 12안타? 연장전을 몇 이닝씩 계속해서 뛰었다는 얘긴데, 점수도 몇 백점은 났을 테고. 그건 불가능하잖아?"

"그럼 뭐죠? 그냥 분수인가?"

"글쎄, 그렇게 보이긴 하지만 그냥 분수라면 5/6을 쓰지 10/12로 쓰진 않았을 거야."

"그럼 대체 뭐죠?"

"일단 다음 걸 보자고."

네 번째 도표도 분수처럼 보이는 숫자들의 나열이었다. 하지만 앞의 도표들과는 차이가 있었다. 분모들은 여전히 12, 10, 13 등으로 비슷했지만 분자들은 전체적으로 크기가 작아졌다. 9/12, 8/13, 심지어 5/14까지도 눈에 띄었다.

오도넬이 말했다. "만약 이게 박스 스코어라면 이 선수는 슬럼프에 빠진 거네."

"다음." 리처가 말했다.

슬럼프가 지속됐다. 4/13, 3/12. 가장 큰 숫자가 6/11이었다.

"마이너리그로 쫓겨 내려갔겠구만." 오도넬이 말했다.

여섯 번째 도표의 가장 큰 숫자는 고작 5/13, 가장 작은 건 3/13이었다. 마지막 일곱 번째도 마찬가지였다. 맨 위엔 4/11, 맨 아래엔 3/12, 그 중간엔 고만고만한 숫자들 스물몇 개.

니글리가 리처를 올려다보며 말했다. "당신이 해결해요. 당신은 숫자 전문이니까. 게다가 프란츠가 이 모든 걸 당신에게 보낸 셈이니까요."

19

니글리는 베벌리 월셔 호텔 지하의 비즈니스센터로 내려가 프란츠의 기밀문서 여덟 장을 모두 복사했다. 어느덧 점심때였다. 그녀는 리처, 오도 넬과 로비 레스토랑에서 합류했다. 그녀의 자리는 가운데였다. 리처는 그녀가 그들이 함께했던 수많은 식사 자리에 관한 추억을 떠올리고 있다는 걸 그녀의 표정을 통해 알 수 있었다.

리처도 그 추억을 떠올리고 있었다. 하지만 그들이 한 팀이었던 시절엔 영내의 장교식당이나 기지촌의 싸구려 식당에서 구겨지고 땀에 전 전투 복 차림으로 찌그러진 철제 탁자에 둘러앉아 샌드위치나 피자로 끼니를 때웠던 게 대부분이었다. 따라서 그 추억이 고스란히 재현되고 있는 건 아니었다. 은은한 조명이 비치는 세련된 실내장식의 천장이 높은 최고급 식당. 주변의 손님들은 차림새로 미루어 모두 영화계 인사들이거나 대기업 중역들인 것 같았다. 영화배우들도 간간이 섞여 있었다. 니글리와 오도넬 은 아주 편안해 보였다. 니글리는 마치 피부의 일부인 것처럼 그녀의 체형 에 꼭 맞는 순면 티셔츠에 헐렁한 하이웨이스트 검은 바지 차림이었다. 잔 주름 하나 없는 얼굴엔 했는지 안 했는지 모를 만큼 화장이 옅어서 공들여 가꾼 갈색 피부가 고스란히 드러나 있었다. 오도넬은 살짝 광택이 감도는 회색빛 정장 차림이었다. 5천 킬로미터 떨어진 곳에서부터 입고 왔을 텐데도 흰 와이셔츠는 구겨진 곳 하나 없이 깔끔했다. 줄무늬 넥타이도 완벽한 매듭 모양을 유지하고 있었다.

너무 작아 몸에 꽉 끼는 리처의 셔츠는 소매 끝에 실밥이 너덜너덜했다. 앞부분엔 얼룩까지 묻어 있었다. 싸구려 청바지, 덥수룩한 머리, 구겨진 구두, 그리고 주문한 음식 값을 지불할 수 없는 빈 호주머니. 그가 마시고 있는 노르웨이산 생수 값조차 치를 돈이 없었다.

서글펐다. 프란츠의 사무실을 처음 보았을 때 자신이 했던 얘기가 생각났다. 육군을 주름잡던 사내가 이런 곳에 안착하다니.

니글리와 오도넬은 자신을 어떻게 생각할 것인가?

"숫자들이 적힌 자료들 좀 보자." 리처가 말했다.

니글리가 테이블 너머로 일곱 장의 종이를 건넸다. 각 페이지의 오른쪽 상단엔 이미 순서대로 번호가 표기되어 있었다. 리처는 첫 번째 장부터 마지막 장까지 대충 훑어보았다. 전체적인 느낌을 얻기 위해서였다. 모두 183개의 진분수들이었다. 분자들이 분모들보다 작은 진분수들. 그리고 약분되지 않은 분수들이었다. 10/12, 혹은 8/10을 5/6, 혹은 4/5로 표기하지 않았으니까. 결국 단순한 수학적 계산은 아니었다. 그랬다면 약분을 했을 것이다.

따라서 그 숫자들은 분수가 아니라는 결론이 나온다.

점수, 혹은 실적, 아니면 업무 고과.

분모는 경기나 테스트 횟수, 분자는 그 결과.

성공한 횟수 혹은 실패한 횟수.

정답의 개수 혹은 오답의 개수.

네 번째 종이를 제외한 나머지 종이 위에는 각각 스물여섯 개의 숫자가 적혀 있었고, 네 번째 종이에만 스물일곱 개의 숫자가 적혀 있었다. 점수, 혹은 결과, 아니면 비율, 그 밖에 뭐가 됐든 처음 세 장에 적힌 숫자들은 상당히 양호했다. 타율이나 승률로 환산한다면 0.876에서 0.907에 이르는 환상적인 성적이었다. 그러던 것이 네 번째 페이지에선 평균 0.574로 현격하게 저조해졌다. 그 이후로 하락세는 지속되어 다섯 번째, 여섯 번째, 일곱 번째 페이지의 평균은 각각 0.368, 0.308, 그리고 0.307에 불과했다.

"감 잡았어요?" 니글리가 물었다.

"아니, 전혀 모르겠어." 리처가 말했다. "프란츠가 이 자리에 함께 있다면 얼마나 좋을까. 속 시원하게 설명을 들을 수 있었을 텐데 말이야."

"그가 살아 있다면 우린 여기 함께 있을 필요도 없었어요."

"그럴 수도 있었어. 가끔씩 함께할 자리를 만들었어야 했는데."

"동창회처럼?"

"즐거운 시간들이었을 거야."

오도넬이 자기 잔을 들며 말했다. "이 자리에 함께하지 못한 친구들을 위하여."

니글리가 잔을 들었다. 리처도 잔을 들었다. 잔에 담긴 건 1만 년 전, 스칸디나비아의 어느 빙하 꼭대기에 얼음으로 응고되었다가 세월이 흐르면서 조금씩 녹아내려 산골짜기의 계곡을 거쳐 강으로 흘러내려온 물이었다. 세 사람은 그 물로 건배를 하며 다섯, 아니 스탠 로우리까지 여섯 명의 친구들을 기렸다. 그들의 판단으론 생전에 다시는 못 볼 그 친구들을 위하여.

하지만 그들의 판단은 틀렸다. 그 다섯 친구들 가운데 하나가 그 시각, 라스베이거스에서 비행기에 오르고 있었다.

20

웨이터가 음식을 날라 왔다. 니글리는 연어, 리처는 닭고기, 오도넬은 참치.

"프란츠의 집엔 다녀들 오셨겠지?" 오도넬이 물었다.

"어제요." 니글리가 말했다. "산타모니카."

"뭐 좀 찾아냈어?"

"과부가 된 여자와 아빠 없는 아이."

"다른 건?"

"단서가 될 만한 건 아무것도 없었어요."

"다른 친구들 집에도 가 봐야 해. 스완부터 시작하자고. 그의 집이 가장 가까울 테니까."

"그의 집 주소를 몰라요."

"뉴에이지 아줌마한테 물어보지 않았어?"

"그래 봤자 헛수고였을 거예요. 절대 가르쳐 주지 않았을 테니까. 교과 서 같은 여자예요."

"그 아줌마 두 다리를 분질러 놓지 그랬어?"

"옛날 같았으면 그럴 수도 있었겠죠."

"스완은 결혼을 했나?" 리처가 물었다.

"안 한 것 같아요." 니글리가 말했다.

"하기야 그 얼굴로 어떻게 결혼을 했겠어?" 오도넬이 말했다.

"당신은요?" 니글리가 그에게 물었다.

"안 했어."

"못한 거겠죠."

"천만에. 난 스완과 정반대 경우야. 내가 결혼하면 상처 입을 여자들이 너무 많기 때문이지."

리처가 말했다. "배달업체를 수소문하는 게 좋겠어. 스완은 집에 필요한 물건들을 택배로 들여놨을 거야. 그가 독신이 확실하다면 카탈로그를 보고 물건을 구입했을 게 분명해. 의자나 식탁, 혹은 칼이나 포크 따위를 직접 매장에 나가서 쇼핑할 사람이 절대 아니니까."

"알겠어요." 니글리가 말했다. 그녀는 테이블 앞에 앉은 채로 휴대폰을 들고 시카고의 자기 사무실로 전화를 걸었다. 영화계의 그 어느 유력 인사 못지않게 멋들어지고 여유로운 모습이었다. 오도넬이 테이블 위로 상체를 수그리며 리처에게 물었다. "스완에 관해서는 어디까지 알아본 거죠?"

"뉴에이지의 교과서 같은 여자의 얘기로는 스완을 해고한 지 3주가 좀 더 됐다더군. 24일이나 25일쯤 됐다고 치자고. 프란츠가 마지막으로 집을 나선 게 23일 전이야. 그의 아내는 시체가 발견되고 나서 14일 뒤에 니글리에게 전화를 걸었고."

"뭐 때문에?"

"통보. 단순히 프란츠의 죽음을 알릴 목적. 사건 수사는 처음부터 보안관 사무실에 맡겼으니까."

"어떤 여자죠?"

"민간인이야. 미셸 파이퍼를 닮은. 우리를 껄끄럽게 여기는 눈치였어. 자기 남편과 죽고 못 사는 사이였다는 사실에 질투심을 느끼나 봐. 아들은 프란츠를 쏙 빼닮았더군."

"불쌍한 녀석."

니글리가 전화기를 손으로 감싸고 말했다. "산체스와 오로스코, 그리고 스완의 휴대폰 번호를 입수했어요." 그녀는 자유로운 한 손으로 가방 속을 뒤져 펜과 종이를 꺼냈다. 열 단위짜리 전화번호 세 개.

"그 번호들을 통해서 주소들도 알아볼 수 있겠군." 리처가 말했다.

니글리가 고개를 가로저었다. "불가능해요. 산체스와 오로스코의 휴대폰은 회사 명의이고 스완 건 뉴에이지에 반납됐대요." 시카고 사무실의 직원과 통화를 끝낸 뒤 그녀는 받아 적은 세 개의 전화번호로 차례차례 연락을 시도했다.

"곧장 음성사서함으로 넘어가네." 그녀가 말했다. "전원이 꺼져 있어요. 세 대 모두."

"당연하겠지." 리처가 말했다. "3주 전에 배터리가 다 떨어졌을 거야."

"난 자동응답기에 녹음된 그들의 목소리를 듣기가 싫어요." 그녀가 말했다. "녹음을 하는 시점에선 앞으로 무슨 일이 생기게 될지 아무도 모르고 있다는 사실이 섬뜩하지 않아요?"

"영원불멸의 더빙이라고나 할까." 오도넬이 말했다.

보조 웨이터가 그들의 접시를 치웠다. 담당 웨이터가 디저트 메뉴판을 들고 돌아왔다. 리처는 메뉴판을 잽싸게 훑어보았다. 하나같이 미국 대부분 지역의 하룻저녁 모텔비보다 비쌌다.

"난 됐어." 그가 말했다. 니글리가 뭐든 시키라고 채근할 게 뻔했다. 하지만 그런 일은 일어나지 않았다. 그녀의 전화벨이 하필이면 그 순간에 울렸기 때문이다. 잠시 상대방의 얘기에 귀를 기울이고 나서 그녀가 종이 위에 뭔가를 적었다.

"스완의 집 주소." 그녀가 말했다. "산타애나, 동물원 근처."

오도넬이 말했다. "어서 갑시다!"

이번엔 오도넬이 헤르츠에서 렌트한 4도어 세단이었다. 내비게이션까지 장착된 그 차는 즉시 5번 도로를 향해 남동쪽으로 출발했다.

토머스 브란트는 그들이 떠나는 모습을 지켜보고 있었다. 크라운 빅토리아는 한 블록 떨어진 지점에 주차시켜 놓고 그 자신은 로데오길 입구에서 북적대는 관광 인파 속에 몸을 숨긴 채였다. 그가 휴대폰으로 보스 커티스 모니에게 전화를 걸었다. "이제 셋으로 늘었습니다. 마치 부적으로 주술을 부리는 것 같네요. 종족들을 불러 모으는 부적 말이에요."

거기서 서쪽으로 35미터 남짓 떨어진 지점에서 군청색 양복의 사내 역시 리처 일행이 떠나는 모습을 지켜보고 있었다. 윌셔 가의 어느 미용실 주차장에 세워 둔 차 안에서 몸을 잔뜩 웅크린 채였다. 그가 자기 보스의 번호를 누른 뒤 말했다. "이제 셋으로 늘었습니다. 새로 합류한 자는 오도넬이 분명합니다. 따라서 그 부랑자는 리처일 거고요. 다들 각오를 단단히 다진 것 같은 모습입니다."

그리고 거기서부터 5천 킬로미터가량 떨어진 뉴욕에서는 마흔의 검은 머리 사내가 파크와 42번가 교차점에 자리 잡은 항공여행사 연합사무실에서 비행기 표를 구입하고 있었다. 라가디아에서부터 콜로라도 덴버까지, 정확한 여행일자를 기재하지 않은 왕복 항공권이었다. 그가 대금을 지불한 플래티넘 비자카드 위에 돈을새김된 이름은 앨런 메이슨이었다.

21

산타애나는 애너하임을 지나 오렌지카운티 아래쪽 깊숙이 자리 잡고 있다. 도시의 이름은 동쪽으로 약 30킬로미터 지점에 솟아 있는 산타애나 산맥에서 따온 것이다. 거기서부터 불어오는 바람은 아주 고약하다. 뜨겁고 건조한 바람이 사시사철 아무 때나 불어와 LA 카운티 주민들을 짜증나게, 심지어 미쳐 버리게 만든다. 리처는 그 바람의 부정적인 영향력을 몇 차례 직접 목격한 적이 있었다. 캠프 펜들턴에 주둔하고 있는 해병부대에 연락 임무를 마친 뒤에도 그랬고 포트 어윈에 근무할 당시 주말 외박을 나왔을 때도 그랬다. 선술집에서의 사소한 말다툼이 거리의 패싸움으로 이어져 결국 다수의 일급살인 사건으로 끝을 맺는 것을 보았다. 부부끼리의 오붓한 저녁 술자리 끝에 남편이 아내를 두들겨 팬 뒤 남자는 전과자로, 여자는 이혼녀로 살게 된 결말도 보았다. 앞에서 너무 늦게 걷는다고 죽기 직전까지 두들겨 맞은 사내도 있었다. 모든 게 그 빌어먹을 바람 탓이라는 증거는 없다. 하지만 아니라는 증거도 없다.

그런데 그날은 바람이 불지 않았다. 칙칙하고 뜨겁고 무거운 대기가 낮게 가라앉아 있었다. 내비게이션에서 쉬지 않고 흘러나오는 여자 목소리의 지시에 따라 그들은 5번 도로를 벗어나 터스틴을 뒤로하고 차를 몰았다. 오렌지카운티 예술박물관 방향으로 널찍한 대로들을 달리다가 그 앞에 이르기 전 왼쪽, 오른쪽, 그리고 다시 왼쪽으로 방향을 꺾었다. 목적지에 다 와 간다는 안내에 이어 도착했다는 멘트가 흘러나왔다.

오도넬이 차를 세운 도로변에 특이하게 생긴 우편함이 설치되어 있었다. 지지대 위에 흰 우편함 대신 백조가 한 마리 앉아 있었다. 나무로 만든 백조였다. 긴 목에서부터 둥그스름한 꽁지 부분까지 제법 실물과 흡사했다. 불룩한 배 부분이 우편함이었다. 네모로 각이 지진 않았지만 미국 우정 공사에서 정한 규격에는 맞을 것 같았다. 색깔도 흰색이었다. 다만 눈은 검은색, 부리는 짙은 오렌지색으로 칠해져 있었다.

오도넬이 말했다. "설마 스완이 직접 저걸 만든 건 아니겠지?"

"조카들이 만든 걸 거예요." 니글리가 말했다. "집들이 선물로."

"그 아이들이 찾아올 때만 밖에 내놨겠구만."

"보기 좋은데 뭘 그래요."

우편함 뒤로 콘크리트 진입로가 1미터 높이의 녹색 철책에 난 두 쪽 철문까지 이어져 있었다. 옆마당 출입문이었다. 그 옆에는 상대적으로 폭은 좁지만 역시 콘크리트로 깐 보도가 한쪽 문까지 이어져 있었다. 현관문이었다. 두 개의 문을 지탱하고 있는 네 개의 문설주 위에는 모두 합금 재질의 작은 파인애플 장식이 얹혀 있었다. 문은 두 개 모두 굳게 닫혀 있었다. 그 위에는 상점에서 파는 '개 조심' 사인이 하나씩 붙어 있었다. 집 옆에는 차량 한 대용 차고가 따로 지어져 있었다. 집은 연한 갈색으로 칠해진 작고 단조로운 벽토 건물이었다. 벽에 난 창문들 위에는 물결모양으로 골이 진 철제 차양이 마치 눈썹처럼 드리워져 있었다. 크기만 좀 더 작을 뿐 현관문 위에도 똑같은 형태의 차양이 높이 달려 있었다. 전체적으로 볼 때 절제되고 신중하며 적절하면서도 요란하지 않은 건물이었다. 한마디로 남성적이었다.

그리고 조용했다. 그리고 정지되어 있었다.

"비어 있는 것 같네." 니글리가 말했다. "집에 아무도 없는 것 같아요."

리처가 고개를 끄덕였다. 앞마당엔 잔디뿐이었다. 나무도 꽃도 덤불도 없었다. 잔디는 물기가 없었고 깎아줄 때가 지난 듯 제법 키 높게 자라 있었다. 평소엔 꼼꼼히 관리하던 집주인이 약 3주 전부터 물도 주지 않고 깎아주지도 않은 것처럼.

경보 장치는 눈에 띄지 않았다.

"한번 살펴보자." 리처가 말했다.

세 사람은 다 같이 차에서 내려 현관문 앞으로 걸어갔다. 리처가 벨을 눌렀다. 기다렸다. 응답이 없었다. 건물 주변을 빙 둘러 단단한 재질의 뭔가로 닦아 만든 보도가 나 있었다. 그들은 시계 반대 방향으로 그 보도를 따라 걸었다. 차고 옆벽에 작은 출입문이 나 있었다. 잠겨 있었다. 건물 뒷벽엔 부엌문이 나 있었다. 역시 잠겨 있었다. 그 문의 위쪽 절반은 통유리였다. 그 유리창을 통해 작은 주방이 들여다보였다. 한 40년쯤 개보수를 하지 않은 것 같은 재래식 주방이었지만 아주 짜임새 있는 구조였다. 그리고 깔끔했다. 깨끗한 그릇들. 제자리에 들어선 가전제품들. 작은 식탁 하나와 의자 두 개. 녹색 리놀륨 바닥에 가지런히 놓인 빈 개밥그릇과 물그릇. 부엌문 안쪽 맞은편에 미닫이문이 하나 나 있었다. 그 문턱 아래 만들어놓은 한 단짜리 디딤대를 내려서면 작은 크기의 콘크리트 바닥의 파티오 집 뒤쪽에 만드는 테라스가 펼쳐졌다. 그 공간엔 아무것도 없었다. 파티오 너머로 커튼이 부분적으로 드리워진 유리문이 보였다. 그 커튼 안쪽 공간은 서재나 침실일 것 같았다.

쥐 죽은 듯 조용했다. 집 전체가 적막에 싸여 있었다. 하지만 리처의 귀는 집 안에서 새어 나오는 소리를 감지했다. 아주 희미하게 웅웅거리는 소리. 그의 팔과 다리털이 일제히 솟아올랐다. 가슴 깊숙한 곳에서는 알람이 울렸다.

"주방문으로 들어갈까요?" 오도넬이 물었다.

리처가 고개를 끄덕였다. 오도넬의 한 손이 주머니 속으로 들어갔다. 잠시 후, 주머니 밖으로 나온 그의 손에는 브라스 너클이 끼워져 있었다. 아니, 정확히는 세라믹 너클. 물잔이나 접시와 재질상의 공통점은 별로 없는 물건이었다. 골고루 섞은 몇 가지 광물가루들을 엄청난 힘으로 압축시킨 다음 초강력 접착제로 접합하는 공정을 거친 제품이었다. 놋쇠는 물론이고 강철보다도 더 강할 것이다. 게다가 가격할 수 있는 단면에는 날카로운 돌기들이 솟아 있었다. 오도넬 같은 엄청난 덩치가 그걸 주먹에 끼고 휘둘렀을 때 가격 당한 상대방의 충격은 상어 이빨을 접착한 볼링공에 맞는 정도로 엄청날 것이다.

오도넬이 주먹을 말아 쥐었다. 주방문 앞으로 다가가 백핸드로 가볍게 유리창을 두들겼다. 안에 있는 사람을 놀래키지 않으려고 가볍게 노크하는 것 같은 동작이었다. 그 동작에 의해 유리창에는 삼각형의 구멍이 생겼다. 유리 파편이 주방 바닥에 떨어져 산산조각 났다. 오도넬의 진짜 주먹은 유리를 바로 앞에서 멈췄다. 정확한 힘 조절. 역시 대단한 솜씨였다. 그는 다시 가볍게 주먹을 놀려 손 하나가 들어갈 만한 구멍을 만들었다. 이어서 세라믹 너클을 벗은 뒤 소매를 팔뚝 위로 걷어붙이고선 그 구멍 안으로 손을 밀어 넣어 안쪽 손잡이를 돌렸다. 문이 열렸다.

경보음은 울리지 않았다.

먼저 들어선 리처가 두 걸음을 내디딘 뒤 멈춰 섰다. 윙윙 소리가 좀 더 크게 들려왔다. 실내의 공기 속에는 코를 찌르는 냄새가 배어 있었다. 소리와 냄새 두 가지 모두 실제였다. 그때까지 그는 자신이 기억하고 있는 횟수보다 훨씬 더 많이 그런 소리와 냄새를 듣고 맡았었다.

윙윙 소리의 정체는 파리 떼의 날갯짓이었다. 냄새는 사체에서 풍겨 오는 것이었다. 썩기 시작한 시체에서 흘러나온 체액이 풍기는 악취.

니글리와 오도넬이 그를 바짝 쫓아서 안으로 들어섰다. 그들 역시 걸음을 멈췄다.

"이럴 줄 알았어." 오도넬이 혼잣말처럼 중얼거렸다. "예상했던 일이야. 쇼크 먹을 것 없다고."

"언제나 쇼크예요." 니글리가 말했다. "이런 일까지 익숙해지면 더 이상 살아서 뭐하게요."

그녀가 한 손으로 입과 코를 막았다. 리처가 중앙 통로로 걸어 들어갔다. 바닥에는 아무것도 없었다. 하지만 악취는 더욱 심하게 풍겨 왔다. 소음도 더 크게 들렸다. 무리에서 벗어난 파리들도 눈에 띄었다. 푸른색으로 빛나는 제법 큼지막한 몸뚱이들이 벽지 긁히는 소리가 나도록 통로 양쪽 벽에 부딪쳐 가며 날아다니고 있었다. 그것들은 완전히 닫혀 있지 않은 어떤 문을 통해 들락거리고 있었다.

"화장실." 리처가 말했다.

집 구조는 캘빈 프란츠의 집과 얼추 비슷했다. 하지만 건물 자체는 더 컸다. 대지가 훨씬 넓었기 때문이다. 산타모니카에 비해 산타애나의 땅값이 훨씬 싸니까. 통로를 가운데 두고 그 양쪽에 처음부터 칸막이 공사를 한 구조였다. 각 공간의 안쪽은 각각 용도를 정해 사용되고 있었다. 중앙 통로 한쪽엔 뒤에는 주방, 앞에는 거실이 자리 잡고 있었다. 그 두 공간은 걸어서 드나들 수 있는 옷장으로 구분되어 있었다. 그 반대쪽엔 두 개의 침실이 화장실 하나를 사이에 두고 들어서 있었다. 후각만으로 악취의 진원지를 알아낼 수는 없었다. 집 안 전체에서 속이 뒤집히는 냄새가 풍겨나고 있었기 때문이다. 하지만 파리들은 화장실에 집중적인 관심을 보이고 있었다.

악취로 가득 찬 실내는 덥기까지 했다. 변기와 싱크, 타일 바닥, 속이 빈 합판 재질의 문짝, 파리들이 그 어딘가에 부딪치며 내는 소리 말고는 다른 어떤 소리도 들리지 않았다.

"여기들 있어." 리처가 말했다.

그가 중앙 통로를 따라 발걸음을 옮겼다. 두 걸음, 세 걸음. 화장실 앞에서 멈췄다. 한쪽 발을 들어 그 문을 밀었다. 엄청난 파리 떼가 성난 먹구름처럼 그에게 몰려들었다. 그가 몸을 돌려세우며 양손으로 허공을 휘저었다. 다시 돌아섰다. 다시 발을 사용해서 문짝을 끝까지 밀어 열었다. 양손을 휘저어가며 먹구름 사이에 생겨난 틈을 통해 안쪽을 살펴보았다.

바닥에 사체가 있었다.

개의 사체였다.

한때는 50킬로그램 정도 나가는 멋들어진 모습의 독일산 셰퍼드였을 것이다. 개는 옆으로 누워 있었다. 윤기를 잃은 털이 엉망으로 엉겨 있었다. 입은 벌어진 상태였다. 파리들이 그 짐승의 혀와 코, 그리고 눈 위에 엉겨 만찬을 즐기고 있었다.

리처는 화장실 안으로 걸어 들어갔다. 파리들이 그의 정강이 근처로 떼를 지어 모여들었다. 욕조 안에는 아무것도 없었다. 변기는 비어 있었다.

물기마저 말라 있었다. 선반에는 수건들이 가지런히 개켜져 있었다. 타일 바닥 위에 말라붙은 갈색 얼룩들. 피는 아니었다. 괄약근이 열린 탓에 밖으로 흘러나온 분비물이었다.

리처가 화장실에서 나왔다.

"스완의 개야." 그가 말했다. "다른 방들과 차고를 뒤져 봐."

하지만 그 어디에도 단서는 없었다. 몸싸움을 벌인 흔적도, 집을 뒤진 흔적도 없었다. 세 사람이 다시 중앙 통로에서 합류했다. 파리 떼는 화장실로 다시 몰려 들어갔다.

"여기서 대체 무슨 일이 벌어진 걸까요?" 니글리가 물었다.

"스완이 집을 나갔어." 오도넬이 말했다. "그리고 돌아오지 않았지. 그래서 개가 굶어 죽었고."

"목이 타서 죽은 거야." 리처가 말했다.

아무도 말이 없었다.

"주방 바닥의 물그릇이 말라 있었어." 리처가 말했다. "그래서 개가 변기 물을 마셨던 거야. 한 일주일쯤은 버텼겠지."

"끔찍하네요." 니글리가 말했다.

"그러게. 난 개들이 좋아. 어딘가에 정착해서 살게 된다면 서너 마리쯤 키울 생각이야. 이제 우리가 할 일은 헬리콥터를 세내는 거야. 그래서 그놈들 모두를 산 채로 하나씩 밖으로 내던지는 거지. 물론 작살을 낸 다음에."

"언제요?"

"곧."

오도넬이 말했다. "현재로선 정보가 절대적으로 부족해요."

리처가 말했다. "그러니 찾아내자고."

그들은 악취와 싸우기 위해 주방에서 찾은 페이퍼 타월을 작게 말아 각자의 콧구멍을 틀어막았다. 길고 철저한 수색이 시작됐다. 오도넬은 주방을 맡았다. 니글리는 거실, 그리고 리처는 스완의 침실.

하지만 어느 공간에서도 단서를 찾지 못했다. 개가 맞이한 비참한 최후로 미루어 마지막 날 스완이 돌아올 것을 기약하고 집을 나섰을 것이라는 심증만이 유일한 수확이었다. 식기세척기엔 그릇들이 절반쯤 들어차 있었다. 냉장고엔 먹을거리들이 있었고 주방 쓰레기통은 비워지지 않은 상태였다. 베개 밑에는 잠옷이 개켜져 있었다. 나이트스탠드 위에는 반쯤 읽은 책이 놓여 있었다. 읽고 있던 페이지를 구분하기 위해 스완이 사용한 건자신의 명함이었다.

토니 스완. 미 육군 소령 예비역. 캘리포니아 로스앤젤레스 소재의 방위산업체 뉴에이지 디펜스 시스템스 보안실 차장.

명함의 하단에는 그의 이메일 주소와 직통 전화번호가 인쇄되어 있었다. 리처와 니글리가 그와 통화하기 위해 수없이 눌렀던 번호였다.

"뉴에이지에선 정확히 뭘 만드는 거죠?" 오도넬이 물었다.

"돈." 리처가 말했다. "액수는 잘 모르겠지만 결국 돈을 만들고 있는 거야."

"제품 생산도 하는 건가요, 아니면 연구 개발만 하는 건가요?"

"우리가 만났던 여자의 얘기로는 어딘가에서 뭔가를 만든다더군."

"그게 정확히 뭔데요?"

"우리도 몰라."

세 사람은 함께 두 번째 침실을 수색했다. 커튼이 처진 문을 통해 텅 빈 파티오로 나갈 수 있는 공간. 그 안에도 침대가 하나 놓여 있기는 했지만 사무실 용도로 이용했던 흔적이 역력했다. 책상, 전화기, 서류함, 그리고 한쪽 벽을 채운 선반과 그 위에 놓인 감상적인 수집품들.

그들은 책상부터 시작했다. 수색에 관한 한 타의 추종을 불허하는 세 쌍의 눈. 세 개의 창의적인 사고 시스템. 하지만 아무것도 찾지 못했다. 다음은 서류함 차례였다. 주택 소유주들이라면 누구나 보관하고 있는 일반적인 서류들이 그 안에 가득했다. 재산세나 보험에 관계된 서류들, 말소 수표, 완납된 고지서와 영수증들. 그 밖에 개인적 신상에 관한 서류는 별도의 칸에 보관되어 있었다. 사회보장연금, 연방과 주정부 소득세, 뉴에이지 디펜스 시스템스와의 고용계약서, 급여로 받은 수표묶음. 스완은 경제적으로 여유 있는 삶을 살았던 것 같았다. 한 달 월급이 리처가 지난 1년 반 동안 벌었던 돈과 맞먹었다.

동물병원에서 발행한 서류들도 있었다. 스완의 개는 암컷이었다. 이름은 메이시. 예방주사는 모두 제때에 맞췄다. 상당히 늙었지만 건강 상태는 좋았다. '동물들의 윤리적 처우를 위한 사람들'이라는 단체에서 보내온 자료들도 있었다. 스완은 그 단체의 후원자였다. 상당한 액수를 정기적으로 후원하고 있었다. 그럴 만한 동기가 있었을 것이다. 스완은 쓸데없이 지갑을 여는 사람이 아니었다.

이번엔 선반 차례였다. 구두 박스가 하나 있었다. 그 안엔 스냅사진들이 가득 들어 있었다. 평생 동안 찍어 온 사진들을 시기와 장소에 따라 정리하지 않고 섞어 놓은 것이었다. 메이시도 이따금씩 등장했다. 리처, 니글리, 오도넬, 프란츠, 딕슨, 산체스, 오로스코, 로우리. 옛 동료들과 몇몇이, 혹은 단 둘이서 찍은 사진들도 있었다. 아주 오래전이었다. 사진 속의 그들은 모두 한창때였다. 하나같이 젊음의 패기와 열정을 가득 머금은 모습들이었다. 배경은 세계 각지의 사무실과 군 기지였다. 모두 함께 찍은 사진은 단 한 장이었다. 아홉 명 전원이 클래스 A 정복을 차려입은 모습들이었다. 어느 훈장 수여식이 끝난 뒤에 찍은 단체사진이었다. 사진을 찍어준 사람은 리처의 기억 속에 없었다. 아마 전문 사진사였을 것이다. 뭣 때문에 훈장을 받았는지도 기억나지 않았다.

"이제 여기서 나가야 해요." 니글리가 말했다. "이웃 사람들이 우리를 봤을지도 몰라요."

"충분한 구실이 있잖아." 오도넬이 말했다. "혼자 사는 친구가 현관문을 두드려도 대답이 없는 데다 안에서는 악취가 풍겨 나고."

리처가 책상 앞으로 다가가서 전화기를 들었다. 재발신 버튼을 눌렀다. 회로 장치가 마지막 번호를 기억해내면서 신속하고 연속적인 기계음을 울렸다. 이어서 가르랑거리는 벨소리가 들렸다. 안젤라 프란츠가 응답을 했다. 찰리의 목소리도 희미하게 들려왔다. 리처가 전화기를 내려놓았다.

"스완이 마지막으로 전화를 한 사람은 프란츠였어." 그가 말했다. "산타모니카의 집으로."

"작전에 관한 정보를 교환했나 보죠." 오도넬이 말했다. "당연히 그랬을 거예요. 하지만 그 통화 기록은 별 도움이 되지 않는 정보예요."

"이 집엔 우리에게 도움 될 만한 게 아무것도 없어요." 니글리가 말했다.

"하지만 이 집에 없는 건 도움이 될 수도 있어." 리처가 말했다. "베를린 장벽 조각은 이 집 안에 없어. 스완이 뉴에이지 사무실에서 자기 물건들을 담아 온 상자가 보이질 않아."

"그게 우리한테 무슨 도움이 된다는 거죠?"

"그걸 통해서 시간적인 순서를 정리할 수 있을 거야. 자네들이 해고를 당했고 상자 속에 사무실 물건들을 챙겨 넣었고 그 상자를 자동차 트렁크 속에 넣었다고 쳐. 자네들이라면 얼마나 있다가 그걸 집으로 갖고 들어와 정리할 것 같은가?"

"하루나 이틀 정도?" 오도널이 말했다. "스완에게 있어서 해고는 끔찍한 경험이었을 거예요. 하지만 그는 과거에 집착하는 법이 없는 사람이에요. 즉시 현실을 받아들이고 다음 단계로 넘어가는 게 그다운 방법이죠."

"이틀이라고 했나?"

"길어야."

"그렇다면 이 모든 일이 그가 뉴에이지에서 해고된 지 이틀이 채 지나지 않은 상황에서 발생한 거야."

"그 사실이 우리한테 무슨 도움이 된다는 거죠?" 니글리가 다시 물었다.

"나도 몰라. 하지만 많은 걸 알수록 성공할 확률은 더욱 높아지지."

그들은 다시 뒷문을 통해 집 밖으로 나왔다. 하지만 문을 잠그지는 않았다. 그럴 필요가 없었다. 유리창이 이미 깨졌으니까. 그들은 보도를 따라 걸음을 옮겨 차고를 지나 진입로로 나섰다. 리처가 먼저 차가 있는 쪽을 향해 몸을 돌렸다. 조용한 동네였다. 움직이는 건 아무것도 없었다. 좌우를 살펴봤지만 그들을 지켜보고 있는 동네 주민은 없었다. 거리에 서서 바라보는 사람도 없었고 창가에서 커튼 틈새로 내다보는 사람도 없었다.

하지만 35미터 떨어진 곳에 갈색 크라운 빅토리아 한 대가 서 있었다.

그들 쪽을 향한 앞머리.

운전석에 앉아 있는 사내.

22

리처가 나직하게 말했다. "태연하게 걸음을 멈춰. 그리고 돌아서. 떠나기 전에 마지막으로 다시 한번 집을 둘러보는 것처럼 행동해. 서로 얘기를 주고받으면서."

오도넬이 돌아섰다.

"포트 후드의 기혼 장교 숙소와 거의 똑같지 않아요?" 그가 말했다.

"우편함만 빼고." 리처가 말했다.

니글리가 돌아섰다.

"난 마음에 들어요." 그녀가 말했다. "우편함 말이에요. 빈말이 아니라 진심이에요."

리처가 말했다. "서쪽으로 35미터 거리에 갈색 크라운 빅토리아가 서 있어. 우리를 미행하고 있는 차량이야. 정확하게는 니글리 뒤에 따라붙은 거지. 선셋에서도, 프란츠의 동네에서도 난 저 차를 봤어. 이젠 여기까지 쫓아왔군."

오도넬이 물었다. "누군지 알아요?"

"아니." 리처가 말했다. "이제 알아봐야지."

"옛날처럼?"

리처가 고개를 끄덕였다. "정확히 그때처럼. 차는 내가 몰지."

그들은 스완의 집을 마지막으로 한 번 더 쳐다본 뒤 도로를 향해 돌아서서 진입로를 천천히 걸어 내려갔다. 세 사람이 오도넬의 렌터카에 올라탔다. 리처는 운전석, 니글리는 조수석, 오도넬은 리처의 뒷자리. 아무도 안전벨트를 채우지 않았다.

"살살 다뤄 줘요." 오도넬이 말했다. "추가 보험을 들지 않았거든요."

"들었어야지." 리처가 말했다. "당연히."

그가 시동을 켜고 길가에서 차를 뺐다. 앞 유리 너머와 룸미러를 차례로 확인했다. 앞뒤 모두 훤히 비어 있었다.

그가 핸들을 급히 돌리며 액셀을 힘주어 밟았다. 도로 위에서 차가 급속도로 유턴을 했다. 다시 액셀을 눌러 밟고 30미터가량을 질주했다. 크라운 빅토리아 전방 1미터 앞에서 리처가 브레이크로 발을 옮겨 밟는 것과 동시에 오도넬이 총알처럼 차 밖으로 뛰어나갔다. 리처는 다시 액셀과 브레이크를 차례로 밟으며 핸들을 조절해서 크라운 빅토리아에 바짝 붙여 차를 세웠다. 오도넬은 이미 그 차의 조수석 창가에 다가서 있었다. 리처가 차에서 뛰어내리자 오도넬이 세라믹 너클로 조수석 창문을 깼다. 그가 상체를 차 안에 밀어 넣고 두 손을 휘젓자 운전석의 사내는 도망을 치기 위해 차문을 열고 도로로 내려섰다. 하지만 그래 봐야 리처의 품 안이었다. 리처는 사내의 배와 얼굴에 각각 한 대씩 주먹을 날렸다. 빠르고 강하게. 뒤로 넘어가던 사내는 자기 차에 막혀 주르르 바닥에 무너져 내리며 무릎을 꿇었다. 리처가 이번에는 제대로 겨냥한 뒤 팔꿈치로 사내의 옆머리를 가격했다. 사내가 마치 불도저에 밀린 나무처럼 천천히 옆으로 쓰러졌다. 마침내 그의 몸뚱이가 운전석 문틀과 도로 바닥 사이에 끼인 상태가 되었다. 사내는 등을 바닥에 대고 널브러진 채 전혀 움직이지 않았다. 의식을 잃은 것이다. 깨진 코에서는 피가 무서운 기세로 쏟아져 나오고 있었다.

"여전히 제대로 먹히네요." 오도넬이 말했다.

"내가 가장 힘든 부분을 맡고 있는 한 언제든 먹히지." 리처가 말했다.

니글리가 사내의 열린 재킷 자락을 움켜쥐고 그의 몸을 옆으로 눕혔다. 코에서 쏟아지고 있는 피가 목구멍 뒤쪽으로 넘어가지 않게 하기 위한 조치였다. 숨이 막혀 죽도록 내버려둬서는 안 될 일이었다. 그녀는 이어서 사내의 재킷 앞자락을 양쪽으로 활짝 젖혔다. 주머니를 뒤지기 위해서였다.

다음 순간 그녀가 동작을 멈췄다.

사내가 어깨띠 총지갑을 메고 있었기 때문이다. 오래 사용한 탓에 많이 낡은 검은 가죽 제품이었다. 그 안에는 글록 17이 꽂혀 있었다. 그뿐이 아니었다. 사내의 허리띠에는 각각 예비 탄창과 수갑이 들어 있는 가죽 주머니 두 개가 달려 있었다.

경찰용품.

리처가 사내의 차 안을 훑어보았다. 조수석 위에는 잘게 부서진 유리 파편이 수북했다. 대시보드 아래에는 무전기가 장착되어 있었다. 택시 무전기가 아니었다.

"젠장." 리처가 말했다. "경찰을 때려눕혔군."

"대장이 가장 힘든 부분을 맡았다는 걸 잊지 마세요." 오도넬이 말했다.

리처가 몸을 굽히고 사내의 목 언저리에 손가락을 갖다 대었다. 규칙적이면서 강한 맥박이 느껴졌다. 호흡도 정상이었다. 사내의 코는 심하게 부러졌다. 나중에 성형외과적으로 문제가 생길 것이다. 하지만 애초에 그다지 잘난 얼굴은 아니었다.

"그가 왜 우리를 미행했을까요?" 니글리가 말했다.

"나중에 생각해 보자고." 리처가 말했다. "여기서 멀리 벗어난 뒤에."

"왜 그렇게 세게 때렸어요?"

"개 때문에 기분이 안 좋았어."

"이 사람이 그런 게 아니잖아요."

"그건 이제야 알게 된 거고."

니글리가 사내의 주머니들을 뒤졌다. 가죽 재질의 신분증 지갑을 찾아내서 펼쳤다. 한쪽엔 크롬으로 만든 경찰 배지가 꽂혀 있었다. 다른 쪽엔 비닐 커버 속에 라미네이팅 된 신분증이 들어 있었다.

"이름이 토머스 브란트네요." 그녀가 말했다. "LA 카운티 보안관보."

"여긴 오렌지카운티잖아." 오도넬이 말했다. "관할지역을 벗어난 거네. 선셋에서나 산타모니카에서도 마찬가지였고."

"그 사실이 우리에게 도움이 될 거라고 생각해요?"

"별로."

리처가 말했다. "그를 편하게 눕히고 여기서 빨리 벗어나자."

오도넬은 다리를, 리처는 몸통을 맡았다. 사내를 그의 차 뒷좌석으로 옮긴 다음 한쪽 다리를 구부린 자세로 옆으로 눕혔다. 의무병들이 말하는 '회복자세'로서 그래야 질식할 위험이 줄어든다. 시동은 꺼져 있는 상태였고 창문이 깨진 덕분에 환기를 걱정할 필요는 없었다.

"괜찮을 거예요." 오도넬이 말했다.

"반드시 그래야지." 리처가 말했다.

그들은 차문을 닫고 오도넬의 렌터카로 돌아왔다. 차는 문 세 짝을 활짝 열어젖힌 채 낮게 그르렁거리고 있었다. 이번엔 리처가 뒷좌석에 올라탔다. 오도넬이 핸들을 잡았다. 니글리는 조수석이었다. 내비게이션에서 울려나오는 공손한 목소리가 그들을 고속도로로 인도했다.

"이 차를 반납해야 해요." 니글리가 말했다. "지금 당장. 내 무스탕도 마찬가지고. 저 보안관보가 두 차의 번호판을 적어 뒀을 거예요."

"그럼 뭘 타고 다니지?" 리처가 물었다.

"당신이 차를 빌릴 차례예요."

"난 면허증도 없어."

"그렇다면 택시를 타고 다녀야죠. 어쨌든 추적을 피해야 해요."

"숙소도 바꿔야겠군."

"그래야죠."

주행 중에 내비게이션을 조작하는 건 법규 위반이다. 사고가 났을 때 보험상으로 큰 문제가 된다. 오도넬이 차를 세웠다. 그가 새로운 목적지를 입력했다. LA 공항의 헤르츠 렌터카 영업소. 이제 나머지는 똑똑한 기계가 알아서 할 일이었다. '경로 계산 중' 자막이 스크린에 떠오르고 나서 1초 후, 침착한 목소리가 새로운 방향을 지시했다. 그 지시에 따라 오도넬은 동쪽 대신 서쪽, 5번 대신 405번 도로를 향해 차 앞머리를 돌렸다. 일반도로에서는 교통 사정이 그럭저럭 괜찮았지만 고속도로는 역시 붐비고 있었다. 그들은 새로운 목적지를 향해 천천히 나아갔다.

"어제 있었던 일에 대해 얘기해봐." 리처가 니글리에게 말했다.

"무슨 일이요?"

"어제 자네가 했던 일들."

"비행기를 타고 LA 공항에 도착해서 차를 렌트했어요. 그걸 몰고 윌셔로 갔죠. 체크인한 다음엔 한 시간쯤 회사 업무를 봤어요. 그런 다음 선셋의 데니스 식당으로 차를 몰고 갔어요. 거기서 당신을 기다렸고요."

"공항에서부터 미행을 당했던 게 분명해."

"맞아요. 하지만 문제는 '왜'냐는 거죠."

"아니, 그건 두 번째 문제야. 첫 번째 문제는 '어떻게'지. 자네가 언제, 어디로 도착하는지를 알고 있던 사람이 누굴까?"

"당연히 보안관 사무실 사람들이죠. 탑승객 명단에서 내 이름을 뒤졌을 거예요. 내가 비행기 표를 사자마자 국가안보국으로 자료가 넘어갔을 테니 그것도 확인했을 거고요."

"그럼 첫 번째 문제의 답은 나왔고, 이제 두 번째 문제, 뭣 때문일까?"

"프란츠 사건을 수사 중이니까요. LA 카운티 보안관 사무실 관할이잖아요. 그들은 나와 프란츠의 관계를 이미 알고 있었던 거예요."

"우리 모두 같은 관계잖아."

"내가 맨 처음으로 LA에 도착했잖아요. 그게 전부예요."

"그럼 우리 모두 용의선상에 올라 있다는 얘긴가?"

"그럴 거예요. 확실한 용의자가 드러난 상태가 아니라면."

"그들은 얼마나 멍청하지?"

"보통 수준이에요. 물론 다른 지역의 경찰들도 우리를 일단 용의선상에 올려놓겠지만."

리처가 말했다. "그렇다고 감히 특수부대원들에게 덤비겠다는 건가?"

"그러게요." 니글리가 말했다. "하지만 우린 방금 LA 카운티 보안관을 작살냈어요. 완전히. 그들에게 우리 것과 같은 슬로건이 없기만을 바라야죠."

"내 장담하지. 그들의 슬로건도 비슷할 거야."

넓디넓은 LA 공항은 전체적으로 어수선했다. 리처가 그때까지 보아 왔던 다른 모든 공항들과 마찬가지로 그곳의 확장공사도 영원히 진행 중이었다. 오도넬은 구내 도로를 따라 공사 현장을 관통해서 렌터카 반납 장소로 차를 몰았다. 수많은 업체들이 늘어선 곳이었다. 빨간 표지, 녹색 표지, 파란 표지를 차례로 지나 노란 표지를 내건 헤르츠 영업소 앞에 도착했다. 오도넬이 꼬리를 물고 늘어선 차량 대열의 끝에 차를 세우자 회사 로고가 새겨진 조끼를 입은 사내가 달려와서 휴대용 검색기로 뒤쪽 창문에 부착된 바코드를 훑었다. 그게 다였다. 차량은 반납됐고 렌트 계약은 종결됐다. 짧았던 거래 관계가 미련 없이 끝난 것이다.

"이제 어쩐다?" 오도넬이 말했다.

니글리가 말했다. "셔틀버스를 타고 공항 터미널로 가서 거기서 택시를 이용해야죠. 호텔 객실을 정한 다음엔 당신들 둘 중 한 명이 나와 함께 이리로 다시 와서 내 무스탕을 반납하고. 호텔은 리처, 당신이 정해요. 그 숫자들의 비밀을 풀어야 할 사람도 당신이고. 알겠죠?"

하지만 리처는 아무 대꾸도 하지 않았다. 그의 시선은 주차장 너머 헤르츠 렌터카 영업소의 유리창 안쪽에 꽂혀 있었다. 정확히는 그 안에 늘어선 사람들의 대열 속 어느 한 지점이었다.

그의 얼굴에 미소가 피어올랐다.

"뭐죠?" 니글리가 말했다. "리처, 무슨 일이에요?"

"저기." 리처가 말했다. "대열 속 네 번째 사람. 그녀가 보여?"

"누구?"

"몸집이 작고 머리 색깔이 까매. 그렇지? 누가 봐도 칼라 딕슨이야."

23

리처와 니글리와 오도넬은 뛰듯이 주차장을 가로질렀다. 영업소에 가까워질수록 그들의 확신은 굳어져 갔다. 창문 앞 3미터까지 다가갔을 때쯤엔 더 이상 의심의 여지가 없었다. 칼라 딕슨이었다. 그녀였다. 검은 머리, 상대적으로 작은 체구, 사람들 내면의 가장 추악한 모습을 늘 들여다보면서도 정작 자신은 행복하기만 한 여자. 그녀가 거기 있었다. 이제 대열의 세 번째. 몸짓으로 봐서 기다리는 시간이 꽤나 초조한 모양이었다. 항상 그랬듯이 편안해 보이면서도 동시에 좀체 가만히 있지 못하는 모습이었다. 하루 24시간을 부족해 하는 것 같은 인상을 풍기며 늘 에너지를 소비하고 있는 여자.

그녀는 리처의 기억 속 모습에 비해 사뭇 말라 있었다. 꽉 끼는 검은색 바지에 검은색 가죽 재킷 차림이었다. 숱 많은 검은 머리는 짧게 친 상태였다. 어깨엔 검은색 가죽 가방을 멨고 한 손엔 역시 검은색 여행용 가방 손잡이를 쥐고 있었다.

잠시 후, 마치 머리 뒤에 꽂히는 시선들을 알아차리기라도 한 것처럼 그녀가 돌아서더니 그들을 정면으로 바라보았다. 그 얼굴에선 놀라운 표정 따위는 찾아볼 수 없었다. 몇 년이 아니라 몇 분 전에 헤어졌다가 다시 만난 것 같은 표정이었다. 다만 희미한 미소가 언뜻 떠올랐다 사라지긴 했다. 약간 서글퍼 보이는 미소였다. 지금까지 벌어진 일들을 이미 알고 있기 때문인지도 몰랐다. 그녀의 고개가 카운터 직원을 향해 돌아갔다. '곧 내 차례가 되겠지만 좀 더 서둘러 줘요.' 십중팔구 그렇게 채근했을 것이다. 그녀의 눈길이 되돌아오자 리처는 자기 자신과 니글리, 그리고 오도넬을 차례로 가리킨 다음 손가락 네 개를 세워 보이며 입모양으로 메시지를 전달했다. '최소한 4인승은 돼야 해.'

딕슨이 고개를 끄덕이고 나서 다시 카운터를 향해 고개를 돌렸다.

니글리가 말했다. "이건 완전히 성경 속 이야기네. 죽었던 사람들이 차례차례 돌아오고 있으니 말이에요."

"성경은 무슨." 리처가 말했다. "우리 추측이 틀렸던 것뿐이야. 그게 다라고."

뒤쪽 사무실에서 네 번째 직원이 바쁜 손길을 돕기 위해 카운터로 나왔다. 딕슨은 대열에서 잽싸게 벗어나 그 앞에 가서 섰다. 핑크색 뉴욕 운전면허증과 플래티넘 신용카드가 오고 갔다. 직원은 자판을 두드렸고 딕슨은 몇 장의 서류에 사인을 했다. 곧이어 두툼한 노란색 서류 뭉치와 자동차 키가 그녀에게 건네졌다. 그녀는 가방을 고쳐 멘 뒤 여행 가방 손잡이를 다시 쥐고 출구를 향해 돌아섰다. 그녀가 인도로 걸어 나왔다. 리처, 니글리, 오도넬 앞에 멈춰 선 그녀가 그들의 얼굴을 차례로 바라보았다. 심각한 눈빛이었다.

그녀가 말했다. "미안. 파티에 늦었네요. 하지만 사실 파티라곤 할 수 없는 모임이죠. 안 그래요?"

"어디까지 알고 있는 거지?" 리처가 물었다.

딕슨이 말했다. "얼마 전에야 당신들 메시지를 들었어요. 그리고 나니 마음이 급해져서 직항 비행기를 기다리는 시간도 아까웠어요. 그래서 곧 장 뉴욕을 떠났죠. 시간적으로 이익인지는 모르겠지만 그래도 어떻게든 움직이고 싶었어요. 일단 공항에 나가 LA행 첫 번째 비행기를 잡아탔어 요. 베이거스를 경유하는 비행기였죠. 거기선 두 시간을 머물렀어요. 그동 안 여기저기 전화를 걸어서 나름대로 알아봤죠. 산체스와 오로스코가 실 종된 것도 그래서 알게 됐고. 대략 3주 전에 그들이 지구 표면에서 증발해 버린 것 같더군요."

24

헤르츠에서 딕슨에게 내준 차는 포드 500이었다. 4인승 중형 세단. 그녀는 가방 두 개를 트렁크에 넣은 뒤 운전석에 올라탔다. 조수석은 니글리 차지였고 리처와 오도넬은 뒷좌석에 앉았다. 딕슨이 차에 시동을 걸고 공항을 벗어나 세풀베다 북쪽 차선으로 진입했다. 처음 5분 동안은 그녀가 자신의 근황을 전했다. 그녀는 월스트리트의 어느 증권거래사무소의 의뢰를 받고 신입사원으로 위장해서 사건을 수사 중이었다. 그녀의 의뢰인은 거대 기관투자가로서 모종의 불법 행위를 걱정하고 있었다. 그녀는 작전을 완수하기 위해 위장신분 유지에 목숨을 걸었다. 그것은 곧 일상적인 삶과의 단절을 의미했다. 고객이 제공한 휴대폰이나 고객이 제공한 아파트의 유선전화로는 자기 사무실에 연락을 취할 수 없었다. 고객이 제공한 블랙베리로는 이메일도 받아 볼 수 없었다. 나중에야 그녀는 포트 오서리티 버스 터미널의 공중전화를 이용해서 사무실의 자동응답기 내용을 확인했다. 갈수록 절실해지는 일련의 1030 호출 메시지들을 들은 즉시 그녀는 고객과의 일을 접고 곧장 JFK 공항으로 달려가 아메리카 웨스트 여객기에 올라탔다. 라스베이거스 공항에서 그녀는 산체스와 오로스코에게 전화를 걸었다. 하지만 둘 다 응답이 없었다. 그들의 음성사서함은 듣지 않은 메시지들로 가득 차 있었다. 그래서 더욱 불안해진 그녀는 즉시 택시를 잡아

타고 그들의 사무실로 달려갔다. 거기서 그녀를 반긴 건 인기척 없는 사무실 앞에 쌓인 우편물 뭉치뿐이었다. 옆 사무실 사람들에게 얻어낸 건 그들을 본 지 오래라는 답변뿐이었다.

"그랬군." 리처가 말했다. "이제 한 가지 사실은 확실해졌어. 남은 사람은 단지 우리 넷뿐이라는 거."

다음 5분 동안은 니글리 혼자 얘기를 했다. 그녀는 그때까지 천 번은 해왔던 방식대로 간략하고 적절한 브리핑을 했다. 군더더기는 없었다. 주요 사항을 빼먹지도 않았다. 분명하게 드러난 사실들, 그리고 안젤라 프란츠의 전화를 받은 시점에서부터 그녀의 머릿속에 떠올랐던 의문들이 그녀의 입을 통해 다른 사람들의 귓속으로 흘러들어갔다. 부검 결과, 산타모니카의 아담한 집, 난장판이 된 컬버 시티 사무실, 플래시 메모리, 열한 번의 실패, 뉴에이지 건물, 오도넬의 합류, 죽은 개, 스완의 산타애나 집 밖에서 LA 카운티 보안관보를 때려눕혔고 그래서 그들의 추적을 피하기 위해 헤르츠 차들을 반납한 경위 등 굵직한 사건들은 단 하나도 빠뜨리지 않았다.

"최소한 그 문제는 해결된 셈이네." 딕슨이 말했다. "현재는 아무도 우리 뒤에 붙어 있지 않을 테니 말이야. 따라서 당분간 이 차는 안전해."

"결론은?" 리처가 물었다.

딕슨은 생각에 잠긴 채 느릿느릿 움직이는 차량의 물결 속에서 300미터가량 나아가더니 핸들을 꺾고 405번 도로로 올라섰다.

"한 가지 결론." 그녀가 말했다. "우리들 가운데 일부만 필요했기 때문에 프란츠가 그 몇 명에게만 연락을 한 건 아니에요. 그가 사건의 심각성을 과소평가했기 때문에 그 몇 명만 소집한 것도 아니고. 프란츠는 그런 착오를 할 사람이 아니니까. 게다가 이젠 어린 아들까지 있으니 더욱 신중을 기했을 거예요. 그러니 시각을 전환해야 해요. 여기 누가 남아 있는지, 그리고 누가 없는지 다시 한번 생각해 보자고요. 프란츠는 신속하게 달려와 줄 수 있는 친구들에게만 연락을 했던 거예요. 정말로 재빨리 불러 모을 수 있는 친구들에게만. 일단 같은 도시에 살고 있는 스완, 그리고 차로세 시간이면 달려올 수 있는 산체스와 오로스코. 여기 있는 우리들에겐 연락해봐야 소용없는 문제가 생겼던 거예요. 우리 네 사람 모두 최소한 하루 이상이 걸릴 만큼 떨어져 있었으니까. 따라서 프란츠의 문제는 속도가 생명인 긴급 비상사태였어요. 열두 시간이 성패를 좌우할 수 있는."

"구체적인 결론은?" 리처가 물었다.

"모르겠어요. 그나저나 플래시 메모리의 패스워드를 푸는 데 열한 번실패한 건 쪽팔림보다 더 큰 데미지가 있네요. 각 메모리 속에 담긴 자료를 서로 비교하면서 뭐가 새로워지고 달라졌는지 검토할 수 있는 기회를날려버린 거니까요."

오도넬이 말했다. "이름들이면 좋았을걸. 확실한 데이터는 이름뿐이니까요."

"숫자들도 확실한 데이터가 될 수 있어." 딕슨이 말했다.

"그것들을 풀어내려다가 눈이 멀어버릴걸요."

"그럴 수도 있지. 그렇지 않을 수도 있고. 숫자들은 가끔씩 내게 얘기를건네곤 해." 리처가 말했다.

"그것들은 안 그럴 거예요."

잠시 차 안에 침묵이 감돌았다. 도로 사정은 그럭저럭 괜찮았다. 딕슨은계속해서 405번 도로를 따라 차를 몰았다. 10번 도로로 빠지는 인터체인지를 지나친 뒤 그녀가 물었다. "목적지는?"

니글리가 말했다. "샤토 마몽으로 가죠. 멀리 떨어진 곳이라서 안전할 거예요."

"그리고 비싸기도 하고." 리처가 말했다. 의미심장한 그의 목소리에서 모종의 회포를 감지한 딕슨이 잠시 도로에서 눈길을 돌려 뒤를 돌아보았다.

니글리가 말했다. "리처는 빈털터리예요."

"놀랄 일도 아니야." 딕슨이 말했다. "9년 동안 일을 하지 않았으니까."

"대장은 군에 있을 때도 일을 하지 않았어요." 오도넬이 말했다. "몸에 밴 습관은 쉽게 고쳐지지 않는 법이죠."

"다른 사람의 신세를 지는 게 많이 부담스러운 모양이에요." 니글리가 말했다.

"아이고, 딱해라." 딕슨이 말했다.

리처가 말했다. "염치를 차리려고 노력하는 것뿐이야."

딕슨이 핸들을 북동쪽으로 꺾어 산타모니카 대로로 빠져나갔다. 베벌리 힐스와 웨스트 할리우드를 통과한 뒤 로럴 캐니언 기슭에서 선셋 대로를 탈 요량이었다.

"우리의 슬로건." 딕슨이 말했다. "특수부대원들에게 덤비지 마라. 여기 있는 우리 네 사람은 그 슬로건을 고수해야 해요. 여기 없는 네 명의 동지들을 위해. 따라서 지금 우리에겐 명령체계와 작전 계획, 그리고 예산이 필요해요."

니글리가 말했다. "예산은 내가 맡을게요."

"정말?"

"올해 사설 보안업계로 흘러들어온 국가안보국의 자금만 70억 달러예요. 그 가운데 시카고의 우리 회사로 들어온 액수도 적지 않아요. 그리고 회사 수익의 절반은 무조건 내 몫이고요."

"그럼 재벌이 된 거네."

"육군 상사였던 때보다는 부자죠."

"그럼 일단 당신이 경비를 대. 나중에 우리 셋이 어떻게든 갚을게." 오도넬이 말했다.

"사람들이 목숨을 잃는 이유는 사랑 아니면 돈 때문이에요. 우리 동지들은 절대로 사랑 때문에 살해당한 게 아니에요. 따라서 이건 엄청난 액수의 돈이 연관된 사건이에요."

"그럼 우리 모두 니글리가 경비를 댄다는 제안에 동의하는 건가요?" 딕슨이 물었다.

"뭐야, 민주주의로 하자는 건가?" 리처가 물었다.

"일시적으로만. 자, 동의합니까?"

네 개의 손이 올라갔다. 소령 둘과 대위 한 명이 상사의 호주머니에 전적으로 의존하기로 합의를 본 것이다.

"자, 그럼 작전 계획은?" 딕슨이 물었다.

"명령체계를 정하는 게 먼저겠죠." 오도넬이 말했다. "마차를 말 앞에 달아맬 수는 없으니까요."

"알았어." 딕슨이 말했다. "난 리처를 대장으로 추천합니다."

"나도." 니글리가 말했다. "옛날처럼."

"나도." 오도넬이 말했다. "추천이고 뭐고 필요 없어요. 잭 리처는 죽을 때까지 내 대장이니까."

"안 돼." 리처가 말했다. "난 경찰을 때려눕혔어. 그들이 날 잡으러 오면 난 순순히 끌려가야 해. 그럼 자네들은 나 없이 작전을 수행해야 하고, 따라서 난 대장 자격이 없어."

딕슨이 말했다. "경찰 문제는 나중에 해결하면 되잖아요."

"그 나중이 바로 코앞에 닥쳐오고 있어." 리처가 말했다. "내 장담하지. 내일, 혹은 늦어도 모레면 그들이 들이닥칠 거라고."

"그들이 그냥 넘어갈 수도 있잖아요."

"꿈 깨. 우리라면 그냥 넘어가겠어?"

"그 경찰이 너무나 쪽팔려서 보고를 하지 않을 수도 있잖아요."

"그가 보고하지 않는다고 그 사람들이 모를 것 같아? 우리를 쫓아왔다가 차 유리가 박살나고 코가 깨져서 돌아왔는데."

"그가 당신이 누군지 알고 있어요?"

"그는 진즉부터 니글리의 이름을 알고 있었어. 줄곧 우리를 미행했었고. 우리가 누군지 잘 알고 있을 거야."

"그들에게 순순히 끌려가선 안 돼요." 오도넬이 말했다. "즉시 감옥에 처넣을 거라고요. 그러니 멀리 도망쳐야 해요."

"그것도 안 돼. 나를 잡지 못하면 그들은 자네와 니글리를 공범으로 엮어서 체포할 거야. 그럼 칼라 혼자 남게 되는 거야. 작전이고 뭐고 끝장이 나는 거지."

"우리가 변호사를 붙여 줄게요. 싸구려라도."

"아니, 유명한 변호사로." 딕슨이 말했다.

"다 좋은데, 어쨌든 나는 작전에만 전념할 수가 없는 처지잖아."

아무도 입을 열지 않았다.

리처가 말했다. "니글리가 지휘봉을 잡아."

"거부합니다." 니글리가 말했다.

"거부할 수 없어. 이건 명령이야."

"웬 명령? 당신이 대장이라야 명령이 되는 거죠."

"그럼, 딕슨."

"거부합니다." 딕슨이 말했다.

"알았어. 그럼 오도넬이 맡아."

"난 그냥 넘어가 줘요."

딕슨이 말했다. "감옥에 갈 때까진 리처. 그다음엔 니글리. 이제 됐죠?"

세 개의 손이 올라갔다.

"후회하게 될 거야." 리처가 말했다. "반드시 후회하게 만들어주지."

"자, 대장님, 작전은?" 딕슨이 물었다. 그녀의 질문은 리처를 과거로 돌려보냈다. 그 질문을 마지막으로 받았던 9년 전으로.

"여느 때와 똑같다." 그가 말했다. "우린 수사를 한다, 우린 준비를 한다, 우린 실행을 한다, 우린 놈들을 찾아낸다, 우린 놈들을 박살낸다, 그러고 나서 놈들의 조상들 무덤에 오줌을 갈긴다."

25

샤토 마몽은 로럴 캐니언 가까이에 자리 잡고 있는 유서 깊은 호텔이다. 환상적인 경관과 웅장한 건축미, 그리고 지리적 위치 덕분에 저명인사들, 특히 연예계 스타들이 애용하는 명소이다. 에롤 플린, 클라크 케이블, 마릴린 먼로, 그레타 가르보, 제임스 딘, 존 레논, 믹 재거, 밥 딜런, 짐 모리슨, 레드 제플린, 제퍼슨 에어플레인 등등. 로비 벽면에는 그곳에서 묵었던 수많은 스타들의 사진이 걸려 있다. 존 벨루시는 그 호텔에서 죽었다. 사망 원인은 헤로인과 코카인 혼합 주사액 과다 주입. 투숙객 전체를 휘청거리게 할 수 있을 정도로 엄청난 양이었다고 한다. 그의 사진은 걸려 있지 않았다.

리처 일행은 모두 실명으로 체크인했다. 선택의 여지가 없었다. 니글리의 플래티넘 카드를 받아 든 프런트 직원이 모두의 신분증을 요구했기 때문이다. 그는 이용 가능한 객실이 세 개뿐이라고 했다. 누가 뭐래도 니글리는 독방을 써야 했다. 결국 리처와 오도넬이 방 하나를 함께 쓰기로 했다. 오도넬은 이내 딕슨의 렌터카에 니글리를 태우고 베벌리 윌셔 호텔로 떠났다. 니글리는 짐을 챙기고 체크아웃한 다음 무스탕을 몰고 LA 공항으로 갈 것이다. 오도넬은 그녀의 차를 따라가서 차를 반납한 그녀를 태워 돌아올 것이다. 전체적으로 세 시간 남짓 걸릴 것이다. 그 세 시간 동안 리처와 딕슨은 프란츠의 숫자들과 씨름할 것이다.

두 사람은 딕슨의 객실에서 작업을 시작했다. 프런트 직원의 말에 따르자면 레오나르도 디카프리오가 하룻밤 묵었던 방이라고 했다. 하지만 그 잘생긴 사내의 흔적은 남아 있지 않았다. 리처는 일곱 장의 도표를 침대 위에 나란히 펼쳐 놓았다. 딕슨이 그 위로 상체를 수그렸다. 리처는 옆에서 그녀를 지켜보았다. 마치 악보나 시집에 푹 빠져 버린 모습이었다.

"두 가지는 분명하네." 그녀가 즉시 말했다. "일단 100퍼센트가 없다는 거. 10/10도 없고, 9/9도 없어요."

"그리고?"

"처음 석 장엔 숫자가 각각 스물여섯 개씩이에요. 네 번째 장엔 스물일곱 개, 그리고 나머지 석 장엔 다시 스물여섯 개씩."

"그게 뭘 의미하는 걸까?"

"나도 모르겠어요. 하지만 어느 페이지도 꽉 차 있지 않은 걸로 봐서 26과 27이 모종의 의미를 담고 있는 것만은 분명해요. 어쩌다 그렇게 된 게 아니라 어떤 필요에 의해 그렇게 정리한 거예요. 일련의 숫자들을 페이지를 넘겨가며 기록한 게 아니라 따로 한 장씩 기록을 한 거란 얘기죠. 전자의 경우였다면 프란츠는 이 숫자들을 여섯 장의 도표에 담았을 거예요, 일곱 장이 아니라. 따라서 이건 어떤 것에 대한 일곱 개의 카테고리인 거죠."

"각각의 페이지로 구분이 돼 있긴 하지만 서로 긴밀한 연관을 갖고 있는 숫자들인 건 확실해." 리처가 말했다. "지속적으로 발생한 모종의 상황을 기록한 자료라는 얘기지."

"갈수록 악화되는 상황." 딕슨이 말했다.

"그것도 현격하게."

"그리고 느닷없이. 평원을 달리다가 갑자기 절벽으로 떨어진 것처럼."

"이렇게 반복적으로 측정이 가능한 상황이 뭘까?"

"뭐든 가능하죠. 정신과적 진료 기록으로서 간단한 설문들과 정답의 개수들일 수도 있겠고, 신체적인 수행평가 기록으로서 과업 조절 자료일 수도 있겠죠. 반면에 오답이나 실수를 기록했을 수도 있어요. 만일 그 경우라면 극적으로 호전된 거죠. 악화된 게 아니라."

"어떤 카테고리일까? 우리가 지금 들여다보고 있는 이것들이 대체 뭘까? 뭐에 대한 일곱 편의 기록인 거지?"

딕슨이 고개를 끄덕였다. "그게 문제의 핵심이에요. 무엇보다 그걸 먼저 알아내야만 해요."

"진료 기록은 아니야. 그 어떤 테스트 결과도 아니고. 그런 기록이라면 네 번째 장만 숫자가 스물일곱 개일 리가 없어. 다른 도표들은 모두 스물여섯 개인데 말이야. 일관성이 없잖아."

딕슨이 어깨를 한 번 으쓱하고 나서 몸을 꼿꼿이 일으켰다. 재킷을 벗어서 의자 위에 아무렇게나 던져 놓고는 창가로 다가가서 색 바랜 커튼을 젖힌 다음 아래를 내려다보았다. 이내 고개를 들고 산을 바라보았다.

"난 LA가 좋아요." 그녀가 말했다.

"나도 그런 것 같아." 리처가 말했다.

"난 뉴욕이 더 좋아요."

"나도 그런 것 같아."

"하지만 뉴욕과 극단적으로 대비되는 이 도시의 모든 모습이 마음에 들어요."

"나도 그런 것 같아."

"이 상황은 마음에 들지 않지만 당신을 다시 만나게 돼서 너무 좋아요, 리처. 정말로 아주 많이."

리처가 고개를 끄덕였다. "나도 그래. 우린 당신도 잘못됐을 거라고 생각했어. 기분이 정말 엿 같더군."

"한번 안아 봐도 될까요?"

"날 안고 싶다고?"

"사실 아까 헤르츠 영업소 앞에서 당신들 모두를 얼싸안고 싶었어요. 하지만 꾹 참았죠. 니글리를 생각해서."

"그녀는 안젤라 프란츠와 악수를 나눴어. 뉴에이지의 교과서 같은 여자하고도 그랬고."

"상태가 나아졌네요." 딕슨이 말했다.

"약간." 리처가 말했다.

"어렸을 때 몹쓸 짓을 당한 거예요. 그녀에게 직접 들은 건 아니지만."

"앞으로도 그녀에게서 그 얘길 듣지는 못할 거야."

"슬픈 일이에요."

"그러게."

칼라 딕슨이 리처를 향해 돌아섰다. 그는 그녀를 양팔로 꼭 안아 주었다. 향기로웠다. 머리에선 은은한 샴푸 향이 풍겨 났다. 그는 그녀를 번쩍 안아 들고 천천히 한 바퀴를 돌았다. 품 안의 그녀는 너무나 가냘팠다. 등판이 좁았다. 검정색 실크 셔츠 아래로 느껴지는 체온이 따스했다. 그가 그녀를 다시 내려놓자 그녀는 발돋움을 하곤 그의 뺨에 입을 맞추었다.

"보고 싶었어요." 그녀가 말했다. "내 말은 당신들 모두."

"나 역시." 그가 말했다. "만나기 전까지는 이렇게까지 그리웠었는지 몰랐어."

"제대하고 난 다음엔 어떻게 지냈어요? 괜찮았나요?"

"응. 괜찮았어."

"난 별로였어요. 근데 당신은 지금 괜찮은 척하고 있는 거죠? 난 솔직히 얘기하고 있는데."

"괜찮은 척? 날 보면 모르겠어? 당신들을 만나고 나니 나만 깊은 물속에서 허우적거리고 있다는 느낌이 들어. 아니, 아예 빠져 죽어가고 있는 것 같아. 다른 사람들은 모두 멋지게 물살을 가르며 수영을 즐기고 있는 것 같고."

"정말로 빈털터리예요?"

"알거지 수준이야."

"그건 나도 마찬가지예요." 그녀가 말했다. "1년에 30만 달러를 버는데도 늘 빠듯해요. 돈이란 게 그런 거죠 뭐. 게다가 당신은 워낙에 돈 욕심이 없는 사람이니까."

"나도 늘 그런 마음으로 살아왔어. 당신들을 만나기 전까지는. 니글리가 내 계좌에 1,030달러를 넣어 줬어."

"코드 1030? 하여튼 니글리는 천재라니까."

"내 사정을 짐작하고 있었던 거지. 그걸로 비행기 표를 사라고. 그 돈이 없었다면 나는 아직까지도 이리로 오는 길목 어딘가에서 엄지손가락을 쳐들고 있었을 거야."

"걸어오고 있는 중이겠죠. 제정신을 가진 사람이라면 당신을 태워 줄 리가 없을 테니까."

리처는 오래돼서 군데군데 얼룩이 진 거울에 비친 자신의 모습을 흘깃 바라보았다. 195센티미터, 110킬로그램, 냉동 칠면조만 한 손, 마구 엉클어진 머리칼, 팔뚝까지 걷어붙인 너덜너덜한 티셔츠 소매. 영락없이 프랑켄슈타인이었다.

부랑자. 멋들어진 푸른 제복에서 볼품없는 누더기로.

딕슨이 말했다. "한 가지 물어봐도 돼요?"

"뭐든지."

"군 시절에 늘 바랐던 소원이 한 가지 있었어요. 우리가 함께 일하는 동료 관계보다 좀 더 깊은 사이가 되는 거."

"우리라니 누구?"

"당신과 나."

"그게 무슨 질문이야, 하고 싶은 얘기지."

"당신도 비슷한 감정을 느꼈나요?"

"솔직히?"

"네."

"응, 그랬어."

"그럼 우리 관계가 왜 발전하지 못했던 거죠?"

"그래선 안 되는 일이었으니까."

"우리가 언제는 군대에서 정해 놓은 규칙을 지켰었나요?"

"군대의 규칙이 무서워서가 아니라 우리 조직이 깨질까 봐 두려웠어. 다른 대원들의 질투심 때문에."

"니글리는 아니었을 거잖아요."

"아니, 그녀도 질투심이 대단해. 보통 사람과는 다른 차원이지만."

"우리 둘만의 비밀로 묻어둘 수는 없었을까요?"

"꿈 깨."

"지금은 묻어둘 수 있어요. 앞으로 세 시간은 우리 둘만의 것이니까."

리처는 아무 말도 하지 않았다.

딕슨이 말했다. "미안해요. 이번 사건 때문에 인생이 너무나 짧다는 생각이 새삼스러워져서 나도 모르게 그만."

리처가 말했다. "어쨌든 지금은 우리 조직도 깨져 버린 셈이고."

"그러니까요."

"동쪽에 두고 온 남자친구는 없어?"

"지금 사귀는 남자는 없어요."

리처가 뒷걸음질로 침대에 다가갔다. 칼라 딕슨이 따라와서 그 옆에 멈춰 섰다. 그녀의 엉덩이가 그의 허벅지에 닿았다. 일곱 장의 도표는 여전히 침대 위에 나란히 늘어져 있었다.

"좀 더 살펴보고 싶어?" 리처가 물었다.

"지금은 그럴 마음이 없네요." 딕슨이 말했다.

"나도 그래." 그가 도표들을 모아서 가지런히 추슬렀다. 그것들을 나이트스탠드에 놓고 다시 그 위에 전화기를 올려놓았다.

리처가 물었다. "정말 이걸 원하고 있는 거야?"

"15년 동안."

"나도. 하지만 반드시 우리 둘만의 비밀이어야 해."

"알았어요."

리처가 딕슨을 품에 안으며 입술을 포갰다. 혀끝에 닿는 치아의 촉감이 신선했다. 실크 셔츠의 단추들은 너무 작아서 풀어내기가 힘들었다.

26

한차례 뜨거운 폭풍이 지나간 뒤, 두 사람은 열을 식히며 침대에 누워 있었다. 딕슨이 말했다. "이제 일해야죠."

리처가 도표들을 집으려고 몸을 뒤채어 엎드렸다.

"아니, 머릿속으로. 그러면 더 많은 걸 볼 수 있어요." 딕슨이 말했다.

"그래?"

"모두 합쳐서 183개의 숫자가 기록돼 있어요." 그녀가 말했다. "183이라는 숫자에 대해 생각나는 대로 말해봐요."

"일단 소수는 아니고." 리처가 말했다. "3과 61로 나눠지니까."

"소수든 아니든 그건 중요하지 않아요."

"2를 곱하면 366이 돼. 윤년의 날짜 수와 같아."

"그럼 이게 어떤 윤년의 절반에 걸쳐서 기록한 자료일까요?"

"그렇다면 일곱 장일 리가 없지." 리처가 말했다. "윤년이든 아니든 한 해의 절반은 6개월이고 따라서 도표도 여섯 장이어야 맞아."

딕슨이 입을 다물었다.

리처도 생각에 잠겼다.

6개월…….

절반…….

고양이의 가죽을 벗기는 방법은 여러 가지다……

26, 27……

그가 말했다. "6개월은 며칠이나 되지?"

"평년일 경우에요? 전반부냐 후반부냐에 따라 하루가 차이가 나죠. 182일, 아니면 183일."

"절반을 만들려면 어떻게 해야 되지?"

"둘로 나누는 거죠."

"366에 7/12을 곱하면?"

"절반이 훨씬 넘어요."

"그 값에 다시 6/7을 곱하면?"

"그러면 정확히 절반이 되죠. 42/84니까."

"바로 그거야."

"난 무슨 얘긴지 이해가 안 가네요."

"1년은 몇 주지?"

"52주."

"일하는 날은 며칠이지?"

"주 5일 근무제일 경우엔 260일, 주 6일 근무제일 경우엔 312일."

"그렇다면 주 6일 근무제일 경우 7개월 동안 며칠이나 일해야 하지?"

이번엔 딕슨도 약간 시간이 걸렸다. "몇 월부터 몇 월까지의 7개월이냐에 따라 다르죠. 일요일이 몇 번 들어 있는지도 감안해야 하고. 1월 1일이 무슨 요일이냐에 따라서도 달라져요. 연이은 7개월인지 아니면 무작위로 고른 7개월인지도 변수고."

"그래도 계산을 해봐, 칼라. 어차피 답은 딱 두 개뿐이야."

딕슨이 잠시 뜸을 들였다. "저 일곱 장의 도표가 7개월 분량의 자료였군요! 각각 한 달 동안 주 6일 근무제일 때 연속적으로 일어난 어떤 상황을 기록한 거였어요. 그중 한 달에 31일인 달에 일요일이 네 번이라 근무한 날이 27일이 된 거고."

딕슨이 침대 시트를 젖히고 일어나 옷도 걸치지 않은 채 서류 가방 쪽으로 걸어갔다. 잠시 후 그녀는 가죽으로 커버를 씌운 수첩을 들고 침대로 돌아왔다. 그녀가 침대 위에 수첩을 펼쳐서 내려놓았다. 이어서 나이트스탠드 위의 도표들을 집어서는 수첩 아래 나란히 늘어놓았다. 그녀의 눈길이 위아래로 부지런히 오갔다. 일곱 차례.

"올해예요." 그녀가 말했다. "지난 7개월. 일곱 번째 도표가 바로 지난달의 기록이에요. 수첩의 달력과 딱 맞아 떨어지네요. 일요일들을 빼면 처음 3개월은 근무 일수가 26일, 그다음 달은 27일, 그리고 나머지 3개월은 다시 26일."

"바로 그거야." 리처가 말했다. "주 6일 동안의 어떤 업무 결과가 지난 7개월 동안 지속적으로 악화된 거야. 모종의 결과가. 이제 절반은 풀어낸 셈이야."

"어려운 건 지금부터예요." 딕슨이 말했다. "이제 이 숫자들이 뭘 의미하는지 당신의 생각을 말해봐요."

"월요일부터 토요일까지 하루에 아홉 번, 열 번, 열두 번, 혹은 열세 번 발생한 어떤 상황, 단 한 번도 100퍼센트가 되어본 적이 없는."

"그게 뭘까요?"

"모르겠어. 하루에 열몇 번씩 일어나는 상황이란 게 뭐가 있지?"

"포드 회사의 T-모델 생산량은 아니에요. 그것보다는 훨씬 작은 규모여야 해요. 또한 좀 더 개인적이면서도 전문적인 일인 것 같고. 치과의 예약환자 대비 방문환자 수? 아니면 변호사 사무실? 미용실?"

"프란츠의 사무실 근처에 네일숍이 있어."

"네일숍이 하루에 그 정도 일해서 어떻게 먹고 살아요? 게다가 네 사람이 실종된 것과 손톱이 무슨 관계가 있겠어요? 네 개의 가명을 쓰는 시리아 사람은 둘째치고라도."

"모르겠어." 리처가 말했다.

"나도 모르겠어요." 딕슨이 말했다.

"자, 이제 몸을 씻고 옷을 입자고."

"끝낸 다음에요."

"뭘 끝낸 다음에?"

딕슨은 대답하지 않았다. 그냥 그의 머리를 베개 위에 밀어붙여 눕혀 놓고 키스를 했다.

그 시각, 수평으로 3,200킬로미터, 수직으로 10킬로미터 떨어진 위치에서 지금은 자신을 앨런 메이슨으로 부르고 있는 마흔의 검은 머리 사내가 라가디아발, 콜로라도 덴버행 유나이티드 에어라인 보잉 757기의 퍼스트 클래스에 앉아 있었다. 좌석번호는 3A, 팔걸이 공간에는 생수 한 컵이 놓여 있었고 그의 무릎 위에는 신문이 펼쳐져 있었다. 하지만 그는 신문을 읽고 있지 않았다. 대신 창밖에서 밝게 빛나는 흰 구름 떼를 물끄러미 바라보고 있었다.

그리고 남쪽으로 13킬로미터 떨어진 지점에서는 군청색 크라이슬러를 모는 군청색 양복의 사내가 LA 공항의 헤르츠 영업소에서 돌아오고 있는 오도넬과 니글리를 미행하고 있었다. 두 사람이 베벌리 윌셔 호텔을 떠날 때부터 시작된 미행이었다. 처음에 사내는 두 사람이 비행기를 탈 거라고 넘겨짚었었다. 그래서 공항 터미널까지는 안전하게 거리를 유지할 요량이었다. 그러다가 오도넬이 세풀베다에서 북쪽으로 방향을 틀자 부랴부랴 따라붙었다. 그때부터 헤르츠 영업소까지 앞 차와의 간격은 차량 열 대 정도를 유지했다. 사내의 생각으로는 그 정도 간격이면 들킬 염려가 없을 것 같았다.

27

오도넬이 말했다. "우린 완전히 안개 속을 헤매고 있어." 니글리가 그의
말을 받았다. "현실을 직시해야 해요. 범인들은 흔적도 없고 우리에겐 사
건 해결에 도움이 될 만한 어떤 자료도 없어요."

그들은 레오나르도 디카프리오가 하룻밤 묵어갔던, 하지만 그의 흔적
이 전혀 남아 있지 않은 칼라 딕슨의 객실에 모여 있었다. 침대는 가지런
히 정리된 상태였다. 리처와 딕슨은 샤워를 했고 머리는 이미 말라 있었
다. 두 사람은 적당한 거리를 두고 떨어져 서 있었다. 일곱 장의 도표는 경
대 위에 펼쳐진 수첩과 함께 놓여 있었다. 그것들이 지난 7개월 동안의 기
록이라는 데 이의를 제기하는 사람은 없었다. 하지만 그 기록이 그들에게
어떤 도움이 될지 의견을 제시하는 사람도 없었다.

딕슨이 리처를 바라보며 말했다. "우린 뭔가를 놓치고 있어요. 제대로
생각을 정리하지 못하고 있다는 얘기예요. 잠시 머리를 식혔다가 다시 하
기로 해요."

군청색 양복의 사내는 휴대폰으로 통화 중이었다. "그들이 샤토 마몽으
로 숙소를 옮겼습니다. 이제 네 명이 됐습니다. 칼라 딕슨도 나타났으니까
요. 네 사람 모두 우리의 자료와 용모가 일치합니다."

거기까지 말한 뒤 그는 보스의 지시를 조용히 귀담아 들었다. 한 손으로 넥타이를 셔츠에 갖다 붙이듯 쓰다듬고 있는 그의 모습을 떠올리면서.

리처는 선셋 대로로 혼자 산책을 나갔다. 고독은 여전히 그에게 가장 친숙한 환경이었다. 거리를 걸으면서 주머니의 돈을 꺼내 세어 보았다. 얼마 남지 않았다. 마침 눈에 띈 잡화점 안으로 상체를 구부리고 들어갔다. 한쪽 구석에 해묵은 셔츠들을 한 줄로 쭉 걸어 놓은 세일 코너가 마련돼 있었다. 한쪽 끝에 인조 섬유 재질에 흰색 그래픽이 주를 이루는 푸른색 계열의 셔츠들이 여러 장 걸려 있었다. 그는 그 가운데 한 장을 집어 들었다. 넓은 옷깃에 밑단이 직선으로 재단된 반팔 셔츠, 1950년대에 그의 아버지가 볼링 치러 갈 때 입었음직한 디자인이었다. 크기만 세 사이즈 더 클 뿐이었다. 그는 거울 앞에 서서 옷걸이를 턱으로 누르고 자신의 모습을 비춰 보았다. 그런대로 어울리는 것 같았다. 어깨 너비도 대충 맞을 것 같았다. 반팔이니까 그의 팔 길이에 맞출 필요도 없었다. 사실 팔만 놓고 얘기하자면 그는 고릴라였다. 다른 점이 있다면 고릴라보다 더 길고 두껍다는 것뿐.

세금까지 포함해서 21달러에서 몇 센트 빠지는 가격이었다. 그는 카운터의 사내에게 돈을 지불한 다음 새 셔츠의 가격표를 떼고 그 자리에서 갈아입었다. 몇 군데 잡혀 있는 주름은 상관없었다. 대신 밑단을 바지 속에 쑤셔 넣은 뒤 소매를 어깨 위로 말아 올렸다. 맨 위 단추 하나를 푸니 목어림은 전혀 불편하지 않았다. 소매가 이두박근을 조이긴 했지만 혈액순환에 지장을 줄 정도는 아니었다.

"쓰레기통 있소?" 리처가 물었다.

사내는 카운터 밑에서 안에 흰 비닐을 씌운 금속제 휴지통을 집어 올렸다. 리처는 벗어낸 셔츠를 둘둘 말아서 휴지통 안에 던져 넣었다.

"근처에 이발소가 있소?" 리처가 물었다.

"북쪽으로 두 블록 올라가세요." 사내가 말했다. "언덕 위 식품점 한쪽에 구두 닦는 곳과 이발소가 함께 있어요."

리처는 아무 말도 하지 않았다.

"로럴 캐니언." 사내가 설명하듯 덧붙였다.

맥주는 아이스박스에 저장해 두고 커피는 압력식 플라스크로 끓여 내는 구멍가게였다. 리처는 중간 사이즈 커피 한 잔을 뽑아들고 이발 의자로 다가갔다. 빨간색 비닐을 씌운 골동품 의자였다. 앞쪽 세면대에는 업소용 면도칼들이 놓여 있었고 옆으로 조금 떨어진 곳엔 구두 닦는 의자가 있었다. 그 의자 위에 흰색 민소매 티셔츠를 입은 깡마른 사내가 앉아 있었다. 양팔이 주삿바늘 자국으로 뒤덮인 사내가 리처를 올려다보며 눈동자를 굴렸다. 해야 할 일의 규모를 어림하는 모양이었다.

"어디 봅시다." 사내가 말했다. "면도와 이발?"

"둘 다 됩니까?"

"8달러." 사내가 말했다.

리처는 다시 한번 호주머니를 확인했다.

"10달러." 리처가 말했다. "신발 닦는 값과 커피까지 포함해서."

"그러면 12달러 내시오."

"가진 게 10달러뿐이오."

사내가 어깨를 한 번 으쓱거리고 나서 말했다. "그럼 그렇게 합시다."

'로컬 캐니언, 이름처럼 썩 괜찮은 곳이군.' 리처는 생각했다.

30분 뒤, 리처는 한 푼도 없는 알거지가 됐다. 하지만 그의 구두는 반짝거렸고 그의 얼굴엔 윤기가 감돌았다. 머리는 빡빡 깎은 것과 마찬가지였다. 애초에 그가 주문한 건 육군 장교 머리였다. 하지만 사내는 해병대 병사 머리로 깎아 놓았다. 확실히 이발이 전문은 아닌 사내였다. 리처는 잠시 뜸을 들인 뒤에 사내의 양 팔뚝을 다시 한번 눈여겨보았다.

리처가 물었다. "이 동네에선 그걸 어디서 팝니까?"

"댁은 그걸 하는 양반이 아닌데." 사내가 말했다.

"친구가 쓸 거요."

"돈도 없잖소."

"돈은 구할 수 있소."

흰 민소매 셔츠의 사내가 어깨를 한 번 으쓱하고 나선 말했다. "밀랍 박물관 뒤쪽으로 가면 거기서 판을 벌이고 있는 패거리를 만날 수 있을 거요."

리처는 뒷길로 해서 호텔로 돌아갔다. 가는 길에 길가에 세워진 군청색 크라이슬러 300C를 보았다. 군청색 양복의 사내가 운전석에 앉아 있었다. 양복과 차체의 색깔이 서로 구분이 안 될 만큼 비슷했다. 시동은 꺼져 있었다. 누군가를 기다리고 있는 것 같았다. 리처의 짐작으로는 전세 차량인 것 같았다. 리무진이었다. 조건을 따져서 링컨 타운카 대신 크라이슬러 리무진으로 사업을 하는 업체이겠거니 생각하고 넘어갔다. 그러니까 운전사의 양복과 차량 색깔이 똑같은 거라고 생각했다. LA가 리무진 업체들의 경쟁이 치열한 곳이라는 사실을 리처도 알고 있었다. 신문인가 잡지에서 그런 기사를 본 적이 있었다.

오도넬은 그의 새 셔츠를 보고 낄낄거렸다. 셔츠는 그냥 넘어갔던 딕슨과 니글리도 그의 머리 모양은 참아내질 못했다. 결국 세 사람은 리처의 변신한 모습을 재미있어 하며 한참을 웃어댔다. 리처는 기분이 상하진 않았다. 딕슨의 객실에 있던 얼룩진 거울에 자기 모습을 비춰보니 그들을 충분히 이해할 수 있었다. 아니, 오히려 동료들에게 잠시나마 마음 편히 웃을 수 있는 기회를 주게 돼서 그도 즐거웠다. 앞으로 당분간은 그런 시간을 가질 수 없을 터였다. 군 시절, 그들은 2년 동안 강력범죄들을 다루었었다. 잔인하고 악랄하고 끔찍하고 속이 뒤집히는 범죄 현장도 많았다. 그때마다 그들 역시 여느 경찰들처럼 신소리를 주고받으며 욕지기를 참아내곤 했다. 블랙유머는 심적인 부담을 덜어 주는 특효약이다. 한번은 땅에 묻힌 채 부패가 상당히 진행된 시체를 발굴한 적이 있었다. 반쯤 남은 머리 부분에 모종삽이 꽂혀 있었다. 대원들은 즉석에서 그 시체에 밀가루 반죽이라는 별명을 붙이곤 한참을 낄낄거렸다. 밀가루 반죽doug과 파묻다dug의 철자가 비슷하기 때문이었다. 나중에 군사 법정에서 증인석에 선 스탠 로우리가 피살자의 본명 대신 그들이 붙인 별명을 사용해가며 증언을 했다. 심문하던 변호사는 당연히 영문을 몰라 어리둥절할 수밖에. 스탠은 폭소를 터뜨리며 떠듬떠듬 설명을 했다. "그러니까, 밀가루 반죽이 아니라 파묻혔단 얘기죠, 머리에 삽이 꽂힌 채. 이해가 갑니까?"

하지만 지금은 아무도 웃을 수가 없었다. 내 발등에 불이 떨어졌을 때는 블랙유머도 자아낼 수 없는 것이다.

도표들은 다시 침대 위에 나란히 펼쳐져 있었다. 7개월 중 183일, 총 2,197건. 그 옆에는 새로운 종이가 한 장 더 놓여 있었다. 딕슨이 그 도표들을 근거로 1년 치를 추산한 결과였다. 314일의 근무 일수와 3,766회의 발생 건수. 하지만 거기까지였다. 덕슨은 물론 다른 누구도 더 이상의 의견은 제시하지 못하고 있었다. 다섯 개의 이름이 적힌 종이는 베개 아래 끼워져 있었다. 아무렇게나 놓인 모습으로 미루어 누군가가 들여다보다가 짜증이 나서 내던져 버린 듯했다.

"분명히 뭔가가 더 있긴 할 텐데." 오도넬이 말했다.

"자네가 원하는 게 정확히 뭐지?" 리처가 핀잔을 주듯 말했다. "사건을 요약한 보고서?"

"내 얘기는 사람이 넷씩이나 죽어나간 사건치고는 단서가 너무나 부족하다는 뜻이에요." 오도넬이 변명하듯 말했다.

리처가 고개를 끄덕였다.

"동감이야." 리처가 말했다. "단서가 부족한 건 사실이야. 범인들이 모든 걸 가져갔기 때문이지. 프란츠의 컴퓨터, 롤로덱스_{회전식 명함 관리용품}, 고객 명단, 전화번호부. 우리가 입수한 건 빙산의 일각에 불과해. 세계 각국의 고고학자들이 샅샅이 훑고 지나간 유적지에서 찾아낸 돌 몇 조각이나 마찬가지야. 하지만 불평만 하고 있을 수는 없어. 그런다고 새로운 단서가 보태지는 건 아니니까. 이것들만 가지고 어떻게든 해봐야지."

"뭘 어떻게 해야 하죠?"

"일단 습관을 깨는 거야."

"무슨 습관이요?"

"내게 할 일을 묻는 습관. 난 내일이면 이 자리에 없을 수도 있어. 지금쯤 보안관 사무실에서는 출동 준비를 마쳤을 거야. 그러니 앞으로는 자네들이 스스로 생각해서 결정을 내려야 해."

"그러니까 그때까지는 뭘 어떻게 해야 하느냐고요?"

리처는 오도넬의 말을 무시해 버렸다. 그 대신 칼라 딕슨을 향해 몸을 돌리며 물었다. "차를 렌트할 때 추가 보험에도 가입했어?"

그녀가 고개를 끄덕였다.

"잘했어." 리처가 말했다. "다들 조금만 더 쉬고 있어. 그랬다가 저녁 먹으러 나와. 내가 살게. 최후의 만찬을 즐겨 보자고. 한 시간 뒤에 다들 로비로 내려와."

주차관리실에서 딕슨의 포드를 찾은 리처는 그걸 몰고 할리우드 대로 동쪽 차선으로 들어섰다. 밀랍 박물관과 맨스 차이니즈 극장을 차례로 지나친 다음 하이랜드에서 핸들을 왼쪽으로 꺾었다. 현재 위치는 할리우드와 바인에서 서쪽으로 두 블록 떨어진 지점이었다. 그 두 도로의 교차로 부근은 옛날에는 마약 밀매의 온상이었다. 하지만 지금은 자리를 옮긴 것 같았다. 그게 암흑가 사업의 속성이다. 사법당국의 승리는 일시적일 뿐이다. 범죄의 그림자는 결코 지워지는 법이 없다. 다만 자리만 바뀌는 것이다.

리처는 길가에 차를 세웠다. 밀랍 박물관 뒤쪽에 널찍한 골목이 있었다. 주차장으로도 충분히 사용할 수 있는 너비였다. 담장이 쳐져 있지 않은 자갈밭 위에는 말발굽 모양의 차바퀴 자국이 깊게 패어 있었다. 그 안으로 들어왔다 돌아나간 수많은 차량들의 흔적이었다. 마치 패스트푸드 영업점의 드라이브 스루처럼 거래가 이뤄지고 있다는 증거였다. 구체적으로 이런 방식이다.

고객이 차를 몰고 들어온다, 딜러 측에서 얼굴을 확인한다, 안전하다는 판단이 서면 꼬마가 달려 나온다, 대개는 11세 미만의 어린 소년들이다, 고객은 주문과 함께 꼬마에게 현찰을 건넨다, 꼬마는 그 돈을 쥐고 수금책에게 달려간다. 돈을 확인한 수금책은 꼬마를 공급책에게 보낸다. 그동안 고객은 말발굽 모양의 바퀴 자국을 따라 차를 천천히 몰고 있다. 꼬마가 물건을 가지고 다시 달려올 때쯤엔 차 앞머리는 출구를 향하고 있다. 물건을 건네받은 고객은 곧장 빠져나간다. 꼬마는 다시 원위치로 돌아가 다음 고객을 기다린다.

이른바 3단계 판매 전략으로서 상대적으로 안전성이 높으면서도 효과적인 시스템이다. 일단 돈과 마약이 따로 관리된다. 그리고 들어오는 차량의 운전자가 경찰일 경우 잽싸게 튈 수 있는 방향이 세 군데나 된다. 빈 공터에는 달랑 형법상 기소될 수 없는 11세 미만의 소년만이 남아 있을 뿐이다. 마약은 모처에서 수시로 공급책에게 배달된다. 따라서 공급책은 항상 당장에 필요한 최소 분량의 마약만 지니고 있다. 수금한 현찰 자루는 수시로 비워진다. 검거될 때의 손실을 최소한으로 줄이는 한편 수금책의 횡령 또한 방지하기 위해서다.

교묘한 시스템.

리처가 이전에도 본 적이 있는 시스템이었다.

이전에도 털어본 적이 있는 시스템이었다.

그 공터의 수금책은 전형적인 수금책의 모습이었다. 선글라스를 낀 채 공터의 한가운데에서 콘크리트 벽돌을 깔고 앉은 그 사내의 발치에는 검정색 비닐 재질의 스포츠 가방이 놓여 있었다. 품속 어딘가에 권총을 감추고 있을 건 물론이었다.

리처는 기다렸다.

검은색 벤츠 ML이 속도를 늦추면서 공터로 꺾어져 들어갔다. 유리창마다 검게 선팅을 한 그 SUV의 캘리포니아 번호판에는 리처로서는 해석할

길이 없는 약자들이 적혀 있었다. 입구를 들어선 차가 일단 멈춰 서자 이내 꼬마 하나가 달려 나왔다. 정수리가 운전석의 유리창 아래틀에도 닿지 않을 만큼 작은 아이였다. 꼬마의 손이 유리창을 향해 치켜 올라갔다. 이내 다시 내려온 그 손에는 현찰 뭉치가 쥐어져 있었다. 벤츠 SUV는 천천히 앞으로 굴러나갔고 꼬마는 수금책에게 달려갔다. 현찰 뭉치는 가방 속으로 들어갔고 꼬마는 다시 공급책에게 달려갔다. 벤츠 SUV의 앞머리가 출구 쪽을 향해 꺾이고 있었다.

리처가 차에 기어를 넣었다. 북쪽과 남쪽을 차례로 살폈다. 액셀을 힘껏 밟았다. 핸들을 한껏 꺾으면서 공터로 진입했다. 말발굽 모양의 바퀴 자국은 무시하고 곧장 공터의 중앙을 향해 돌진했다.

수금책을 향해 곧장. 액셀을 밟은 발에 힘을 빼지 않은 채.

앞바퀴 아래에서 자갈들이 사방으로 튀어 올랐다. 수금책은 그 자리에 얼어붙어 있었다. 그 사내 앞, 3미터 거리까지 다가간 시점에서 리처는 세 가지 동작을 동시에 실행에 옮겼다.

핸들을 틀었다. 브레이크를 밟았다. 운전석 문을 열었다.

차가 오른쪽으로 비켜 나갔다. 앞바퀴 아래에서 자갈들이 요란한 비명을 올리며 튀어 올랐다. 문짝이 제 동선을 따라 젖혀지면서 수금책을 정통으로 강타했다. 가격 부위는 허리부터 얼굴까지 상반신 전체였다. 그가 뒤로 나가떨어지는 것과 동시에 차가 멈춰 서더니 리처의 긴 왼팔이 불쑥 튀어나와 바닥에 놓여 있는 검정색 비닐 스포츠 가방을 낚아챘다. 가방을 조수석 위로 던진 뒤 리처는 액셀을 힘껏 밟으며 차문을 닫았다. 벤츠 SUV는 여전히 천천히 돌고 있었다. 리처는 말발굽 궤적의 안쪽으로 바짝 유턴을 했다. 차는 굉음을 울리며 출구를 빠져나가 보도 턱을 쿨렁이며 뛰어넘고선 하이랜드 스트리트로 진입했다. 리처가 룸미러를 확인했다. 자욱한 먼지 속에서 등을 깔고 널브러진 수금책을 향해 두 사내가 황급히 달려가고 있었다. 10미터를 달려나가 밀랍 박물관을 지난 뒤 리처의 차는 신호등을 제때 통과해서 다시 할리우드 대로로 들어섰다.

총 소요 시간 12초.

반격은 없었다. 총성도 들리지 않았다. 추격하는 차량도 없었다.

리처는 앞으로도 그럴 염려는 전혀 없다고 생각했다. 차량은 평범한 노란색 포드였지만 운전자는 촌스러운 셔츠에 짧은 머리의 사내. 따라서 그들은 비번인 LA 경찰이 자신들을 덮쳤다고 결론을 내릴 게 분명했다. 쥐꼬리만 한 연금에 노후를 의지하기에는 인생이 너무 억울해서 부수입을 올리려고 혈안이 된 어떤 경찰. 그런 사업을 운영하려면 가끔씩 치러야 할 당연한 대가였다. 한편 벤츠 SUV 운전자에 대해서는 걱정할 필요가 없었다. 아무리 입이 근질거려도 자기가 목격한 상황을 발설할 수 있는 처지가 결코 아니었으니까.

특수부대원들에게 덤비지 마라.

리처가 차의 속도를 늦췄다. 호흡을 가다듬으며 시계 반대 방향으로 핸들을 돌려 니콜스 캐니언 로드로 들어섰다. 우드로 윌슨 드라이브를 지난 다음엔 다시 로럴 캐니언 대로였다. 꽁무니에 붙은 차량은 역시 없었다. 리처는 한적한 언덕배기에 차를 세웠다. 그 자리에서 돈을 털어낸 뒤 가방은 길가에 버렸다. 돈을 세어 보니 거의 900달러였다. 대부분이 20달러와 10달러짜리로.

넷이서 저녁을 먹기엔 충분한 액수였다. 노르웨이 생수를 곁들여서. 물론 팁까지도.

바닥에 내려선 그는 차를 살펴보았다. 운전석 문짝 가운데가 약간 꺼져 들어가 있었다. 수금책의 얼굴 자국. 혈흔은 없었다. 다시 차에 올라탄 리처가 안전벨트를 맸다. 10분 뒤 그는 샤토 마몽 로비의 색 바랜 벨벳 의자에 앉아 동료들을 기다리고 있었다.

샤토 마몽에서부터 북동쪽으로 2천 킬로미터 떨어진 지점에서는 자신을 앨런 메이슨이라고 부르는 마흔의 검은 머리 사내가 덴버 공항 메인 터미널 출구와 연결되는 지하 셔틀 열차에 올라타 있었다. 그 칸에는 그 혼자뿐이었다. 피곤해 보이는 그의 얼굴에는 이따금씩 미소가 피어올랐다. 안내방송에 앞서 흘러나오는 저그밴드1930년대에 인기를 끌었던 일종의 재즈 악단의 연주 음악 때문이었다. 그는 그게 정신과 전문의의 검증을 받고 사용되는 음악이라고 생각했다. 여행의 스트레스를 덜어 주는 음악. 그의 생각이 맞는다면 주최 측의 목적은 달성된 셈이었다. 최소한 그에게 있어서는. 그 음악을 들으면서 그는 마음이 편안해지는 걸 느꼈다. 그가 처한 상황에서는 도저히 기대할 수 없었던 편안함이었다.

28

저녁 식사 비용은 900달러에 한참 못 미쳤다. 입맛이 없어서였는지, 애도해야 할 시기임을 감안해서였는지, 리처의 주머니 사정을 봐주기 위해서였는지, 아니면 정말로 햄버거가 먹고 싶어서였는지 다른 세 사람은 모두 햄버거를 고집했다. 그래서 찾은 곳이 선셋 대로에서 몬드리안 호텔과 동쪽으로 이웃해 있는 시끄러운 햄버거 전문 식당이었다. 노르웨이 생수는 없는 곳이었다. 정수기 물과 미국 맥주, 육즙이 줄줄 흐르는 패티, 피클, 그 밖에 몇 가지 정도가 선택할 수 있는 메뉴의 전부인 곳이었다. 흘러간 시절의 R&B 음악이 흘러나오는 50년대풍의 식당과 외관상으로 어울리는 사람은 리처뿐이었다. 나머지 세 사람의 세련된 외모와 복장은 그 배경에 녹아들기 어려웠다. 그들은 4인용 원형 식탁에 둘러앉았다. 떴다가 가라앉기를 반복하는 좌중의 분위기에 따라 대화 역시 매끄럽게 이어지지는 않았다. 옛 친구들과 오랜만에 자리를 함께하게 된 즐거움과 사라진 친구들에 대한 비통한 추억이 교차했기 때문이다. 리처는 주로 듣는 쪽이었다. 최소한 구도상으로는 자리를 함께한 사람들의 평등성을 보장한다는 게 원탁의 장점 가운데 하나이다. 관심의 중심은 아무렇게나 자리를 옮겨 간다. 30분 정도 그간의 안부와 그 비슷한 얘기들이 오가다가 결국 다시 프란츠가 화제의 중심으로 떠올랐다.

오도넬이 말했다. "처음부터 찬찬히 생각해 보자고요. 만약 그의 와이프 말이 맞다면 그가 4년 전부터 오직 사람들의 뒷조사만 하고 다녔다는 얘기가 되는데, 그랬던 그가 갑자기 왜 이런 심각한 사건에 휘말리게 됐을까요?"

딕슨이 말했다. "누군가의 의뢰를 받았기 때문이겠지."

"바로 그거예요." 오도넬이 말했다. "이번 사건은 그의 고객 때문에 발생한 거예요. 그렇다면 그 고객이 누굴까요?"

"누구든 가능하지."

"천만에요." 오도넬이 말했다. "누군가 특별한 인물이에요. 프란츠를 파행적으로 움직이게 만들 수 있을 만큼. 그 고객 때문에 프란츠는 4년 동안 고수해 왔던 영업 방침을 바꿨어요. 과장하자면 그건 아내와 아들의 신뢰를 저버린 것과 마찬가지죠."

니글리가 말했다. "엄청난 사례를 약속받았을 가능성이 커요."

"아니면 그가 어떤 식으로든 신세를 갚아야만 했던 인물일 수도 있고." 딕슨이 말했다.

니글리가 말했다. "아니면 처음 보기엔 여느 의뢰와 다를 게 없었던 사건일 수도 있어요. 어떤 결말이 기다리고 있을지 프란츠가 전혀 몰랐을 수도 있었다는 얘기죠. 그건 그의 고객도 마찬가지고."

리처는 그들의 얘기에 귀를 기울였다.

누군가 특별한 사람, 프란츠가 신세를 갚아야 할 사람.

리처는 오도넬, 니글리, 딕슨이 번갈아 의견을 제시하는 모습을 지켜보았다. 운동에너지가 그 세 사람 사이를 오가면서 원탁 위 허공에 묵직한 삼각형의 궤적을 남겼다. 그의 마음 깊숙한 곳을 뭔가가 헤집어대고 있었다. 몇 시간 전, LA 공항을 떠나는 차 안에서 딕슨이 했던 얘기. 그는 눈을 감았다. 하지만 종잡을 수가 없었다. 그가 입을 열었다. 삼각형의 운동에너지 궤적이 사각형으로 바뀌었다.

"안젤라에게 물어봐야겠어." 리처가 말했다. "그의 고객들 중에 장기간 거래했던 큰손이 있었는지. 그런 거래처라면 은연중에라도 아내에게 얘기했을 가능성이 커."

"난 찰리를 만나 보고 싶어요." 오도넬이 말했다.

"내일 가보기로 하지." 리처가 말했다. "물론 LA 카운티 보안관들이 덮쳐오지 않을 때 얘기야. 만약 그들이 움직인다면 자네들은 나 없이 일을 진행하도록."

"긍정적으로 생각하자고요." 딕슨이 말했다. "그 보안관보가 당신 주먹을 맞고 뇌진탕에 걸렸을 수도 있잖아요. 당신이 누군지 기억하기는커녕 자기가 누군지도 모르는 상태일 수도 있다고요."

그들은 호텔까지 함께 걸어서 돌아갔다. 누구도 한잔 생각은 없었다. 서둘러 잠을 청한 뒤 아침 일찍 맑은 정신으로 깨어나 일을 시작하자는 무언의 합의 하에 그들은 로비에서 헤어져 각자의 객실로 흩어졌다. 물론 리처와 오도넬은 찢어질 수 없었다. 하지만 대화는 몇 마디뿐이었다. 리처는 베개에 머리를 박고 나서 5초도 지나기 전에 잠에 곯아떨어졌다.

리처가 다시 깨어났을 때는 아침 7시였다. 아침 햇살이 창문 가득 쏟아져 들어오고 있었다. 오도넬이 객실 안으로 들어왔다. 걸음걸이가 다급했다. 옷을 챙겨 입은 그의 한쪽 겨드랑이에는 신문이 끼어 있었고 양손에는 커피 한 잔씩이 들려 있었다.

"산책하고 왔어요." 오도넬이 말했다.

"그런데?"

"골치 아프게 됐어요, 대장." 오도넬이 말했다. "그가 왔어요."

"누구?"

"그 보안관보. 여기서 100미터쯤 떨어진 곳에 차를 세워 놓고 앉아 있어요."

"그 친구가?"

"네. 그 친구, 그 차. 얼굴엔 쇠판대기를 대고 있고 차 유리창은 비닐봉지로 막아 놨더군요."

"그가 자넬 봤나?"

"아뇨."

"뭘 하고 있던가?"

"그냥 차 안에 앉아 있었어요. 뭔가 기다리고 있는 사람처럼."

29

딕슨의 방에 다시 모인 그들은 함께 아침을 시켜먹었다. 특수부대원의 첫 번째 원칙. '먹을 수 있을 때 먹어 둬라, 다음 식사는 언제가 될지 모른 다.' 이미 오래전부터 지켜온 그들의 철칙이었다. 특히 추적을 피해 도망 쳐야 할 때는 더욱 그래야 한다. 리처는 계란과 베이컨을 입속에 욱여넣고 커피와 함께 삼켰다. 겉모습은 태연했지만 속마음은 착잡했다.

"포틀랜드에서 떠나지 말걸 그랬어." 리처가 말했다. "그 편이 모두를 위해 훨씬 나았을 거야."

"그들이 어떻게 우리를 이렇게 빨리 찾아낼 수 있었을까요?" 딕슨이 물 었다.

"컴퓨터." 니글리가 말했다. "국가안보국과 애국자법. 요즘은 수사기관 에서 원하기만 하면 언제, 어느 호텔의 숙박계라도 확인할 수 있어요. 완 전히 경찰국가가 된 거죠."

"우리가 경찰인데." 오도넬이 말했다.

"그거야 옛날 얘기죠."

"지금도 경찰이면 좋을걸. 그러면 이까짓 건 걱정할 일도 아닌데."

"자네들은 어서 떠나." 리처가 말했다. "나 때문에 지장이 생겨선 안 돼. 시간이 없어. 보안관들 모르게 호텔을 나간 뒤 계획대로 안젤라 프란츠를

195

만나봐. 그래서 문제의 고객이 누군지 알아내도록. 난 일이 해결되면 돌아올게."

말을 마친 뒤 리처는 커피잔을 마저 비운 다음 자신의 객실로 갔다. 그는 일단 칫솔을 챙긴 뒤 여권과 ATM카드, 그리고 남아 있는 800달러 가운데 700달러를 오도넬의 양복 케이스 속에 숨겼다. 체포된 뒤 소지품들이 분실되는 경우도 있기 때문이다. 그러고 나선 혼자 엘리베이터를 타고 로비로 내려갔다. 로비에서는 안락의자에 앉아 기다렸다. 호텔 복도를 휘저으며 도망 다닐 생각은 추호도 없었다. 특수부대원의 두 번째 원칙. '어차피 잡힐 거라면 최소한의 품위를 유지하라.' 평생에 걸친 불운과 역경을 통해 터득한 교훈이었다.

그는 기다렸다.

30분.

60분.

로비에는 세 종류의 조간신문이 구비되어 있었다. 리처는 그것들을 전부 읽었다. 단어 하나하나까지. 스포츠, 특집기사, 사설, 국내 뉴스, 해외 뉴스, 그리고 경제. 국가안보국이 사설 흥신소에 미치는 영향을 다룬 기사도 있었다. 니글리가 언급했던 70억 달러라는 숫자도 명시되어 있었다. 엄청난 액수였다. 하지만 기사에 따르면, 그건 무기를 포함한 방위산업 부문에서 이뤄지는 거래 액수에 비하자면 새 발의 피라고 했다. 펜타곤은 다른 어떤 조직이나 기업보다도 많은 현찰을 보유하고 있다. 그 돈이 물 쓰듯 뿌려지고 있는 것이다.

90분.

아무 일도 일어나지 않았다.

두 시간이 지난 뒤 리처는 자리에서 일어나 신문들을 제자리에 두었다. 로비 정문 앞으로 다가가 밖을 살펴보았다. 밝은 태양, 파란 하늘, 그날따라 스모그는 거의 끼어 있지 않았다. 산들바람에 열대성 수목들이 가볍게 가지를 흔들고 있었다. 광을 낸 차량들이 천천히 오가고 있었다. 화창한 날씨였다. 캘빈 프란츠가 이 땅에서 모습을 감춘 지 24일, 거의 4주가 다 되어가고 있었다. 토니 스완, 조지 산체스, 마누엘 오로스코 역시 비슷한 시기에 최후를 맞았을 것이다.

지금 이 시간부로 그놈들은 죽은 목숨이야. 내 친구들을 헬리콥터에서 산 채로 내던져 버리고 나서 그걸 떠벌리고 다니게 놔둘 수는 없어.

리처는 아예 문밖으로 나갔다. 저격수의 총격을 오히려 기다리고 있는 듯, 전신을 노출한 채 잠시 서 있었다. SWAT팀을 적소에 배치할 시간은 충분했을 것이다. 하지만 인도는 조용했다. 꽃 배달, 혹은 전화국 차량으로 위장한 타격대의 트럭들은커녕 아예 주차된 차량이 없었다. 지켜보는 눈초리도 느낄 수 없었다. 그는 선셋 대로에서 왼쪽으로 방향을 틀었다. 로럴 캐니언 대로에서 다시 왼쪽. 내내 분리대와 가로수 옆에 바짝 붙어서 천천히 걸었다. 호텔 뒤쪽으로 뻗어 있는 구불구불한 뒷골목에서 다시 왼쪽으로 방향을 틀었다.

갈색 크라운 빅토리아가 주차되어 있었다. 달랑 혼자.

100미터쯤 떨어진 노변이었다. 시동은 꺼져 있는 상태였다. 오도넬이 설명했던 것처럼 깨진 조수석 유리창엔 팽팽하게 펼친 검정색 쓰레기봉투가 테이프로 붙여져 있었다. 운전자는 차 안에 있었다. 그냥 앉아 있었다. 고개만 규칙적으로 움직일 뿐이었다. 앞쪽, 룸미러, 사이드미러. 일정한 박자에 맞춘 것 같은 고갯짓이었다. 최면을 유도하는 것 같은 동작. 앞쪽, 룸미러, 사이드미러. 코 위에 덧댄 알루미늄 부목이 언뜻언뜻 반짝이고 있었다.

엔진은 완전히 식어 있는 것 같았다. 여러 시간 동안 운행하지 않은 게 분명했다. 운전자는 혼자였다. 그냥 지켜보면서 기다리고 있었다.

뭘 기다리는 걸까?

리처는 뒤돌아서서 왔던 길을 되돌아갔다. 로비에 들어가서는 다시 아까 앉았던 의자에 몸을 파묻었다. 머릿속에선 새롭게 자리 잡은 어떤 심증의 씨앗이 발아하고 있었다.

우선 니글리의 얘기.

'그의 아내가 내게 전화를 했어요.'

'그냥 내게 남편의 사망 소식을 알리려고 전화했던 거예요.'

그냥 소식을 전하려고?

그다음엔 두 사람이 그 집을 방문했을 때.

문을 열어준 건 찰리였다. 리처는 아이에게 이렇게 물었다. '너 혼자 그렇게 문을 잡고 있는 게 힘들지 않니?' 아이는 문제없다고 대답했다. 그리고 아이 엄마의 얘기, '찰리, 밖에 나가서 놀아.'

리처의 얘기, '부인이 우리에게 말하지 않은 뭔가가 있는 것 같소.'

사업을 하는 대가.

리처는 샤토 마몽 로비의 벨벳 의자에 앉아 생각에 잠긴 채 그의 심증이 옳은지 그른지 판가름 날 순간을 기다리고 있었다. 누가 로비 현관에 먼저 들어설까? 그의 옛 동료들이 먼저라면 그의 심증은 옳은 것이다. 중무장한 LA 카운티 보안관 사무소 병력들이라면 그의 심증은 틀린 것이다.

30

그의 옛 동료들이 먼저였다. 특수부대의 나머지 대원들. 오도넬, 니글리, 딕슨. 세 사람이 급한 걸음걸이로 로비에 들어섰다. 거의 동시에 리처의 모습을 발견한 그들은 깜짝 놀라며 발길을 멈췄다. 리처는 앉은 채로 손을 들어 그들을 맞이했다.

"대장, 왜 아직까지 여기 있는 거죠?" 오도넬이 말했다.

"실체가 아니야. 지금 자네들은 헛것을 보고 있는 거야."

"아무튼 멋진데요."

"안젤라는 뭐라고 말하던가?"

"아무 얘기도 듣지 못했어요. 남편의 고객들에 관해서는 아는 게 전혀 없더군요."

"그녀는 어때 보였어?"

"남편과 갓 사별한 여자의 모습 그대로였어요."

"찰리는?"

"아빠처럼 멋진 녀석이더군요. 그리고 보면 프란츠는 계속 살아 있는 셈이에요."

딕슨이 물었다. "왜 여태 여기 머물러 있는 거죠?"

"좋은 질문이야." 리처가 말했다.

"그러니까 그 답이 뭐예요?"

"그 보안관보는 아직 밖에 있던가?"

딕슨이 고개를 끄덕였다. "뒷길 끝에 아직 차가 서 있어요."

"올라가서 얘기하지."

그들은 리처와 오도넬이 함께 쓰는 객실로 올라갔다. 딕슨의 방보다는 약간 컸다. 더블이었다. 리처는 일단 오도넬의 양복 케이스에서 여권과 ATM카드, 그리고 현찰을 회수했다.

오도넬이 말했다. "계속해서 우리와 함께 있을 것처럼 보이는군요."

"그럴 거야." 리처가 말했다.

"이유는?"

"찰리가 혼자 문을 열었기 때문이지."

"그게 무슨 소리죠?"

"안젤라는 아주 좋은 엄마 같아 보였어. 옷이며 얼굴이며 아이가 말끔했어. 영양 상태도 좋아보였고. 안젤라가 정성을 다해 보살피고 있다는 증거지. 그런 엄마가 낯선 방문객 두 사람에게 아이가 직접 문을 열어 주도록 내버려뒀어."

딕슨이 말했다. "누군가의 손에 의해 남편을 잃은 게 얼마 전이잖아요. 반쯤 넋이 나간 상태였을 거예요."

"오히려 그 반대야. 남편이 살해된 지 3주 이상이 지났어. 그 정도면 비보를 접했을 때의 애통함과 혼란은 이미 가라앉았을 거야. 지금은 찰리에게 더 큰 정성을 쏟고 있어야 옳아. 집착에 가까울 만큼. 그녀에게 남은 건 그 아이뿐이니까. 그런데도 그녀는 아이가 함부로 문을 열도록 내버려뒀어. 그뿐이 아니야. 거실에선 아이에게 밖에 나가서 놀라고 말했어. 자기 방이 아니라 밖에서 놀라고 말했단 말이야. 산타모니카에서? 차량과 행인이 오가는 도로변의 앞마당에서? 그녀가 왜 그랬을까?"

"모르죠."

"아이가 안전할 거라는 걸 알고 있었기 때문이야."

"어떻게요?"

"그 보안관보가 자기 집을 지켜보고 있다는 걸 알고 있었기 때문이지."

"근거는요?"

"그녀는 왜 14일이나 지난 다음에야 니글리에게 전화를 걸었을까?"

"넋이 빠져 있었으니까요." 딕슨이 다시 말했다.

"가능한 얘기야." 리처가 말했다. "하지만 또 다른 추측이 가능해. 그녀는 우리 누구에게도 전화를 할 생각이 없었을 수도 있어. 그녀에게 우린 과거의 유산일 뿐이야. 그녀는 프란츠의 현재 삶을 훨씬 더 좋아했어. 당연하지. 그녀 역시 그의 현재 삶의 일부였으니까. 그녀에게 있어서 우린 거칠고 위험하고 상스러웠던 남편의 예전 삶을 떠올리게 하는 기분 나쁜 기억의 편린들이야. 그녀는 남편의 과거를 못마땅해 하고 있는 것 같았어. 설사 거기까지는 아니더라도 최소한 어느 정도 질투하고 있었던 건 분명해."

"동감이에요." 니글리가 말했다. "나도 그런 인상을 받았어요."

"그런 그녀가 왜 자네에게 전화했을까?"

"모르죠."

"LA 카운티 보안관들 입장에서 생각해 보자고. 상대적으로 작은 규모에 자원이 부족한 상황이야. 사막에서 한 사내의 시체를 발견했고 신원을 알아냈고 본격적인 수사를 시작했어. 지극히 교과서적으로 진행된 수사야. 희생자의 주변을 탐문했고 그러는 와중에 그가 군 복무 당시 살벌하기로 유명한 특수부대원의 일원이었다는 사실을 알아냈어. 그리고 그의 옛 동료들 가운데 한 사람만 빼고 나머지 모두는 어딘가에 살아 있다는 사실도 알게 됐지."

"그래서 그들이 우리를 용의선상에 올렸다는 얘긴가요?"

"아니, 오히려 우리를 용의선상에서 제외하고 수사를 진행했을 거야. 하지만 진척이 없었던 거지. 단서도 없고, 연결 고리도 파악되지 않고, 새로운 정보도 얻을 수 없었던 거야. 막다른 골목에 다다른 거지."

"그래서요?"

"2주 동안 헛물만 켜던 끝에 참신한 아이디어가 떠오른 거야. 안젤라는 그들에게 특수부대에 관해 자세히 일러 줬을 거야. 우리의 슬로건, 우리의 우정, 우리의 능력, 우리의 투지. 바로 거기서 그들은 힌트를 얻은 거야. 막힌 물꼬를 틀 수 있다는 희망과 함께. 프리랜서 수사팀을 통째로 활용할 수 있는 기회. 탁월한 능력이 누누이 입증된 막강한 수사팀. 게다가 그들에게 적극적으로 협조할 동기가 충분히 부여된 프란츠의 옛 동료들, 바로 우리를 써먹자는 아이디어였어. 그래서 그들은 안젤라를 시켜 우리에게 연락을 취했던 거야. 다른 얘기는 말고 남편의 죽음만 알리라고 했겠지. 그 소식만으로도 우리 전체를 출동시킬 수 있다는 걸 알고 있었던 거야. 우리가 순식간에 이리로 모여들어 곧장 수사를 개시할 것도 예상했고. 자기들은 그늘에 앉아 우리를 지켜보다가 뭐든 나오는 족족 접수할 계획을 세운 거지."

"그건 좀 황당한데요?" 오도넬이 말했다.

"하지만 내 판단으론 실제 상황이야." 리처가 말했다. "안젤라는 통화가 된 사람은 니글리뿐이었다고 말했고 그들은 그 이름을 요시찰 목록에 올렸어. 그래서 니글리의 움직임을 주시하다가 LA에 발을 디딘 순간부터 그 뒤에 따라붙은 거지. 그러면서 우리들이 차례로 합류하는 것도 지켜봤고. 그때부터 지금까지 우리의 일거수일투족을 감시해오고 있는 거야. 결국 우리는 그들 장기판의 말이 된 셈이지. 안젤라가 우리에게 말하지 않은 부분이 바로 그거였어. 우리에게 비공식적으로 수사를 맡겨 보자는 그들의 제안에 안젤라도 동의했던 거야. 내가 지금 여기 남아 있게 된 것도 바로 그래서야. 그것 말고는 그들이 자네들보다 먼저 로비로 들이닥치지 않은 까닭을 설명할 수 있는 방법이 없어. 깨진 콧등은 사업을 하는 대가로 치고 그냥 넘어간 거지."

"그래도 그건 너무 황당하잖아요."

"사실을 확인할 수 있는 방법은 하나뿐이야. 뒷길로 나가서 그 보안관보와 얘기를 나누는 거지."

"그가 우리와 얘기를 하려고 할까요?"

"딕슨이 가면 돼. 그 친구를 두들겨 팬 현장에 없었으니까. 설사 내 생각이 틀렸다고 해도 그 친구가 딕슨을 쏘기야 하겠어?"

31

딕슨이 객실을 나갔다. 아무 말 없이.

오도넬이 말했다. "내 느낌으로는 안젤라가 뭘 감추고 있는 것 같진 않 았어요. 그래서 내가 내린 결론인데, 프란츠에게 특별한 고객은 없었던 것 같아요."

"어디까지 몰아붙였지?" 리처가 물었다.

"그녀를 쥐어짤 필요도 없었어요. 그냥 술술 얘기가 오갔어요. 그녀는 우리에게 들려줄 얘기가 없었어요. 고정적으로 거래해 온 큰손 때문이 아 니고서는 프란츠가 이렇게 심각한 사건에 휘말렸을 수가 없어요. 그리고 오랫동안 거래해 온 큰손이었다면 안젤라가 최소한 이름 정도는 알고 있 었을 거예요. 따라서 그런 고객은 없었다는 얘기가 되는 거죠."

리처가 고개를 끄덕였다. 그의 얼굴에 희미한 미소가 잠시 피어올랐다 가 사라졌다. 그는 옛 동료들이 좋았다. 절대적으로 신뢰할 수 있는 대원 들이었다. 그들의 사전에 지레짐작이라는 단어는 없었다. 니글리, 딕슨, 오 도넬. 혼자든 함께든 질문을 품고 밖엘 나가면 반드시 대답을 안고 돌아오 는 친구들이었다. 항상, 어떤 문제에 관해서든, 어떤 대가를 치르고서라도. 코카콜라 본사가 있는 애틀랜타로 보낸다면 코카콜라 제조법의 비밀을 알아내서 돌아올 사람들이었다.

니글리가 물었다. "다음은 뭐죠?"

"일단 밖에 있는 친구에게서 수사 진척 상황을 알아내는 게 먼저야." 리처가 말했다. "특히 그들이 베이거스로도 출동했었는지 알아내야 해."

"산체스와 오로스코의 사무실로? 거긴 딕슨이 들렀잖아요. 텅 비어 있었다고 했는데."

"딕슨이 그들의 집엔 들르지 않았어."

30분 뒤 딕슨이 돌아왔다. "그가 날 쏘진 않았어요."

"다행이군." 리처가 말했다.

"그러게요."

"솔직히 털어놓던가?"

"긍정도 부정도 하지 않던데요."

"얼굴 때문에 화가 나 있던가?"

"완전히 돌아버렸던데요."

"아무튼 만나 본 결과는?"

"그가 자기네 대장에게 전화를 했어요. 만나자고 하대요. 여기서 한 시간 뒤에."

"대장은 누구지?"

"커티스 모니라는 이름의 사내. LA 카운티 보안관이래요."

"좋아." 리처가 말했다. "만나 보면 그가 뭘 가지고 있는지 알아낼 수 있을 거야. 예전에 헌병대의 높은 양반들을 대했을 때처럼 그를 다루는 거야. 얻을 것만 얻고 우리 건 주지 말자는 얘기지."

그들은 로비에서 한 시간 동안 기다렸다. 스트레스는 없었다. 긴장감도 없었다. 헌병으로 복무한 사람은 기다리는 법을 안다. 오도넬은 소파에 퍼져 앉아서 잭나이프로 손톱을 다듬었다. 딕슨은 일곱 장의 도표를 여러 번 훑어본 뒤 한쪽으로 치워 놓고 두 눈을 감았다. 니글리는 등받이가 벽에 닿아 있는 안락의자에 홀로 떨어져 앉아 있었다. 리처는 라켈 웰치1960년대 미국 육체파 여배우의 옛날 사진 아래 자리를 잡았다. 늦은 오후에 호텔 현관 앞에서 찍은 사진이었다. 그 속에서 석양빛이 그녀의 피부처럼 황금색으로 빛나고 있었다. 사진작가들은 그때를 마법의 시간이라고 부른다. 눈부시게 빛나는 황홀한 찰나의 순간, 명예의 속성과도 같은 시간.

자신을 앨런 메이슨이라고 부르는 마흔의 검은 머리 사내는 덴버 다운타운, 브라운 팰리스 호텔의 자기 객실에서 은밀한 회동의 시간을 기다리고 있었다. 그는 평소답지 않게 초조해하고 있었다. 몸조차 여기저기 아픈 것 같았다.

세 가지 이유가 있었다. 첫째, 객실이 어둑하고 허름해서였다. 그가 기대했던 환경이 전혀 아니었다. 둘째, 벽에 기대어 세워 둔 가방 때문이었다. 진회색의 딱딱한 샘소나이트였다. 그가 지닌 다른 모든 액세서리들처럼 그 가방 역시 그의 부를 입증해 줄 만큼 비싼 물건이었다. 하지만 그렇다고 보석으로 만들어진 것도 아닌 그 가방 자체 때문에 그가 초조해하고 있는 건 아니었다. 그 가방 속에는 무기명 채권과 세공된 다이아몬드 알갱이들, 그리고 스위스 은행 금고의 비밀번호가 들어 있었다. 돈으로 환산하자면 엄청난 액수였다. 정확히 미화로 6,500만 달러. 그것도 추적이 불가능한 돈. 그리고 그가 곧 만날 사람들은 신중한 사람이라면 절대로 그런 가방을 지니고 대면하지 않을 인물들이었다. 그 객실처럼 은밀한 장소라면 더더욱 아니었다. 셋째, 간밤에 제대로 잠을 자지 못했기 때문이었다. 밤공기는 고약한 냄새로 가득 차 있었다. 한참 동안 코를 킁킁거린 끝에 그는 그게 개 사료 냄새라는 걸 알아차릴 수 있었다. 근처에 사료 공장이 있는 게 분명했고 하필이면 바람이 호텔 쪽으로 불었다. 그는 자리에 누운 채 개 사료의 성분을 머릿속으로 하나씩 꼽아 보았다. 고기. 개 사료 속엔 분명히 고기가 들어가 있을 것이다. 냄새란 어떤 물질의 분자들이 콧속의 후각 세포와 접촉하면서 발생하는 일종의 화학적 메커니즘이라는 사실을 그도 알고 있었다. 따라서 개 사료 냄새가 난다는 건 사실상 미세한 고기 알갱이들을 코로 흡입하고 있다는 얘기가 된다. 고기가 그의 체내로 흡수되고 있는 것이다. 걱정스러웠다. 끔찍했다. 아자리 마흐무드가 무슨 일이 있어도 섭취하면 안 되는 특정한 육류가 있었기 때문이다.

그는 욕실로 들어갔다. 세수를 했다. 그날 들어서만 다섯 번째였다. 거울에 얼굴을 비춰 보았다. 이를 악물었다. 그는 더 이상 아자리 마흐무드가 아니었다. 지금은 앨런 메이슨이었다. 그리고 앨런 메이슨으로서 해야할 일이 있었다.

샤토 마몽의 로비 문을 첫 번째로 열고 들어온 사람은 리처에게 얻어터졌던 보안관보였다. 토머스 브란트. 이마 양쪽엔 퍼렇게 멍이 들었고 재단한 금속 조각을 코 주위에 덮어쓰고 있었다. 그 부목을 양쪽 광대뼈에 어찌나 단단히 접착시켜 놓았는지 눈 주위의 피부에 마구 주름이 잡혀 있다. 걸음걸이도 온전치 않았다. 그가 지금 느끼고 있는 감정은 세 가지였다. 두들겨 맞은 게 몹시 분했고, 그런 일을 당한 게 너무나 창피했으며, 작전상 어쩔 수 없이 그 분노와 수치심을 혼자 삼켜야만 하는 현실이 못내 억울했다. 그의 뒤를 따라 좀 더 나이 든 사내가 로비로 들어섰다. 그의 보스가 분명했다. 커티스 모니. 쉰이 가까운 나이에 키가 작고 몸매가 다부진 사내였다. 그의 얼굴엔 같은 일을 오랫동안 반복해 온 사람들 특유의 무심한 표정이 떠올라 있었다. 검게 염색한 머리는 눈썹 색깔과 어울리지 않았다. 그의 손엔 낡은 가죽 가방이 들려 있었다. 그가 물었다. "내 부하를 때린 인간이 누구요?"

"그게 그리 중요한 문제요?" 리처가 말했다.

"일어나선 안 될 일이었소."

"너무 기분 나빠하지 마시오. 저 친구에겐 기회가 없었소. 3 대 1이었으니까. 비록 그중에 한 명은 여자였지만."

니글리가 그에게 눈을 흘겼다. 만약 눈길이 칼날이었다면 그의 두 눈은 즉석에서 멀어 버렸을 것이다. 모니가 고개를 설레설레 저으며 말했다. "난 내 부하의 봉변에 관해 불평한 게 아니었소. 내 구역에서 당신들이 사람들을 두들겨 패고 다녀선 안 된다는 얘기였지."

리처가 말했다. "그는 관할권을 벗어나 있었소. 자신의 신분을 밝히지도 않았고, 더구나 수상한 행동을 했소. 결국 그가 자초한 일이었소."

"아무튼 당신들은 왜 이곳에 모인 거요?"

"우리 친구의 장례식 때문이오."

"그의 시신은 아직 검시소에 있소."

"그래서 기다리고 있잖소."

"내 부하를 때린 게 당신이오?"

리처가 고개를 끄덕였다. "사과하겠소. 하지만 덕분에 당신들은 떳떳하게 부탁할 수 있게 됐잖소."

"무슨 부탁?"

"우리의 협조."

일순 모니의 표정이 멍해졌다. "우리가 협조를 부탁하기 위해 당신들을
이리로 불러들였다고 생각하는 거요?"

"그게 아니었소?"

모니가 고개를 가로저었다. "우린 당신들을 미끼로 삼으려고 불러들인
거요."

　토머스 브란트는 인상을 잔뜩 구긴 채 서 있었다. 자리에 앉는 건 리처 패거리를 같은 편으로 받아들인다는 의사 표시와 마찬가지라서 결코 그렇게는 못하겠다는 의지의 표현이었다. 하지만 그의 보스 커티스 모니는 의자 하나를 차지하고 앉았다. 가방은 양 발목 사이에 내려놓고 두 팔꿈치는 양 무릎 위에 괸 자세였다.

　"일단 몇 가지는 분명히 해둡시다." 그가 말했다. "우리는 LA 카운티 보안관들이오. 우린 꼴통도 아니고 허깨비도 아니오. 머저리는 절대 아니지. 우리는 알 만한 건 모두 다 알고 있으며 언제 무슨 일이든 기민하게 대처하고 수습할 능력을 갖추고 있소. 우린 비행기에서 추락한 캘빈 프란츠의 시체를 발견하고 나서 열두 시간 안에 그의 일생에 관한 모든 정보를 입수했소. 그가 엘리트 군 조직 출신으로서 현재 살아남아 있는 여덟 명의 대원 가운데 하나라는 사실도 포함해서. 그리고 24시간이 경과하기 전에 그 조직의 다른 대원 세 명도 실종됐다는 사실을 알아냈소. 한 명은 여기 LA에서, 둘은 베이거스에서. 결국 우린 당신들이 정예 중의 정예라는 정보가 헛소문이 아닌가 의심하게 됐소. 누구라도 그런 의문을 품었을 거요. 눈 깜짝할 새에 조직의 절반이 무너졌으니 말이오."

　"당신 말은 누군가가 우리 여덟 명 모두를 사냥하고 있다는 거요?"

"그건 나도 잘 모르겠소. 하지만 그럴 가능성은 다분한 것 같소. 여기서 한 가지 짚고 넘어가야 할 게 있소. 그 사냥이 어떻게 전개되든 내겐 득이 된다는 사실을 알아 두시오. 만약 당신네가 나타나지 않았다고 칩시다. 그렇다면 이미 범인들에게 당신들도 사냥을 당했다는 얘기가 되는 거요. 그랬다면 퍼즐 같은 이 수사 판에 몇 가지 단서가 보태졌을 테니 나로서는 잘된 일 아니겠소? 그리고 이제 당신들이 나타났소. 나로선 그들을 굴속에서 기어 나오게 만들 미끼가 생겼으니 이 또한 잘된 일이오."

"여기 있는 우리 네 사람은 처음부터 그들의 사냥 대상이 아니었을 수도 있잖소."

"그럼 여기서 죽치고 있다가 친구 장례식을 치르면 될 거 아니오? 나로선 전혀 손해 볼 일이 없소."

"당신들은 베이거스에 다녀왔소?"

"안 갔소."

"그럼 그 두 사람이 베이거스에서 실종됐다는 사실은 어떻게 알아낸 거요?"

"내가 전화를 했소." 모니가 말했다. "우린 네바다 주 경찰들과 자주 합동 수사를 하곤 하오. 그리고 그들은 베이거스 시 경찰들과 공조를 하는 경우가 많고. 그래서 당신네 동료인 산체스와 오로스코가 3주가 넘도록 종적이 묘연하다는 것, 그리고 그들의 아파트 두 채 모두 누군가에 의해 쑥대밭이 됐다는 것도 알아냈소. 전화라는 건 정말 편리한 기기요."

"프란츠의 사무실만큼이나 엉망이었답니까?"

"그 비슷한 수준인 것 같았소."

"범인들이 놓친 건 없소?"

"왜 그런 생각을 하는 거요?"

"사람들은 늘 뭔가를 놓치곤 하니까."

"프란츠의 사무실에서 범인들이 놓친 게 있었나 보군. 우리도 마찬가지고. 하지만 당신들은 찾아냈고, 내 말이 맞소?"

아까 리처는 대원들에게 다짐을 주었었다. '예전에 헌병대의 높은 양반들을 대했을 때처럼 그를 다루는 거야. 얻을 것만 얻고 우리 건 주지 말자는 얘기지.'

하지만 모니는 멍청한 헌병대 지휘관들보다 머리가 잘 돌아가는 사내였다. 그건 분명했다. 상당히 유능한 경찰인 것 같았다. 최소한 얼간이는 아니었다. 하지만 충분히 요리할 수는 있었다. 거기까지 계산을 끝낸 리처는 짐짓 고개까지 끄덕이며 말했다. "프란츠는 보안을 위해서 컴퓨터 파일들을 계속해서 자신의 사서함으로 부쳐 왔소. 놈들은 그걸 놓쳤던 거요. 당신들도 놓쳤고. 하지만 우린 그걸 건졌소."

"우체국 사서함에서?"

리처가 고개를 끄덕였다.

"그건 연방법에서 규정하고 있는 범죄인데." 모니가 말했다. "수색영장 없인 누구도 그럴 수 없소."

"난 영장을 청구할 자격이 없소." 리처가 말했다. "은퇴했으니까."

"그럼 죄의 대가를 치러야겠군."

"어서 체포하시오."

"난 그럴 수 없소." 모니가 말했다. "연방 경찰이 아니니까."

"범인들이 베이거스에서 놓친 게 뭐요?"

"거래를 하자는 거요?"

리처가 고개를 끄덕였다. "하지만 당신이 먼저 내놓으시오."

"좋소." 모니가 말했다. "그자들은 뭔가를 적어 놓은 냅킨을 못 보고 지나쳤소. 중국 식당에서 배달시킬 때 따라오는 그런 종류의 냅킨이었소. 기름에 절고 아무렇게나 구겨진 상태로 산체스의 주방 휴지통 속에 들어 있었소. 내 짐작으론 산체스가 음식을 먹다가 전화를 받았던 것 같소. 급해서 일단 냅킨 위에 상대방이 일러 준 내용을 적었다가 나중에 수첩이나 그 비슷한 곳에 옮겨 적었을 거요. 물론 그 수첩은 사라졌고. 어쨌든 그는 그 냅킨을 쓰레기통에 버렸소. 필요가 없어졌으니까."

"그 냅킨에 적힌 내용이 이 사건과 실제로 연관이 있는 것 같소?"

"모르겠소." 모니가 말했다. "하지만 시간상으로 볼 때 그럴 가능성은 있는 것 같소. 산체스가 베이거스에서 실종되기 전 마지막으로 확인된 행적이 중국집에서 요리를 주문한 거였으니까."

"냅킨엔 어떤 내용이 적혀 있었소?"

모니가 상체를 구부리고 서류 가방을 집어 무릎 위에 올려놓고선 두 개의 잠금장치를 튕겨 열었다. 그 속에서 그가 꺼낸 건 투명한 플라스틱 파일 안에 들어 있는 칼라 복사 사진이었다. 사진은 지저분한 검은색으로 테두리가 둘러져 있었다. 냅킨이 복사판보다 크기가 훨씬 작아서 생겨난 자국이었다. 사진 속의 냅킨은 모니의 말대로 구겨지고 기름에 전 흔적이 역력했다. 올록볼록한 표면 위에 반 줄 정도 글씨가 적혀 있었다. 왼쪽으로 기운 호방한 글씨체. 산체스의 필체였다. 표백하지 않은 냅킨의 베이지색 바탕 때문에 더욱 생생해 보이는 파란색 메모의 내용은 '650 per $100k' 였다.

650 per $100k.

모니가 물었다. "이게 무슨 뜻인 것 같소?"

리처가 말했다. "낸들 알겠소?"

그의 두 눈은 그 숫자들을 주시하고 있었다. 딕슨도 마찬가지라는 건 보지 않아도 알 수 있었다. 'k'는 '1,000'을 의미한다. 산체스의 세대에서 군에 복무한 사람들, 특히 이공계 출신이거나 미터법을 사용하는 외국 땅에서 장기간 근무한 사람들은 모두 알고 있는 사실이다. 미국인들이 클릭 klick이라고도 하는 킬로미터는 1,000미터로, 1마일의 약 60퍼센트에 해당하는 길이다. 따라서 $100k라면 10만 달러이다. 'per'는 '각각', 혹은 '-당'이라는 의미를 가진 라틴어 전치사이다. 그렇다면 10만 달러당 650?

"내 생각엔 어떤 입찰가나 호가인 것 같소만." 모니가 말했다. "무언가를 각 10만 달러에 650개 구입한다는 의미가 아닐지?"

"혹은 시장 조사 결과일 수도 있겠고요." 오도넬이 말했다. "뭔가가 개당 10만 달러에 650개 팔렸다는 기록. 총 액수는 6,500만 달러가 되는 거고. 엄청난 규모의 거래네요. 몇 사람씩 죽어나갈 만한."

"단 65센트 때문에 목숨을 잃는 사람도 있소." 모니가 말했다. "관련된 돈의 액수와 살인 동기가 항상 비례하는 건 아니오."

딕슨은 아무 말이 없었다. 조금 전부터 뭔가를 골똘히 생각하고 있었다. 리처는 650이라는 숫자에서 그가 보지 못한 어떤 것을 그녀가 봤다는 걸 느낄 수 있었다. 리처의 머릿속에선 그 숫자와 연관된 어떤 아이디어도 떠오르지 않았다. 흥미조차 느낄 수 없었다.

개당 10만 달러씩 650개.

"참신한 발상이 떠오르는 사람 없소?" 모니가 물었다.

아무도 대답하지 않았다.

모니가 말했다. "당신들은 프란츠의 사서함에서 뭘 찾아냈소?"

"플래시 메모리 한 개." 리처가 말했다. "컴퓨터용."

"그 속엔 뭐가 들어 있었소?"

"우린 모르겠소. 패스워드를 풀지 못했으니까."

"그럼 우리가 해보겠소." 모니가 말했다. "그쪽 계통의 연구실에 맡겨 보겠소."

"글쎄요. 기회가 딱 한 번밖에 남지 않아서."

"사실 이건 당신이 선택할 수 있는 문제가 아니오. 그 물건은 증거품이 니까 당연히 우리한테 넘겨야 하오."

"뭐든 알아내면 우리에게도 정보를 나눠 줄 거요?"

모니가 고개를 끄덕였다. "지금 우린 나누고 있는 중이잖소. 이 분위기를 계속 끌고 갑시다."

"좋소." 리처가 말했다. 그가 니글리를 향해 고개를 끄덕였다. 그녀는 토트백 속에서 은색의 작고 가느다란 플라스틱 조각을 꺼내 리처에게 던 졌다. 리처는 그걸 받아서 모니에게 건넸다.

"행운을 빌겠소."

"패스워드를 푸는 데 도움이 될 만한 정보는 없소?"

"숫자일 거요." 리처가 말했다. "프란츠는 숫자 지향적인 사람이었으니 까."

"알겠소."

"비행기가 아니었소. 당신도 알고 있었잖소."

"당신 말이 맞소." 모니가 말했다. "비행기 운운한 건 당신들을 더욱 자 극하기 위해서였소. 그건 헬리콥터였소. 그의 시체가 발견된 지점까지 왕복 운항이 가능한 지역에 개인 소유의 헬리콥터가 몇 대나 되는지 알고 있소?"

"글쎄요."

"9천 대가 넘소."

"당신들은 스완의 사무실도 수색했소?"

"그는 해고됐소. 더 이상 사무실이 없다는 말이오."

"그의 집은?"

"창문을 통해서만 살펴보았소." 모니가 말했다. "누구도 침입한 흔적이 없었소."

"욕실 창문을 통해서?"

"우둘투둘한 유리창."

"자, 이제 마지막으로 하나만 더 묻겠소." 리처가 말했다. "당신은 스완의 신원조사를 했소. 그리고 네바다 주 경찰의 협조를 요청해서 산체스와 오로스코의 행방을 추적했소. 하지만 D.C.와 뉴욕, 그리고 일리노이로는 어떤 연락도 취하지 않았소. 여기 있는 우리 네 사람의 행방엔 신경을 쓰지 않았다는 얘긴데, 그 이유가 뭐요?"

"그 당시 난 새로 입수한 자료에 매달려 있었소."

"어떤 자료?"

"그들 네 사람의 모습이 모두 담긴 테이프. 프란츠, 스완, 산체스, 오로스코 넷이 함께 있는. 프란츠가 집을 나선 뒤 다시는 돌아오지 않았던 그 전날 밤, 감시 카메라에 잡힌 모습이오."

33

모니는 부탁을 받을 때까지 기다리지 않았다. 말을 끝내는 것과 동시에 가방을 열고 또 한 장의 투명한 비닐 폴더를 꺼냈다. 그 안에는 감시 카메라에 녹화된 테이프의 한 장면을 인화한 흑백사진이 들어 있었다. 어느 상점의 카운터 앞에 나란히 서 있는 네 남자를 찍은 사진이었다. 거리가 떨어진 데다가 거꾸로 보였기 때문에 제대로 보이지는 않았다.

모니가 말했다. "나는 프란츠의 침실 옷장에 있던 스냅사진들과 일일이 비교해 가면서 이 사람들의 신원을 확인했소." 그가 자신의 오른쪽에 앉은 니글리에게 사진을 건넸다. 그녀는 잠시 사진을 들여다보았다. 전혀 표정 변화가 없는 그녀의 얼굴에 비닐 폴더의 반사광이 어른거렸다. 그녀가 옆으로 사진을 건넸다. 그걸 받아든 딕슨은 족히 10초 동안 들여다보다가 눈을 한 번 깜빡이고 나서는 오도넬에게 건넸다. 오도넬은 한참 동안 들여다보고선 고개를 휘휘 저으며 리처에게 건넸다.

마누엘 오로스코가 사진의 맨 왼쪽에 서 있었다. 그의 시선은 오른쪽을 향하고 있었다. 잠시도 차분히 있지 못하는 그의 불안증이 그 찰나의 순간에도 여지없이 잡힌 것이다. 그의 옆에는 캘빈 프란츠. 양손을 주머니에 찔러 넣은 채 늘 그랬듯 차분한 표정이었다. 그 옆은 토니 스완. 다른 친구들보다 조금 앞으로 나서서 정면을 응시하고 있었다. 오른쪽 맨 끝은 조지 산체스. 타이 없는 와이셔츠 차림에 손가락 하나를 목깃 속에 집어넣고 있는 자세였다. 리처에겐 너무도 낯익은 자세였다. 아마 천 번은 보았을 것이다. 면도를 하고 열 시간 정도 지난 뒤에 카메라에 잡혔을 것이다. 그새 목 주변에 까끌까끌하게 자라난 수염이 옷깃에 스치는 게 성가셔서 그런 자세를 취한 것이다. 사진의 오른쪽 하단에 번져 있는 디지털시계의 불빛이 없었다고 해도 리처는 그들이 카메라에 잡힌 때가 초저녁 무렵이라는 걸 알 수 있었을 것이다.

그들의 모습엔 세월의 흔적이 역력했다. 오로스코의 귀밑머리엔 하얗게 서리가 내렸고 눈가엔 주름이 여러 가닥 잡혀 있었다. 프란츠는 체중이 많이 빠진 것 같았다. 우람했던 어깨가 사뭇 홀쭉해져 있었다. 스완의 오크통 같은 몸매는 거의 변하지 않았다. 다만 짧게 깎은 머리 아래 이마선이 훤히 드러나 있었다. 옛날보다 2센티미터 정도는 더 올라간 것 같았다. 산체스의 미간과 입 언저리에는 깊은 주름이 패어 있었다. 늘 인상을 쓰고 다녔던 대가일 것이다.

다들 좀 더 늙기는 했지만 그만큼 지혜로워졌을 것이다. 비록 사진 속에서였지만 그들의 모습엔 더욱 노련해진 기량과 연륜이 배어 있었다. 오랜만에 다시 만난 자리에서 더욱 깊어진 동료애와 신뢰도 느껴졌다. 네 명의 터프가이들. 리처가 자부하기로는 세상에서 누구도 대적할 자 없는 최고의 전문가 아홉 명 가운데 네 사람.

누가, 혹은 무엇이 그들을 꺼꾸러뜨렸을까?

사진의 배경엔 좁은 가게 복도가 드러나 있었다. 왠지 눈에 익은 모습이었다.

"여기가 어디요?" 리처가 물었다.

모니가 말했다. "컬버 시티의 약국. 프란츠 사무실 옆 가게. 그날 카운터를 지키던 종업원이 그들을 기억하고 있었소. 스완이 아스피린을 샀다더군."

"스완은 그런 걸 복용할 사람이 아닌데."

"개한테 먹이려고 산 거요. 골반 뼈에 관절염이 생겨서. 하루에 4분의 1쪽씩 나눠 먹였소. 약사 얘기로는 그렇게 먹이는 게 일반적이라고 하더군. 특히 큰 개들의 경우에."

"구입한 양은 얼마나 됐소?"

"큰 통 하나. 96정들이."

딕슨이 말했다. "하루에 4분의 1정씩 먹인다면 1년하고 19일 치 분량이네요."

리처는 다시 사진을 들여다보았다. 네 사내. 편안한 자세, 느긋한 분위기. 애완견을 위해 1년이 넘는 앞날까지 대비해서 구입한 약품.

그들은 절체절명의 위기가 곧 닥쳐올 것을 모르고 있었다.

누가, 혹은 무엇이 그들을 꺼꾸러뜨렸을까?

"이 사진은 내가 가져도 되겠소?" 리처가 물었다.

"왜?" 모니가 말했다. "거기서 또 뭘 건졌소?"

"내 옛 친구 네 사람."

모니가 고개를 끄덕였다. "그럼 가지시오. 어차피 복사본이니까."

"자, 다음은?"

"여기서 움직이지 마시오." 모니가 말했다. 그가 가방을 닫고 잠금장치를 튕겨 채웠다. 주위가 워낙 조용했기에 소리가 제법 크게 울렸다. "우리 시야에서 벗어나지 말라는 얘기요. 누구든 수상한 사람을 발견하면 즉시 내게 전화하시오. 앞으로 당신네 단독으로 움직이는 건 절대 금지요. 알겠소?"

"우린 장례식 때문에 여기 있는 거요." 리처가 말했다.

"누구의 장례식?"

리처는 그 말에 대답하지 않았다. 대신 자리에서 일어나 벽을 향해 돌아서서 라켈 웰치의 사진을 다시 한번 바라보았다. 등 뒤의 상황이 액자 유리에 비쳤다. 모니가 자리에서 일어서자 다른 사람들도 모두 일어났다. 사람이 자리에서 일어날 때는 몸이 앞으로 빠진다. 따라서 앉아 있던 일단의 사람들이 모두 일어서게 되면 그들 사이의 거리는 앉아 있을 때보다 좀 더 가까워지게 된다. 자연히 다음 동작은 뒤로 물러서거나 돌아서는 것이다. 서로 거북하지 않도록 적당한 거리를 유지하려는 사회적 행동이다. 물론 니글리가 제일 먼저, 그것도 잽싸게 물러섰다. 모니는 로비 입구를 향해 돌아서며 의자들 사이의 좁은 공간을 빠져나가려는 자세를 취했다. 오도넬은 모니와 반대 방향, 호텔 복도 쪽으로 걸음을 떼기 시작했다. 딕슨도 그와 같은 방향을 향해 작은 몸을 민첩하게 움직여 가며 옆걸음으로 커피 테이블과 의자들 사이의 공간을 빠져나갔다. 모두들 바깥쪽으로 움직이고 있었다. 하지만 토머스 브란트만은 예외였다. 그는 안쪽으로 움직이고 있었다.

리처는 라켈 웰치의 사진에서 눈을 떼지 않은 채 브란트의 카키색 형상이 가까이 다가오고 있는 걸 감지하고 있었다. 이제 곧 브란트는 왼손으로 그의 오른쪽 어깨를 두드릴 것이다. 리처가 오른쪽으로 고개를 돌리면 자신의 오른손으로 스트레이트를 먹일 것이다.

브란트가 거리를 좁혀 왔다. 리처는 라켈 웰치의 비키니 브라를 연결하고 있는 중앙 부위의 금색 고리에 시선을 모았다. 브란트의 왼손이 뱀처럼 앞으로 뻗어 왔다. 오른손 팔꿈치는 뒤로 천천히 빠지고 있었다. 주먹을 말아 쥔 상태였다. 소프트공만 한 크기의 주먹이었다. 형편없진 않았지만 그렇다고 대단한 기술도 아니었다. 다리 간격이 적절하게 벌어져 있지 않은 걸 리처는 대번에 알아챘다. 결국 브란트는 주먹보다는 입이 더 강한 사내였다. 게다가 지금은 다리까지 절뚝이고 있었다.

브란트가 리처의 어깨를 툭 건드렸다.

예상하지 못하고 있었다면 천천히 돌아보다가 불의의 일격에 얼굴을 가격당했을 것이다. 하지만 리처는 잽싸게 고개를 돌리며 자신의 왼쪽 관자놀이를 향해 날아오고 있는 브란트의 오른쪽 스트레이트를 얼굴 앞 30센티미터 거리에서 왼손바닥으로 막았다. 외야에서 맨손으로 직선 타구를 낚아채는 것과 흡사한 동작이었다. 단단히 무게가 실린 일격이었다. 소리가 크게 울렸다. 충격의 여파는 리처의 손바닥 힘줄까지 파고들어 왔다. 그다음엔 초인적인 자제력이 발휘됐다. 리처의 동물적 본능과 운동 신경은 그 속에 입력된 지금까지의 경험에 따라 그의 두뇌에 브란트의 깨진 코를 들이받으라는 지시를 내렸다. 생각이 개입할 여지가 없는 반사작용이었다. 단순한 아드레날린의 작용. 허리의 탄력을 이용해서 앞이마로 들이받으면 그만이었다. 다섯 살 때부터 몸에 익힌 기술이었다. 그 이후로 평생 동안 거의 무의식적으로 발휘되어 온 반사작용.

하지만 이번엔 참았다.

그는 브란트의 주먹을 움켜쥔 채 그대로 서 있었다. 잠시 브란트의 눈을 똑바로 쳐다보다가 숨을 내쉬면서 고개를 저었다.

"아까 한 번 사과했잖소." 리처가 말했다. "지금 다시 한번 사과하겠소.

그걸로도 부족하다면 이번 일이 끝날 때까지 기다리시오. 알겠소? 그런 다음 나중에 친구 둘을 데려오시오. 내가 방심하고 있는 틈을 노려 셋이서 한 번에 덤비시오. 그럼 공정할 거요."

"그런 날이 오게 될 겁니다." 브란트가 말했다.

"꼭 그렇게 하시오. 하지만 친구들을 고를 땐 모쪼록 신중을 기하시오. 6개월 동안 병원에 입원해 있을 만한 여유가 없는 친구들은 빼라는 얘기요."

"입만 살아가지고."

"얼굴에 부목을 대고 있는 사람은 내가 아닌 것 같은데."

커티스 모니가 두 사람에게 다가왔다. "싸움은 안 돼. 지금 당장도 그렇고 앞으로도 영원히." 그가 브란트의 목깃을 잡아끌었다. 리처는 그들이 현관을 나갈 때까지 기다렸다가 인상을 찌푸리며 왼손을 허공에 털었다. "젠장, 좀 아픈걸."

"얼음찜질을 해요." 니글리가 말했다.

"차가운 맥주에 담가요." 오도넬이 말했다.

"지금 손바닥 조금 아픈 게 문제가 아니에요. 650이라는 숫자에 관해 할 얘기가 있어요." 딕슨이 말했다.

34

그들은 다 함께 딕슨의 방으로 올라갔다. 그녀가 일곱 장의 도표를 침대 위에 가지런히 늘어놓았다.

"자, 이것들은 뭔가에 관한 7개월 동안의 기록이에요. 모종의 실적 분석. 편의상 이 결과들을 성공과 실패라고 부르기로 해요. 처음 3개월 동안은 대부분이 성공이에요. 실패는 얼마 안 되죠. 평균 성공률이 대략 90퍼센트예요. 정확히 말하자면 89퍼센트를 아주 약간 웃도는 수치죠. 다들 정확한 계산을 바라는 거 맞죠?"

"계속해요." 오도넬이 말했다.

"그러다가 넷째 달에 들어서면서 벼랑에서 떨어진 것처럼 성공률이 현격히 감소했어요."

"그건 이미 알고 있는 사실이고요." 니글리가 말했다.

"역시 편의상 처음 석 달 동안의 결과를 기본으로 삼기로 해요. 90퍼센트가량의 성공률을 기본으로 잡자는 얘기죠. 상당한 역량을 지닌 주체들이 그 역량을 발휘한 결과예요. 그들은 최소한 그 상태를 지속적으로 유지해야 했어요. 충분히 그럴 수 있었으니까."

"하지만 도표상으로는 그렇지 않잖아요." 오도넬이 말했다.

"맞아. 그들은 그럴 역량을 지니고 있는데도 그러지 못했어. 그 결과가 어땠지?"

니글리가 말했다. "갈수록 실패가 늘어났죠."

"얼마나 늘었지?"

"모르죠."

"난 알겠어." 딕슨이 말했다. "저 도표를 근거로 분석해 볼 때 만약 그들이 90퍼센트라는 기본 성공률을 나머지 넉 달 동안 계속 유지했다면 그들은 650건의 실패를 모면했을 거야."

"정말요?"

"정말." 딕슨이 모두에게 말했다. "숫자는 거짓말을 하지 않아요. 그리고 퍼센트도 숫자예요. 세 번째 달이 끝날 무렵에 발생한 모종의 사건 때문에 그들은 이후 넉 달 동안 650건의 실패를 맛보게 된 거예요."

리처가 고개를 끄덕였다. 모두 183일, 총 2,197건. 1,314건의 성공, 883건의 실패. 하지만 성공과 실패는 골고루 분산되어 있지 않았다. 앞의 석 달 동안엔 총 897건 중 802건의 성공과 95건의 실패, 나머지 넉 달 동안엔 총 1,300건 중 고작 512건의 성공과 무려 788건의 실패. 세 번째 달 끝 무렵에 모종의 변화가 일어나지만 않았다면, 그래서 90퍼센트의 성공률을 유지할 수 있었다면 650건의 실패를 모면할 수 있었다는 계산이 나온다.

"답답하군. 우리가 들여다보고 있는 이 숫자들이 과연 뭘 의미하는 걸까?" 리처가 말했다.

"사보타주." 오도넬이 말했다. "누군가가 돈을 받고 저지른 방해공작 아닐까요?"

"한 번에 10만 달러씩 받고요?" 니글리가 말했다. "650번에 걸쳐서? 그런 일거리가 있다면 나라도 당장에 발 벗고 나서겠네요."

"사보타주일 리는 없어." 리처가 말했다. "10만 달러라면 공장이든 사무실이든 깡그리 쓸어버릴 인력을 얼마든지 구할 수 있어. 마을 하나도 쑥대밭으로 만들 수 있을 거야. 그만한 액수를 단 한 번만 질러도 말이지. 650번이 아니라."

"그럼 뭘까요?"

"모르겠어."

"하지만 냅킨에 적힌 내용과 이 도표상의 내용은 서로 관련돼 있어요." 딕슨이 말했다. "그렇지 않나요? 프란츠가 알고 있던 것과 산체스가 알고 있던 것 사이에 수리적으로 연관이 있다는 거죠."

1분 뒤, 리처는 객실 창가로 다가가 창밖 풍경을 바라보았다. 그가 물었다. "산체스가 알고 있던 걸 오로스코도 알고 있었다고 단정한다면 지나친 추측일까?"

"천만에요." 오도넬이 말했다. "당연히 그랬겠죠. 입장이 바뀌었어도 마찬가지였을 테고. 두 사람은 친구였어요. 함께 일했고요. 늘 대화를 주고받았을 거예요."

"그럼 우리가 현재 알 수 없는 건 스완이 알고 있는 사실들이군. 다른 세 친구들에게서는 조금씩이나마 정보를 얻었어. 그 친구만 빼고."

"그의 집을 우리가 직접 뒤졌어요. 아무것도 없었잖아요."

"그렇다면 그의 사무실엔 뭔가 있겠지."

"그에겐 사무실이 없어요. 해고됐으니까."

"하지만 그건 아주 최근 일이야. 그가 쓰던 사무실은 그냥 비어 있을 거야. 거기선 정리해고가 진행 중이야. 신규 채용은 거의 없는 것 같고. 그러니 사무실 공간이 남아돌 거야. 그의 사무실엔 좀약이나 뿌려 뒀겠지. 컴퓨터도 책상 위에 그대로 있을 거야. 책상 서랍 속엔 노트나 메모가 남아 있을지도 몰라."

니글리가 말했다. "당신은 그 교과서 같은 여자를 또 만나 볼 생각인 거예요?"

"그래야만 할 것 같아."

"일단 전화부터 하는 게 어떨까요? 괜히 헛수고하지 말고."

"예고 없이 쳐들어가는 게 더 좋아."

"난 스완이 일했던 곳을 보고 싶어요." 오도넬이 말했다.

"나도요." 딕슨이 말했다.

딕슨이 운전대를 잡았다. 그녀의 렌터카였으니 당연했다. 그녀는 선셋 대로를 동쪽으로 달리다가 101번 도로로 갈아탔다. 그다음부터는 조수석에 앉은 니글리가 안내를 맡았다. 복잡한 길이었다. 교통은 혼잡했다. 하지만 할리우드 주변의 풍경은 그림 같았다. 딕슨은 그걸 즐겼다. 그녀는 LA가 좋았다.

군청색 양복의 사내는 군청색 크라이슬러를 몰고 그들의 뒤를 쫓아갔다. 고속도로 진입로 부근에 자리 잡고 있는 KTLA 스튜디오를 지나가면서 사내는 휴대폰의 단축 버튼을 눌렀다. 그가 보스에게 말했다. "그들이 동쪽으로 가고 있습니다. 넷이서 차에 함께 타고."

보스가 말했다. "난 아직 콜로라도에 있어. 그들을 잘 감시하도록. 알았나?"

35

딕슨은 뉴에이지의 열려 있는 정문 안으로 차를 몰고 들어갔다. 그녀는 지난번에 니글리가 주차했던 바로 그 방문객 주차 칸에 차 앞머리를 유리 건물로 향하고 차를 세웠다. 무거운 대기에 눌려 정원수들은 미동도 하지 않았다. 지난번 그 안내 직원이 카운터를 지키고 있었다. 똑같은 폴로셔츠, 똑같이 더딘 반응. 문이 열리는 소리를 분명히 들었음에도 그녀는 리처가 한쪽 손을 카운터 위에 올려놓은 뒤에야 고개를 들었다.

"어떻게 오셨죠?" 그녀가 물었다.

"미스 베런슨을 다시 만나러 왔소." 리처가 말했다. "인사부장."

"확인해 보겠습니다." 안내 직원이 말했다. "앉아서 기다리시죠."

오도넬과 니글리는 앉았다. 하지만 리처와 딕슨은 서 있었다. 딕슨은 좀이 쑤셔서 의자에 앉을 수가 없었다. 리처의 경우는 달랐다. 니글리 옆에 앉자니 그녀가 거북해할 것 같았고 뚝 떨어져 앉자니 그녀가 오해할 것 같았기 때문이다.

지난번과 마찬가지로 4분이 지나자 복도를 걸어 나오는 하이힐 소리가 들려왔다. 이윽고 복도 입구에 모습을 나타낸 베런슨은 안내 직원에게 목례를 건네곤 곧장 리처 일행에게 다가왔다. 그녀는 두 가지 서로 다른 미소를 차례로 지어 보였다. 구면인 리처와 니글리에게 보내는 미소, 초면인 오도넬과 딕슨에게 보내는 미소. 그녀가 네 사람과 차례로 악수를 나눴다. 화장으로도 감춰지지 않는 상처와 껌 냄새가 풍기는 호흡, 지난번과 똑같았다. 그녀가 알루미늄 문을 열고 일행을 접견실 안으로 안내했다.

의자가 한 개 부족했다. 베런슨은 창가에 자리를 잡고 섰다. 주인으로서의 호의를 표하는 동시에 심리적으로 우월한 위치를 차지한 것이다. 리처 일행은 자연히 그녀를 올려다보게 되었고 유리창을 통해 쏟아져 들어오는 햇살 때문에 얼굴을 찌푸릴 수밖에 없었다.

"오늘은 또 무슨 용건이시죠?" 그녀가 '오늘'이라는 단어를 강하게 발음하며 말했다. 약간의 생색, 그리고 약간의 짜증이 느껴지는 어조였다.

"토니 스완이 실종됐소." 리처가 말했다.

"실종?"

"그를 찾을 수가 없다는 얘기요."

"이해가 가지 않는군요."

"그다지 어려운 단어가 아닌데."

"하지만 그는 어디든 있을 수 있잖아요. 새로운 직장을 얻어서 다른 주로 갔을 수도 있고, 그동안 별렀던 휴가를 떠났을 수도 있고. 어디든 있고 싶은 곳에 있지 않겠어요? 스완 씨와 같은 상황에 놓인 사람들은 종종 그렇게 훌쩍 떠나곤 해요. 곤궁함 속에서 오히려 여유를 찾으려는 행동이라고 볼 수 있겠죠."

오도넬이 말했다. "그의 개가 집 안에 갇힌 채 목이 말라 죽었어요. 여유를 찾으려고 자기가 기르는 개를 그렇게 죽게 내버려둘 사람이 어디 있겠습니까? 스완은 스스로 떠난 게 아니에요."

"그의 개가요? 어머, 가엾어라."

"그러게요." 딕슨이 말했다.

"이름이 메이시였어요." 니글리가 말했다.

"내가 뭘 어떻게 도와드릴 수 있을지 모르겠네요." 베런슨이 말했다. "스완 씨가 여길 떠난 지 3주도 넘었어요. 경찰서로 찾아가는 게 낫지 않을까요?"

"이미 수사가 진행 중이오." 리처가 말했다. "우리도 나름대로 수사 중이고."

"내가 뭘 어떻게 도와드릴 수 있을지 모르겠네요." 베런슨이 다시 말했다.

"그의 책상을 보고 싶소. 그의 컴퓨터와 수첩도. 어딘가에 메모가 남아 있을 수도 있으니까."

"뭐에 관한 메모요?"

"그가 실종된 원인에 관한 메모."

"그의 실종과 뉴에이지는 아무 상관이 없어요."

"물론 없을 거요. 하지만 사람들은 근무 시간 틈틈이 사적인 용무를 보잖소. 업무와 관계없는 사항들을 메모하기도 하고."

"여기선 아니에요."

"그게 무슨 소리요? 여기 사람들은 출근해서 퇴근할 때까지 오로지 업무에만 매달려 있단 말이오?"

"여기선 뭐든 적을 수가 없어요. 아예 종이가 없거든요. 펜이나 연필도 없고. 보안을 위해서죠. 우리 회사엔 종이로 된 자료가 없어요. 그 편이 훨씬 안전하니까요. 이건 우리의 규칙이에요. 이 규칙을 깨거나 깨려는 사람은 즉시 해고예요. 여기선 모든 업무가 컴퓨터를 통해 이루어지죠. 그리고 사내 네트워크는 보안이 엄중해요. 어느 컴퓨터든 아무 때나 자동으로 모니터할 수 있는 시스템도 있고요."

"그럼 그의 컴퓨터라도 볼 수 있을까요?" 니글리가 물었다.

"그건 어렵지 않아요." 베런슨이 말했다. "하지만 그걸 본다고 해서 당신들에게 도움이 되진 않을 거예요. 누군가 회사를 그만두면 30분 내에 그 사람이 사용했던 데스크톱 하드 드라이브를 파기하게 돼 있거든요. 실제로 박살내 버리는 거예요. 망치로 두들겨서. 이것도 보안 수칙 가운데 하나예요."

"망치로?" 리처가 말했다.

"그게 가장 확실하면서도 유일한 방법이니까요. 그렇게 하지 않으면 데이터를 얼마든지 복구할 수 있거든요."

"그렇다면 스완의 흔적은 전혀 남아 있지 않다는 얘기신가?"

"전혀 없어요. 미안하지만."

"이곳의 보안 수칙은 정말로 철저하군요."

"그래요. 스완 씨가 직접 정한 수칙들이에요. 입사하고 나서 처음 일주일 동안. 우리 회사에 기여한 그의 첫 번째 공적이죠."

"그가 누군가에게 얘기하지 않았을까요?" 딕슨이 물었다. "직원 휴게실 같은 곳에서 자주 얘기를 주고받았던 동료는 없었나요? 그의 문제를 알고 있을 만한 사람?"

"그가 사적인 문제를 회사 내의 누군가에게 털어놓았냐고요?" 베런슨이 말했다. "그럴 가능성은 없을 것 같네요. 역학 관계상 거의 불가능해요. 여기서 스완 씨의 역할은 경찰이나 마찬가지였어요. 그 역할을 제대로 수행하기 위해 그는 어느 정도 자신을 고립시켜야 했고요."

"그렇다면 그의 직속상관은 어떻습니까?" 오도넬이 말했다. "스완이 그 사람과는 어느 정도 허물없이 지냈을 것 같은데. 역할상 두 사람은 같은 배에 타고 있던 셈이었으니까요."

"그에게 꼭 물어볼게요." 베런슨이 말했다.

"그의 이름이 뭐죠?"

"발설할 수 없어요."

"조심성이 지나치시군요."

"그것도 스완 씨의 수칙 중 하나예요."

"우리가 그 사람을 만나볼 순 없겠습니까?"

"현재 출장 중이에요."

"그럼 보안시스템은 누가 관리하죠?"

"스완 씨가요. 말하자면 그렇다는 얘기예요. 그가 수립한 시스템이 여전히 가동 중이니까요."

"그가 당신에게 무슨 얘기든 한 적이 없습니까?"

"개인적인 얘기라면 단 한 번도 한 적이 없어요."

"그가 회사를 그만두기 전 며칠 동안 힘들어하거나 불안해하는 모습을 보인 적이 있었습니까?"

"그런 모습은 본 적이 없네요."

"전화 통화를 자주 하지는 않았습니까?"

"그랬어요. 여기선 모두가 전화기를 붙들고 근무를 해요."

"그에게 무슨 일이 일어난 건지 혹시 짚이는 데라도?"

"지금 내 생각을 묻는 건가요?" 베런슨이 말했다. "난 정말 모르겠어요. 그가 떠나던 날, 나는 그의 차 앞까지 그를 배웅했어요. 그러면서 그에게 얘기했어요. 회사 사정이 좋아지면 전화해서 돌아와 달라고 사정하겠다고. 그러자 그는 내 전화를 기다리고 있겠다고 말했어요. 그게 그와의 마지막이었죠."

딕슨의 차로 돌아온 일행은 곧장 그 유리 건물을 떠났다. 리처는 유리벽에 비친 포드의 영상이 점점 작아지는 것을 룸미러로 지켜보았다.

니글리가 말했다. "괜히 헛고생만 했네요. 그러게 내가 전화로 먼저 알아보자고 했잖아요."

딕슨이 말했다. "난 그가 일했던 곳에 와보고 싶었어."

오도넬이 말했다. "'일했던'이라는 단어는 적절하지 않아요. 저자들은 그를 이용해 먹은 것뿐이에요. 그게 다였다고요. 1년 동안 그의 아이디어를 쪽쪽 빨아먹은 다음 내쳐 버린 거예요. 그들은 그의 아이디어를 구입한 거지 그에게 일할 기회를 줬던 게 아니라고요."

"확실히 그랬던 것 같네요." 니글리가 말했다.

"저곳에선 아무것도 만들고 있지 않아. 저렇게 보안이 허술한 건물에서 만들긴 뭘 만든다는 건지." 오도넬이 말했다.

"맞아요. 어딘가에 제3의 장소가 있을 거예요. 본사와 떨어져 있는 제조 공장."

"그렇다면 왜 거기 주소는 우체국에 등록돼 있지 않을까?" 오도넬이 물었다.

"기밀 사항이면 그럴 수도 있겠죠. 어쩌면 거기선 아예 우편물을 받지 않을 수도 있어요." 니글리가 말했다.

"난 그들이 뭘 만드는지 알고 싶어." 오도넬이 말했다.

"왜?" 딕슨이 물었다.

"그냥 궁금해서요. 아는 게 많아질수록 성공할 확률도 높아지니까."

리처가 말했다. "그럼 알아내."

"물어볼 사람이 없어요." 오도넬이 말했다.

"난 있어요." 니글리가 말했다. "펜타곤 총무부서에 근무하고 있는 사람."

리처가 말했다. "그에게 전화해."

자신을 앨런 메이슨이라고 부르는 마흔의 검은 머리 사내는 덴버 호텔의 자기 객실에서 비밀스러운 만남의 자리를 마무리하고 있는 중이었다.

그의 고객은 정확히 약속한 시간에 나타났다. 보디가드는 한 명뿐이었다. 메이슨은 그 두 가지 상황을 긍정적으로 받아들였다. 사업상의 회동에서 시간 약속을 지키는 건 상대방을 존중한다는 의미이다. 그리고 2대 1의 수적 열세는 다른 때에 비하면 부담이 없는 것과 마찬가지였다. 그 혼자서 여섯 명, 혹은 열 명을 상대했던 적도 여러 번 있었다.

따라서 출발은 산뜻했다. 그 이후로도 물 흐르듯 순탄하게 진행됐다. 늦어진 배달에 대한 추궁은 없었다. 그 밖에 어떤 문제점에 관한 하소연도 없었다. 속이고 속는 상술도 전개되지 않았다. 거래 조건을 조정하려는 시도도 없었다. 사전에 논의했던 대로 매매 거래가 이루어졌을 뿐이다. 개당 10만 달러씩 650개.

때가 되자 메이슨은 가방을 열었고 그의 고객은 천천히, 오랫동안 그 내용물을 감정하고 값어치를 계산했다. 스위스 은행 계좌의 잔고와 무기명 채권에 관해서는 의문의 여지가 있을 수 없다. 그것들은 완벽하게 객관적인 액면 가치를 지니고 있다. 다이아몬드의 가치는 상대적으로 주관적이다. 물론 일반적인 가격은 몇 캐럿이냐에 따라 형성되지만 구체적인 가격은 세공 상태와 투명도에 따라 큰 차이가 난다. 메이슨 측에서는 거래가 반드시 성사될 수 있도록 그 다이아몬드들의 가격을 시세보다 사뭇 낮게 책정했다. 메이슨의 고객은 즉시 그 사실을 간파했다. 그는 만족을 표하며 가방 속 물건들의 시장 가치가 6,500만 달러에 해당한다는 걸 인정했다.

잠시 후 그 가방은 그의 것이 되었다.

메이슨이 그 대가로 받은 것은 열쇠 하나와 쪽지 한 장이었다. 작고 오래된 열쇠였다. 톱니가 무뎌진 데다가 여기저기 생채기가 나 있다는 것 말고는 아무 특징도, 표식도 없는 평범한 열쇠였다. 어느 철물점에서나 즉석에서 깎아 만들 수 있는 종류였다. 그의 고객은 그게 LA 항구에서 대기하고 있는 선적컨테이너의 자물통 열쇠라고 말했다. 쪽지는 선하증권_{해상 운송}에서, 화물을 인도할 것을 약속하는 유가 증권이었다. 거기엔 컨테이너의 내용물이 적혀 있었다.

DVD 플레이어 650개.

메이슨의 고객과 그의 보디가드가 떠났다. 메이슨은 욕실로 들어가 변기 위에서 그의 여권을 태웠다. 30분 뒤, 이제는 앤드루 맥브라이드가 된 사내가 호텔을 나와 공항으로 향했다. 그는 자신이 저그밴드의 음악을 다시 듣고 싶어 한다는 사실을 깨닫고 상당히 놀랐다.

니글리는 딕슨의 차 뒷좌석에서 시카고로 전화를 걸었다. 그녀가 자신의 부하 직원에게 펜타곤으로 이메일을 보내라는 지시를 내렸다. 아울러 그녀가 직접 통화하지 못하는 이유도 첨부하라고 일렀다.

'LA로 출장을 나와 있다, 통신 보안상 어쩔 수 없이 부하 직원이 대신 이메일을 보낸다, 보안이 확보되지 않은 전화 통화보다는 이메일을 주고받는 게 모두에게 안전한 방법일 것이다, 연락한 이유는 뉴에이지가 어떤 제품을 생산하는지 알고 싶어서이다.'

그녀가 통화를 끝내자 오도넬이 말했다. "당신 사무실에 보안 전화 라인이 있어?"

"그럼요."

"대단하군. 펜타곤의 지인은 누구지?"

"그냥 어떤 남자예요." 니글리가 말했다. "내게 톡톡히 빚지고 있는 남자."

"이런 부탁을 들어줄 만큼?"

"그럼요."

딕슨은 선셋에서 101번 도로를 벗어나 호텔을 향해 서쪽으로 차를 몰았다. 교통은 혼잡했다. 5킬로미터도 되지 않는 거리였지만 조깅하는 것보다 더 오랜 시간이 걸려서야 호텔에 도착했다. 현관 앞에는 크라운 빅토리아가 그들을 기다리고 있었다. 외부에 표식이 없는 경찰차. 토머스 브란트의 차는 아니었다. 그 차보다는 새 차였고 유리창도 말짱했으며 색깔도 달랐다.

커티스 모니의 차였다.

딕슨이 차를 세우자마자 모니가 자기 차 문을 열고 내려섰다. 작은 키에 다부진 몸매. 그가 리처 일행을 향해 걸어왔다. 피곤한 기색이 역력했다. 리처 바로 앞에 멈춰 선 그가 잠시 머뭇거리다가 질문을 던졌다.

"당신네 친구들 중에 등에 문신을 한 사람이 있었소?"

지난번과는 달리 조심스러운 어조였다.

나직했다.

연민이 배어 있었다.

리처가 말했다. "오, 이런……."

36

마누엘 오로스코는 대학 4년 내내 육군 장학금을 받았다. 따라서 그는 졸업을 하고 나면 일정 기간 보병 장교로 복무하게 될 미래를 각오하고 있었다. 당시 그 사실을 알게 된 그의 어린 여동생은 엄청난 정신적 충격을 받았다. 그녀는 오빠가 전사할 것이며 얼굴에 입은 끔찍한 부상 때문에 그의 시체를 알아볼 수조차 없을 거라고 슬퍼했다. 어디서 어떻게 죽었는지도 모를 거라고 했다. 오로스코는 동생에게 인식표에 관해 얘기해 주었다. 그녀는 그걸 잃어버릴 수도 있고 포격에 날아가 버릴 수도 있지 않느냐고 말했다. 그는 지문에 관해 얘기해 주었다. 그녀는 오빠의 팔다리가 없어지면 어쩌느냐고 말했다. 그는 치아감식법에 관해 얘기해 주었다. 그녀는 턱이 통째로 날아갈 수도 있지 않느냐고 말했다. 동생이 자신의 입대 자체를 두려워했다는 건 나중에야 알았기 때문에 그 당시 그녀의 눈물을 멈추게 할 수 있는 방법은 그가 생각하기에는 단 한 가지뿐이었다. 그래서 그의 등판 위쪽에 그의 이름 'OROZCO M.'이 검고 크게 새겨지게 되었다. 그 아래에는 그의 군번이 역시 같은 색깔, 같은 크기로 새겨졌다. 집으로 돌아와 의기양양하게 웃통을 벗어젖혔을 때 동생은 더 크게 울어댔고 오로스코는 어안이 벙벙해졌다.

그는 보병 대신 헌병이 되었다. 그가 110특수부대에 배속되어 오자마자 리처는 그에게 '키트백kitbag'이라는 별명을 붙여 주었다. 널찍한 올리브색 등짝에 이름과 군번이 찍혀 있는 모양새가 번호 등속이 스텐실로 찍혀 있는 병사들의 더플백과 흡사했기 때문이다.

그로부터 15년의 세월이 흐른 지금, 태양이 작열하는 샤토 마몽의 주차장에 서서 리처는 나지막하게 중얼거렸다. "시체 한 구가 또 발견되었군."

"유감스럽지만 그렇소." 모니가 말했다.

"어디서?"

"같은 지역에서. 이번엔 배수로에서 발견됐소."

"헬리콥터?"

"아마도."

"오로스코." 리처가 말했다.

"그의 등판에 새겨져 있는 이름도 바로 그거였소." 모니가 말했다.

"알면서 왜 물었던 거요?"

"확인해야 했소."

"확인 방법이 간편하군."

"가장 가까운 친척이 누군지 아시오?"

"어딘가에 여동생이 살고 있을 거요."

"그럼 당신들이 공식적인 확인 절차를 밟는 게 나을 것 같소. 물론 원한다면. 여동생이 볼 만한 게 못 되니까."

"그 배수로에 얼마나 방치돼 있었던 거요?"

"오랫동안."

그들은 다시 차에 올라탔다. 여전히 딕슨이 핸들을 잡았다. 그녀는 모니의 차를 쫓아갔다. 목적지는 글렌데일 북쪽에 위치한 카운티 의료센터라고 했다. 리처는 뒷좌석에 앉아 긴 세월 동안 오로스코와 함께했던 추억을 차례차례 떠올렸다. 옆에 앉은 오도넬도 같은 추억에 잠겨 있는 게 분명했다. 오로스코는 익살꾼이었다. 반은 무의식적으로, 반은 일부러. 원 뿌리는 멕시칸이지만 텍사스에서 태어나 뉴멕시코에서 성장기를 보낸 친구였다. 하지만 여러 해 동안 호주계 백인 행세를 했다. 그는 누구에게나 '친구'라는 호칭을 붙였다. 통솔력은 대단했지만 실제로 명령다운 명령은 내려 본 적이 없는 장교였다. 항상 부하 장교나 선임 사병이 부대원들의 의견을 수렴하고 합의점을 찾을 때까지 기다린 뒤에야 이렇게 말하곤 했다. '괜찮다면 그렇게 하게, 친구. 부탁해.'

그 문구는 '덤비지 마라'에 못지않은 비중을 지닌 하나의 표어로서 부대원들의 입에 늘 오르내렸다.

'커피?'

'괜찮다면 그렇게 하게, 친구. 부탁해.'

'담배?'

'괜찮다면 그렇게 하게, 친구. 부탁해.'

'이 아줌마를 쏴버릴까?'

'괜찮다면 그렇게 하게, 친구. 부탁해.'

오도넬이 말했다. "우린 이미 알고 있었어요. 놀랄 일도 아니죠, 아무렴."

악문 잇새로 새어 나오는 목소리였다.

아무도 대꾸하지 않았다.

카운티 의료센터는 새로 널찍하게 닦아 놓은 도로를 사이에 두고 마주 선 두 채의 건물로 이루어져 있었다. 한쪽 건물은 새로 지은 종합병원이었고 그 맞은편 건물은 시체안치소였다. 시체안치소가 없는 카운티 내 소도시들을 위한 최신식 시설로서 1층 높이의 기둥들이 떠받치고 있는 흰색의 네모난 콘크리트 건물이었다. 그 기둥들 안쪽에 엘리베이터들이 설치되어 있고, 영구차들이 비어 있는 공간을 통해 그 앞까지 드나들 수 있게 만든 구조였다. 간결하고 깨끗하면서도 은밀한 곳이었다. 캘리포니아 스타일. 모니는 방문객 주차 공간으로 들어가 몇 그루 모여 서 있는 나무들 근처에 차를 세웠다. 딕슨도 따라 들어가 바로 그 옆에 차를 댔다. 네 사람은 차에서 내려 모니가 움직이기를 기다리며 스트레칭도 하고 주위도 둘러보았다.

누구도 원하지 않은 여행이었다.

모니가 앞장서서 기둥 사이의 공간으로 들어갔다. 그물코 문양의 보도가 끝나는 곳에 승객용 엘리베이터가 있었다. 모니가 상승 버튼을 누르자 엘리베이터 문이 스르르 열렸다. 화학약품 냄새를 잔뜩 머금은 서늘한 공기가 그들을 맞았다. 모니가 엘리베이터에 탔다. 그다음엔 리처, 그다음엔 오도넬, 그다음엔 딕슨, 그다음엔 니글리.

모니가 4층을 눌렀다.

4층은 정육점 냉동고만큼이나 추웠다. 로비 한쪽엔 유리창을 통해 내부를 들여다볼 수 있는 공간이 마련돼 있었다. 안쪽에 발이 드리워져 있는 걸로 미루어 요청이 있을 때만 개방되는 모양이었다. 모니는 그 앞을 곧장 지나쳐 안으로 통하는 문으로 들어갔다. 안쪽 공간의 세 벽면엔 냉동 서랍들이 다닥다닥 붙어 있었다. 몇십 개는 되는 것 같았다.

옷 속으로 스며드는 냉기. 코를 찌르는 화학약품 냄새. 스테인리스 강철이 튕겨 내는 금속성 메아리. 모니가 어떤 냉동 서랍의 손잡이를 잡고 앞으로 잡아당겼다. 서랍은 볼베어링 레일을 따라 끝까지 부드럽게 빠져나온 뒤, 레일 끝에 설치된 고무 재질의 정지 장치에 걸리며 멈췄다.

서랍 안에 냉동된 시체 한 구가 있었다. 남성. 히스패닉. 양 손목과 발목은 노끈으로 묶여 있었다. 살 속으로 깊이 파고 들어간 노끈. 시체의 양팔은 등 뒤로 돌아가 있었다. 머리와 양어깨는 특히 손상이 심했다. 인간의 육신이라고 보기 어려울 정도였다.

"그는 머리부터 떨어졌소." 리처가 나직하게 말했다. "저렇게 묶여 있는 상태였으니까. 이번에도 헬리콥터였다는 당신 말이 맞다면."

"땅 위엔 현장을 오간 흔적이 전혀 없었소." 모니가 말했다.

부검 전이었기에 의학적 소견은 나오지 않은 상태였다.

육안으로 보기에도 부패가 상당히 진행되긴 했지만 사막의 열기와 건조한 기후 때문에 시체는 마치 미라 처치를 한 것 같았다. 줄어들고 졸아들고 함몰되어 거의 거죽만 남은 상태였다. 내장도 모두 사라진 것 같았다. 들짐승들이 건드린 흔적은 몇 군데 있었지만 정도가 심하진 않았다. 배수로의 양쪽 벽이 요새 역할을 했을 것이다.

모니가 물었다. "알아보겠소?"

"글쎄요." 리처가 말했다.

"문신을 확인해 보시오."

리처는 가만히 서 있었다.

모니가 물었다. "인부를 부르는 게 낫겠소?"

리처는 그에게 고개를 가로저어 보이고선 한쪽 손을 시체의 어깨 아래로 밀어 넣었다. 얼음처럼 차가운 냉기가 전해져 왔다. 시체는 마치 통나무나 그루터기처럼 한 덩어리로 빳빳한 형태를 유지하며 옆으로 굴러 얼굴을 바닥에 박았다. 등 아래 깔려 있던 양팔이 묶인 채로 용수철처럼 튕겨져 나왔다. 모양새가 아주 심하게 뒤틀어져 있는 것으로 미루어 묶인 손목을 풀기 위해 마지막 순간까지 몸부림쳤던 게 분명했다. 당연히 그랬을 것이다. 피부가 탄력을 잃은 데다가 양팔의 알통 부위에 심하게 눌려 있던 까닭에 문신은 쭈그러들고 주름이 가 있었다. 세월이 세월인 만큼 색도 많이 바랬다. 하지만 의심의 여지가 없었다.

OROZCO M.

그 아래엔 아홉 자리 군번도 새겨져 있었다.

"그가 맞소." 리처가 말했다. "마누엘 오로스코."

모니가 격식을 차리며 말했다. "유감이오."

잠시 침묵이 흘렀다. 알루미늄 환기통을 빠져나가는 차가운 공기의 소음만이 들려올 뿐이었다.

리처가 물었다. "그 지역을 계속해서 수색하고 있는 중이오?"

"나머지 시체들을 찾기 위해?" 모니가 말했다. "그렇진 않소. 이건 어린아이 실종 사건이 아니니까."

"프란츠도 여기 있소? 이 빌어먹을 냉동 서랍들 중 하나에?"

"그를 보고 싶소?" 모니가 물었다.

"아니." 리처가 말했다. 그가 다시 오로스코를 내려다보았다. "부검은 언제 하는 거요?"

"조만간."

"저 노끈이 말해 줄 수 있는 건 없소?"

"너무 흔한 종류라."

"우리끼리 사망 시각을 추정하자면?"

모니의 얼굴에 미소가 피어올랐다. 우리끼리. 경찰 대 경찰.

"땅에 떨어졌을 때일 거요."

"그러니까 그게 언제요?"

"3~4주 전? 우리 판단으론 프란츠보다 앞섰던 것 같소. 확실한 건 아니고."

"우린 확실히 알아낼 거요." 리처가 말했다.

"어떻게?" 모니가 물었다.

"이 짓을 저지른 자들에게 물어볼 거요. 그들은 반드시 입을 열 거요. 그때쯤이면 제발 그만 죽여 달라고 애원하면서."

"꿈 깨시오."

모니는 서류 절차를 밟기 위해 뒤에 남았고, 리처 일행은 엘리베이터를 타고 다시 따스함과 햇살이 지배하는 바깥세상으로 내려왔다. 그들은 아무 말 없이 주차장에 서 있었다. 끓어오르는 분노 때문에 얼굴은 씰룩거렸고 몸은 바들거렸으며 맞잡은 두 손은 스스로 관절을 꺾으며 우두둑거렸다. 모름지기 군인이라면 항상 죽음을 염두에 두고 있어야 한다. 그들은 죽음과 함께 살아간다. 그들은 죽음을 거부하지 않는다. 그들은 죽음을 예견한다. 심지어 죽음을 원하는 군인들도 있다. 하지만 그들 모두의 가슴 깊은 곳에는 죽음의 조건은 공정해야 한다는 관념이 자리 잡고 있다. 나와 상대방, 둘 중 강한 자는 살고 약한 자는 죽는 것이다. 그들이 생각하는 죽음은 명예로워야 한다. 이기고 지고를 떠나서 그들은 의미 있는 죽음을 원한다.

따라서 양손을 등 뒤로 묶인 채로 죽음을 맞이하는 건 군인에겐 가장 고통스럽고 치욕스러운 일이다. 무기력, 굴종, 가혹행위 등 군인들이 입에 담기를 거부하는 모든 수치스러운 단어들이 적용되는 상황이다. 죽음에 대해 품고 있던 숭고한 관념이 물거품으로 변하는 상황이다.

"이제 가죠." 딕슨이 말했다. "이러고 있을 시간이 없어요."

37

리처는 호텔 로비에 앉아 모니에게서 받은 사진을 한동안 들여다보았다. 감시 카메라, 약국, 카운터 앞에 선 네 남자. 왼쪽 끝에 서서 불안한 시선을 오른쪽으로 돌리고 있는 마누엘 오로스코, 호주머니에 양손을 찔러넣은 침착한 표정의 캘빈 프란츠, 정면을 응시하고 있는 토니 스완, 오른쪽 끝에 서서 와이셔츠 목깃 속에 손가락을 찔러 넣고 있는 조지 산체스.

네 명의 친구들.

둘의 죽음은 기정사실이 되었다. 나머지 둘의 죽음도 거의 확실했다.

"말도 안 되는 일이 일어난 거야." 오도넬이 혼잣말처럼 중얼거렸다.

리처가 고개를 끄덕였다. "우린 반드시 복수할 거야."

"그럴 수 있을까요?" 니글리가 말했다. "우리가?"

"전에도 항상 그래왔어."

"예전엔 이런 일이 없었잖아요."

"내 형이 죽었잖아."

"알아요. 하지만 그때보다 지금이 모든 면에서 훨씬 더 나쁜 상황이에요."

리처가 다시 고개를 끄덕였다. "자네 말이 맞아."

"난 나머지 세 사람만은 어떻게든 살아 있기를 간절히 바랐어요."

"우리 모두 그랬지."

"그들 모두 죽은 거예요."

"그런 것 같아."

"어서 일합시다." 딕슨이 말했다. "그것만이 지금 우리가 할 수 있는 최선이에요."

그들은 딕슨의 객실로 올라갔다. 하지만 일이란 상대적인 의미를 지닌 개념이다. 그들은 막다른 골목에 다다라 있었다. 더 이상 일을 진행시킬 수 있는 어떤 자원도 없었다. 니글리의 객실로 자리를 옮겨서 펜타곤 친구의 이메일을 확인한 직후에도 암울하기는 마찬가지였다.

미안합니다만 방법이 없네요.

뉴에이지에 관한 사항은 기밀로 분류되어 있습니다.

그게 전부였다. 고작 두 문장. 휑한 여백.

"이 친구가 당신에게 빚진 게 얼마 되지 않는 모양이군." 오도넬이 말했다.

"많아요." 니글리가 말했다. "당신이 상상할 수 있는 것보다 훨씬. 이 글엔 인사말도 없고 자기 얘기도 없어요. 뉴에이지에 관해서만 언급하고 있을 뿐. 어때요, 이상하지 않나요?"

받은 메일을 스크롤하던 그녀의 손이 어느 순간 정지했다. 그 사내가 보낸 메일이 한 통 더 있었다. 철자를 몇 개 바꾼 이름, 아까와는 다른 이메일 주소.

"일회용 이메일이에요." 니글리가 말했다. "한 번만 사용할 수 있는 자유계정."

그녀가 메시지를 클릭했다.

프랜시스, 오랜만에 소식을 줘서 정말 고맙고 반가워요. 빨리 한번 만납시다. 저녁 식사와 영화 어때요? 당신에게 빌린 헨드릭스의 CD는 그때 돌려줄게요. 고맙게 잘 들었어요. 수록된 곡들 모두 정말 좋더군요. 특히 두 번째 앨범의 여섯 번째 트랙은 정말 다이내믹하게 찬란했어요. 다음번 워싱턴에 올 때는 미리 알려줘요. 모쪼록 빨리 전화해요.

리처가 말했다. "자네가 CD 수집하는 취미도 있었나?"

"아뇨." 니글리가 말했다. "특히 지미 헨드릭스의 CD는 관심 없어요. 난 그의 음악이 마음에 안 들어요."

"이 친구와 저녁도 먹고 극장에도 다녔어?" 오도넬이 물었다.

"그런 적 없어요." 니글리가 말했다.

"그럼 이 친구가 당신을 다른 여자로 착각한 거로군."

"그럴 리가." 리처가 말했다.

"암호." 니글리가 말했다. "이 메시지 전체가 일종의 암호문이에요. 내 질문에 대한 대답이 틀림없어요. 공식 메일 주소로는 거부하는 내용의 답변을 보낸 뒤 비공식 주소로는 암호화된 정보를 보내 준 거예요. 그래야 안전하니까."

딕슨이 말했다. "암호라면?"

"헨드릭스의 두 번째 앨범, 여섯 번째 트랙이 열쇠예요."

리처가 말했다. "헨드릭스의 두 번째 앨범 타이틀이 뭐였지?"

오도넬이 말했다. "《Electric Ladyland》?"

"그건 나중에 나온 거야." 딕슨이 말했다. "두 번째가 뭐였더라? 첫 번째 앨범은 《Are You Experienced》가 분명한데."

"커버에 벌거벗은 여자 사진이 있는 게 어떤 앨범이었죠?"

"그게 《Electric Ladyland》야."

"난 그 커버가 좋더라."

"어휴, 밥맛없어. 하여튼 여덟 살 수준이라니까."

"거의 아홉 살이에요."

"어쨌거나 밥맛없어."

리처가 말했다. "《Axis: Bold As Love》야. 두 번째 앨범 타이틀."

"여섯 번째 트랙은?" 딕슨이 물었다.

"그건 모르겠군."

오도넬이 말했다. "여기 앉아서 고민하지 말고 음반 가게에 나가 보죠."

선셋 대로를 따라 동쪽으로 한참 걸은 뒤에야 음반 가게를 만날 수 있었다. 에어컨 바람이 시원한 실내에는 음악이 시끄럽게 울리고 있었다. 손님들은 대부분 젊은이들이었다. 진열대마다 알파벳 표식이 붙어 있어서 그들은 어렵지 않게 록/팝 구역의 H자 섹션을 찾을 수 있었다. 지미 헨드릭스의 앨범들이 선반을 50센티미터 정도 차지하고 촘촘하게 꽂혀 있었다. 리처의 눈에 익숙한 네 개의 앨범, 나머지는 그 천재 기타리스트가 죽은 뒤에 나온 것들이었다. 《Axis: Bold As Love》는 세 장이 꽂혀 있었다. 리처는 그 가운데 하나를 빼서 앞뒤를 살펴보았다. 포장비닐 위에 부착된 바코드 스티커가 하필이면 후반부 트랙 목차를 가리고 있었다.

두 번째 걸 뺐다. 마찬가지였다. 세 번째 것도.

"찢어요." 오도넬이 말했다.

"훔치란 말이야?"

"아니, 포장만 찢으라고요."

"안 돼. 우리 것도 아닌데."

"경찰들은 두들겨 패고 다니면서 포장에 구멍 좀 내는 건 겁나요?"

"차원이 다르잖아."

"그럼 어쩔 건데요?"

"하나 사지 뭐. 차를 타고 다니며 들으면 되잖아. 요즘 자동차들엔 모두 CD 플레이어가 장착돼 있는 거 맞지?"

"그렇게 된 지 100년은 됐어요." 딕슨이 말했다.

리처는 CD 하나를 들고 카운터 앞의 손님 대열 끝에 붙어 섰다. 그의 바로 앞 사람은 수류탄을 맞은 것보다 더 많은 금속 파편들이 얼굴에 박힌 젊은 여자였다. 잠시 후, 그는 남아 있는 800달러 뭉치 속에서 13달러를 뽑아서 CD값을 치렀다. 평생 처음으로 디지털 제품의 소유주가 된 역사적인 순간이었다.

"이제 찢어요." 오도넬이 말했다.

질긴 포장이었다. 리처는 손톱으로 한쪽 모서리를 긁어서 CD에 밀착된 비닐 표면에 생채기를 낸 뒤 이빨로 뜯어냈다. 비닐을 완전히 벗겨 낸 다음, 뒷면의 트랙 목차를 손가락으로 짚어 가며 훑었다.

"〈Little Wing〉이군." 리처가 말했다.

오도넬이 어깨를 한 번 으쓱거렸다. 니글리는 멍한 표정이 되었다.

"전혀 도움이 안 될 것 같은데요." 딕슨이 말했다.

"난 이 노래를 알아." 리처가 말했다.

"제발 부르진 말아 줘요." 니글리가 말했다.

"그냥 무슨 뜻인지만 말해 줘요." 오도넬이 말했다.

리처가 말했다. "뉴에이지가 '리틀 윙'이라고 불리는 무기 시스템을 제작한다는 의미야."

"당연히 그렇겠죠. 하지만 리틀 윙이 뭔지 모르고서는 전혀 도움이 되지 않는 정보잖아요."

"하늘과 연관이 있는 것 같지 않아? 이를테면 무소음 항공기나 그 비슷한 거."

"리틀 윙에 관해서 뭐든 들어 본 사람 없어요?" 딕슨이 물었다. "난 못 들어 봤는데."

오도넬이 고개를 저었다.

"나도 못 들어 봤어요." 니글리가 말했다.

"그렇다면 정말 특급 기밀 사항인 거군요." 딕슨이 말했다. "D.C.에서는 내가 못 들었고 월스트리트에서는 오도넬이 못 들었고 니글리는 전국적인 정보망이 있는데도 들어 본 적이 없다면."

리처가 CD 케이스를 열려다가 맨 윗부분에 얇은 테이프가 빙 둘러서 접착되어 있는 걸 발견했다. 그가 손톱으로 긁어대자 테이프는 작고 끈적거리는 파편들이 되어 떨어져 나왔다.

"레코드 업계가 늘 불황에 허덕이는 이유를 이제야 알겠군. CD 하나 듣기가 이렇게 힘드니 말이야."

딕슨이 물었다. "이제 어떻게 할 거죠?"

"그 이메일 속의 메시지가 뭐였지?"

"당신도 읽었잖아요."

"자네가 말해 봐."

"왜요?"

"그냥 말해 보라니까."

"헨드릭스의 두 번째 앨범, 여섯 번째 트랙을 찾아라."

"그다음엔?"

"그다음은 없었어요."

"있었어. 빨리 전화하라고 했잖아."

"그건 말이 안 돼요." 니글리가 말했다. "이메일로도 알려 주지 못하는 정보를 어떻게 전화로 일러 주겠어요?"

"자기한테 전화하란 게 아니었어. 암호문이란 게 원래 그런 거야. 모든 단어가 단서가 되는 거지."

"그럼 누구한테 전화하라는 얘길까요?"

"분명히 누군가가 있을 거야. 도움을 줄 만한 사람을 당신이 알고 있다는 걸 그가 알고서 그 문장을 적어 놓은 거지."

"이런 사안에 관해 내게 도움을 줄 만할 사람이 없는데. 그 사람 말고는."

"자네와 그가 함께 알고 있는 사람이 누구지? 아마 워싱턴과 관계가 있는 사람일 거야. 워싱턴도 이메일에 적혀 있었으니까. 모든 단어를 단서라고 생각해야 해."

니글리의 입술이 벌어졌다. 리처는 '그런 사람은 없다'는 부정적인 대답이 튀어나오려 한다는 걸 그녀의 목 근육의 움직임을 보고서 알아챘다. 하지만 다음 순간 그 움직임이 멈췄다. 이어서 그녀의 입에선 정반대되는 얘기가 튀어나왔다.

"어떤 여자가 하나 있어요." 그녀가 말했다. "다이애나 본드. 그 사람과 내가 함께 알고 있는 여자. 힐Hill, 워싱턴 정가를 뜻함의 어떤 거물의 사무실 직원. 하원 국방위원회 소속의 거물."

"그거야. 그 거물의 이름이 뭐지?"

니글리가 모두의 귀에 익은 이름을 댔다. 누구도 좋아하지 않는 정치인이었다.

"자네 친구 중에 그 빌어먹을 인간을 위해 일하는 사람도 있단 말이야?"

"정확히 말하자면 친구는 아니에요."

"그럼 다행이고."

"누구에게나 일자리는 필요해요, 리처. 당신만 빼고."

"어찌 됐든 그녀의 보스가 하는 일은 지불 수표에 서명을 하는 거야. 아무리 얼간이라도 사업 설명은 듣겠지. 그자는 리틀 윙이 뭔지 알고 있을 거야. 따라서 자네의 친구 아닌 친구도 알고 있겠고."

"기밀 사항이 아닐 때만 가능한 얘기죠."

"그 작자는 혼자선 자기 이름도 제대로 쓰지 못하는 위인이야. 내 장담하지. 기밀이든 아니든 그자가 아는 건 반드시 그녀도 알게 돼 있어."

"그녀가 입을 열지 않을 거예요."

"열 거야. 자네가 강하게 나갈 거니까. 그녀에게 전화를 걸어서 리틀 윙이라는 이름을 들었다고 말해. 이어서 그 은밀한 이름이 그 여자의 보스 사무실에서 흘러나왔다고 언론에 제보하겠다며 으름장을 놓는 거지. 자네의 입을 다물게 하는 대가는 그녀가 너무도 잘 알고 있을 거고."

"더럽게 치사한 작전이네요."

"그게 정치야. 그런 파렴치한 밑에서 일하고 있으니 그 여자도 그런 일을 한두 번 겪은 게 아닐 거야."

"정말 그렇게까지 해야 돼요? 중요한 단서라는 확신도 없는데?"

"많은 걸 알게 될수록 성공할 확률도 높아지니까."

"난 그녀까지 끌어들이고 싶은 마음은 없어요."

"당신의 펜타곤 친구가 그렇게 하라잖아." 오도넬이 말했다.

"그건 대장의 짐작일 뿐이잖아요."

"아니, 단순한 짐작이 아니야. 그 이메일을 떠올려 봐. 당신 친구는 여섯 번째 트랙이 다이내믹하게 찬란하다고 했어. 표현이 어색하잖아? 그냥 대단하다고 하든지, 아니면 기막히다고 하든지, 혹은 그냥 찬란하다고 하든지. 하지만 그는 굳이 다이내믹하게 찬란하다는 표현을 썼어. 왜 그랬을까? '다이내믹하게dynamically'의 'd', 그리고 '찬란한brilliant'의 'b', 다이애나Diana 본드Bond, 바로 그 여자의 이니셜이야."

38

니글리는 다이애나 본드와 조용히 통화하고 싶다고 했다. 호텔로 돌아온 뒤 그녀는 일행과 떨어져 로비 한구석에 자리를 잡고 앉았다. 전화를 끊었다 다시 걸기를 수차례, 마침내 연결이 됐다. 곧 진지한 대화가 시작됐다. 20분이 지난 뒤 그녀가 동료들에게 돌아왔다. 기분이 상한 것 같았다. 몸동작까지도 불편해 보였다. 하지만 그녀가 전한 것은 또 하나의 승전보였다.

"그녀를 추적하느라고 처음엔 시간이 좀 걸렸어요." 니글리가 말했다. "여기서 그리 멀지 않은 곳에 와 있더라고요. 에드워드 공군기지. 거기서 며칠 묵는대요. 대규모 프레젠테이션이 있다더군요."

오도넬이 말했다. "그래서 당신 친구가 빨리 그녀에게 전화하라고 그랬던 거군. 그녀가 캘리포니아에 와 있는 걸 알고 있었던 거야. 이래서 모든 단어가 중요하다니까."

"그녀가 뭐래?" 리처가 물었다.

"이리로 오겠대요." 니글리가 말했다. "직접 만나고 싶다고."

"그래?" 리처가 말했다. "언제?"

"짬이 나는 대로."

"심상치 않은걸."

"그러게요. 리틀 윙이란 게 뭔지는 몰라도 상당히 중요한 것만은 틀림없어요."

"그런 통화를 하게 돼서 마음이 상했어?"

니글리가 고개를 끄덕였다. "그것도 그렇고 모든 게 마음에 들지 않아요."

그들은 니글리의 객실로 올라가서 지도를 펼친 뒤 다이애나 본드가 도착할 시간을 함께 어림해 보았다. 에드워드 공군기지는 모하비 사막에 솟아 있는 샌 가브리엘 산의 반대편 기슭에 자리 잡고 있다. 그들의 현 위치에서 볼 때 반대편에 있다는 얘기다. 거리는 대략 40킬로미터쯤. 팜데일과 랭커스터를 차례로 지나고 포트 어윈을 절반쯤 남겨 둔 지점이다. 본드가 즉시 빠져나온다면 두 시간쯤 뒤에 도착할 것이다. 그러지 못한다면 얼마 뒤가 될지 모를 일이고.

"난 산책 좀 해야겠어." 리처가 말했다.

오도넬이 말했다. "나도 같이 가요."

두 사람은 웨스트 할리우드와 할리우드 본 동네가 만나는 동쪽을 향해 선셋 대로를 따라 걸었다. 이른 오후였다. 뜨거운 햇볕 때문에 리처는 빡빡 깎은 머리가 익는 것 같았다. 오염된 공기 속의 미립자들을 통과한 햇빛은 그 위력이 한층 더 강해지는 게 아닐까 하는 생각까지도 들었다.

"모자를 하나 사야겠어." 그가 말했다.

"셔츠나 좀 더 나은 걸로 사 입지 그래요?" 오도넬이 말했다. "이젠 그 정도 여유는 되잖아요."

"그러지 뭐."

그들은 몇 시간 전 음반 가게에 가는 길에 지나쳤던 상점으로 향했다. 제법 유명한 저가 브랜드 체인점이었다. 진열창도 더럽고 손님도 거의 없었지만 가격은 쌌다. 구비된 상품들은 주로 면 제품들이었다. 청바지, 면바지, 스포츠 셔츠, 티셔츠. 그리고 모자도 있었다. 분명히 새 모자들이었지만 하나같이 천 번은 세탁한 것처럼 색이 바래 있었다. 리처는 그중에서 아무 글씨도 없는 파란색 모자 하나를 집었다. 그는 글씨가 적힌 물건은 단 한 번도 돈을 주고 사본 적이 없었다. 군복만 입고 지낸 세월이 너무 길었다. 13년 동안 명찰, 배지, 기장, 그 밖에 각종 전문 약어들이 부착되고 새겨진 모든 옷들이 언제나 공짜였다.

그는 모자 뒤의 조절끈을 늘인 다음 머리에 눌러썼다.

"어때?" 그가 물었다.

오도넬이 말했다. "직접 거울을 봐요."

"내가 보는 내 모습이 중요한 게 아니잖아. 내 차림새를 늘 비웃어대는 자네의 안목이 중요한 거지."

"멋있어요. 물론 모자만."

리처는 모자를 쓴 채 티셔츠들이 높이 쌓여 있는 선반 앞으로 다가갔다. 선반 가운데에는 티셔츠 두 장을 겹쳐 입은 마네킹의 몸통이 세워져 있었다. 하나는 옅은 녹색, 다른 하나는 짙은 녹색. 속에 있는 티셔츠는 끝단과 목둘레, 그리고 소매 끝만 보였다. 괜찮아 보였다. 부피감이 있는 것도 마음에 들었다.

리처가 물었다. "이건 어때?"

"괜찮은데요." 오도넬이 말했다.

"이렇게 입으려면 티셔츠 사이즈가 달라야 하나?"

"안 그래도 될 거예요."

리처가 선반에서 2XL 사이즈의 티셔츠 두 장을 집었다. 하나는 옅은 파랑, 다른 하나는 짙은 파랑. 리처는 모자를 벗은 다음 세 가지 물건을 들고 카운터로 다가갔다. 가격표를 뗀 물건들을 카운터 위에 올려놓으며 봉투를 사양한 다음 그는 그 자리에서 입고 있던 볼링 셔츠를 벗어 버렸다. 웃통을 벌거벗은 채 시원한 에어컨 바람을 맞으며 기다리다가 여종업원이 계산을 마치자 그가 물었다. "휴지통 있소?"

여종업원이 발치에서 플라스틱 휴지통을 집어 올렸다. 리처는 둘둘 말아 쥐고 있던 볼링 셔츠를 그 속에 던져 넣은 뒤 새 셔츠 두 장을 차례로 입었다. 아랫단을 이쪽저쪽으로 잡아당겨 모양을 잡고 양어깨를 몇 차례 돌려서 셔츠들이 편안하게 몸에 달라붙게 한 다음 모자를 눌러썼다. 상점 밖으로 나온 두 사람은 다시 동쪽을 향해 걸음을 옮겼다.

오도넬이 물었다. "대장은 무엇으로부터 도망치고 있는 거죠?"

"난 어떤 것으로부터도 도망치고 있지 않아."

"입었던 셔츠를 간직할 수도 있잖아요."

"그게 고난의 시작이 되는데?" 리처가 말했다. "여벌 셔츠를 갖고 다니다 보면 금방 여벌 바지도 갖고 다니게 돼. 그러면 여행 가방이 필요하게 되겠지. 그다음엔 어떻게 될까? 집, 자동차, 차례로 갖게 될 거야. 수많은 서류들의 빈 칸을 메워 가면서."

"사람들은 다들 그러면서 살아가요."

"난 아니야."

"그래서 묻는 거예요. 대체 대장은 무엇으로부터 도망치고 있는 건지."

"다른 사람들과 닮아가는 게 싫은 것뿐이야."

"난 다른 사람들과 같은 방식으로 살고 있어요. 집도 있고 차도 있고 통장도 있어요. 계속해서 서류들의 빈칸을 메워 가면서."

"자넨 자네 좋은 대로 살면 돼."

"대장은 내가 살아가는 방식이 정상적이라고 생각해요?"

리처가 고개를 끄덕였다. "방금 말한 부분들에 있어선 그렇지."

"모든 사람이 대장 같을 순 없어요."

"피차 마찬가지야. 우리같이 사는 사람들도 자네들 같을 순 없는 거지."

"대장은 계속 이렇게 살기를 원해요?"

"이건 원하고 말고의 문제가 아니야. 그냥 어쩔 수 없는 거야."

"왜 어쩔 수 없는 거죠?"

"알았어, 그래, 난 도망치고 있어. 이제 됐나?"

"무엇으로부터? 정상적인 삶으로부터?"

"난 달라지기 싫어."

"사람은 원래 변하게 돼 있어요."

"그렇다고 그 변화를 좋아해야만 하나?"

"나도 싫어요." 오도넬이 말했다. "하지만 산다는 건 곧 타협의 연속이잖아요."

리처가 고개를 끄덕였다. "자넨 잘 해내고 있어, 데이비드. 이건 진심이야. 내가 걱정하는 건 바로 나야. 자네와 프랜시스, 그리고 칼라를 보면서 난 내가 루저라는 느낌이 들어."

"정말요?"

"내 꼴을 봐."

"대장한텐 없지만 우리한테 있는 건 여행 가방뿐인데?"

258

"하지만 자네들한테 없지만 나한테 있는 건 아무것도 없잖아."

오도넬은 아무 대꾸도 하지 않았다. 미국에서 두 번째로 큰 도시의 후덥지근한 오후, 그들은 바인에서 북쪽으로 방향을 틀었다. 그 순간 권총을 손에 쥔 두 사내가 달리고 있는 차에서 뛰어내리는 모습이 그들의 눈에 들어왔다.

39

검정색 최신형 렉서스 세단이었다. 차는 리처와 오도넬로부터 약 30미터 떨어진 인도에 두 사내를 내려놓고 다시 속력을 올리며 떠나갔다. 밀랍 박물관 뒤쪽 공터의 수금책과 공급책이었다. 그들이 손에 쥐고 있는 건 AMT 하드볼러였다. 45구경 자동권총, 콜트 거번먼트 1911의 스테인리스 강철 모델. 두 사내가 90도 각도로 손목을 꺾어서 권총을 수평으로 눕혀 쥐었다. 갱 영화에서 흔히 나오는 악당들의 권총 잡는 정석.

오도넬의 두 손이 곧장 양쪽 호주머니 속으로 들어갔다.

"저 녀석들의 타깃이 우리예요?" 그가 말했다.

"우리가 아니라 나야." 리처가 주변 상황을 살피며 말했다. 그들의 권총은 겁나지 않았다. 30미터 떨어진 거리였다. 게다가 놈들은 똥폼을 잡느라 총을 똑바로 쥐지도 않았다. 그런 조건에서 45구경 권총으로 목표물을 명중시킨다는 건 불가능에 가깝다. 권총은 야전에서는 거의 쓸모가 없는 무기이다. 실내, 그것도 아주 가까운 거리에서만 무기로서의 효과를 기대할 수 있다. 실전에서 권총으로 명중을 보장할 수 있는 거리는 3미터이다. 그것도 명사수일 때의 얘기다. 이미 수많은 실험을 통해 입증된 사실이다.

하지만 누군가 다른 사람, 혹은 다른 물체가 애꿎게 피해를 입을 위험이 있었다. 한 블록 떨어진 곳에 있는 사람, 혹은 낮게 날아가는 비행기. 리처 주위엔 잠재적인 피해자들이 가득했다. 남자들, 여자들, 아이들, 그리고 어떻게 분류해야 할지 리처로선 답이 나오지 않는 사람들.

두 사내는 천천히 다가오고 있었다. 오도넬의 두 눈은 그들에게 꽂혀 있었다.

"길거리에서 판을 벌여서는 안 돼, 데이비드."

오도넬이 말했다. "넵."

"왼쪽으로 이동." 리처가 말했다. 그는 옆걸음질 치면서 왼쪽의 지형을 재빨리 훑었다. 허름한 타로 점집이 가까이에 있었다. 그의 두뇌는 급속도로 돌아가고 있었다. 그의 움직임은 정상적이었지만 주변은 슬로모션 모드로 변했다. 인도는 4차원의 다이어그램이 되었다. 앞뒤, 양옆, 시간.

"왼쪽으로 비스듬히 1미터 후진." 그가 말했다.

오도넬이 사내들에게서 눈길을 떼지 않은 채 리처의 지시에 따라 왼쪽으로 비스듬하게 1미터가량 뒷걸음질 쳤다. 리처가 타로 점집의 문을 열었다. 오도넬이 뒷걸음질로 문을 통과한 뒤 리처도 잽싸게 따라 들어갔다. 두 사내의 걸음이 빨라졌다. 이제 거리는 20미터 남짓. 실내엔 열아홉 살쯤 되어 보이는 여자가 혼자 탁자 뒤에 앉아 있었다. 2미터 길이의 일반 주방용 탁자였다. 그 위를 덮은 빨간색 식탁보 끝단이 바닥에 닿아 있었다. 탁자 위엔 카드 팩이 수북했다. 여자는 검고 긴 머리에 올이 성긴 면 드레스 차림이었다. 그 드레스를 물들인 식물성 염료 때문에 그녀의 피부까지 물들어 있을 것 같았다.

"뒤쪽에 방이 있소?" 리처가 그녀에게 물었다.

"화장실뿐이에요."

"그리로 들어가서 바닥에 엎드려 있으시오, 당장."

"무슨 일이죠?"

"나도 모르겠소."

여자는 움직이지 않았다. 오도넬이 주머니에서 두 손을 뽑았다. 오른손에 상어 이빨 같은 세라믹 너클, 왼손엔 잭나이프. 갈무리되어 있던 칼날이 그의 손 안에서 뼈가 부러지는 듯한 소리를 내며 튕겨져 나왔다. 여자가 벌떡 일어나 안쪽으로 도망쳤다. 악명 높은 우범 지역인 바인에 가게를 열고 사람들을 상대해 온 여자였다. 게임의 규칙을 모를 리 없었다.

오도넬이 말했다. "어떤 놈들이죠?"

"이 티셔츠들과 모자를 사준 친구들."

"본격적으로 한판 붙게 되는 건가요?"

"아마도."

"작전은?"

"자네 저 하드볼러들을 갖고 싶나?"

"없는 것보다야 낫겠죠."

"알겠어." 리처가 탁자보 밑단을 걷어 올리고 안으로 기어들어가 무릎을 꿇고 앉았다. 오도넬도 그를 따라 탁자 아래로 들어간 뒤 탁자보를 원위치시켰다. 리처의 왼쪽에 역시 무릎을 꿇고 앉은 오도넬이 잭나이프로 눈앞에 드리워진 탁자보의 한 부분을 가볍게 그었다. 그다음엔 손가락으로 눈알 크기만 한 구멍을 만들었다. 이어서 그는 리처에게도 눈구멍을 만들어주었다. 리처는 양손을 머리 위로 올리고 손바닥으로 탁자 밑을 받쳤다. 오도넬은 칼을 오른손으로 바꿔 쥐고 자유로워진 왼손으로 리처와 같은 자세를 취했다.

두 사람은 그 자세를 유지하며 기다렸다.

8초가 지나자, 두 사내가 문 앞에 이르렀다. 그들은 잠시 유리창을 통해 안을 살핀 다음 문을 당겨 열고 안으로 들어왔다. 그들이 탁자와의 거리를 2미터 남짓 남겨 놓고 멈춰 섰다. 권총은 여전히 옆으로 뉘어 들고 있었다. 하지만 그 팔은 쭉 뻗은 자세였다.

그들이 조심스럽게 앞으로 한 걸음씩 내디뎠다.

다시 멈춰 섰다.

오도넬의 오른손엔 세라믹 너클이 끼워져 있었다. 칼도 들려 있었다. 하지만 탁자 아래에 있는 네 개의 손 가운데 자유로운 건 그 손 하나뿐이었다. 오도넬이 그 손으로 카운트다운을 시작했다.

엄지가 펴졌다.

검지가 펴졌다.

중지가 펴지는 순간 리처와 오도넬은 탁자 밑창에 대고 있던 세 개의 손을 위로 밀어 올리면서 동시에 앞으로 뻗었다. 절묘한 힘 조절이었다. 세 다리가 허공에 뜬 탁자는 바닥에 붙어 있는 한 다리를 축으로 삼아 90도의 원호를 그리며 가속도가 붙었다. 수직으로 세워진 탁자 표면이 앞으로 내밀어져 있는 두 자루의 권총을 친 다음 곧이어 두 사내의 얼굴과 가슴을 정통으로 가격했다. 통나무 탁자였다. 엄청 무거운 걸로 미루어 참나무인 것 같았다. 두 사내가 뒤로 나가떨어졌다. 그다음엔 일종의 장례식이 연출되었다. 먼저 붉은 탁자보가 그들의 뻗어 버린 몸뚱이를 덮었다. 이어서 무거운 관 뚜껑처럼 탁자가 그 위에 떨어져 내렸다. 마지막으로 형형색색의 카드패들이 마치 꽃잎들처럼 분분히 내려앉았다. 리처는 일어나서 거꾸로 뒤집힌 탁자로 다가가 마치 서핑보드를 타듯 그 위에 올라섰다. 그다음엔 그 위에서 몇 차례 널을 뛰었다. 리처가 바닥에 내려서자 이번엔 오도넬이 다가가서 사내들의 허리와 총을 쥔 손이 드러나도록 발로 탁자를 15센티미터가량 밀어냈다. 움직임 없는 두 개의 손아귀에서 하드볼러들을 수거한 뒤, 잭나이프로 그들의 엄지손가락 힘줄을 끊어버렸다. 깨어나면, 그리고 그 후로도 오랫동안, 엄청나게 아플 것이다. 언제일지는 알수 없지만 완전히 치료가 되기 전까지는 권총을 잡지 못할 것이다. 리처의 얼굴에 미소가 피어올랐다. 그 기술은 그들 조직의 전매특허였기 때문이다. 하지만 그 미소는 이내 사라졌다. 그 기술을 개발한 사람은 조지 산체스였다. 사막 어딘가에서 역시 외로운 주검이 되어 누워 있을 친구.

"별것도 아닌 것들이 까불고 있어." 오도넬이 말했다.

"그래도 이 친구들 덕분에 좋은 물건들을 얻었군." 리처가 말했다.

오도넬이 세라믹 너클과 잭나이프를 주머니에 넣은 뒤 양복 윗도리 자락을 들치고 하드볼러 한 자루를 허리띠에 찔러 넣었다. 그에게서 또 다른 하드볼러를 건네받은 리처는 그걸 바지 주머니에 쑤셔 넣고 티셔츠 자락으로 그 위를 덮었다. 잠시 후 다시 거리로 나온 두 사람은 북쪽을 향해 바인을 따라 걷다가 할리우드 대로에서 서쪽으로 방향을 틀었다.

딕슨이 샤토 마몽의 로비에서 그들을 기다리고 있었다.

"커티스 모니한테서 전화가 왔었어요." 그녀가 말했다. "당신이 프란츠의 우편물을 입수한 기술이 마음에 들었나 봐요. 베이거스 경찰들에게 똑같은 방법으로 산체스와 오로스코의 사무실을 뒤지라고 했대요. 그 결과 그들이 뭔가를 찾아냈다는군요."

40

30분 뒤 모니가 직접 호텔로 찾아왔다. 여전히 지친 표정으로 예의 낡은 서류 가방을 들고 로비에 들어선 그는 자리에 앉자마자 대뜸 질문을 던졌다. "에이드리언 마운트가 누구요?"

리처의 눈길이 모니의 얼굴을 떠나 허공에 꽂혔다.

아자리 마흐무드와 에이드리언 마운트, 앨런 메이슨, 앤드루 맥브라이드, 앤서니 매슈스. 시리아 사내와 네 개의 가명.

모니는 그 정보를 리처 일행이 알고 있다는 사실을 모르고 있었다.

"모르는 이름이오."

"정말이오?"

"그렇소."

모니가 양 무릎 위에 중심을 조절해서 서류 가방을 올려놓은 뒤 덮개를 열고 그 속에서 종이 한 장을 꺼내 리처에게 건넸다. 인쇄가 선명하지 않은 데다가 번져 있기까지 했다. 팩스로 보내진 걸 복사한 뒤 다시 팩스로 보내온 것 같았다. 맨 위에는 '국토안보부'라고 적혀 있었다. 하지만 제대로 형식을 갖춘 공식문서는 아니었다. 도스 스크립트로 미루어 어떤 컴퓨터 파일에서 퍼온 것 같아 보였다. 에이드리언 마운트라는 사내의 여객기 탑승 예약 기록이었다. 런던발 뉴욕행 브리티시 에어웨이. 기록에 따르면 그 사내는 3일 전에 운항한 그 항공편을 2주 전에 예약했다. 퍼스트클래스, 히드로 공항에서 JFK 공항까지 편도로, 좌석번호는 2K, 마지막 밤 비행기, 하자 없는 신용카드로 일시불 지불 완료, 브리티시 에어웨이의 영국 웹사이트를 통해 예약.

"내 친구들의 우편물 속에서 찾아낸 거요?" 리처가 물었다.

"그들의 팩스 메모리에 저장되어 있던 거요. 종이가 다 떨어지고 없었다더군. 2주 전에 발송된 팩스였소. 하지만 2주 전엔 이미 그 두 사람은 이 세상 사람이 아니었소. 따라서 이 팩스는 최소한 그 일주일 전에 그들이 의뢰했던 안건에 대한 회신이 틀림없소. 그들은 몇 사람의 이름을 따로 적어 놓고 그들의 뒤를 캐고 있었던 것 같소."

"몇 사람의 이름?"

"우리는 그들이 국토안보부에 의뢰를 요청한 서류 원본도 찾아냈소. 그들은 중요한 자료들을 우편을 통해 계속 순환시키고 있었소. 프란츠와 똑같은 방법으로. 그 자료들을 수거해서 확인한 결과 네 개의 이름을 확인할 수 있었소." 모니가 가방 속에서 또 다른 종이를 꺼냈다. 그 위엔 네 개의 이름과 간단한 메모가 적혀 있었다.

에이드리언 마운트, 앨런 메이슨, 앤드루 맥브라이드, 앤서니 매슈스.
국토안보부에 입국 여부 조회.

거미가 기어가듯 휘갈겨 쓴 글씨였다. 촉박한 상황이었을 것이다. 하지만 오로스코는 원래부터도 악필이었다.

네 개의 이름. 다섯 개가 아니었다. 가명 네 개만 적혀 있을 뿐 아자리 마흐무드라는 본명은 없었다. 그것은 마흐무드의 정체가 무엇이든 그자가 네 개의 가명을 번갈아 사용하며 여행을 다닌다는 사실을 오로스코가 알고 있었다는 걸 의미했다. 가명을 만들었다면 용도가 반드시 있는 것이다.

"국토안보부." 모니가 말했다. "일반인이 국토안보부의 협조를 구하기가 얼마나 어려운지 알고 있소? 당신 친구, 오로스코는 부탁을 하기 위해 전화를 수없이 걸어댔을 거요. 아니면 뇌물을 엄청 먹였든지. 난 그가 그토록 공을 들인 까닭이 궁금하오."

"카지노와 관련된 문제일 가능성도 있소."

"가능한 얘기요. 하지만 베이거스 카지노의 보안 담당자가 뉴욕 공항에 도착한 요주의 인물을 왜 염려했는지 이해가 가지 않소. 뉴욕에서 내린 노름꾼들의 목적지는 애틀랜틱 시티인 경우가 대부분이오. 베이거스 카지노 관계자들로서는 남의 문제인 거지."

"두 곳의 카지노가 서로 정보를 나누고 있을 수도 있잖소. 공동 네트워크가 형성돼 있을 가능성이 있다는 얘기요. 저지_{애틀랜틱 시티가 있는 뉴저지 주}와 베이거스를 차례로 훑는 노름꾼들도 많을 테니까."

"가능한 얘기요." 모니가 다시 말했다.

"에이드리언이라는 이름을 쓰는 사내가 실제로 뉴욕에 도착하기는 했소?"

모니가 고개를 끄덕였다. "INS_{이민 귀화국}의 컴퓨터에 그가 4번 터미널을 통해 입국한 사실이 기록돼 있소. 밤늦은 시각이라 7번 터미널은 이미 문을 닫았었소. 그 비행기가 연착됐거든."

"그다음엔?"

"사라졌소. 흔적도 없이."

"그런데?"

"그 쪽지 덕분이었소. 우린 그 위에 적힌 다른 이름들을 추적했소. 그래서 앨런 메이슨이라는 남성이 덴버로 국내선을 타고 날아간 사실을 확인했소. 시내 호텔에 방을 잡은 사실도."

"그다음엔?"

"그다음 일은 아직 우리도 모르오. 현재 그쪽 경찰들이 조사 중이오."

"하지만 당신은 그들이 동일 인물이라는 심증을 굳힌 것 같소만?"

"동일 인물이라는 게 너무도 빤하잖소. 똑같은 이니셜이 결정적인 증거요."

"이니셜이 모든 걸 말해 준다면 난 연방대법원장이오. 그의 이니셜도 J.R.이니까."

"안 그래도 당신은 연방대법원장처럼 행동하고 있소."

"그럼 그자의 정체는?"

"모르겠소. 그날 공항에 나가 있던 INS 수사관은 그를 기억하지 못하고 있소. 4번 터미널을 통과하는 사람들이 하루에 천 명은 되니까. 뉴욕 호텔 직원들도 그를 기억하지 못하고 있소. 덴버 쪽은 아직 알아보지 않았지만 결과는 마찬가지일 거요."

"입국 심사대 앞에서 카메라에 잡혔을 텐데?"

"우리도 그 테이프를 입수하기 위해 노력 중이오."

리처가 다시 첫 번째 종이 위로 눈길을 옮겼다. 국토안보부의 서류. 사전입국 심사 자료.

"영국인이군." 리처가 말했다.

모니가 말했다. "그렇다고 단정할 수는 없소. 그가 영국 여권도 한두 개쯤 지니고 있을 수도 있으니까."

"그럼 당신들 계획은?"

"일단은 그 쪽지에 매달려 있을 거요. 조만간 앤드루 맥브라이드나 앤서니 매슈스가 행적을 드러내겠지. 그럼 우리는 최소한 그자의 목적지 정도는 알게 될 거요."

"우리가 할 일은?"

"그 이름들 가운데 어떤 것도 들어 본 적이 없소? 정말로?"

"없소."

"A와 M을 이니셜로 쓰는 친구도 없소?"

"기억에 없소."

"친구 말고 적은?"

"없는 것 같소."

"오로스코는 그 이니셜을 쓰는 사람을 알고 있었을 것 같소?"

"모르겠소. 서로 연락 없이 지낸 세월이 10년이오."

"내가 잘못짚었소." 모니가 말했다. "그의 손발을 묶고 있던 노끈 말이오. 부하를 시켜서 알아봤소. 흔한 물건이 아니더군. 인도 아대륙에서 나는 사이잘삼을 꼬아서 만든 밧줄이었소."

"그걸 어디 가면 살 수 있소?"

"미국 내에서 그걸 파는 곳은 없소. 인도에서 미국으로 수입되는 상품들로부터 추출한 거요."

"어떤 상품들?"

"카펫, 혹은 가공이 끝나지 않은 면직물 원단, 뭐 그 비슷한 것들."

"여러 가지 정보들 고맙소."

"이 정도야 뭐. 나도 당신 친구들이 당한 일 때문에 마음이 편치 않소."

모니가 떠난 뒤 그들은 딕슨의 방으로 함께 올라갔다. 특별한 이유는 없었다. 밖에 있을 순 없으니까 그리로 몰려간 것뿐이었다. 그들은 여전히 막다른 골목에서 벗어나지 못하고 있는 상태였다. 오도넬은 칼에 묻은 피를 닦아낸 다음 노획한 하드볼러들을 능란한 솜씨로 점검했다. 캘리포니아 어윈데일 근교에 자리 잡고 있는 AMT사에서 제작한 권총들이었다. 두 자루 모두 45구경 장갑탄들이 장전돼 있었다. 상태도 훌륭했고 작동에도 아무 문제가 없었다. 흠집 하나 없이 깨끗하게 반질거리는 모양새로 보아 그자들이 최근에 훔친 물건들인 게 분명했다. 마약상들은 원래 총기를 제대로 손질하지 않는 법이니까. 그 모델의 유일하면서도 치명적인 약점은 1911년도에 처음 고안됐던 디자인을 아직까지 충실하게 따르고 있어 탄창의 최대 용량이 일곱 발에 불과하다는 것이다. 그 시절엔 여섯 발짜리 권총들이 대세를 이뤘지만 요즘은 현대 과학기술에 의해 개발된 열다섯 발, 혹은 그 이상의 용량을 지닌 권총들이 지천이다.

"쓰레기." 니글리가 말했다.

"돌멩이를 던지는 것보단 낫잖아." 오도넬이 말했다.

"내 손엔 너무 커." 딕슨이 말했다. "난 글록 19가 딱인데."

"난 총알만 나가면 뭐든지 좋아." 리처가 말했다.

"글록 19에는 열일곱 발이나 들어간다고요."

"어차피 대가리 하나당 한 발이야. 열일곱 놈이 한꺼번에 내게 덤벼든 적은 없었어."

"당신도 한번 당해 봐야 내 말을 이해할 텐데."

자신을 앤드루 맥브라이드라고 부르는 마흔의 검은 머리 사내는 덴버 공항의 지하 셔틀열차에 타고 있었다. 시간을 죽여야 했기에 열차에서 내리지 않고 양쪽 종착역들인 메인 터미널과 C 터미널 사이를 벌써 몇 차례나 왕복하고 있는 중이었다. 무료하기는커녕 오히려 즐거웠다. 저그밴드 덕분이었다. 마음이 가벼워지고 정화되고 자유로워지는 것 같았다. 소지하고 있는 짐도 이제 한결 줄어들었다. 무거운 슈트 케이스는 더 이상 없었다. 바퀴 달린 작은 여행 가방과 서류 가방이 전부였다. 영락없는 하룻밤 출장객의 모습이었다. 선하증권은 서류 가방 속에 들어 있었다. 두꺼운 책 속에 책갈피처럼 끼워진 채. 컨테이너 열쇠는 지퍼 달린 주머니 속에 들어 있었다.

군청색 크라이슬러를 모는 군청색 양복의 사내가 휴대폰의 단축 번호를 눌렀다.

"그들이 호텔로 돌아왔습니다." 그가 말했다. "네 명 모두."

"그들이 우리에게 가까이 접근했나?" 그의 보스가 물었다.

"저로선 확인할 도리가 없습니다."

"느낌상으론?"

"느낌상으론 가까이 접근한 것 같습니다."

"알았다. 이제 그자들을 처리할 때가 된 것 같군. 이제 그들을 버려두고 본부로 철수해. 몇 시간 뒤 행동 개시다."

41

오도넬이 자리에서 일어나 창가로 다가가며 물었다. "현재 우리가 갖고 있는 게 뭐죠?"

특수부대 시절, 습관처럼 서로가 서로에게 늘 묻곤 하던 질문이었다. 그 질문 자체가 특수부대의 작전 절차에서 상당한 비중을 갖고 있었다. 필수 불가결한 중간점검을 하자는 신호였기 때문이다. 그건 지휘관으로서 리처가 정한 원칙들 가운데 하나였다. 그 질문이 떨어지고 나면 대원들은 함께 모여 그때까지 축적된 정보를 철저히 분석해서 수정할 부분은 수정하고 보강할 부분은 보강하며 검토에 검토를 거듭해 결과가 나왔을 때를 염두에 둔 새로운 각도에서 사건을 조망하곤 했다. 하지만 이번엔 아무도 그 질문에 대답하지 않았다. 다만 딕슨만이 나직이 중얼거렸을 뿐이었다. "우리가 가진 건 네 명의 죽은 친구들뿐이야."

그러고 나선 그녀마저 입을 닫아 버렸다. 객실 안에 무거운 정적이 내려앉았다.

"저녁 먹으러 가죠." 니글리가 정적을 깨고 말했다. "남아 있는 우리가 굶어 죽으면 복수는 누가 하겠어요?"

저녁 식사.

리처는 24시간 전에 들렀던 햄버거 식당을 머릿속에 떠올렸다. 선셋 대로, 소음, 두툼한 소고기 패티, 차가운 맥주, 4인용 원탁, 대화, 대화의 주도권이 그들 사이를 자유롭게 옮겨 다니던 분위기, 한 명의 발언자와 세 명의 청중이 이루는 피라미드 구도.

한 명의 발언자, 세 명의 청중!

"잘못됐어!" 그가 말했다.

니글리가 말했다. "밥을 먹는 게 잘못이라고요?"

"아니, 먹고 싶으면 얼마든지 먹어. 하지만 우린 실수를 저질렀어. 아주 심각한 관념적 오류."

"어느 부분에서요?"

"전적으로 내 책임이야. 섣부르게 단정한 사람이 바로 나였으니까."

"뭘 어떻게요?"

"왜 우린 프란츠의 큰손 고객을 찾을 수 없는 거지?"

"모르죠."

"프란츠에겐 그런 고객이 없었기 때문이야. 우린 실수를 했어. 그의 시체가 제일 먼저 발견됐기 때문에 이 모든 사건의 중심에 그가 있다고 섣부르게 단정한 거야. 이를테면 그가 발언자라고 믿어 의심치 않았던 거지. 발언자는 프란츠고 나머지 세 친구는 청중들인 피라미드 구도를 관념적으로 머릿속에 새겨 버렸어. 하지만 만약 프란츠가 발언자가 아니라면?"

"그럼 누구죠?"

"프란츠가 이런 일에 개입한 건 어떤 특별한 사람 때문이라고 우리는 누누이 말해 왔어. 그가 큰 신세를 진 적이 있었던 사람."

"하지만 그건 프란츠가 발언자라는 얘기로 다시 돌아가는 거잖아요. 다만 우린 그 사람을 찾지 못하고 있을 뿐이고."

"아니, 우리가 구도를 완전히 잘못 잡았다는 얘기야. 맨 위에 그 고객, 그 밑에 프란츠, 다시 그 밑에 프란츠를 돕는 세 친구의 구도로 말이야. 하지만 그게 아니었어. 프란츠의 위치는 훨씬 아래쪽이었던 게 분명해. 최소한 그 구도의 꼭대기 근처는 아니야. 내 말이 무슨 뜻인지 이해하겠어? 그가 다른 세 친구들 가운데 한 사람을 도우려 했다면? 그가 발언자가 아니라 청중이었다면? 이 모든 게 원래 오로스코의 문제였다면? 그의 고객 가운데 한 사람 때문에 프란츠가 개입하게 됐다면? 아니면 산체스의 문제였다면? 심각한 곤경에 처했을 때 그들이 누구에게 도움을 요청하겠어?"

"프란츠와 스완."

"바로 그거야. 우린 처음부터 헛다리를 짚고 있었던 거야. 이젠 시각을 전환해야 해. 오로스코나 산체스로부터 다급한 지원 요청을 받았을 때 프란츠의 심경이 어땠을지는 너무나 빤하잖아. 바로 그들이 프란츠의 큰손 고객이었던 거야. 피보다 진한 우정이라는 큰 빚을 진 고객. 그가 거부할 수 있었겠어? 안젤라나 찰리가 어떻게 생각하든 그는 무조건 그들을 도우려 했을 거야."

객실 안엔 잠시 동안 다시 정적이 내려앉았다. 하지만 조금 전과는 전혀 차원이 다른 정적이었다.

리처가 말했다. "오로스코는 국토안보부에도 선이 닿아 있었어. 민간인으로서는 아주 어려운 일이지. 지금까지 우리가 입수한 것들 가운데 도움이 될 만한 정보는 오직 그것뿐이야. 프란츠의 행적을 열심히 쫓아다닌 결과보다 훨씬 중요한 단서란 말이지."

오도넬이 말했다. "커티스 모니 보안관은 오로스코가 프란츠보다 먼저 살해됐다고 추정하고 있어요. 그것도 지금 대장의 얘기를 뒷받침해 주는 단서일 수 있겠네요."

"맞아요." 딕슨이 말했다. "만약 이게 프란츠의 문제였다면 그는 절대로 탐문을 포함한 초동 수사를 오로스코에게 맡기지 않았을 거예요. 그것도 목숨을 잃을 만큼 위험한 임무를 말이에요. 분명히 그가 나섰을 거예요. 자기 고객의 일이었다면 하나라도 알고 있는 게 더 많을 테니 당연히 그랬겠죠. 따라서 이번 사건에 관한 한 프란츠와 오로스코 사이의 역학 관계는 우리가 알고 있던 것과는 정반대였던 거예요. 안 그래요?"

"그것도 현재로선 하나의 가설일 뿐이야." 리처가 말했다. "같은 실수를 반복하지는 말자고. 발언자가 스완이었을 수도 있으니까."

"스완은 일을 놓고 있는 상태였잖아요."

"그럼 산체스?"

"산체스와 오로스코는 동업자예요. 사업상으론 각자의 문제가 곧 두 사람 모두의 문제인 관계."

니글리가 말했다. "그렇다면 이 사건의 배경은 여기 LA가 아니라 베이거스일 수도 있겠네요. 도표에 기록된 숫자들이 카지노와 연관이 있을까요?"

"그래." 딕슨이 말했다. "하우스의 승률을 기록한 자료일 가능성이 있어. 석 달 동안 잘나가다가 넉 달째부터 시스템을 간파한 꾼에게 털리기 시작한 기록."

"하루에 아홉 번이나 열 번, 혹은 열두 번 돌아가는 게임은 어떤 것들이 있죠?"

"사실 어떤 게임이든 가능하긴 해. 카지노란 곳엔 최소와 최대라는 개념이 존재하지 않으니까."

"카드?"

"그쪽이 가장 유력하긴 해. 시스템을 전제로 놓고 본다면."

오도넬이 고개를 끄덕였다. "시스템을 든든히 구축해 놓은 상태에서 느닷없는 플레이어가 한 번에 10만 달러씩 650번을 따 간다면 카지노 관계자들의 눈이 뒤집혔겠죠."

딕슨이 말했다. "4개월 동안 한 명의 플레이어가 650번을 따 가도록 놔둘 리가 없어."

"그럼 여러 사람이 달라붙었던 모양이죠. 거대 범죄조직이 개입했을 수도 있고요."

니글리가 말했다. "베이거스로 가야 해요."

그 순간 객실 전화가 울렸다. 딕슨이 받았다. 그녀의 객실, 그녀의 전화니까. 그녀는 잠시 귀를 기울인 뒤 전화기를 리처에게 건넸다.

"커티스 모니예요." 그녀가 말했다. "당신을 바꿔 달래요."

리처가 전화기에 대고 이름을 밝혔다. 모니가 말했다. "앤드루 맥브라이드가 방금 전에 덴버 공항에서 여객기에 탑승했소. 목적지는 라스베이거스. 당신에겐 예의상 통보하는 것뿐이오. 그러니 현재 위치에서 이동하지 마시오. 개별 행동 금지. 우리의 거래 조건을 잊진 않으셨겠지?"

42

그들은 비행기가 아니라 차를 타고 베이거스까지 가기로 결정했다. 작전 계획을 짜기도 편했고 목적지까지 한 번에 갈 수 있어서 시간상으로도 손해 볼 게 없었기 때문이다. 게다가 하드볼러를 지닌 채 비행기를 탈 수 있는 방법은 없었다. 조만간 화력이 필요한 상황이 벌어질 것을 예상하고 있었던 그들로선 반드시 총이 필요했다. 리처는 동료들이 짐을 꾸릴 동안 로비에서 기다렸다. 니글리가 첫 번째로 내려왔다. 그녀는 곧장 프런트로 다가가 세 개의 객실 비용을 계산했다. 그녀는 청구서 내용엔 눈길조차 주지 않고 사인을 했다. 잠시 후 그녀는 현관 가까이에 있던 리처와 합류해서 가방을 내려놓고 다른 두 사람을 기다렸다. 오도넬이 두 번째로 내려왔다. 마지막으로 딕슨이 차 키를 들고 내려왔다.

그들은 가방을 트렁크에 실은 뒤 차에 올라탔다. 딕슨과 니글리는 앞좌석, 리처와 오도넬은 뒷좌석. 이윽고 호텔을 출발한 차는 선셋 대로를 동쪽으로 달리다가 혼잡한 고속도로들을 몇 차례 바꿔 탄 뒤 15번 도로로 들어섰다. 15번 도로는 구릉지대를 정북으로 관통한 뒤 동북쪽으로 꺾이며 황무지를 가로지르다 캘리포니아를 벗어나 베이거스까지 곧장 이어져 있다. 그 길을 따라가다 보면 3주하고도 여러 날 전, 한밤중에 어떤 헬리콥터가 떠 있던 지역을 지나게 될 것이다. 리처와 친구들이 알기로는 최소한 두 번은 그랬을 것이다. 900미터 상공에서 문을 활짝 열어젖힌 채. 리처는 차가 그 지역을 지날 땐 결코 창밖을 내다보지 않으리라고 다짐했다. 하지만 막상 그 부근에 이르게 되자 그의 고개는 거의 저절로 왼쪽 창밖을 향해 꺾였다. 구릉지대에 이어진 허허벌판이었다. 오도넬도 밖을 내다보고 있었다. 니글리도, 딕슨도. 그녀는 한 번에 몇 초씩 전방의 도로에서 시선을 돌려 운전석 차창 밖을 바라보기를 반복했다. 그때마다 리처는 석양빛에 물든 그녀의 옆얼굴을 보았다. 비통한 표정이었다. 이를 악문 탓에 입꼬리가 아래로 처져 있었다.

그들은 저녁을 먹기 위해 캘리포니아 바스토우의 어느 허름한 길가 식당 앞에 차를 세웠다. 그 너머로는 한동안 식당을 만날 수 없는 지점에서 문득 눈에 띄었다는 것 말고는 찾아들 이유가 없는 곳이었다. 더러웠고 더웠고 맛도 없었다. 리처는 미식가가 아니었다. 되는대로, 혹은 주는 대로 먹는 사람이었다. 그런 그마저도 속았다는 기분이 들 정도였다. 여느 때 같았으면 그들 가운데 한 사람, 특히 오도넬이 심하게 투덜거렸을 것이다. 그가 의자를 창밖으로 집어던진다고 해도 리처는 말릴 마음이 들지 않았을 것이다. 하지만 오도넬은 물론 나머지 세 사람 모두 꾹 참고 전채와 메인, 그리고 후식까지 나오는 대로 꾸역꾸역 씹어 넘겼다. 마지막으로 물보다 약간 진할 뿐인 커피를 마신 뒤 그들은 다시 도로로 나섰다.

군청색 양복을 입은 사내가 샤토 마몽의 주차장에서 휴대폰 단축번호를 눌렀다. "그들이 호텔을 나섰습니다. 이번엔 짐을 꾸려서 떠났습니다. 넷이 함께."

그의 보스가 물었다. "어디로?"

"베이거스. 프런트 여직원이 얼핏 들었답니다."

"그거 잘됐군. 거기서 해치우자. 훨씬 편하게 됐어. 차로 쫓아가. 비행기 타지 말고."

자신을 앤드루 맥브라이드라고 부르는 마흔의 검은 머리 사내가 비행기에서 내려 라스베이거스 공항에 발을 디뎠다. 그의 눈에 제일 먼저 띈 건 슬롯머신 무리였다. 네온으로 테두리를 두른 검은색, 은색, 황금색의 육중한 기계들이 두 대씩 서로 등을 맞대고 열 줄 정도 늘어서 있었다. 기계 아랫부분에는 왼쪽과 오른쪽에 각각 재떨이와 컵홀더가 부착된 회색빛의 폭 좁은 선반이 달려 있었다. 기계 앞에는 비닐 스툴이 하나씩 놓여 있었는데 그 가운데 열두 개 정도에 사람들이 앉아 있었다. 그들의 눈길은 오직 기계의 스크린에만 꽂혀 있었다. 노름꾼 특유의 지쳐 버린 집중력이 그 공간을 지배하고 있었다.

앤드루 맥브라이드는 자신의 운을 시험해 보고 싶은 마음이 일었다. 이번 일의 성공 여부를 슬롯머신을 통해 점쳐 보자는 생각이었다. 돈을 따면 일이 제대로 풀릴 것이고, 잃으면?

그의 얼굴에 미소가 피어올랐다. '잃으면 그냥 잃는 거지. 도박이라는 게 그렇지, 그걸로 무슨 점을 쳐?'

그는 미신과는 거리가 먼 사람이었다. 그가 스툴 하나를 차지하고 앉았다. 가방을 한쪽 발목에 기댄 상태로 내려놓았다. 그의 호주머니엔 동전 지갑이 들어 있었다. 덕분에 공항검색대에서 조금이나마 시간을 단축할 수 있었다. 동전들을 낱낱이 꺼내는 동안 주위의 시선이 그에게 집중되는 위험도 줄일 수 있었다. 그가 동전 지갑을 꺼냈다. 25센트짜리들만 골라서 아래쪽 선반 위로 떨어뜨렸다. 많지 않았다. 양쪽으로 재떨이와 컵홀더에 턱없이 못 미치는 짧은 대열을 이뤘을 뿐이었다.

그는 그것들을 하나씩 기계 구멍 속에 밀어 넣었다. 동전이 안으로 떨어질 때마다 맑고 높은 금속성 메아리가 짧게 울렸다. 스크린 한쪽 구석의 빨간색 LED 불빛이 다섯 번의 기회가 있음을 알렸다. 시작 버튼은 큼지막했다. 수백만 번의 손가락질에 닳고 닳은 플라스틱 표면이 번들거렸다.

그가 버튼을 누르기 시작했다. 네 차례 연속 꽝이었다.

마지막으로 버튼을 눌렀다. 맞았다.

장소가 장소인지라 크게 울리는 벨소리는 없었지만 웅웅거리는 진동음과 함께 기계의 몸체가 앞뒤로 미세하게 흔들리며 25센트짜리 동전 100개를 토해냈다. 동전과 선반이 부딪히는 기분 좋은 소리가 한참 이어졌다.

캘리포니아 바스토우에서 라스베이거스까지는 약 320킬로미터 거리다. 교통 체증이 전혀 없는 한밤중엔 제한속도를 어기지 않는다고 해도 세 시간 남짓이면 도착할 수 있다. 딕슨이 내내 핸들을 잡았다. 그녀는 운전을 즐기고 있었다. 뉴욕 시내에 살고 있는 그녀에겐 운전할 기회가 드물었다. 오도넬은 출발하자마자 졸기 시작했다. 리처는 창밖을 뚫어지게 바라보고 있었다.

니글리가 말했다. "이런, 다이애나 본드와의 약속을 까맣게 잊었네요. 에드워드 공군기지에서 곧 내려온다고 했었는데. 우리가 사라진 걸 알고 얼마나 황당했을까요?"

"이젠 어쩔 수 없지, 뭐." 딕슨이 말했다.

"그녀에게 전화해야겠어요." 니글리가 말했다. 하지만 휴대폰에 신호가 잡히지 않았다. 모하비 사막 한가운데였다. 통화 가능 구역이 섬처럼 드문드문 떨어져 있는 곳.

　그들은 자정 무렵에 라스베이거스에 도착했다. 그 도시의 가장 화려한 모습을 볼 수 있는 시각이었다. 리처는 전에도 여러 번 그 도시를 방문한 적이 있었다. 대낮의 라스베이거스는 지저분하고 조잡한 알몸을 드러낸다. 품위도 신비도 화려함도 없다. 하지만 형형색색의 불빛을 밝힌 밤의 라스베이거스는 전혀 다른 모습이다. 한마디로 환상의 세계.
　그들은 베이거스의 중심가인 스트립의 한쪽 끝으로 진입했다. 다른 쪽 끝에 비해 사뭇 초라한 지역이었다. 리처는 그 초입에서 시멘트로 지어진 술집 건물을 보았다. 페인트칠이 군데군데 벗겨진 창문 없는 벽면에 수수한 간판이 붙어 있었다.
　맥주값은 싸고, 여자들은 화끈합니다!
　그 맞은편엔 지저분한 저층 모텔들이 군락을 이루고 있었다. 그 낮은 지붕들의 구릉지대에서 유독 호텔 하나만 우뚝 솟아 있었지만 그 건물도 지저분하기는 마찬가지였다. 리처 혼자였다면 거기 어디에 숙소를 정했을 것이다. 하지만 딕슨은 아무 말 없이 최고급 호텔들이 불야성을 이루고 있는 800미터 전방을 향해 계속 차를 몰았다. 마침내 그녀가 그중 한 곳의 주정차 레인에 차를 세웠다. 주차요원과 벨보이가 함께 뛰어왔다. 벨보이가 트렁크에서 그들의 짐을 모두 꺼내자 주차요원이 차를 몰고 갔다. 온통 타일로 장식된 로비에는 다양한 형태의 인공 연못과 분수들이 곳곳에 조성되어 있었다. 그래도 물소리보다는 슬롯머신의 소음이 훨씬 요란했다.

니글리가 프런트로 가서 네 개의 객실을 잡았다. 뒤따라간 리처가 그녀의 어깨 위로 영수증을 넘겨다보았다.

"비싸군." 자신도 모르게 그 말이 불쑥 튀어나왔다.

"하지만 이런 호텔에 묵어야 제대로 알아볼 수 있어요." 니글리가 말했다. "여기 사람들은 오로스코와 산체스를 알고 있을 거예요. 어쩌면 그들에게 보안을 맡겼을 수도 있고요."

리처가 고개를 끄덕였다. 산체스와 오로스코도 성공적으로 사회에 적응한 것이다. 군에 있을 때와는 한 달 수입이 천지 차이였을 것이다. 사방에서 돈이 콸콸 흐르고 있었다. 그건 사실이었다. 수많은 인공 연못과 분수들이 상징하고 있었다. 이곳은 사막 한가운데였다. 그 많은 물을 끌어오는 것만 해도 웬만한 비용으로는 어림없는 일이었다. 그러니 전체적인 돈줄기의 규모는 상상을 초월할 것이다. 산체스와 오로스코가 그 돈 줄기를 보호하는 역할을 맡고 있었다면 그들의 사업 규모 역시 상당했을 것이다. 리처는 그들이 새삼 자랑스러웠다. 하지만 그와 동시에 한 가지 의문이 일었다. 제대할 당시 여태까지와는 다른 삶이 그 앞에 기다리고 있다는 사실을 리처도 물론 알고 있었다. 하지만 그는 그날 하루만 생각하며 매일매일을 살아왔다. 그 너머의 미래에 관해선 계획도 세우지 않았고 비전도 없었다. 하지만 그를 제외한 다른 대원들은 모두 계획도 세웠고 비전도 있었다.

어떻게?

왜?

니글리가 세 사람에게 카드키를 하나씩 나눠 주었다. 네 사람은 각자 짐을 푼 뒤 10분 뒤에 로비에서 다시 만나기로 했다. 자정이 넘은 시각이었다. 하지만 베이거스는 24시간 쉬지 않고 돌아가는 도시이다. 시간에 대한 일반적인 개념이 적용되지 않는 곳이다. 카지노에는 창문과 시계가 없다는 얘기가 있다. 리처가 알고 있는 한 그건 사실이었다. 현찰의 흐름을 방해하는 건 그 어떤 것도 허용되지 않는다. 특히 플레이어들이 잠자리에들 때임을 자각하게 만드는 건 금물이다. 밤을 새가며 줄기차게 잃어대는플레이어야말로 카지노의 가장 바람직한 고객이기 때문이다.

리처의 객실은 17층이었다. 정사각형의 구조와 짙은 색 시멘트 내벽을비롯한 전체적인 인테리어가 수백 년의 전통을 지닌 베니스의 살롱 분위기를 내려는 의도를 드러내고 있었다. 하지만 어설픈 흉내에 불과했다. 리처는 베니스에도 잠시 머문 적이 있었다. 그가 접혀 있던 칫솔을 펴서 욕실 유리컵에 꽂았다. 짐 푸는 일은 그걸로 끝이었다. 이어서 비누칠 없이대충 얼굴을 씻은 다음 젖은 손바닥으로 까끌까끌한 머리통을 한 번 쓰다듬었다. 이제 아래로 내려가서 사전 답사를 할 차례였다.

최고급 장식들이 즐비했지만 그래도 1층 대부분의 공간은 슬롯머신들의 차지였다. 반도체 칩에 의해 작동되는 슬롯머신들은 도도한 현찰 물줄기의 일부를 카지노의 저수지로 조금씩, 하지만 지속적으로 빼돌리고 있었다. 그 저수지의 수위는 끝없이 높아만 갈 것이다.

슬롯머신 구역은 여기저기서 터지는 다양한 팡파르 소리와 각종 벨소리들로 소란스러웠다. 많은 사람들이 돈을 따고 있었다. 그보다 조금, 아주 조금 더 많은 사람들이 돈을 잃고 있었다. 그 구역엔 보안시스템이 없는 것과 마찬가지였다. 슬롯머신의 메커니즘, 그리고 네바다 도박위원회의 엄중한 규정 때문에 플레이어든 카지노 측이든 수작을 부릴 수 있는 여지가 거의 없었다. 수백 명의 사람들 가운데 보안요원은 단 둘뿐이었다. 남자 한 명, 여자 한 명. 리처가 그들을 구분할 수 있었던 건 옷차림 때문이 아니었다. 그들 역시 다른 플레이어들처럼 편안한 차림이었다. 지치고 지루한 표정도 똑같았다. 하지만 그들의 눈에는 일확천금을 바라는 갈망의 빛이 번뜩이지 않았다. 산체스와 오로스코도 슬롯머신 구역에는 그다지 신경 쓰지 않았을 것이다.

그가 안쪽으로 걸음을 옮겼다. 벽으로 완전히 막혀 있는 건 아니었지만 슬롯머신 구역과는 확실하게 구분이 지어진 구역이었다. 룰렛과 블랙잭, 그리고 포커 구역. 리처가 위를 올려다보았다. 감시카메라들 천지였다. 다시 눈길을 내려 전방과 좌우를 둘러보았다. 큰손들과 작은 손들, 그리고 보안요원들이 뒤섞여 있었다.

그가 룰렛 테이블 앞에서 걸음을 멈췄다. 그가 알고 있는 한 룰렛은 슬롯머신과 별 차이가 없다. 회전판이 정직하게 돌아간다고 전제할 때 플레이어들이 건 돈은 플레이어들에게 돌아간다. 다만 슬롯머신의 경우와 마찬가지로 조금씩, 그리고 끝없이, 판돈의 일부가 카지노 측으로 흘러들어간다. 산체스와 오로스코는 룰렛 테이블에도 별로 신경 쓰지 않았을 것이다.

그가 카드 테이블들을 향해 걸음을 옮겼다. 리처가 알기로는 진정한 의미의 도박이 이루어지는 곳이다. 카지노에서 인간의 머리가 중요한 변수가 되는 도박은 카드 게임뿐이다. 하지만 플레이어의 머리만 가지고는 사기를 칠 수 없다. 상당한 자제력과 뛰어난 기억력, 그리고 통계에 대한 어느 정도의 감각을 지니고 있는 플레이어라면 돈을 딸 수 있는 확률이 높다. 하지만 카지노에서 돈을 따는 건 범죄가 아니다. 그리고 단 4개월 만에 6,500만 달러를 딸 수 있는 능력을 지닌 플레이어는 존재할 수 없다. 작은 국가의 GDP와 맞먹는 돈이다. 혼자선 불가능한 일이다. 딜러와 짜고 할 때만 가능한 일이다. 하지만 한 사람의 딜러가 4개월 동안 6,500만 달러를 잃는 것 역시 불가능한 일이다. 많은 돈을 잃은 딜러는 만회의 여지가 보이지 않는 한 일주일 안에 해고된다. 경우에 따라선 당일, 심지어 즉석에서 내쫓기기도 한다. 따라서 4개월 동안 카드 게임에서 연속적으로 돈을 따기 위해서는 계획부터가 대규모여야 한다. 공모, 음모, 수십 명의 딜러와 플레이어들, 아니 어쩌면 수백 명의 딜러와 플레이어들.

카지노의 전 직원이 투자자들의 뒤통수를 쳤을 수도 있다. 어쩌면 도시 전체가 공모했을 수도 있다. 그 정도면 사람들이 살해될 만한 이유가 충분하다.

그 구역의 보안은 사뭇 엄중했다. 수많은 감시카메라들이 플레이어들과 딜러들의 움직임을 주시하고 있었다. 어떤 것들은 큼지막했고 노출되어 있었으며 어떤 것들은 작았고 감춰져 있었다. 아예 안 보이는 곳에서 돌아가고 있는 카메라들도 많을 것이다. 비밀경찰들처럼 귀에 수신기를 꽂고 손목에 송신기를 찬 야회복 차림의 남녀들이 돌아다니고 있었다. 평범한 차림으로 플레이어들 속에 섞여 있는 보안요원들도 있었다. 리처는 1분 만에 다섯 명을 알아볼 수 있었다. 그의 눈에 띄지 않은 요원들은 훨씬 많았을 것이다.

그가 다시 로비 쪽으로 걸어 나왔다. 칼라 딕슨이 분수대 옆에서 기다리고 서 있었다. 그녀는 청바지와 가죽 재킷을 벗고 검은색 바지 정장을 입고 있었다. 물기가 남아 있는 머리를 바짝 뒤로 넘긴 매무새였다. 정장 윗도리는 단추가 채워져 있었다. 그 안에 블라우스는 입고 있지 않았다. 아주 멋져 보였다.

"베이거스의 첫 번째 정착민들은 모르몬교 교인들이었어요." 그녀가 말했다. "알고 있었어요?"

"아니." 리처가 말했다.

"현재 이 도시는 1년에 전화번호부를 두 차례씩이나 발행할 만큼 급속도로 성장하고 있어요."

"난 그 사실도 몰랐어."

"한 달에 새로 지어지는 주택만 700채."

"이제 곧 급수난이 벌어지겠구만."

"물론 그렇게 되겠죠. 하지만 그때까지는 계속해서 황금기를 구가할 거예요. 도박 사업으로 벌어들이는 수입만 1년에 70억 달러예요."

"당신, 관광 안내 책자를 읽었군."

딕슨이 고개를 끄덕였다. "내 방에 한 권 있더라고요. 1년 방문객이 3천만 명이나 된대요. 한 사람당 평균 200달러 이상을 잃고 간다는 얘기예요."

"233달러 33센트." 리처가 반사적으로 말했다. "비이성적인 행동의 표상이지."

"오히려 인간적인 거 아닌가요?" 딕슨이 말했다. "한몫 잡을 것 같은 기대감."

그때 오도넬이 나타났다. 같은 정장, 다른 넥타이, 갈아입은 것 같은 와이셔츠. 그의 구두가 불빛을 받아 반짝였다. 객실 어딘가에서 구두 닦는 천을 찾아낸 모양이었다.

"연간 방문객이 3천만 명이래요." 그가 말했다.

리처가 말했다. "그 얘긴 딕슨한테 벌써 들었어. 자네도 그녀와 같은 책자를 읽었군."

"미국 전체 인구의 10퍼센트에 달하는 숫자예요. 여길 한번 둘러보라고요."

"자네 마음에 들어?"

"이곳에 오고 나니까 산체스와 오로스코가 엄청난 성공을 거뒀다는 게 실감이 나네요."

리처가 고개를 끄덕였다. "내가 지난번에 말했잖아. 자네들 모두 신나게 헤엄치고 있다고 말이야."

그때 니글리가 엘리베이터에서 내렸다. 딕슨과 비슷한 차림이었다. 짙은 검정색 바지 정장. 아직 물기가 남아 있는 머리를 단정하게 빗질한 매무새였다.

"우린 관광 안내 책자의 내용을 주고받고 있었어." 리처가 말했다.

"난 읽지 않았어요." 니글리가 말했다. "다이애나 본드와 통화를 하느라고요. 그 호텔로 가서 한 시간 동안 우리를 기다리다 다시 기지로 올라갔대요."

"화가 많이 나 있던가?"

"그렇다기보다는 걱정하는 것 같았어요. 리틀 윙이라는 단어가 떠도는 게 많이 거북한가 봐요. 난 조만간 그녀를 찾아가겠다고 말했어요."

"왜?"

"그녀가 나를 궁금하게 만들었으니까요. 난 뭔가를 알아내는 일이 즐겁거든요."

"나도 그래." 리처가 말했다. "지금 당장엔 이 도시에서 누가 6,500만 달러를 해먹었는지 알고 싶어. 그 방법도 궁금하고."

"어마어마한 규모로 판을 벌인 거예요." 딕슨이 말했다. "1년을 기준으로 계산하자면 전체 수익의 3퍼센트에 육박하는 액수예요."

"2.78퍼센트." 리처가 반사적으로 말했다.

"자, 이제 시작해 보죠." 오도넬이 말했다.

43

그들은 다 함께 관리 데스크로 가서 보안 책임자와의 면담을 요청했다. 데스크 직원이 무슨 일인지 묻자 리처가 대답했다. "당신들과 우리가 모두 알고 있는 친구들 때문이오."

보안 책임자는 한참 후에야 모습을 나타냈다. 방문객들과의 면담은 그의 우선순위 목록에 올라 있지 않은 게 분명했다. 이태리 가죽 구두를 신고 천 달러짜리 정장을 걸친 보통 키의 사내였다. 쉰 살쯤 됐을까? 군살 없는 몸매에 주인으로서의 여유와 책임자로서의 카리스마를 모두 갖춘 사내였다. 하지만 그의 눈가에 깊숙이 팬 주름은 현재의 자리를 차지하기 전까지 최소한 20년 동안 아주 힘들었을 삶의 역사를 고스란히 드러내고 있었다. 그는 귀찮은 표정을 교묘히 감추고 자신을 소개한 뒤 리처 일행 모두와 차례로 악수를 나눴다. 라이트라고 이름을 밝힌 그 사내는 조용한 구석에서 얘기를 나누자고 제안했다. 리처는 그 제안을 직업정신의 발로라고 받아들였다. 그의 본능과 경험에 따라 혹시라도 문제가 일어나면 가급적 다른 손님들의 눈에 띄지 않는 곳에서 처리하려는 것이었다. 그 어느 것도 돈 줄기의 흐름을 방해해서는 안 되니까.

그들은 조용한 구석으로 갔다. 물론 의자는 없었다. 지갑을 열지 않는 손님이 편히 쉴 자리를 마련해 두고 있는 카지노는 베이거스엔 단 한 곳도 없다. 객실의 조명이 침침한 것도 같은 맥락이다. 침대에 누워 책을 읽는 손님은 카지노에 도움이 되지 않기 때문이다. 그들은 둥그렇게 모여 섰다. 오도넬이 D.C. 사설탐정 라이센스와 메트로경찰국 신임장을 내보였다. 딕슨도 자신의 라이센스와 뉴욕경찰국 신임장을 제시했다. 니글리는 FBI 직인이 찍힌 명함을 내보였다. 리처는 제시할 게 아무것도 없었다. 다만 총의 굴곡을 고스란히 드러내고 있는 바지 주머니 위로 티셔츠 자락을 끌어당겨 덮었을 뿐이었다.

라이트가 니글리에게 말했다. "나도 FBI 출신이오. 아주 옛날 얘기지만."

리처가 그에게 물었다. "마누엘 오로스코와 조지 산체스를 알고 있었소?"

라이트가 말했다. "알고 있었냐고 물은 거요? 아니면 알고 있느냐고 물은 거요?"

"알고 있었냐고 물었소." 리처가 말했다. "오로스코의 죽음은 우리 눈으로 확인했고 산체스 역시 이미 사망한 걸로 추정되오."

"친구 사이였소?"

"육군 시절부터."

"유감이오."

"우리 역시 그렇소."

"사망한 게 언제쯤이오?"

"3주 내지 4주 전."

"어떻게?"

"우리도 모르오. 그래서 여기에 온 거요."

"그렇군." 라이트가 말했다. "난 그들을 잘 알고 있었소. 이쪽 업계에 있는 사람들은 모두 그 두 사람을 알고 있었소."

"여기서 그들을 고용했소?"

"여기선 아니오. 우리는 하청을 주지 않소. 그러기엔 규모가 너무 크니까. 그 점에선 여느 큰 조직들과 마찬가지요."

"모든 걸 자체적으로 관리한단 말씀이오?"

라이트가 고개를 끄덕였다. "여긴 FBI요원들과 수사반장들의 못자리 같은 곳이오. 막말로 우린 퇴물들 가운데서 필요한 인력을 고르는 거요. 여기 월급이 세니까 경력이 화려한 지원자들이 줄을 서지. 난 하루에 최소한 두 차례 이상은 면접을 보고 있소. 은퇴하기 전, 마지막 휴가차 베이거스에 온 김에 노후대책까지 마련하려는 사람들이 대부분이지."

"그렇다면 오로스코와 산체스는 어떻게 알게 된 거요?"

"그들이 관리했던 장소가 일종의 훈련 캠프였기 때문이오. 누군가 참신한 아이디어를 내놓는다고 해도 우리 같은 카지노에서 당장에 그 아이디어를 실행하는 법은 없소. 절대로 그럴 수는 없지. 어딘가 다른 곳에서 먼저 시험을 하는 게 원칙이오. 그래서 우리는 오로스코나 산체스 같은 사람들과 좋은 관계를 유지하려고 노력하오. 가끔씩 만나서 식사도 하고 간단하게 술도 한잔씩 하면서 얘기를 나누는 거지. 본격적인 회의를 할 때도 있고."

"그들은 많이 바빴소?"

"외팔이 도배장이처럼."

"혹시 아자리 마흐무드라는 이름을 들어 본 적이 있소?"

"아니, 없소. 그게 누구요?"

"우리도 모르오. 하지만 그가 가명으로 여기에 투숙하고 있는 것 같소."

"우리 호텔에?"

"베이거스 어딘가에. 여기 호텔들의 투숙객 명부를 확인해 줄 수 있겠소?"

"물론 우리 호텔은 가능하오. 다른 호텔에는 전화를 걸어 보겠소."

"앤드루 맥브라이드나 앤서니 매슈스라는 이름으로도 찾아봐 주시오."

"운이 딱딱 맞아 떨어지는 이름들이군."

딕슨이 물었다. "카드 플레이어가 사기를 치는 걸 어떻게 집어낼 수 있죠?"

라이트가 말했다. "그 플레이어가 지나치게 돈을 따고 있다면."

"많은 돈을 따는 플레이어가 한둘인가요?"

"그들은 우리가 허용하는 만큼만 돈을 따게 돼 있소. 그 이상으로 딸 때는 사기를 치고 있는 거요. 통계는 정확하오. 숫자들은 거짓말을 하지 않소. 이건 방법의 문제이지 가능성의 문제가 아니오."

오도넬이 말했다. "산체스는 숫자가 적힌 메모를 지니고 있었어요. 6,500만 달러. 정확하게 말하자면 4개월에 걸쳐서 한 번에 10만 달러씩 650차례."

"그런데?"

"그 숫자들과 관련해서 뭐든 떠오르는 게 없으시냐는 거죠."

"예를 들자면?"

"손님이 따 간 액수."

"1년으로 따지면 얼마요? 거의 2억 달러?"

"1억 9,500만 달러." 리처가 말했다.

"가능한 얘기긴 하오." 라이트가 말했다. "우리는 손실률을 8퍼센트 이하로 유지하려고 노력하니까. 일종의 사업 목표요. 따라서 연간 우리가 잃는 돈은 2억 달러보다 훨씬 많소. 하지만 일단의 사기꾼들에 의해 1년에 2억 달러를 잃는다는 건 있을 수 없는 일이오. 전무후무할 만큼 초고도의 사기 수법이라면 혹시 모르겠소. 만약 그런 일이 일어난다면 우리의 사업 목표는 심각한 타격을 입게 될 거요. 내 목이 온전하지 못할 건 물론이고."

"당신이 아니라 내 친구들의 목이었소." 리처가 말했다. "그런 일이 일어났기 때문에 그들이 살해된 것 같소."

"그건 보통 규모로는 어림도 없는 일인데." 라이트가 말했다. "4개월 동안 6,500만 달러? 일단 딜러들과 구역 매니저들, 그리고 보안요원들까지 매수해야 하오. 카메라 렌즈를 속이고 테이프들을 지울 수 있는 기술도 필요하고. 경리직원들의 입도 막아야 하고. 아무튼 기업적 규모의 자원을 동원해야만 가능한 사기극이오."

"실제로 그랬을 수도 있소."

"그렇다면 왜 경찰들이 아직까지 날 찾아오지 않았겠소?"

"우리가 그들보다 한발 빨랐기 때문이오."

"베이거스 경찰보다? 네바다 도박위원회보다?"

리처가 고개를 가로저었다. "내 친구들은 주 경계선을 넘어 LA 카운티 지역에서 죽었소. 그래서 이 사건은 LA 카운티 보안관 사무소 관할이 되었소."

"그런데 당신들이 LA 카운티 보안관들보다 한발 더 빨랐다? 그게 무슨 뜻이오?"

리처는 아무 대답도 하지 않았다. 라이트는 잠시 입을 다물고 있다가 리처 일행을 한 사람씩 차례로 바라보았다. 처음엔 니글리, 다음엔 딕슨, 그다음엔 오도넬, 그리고 맨 마지막으로 리처.

"잠깐만." 그가 말했다. "좀 전에 육군이라고 했소? 당신네가 바로 그 특수부대원들이었군. 그 두 사람의 옛날 소속 부대. 그들은 그 얘기를 입에 달고 다녔었소."

리처가 말했다. "그럼 이제 우리가 누구보다 빠르게 움직이고 있는 까닭을 이해하시겠군. 당신도 전우애가 뭔지 아실 테니까."

"뭐든 알아내면 내게도 알려 주겠소?"

"밥을 얻어먹으려면 밥값을 하는 게 원칙 아니오?" 리처가 말했다.

"여자가 한 명 있소." 라이트가 말했다. "'불구덩이'라는 이름의 바에서 일하고 있는 여자요. 옛날 리비에라 호텔 자리 근처의 술집. 산체스와 아주 가깝게 지냈던 여자지."

"여자친구?"

"꼭 그런 건 아니고. 한때는 둘이 사귀었을 가능성도 있긴 하지만. 아무튼 가까운 사이였던 것만큼은 확실하오. 그러니 그녀가 나보다 아는 게 훨씬 더 많을 거요."

44

라이트가 다시 일하러 돌아간 뒤 리처는 관리 데스크에 물어서 리비에라 호텔이 있던 자리를 알아냈다. 아까 그들이 지나왔던 스트립의 초라한 끝자락 부근이었다. 그들은 거기까지 걸어갔다. 따뜻하고 건조한 사막의 밤이었다. 스모그 장막과 불빛 물결 너머 먼 지평선 위에 별들이 총총했다. 인도 위는 매춘을 광고하는 형형색색의 작은 전단지들로 덮여 있었다. 경쟁이 치열하다 보니 기본 가격이 50달러 남짓으로 형성되어 있는 모양이었다. 하지만 어느 불운한 남자가 그의 방으로 콜걸을 불러올린 다음에는 그 가격이 눈덩이처럼 불어날 것은 보지 않아도 빤한 일이었다. 사진에 나와 있는 여성들은 하나같이 아름다웠지만 그들이 말 그대로 그림 속의 여자들이라는 건 의심의 여지가 없었다. 리우데자네이루나 마이애미를 배경으로 비키니 화보 촬영을 한 것뿐인 모델들이었을 것이다. 베이거스는 늘 그렇듯 사기가 판을 치는 곳이다. 산체스와 오로스코는 정신없이 바빴을 것이다. 라이트는 그들을 '외팔이 도배장이'라고 표현했었다. 리처는 그 표현이 과장이 아니라는 걸 분명히 깨달았다. 그들은 '싼 술값과 화끈한 여자' 간판을 달고 있는 바, 페인트가 벗겨진 그 시멘트 건물 앞에서 오른쪽으로 방향을 꺾어 작은 도로들이 복잡하게 얽혀 있는 구역으로 들어섰다. 그곳엔 단층짜리 벽토 건물들이 군락을 이루고 있었다. 모텔도 있었고 식품점도 있었고 식당도 있었고 바도 있었다. 간판 모양새가 모두 똑같았다. 높은 수직 기둥, 그 위에 설치한 철제 수평틀, 그 틀 속엔 유리를 끼운 흰 광고판, 그 광고판 속엔 검은색 광고 문구. 그 문구들 모두 수직으로 촘촘히 철자들을 끼워 맞춘 것들이었다. 따라서 간판에 의지해서 업소들을 구분하려면 상당한 주의를 기울여야 했다. 음료수 여섯 개들이 한 상자가 1달러 99센트라고 광고하는 식품점 간판. 풀장과 케이블 TV, 그리고 맑은 실내 공기를 자랑하는 모텔 간판. 24시간 무제한으로 먹을 수 있는 뷔페를 알리는 식당 간판. 해피 아워, 싼 술값, 넘치는 술잔을 약속하는 바 간판. 내용만 다를 뿐 모양은 모두 똑같았다. 그런 간판들을 다섯 개인가 여섯 개인가 지나치고 나자 '불구덩이'라는 상호가 적힌 간판이 나타났다.

다른 것들과는 구조가 다른 간판이었다. 창문들 위쪽의 흙 벽면에 설치된 크지 않은 광고박스였다. 겉모습만으로는 바일 것 같지 않은 건물이었다. 무면허 비뇨기과 의원, 혹은 사이비 교회라고 해도 전혀 이상할 게 없었다. 하지만 실내는 전혀 다른 세계였다. 500명은 될 것 같은 사람들이 소리 지르고 웃고 떠들며 마셔대고 있었다. 그 소음 때문에 귀가 먹먹했다면 눈은 현란한 인테리어 때문에 빙빙 돌았다. 암적색의 천 의자가 빙 둘러 부착되어 있는 벽은 보라색으로 칠해져 있었다. 그 벽 위에 붙어 있는 어떤 장식물도 직선이거나 네모난 게 없었다. 실내 자체도 길게 휘어진 구조였다. 그 한쪽 끝은 더욱 크게 굴곡을 이루며 S자 형태를 그리고 있었다. 그 S자의 끝 부분은 바닥 속으로 움푹 꺼진 구덩이였다. 그 구덩이 한가운데에는 원형 벽난로가 설치되어 있었다. 거기선 불줄기들이 솟아오르고 있었다. 오렌지색 실크 천을 길게 찢어 만든 가짜 불줄기들이었다. 어딘가에 숨겨진 채 쉬지 않고 돌아가는 선풍기 바람에 의해 그 모조 불줄기들은 실제 불줄기가 이글거리듯 수직으로 곤두서서 새빨간 조명등 불빛을 반사하며 하늘거리고 있었다. 구덩이 주변의 공간은 여러 개의 호사스러운 벨벳 부스들로 나뉘어져 있었다. 그 모든 부스에 사람들이 꽉 들어차 있었다. 부스만이 아니라 전체 공간이 만원이었다. 어느 한구석 비어 있는 곳이 없었다. 보이지 않는 스피커에선 음악이 흘러나오고 가릴 곳만 간신히 가린 웨이트리스들은 쟁반을 높이 쳐들고 빽빽한 사람숲 사이를 노련한 몸놀림으로 이리저리 헤집고 돌아다녔다.

"삼삼한데." 오도넬이 말했다.

"풍기 문란으로 신고해야겠어." 딕슨이 말했다.

"어서 그 여자를 찾아서 밖으로 데리고 나가죠." 니글리가 말했다. 그녀는 사방에서 몸을 부딪쳐 오는 사람들 때문에 거의 돌아버릴 지경이었다. 하지만 그 여자는 찾을 수가 없었다. 리처가 바 테이블로 다가가 그 여자에 관해 물었다. 테이블 뒤에 서 있던 여자는 그가 누굴 찾는지 정확히 파악한 것 같았다. 그 여자의 이름이 '밀레나'라는 것도 알려 주었다. 하지만 밀레나는 자정에 퇴근을 했다고 말했다. 확실히 해두기 위해 리처는 웨이트리스 두 명에게 같은 질문을 했다. 그리고 두 사람에게서도 똑같은 대답을 들었다. 그들의 동료 밀레나가 산체스라는 이름의 보안 관계자와 아주 가까운 사이였다는 것, 그녀는 다음 날 다시 열두 시간 동안 일을 하려면 잠을 자야 하기 때문에 자정이 되면 퇴근한다는 것.

그 세 여자 가운데 누구도 밀레나의 집 주소를 가르쳐 주지 않았다. 리처는 그녀들에게 자신의 이름을 남겼다. 잠시 후 네 사람은 불구덩이 바를 빠져나왔다. 새벽 1시의 베이거스는 여전히 환했고 시끄러웠다. 하지만 바에 들어갔다 나온 그들에게는 마치 달의 차가운 회색 표면처럼 고요하고 평화롭게만 느껴졌다.

"다음 계획은요?" 딕슨이 말했다.

"오전 11시 반에 다시 이리로 오는 거지." 리처가 말했다. "일하러 오는 그녀를 붙들어야 하니까."

"그때까지는요?"

"없어. 그냥 푹 쉬자고."

그들은 스트립까지 되돌아나온 뒤 인도 위에 횡대로 늘어서서 호텔을 향해 천천히 걸음을 옮겼다. 대각선으로 그들의 35미터 뒤에서 군청색 크라이슬러가 급제동을 걸며 길가에 멈춰 섰다.

45

군청색 양복 차림의 사내는 즉시 휴대폰을 집어 들었다. "그자들을 발견했습니다. 제 눈으로 보면서도 믿기가 힘듭니다. 그들이 갑자기 나타났습니다."

그의 보스가 물었다. "넷 모두?"

"그들 모두 바로 제 눈앞에 있습니다."

"해치울 수 있겠나?"

"할 수 있을 것 같습니다."

"그럼 해치워. 지원 병력이 도착할 때까지 기다리지 말고. 깨끗하게 처리한 다음 돌아오도록."

사내는 전화를 끊은 뒤 다시 시동을 걸고 차선을 네 개나 가로질러 맞은편 인도 옆에 차를 세웠다. 베이거스에서 가장 담배를 싸게 판다는 광고가 내걸린 식품점 앞이었다. 차문을 잠그고 인도 위로 올라선 사내는 오른손을 양복 윗도리 주머니에 찔러 넣고 서둘러 걸음을 옮기기 시작했다.

라스베이거스는 전체 면적 대비 숙박업소 공간의 비율이 지구상에서 가장 높은 도시다. 하지만 아자리 마흐무드는 그곳의 어떤 호텔에도 투숙하지 않았다. 그가 묵고 있는 곳은 스트립에서 약 5킬로미터 떨어진 교외에 자리 잡은 일반 주택이었다. 계획은 수립했지만 실행에 옮기지 않은 어떤 작전을 위해 2년 전에 전세로 얻어 둔 주택이었다. 당시에도 안전한 장소였고 지금도 역시 안전했다.

마흐무드는 부엌에 있었다. 테이블 위에는 전화번호부가 펼쳐져 있었다. 그는 트럭 렌탈 섹션을 뒤적이고 있었다. 곧 필요하게 될 유홀미국의 트럭 및 트레일러 렌트 회사의 트럭 사이즈를 가늠하면서.

라스베이거스 스트립은 독특한 양상을 보이며 끊임없이 개발되고 있다. 욕조 속에 넘실거리는 물처럼 제한된 공간의 양쪽 끝을 끝없이 오가는 파도와도 같은 양상이다. 아주 오래전, 리비에라 호텔이 그 한쪽 끝에 자리를 잡자 그 일대는 일약 최고의 번화가가 되었다. 하지만 엄청난 투자가 지속적으로 이루어지면서 한 블록씩 재개발이 진행되다가 마침내 그 물결이 반대쪽 끝에 이르자 리비에라는 한순간에 시대에 뒤떨어진 촌스러운 건물로 전락해 버렸다. 그 건물은 곧 허물어졌다. 재개발의 물결이 다시 반대 방향으로 밀려온 것이다. 결국 스트립에서는 1년 중 어느 때든 최소한 한 블록에서는 재개발이 진행되고 있다. 그 재개발의 현장은 갓 완공된 최신식 건물과 곧 철거될 낡은 건물 사이의 경계가 된다. 공사가 진행되면서 그 주변의 인도는 쓰레기 하치장으로 변하고, 대신 현장으로부터 안전을 확보한 거리에 새로운 인도가 개설된다. 자연히 현장 주변은 인적이 뜸해져서 마치 황무지처럼 변하게 된다.

군청색 양복의 사내는 바로 그 황무지 위에서 그의 표적들의 뒤를 따라 잰걸음을 옮겼다. 표적들은 4열 횡대를 이룬 채 전혀 급할 게 없는 걸음걸이로 천천히 나아가고 있었다. 니글리가 맨 왼쪽이었다. 그다음엔 리처와 오도넬, 그리고 딕슨이 맨 오른쪽이었다. 거의 어깨가 닿을 만큼 밀집한 대형이었다. 왼쪽 끝에서 오른쪽 끝까지 통째로 약 3미터가량의 표적이었다. 새 인도를 놔두고 구 인도를 선택한 사람은 니글리였다. 그녀는 아무 생각 없이 그 길을 선택했고 나머지 세 사람은 아무 이의 없이 그녀의 선택을 따랐을 뿐이다.

양복 차림의 사내가 그의 오른쪽 주머니에서 권총을 꺼냈다. 대우 DP 51이었다. 한국제 검정색 소형 모델. 물론 불법으로 취득한 무기였다. 당연히 등록되어 있지 않았으며 따라서 추적도 불가능했다. 탄창에는 열세 발의 9밀리 파라벨룸 실탄이 꽉 차 있었다. 하지만 약실엔 총알을 먹여 놓지 않았다. 안전장치도 단단히 채워 두었다. 그건 사격 훈련을 받던 시절부터 그의 몸에 밴 습관이었다. 안전제일주의.

그는 약실이 비어 있는 총을 들어 올려 표적들을 향해 겨누고, 잠겨 있는 방아쇠를 연습 삼아 연속적으로 당겼다. 가장 큰 표적을 가장 먼저 쓰러뜨려야 한다. 그건 그동안 실전을 통해 효과가 완벽히 입증된 전략이었다. 따라서 총구는 우선 리처의 등에 겨눠졌다. 그다음엔 오른쪽으로 약간 이동해서 오도넬의 등, 이어서 왼쪽으로 급히 이동해서 니글리의 등, 마지막으로 오른쪽 끝까지 돌아가서 딕슨의 등. 네 발. 3초면 끝낼 수 있었다. 사내가 멈춰 섰다. 더 이상 가까이 다가가면 좌우로 총구를 이동하는 각도가 그만큼 더 커져서 반격의 기회를 허용할 위험이 있었다. 현재 거리는 6미터, 각도는 20도 남짓이었다. 간단한 기하학이었다. 손쉬운 먹잇감. 간단히 처리할 자신이 있었다.

사내는 전방과 양옆을 차례로 살폈다. 보는 눈은 없었다.

뒤를 돌아보았다. 아무도 없었다.

그가 안전장치를 풀었다. 대우의 손잡이를 왼손으로 옮겨 잡고 오른손으로 탄창 슬라이드를 밀어 올렸다. 탄창 맨 위에 있던 뭉툭한 실탄이 깔끔하게 약실에 장전되는 게 느껴졌다.

실제로 밤의 거리는 조용하지 않았다. 인적이 없는 구역이었지만 그곳도 역시 세상에서 가장 시끄러운 밤의 도시의 일부였다. 스트립을 오가는 자동차 소리, 마천루 꼭대기마다 세워져 있는 대형 간판들의 전자음, 집채만 한 배기 장치들의 소음. 게임에 몰입해 있는 10만 명 플레이어들의 웅성거림. 그 속에서도 리처는 6미터 후방에서 탄창 슬라이드가 올라가는 소리를 들었다. 아주 분명히. 그건 절대 놓치지 않도록 그의 귀를 훈련시켜 온 소리들 가운데 하나였다. 아주 복잡하고 희미하면서도 순간적인 심포니였다. 합금 재질의 물체끼리 마찰하는 소리. 완벽한 금속성이어야 할 그 마찰의 공명이 약간 투박하게 울린 것은 살집 두둑한 손바닥과 엄지 밑동, 그리고 검지 바깥 부분이 소리를 어느 정도 흡수했기 때문이었다. 그리고 이어진 탄창 스프링 늘어나는 소리, 실탄이 약실에 안착하는 소리, 그리고 슬라이드가 원위치로 돌아가는 소리. 그 일련의 소리들이 리처의 귀까지 도달하는 시간은 약 30분의 1초였고 리처가 그 소리들을 구분하는 데에 소비한 시간은 거기서 다시 약 30분의 1초였다.

그의 인생에는 많은 것들이 결여되어 있었다. 안정, 평범, 안락, 관습 등. 그에게만큼은 너무나 낯선 것들이었다. 반면에 돌발, 위험, 기습 따위들은 너무도 친숙한 것들이었다. 그는 느닷없이 맞닥뜨린 상황을 있는 그대로 침착하고 재빠르게 분석하고 대처하는 능력을 지니고 있었다. 따라서 슬라이드가 원위치로 돌아가는 소리를 들었을 때도 행동에 지장을 줄 만한 어떤 쇼크도 받지 않았다. 두려움은 전혀 일지 않았다. 자신의 귀를 의심하지도 않았다. 한밤중에 거리를 걷고 있는 자신들의 등 뒤에서 두툼한 손을 지닌 어떤 사내가 총구를 겨눈 상황을 있는 그대로 받아들였을 뿐이었다. 망설임도 없었다. 상황을 되짚어 보려는 시도도 없었다. 자신의 판단에 대한 의심도 없었다. 걸음을 멈추고 뒤돌아보는 일도 없었다. 그의 등 뒤에서 4차원의 다이어그램이 펼쳐지고 있다는 확신만이 있을 뿐이었다. 시간, 공간, 표적, 빠르게 발사된 총알과 느리게 움직이는 몸뚱이들.

리처가 반응하는 데 소비한 시간은 거기서 다시 30분의 1초가량이었다. 그는 총알이 어디를 향해 날아오는지 알고 있었다. 저격수라면 누구나 가장 큰 표적을 가장 먼저 쓰러뜨리길 원하는 법이다. 그건 상식이다. 따라서 총알이 향하고 있는 곳은 자신의 등짝이었다. 혹은 오도넬의 등일 수도 있었다. 일단은 오도넬의 안전을 확보해야 했다.

그는 자신의 오른쪽 팔로 오도넬의 왼쪽 어깨를 힘껏 밀었다. 오도넬의 몸이 딕슨을 덮치듯 옆으로 기울어지는 것과 동시에 리처는 반대 방향으로 몸을 던지며 니글리를 덮쳤다. 그녀와 한 덩어리가 되어 잠시 비틀거리다가 바닥으로 쓰러지는 순간, 두 덩어리로 갈라진 그들 대형의 중앙, 이젠 비어 버린 V자 모양의 빈 공간을 총알이 통과하는 것을 느꼈다. 바로 직전에 그의 널찍한 등판이 차지하고 있던 공간이었다.

리처의 한 손은 몸이 바닥에 닿기 전에 이미 하드볼러의 손잡이에 가 있었다. 그는 그걸 뽑기 전에 각도와 탄도를 계산했다. 하드볼러에는 두 개의 안전장치가 있다. 몸체의 왼쪽 끝에 부착된 일반적인 안전장치, 그리고 개머리를 제대로 쥐었을 때만 풀리게 되어 있는 특유의 손잡이 안전장치. 리처는 어느 안전장치도 풀지 않았다. 총을 사용하기엔 위험부담이 너무나 컸다. 그는 니글리를 덮친 채 쓰러져 있었다. 인도 안쪽 깊숙한 위치였다. 저격수는 인도 한가운데에 서 있었다. 따라서 총구는 반드시 도로 쪽을 향할 수밖에 없었다. 만약 그자를 못 맞히게 되면 지나가던 차에 맞을 위험이 있었다. 그자를 맞힐 경우에도 마찬가지였다. 45구경 철갑탄은 살과 뼈쯤은 우습게 관통한다. 엄청난 파괴력, 엄청난 추진력.

그는 순간적으로 오도넬에게 맡기자는 결론을 내렸다.

오도넬의 각도가 훨씬 안전했다. 그는 딕슨 위에 엎어져 있었다. 도로변이었다. 배수로가 바로 그의 코앞이었다. 따라서 그의 탄도는 도로 반대쪽일 수밖에 없었다. 저격수를 못 맞히든 혹은 살을 찢고 뼈를 바순 뒤 관통하든, 그의 하드볼러에서 발사된 총알은 공사 현장을 향해 날아가게 돼 있었다. 무고한 사람이 다칠 염려는 전혀 없었다. 애꿎은 모래더미에 작은 구멍 하나만 패이면 그만이었다.

오도넬에게 맡기는 게 옳았다.

리처는 바닥에 닿는 순간 몸을 뒤집었다. 생각은 전광석화처럼 전개되는데 몸은 느리기 한이 없어서 답답했다. 마치 진흙구덩이 속에서 어기적거리고 있는 것 같았다. 두뇌는 몸뚱이를 향해 움직이라고 악을 써댔지만 몸뚱이는 그 지시에 따르지 않고 있었다. 머리 위쪽에서 바닥에 나가떨어지는 니글리의 모습이 그의 곁눈에 들어왔다. 시신경조차 극도로 둔화됐는지 그 모습조차 슬로모션이었다. 그녀의 어깨가 바닥에 닿은 뒤, 그 반동으로 인해 그녀의 머리는 마치 태양광으로 움직이는 노호혼 인형처럼 연속해서 흔들리고 있었다. 리처는 마치 무거운 역기에 짓눌린 것 같은 중압감을 밀어내며 있는 힘을 다해 머리를 들었다. 딕슨이 오도넬에게 깔린 채 바닥에 나가떨어지는 모습이 눈에 들어왔다. 오도넬의 왼손이 안타깝도록 천천히 움직이고 있었다. 그의 엄지손가락이 하드볼러의 안전장치를 미치도록 느릿느릿하게 풀고 있었다.

저격수의 총구가 다시 불을 뿜었다. 하지만 아무도 맞히지 못했다. 두 번째 총알은 좀 전까지 오도넬의 등판이 차지하고 있던 공간을 지나갔다. 그자는 미리 연습했던 대로 실행하고 있었다. 일탄 발사, 총구 이동, 이탄 발사. 일탄은 리처, 이탄은 오도넬이 표적이었다. 괜찮은 계획이었다. 하지만 돌발 상황에 제대로 대처할 수 있는 능력을 지닌 자는 아니었다. 평범한 수준의 사고력과 판단력을 지닌 자였다. 계획과 훈련을 기억할 수 있는 두뇌의 소유자. 괜찮긴 했지만 썩 괜찮지는 않았다.

리처는 오도넬의 왼손이 총 손잡이에 굳게 감기는 것을 보았다. 이어서 그의 손가락이 방아쇠에 걸리는 것도, 총구의 각도가 점점 높아지는 것도 보았다.

마침내 오도넬의 총구가 불을 뿜었다. 인도 끝에 나가떨어진 상태에서, 고정되지 않은 자세로 사격을 했으니 크게 기대하기는 힘들었다.

'너무 낮아.' 리처가 생각했다. '기껏해야 다리 부상이야.'

그는 다시 힘을 주어 가며 고개를 돌렸다. 그의 생각이 맞았다. 다리 부상. 하지만 고속으로 날아온 45구경 철갑탄에 의한 다리 부상은 결코 가벼울 수가 없다. 굳이 비유하자면 고도의 추진력을 지닌 전동 드릴에 길이와 직경이 각각 30센티, 2센티인 철심을 끼우고 인간의 다리를 뚫어버렸을 때와 비슷하다. 1,000분의 1초에도 못 미치는 찰나의 순간에 발생한 결과였다. 상처는 어마어마했다. 총알은 허벅지 아래를 관통했다. 하지만 그 충격으로 인해 허벅지 전체가 폭발하듯 안에서부터 산산이 부서져 버렸다. 전신을 마비시킬 정도의 충격이었다. 갈가리 찢긴 대퇴부 정맥은 엄청난 양의 피를 쏟아 내고 있었다. 목숨이 경각에 처한 상황이었다.

사내는 여전히 서 있었지만 총을 쥔 손은 힘없이 내려뜨리고 있었다. 오도넬이 벌떡 일어섰다. 그의 손이 주머니 속으로 들어갔다. 다시 밖으로 나온 손에는 세라믹 너클이 끼워져 있었다. 그는 6미터 거리를 날아가듯 달려가면서 생겨난 추진력을 그의 어깨 힘에 보태어 너클 낀 주먹으로 사내의 얼굴을 가격했다. 90킬로그램짜리 살집의 온 힘과 추진력이 합해진 오른쪽 스트레이트였다. 대형 쇠망치로 수박을 내려친 것과 마찬가지였다.

사내가 뒤로 나가떨어졌다. 오도넬은 사내의 권총을 발로 걷어찬 뒤 널브러진 몸뚱이 옆에 웅크리고 앉아 하드볼러의 총신을 그자의 목구멍 깊숙이 쑤셔 넣었다.

그걸로 게임은 끝이었다.

46

리처가 딕슨을 부축해서 일으켰다. 니글리는 혼자 힘으로 일어섰다. 오
도넬은 사내의 다리에서 흘러나온 핏물이 이루고 있는 웅덩이를 피해 가
며 그자의 주위를 돌고 있었다. 사내의 대퇴부 정맥은 넓게 벌어져 있었
다. 건강한 사람의 심장은 강력한 펌프머신이다. 그의 심장이 열심히 작동
하며 몸 안의 피를 거리로 내뿜고 있었다. 체격으로 미루어 그의 몸속을
돌고 있던 피의 양은 7리터 남짓이었을 것이다. 그 가운데 대부분이 이미
흘러나온 상태였다.

"물러서, 데이비드." 리처가 말했다. "피를 남김없이 쏟아 내도록 내버
려둬. 이미 늦었어. 괜히 신발만 더럽히게 될 거야."

"저자는 누굴까요?" 딕슨이 물었다.

"절대 확인할 수 없을 거예요." 니글리가 말했다. "얼굴이 저 지경이 되
었으니."

그녀가 옳았다. 오도넬의 세라믹 너클이 다시 한번 그 가공할 위력을
입증한 것이다. 사내의 얼굴은 마치 수차례에 걸쳐 쇠망치로 가격당하고
칼로 베어진 것처럼 형체를 알아볼 수 없을 정도로 망가져 있었다. 리처가
넓게 원을 그리며 그자의 머리 쪽으로 다가가서 목깃을 잡고 뒤로 끌었다.
피 웅덩이가 눈물방울 모양으로 바뀌었다. 리처는 마른 바닥에 웅크리고

앉아 그자의 주머니들을 확인했다.

아무것도 없었다.

지갑도, 신분증도 없었다. 평범한 철제 고리에 매달린 자동차 키와 원격 도어록이 전부였다.

창백해졌던 사내의 살갗에 푸른빛이 번져 가고 있었다. 리처는 그의 목에 손가락을 가져다 댔다. 약하고 불규칙한 박동이 느껴졌다. 그의 허벅지에서 흘러나오는 핏물엔 거품의 비율이 늘어 가고 있었다. 혈관 속에 유입된 공기의 양이 점점 많아지고 있다는 증거였다. 피는 빠져나오고 그 자리를 공기가 메우고 있는 것이다. 간단한 물리학이다. 자연은 진공상태를 그대로 내버려두는 법이 없다.

"곧 숨이 끊어질 거야." 리처가 말했다.

"멋진 사격 솜씨였어, 데이비드." 딕슨이 말했다.

"왼손이었어요." 오도넬이 말했다. "그것도 알아 주면 고맙겠네요."

"당신은 오른손잡이잖아."

"오른쪽으로 쓰러졌거든요."

"멋졌어." 리처가 말했다.

"대장은 어떻게 눈치 챈 거예요?"

"슬라이드 소리. 진화 과정을 거쳐서 습득한 능력 덕분이지. 접근하고 있는 육식 동물의 발밑에서 부러지는 나뭇가지 소리를 듣는 초식 동물의 능력 비슷한 거."

"원시인 같은 감각도 써먹을 데가 있군요."

"아무렴."

"그런데 이자는 누구기에 이런 식으로 우릴 공격한 걸까요? 최소한 미리 약실에 총알은 먹여 놨어야 되는 거 아니에요?"

리처가 몇 걸음 뒤로 물러나서 사내의 몸뚱이 전체를 훑어보았다.

"난 이자를 어디선가 본 것 같아." 그가 말했다.

"그럴 리가." 딕슨이 말했다. "이자의 엄마도 알아보지 못할걸요."

"양복." 리처가 말했다. "전에 본 것 같은 느낌이 드는 양복이야."

"여기 베이거스에서?"

"모르겠어. 어딘가에서 본 것 같은데 기억이 나지 않아."

"머리를 쥐어짜 봐요."

오도넬이 말했다. "난 처음 보는 양복인데."

"나도." 니글리가 말했다.

"나도 마찬가지예요." 딕슨이 말했다. "하지만 양복이야 어찌 됐든 이 자체로 좋은 조짐이에요. LA에선 우리에게 총질을 해댄 자들이 없었잖아요. 분명히 우리가 가까이 다가가고 있는 중인 거예요."

리처는 사내의 총과 열쇠고리를 니글리에게 던져서 건넨 뒤, 공사 현장의 안전벽에서 판자 몇 개를 뜯어내어 드나들 수 있는 공간을 만들었다. 그 공간을 통해 자신이 먼저 들어간 다음 사내의 몸을 안쪽으로 끌어들였다. 가능한 한 주위에 피를 덜 묻히기 위해 신속하게. 사내의 다리에서는 양은 많지 않았지만 여전히 피가 새어 나오고 있었다. 리처는 사내의 몸뚱이를 끌고 우둘투둘한 바닥을 가로지른 다음 상당한 높이로 쌓여진 자갈 더미까지 지나쳤다. 그제야 적당한 장소가 눈에 띄었다. 합판으로 벽을 두른 사각형의 넓은 구덩이였다. 3미터쯤의 깊이에, 바닥에는 자갈들이 고르게 깔려 있었다. 조만간 콘크리트가 부어져 건물을 받칠 기둥이 세워질 자리였다. 리처가 사내의 몸뚱이를 구덩이 속으로 굴러 떨어뜨렸다. 3미터 아래로 떨어진 몸뚱이는 살짝 되튀어 오르며 옆으로 45도 기운 자세로 자리를 잡았다.

"삽 좀 찾아봐." 리처가 말했다. "자갈로 저자를 덮어야 하니까."

"아직 살아 있나요?" 딕슨이 말했다.

"상관없어."

오도넬이 말했다. "똑바로 눕혀야 해요. 그래야 자갈이 덜 들어가니까."

"자네가 내려갈래?" 리처가 말했다.

"이 양복이 얼마짜린데요. 게다가 가장 힘든 부분을 해낸 건 나잖아요."

리처가 어깨를 한 번 으쓱하고선 구덩이 아래로 뛰어내렸다. 발로 사내의 몸뚱이를 굴려서 똑바로 눕게 만든 다음 그 위에 대충 자갈을 덮었다. 그가 다시 위로 올라오자 오도넬이 삽을 건넸다. 두 사람이 번갈아가며 열 차례쯤 삽질을 하고 나자 사내의 몸뚱이가 자갈에 덮여 완전히 가려졌다. 상수도를 발견한 니글리가 호스를 있는 대로 풀었다. 그녀가 인도에 묻은 핏자국을 씻어내기 시작했다. 붉은 물줄기가 배수로로 흘러들어갔다. 인도가 말끔해지자 그녀는 다시 안으로 들어가 뒷걸음질로 일행의 뒤를 쫓아가며 현장에 찍힌 그들의 발자국들을 씻어냈다. 모두 밖으로 나온 뒤엔 리처가 판자벽을 원상 복귀시켰다. 그가 몸을 천천히 한 바퀴 돌리며 전체적으로 훑어보았다. 완벽하지는 않았지만 그런대로 만족스러웠다. 과학수사대가 집어낼 만한 단서들이 수두룩하다는 것을 그도 알고 있었다. 하지만 당장에 직접적인 증거가 될 만한 건 없었다. 그들에게 시간적 여유가 주어진 것이다. 최소한 몇 시간은 절대적으로 안전할 것이다. 어쩌면 며칠, 아니 어쩌면 영원히. 날이 밝고 공사가 재개되자마자 그 구덩이 속에 콘크리트가 부어진다면 그 사내의 이름은 실종자 명단에 영원히 남게 될 것이다. 그리고 라스베이거스의 건물 아래 묻힌 사람은 그가 처음도 아니고 마지막도 아닐 것이다.

리처가 숨을 길게 내쉬었다.

"됐어." 그가 말했다. "이제 호텔로 돌아가서 쉬자."

그들은 대충 흙먼지를 털어내고 나서 다시 4열 횡대를 이룬 다음 스트립을 향해 걸음을 옮겼다. 다들 달콤한 휴식을 기대하고 있었다. 하지만 그들은 곧장 객실로 올라갈 수 없었다. 라이트가 호텔 로비에서 그들을 기다리고 있었기 때문이다. 호텔 보안 책임자. 베이거스 사람치고는 표정을 꾸미는 기술이 그리 뛰어난 편은 아니었다. 그는 온 얼굴에 초조한 빛이 가득했다.

그들이 로비로 들어서자 라이트가 잰걸음으로 다가와 그들을 지난번과 같은 구석으로 데리고 갔다.

"아자리 마흐무드는 라스베이거스의 어떤 호텔에도 묵고 있지 않소." 그가 말했다. "확실하오. 앤드루 맥브라이드와 앤서니 매슈스도 마찬가지고."

리처가 고개를 끄덕였다.

"확인해 줘서 고맙소." 그가 말했다.

라이트가 말했다. "그리고 다른 카지노에서 근무하는 사람들에게 전화를 걸어서 조심스럽게 물어봤소. 밤새 걱정하며 뒤척이는 것보다는 훨씬 나을 것 같아서. 그래서 내가 확인한 결과가 뭔지 아시오? 당신들이 순 엉터리라는 것. 지난 4개월 동안 6,500만 달러를 잃은 카지노는 없었소. 그런 일은 아예 없었다는 말이지."

"장담할 수 있소?"

라이트가 고개를 끄덕였다. "이곳의 모든 카지노들은 현찰의 흐름을 분석하는 중간 감사 시스템을 갖추고 있소. 하지만 지금까지 아무런 이상도 발견되지 않았소. 여느 때처럼 조금씩 잃은 것뿐이오. 그게 다요. 다른 건 없소. 내 항우울제 처방 계산서를 당신들 앞으로 돌릴 생각이오. 실제로 오늘 밤 몇 알을 먹었는지 모르겠소."

그들은 로비 한구석의 바로 들어가 슬롯머신이 일렬로 설치되어 있는 긴 테이블 앞에 나란히 앉았다. 번갈아가며 지불한 맥주 몇 병씩을 마시고 있는 동안에도 슬롯머신에선 시뮬레이션 게임이 계속해서 돌아가고 있었다. 리처 앞에 있는 기계는 연속적으로 가상의 잭팟을 터뜨렸다. 일종의 유인 광고였다. 네 개의 릴이 돌아가다 멈추면서 체리 그림 네 개가 나란히 서자 주변이 환해질 만큼 강렬한 불빛이 깜빡거렸다. 네 개의 릴. 각각 여덟 개의 그림. 일부러 조작을 하지 않는다고 해도 잭팟이 나올 확률은 천문학적으로 낮았다. 리처는 그 기계에서 실제로 첫 번째 잭팟을 기대하려면 얼마가 필요할지를 계산하려다 포기했다. 25센트짜리 동전의 무게가 정확히 얼마인지를 몰랐기 때문이었다. 몇 그램 정도에 불과할 것만은 분명했다. 전체 무게가 급속히 늘어날 것도 분명했다. 그에 따라 플레이어의 힘줄은 늘어나고 근육은 손상되며 반복적인 실망으로 인한 스트레스성 행동장애가 발생할 것도 분명했다. 베이거스에서는 카지노 업주들이 정형외과 병원도 운영하고 있을 거라는 생각까지 들었다. 충분히 가능한 얘기였다.

딕슨이 말했다. "라이트는 기업적인 규모의 사기극일 가능성을 지적했어요. 처음 만났을 때 그가 자기 입으로 분명히 그렇게 말했잖아요. 딜러들, 구역 매니저들, 보안요원들, 카메라와 테이프 조작, 거기다 경리직원들까지 모두 연루된 엄청난 규모. 감사 결과를 통해 확인된 현찰의 흐름도 조작됐을 거예요. 절대 지나친 상상이 아니에요. 범인들이 그 흐름을 정상적으로 보이도록 조작했을 가능성도 있다는 얘기죠. 나라면 진짜로 그렇게 했을 거예요."

리처가 물었다. "카지노 측에서는 언제 그 사실을 알게 될까?"

"회계연도 끝 무렵이겠죠. 실제 액수와 장부상의 액수를 맞추는 과정에서. 그 시점에서 두 숫자가 맞아떨어져야 아무 일도 없었던 거고 차이가 나면 당한 거죠."

"그렇다면 오로스코와 산체스는 무슨 수로 그걸 미리 알게 됐던 걸까?"

"먹이 사슬의 하부단계를 쑤신 다음 거슬러서 추정했다면 가능해요."

"그 정도 규모의 사기극을 벌이려면 제일 먼저 어떤 사람들을 포섭해야 하지?"

"당연히 핵심 인물들이죠."

"라이트 같은 사람들?"

"그럴 수도 있겠고요." 딕슨이 말했다.

오도넬이 말했다. "우리가 그와 얘기를 나누고 나서 30분 뒤에 누군가가 우리 등 뒤에서 총을 쐈어요."

"어서 산체스의 여자친구를 찾아야 해요." 니글리가 말했다. "다른 사람이 먼저 찾기 전에."

"당장엔 어쩔 수가 없어." 리처가 말했다. "떼로 몰려온 낯선 사람들에게 자기네 웨이트리스의 집 주소를 가르쳐 주는 술집은 없으니까."

"그녀가 위험에 처해 있다고 알려 주면요?"

"그들로서는 전에도 수없이 들었던 얘기일 거야."

"다른 방법을 생각해봐요." 딕슨이 말했다. "우체국을 통해 알아보는 건 어때요?"

"그녀의 성을 모르니까 불가능해."

"그럼 어떻게 하죠?"

"아침까지 꾹 참고 기다리는 수밖에."

"호텔을 옮겨야 하는 거 아니에요? 라이트가 범인들 가운데 한 명이라면."

"소용없는 일이야. 온 도시에 그의 친구들 천지니까. 그냥 문단속이나 잘해."

객실에 올라온 리처는 동료들에게 했던 자신의 충고를 직접 실천에 옮겼다. 문을 잠그고 안전장치를 걸어 놓고 체인까지 채웠다. 작정을 하고 침입하려는 적을 제대로 막아낼 수는 없겠지만 1~2초쯤은 시간을 벌 수 있을 것이다. 그리고 1~2초라는 시간은 그런 상황에서 리처에게 필요한 전부였다.

그는 하드볼러를 침대 머리맡의 서랍 속에 넣었다. 벗은 옷은 다림질 효과를 위해 고르게 펴서 매트리스로 눌러 놓은 다음 알몸으로 욕실에 들어가 오랫동안 뜨거운 물로 샤워를 했다. 다시 거실로 나오자 머릿속에 칼라 딕슨에 대한 생각이 차올랐다.

그녀는 혼자다. 이 상황을 불안해하고 있을지도 모른다. 누군가 곁에 있어 주길 바라고 있을 수도 있다.

그는 허리춤에 수건 하나만을 두른 채 전화기를 향해 성큼성큼 걸어갔다. 하지만 그가 전화기 앞에 다다르기 전에 문을 두드리는 소리가 들려왔다. 그가 방향을 바꿨다. 리처가 생각할 때 스파이홀을 통해 밖을 확인하는 건 정말 바보짓이다. 방탄도 아닌 유리 구멍에 눈을 가져다 대다니. 복도에 있는 암살자에게 어서 죽여 달라고 사정하는 것과 마찬가지다. 렌즈 안쪽이 어둑해지는 순간 거기다 대고 방아쇠를 당기기만 하면 끝나는 일이다. 그 순간 문 안쪽은 아수라장으로 변한다. 총알, 그리고 쇳조각과 유리 파편들이 눈을 뚫고 들어와 뇌 속을 헤집은 다음 두개골 뒤쪽으로 빠져나간다. 리처는 스파이홀이 아주 나쁜 발명품 가운데 하나라고 생각했다.

그가 체인을 푼 다음 안전장치와 잠금장치를 모두 해제했다.

문을 열었다.

칼라 딕슨.

그녀는 헤어질 때와 똑같은 차림이었다. 그래야 했을 것이다. 복도, 엘리베이터, 다시 복도. 검은 정장, 재킷 안에 블라우스는 입지 않은 상태.

"들어가도 돼요?" 그녀가 물었다.

"지금 막 당신한테 전화하려던 참이었어." 리처가 말했다.

"내가 보기엔 목욕 중이었던 것 같은데요?"

"전화기 쪽으로 걸어가던 중이었어."

"왜요?"

"외로워서."

"당신이?"

"그래, 외로워. 당신도 외롭기를 바라는 마음이고."

"그럼 들어가도 돼요?"

그가 문을 활짝 열었다. 그녀가 들어섰다. 1분도 되지 않아 그녀가 재킷 안에 입고 있지 않은 게 블라우스만이 아니었다는 걸 리처는 알게 되었다.

오전 9시 30분에 침대 머리맡의 전화벨이 울렸다. 니글리였다.

"딕슨이 자기 방에 없어요." 그녀가 말했다.

"밖에 나갔나 보지." 리처가 말했다. "조깅이나 뭐 그런 거 하려고."

딕슨이 얼굴 가득 미소를 지으며 그의 옆에서 꼼지락거렸다. 따뜻하고 나른한 몸짓이었다.

니글리가 말했다. "딕슨은 아침 운동을 하지 않아요."

"그럼 샤워 중이겠지."

"두 번이나 전화를 걸었는데도 받질 않아요."

"초조해 하지 마. 내가 한번 걸어볼게. 30분 뒤에 모여서 아침 먹자. 1층에서."

니글리와 통화를 끝낸 뒤 리처가 딕슨에게 전화기를 건넸다. 60까지 센 뒤에 니글리의 객실로 전화를 걸어 지금 막 욕실에서 나왔다고 말하라고 했다.

30분 뒤 네 사람은 슬롯머신 소음으로 가득 찬 라운지 식당에 모였다. 그로부터 다시 한 시간 뒤 스트립으로 나선 그들은 불구덩이 바를 향해 걸음을 옮겼다.

48

아침 시간의 베이거스는 조용했다. 크기까지도 작아진 것 같았다. 사막의 태양이 스트립 구석구석을 비추고 있었다. 빛이란 따뜻하면서도 냉혹한 것이다. 그 아래선 모든 실수와 엉성함이 여지없이 드러난다. 밤에는 영감이 충만한 창작품으로 보이던 것이 낮에는 터무니없는 모조품으로 보이기도 한다. 스트립 자체가 미국의 여느 오래된 4차선 도로와 별 차이가 없었다. 네 사람은 이번엔 둘씩 짝을 지어 2열 종대를 이뤘다. 전체적으로 표적의 크기를 줄인 것이다. 주위를 둘러보는 눈초리도 어제보다 훨씬 날카로워져 있었다.

하지만 아무도 없었다. 차도는 한산했고 인도는 텅 비어 있었다. 오전의 베이거스는 적막의 도시로 변해 있었다.

스트립 중간쯤의 재개발 구역도 조용했다. 버려진 땅 같았다. 어떤 움직임도 없었다.

"오늘이 일요일인가?" 리처가 물었다.

"아뇨." 오도넬이 말했다.

"그럼 공휴일인가?"

"아뇨."

"그럼 왜 일하는 인부들이 보이지 않는 거지?"

경찰은 눈에 띄지 않았다. 범죄 현장의 노란 테이프도 보이지 않았다. 주차된 수사 기관 차량도 없었다. 아무것도 없었다. 리처는 그날 이른 새벽 그가 구멍을 냈다가 원상 복귀시킨 판자벽 쪽을 유심히 바라보았다. 틈새를 통해 그 안쪽의 모래와 흙이 니글리가 뿌렸던 물에 의해 개어져 진흙 구덩이를 이루고 있는 게 보였다. 인도 위엔 제법 큰 폭으로 흐르던 물줄기가 마른 흔적이 뚜렷했다. 배수로엔 아직까지 가느다란 물줄기가 흐르고 있었다. 어질러져 있는 건 분명했다. 하지만 깨끗하게 정돈된 공사 현장이란 존재하지 않는다. 완벽하진 않지만 그런대로 만족스러웠다. 특별히 사람들의 시선을 끌 만한 건 눈에 띄지 않았다.

"이상하군." 리처가 말했다.

"자금이 다 떨어졌나 보죠." 오도넬이 말했다.

"어쨌든 잘된 일은 아니야. 곧 그 구덩이에서 썩는 냄새가 진동할 텐데."

그들은 계속해서 걸음을 옮겼다. 이번에는 정확한 위치를 알고 있었고 게다가 환한 대낮이었기에 지름길까지 찾을 수 있었다. 불구덩이 바에 도착한 그들은 밖에서 그 여자를 기다려야 했다. 아직 영업시간 전이었기 때문이다. 그들은 내리쬐는 햇살에 얼굴을 찌푸린 채 키 낮은 담장 위에 나란히 걸터앉아 있었다. 따뜻한 정도를 넘어서 덥다고까지 말할 수 있는 날씨였다.

"베이거스는 맑은 날이 1년에 271일이에요." 딕슨이 말했다.

"여름 최고 기온은 섭씨 41도." 오도넬이 말했다.

"겨울 최저 기온은 섭씨 2도." 딕슨이 말을 받았다.

"1년 강수량 10센티미터." 오도넬이 다시 말을 받았다.

"몇 년에 한 번씩은 3센티미터 정도 눈이 쌓이기도 하고." 딕슨이 또다시 말을 받았다.

"내 방에 있는 관광 안내 책자는 안 읽어도 되겠군요." 니글리가 말했다.

리처의 머릿속 시계가 12시 20분 전을 알릴 무렵 출근하는 사람들이 모습을 나타내기 시작했다. 그들은 일정한 대오를 이루지 않고 거리를 따라 걸어 내려왔다. 한 사람씩, 혹은 두 사람씩 천천히 걸음을 옮기고 있는 그들 누구의 얼굴에서도 하루를 기운차게 시작하려는 열정은 보이지 않았다. 리처는 여자가 그들 앞을 지나갈 때마다 혹시 이름이 밀레나가 아닌지 물어보았다. 그들 모두 아니라고 대답했다. 그러다 갑자기 인도 위에 사람들의 흐름이 끊겼다.

12시 9분 전이 되자 다시 일단의 사람들이 모습을 나타냈다. 그제야 리처는 버스 시간에 생각이 미쳤다. 여자 셋이 한 번에 그들 앞을 지나갔다. 셋 모두 피곤한 표정에 헐거운 옷과 큼지막한 운동화 차림의 아가씨들이었다. 그들 가운데 밀레나라는 이름을 가진 여자는 없었다.

리처의 머릿속 시계가 재깍거리고 있었다. 이제 12시 1분 전. 니글리가 자신의 손목시계를 들여다보았다.

"이제 슬슬 걱정이 되죠?" 그녀가 물었다.

"아니." 리처가 말했다. 니글리의 어깨 너머로 밀레나일 게 분명한 여자가 걸어오고 있는 걸 보았기 때문이다. 그녀는 45미터 밖에서 잰걸음으로 다가오고 있었다. 작고 가냘픈 체격에 피부가 가무잡잡했다. 색 바랜 로우라이즈 청바지와 짧은 티셔츠 차림이었다. 셔츠 밑단 아래로 드러난 배꼽 어림에선 피어싱이 이따금씩 반짝거렸다. 한쪽 어깨에는 푸른색 나일론 백팩을 메고 있었다. 앞이마를 살짝 덮고 있는 가지런한 검은 머리 아래로 드러난 얼굴은 열일곱 살로 봐줄 수도 있을 만큼 앳되고 예뻤다. 하지만 그녀의 몸동작으로 미루어 실제 나이는 서른에 가까울 것 같았다. 피곤해 보였다. 수심에 차 있는 것 같았다.

행복해 보이지 않았다.

그녀가 3미터 앞까지 다가오자 리처가 일어서며 말했다. "밀레나?" 그녀의 걸음걸이가 느려졌다. 그녀의 얼굴엔 거대한 몸집의 낯선 사내가 거리에서 자기 이름을 부르며 수작을 걸어올 때 보일 법한 여느 여성들의 표정이 고스란히 떠올랐다. 그녀의 눈길이 정면의 바 출입구와 길 건너편의 인도를 차례로, 그리고 재빨리 훑었다. 가장 효과적인 도주로를 가늠하고 있는 게 분명했다. 멈춰 서야 할 필요와 도망치고자 하는 욕구 사이에서 몸의 균형을 잃은 듯 그녀가 약간 비틀거렸다.

리처가 말했다. "우린 조지의 친구들이오."

그녀의 눈길이 잠시 리처의 얼굴에 머물렀다가 다른 세 사람의 얼굴을 차례로 훑은 다음 다시 리처의 얼굴로 돌아왔다. 일련의 더딘 깨달음의 과정이 그녀의 얼굴에 차례로 내비쳐졌다. 처음엔 당혹, 다음엔 희망, 다음엔 불신, 그다음엔 수용. 리처의 생각으로는 네 번째 에이스 패를 손에 쥔 포커 플레이어가 겪는 과정과 동일할 것 같았다.

마침내 그녀의 얼굴에 환한 미소가 피어올랐다. 고대하고 고대했던 바람이 모든 불길한 예상을 뒤엎고 드디어 실현되려는 순간에 지을 법한 미소였다.

"육군에서 나오셨죠?" 그녀가 물었다. "당신들이 올 거라고 그가 말했어요."

"언제 그랬소?"

"항상요. 자기가 어떤 식으로든 어려움을 겪게 되면 당신들이 곧 나타날 거라고 입버릇처럼 말했어요."

"그래서 우리가 온 거요. 자, 어디서 얘기를 나눴으면 좋겠소?"

"일단 안에 들어가서 좀 늦게 출근하겠다고 얘기하고 나올게요."

그녀는 여전히 미소 띤 얼굴로 네 사람의 주위를 빙 돌아 바 안으로 들어갔다. 2분 뒤에 다시 밖으로 나온 그녀는 완전히 달라져 있었다. 어깨는 활짝 펴졌고 움직임도 민첩했다. 키까지 더 커진 것 같았다. 한마디로 표현하자면 온몸으로 지고 있던 무거운 짐을 내려놓은 사람 같았다. 더 이상 외로움에 시달리는 사람이 아니었다. 조금 전에도 앳돼 보이긴 했지만 만만치 않아 보였던 인상이었다. 맑은 갈색 눈동자와 잡티 없는 피부 그리고 10년 정도 열심히 일해 온 사람들 특유의 힘줄 불거진 손을 가진 여자였다.

"내가 맞춰 볼게요." 그녀가 그렇게 말하며 니글리를 향해 몸을 돌렸다. "당신은 니글리군요." 이어서 그녀는 딕슨을 바라보며 말했다. "그렇다면 당신은 딕슨이 틀림없을 거고요." 그녀의 몸이 리처와 오도넬을 향해 돌아섰다. "리처와 오도넬. 맞죠? 거인과 미남." 오도넬이 그녀를 향해 웃어 주었다. 그녀가 리처를 바라보며 말했다. "당신들이 어젯밤에 여기 들러서 나를 찾았다는 얘기를 들었어요."

리처가 말했다. "우린 조지에 관해서 당신과 얘기를 나누고 싶었소."

밀레나가 한 모금 숨을 들이켰다가 목 뒤로 넘긴 다음 말했다. "그 사람은 죽은 거죠?"

"아마도." 리처가 말했다. "오로스코가 죽은 건 확실하오."

밀레나가 말했다. "안 돼요……."

리처가 말했다. "미안하오."

딕슨이 물었다. "어디서 얘기를 나누는 게 좋을까요?"

"조지의 집으로 가요." 밀레나가 말했다. "그의 집. 당신들도 그곳에 가 봐야 해요."

"우리가 듣기로는 난장판이라는데."

"내가 조금 치웠어요."

"여기서 가깝소?"

"걸어갈 만한 거리예요."

그들은 다시 스트립을 거슬러 올라갔다. 이번에는 다섯이서 나란히. 재개발 구역은 아까 그대로였다. 여전히 조용했다. 아예 인기척이 없었다. 경찰도 물론 없었다. 걸어가는 동안 밀레나는 산체스가 정말로 죽었는지를 두 번 더 물었다. 그 질문을 계속하다 보면 결국엔 자신이 듣고 싶어 하는 대답을 얻어낼 거라고 믿는 것 같았다. 두 번 다 리처의 대답은 똑같았다. '아마도.'

"하지만 당신도 확신은 없는 거잖아요."

"그의 시체가 발견되지 않았으니까."

"하지만 오로스코의 시체는 발견됐다는 거죠?"

"그렇소. 우리 눈으로 확인했소."

"캘빈 프란츠와 토니 스완은 어떻게 됐죠? 그들은 왜 당신들과 같이 오지 않았나요?"

"프란츠는 죽었소. 스완도 역시. 아마도."

"확신해요?"

"프란츠가 죽은 건 확실하오."

"하지만 스완은?"

"확실하진 않소."

"조지가 죽은 것도 확실한 건 아니죠?"

"확실하진 않소. 하지만 아마 죽었을 거요."

"알겠어요." 그녀는 계속 걸음을 옮겼다. 승복하기 싫은 것이다. 희망을 버릴 수 없는 것이다. 그들은 고작 몇백 미터에 불과한 공간에 세계의 모든 대도시들의 특징들을 간략하게, 가끔씩은 웅장하게 모사해 놓은 구조물들과 호텔 건물들을 차례로 지나갔다. 그제야 아파트 건물이 눈에 들어왔다. 밀레나의 안내를 따라 왼쪽과 오른쪽으로 한 번씩 방향을 꺾은 뒤 스트립과 나란히 뻗어 있는 이면 도로로 나섰다. 밀레나가 어떤 건물의 출입구 위에 드리워진 녹색 차일 아래 멈춰 섰다. 4세대쯤 전에는 베이거스에서 가장 고급스러운 곳으로 손꼽혔을 것 같은 건물이었다.

"여기예요." 그녀가 말했다. "내게 열쇠가 있어요."

그녀가 어깨에서 백팩을 벗은 뒤 그 안을 뒤져 동전 지갑을 꺼냈다. 그 속에서 녹슨 청동 열쇠를 꺼냈다.

"조지와 알고 지냈던 기간은 얼마나 됐소?" 리처가 물었다.

그녀는 한참 동안 입을 열지 않았다. 질문의 과거 시제가 마음에 걸린 모양이었다. 그래서 산체스와의 기억이 확실한 과거로 굳어 버리지 않도록 적절하게 대답할 방법을 궁리하는 것 같았다.

"우린 몇 년 전에 만났어요." 그녀가 말했다.

그녀가 리처 일행을 로비로 안내했다. 책상 뒤에 관리인이 서 있었다. 그녀에게 인사를 건네는 태도로 미루어 그녀와 상당한 안면이 있는 것 같았다. 그녀가 그들을 엘리베이터로 안내했다. 10층에서 엘리베이터를 내려서는 오른쪽으로 방향을 잡고 낡은 복도를 걷다가 역시 낡은 초록색 문 앞에 멈춰 섰다.

그녀가 열쇠로 문을 열었다.

넓지도 좁지도 않은 공간이었다. 침실 두 개, 거실, 주방. 인테리어는 주로 화이트톤이었다. 가끔씩 밝은 유채색으로 강조한 부분도 있었지만 현대적인 감각과는 거리가 멀었다. 베란다 유리창은 아주 컸다. 한때는 사막 지역을 멀리까지 내다볼 수 있는 전망을 제공했을 것이다. 하지만 이제는 한 블록 떨어진 재개발 공사 현장이 그 유리창을 가득 메우고 있었다.

남자의 공간이었다. 단순하고, 꾸미지 않고, 두서없고.

그리고 난장판이었다.

벽과 바닥, 그리고 천장은 단단한 시멘트였다. 따라서 거의 피해가 없었다. 하지만 실내는 태풍이 휩쓸고 간 것 같았다. 캘빈 프란츠의 사무실보다 상태가 더 심했다. 의자와 책상은 완전히 부서지고 소파는 죄다 헤집어진 상태였다. TV와 스테레오 장비들은 박살이 나 있었다. 책과 종이쪽들은 찢어지고 구겨진 채 무더기로 널려 있었고 CD들은 사방에 흩뿌려져 있었다. 양탄자들은 아무렇게나 뒤집어지고 말려 있었다. 주방에서는 온전한 물건을 찾아 볼 수 없었다.

밀레나는 자기가 대충 치웠다고 말했었다. 하지만 작은 파편들을 쓸어서 한구석에 모아 놓고, 쿠션에 솜들을 다시 채워 넣고, 책들과 서류 일부를 부서진 선반 근처에 정리해 놓은 게 전부였다. 그 이상 그녀가 할 수 있는 일은 없었다. 그쪽 분야의 전문가들이 떼로 달려들지 않는 한, 복구는커녕 청소조차 불가능한 상태였다. 리처의 눈에 주방 쓰레기통이 들어왔다. 구겨진 냅킨이 들어 있었다는 그 쓰레기통이었다. 원래는 싱크대 아래가 제자리였겠지만 지금은 찌그러진 채 주방 바닥에 팽개쳐져 있었다. 내용물들이 일부는 쏟아져 나왔고 일부는 남아 있었다.

"이건 수색이 아니라 파괴야." 리처가 말했다. "철저히 뒤졌다기보다는 다 때려 부순 거지. 범인들은 뭔가를 찾으려는 마음만큼 분풀이하고 싶은 마음도 강했던 것 같아."

"나도 같은 생각이에요." 니글리가 말했다.

리처가 안방 문을 열고 들어갔다. 침대는 완전히 부서져 있었다. 매트리스는 찢어지고 헤집어져 너덜너덜했다. 옷장 안에는 옷들이 아무렇게나 팽개쳐져 있었다. 옷걸이 가로대도 꺾이고 부러져서 한구석에 처박혀 있었다. 선반들은 박살난 상태였다. 조지 산체스는 원래부터 깔끔한 사람이었다. 그 깔끔함은 군대의 규율과 기준에 맞춰 생활한 세월 동안 더욱 철저해졌다. 하지만 그 아파트에서는 그의 흔적을 찾아 볼 수 없었다. 어떤 부분, 어떤 물건에서도. 분위기에서조차도.

밀레나는 멍한 표정으로 쓰레기들을 모으며 실내를 돌아다니고 있었다. 그러다가 가끔씩 멈춰 서서 책장을 넘기거나 사진을 들여다보곤 했다. 그녀가 자기 허벅지를 사용해서 부서진 소파를 제자리로 밀어 놓았다. 하지만 그 위에 다시 사람이 앉게 될 일은 없을 것 같았다.

리처가 그녀에게 물었다. "경찰이 다녀갔소?"

"네." 그녀가 말했다.

"여길 둘러본 뒤 그들이 무슨 얘기를 했소?"

"여길 이렇게 만든 사람들이 케이블이나 전화회사 직원으로 위장했을 거라고 하더군요."

"가능한 얘기요."

"하지만 내 생각엔 관리인을 매수했을 것 같아요. 그게 더 쉬운 방법이니까."

리처가 고개를 끄덕였다.

베이거스, 사기꾼들의 도시.

"범행 동기에 관해서는 아무 얘기도 없었소?" 리처가 물었다.

"없었어요." 그녀가 말했다.

"조지를 마지막으로 본 게 언제였소?"

"저녁을 함께 먹었어요." 그녀가 말했다. "중국집에서 사온 음식."

"그게 언제였소?"

"베이거스에서 그의 마지막 날 밤."

"그때 당신도 여기 있었소?"

"우리 두 사람뿐이었어요."

리처가 말했다. "그가 냅킨에 뭔가를 적었소?"

밀레나가 고개를 끄덕였다.

"누군가로부터 걸려 온 전화를 받으면서?"

밀레나가 다시 고개를 끄덕였다.

리처가 물었다. "전화를 건 사람이 누구였소?"

밀레나가 말했다. "캘빈 프란츠."

49

밀레나는 서 있기조차 힘든 것 같았다. 리처가 주방 카운터 위에 널려 있는 그릇 파편들을 한 팔로 쓸어냈다. 그녀가 카운터 위에 올라앉았다. 팔꿈치는 바깥쪽으로 돌리고 카운터를 짚은 양손은 양 무릎 아래 파묻은 자세였다.

리처가 말했다. "우린 조지가 무슨 일을 하고 있었는지 알고 싶소. 이 모든 문제의 원인이 뭔지 알아내야 하니까."

"그 원인은 나도 몰라요."

"하지만 당신은 그와 함께 시간을 보냈잖소."

"많이."

"그리고 서로를 깊숙이 알고 있었고."

"아주 깊숙이."

"여러 해 동안."

"쭉은 아니었지만."

"그렇다면 그는 자기가 하는 일에 관해 당신에게 틀림없이 얘기했을 거요."

"항상."

"그럼 그가 무슨 생각을 하고 있었는지 말해 주겠소?"

밀레나가 말했다. "사업이 어렵다는 거. 그게 그의 가장 큰 걱정거리였어요."

"그의 사업이? 여기 베이거스에서?"

밀레나가 고개를 끄덕였다. "처음엔 정말 잘나갔어요. 여러 해 전엔 그들 모두 너무나 바빴어요. 계약서가 수북이 쌓였죠. 하지만 대형 업소들이 차례로 그들을 외면하기 시작했어요. 자체적으로 보안시스템을 운영하게 되면서부터요. 조지는 어쩔 수 없는 일이라고 말했어요. 규모가 웬만한 수준에 이르게 되면 자체 시스템을 운영하는 게 당연하다고."

"우리가 묵고 있는 호텔의 보안 책임자는 조지가 여전히 바쁘다고 말했소. 마치 외팔이 도배장이처럼."

밀레나가 미소를 지었다. "그 사람은 예의상 그렇게 얘기했을 거예요. 하기야 조지가 남들에게 아쉬운 모습을 보이지 않았던 탓도 있긴 하겠죠. 그 점에선 마누엘 오로스코도 마찬가지였고요. '제대로 성공하기 전까지는 성공한 척하자.' 두 사람은 처음엔 그렇게 얘기하곤 했어요. 그러다가 나중엔 얘기가 바뀌었어요. '성공하기는 틀렸으니 체면이라도 유지하자.' 그들은 끝까지 당당했어요. 사정을 하기엔 자존심이 허락하지 않았던 거죠."

"그러니까 그들의 사업이 망해가고 있었다는 얘기군."

"아주 급속하게요. 그들은 이런저런 곳에서 막일까지 했어요. 클럽에서 기도도 보고 사기 노름꾼을 추적하기도 하고, 뭐 그런 일들 말이에요. 물론 가끔씩은 호텔에서 아이디어를 의뢰받기도 했어요. 하지만 아주 가끔씩이었어요. 호텔 측 사람들은 자기들이 더 잘 안다는 자부심으로 뭉쳐 있으니까요. 실제로는 그렇지도 않으면서."

"조지가 냅킨에 뭘 적었는지 보았소?"

"물론이죠. 그가 떠난 뒤에 식탁을 치운 게 나였으니까. 그가 적은 건 숫자들이었어요."

"그 숫자들의 의미가 뭔지 알고 있소?"

"난 몰라요. 하지만 조지는 그 숫자들 때문에 많이 불안해했어요."

"그다음에 그가 뭘 했소? 프란츠의 전화를 받은 다음에."

"마누엘 오로스코에게 전화를 걸었어요, 즉시. 오로스코 역시 그 숫자들 때문에 많이 불안해했고요."

"이 모든 일이 어떻게 해서 시작된 거요? 맨 처음에 그들을 찾아온 사람이 누구였소?"

"그들을 찾아온 사람?"

리처가 물었다. "이 사건을 그들에게 의뢰한 고객이 누구였소?"

밀레나가 그를 똑바로 쳐다보았다. 이어서 그녀는 허리까지 틀어 가며 오도넬과 딕슨, 그리고 니글리의 얼굴을 차례로 바라보았다.

"당신들은 내 얘기를 제대로 듣지 않고 있군요." 그녀가 말했다. "그 두 사람에겐 고객이 없었어요. 더 이상은 사업상으로 찾아오는 사람이 없었다고요."

"틀림없이 계기가 있었을 거요."

"무슨 뜻인지 이해가 가지 않네요."

"누군가가 어떤 문제 때문에 그들을 찾아왔을 거라는 뜻이오. 그들의 사무실이나 근무 현장으로."

"누가 그들을 찾아왔는지 난 몰라요."

"조지가 얘기해 주지 않았소?"

"얘기한 적 없어요. 어떤 날은 아무 일도 하지 않고 둘이 마주 보며 앉아만 있다가 또 어떤 날은 푸른궁뎅이 파리들처럼 정신없이 바빴어요. 푸른궁뎅이 파리, 두 사람은 그렇게 표현하곤 했어요. 외팔이 도배장이가 아니라."

"어쨌든 당신은 이 일이 어떻게 시작됐는지 모른다는 말이군."

밀레나가 고개를 가로저었다. "그들이 내게 말해 주지 않았으니까요."

"그걸 알고 있을 만한 사람이 있겠소?"

"오로스코의 아내라면 혹시 알고 있을 수도 있겠네요."

50

폐허가 된 실내에 갑자기 정적이 내려 덮였다. 잠시 후 리처가 밀레나를 똑바로 쳐다보며 물었다. "마누엘 오로스코가 결혼을 했소?"

밀레나가 고개를 끄덕였다. "아이가 셋이에요."

리처가 니글리를 바라보며 물었다. "우리가 어떻게 그걸 모르고 있었지?"

"나라고 모든 걸 다 알고 있을 순 없잖아요." 니글리가 말했다.

"모니에게 가장 가까운 친척이 여동생이라고 말했는데."

딕슨이 물었다. "오로스코가 살았던 곳이 어디죠?"

"길 아래쪽이에요." 밀레나가 말했다. "이곳과 비슷한 아파트."

밀레나는 리처 일행을 오로스코의 아파트로 안내했다. 길 건너편으로 400미터가량 떨어진 건물이었다. 외양은 산체스의 아파트와 거의 똑같았다. 같은 준공 시기, 같은 스타일, 같은 구조, 같은 크기, 초록과 파랑이라는 색깔만 다를 뿐 같은 형태의 차일.

리처가 물었다. "오로스코의 와이프 이름이?"

"태미." 밀레나가 말했다.

"그녀가 지금 집에 있을 것 같소?"

밀레나가 고개를 끄덕였다. "자고 있을 거예요. 밤에 일하거든요, 카지노에서. 퇴근하고 돌아와서 아이들을 스쿨버스에 태워 보낸 다음엔 곧장 침대로 들어가요."

"단잠을 깨우게 생겼군."

직접 그녀의 단잠을 깨운 사람은 아파트 관리인이었다. 구내전화를 통해서였다. 응답이 있기까지 한참을 기다려야 했다. 관리인은 전화기에 대고 다섯 방문객의 이름을 차례로 말했다. 밀레나, 리처, 니글리, 딕슨, 오도넬. 다음 순간, 도어맨의 표정이 굳었다. 목소리도 낮게 가라앉았다. 다섯 사람의 방문을 전화기 건너편에서 달가워하지 않는 게 분명했다.

다시 한차례 긴 기다림의 시간이 이어졌다. 리처의 짐작으론 태미 오로스코가 네 사람의 이름과 남편의 향수 어린 기억들을 하나씩 맞추고 있는 것 같았다. 그러고 나선 실내복을 갖춰 입을 것이고. 그는 과부들을 방문한 경험이 많았다. 그래서 그 과정을 잘 알고 있었다.

"올라가십시오." 관리인이 말했다.

다섯 사람은 좁은 엘리베이터를 타고 8층으로 올라갔다. 복도에서는 왼쪽으로 꺾어져 파란색 문 앞에 멈춰 섰다. 문은 이미 열려 있었다. 그래도 밀레나는 한 번 노크를 한 뒤 일행을 안으로 안내했다.

태미 오로스코는 소파 위에 웅크리고 앉아 있었다. 가냘픈 몸집이 더욱 작아 보였다. 헝클어진 검은 머리, 창백한 낯빛, 줄무늬 실내복. 원래 나이는 마흔 어림이었겠지만 백 살도 넘은 것 같아 보였다. 그녀가 고개를 들었다. 하지만 리처와 오도넬과 딕슨과 니글리의 존재는 완전히 무시하고 있었다. 그들에게는 눈길 한 번 주지 않았다. 적대적이었다. 안젤라 프란츠가 보였던 질투심이나 막연한 유감과는 차원이 달랐다. 진정한 분노였다. 그녀가 밀레나를 똑바로 쳐다보며 말했다. "마누엘은 죽었어요. 그렇죠?"

밀레나가 그녀 옆에 앉으며 말했다. "이분들이 그렇다네요. 정말 가슴이 아파요."

태미가 물었다. "조지도?"

밀레나가 말했다. "아직 확실하진 않대요."

두 여자는 서로 부둥켜안고 울음을 터뜨렸다. 리처는 슬픔의 파도가 한차례 지나갈 때까지 기다렸다. 그는 모든 과정을 잘 알고 있었다. 오로스코의 집은 산체스의 아파트에 비해 넓었다. 방 세 개짜리인 것 같았다. 구조도 달랐고 전망도 달랐다. 탁한 실내 공기 속에 튀김 냄새가 배어 있었다. 집 안 전체가 형편없이 어질러져 있었다. 어쩌면 그곳도 3주 전에 날벼락을 맞았기 때문일 수도 있었다. 아니면 어른 둘과 아이 셋이 사는 공간은 늘 그렇게 어질러져 있어야 하는 건지도 몰랐다. 리처는 아이들에 관해 아는 게 별로 없었다. 하지만 주변에 널려 있는 책과 장난감, 그리고 옷가지 등으로 미루어 오로스코 부부의 아이들 모두 아직 어린 것만은 분명했다. 고무 인형, 곰 인형, 비디오 게임, 플라스틱 레고 조각들이 여기저기 흩어져 있었다. 따라서 아이들의 나이는 아홉 살, 일곱 살, 다섯 살 정도일 것이다. 오로스코가 군에서 제대한 뒤 태어난 아이들일 테니 크게 빗나갈 만한 짐작은 아니었다. 그가 군대에서 동료들 모르게 결혼했을 리는 없으니까. 리처는 최소한 그것만은 확신할 수 있었다.

마침내 태미 오로스코가 리처를 올려다보며 물었다. "어떻게 된 거죠?"

리처가 말했다. "상세한 건 경찰 수사 기록에 모두 적혀 있소."

"고통스럽게 죽었나요?"

"즉사였소." 리처가 말했다. 오래전에 교육받은 대로. 현역으로 사망한 모든 군인들은 모두 즉사였다고 통보하게 돼 있었다. 물론 그렇지 않다는 명확한 증거가 있는 경우엔 예외지만. 가족들의 슬픔을 조금이라도 덜어주기 위한 조치였다. 그리고 리처의 생각으론 오로스코의 죽음은 실제로 즉사였다. 사로잡힌 순간 죽은 것이다. 이어진 고문, 굶주림, 갈증, 헬리콥터, 몸부림, 비명, 20초 동안의 자유낙하……. 그 모든 과정은 명예를 소중히 여기는 군인으로선 단순한 고통이 아니라 지워야 할 수치였으니까.

"왜 이런 일이 일어난 거죠?" 태미가 물었다.

"우리가 알아내려는 것도 바로 그거요."

"반드시 알아내야 해요. 그게 당신들이 할 수 있는 최소한이니까."

"그래서 우리가 찾아온 거요."

"하지만 이곳에서 답을 찾을 순 없어요."

"반드시 찾을 수 있을 거요. 문제의 고객에서부터 시작하다 보면."

태미가 밀레나를 흘깃 바라보았다. 눈물범벅이 된 얼굴에 의아한 빛이 가득했다.

"고객이라뇨?" 그녀가 말했다. "범인이 누군지 이미 알고 있던 게 아니었어요?"

"아직 모르오." 리처가 말했다. "알았다면 질문을 하러 부인을 찾아오진 않았을 거요."

"그들에겐 고객이 없었어요." 태미를 대변하듯 밀레나가 말했다. "더 이상은 없었다고요. 내가 말했잖아요."

"이 사건을 일어나게 만든 원인이 있었을 거요." 리처가 말했다. "누군가 어떤 문제를 가지고 그들에게 찾아왔던 게 분명하오. 그들의 사무실이

나 어느 카지노로. 우린 그가 누군지 알아내야만 하오."

"그런 일은 없었어요." 태미가 말했다.

"그렇다면 그들은 자신들이 자초한 문제 때문에 변을 당했을 거요. 그 경우라면 언제, 어디서, 어떻게 일이 벌어졌는지 알아내야 하오."

짧지 않은 침묵이 흘렀다. 마침내 태미가 다시 입을 열었다. "당신은 내 얘기를 제대로 이해하지 못하고 있어요. 이건 내 남편이나 조지 산체스와는 상관없는 문제였어요. 절대. 베이거스하고도 아무 관련이 없었고요."

"관련이 없었다면 어떻게 이런 사건이 벌어졌겠소?"

"도움을 요청하는 전화가 왔었어요." 태미가 말했다. "마누엘과 조지에겐 그게 비극의 시작이었어요. 어느 날, 갑자기, 느닷없이. 캘리포니아에 있는 당신 친구들 가운데 한 사람으로부터. 그 소중하다는 옛날 군대 친구들 가운데 한 명으로부터."

51

아자리 마흐무드는 유흘 영업소로 가는 길에 대형 쓰레기통 속에다가 앤드루 맥브라이드의 여권을 던져 버리고 앤서니 매슈스가 되었다. 그에 겐 그 이름이 찍힌 하자 없는 신용카드 한 뭉치와 합법적인 운전면허증이 있었다. 면허증에 적힌 내용은 어떤 정밀한 심사에도 통과할 수 있을 만큼 완벽했다. 특히 주소는 우편물만을 수취할 수 있는 장소거나 빈터가 아니 라 실제 건물, 실제 주택이었다. 신용카드 고지서를 수취할 수 있는 주소 와도 정확히 일치했다. 마흐무드는 갈수록 노련해지고 있었다.

그는 중간 크기의 트럭을 빌리기로 마음먹었다. 사실 어떤 경우에든 특 별한 사유가 없는 한 그는 중간 수준의 옵션들을 선호했다. 중간은 남의 이목을 그다지 끌지 않으니까. 렌탈업계의 직원들은 가장 크거나 가장 작 은 것을 요구하는 고객들을 쉽게 기억하는 법이다. 그것이 마흐무드가 중 간 크기의 트럭을 선택한 이유였다. 이공계열 과목들을 제대로 공부한 적 이 없는 그였지만 간단한 산수는 가능했다. '부피=가로×세로×높이'라는 것쯤은 그도 알고 있었다. 따라서 650개의 박스를 한 무더기로 만들려면 각각 열 개, 열세 개, 다섯 개씩 쌓으면 된다는 계산을 해낼 수 있었다. 하 지만 그 결과를 놓고 처음엔 고민도 했었다. 가로로 열 개면 그 전체 치수 가 렌트할 수 있는 어떤 트럭의 화물칸의 너비보다 더 클 것 같았기 때문이었다. 그랬다가 모로 눕히면 된다는 생각을 해내고선 자신 있게 중간 크기의 트럭을 렌트하러 나선 길이었다.

사실 그는 트럭을 렌트하는 일도 순조롭게 풀릴 거라고 믿고 있었다. 공항 슬롯머신에서 딴 25센트짜리 동전 100개를 여전히 지니고 있었기 때문이다.

그들은 태미 오로스코에게 심심한 위로의 인사를 건네고 커티스 모니의 연락처를 남긴 뒤 여전히 소파 위에 웅크리고 앉아 있는 그녀와 작별을 고했다. 다시 거리로 나선 그들은 밀레나를 불구덩이 바까지 바래다주기 위해 스트립을 따라 걸어 내려갔다. 그녀가 생계를 의지하고 있는 직장이었다. 그런데 이미 세 시간이나 늦어 버렸다. 그녀는 만약 손님들이 몰려들 늦은 오후의 해피아워까지도 넘겨서 출근하게 되면 업소에서 당장에 그녀를 해고할 거라고 했다. 오후가 깊어 가는 스트립에는 사람들의 물결이 눈에 띄게 늘어나 있었다. 하지만 재개발 구역엔 여전히 인적이 뜸했다. 공사 현장엔 어떤 움직임도 없었다. 배수로의 가느다란 물줄기마저 마침내 말라 버렸다. 그것 말고는 달라진 게 없었다. 태양은 하늘 높이 떠 있었다. 작열하는 정도는 아니었지만 대기를 덥히기엔 충분했다. 리처는 사내를 너무 얕게 묻었다는 생각이 들었다. 부패, 가스, 냄새, 그리고 그 냄새를 맡고 몰려들 짐승들. 아무래도 신경이 쓰였다.

"여기에도 코요테가 살고 있소?" 리처가 물었다.

"베이거스 시내에요?" 밀레나가 말했다. "난 한 번도 본 적 없어요."

"알겠소."

"왜요?"

"그냥 궁금했소."

그들은 계속 걸음을 옮기다 오전에 이용했던 지름길로 들어섰다. 바 앞에 도착하니 오후 3시를 조금 넘긴 시각이었다.

"태미는 화가 나 있어요." 밀레나가 말했다. "내가 대신 사과할게요."

"예상했던 일이었소." 리처가 말했다.

"그놈들이 아파트를 뒤지려고 들이닥쳤을 때 그녀도 거기 있었어요. 자고 있었죠. 그놈들이 그녀의 머리를 때렸어요. 그녀는 일주일 동안 혼수상태에 빠졌다 깨어났어요. 그리고 당시 일은 아무것도 기억하지 못해요. 그녀는 지금 그게 누구든 처음에 전화한 사람이 이 모든 문제를 불러일으켰다고 원망하고 있어요."

"충분히 이해할 수 있소." 리처가 말했다.

"하지만 난 당신들을 원망하지 않아요." 밀레나가 말했다. "전화 건 사람은 이 중에 없으니까요. 내 생각엔 조지의 친구들 중 절반은 이 일에 개입됐고 나머진 그렇지 않은 것 같네요."

그녀가 고개를 숙이고 바 안으로 들어갔다. 뒤돌아보지는 않았다. 그녀의 등 뒤로 출입문이 닫혔다. 리처는 몇 발자국 물러나서 그날 아침에 밀레나를 기다렸던 담장 위에 앉았다.

"미안하네, 제군들." 리처가 말했다. "우린 많은 시간을 허비했어. 내 잘못이야, 전적으로."

아무도 대꾸하지 않았다.

"이제부터 니글리가 대장을 맡도록 해." 그가 말했다. "난 너무 무뎌진 것 같아."

"마흐무드는 이리로 왔어요." 딕슨이 말했다. "LA가 아니라."

"단지 비행기를 갈아타려고 했을 뿐이겠지. 지금쯤은 LA에 있을 거야."

"한 번에 가지 않고 왜 그러겠어요?"

"그자가 왜 위조 여권을 네 개씩이나 지니고 있겠어? 누군지는 몰라도 보통 용의주도한 자가 아니야. 족적을 흩뿌려 놓고 다니는 걸 보면."

"우린 여기서 기습당했어요." 딕슨이 말했다. "LA가 아니라. 앞뒤가 맞질 않잖아요."

"우린 합의해서 이리로 온 거예요." 오도넬이 말했다. "아무도 이의를 제기하지 않았어요."

그때 스트립 쪽에서 사이렌 소리가 울렸다. 소방차의 묵직한 경고가 아니었다. 구급차의 간절한 호소도 아니었다. 경찰차. 속도를 내어 달리는 경찰차였다. 리처가 800미터 떨어진 재개발 구역을 향해 눈길을 돌렸다. 이어서 몸을 일으키고 오른쪽으로 몇 발자국 옮긴 뒤 손 그늘을 만들어 그의 시야에 들어오는 길지 않은 스트립 구간을 살펴보았다. 경찰차 한 대라면 신경 쓸 필요가 없었다. 느지막이 현장에 출근한 감독이나 십장이 뭔가를 발견하고 신고했다면 사이렌 소리가 단 한 줄기일 리가 없었다.

기다렸다.

아무 일도 일어나지 않았다. 더 이상 사이렌 소리는 울리지 않았다. 더 이상 경찰차도 보이지 않았다. 수사 기관의 차량 무리도 나타나지 않았다. 그가 좀 더 시야를 넓혀 확인하기 위해 한 걸음을 더 내디뎠다. 그리고 식료품 가게 모퉁이에서 빨갛고 파란 빛이 반짝이는 걸 보았다. 한낮의 태양 아래 완전히 노출된 채 주차된 자동차. 후미등 위에 씌운 빨간색 플라스틱 렌즈. 펜더에 칠해진 군청색 페인트.

자동차.

군청색 페인트.

리처가 말했다. "그 사내를 전에 어디서 봤는지 생각났어."

52

그들은 크라이슬러를 에워싸고 서 있었다. 안전거리를 확보한 채 조심스럽게 살펴보는 모습이 마치 현대 예술 박물관에 갓 전시된 섬세한 예술 작품을 감상하고 있는 것 같았다. 300C, 군청색, 캘리포니아 번호판. 차는 길가에 바짝 주차되어 있었다. 문은 잠긴 상태였다. 장거리 여행의 흔적은 몇 군데서 확인할 수 있었다. 엔진이 식은 상태로 미루어 장시간 주차되어 있었던 게 분명했다. 니글리가 죽어 가는 사내의 주머니에서 리처가 찾아낸 열쇠고리를 꺼내 들었다. 그 사내가 총을 쥔 팔을 뻗었던 길이만큼 그녀도 팔을 내뻗으며 원격 시동 버튼을 눌렀다. 군청색 크라이슬러의 라이트들이 번쩍거리며 문의 잠금장치들이 둔탁한 소리와 함께 풀렸다.

"샤토 마몽 뒷길에 서 있던 차야." 리처가 말했다. "그냥 대기하고 있었어. 그 사내는 운전석에 앉아 있었고, 그자의 양복과 차 색깔이 똑같아서 눈여겨보게 됐지. 그때는 기사까지 딸린 리무진 회사 차량이라고 생각했어."

"친구들이 우리가 올 거라고 범인들에게 말한 거예요." 오도넬이 말했다. "처음엔 놈들을 겁주기 위해서였겠죠. 나중엔 마지막 위안이었을 테고. 아무튼 그래서 놈들은 그자에게 우리를 해치우라는 지시를 내린 거예요. 베이거스 시내에 들어서자마자 그자는 인도를 걸어가고 있는 우리를 발견한 거고. 눈앞에 불쑥 우리가 나타난 거죠. 운이 좋았다고 생각했을 걸요?"

"정말 운이 좋았던 거지." 리처가 말했다. "모쪼록 다른 놈들도 그자와 똑같은 행운을 만나야 할 텐데."

리처가 운전석 문을 열었다. 새 가죽 시트와 플라스틱 냄새가 풍겨 나왔다. 내부는 평범했다. 문에 달린 주머니에는 지도가 구겨지고 접힌 채 꽂혀 있었다. 그게 전부였다. 특별히 눈길을 끄는 건 없었다. 그가 운전석에 올라타서 조수석 사물함을 향해 긴 팔을 뻗었다. 덮개를 열었다. 그 안에 들어 있던 지갑과 휴대폰을 꺼냈다. 그 두 물건 말고는 아무것도 없었다. 차량등록증도, 보험증서도 없었다. 보험 책자마저 없었다. 지갑은 바지에 넣고 다닐 수 있도록 직사각형으로 얇게 디자인된 검은 가죽 제품이었다. 안쪽에 내장된 머니클립에는 반으로 접힌 현찰 뭉치가 꽂혀 있었다. 700달러가 넘는 돈이었다. 대부분이 50달러와 20달러짜리들이었다. 그 돈은 곧장 리처의 바지주머니 속으로 들어갔다.

"이거면 일하지 않고도 보름은 버틸 수 있을 거야." 그가 말했다. "먹구름 뒤에는 밝은 햇살이 비치게 마련이지." 반대쪽에 내장된 신용카드 포켓은 빽빽했다. 유효한 캘리포니아 운전면허증과 네 장의 신용카드. 비자카드 둘, 아멕스 하나, 마스터카드 하나. 네 장 모두 만기일은 먼 미래였다. 면허증과 신용카드들 위에 찍힌 이름은 모두 같았다. 사내의 이름은 사로피언이었다. 면허증의 주소란에는 다섯 자리 숫자의 주택 번호와 LA의 어느 도로 이름, 그리고 우편번호가 적혀 있었다. 그들에겐 아무 의미가 없는 정보였다. 그가 지갑을 조수석 위로 던졌다.

휴대폰은 전면에 LCD 윈도우가 있는 은색의 작은 폴더형 모델이었다. 작동엔 아무 이상이 없었지만 배터리가 얼마 남지 않은 상태였다. 리처가 폴더를 열자 좀 더 큰 윈도우에 여러 색깔로 불이 들어왔다. 확인하지 않은 최근의 음성메시지가 다섯 개였다. 그가 휴대폰을 니글리에게 건넸다.

"그 메시지들을 확인할 수 있는 방법이 있어?" 리처가 물었다.

"그자의 코드 번호를 알아야만 가능해요."

"통화 기록을 살펴봐."

니글리가 손가락을 위아래로 놀려 가며 통화 기록을 확인했다.

"한 번호하고만 계속해서 통화를 주고받았네요. 여기서 건 번호도, 저쪽에서 걸려 온 번호도 모두 똑같아요."

"일반 전화선이야, 아니면 휴대폰이야?"

"그것까진 확인할 수 없고 그냥 둘 중 하나예요."

"똘마니가 두목한테 지속적으로 보고한 건가?"

니글리가 고개를 끄덕였다. "그리고 그 역으로도 마찬가지고. 두목이 똘마니한테 지속적으로 지시를 내렸다는 얘기죠."

"시카고에 있는 자네 직원이 그 두목의 주소와 이름을 알아낼 수 있겠지?"

"결국은 또 그 친구가 뛰어야 하는군요."

"빨리 뛰라고 해. 이 차의 번호판 조회도 부탁하고."

니글리가 자기 휴대폰을 꺼내 들었다. 리처는 운전석과 조수석 가운데의 팔걸이 겸용 콘솔 덮개를 들어 올렸다. 볼펜 한 자루와 차량용 휴대폰 충전기가 전부였다. 뒷좌석 앞의 보관함을 확인했다. 거긴 아예 아무것도 없었다. 차에서 내려 트렁크를 확인했다. 스페어타이어, 잭, 렌치. 그게 다였다.

"여행 가방이 없어." 그가 말했다. "그자는 긴 여행을 준비하지 않았어.

우릴 쉽게 해치울 자신이 있었던 거야."

"거의 그렇게 될 뻔했어요." 딕슨이 말했다.

니글리가 죽은 사내의 휴대폰을 닫은 다음 리처에게 건넸다. 리처는 그걸 조수석의 지갑 옆에 던지듯 내려놓았다.

그랬다가 다시 집어 들었다.

"복수의 짜릿한 맛을 즐겨 볼까?" 그가 말했다. "어때? 우린 누가 그자를 보냈는지 몰라. 어디서 왔는지, 왜 우릴 죽이려 했는지도 모르고."

"그런데요?" 딕슨이 말했다.

"하지만 그 보스가 누구든 우린 그의 전화번호를 입수했어. 만약 우리가 원한다면 그자에게 전화를 걸어서 안부 정도는 물을 수 있는 거잖아."

"우리가 원한다면이라뇨? 그건 당연한 거 아니에요?"

"맞아. 당연한 걸 물었군."

53

그들은 모두 크라이슬러에 올라탔다. 두껍고 무거운 문짝이 틀에 꼭 들어맞으며 닫히자 차 안은 고급 세단만이 제공해 줄 수 있는 소리의 진공지대가 되었다. 그들이 예상했고 기대했던 공간이 된 것이다. 그 적막 속에서 리처가 죽은 사내의 휴대폰을 열었다. 마지막 통화 기록을 찾아 녹색 재발신 버튼을 눌렀다. 귀마개처럼 전화기를 귀에 밀착시키고 기다렸다. 자신의 명의로 휴대폰을 가져 본 적은 없었지만 리처도 사람들이 그걸 어떻게 사용하는지는 알고 있었다. 주머니 속에서 진동을 느끼거나 벨소리를 들으면 사람들은 휴대폰을 꺼내서 스크린을 확인한다. 이어서 받을지 말지를 결정한다. 유선전화를 받는 것보다 훨씬 더딘 과정이다. 최소한 벨이 다섯 차례나 여섯 차례 울릴 때까지는 기다려야 한다.

벨이 한 번 울렸다.

두 번.

세 번.

받았다. 정말 빨리 응답을 한 것이다.

목소리가 말했다. "대체 어디 있었던 거야?"

중후한 목소리였다. 남자, 나이 든 남자였다. 만만한 상대가 아니었다. 분노와 다급함 속에서도 뚜렷이 드러나는 세련된 서부 억양이 그 사실을 말해 주고 있었다. 먹이사슬의 첫 번째 고리. 하지만 그 목소리에는 뒷골목 사내들이나 그 비슷한 부류들 특유의 음침한 분위기가 희미하게 배어 있었다. 현재의 지위에 오르기 전까지 순탄치 않은 삶을 살아왔던 게 분명했다. 리처는 전화선 건너편의 배경에서 들리는 소리를 잡아내기 위해 열심히 귀를 기울였다. 하지만 어떤 소리도 들리지 않았다. 없었다. 전혀 없었다. 그냥 정적이었다. 폐쇄된 공간, 혹은 조용한 사무실.

목소리가 말했다. "여보세요? 지금 대체 어디 있는 거야? 무슨 일이라도 있나?"

"뉘신가?" 마치 당연히 알 권리가 있는 것처럼 리처가 물었다. 잘못 걸려 온 전화를 받고 있는 사람처럼.

하지만 그 사내는 리처가 던진 미끼를 덥석 물지 않았다. 이미 발신자 번호를 확인했기 때문이었다.

"아니지, 그쪽이 먼저 누군지 밝혀야지." 그가 받아쳤다. 천천히.

리처는 잠시 뜸을 들인 뒤에 말했다. "네 똘마니는 지난 밤 임무에 실패했다. 그자는 이미 죽었어. 내가 잘 묻어 줬다. 이제 우린 널 잡으러 갈 거다."

전화기 저편에서는 오랫동안 침묵이 흘렀다. 마침내 목소리가 다시 들렸다. "리처?"

"내 이름을 알고 있나?" 리처가 말했다. "난 네 이름을 모르는데. 이건 공평한 것 같지 않군."

"인생이 공평하다는 말은 누구도 한 적이 없어."

"맞다. 하지만 공평하든 아니든, 네 삶의 마지막을 즐겨라. 와인 한 병을 사고 DVD를 빌려라. 하지만 박스로 사지는 마라. 네게 남은 시간은 이틀 정도니까. 그것도 길어 봐야."

"너희는 날 못 찾아."

"창문 밖을 보시지."

말을 마친 리처는 휴대폰에 귀를 밀착시켰다. 움직이는 소리가 들렸다.
양복 끝자락이 끌리는 소리, 회전의자의 기름 먹인 접속 부분이 돌아가는
소리.

사무실, 양복, 문을 향하고 있는 책상.

지역번호 310번 내에서 그 조건을 충족시킬 수 있는 사람이 백만 명은
될 것이다.

"너희는 날 못 찾아." 목소리가 다시 말했다.

"너는 곧 우리를 만나게 될 거다. 그럼 함께 헬리콥터를 타자. 네가 전
에 그랬던 것처럼. 하지만 이번엔 한 가지 크게 달라질 게 있다. 내 생각에
내 친구들은 반항했을 것이다. 하지만 넌 절대 그러지 않을 거다. 뛰어내
리게 해달라고 애걸복걸할 거다. 차라리 죽여 달라고 눈물 콧물 있는 대로
짜낼 거다. 내 그것만은 틀림없이 약속하지."

그 말을 끝으로 리처는 전화기를 접고 무릎 위로 떨어뜨렸다.

차 안에 잠시 정적이 감돌았다.

"첫 느낌은요?" 니글리가 물었다.

리처가 숨을 내쉬었다.

"고위직." 그가 말했다. "거물. 두목. 멍청하지 않은 자. 평범한 목소리.
창문이 있는 개인 사무실. 문은 닫혀 있고."

"위치는?"

"모르겠어. 배경에서 들리는 소리가 전혀 없었어. 자동차 소리도 비행

기 소리도 들리지 않았어. 그리고 그자는 우리가 자기 전화번호를 알고 있는데도 크게 신경 쓰는 것 같지 않았어. 도용한 번호일 거야. 이 차도 마찬가지고, 분명해. 시카고 친구가 곧 입증해 줄 거야."

"그럼 이제 어떻게 하죠?"

"LA로 돌아가야 해. 거길 떠나지 말았어야 했어."

"이건 스완을 중심으로 해서 벌어진 사건이에요." 오도넬이 말했다. "분명해요. 프란츠가 아니고 산체스나 오로스코도 아니에요. 그럼 누구겠어요? 뉴에이지를 그만두자마자 스완이 판을 벌인 게 분명하다고요. 아마 모든 준비를 해둔 상태로 때를 기다려 왔을 거예요."

리처가 고개를 끄덕였다. "뉴에이지 보안팀장을 만날 필요가 있어. 스완의 옛날 직속상관. 회사를 그만두기 전에 스완에게 뭐든 들은 얘기가 있었는지 확인해야 해." 그가 니글리에게 눈길을 돌렸다. "그러니 다이애나 본드와 다시 약속을 잡고 정보를 알아내야 해. 그 워싱턴 여자. 뉴에이지와 리틀 윙에 관해서. 뉴에이지의 보안팀장에게 제시할 수 있는 카드가 필요해. 우리가 확실한 정보를 갖고 있다는 걸 안다면 그 사람은 비밀을 지키는 조건으로 우리에게 더 많은 걸 털어놓을 테니까. 게다가 난 궁금해."

"나도 궁금해요." 니글리가 말했다.

그들은 죽은 사내의 크라이슬러를 훔쳤다. 아예 차에서 내리지도 않았다. 리처는 니글리에게서 자동차 키를 건네받은 다음 호텔까지 몰고 갔다. 다른 세 사람이 짐을 꾸리기 위해 호텔로 들어간 뒤 주정차 레인에 그대로 머물면서 기다렸다. 그는 그 차가 아주 마음에 들었다. 조용하면서도 강력한 차였다. 호텔 유리창에 비친 차의 모습을 바라보았다. 군청색 페인트가 멋져 보였다. 각지고 둔중한 외형이 망치처럼 매력이 있었다. 그에게 딱 맞는 자동차였다. 그는 차 안의 기기들을 점검한 뒤 죽은 사내의 휴대폰을 충전기에 꽂고 팔걸이 덮개를 닫았다.

일착은 딕슨이었다. 그녀는 벨보이에게 짐을 맡기고 그 뒤를 따라 로비 현관을 나왔다. 곧이어 주차요원이 그녀의 차를 가지러 달려갔다. 딕슨 다음엔 니글리와 오도넬이 함께 나왔다. 니글리는 신용카드 영수증을 가방에 찔러 넣으면서 동시에 휴대폰을 접었다.

"차량 번호판을 조회한 결과 굉장한 정보를 알아냈어요." 그녀가 말했다. "LA 다운타운 상용 우편 사서함을 주소로 등록한 월터라는 이름의 유령회사 소속 차량이에요."

"귀엽군." 리처가 말했다. "월터 크라이슬러니까 월터라고 이름을 지은 모양이야. 그렇다면 이 휴대폰을 등록한 유령회사의 이름은 분명히 알렉산더일 거야. 알렉산더 그레이엄 벨."

"월터 주식회사가 리스한 차량은 모두 일곱 대예요." 니글리가 말했다.

리처가 고개를 끄덕였다. "아주 중요한 정보로군. 놈들은 상당한 규모야. 다들 그걸 잊지 말아야 해."

딕슨은 자신이 오도넬을 태우고 가겠다고 말했다. 리처가 크라이슬러의 트렁크를 열자 니글리가 자기 가방들을 실은 뒤 조수석에 올라탔다.

"어디다 짐을 풀 거죠?" 딕슨이 차창 너머로 물었다.

"이번엔 좀 다른 곳." 리처가 말했다. "그자들은 우리가 윌셔와 샤토 마몽에 투숙하는 걸 지켜봤어. 따라서 이젠 변화를 줘야 해. 그들이 예상하지 못할 곳. 선셋의 듄스로 가자."

"어떤 곳인데요?"

"모텔. 나와 어울리는 곳."

"정말 형편없는 곳인가 보죠?"

"괜찮은 곳이야. 침대도 있고 제대로 잠기는 문도 있고."

리처와 니글리가 먼저 출발했다. 꽉 막혀 있던 15번 도로는 도시를 벗어나자마자 뻥 뚫렸다. 리처는 사막 지역을 가로지르는 구간 동안 정속 주행 장치를 작동시켰다. 조용하고 빠르고 세련된 차였다. 니글리는 다이애나 본드와 통화하기 위해 에드워드 공군기지에 전화를 걸었다. 그녀의 소재를 찾아 내선번호를 계속해서 옮겨 가는 동안 어느새 30분이 흘렀다. 그동안 차는 착실히 달려 휴대폰 통화 가능 지역을 벗어나게 되었다. 결국 니글리의 휴대폰은 속절없이 먹통이 되고 말았다. 리처는 그녀가 뭘 하든 상관하지 않고 도로에만 신경을 집중했다. 자신의 운전 실력이 서툰 건 아니지만 썩 괜찮은 편도 아니라는 걸 누구보다도 본인이 잘 알고 있었다. 그는 군대에서 운전을 배우고 익혔다. 사회에 나온 뒤로는 운전 교육을 받아 본 적이 없었다. 운전면허 시험을 치른 적도 없었다. 따라서 면허증을 가져 본 적도 없었다. 니글리의 운전 솜씨는 그보다 월등했다. 속도를 내야 할 때는 거침이 없었다. 그녀로서는 그의 운전이 갑갑할 수밖에 없었다. 휴대폰을 내려놓고 난 뒤 그녀는 계속해서 속도계를 흘깃거렸다. 마침내 그녀의 인내가 한계에 달했다. "훔친 차를 몰 때처럼 밟아요." 그녀가 말했다. "실제로도 훔친 차잖아요."

그래서 그는 좀 더 속력을 올렸다. 그들의 크라이슬러가 다른 차들을 추월하기 시작했다. 그중에는 오른쪽 차선에서 덜컹거리며 서쪽을 향해 달려가는 중간 크기의 유홀 트럭도 있었다.

바스토우를 15킬로미터 남겨 둔 지점에서 그들의 뒤에 바짝 따라붙은 덕슨이 라이트를 깜빡인 다음 길가에 차를 세웠다. 조수석에 앉은 오도넬이 밥 먹는 시늉을 해보였다. 마치 어쩔 수 없는 마조히스트들처럼 그들은 베이거스로 가는 길에 들렀던 식당에 다시 들어갔다. 네 사람 모두 점심을 걸러 속이 텅 비어 있었다. 앞으로 한참 동안은 식당을 만날 수 없는 상황이라 어쩔 수가 없었다.

음식은 지난번과 마찬가지로 형편없었다. 대화 분위기마저도 암울했다. 산체스와 오로스코의 불행이 주제로 올랐다가 소규모 비즈니스의 문제점에 관한 얘기로 자연스럽게 옮겨갔다. 특히 예비역들이 사업전선에서 겪는 애로사항들에 관해서는 덕슨과 오도넬이 열변을 토했다. '예비역들은 일반인들과는 전혀 다른 사고방식을 지니고 군문을 나선다. 그들은 군 생활을 하면서 익숙해진 확실성을 일반 사회에서도 기대한다. 솔직함, 투명함, 정직, 전우애, 그리고 책임과 희생. 그러니 제대로 성공할 수 있겠는가?'

리처는 덕슨과 오도넬이 자신들의 얘기를 하고 있다는 느낌을 받았다. 과연 그들이 번지르르한 차림새만큼이나 사회적으로 실속 있는 삶을 살고 있는지, 그들의 내년도 소득세 납부 고지서엔 얼마가 찍혀 있을지 궁금했다. 아니, 궁금하다기보다는 일말의 회의가 일었다. 덕슨은 일을 걷어치우고 곧장 동료들에게 달려왔으니 현재로선 실업자였다. 오도넬은 여동생을 돌보느라 한동안 일을 하지 못한 상태였다. 금전적인 문제에서 자유로운 건 니글리뿐이었다. 그녀는 사회에 나온 뒤 엄청난 성공을 이루었다. 하지만 그녀는 아홉 명 가운데 하나였다. 육군이 배출한 최고의 엘리트 아홉 명 가운데 하나만이 사회에서 성공한 것이다. 백분율로 계산하자면 11

퍼센트를 약간 넘는 비율이다.

형편없는 결과였다.

'당신도 곧 괜찮아질 거예요.' 딕슨은 그렇게 말했었다.

'나도 보통 때는 늘 그런 다짐을 하곤 해.' 리처는 그렇게 대답했었다.

'대장한텐 없는데 우리한테 있는 건 여행 가방뿐이에요.' 오도넬은 그렇게 말했었다.

'하지만 자네들한테 없는데 나한테 있는 건 뭐지?' 리처는 그렇게 반문했었다.

식사를 끝낼 때쯤엔 딕슨과 오도넬의 속사정에 관해서도 결론을 내릴 수 있었다.

바스토우를 출발한 뒤 빅터빌과 애로우헤드 호수를 차례로 지나자 그들 앞에 산악지대가 나타났다. 하지만 그보다 앞서, 한밤중에 헬리콥터가 떴던 황무지가 펼쳐졌다. 이번에는 오른쪽이었다. 리처는 절대 쳐다보지 않으리라고 다시 한번 스스로에게 다짐을 했다. 하지만 또 그쪽으로 고개를 돌리고 말았다. 그는 도로에서 한 번에 몇 초씩 눈길을 돌려 북서쪽을 흘깃거리며 차를 몰았다. 산체스와 스완이 그 황무지 어딘가에 있을 것이다. 그는 이미 두 사람의 죽음을 기정사실로 받아들이고 있었다.

차가 다시 통화 가능 지역으로 들어서기 무섭게 니글리의 전화벨이 울렸다. 다이애나 본드였다. 언제든 에드워드 공군기지에서 출발할 준비가 되어 있으니 시간과 장소를 정하라고 했다.

리처가 니글리에게 말했다. "선셋의 데니스로 오라고 해. 지난번에 우리가 만났던 곳."

니글리가 얼굴을 찌푸리자 그가 다시 말했다. "좀 전의 그 식당을 생각해봐. 거기에 비하면 데니스 음식은 파리의 맥심^{프랑스 파리에 위치한 유명 레스토랑 '맥심 드 파리'를 뜻함} 못지않게 기막힐 거라고."

니글리가 본드와 약속을 정하고 통화를 끝내는 것과 거의 동시에 리처는 기어를 넣고 샌안토니오 산의 첫 번째 언덕 위를 올라가기 시작했다. 그로부터 한 시간이 채 지나지 않아 그들 일행은 듄스 모텔의 프런트 앞에서 있었다.

듄스는 가장 비싼 객실도 하룻밤 투숙료가 100달러에 한참 못 미치는 모텔이었다. 대신 TV 리모컨 보험료를 내야 하는 곳이었다. 그걸 따지는 투숙객은 키를 건네받기 전에 직원의 장광설을 참고 들어야 한다. 리처는 객실 네 개 값을 현찰로 지불했다. 베이거스에서 죽은 사내가 그들의 하룻밤 안식처를 만들어 준 셈이었다. 덕분에 실명과 신분증을 제시할 필요가 없었다. 그들은 타고 온 차들을 주차장 안쪽 구석에 주차시킨 다음 세탁실 옆의 허름한 라운지에서 다시 뭉쳤다. LA 카운티에서 가장 은밀한 장소들 가운데 한 곳이었다. 리처에게 어울리는 곳.

다시 한 시간이 지난 뒤 니글리는 다이애나 본드의 전화를 받았다. 데니스의 주차장으로 들어서는 중이라고 했다.

54

선셋을 조금 걸어 내려가서 데니스의 네온 조명을 밝힌 로비로 들어선 네 사람은 그들을 기다리고 있는 큰 키의 금발 머리 여자를 발견했다. 그녀는 온몸을 검정색으로 휘감고 있었다. 검정색 재킷, 검정색 블라우스, 검정색 치마, 검정색 스타킹, 검정색 하이힐. 동부에서는 어느 자리에서든 충분히 어울리겠지만 캘리포니아에서는 좀 어색하게, 특히 데니스에서는 아주 어색하게 느껴지는 차림새였다. 날씬한 몸매에 지적인 외모의 여자였다. 매력적이었다. 나이는 30대 중후반으로 보였다.

그녀는 약간 화가 난 것 같았다. 뭔가 고민이 있는 것 같았다. 초조해하는 것 같았다.

니글리가 그녀를 동료들에게 소개했다. "이쪽은 D.C.에서 에드워드 공군기지를 거쳐 여기까지 내려와 준 다이애나 본드."

다이애나 본드는 달랑 악어가죽 가방 하나만을 들고 있었다. 서류 가방 같은 건 없었다. 물론 리처가 브리핑 자료를 기대하고 있었던 건 아니었다. 그들은 홀 맨 구석에 있는 5인용 원탁에 둘러앉았다. 다섯 사람이 편안하게 앉을 만한 자리는 그곳 말고는 없었다. 웨이트리스가 다가오자 그들은 커피를 주문했다. 잠시 후 웨이트리스는 큼지막한 잔 다섯 개와 커피 주전자를 가지고 돌아왔다. 그녀가 커피를 따라 주고 돌아간 뒤 다섯 사람

355

은 아무 말 없이 맛을 시험하듯 조심스럽게 커피 한 모금씩을 들이켰다.

다이애나 본드가 먼저 말문을 열었다. "난 당신들을 신고할까도 생각했어요."

리처가 고개를 끄덕였다. "당신이 그렇게 하지 않은 게 나로서도 조금 의외였소." 그가 말했다. "당신이 요원들 한 무리를 끌고 올 거라고 예상했었으니까."

본드가 말했다. "DIA국방정보국에 전화 한 통만 걸면 끝나는 일이었어요."

"그런데 왜 그 전화를 걸지 않았소?"

"상식적으로 해결하고 싶었어요."

"충성하고 싶은 마음도 있었겠고." 리처가 말했다. "당신 보스에게."

"그리고 내 조국에 대해. 난 당신들이 지금 알고자 하는 것에 대한 궁금증을 떨쳐 버리기를 간곡히 촉구하고 싶어요."

리처가 말했다. "그럼 당신은 또다시 헛걸음을 하게 되잖소."

"한 번 더 헛걸음을 하게 된다면 아주 기쁠 것 같네요."

"우리의 세금이 헛되이 쓰여서는 안 되지."

"난 당신들에게 간청을 하고 있는 거예요."

"거부하겠소."

"난 당신들의 애국심에 호소하는 거예요. 이건 국가 안보가 달린 문제예요."

리처가 말했다. "여기 있는 우리 네 사람이 군복을 입고 지낸 시간을 모두 합하면 60년이오. 당신은 몇 년이나 복무했소?"

"복무한 적 없어요."

"당신 보스는?"

"없어요."

"그렇다면 애국심이니 국가 안보니 하는 얘기는 집어치우시오. 알겠소? 당신들은 그런 단어를 입에 올릴 자격이 없으니까."

"대체 왜 당신들은 리틀 윙에 관해 알고 싶어 하는 거죠?"

"우리에겐 뉴에이지에서 일했던 친구가 있었소. 우린 그 친구가 못다한 일을 끝내고 싶소."

"그 사람은 죽었나요?"

"그런 것 같소."

"애도의 뜻을 전합니다."

"고맙소."

"하지만 그렇다고 해도 난 또다시 간청할 수밖에 없어요. 이 일을 더 이상 캐고 들지 마세요."

"그 얘긴 못 들은 걸로 하겠소."

다이애나 본드는 한참을 말이 없다가 천천히 고개를 끄덕였다.

"거래 조건을 제시할게요." 그녀가 말했다. "난 당신들에게 개략적인 설명을 해주고 당신들은 그 내용을 절대 발설하지 않기로. 군복을 입고 지낸 60년을 두고 약속할 수 있나요?"

"그럽시다."

"그리고 오늘 딱 한 번만 내가 당신들에게 정보를 알려 준 뒤엔 서로 다시는 만나는 일이 없기로."

"그럽시다."

그녀는 다시 한번 입을 꾹 다물었다. 자신의 양심과 씨름을 하고 있는 것으로 해석될 수도 있는 침묵이었다.

"리틀 윙은 신형 어뢰예요." 그녀가 말했다. "미 해군 태평양 잠수함 함대의 신무기. 기존의 어뢰들과 큰 차이는 없어요. 새로 개발된 전자 장치 덕분에 조종하기가 쉬워졌다는 것 말고는."

리처가 웃었다. "그럴듯했소." 그가 말했다. "하지만 그건 사실이 아니오."

"무슨 근거로요?"

"당신이 일단은 둘러댈 걸 알고 있었으니까. 하지만 그래서만이 아니오. 그 60년 세월의 대부분을 우리는 거짓말쟁이들의 진술을 들으며 보냈소. 그래서 우리의 귀는 거짓말 탐지기가 됐소. 또한 우리는 그 60년 세월 가운데 상당 부분을 펜타곤의 온갖 자료들을 분석하며 보냈소. 따라서 우리는 그들이 단어를 짜 맞추는 방식을 알고 있소. 새로운 어뢰라면 리틀 피시라고 이름 붙였을 거요. 그뿐이 아니오. 뉴에이지는 신생 군수업체이기 때문에 본거지를 마음대로 선택할 수 있었소. 해군과 연관됐다면 샌디에이고나 코네티컷, 아니면 버지니아의 뉴포트뉴스를 선택했을 거요. 하지만 그들은 LA 동부를 선택했소. LA 동부엔 해군기지가 없소. 그 근처엔 공군기지들뿐이지. 당신이 출장 나와 있는 에드워드 공군기지를 포함해서. 게다가 이름이 리틀 윙? 누가 들어도 하늘 쪽이잖소."

다이애나 본드가 어깨를 한 번 으쓱거렸다.

"나로선 거짓말을 할 수밖에 없었어요." 그녀가 말했다.

리처가 말했다. "다시 한번 시도해 보시오."

또다시 침묵이 흘렀다.

"보병용 무기예요." 그녀가 말했다. "공군이 아니라 육군. 뉴에이지가 본거지를 LA 동부로 잡은 건 포트 어윈에서 가깝기 때문이에요. 에드워드 공군기지가 아니라. 하지만 하늘 쪽이라는 건 맞아요."

"구체적으로?"

"어깨를 지지대 삼아 발사할 수 있는 휴대용 지대공 미사일이에요. 차세대 미사일."

"기능은?"

다이애나 본드가 고개를 가로저었다. "그건 말할 수 없어요."

"말하시오. 안 그러면 당신 보스에게 좋지 않은 일이 생길 거요."

"그건 부당해요."

"당신 보스는 늘 정당하신가?"

"혁신적으로 진보된 무기예요. 그게 내가 얘기할 수 있는 전부예요."

"그런 표현은 전에도 여러 번 들었소. 그건 지금으로부터 길어야 1년 후엔 구식 무기가 된다는 말이오. 보통은 6개월 시한부지만."

"우린 앞으로 최소 2년까지로 생각하고 있어요."

"기능은?"

"말 못해요. 그리고 당신들은 언론기관에 알리지 못해요. 그건 나라를 팔아먹는 행위니까."

"우리가 그러지 못할 것 같소?"

"진심이에요?"

"폐암처럼 심각하게."

"난 이 상황을 받아들일 수가 없어요."

"그냥 순순히 털어놓으시오. 안 그러면 당신 보스는 내일부터 새 직장을 구하러 다녀야 할 거요. 그렇게 되면 우린 나라를 위해 큰일을 해낸 셈이고."

"당신은 그분을 좋아하지 않는군요."

"그자를 좋아하는 사람을 봤소?"

"신문사들은 그런 기사를 절대 싣지 않을 거예요."

"꿈 깨시오."

본드는 다시 1분 동안 침묵을 지켰다.

"이 정보가 절대 다른 곳으로 새어 나가는 일이 없을 거라고 약속해 줘요."

"이미 약속했잖소." 리처가 말했다.

"기능이 복잡해요."

"최첨단 과학기술이 동원됐다는 뜻이오?"

"스팅어 알죠?" 본드가 물었다. "현세대 미사일."

리처가 고개를 끄덕였다. "실전에서 본 적이 있소. 우리 모두."

"작동 원리도 알고 있나요?"

"제트 연료 배기가스가 그려내는 열선 추적."

"하지만 아래에서부터죠." 본드가 말했다. "그게 스팅어의 치명적인 약점이에요. 쏘아 올라가면서 방향 조절까지 함께 해야 하니 속도가 느려질 수밖에 없고 따라서 적의 비행기에 시간 여유를 주게 되는 거죠. 아래쪽을 경계하는 레이더가 스팅어를 포착하면 파일럿이 조종술만으로도 따돌릴 수 있어요. 유인 화염 같은 방어 장치로 빗나가게 만들 수도 있고."

"그런데?"

"리틀 윙은 혁신적이에요. 대부분의 획기적인 아이디어들이 그렇듯이 처음엔 단순한 전제에서부터 시작됐어요. 아래에서 위가 아니라 위에서 아래로 표적을 추적한다면 어떨까라는 역발상이었죠."

"공감 가는 얘기요." 리처가 말했다.

본드가 고개를 끄덕였다. "일단은 방향 조절이고 뭐고 없이 무조건 쏘아져 올라가는 거예요. 아주 엄청난 속도로. 하지만 약 2,400미터 상공에 이른 뒤에는 속도를 늦추다가 완전히 정지해요. 그다음엔 탄두를 아래로 향하고 떨어지죠. 그때 전자 장치의 스위치가 켜지면서 표적 사냥이 시작되는 거예요. 추진 장치와 조종 장치가 있는 데다가 중력이 큰 몫을 담당해 주기 때문에 방향 조절은 믿기 어려울 만큼 정확해요."

"먹잇감을 위에서부터 덮친다-." 리처가 말했다. "매처럼."

본드가 다시 고개를 끄덕였다. "믿기 힘든 속도로요." 그녀가 말했다. "초음속 비행기라 해도 그걸 막아 낼 방법이 없어요. 비행기의 방어 레이더는 항상 아래쪽을 향하고 있잖아요. 유인 화염도 아래쪽을 향해 발사되고. 따라서 비행기의 위쪽은 무방비 상태나 마찬가지예요. 지금까지는 그래도 괜찮을 수 있었죠. 위에서부터 날아오는 미사일은 없었으니까. 하지만 이젠 달라진 거예요. 그래서 리틀 윙 프로젝트가 극비 사항이 된 거죠. 앞으로 2년 동안은 미국의 지대공 방어력에 필적할 국가는 없을 거라는 예상이 지배적이에요. 그리고 그 2년 동안 누구든 리틀 윙을 입수한 사람은 하늘을 나는 건 뭐든지 떨어뜨릴 수 있는 능력을 갖게 되는 거죠. 하지만 그 기간은 분명히 늘어날 거예요. 리틀 윙을 막아낼 방법을 개발하려면 2년 갖고는 어림도 없을 테니까."

리처가 말했다. "속도 때문에 그 방법을 찾기가 더욱 힘들 거요."

"거의 불가능할 거예요." 본드가 말했다. "사람의 눈은 너무나 느려요. 동작도 그렇고. 따라서 미사일이든 뭐든 확인하고 방어하는 과정은 자동 화기기에 의존할 수밖에 없어요. 100미터 위쪽에서 날고 있는 새와 1킬로미터 위쪽에서 날아오는 리틀 윙, 그리고 80킬로미터 위쪽에서 돌고 있는 인공위성을 구분하고, 필요하다면 방어 장치를 발동시키는 과정을 컴퓨터에 맡겨야 한다는 얘기죠. 하지만 컴퓨터가 100퍼센트 정확하기를 기대할 수는 없어요. 결국 혼선이 빚어지는 상황을 각오해야 해요. 테러리스트들의 위협 때문에 민간 항공기들도 반드시 방어 장치를 갖추게 될 거예요. 하지만 민간 공항의 상공에는 비행기들이 겹겹이 떠 있어요. 방어 장치가 잘못 발동되는 일이 빈번해질 거예요. 따라서 최소한 이착륙 시에는 그 장치를 꺼야 해요. 테러리스트들이 그 순간을 노린다면 꼼짝없이 당하게 되는 거고."

"또다시 참극이 빚어지겠네요." 딕슨이 말했다.

오도넬이 딕슨에게 말했다. "다행히 이론상으로만 가능한 참극이에요." 그가 이번엔 본드에게 말했다. "우린 리틀 윙 프로젝트에 하자가 발생했다는 걸 알고 있어요."

"지금부터 내가 하는 얘기는 반드시 당신들만 알고 있어야 해요."

"우린 이미 그러겠다고 했잖아요."

"이번엔 사업적인 비밀이기 때문에 다시 한번 강조한 거예요."

"국방 비밀보다 훨씬 더 중요하겠군요."

"시제품은 훌륭했어요." 본드가 말했다. "베타 테스트도 성공적이었고. 하지만 본격적인 생산 과정에서 문제가 생겼어요."

"로켓? 전자 장치? 아니면 둘 다?"

"전자 장치." 본드가 말했다. "로켓 제작 기술은 40년이 넘는 역사를 지니고 있어요. 로켓은 덴버 공장에서 제작해요. 거기 기술자들은 눈 감고도 로켓을 만들어 낼 수 있어요. 문제는 전자 장치에서 발생한 거예요. 여기

LA에서. 우린 아직 대량생산 체계도 갖추지 못하고 있어요. 수작업으로 조립을 하고 있는 실정이죠."

리처는 아무 말 없이 고개만 끄덕였다. 그는 잠시 창밖을 바라보다가 냅킨 통에서 냅킨 한 뭉치를 꺼내어 가지런하게 추스른 다음 테이블 위에 반듯하게 쌓아 올렸다. 그러고 나선 설탕 통을 그 위에 올려놓았다. 식당 안은 너무나 한산했다. 식당 안쪽에 늘어선 부스들은 단 두 곳만 빼고 모두 비어 있었다. 그 두 곳에도 각각 남자 손님들 한 명씩뿐이었다. 지친 몸을 웅크린 채 식사를 하고 있는 막노동꾼들이었다. 그 두 사람과 리처 일행, 그 일곱 명이 손님의 전부였다. 하루가 저물어 가고 있었다. 빨갛고 노란 데니스의 네온 불빛이 시시각각으로 밝기를 더해 가고 있었다. 선셋 대로엔 헤드라이트를 켜고 달리는 차들이 갈수록 많아지고 있었다.

"리틀 윙 프로젝트가 물거품이 됐다는 결론인 건가요?" 오도넬이 침묵을 깨고 물었다. "애꿎은 달러만 쏟아붓고 끝이 난, 또 한 차례의 펜타곤의 백일몽?"

다이애나 본드가 말했다. "이렇게 될 줄은 아무도 몰랐어요."

"뭐 언제는 알았나요?"

"완전히 수포로 돌아간 건 아니에요. 제대로 작동하는 제품들도 있으니까."

"M-16 소총이 처음 개발됐을 때도 펜타곤에서 똑같은 소리를 했다는 걸 아시려나 모르겠네. 그걸 듣고 순찰을 나갈 때마다 병사들 마음이 어땠을 것 같아요?"

"하지만 M-16은 결국 완벽해졌잖아요. 리틀 윙도 그렇게 될 거예요. 그러니 충분히 기다릴 만한 가치가 있는 프로젝트예요. 질문 하나 할게요.

세상에서 가장 뛰어난 방어 장치를 갖춘 비행기가 뭐죠?"

딕슨이 말했다. "에어포스 원. 아마도. 정치인들의 안전이 항상 우선이니까."

본드가 말했다. "리틀 윙은 그 비행기까지도 간단히 격추시킬 수 있어요."

"그럼 어서 쏴야겠네요." 오도넬이 말했다. "그자들을 아래로 끌어내리려면 투표보다 그 편이 훨씬 빠르겠는데."

"애국자법을 아직 읽지 않은 모양이군요. 그런 생각을 하는 것만으로도 체포될 수 있어요."

"미국 시민 전부가 옥살이하게 생겼군요." 오도넬이 말했다.

웨이트리스가 그들의 테이블로 다가와서 얼쩡거렸다. 계속해서 리필해 줘야 하는 다섯 잔의 커피보다 좀 더 돈이 되는 주문을 받고 싶은 게 분명했다. 딕슨과 니글리는 그녀의 의도를 눈치채고 아이스크림을 주문했다. 다이애나 본드는 그냥 넘어갔다. 오도넬은 햄버거를 주문했다. 웨이트리스는 여전히 테이블 앞에 서서 리처를 뚫어지게 바라보았다. 그는 그녀에게 눈길을 주지 않았다. 설탕 통을 냅킨 더미 위에 올렸다가 내려놓기를 반복하고만 있었다.

"손님?" 웨이트리스가 리처를 불렀다.

리처가 눈길을 들었다. "애플파이." 그가 말했다. "아이스크림을 곁들여서. 커피도 좀 더 부탁하오."

웨이트리스가 물러가고 나자 리처의 눈길은 다시 냅킨 더미 위로 떨어졌다. 다이애나 본드가 바닥에서 가방을 집어 들었다. 과장된 몸짓으로 가방의 먼지를 털어내고 난 뒤 그녀가 말했다. "그만 가봐야겠어요."

"알겠소." 리처가 말했다. "시간 내줘서 대단히 감사하오."

55

　다이애나 본드가 에드워드 공군기지로 돌아가는 장시간의 여행을 위해 식당을 나간 뒤, 리처는 좀 전에 내려놓았던 설탕 통을 다시 냅킨 더미 정중앙에 올려놓았다. 디저트가 나왔다. 잔이 다시 채워지고 오도넬의 버거 접시도 그 앞에 놓였다. 애플파이를 절반쯤 먹고 난 뒤 리처가 고개를 들었다. 그는 아무 말 없이 잠시 동안 창밖을 바라보았다. 그러다 갑자기 설탕 통을 가리키며 니글리를 똑바로 쳐다보았다.

　리처가 물었다. "이게 뭐지?"

　"설탕이잖아요." 그녀가 말했다.

　"아니, 이건 문진이야." 그가 말했다.

　"그래서요?"

　"약실에 실탄을 먹이지 않은 채 총을 지니고 다니는 사람은 누굴까?"

　"그런 식으로 훈련을 받은 사람이겠죠."

　"경찰이겠지. 전직 경찰. 전직 LA 경찰."

　"그런데요?"

　"뉴에이지의 그 교과서 같은 여자는 우리에게 거짓말을 했어. 사람들은 메모를 해. 낙서도 하고. 필기도구가 있어야 일에 능률이 오르는 법이야. 종이를 전혀 쓰지 않는 회사는 있을 수 없어."

오도넬이 말했다. "대장이 마지막 직장을 그만둔 뒤로 업무 방식도 많이 변했어요."

"우리가 거기 처음 갔을 때 그녀는 스완이 베를린 장벽 조각을 문진으로 사용했다고 말했어. 종이가 전혀 없는 사무실에서 문진을 어디다 사용했을까?"

오도넬이 말했다. "단어 선택을 그렇게 했겠죠. 문진, 장식용 소품, 책상 액세서리. 그게 그거 아닙니까?"

"거기 처음 갔을 때 우린 주차장으로 들어가기 전에 기다려야 했어. 기억나?" 리처가 여전히 니글리를 바라보며 말했다.

그녀가 고개를 끄덕였다. "트럭 한 대가 정문을 통해 밖으로 나오고 있었으니까요."

"어떤 트럭이었지?"

"복사기 회사 트럭이었어요. 수리나 배달 때문이었겠죠."

"종이가 전혀 없는 회사에서 복사기가 왜 필요하지?"

니글리는 아무 말도 하지 않았다.

리처가 말했다. "그녀가 그 부분에서 거짓말을 했다면 다른 모든 얘기도 거짓일 가능성이 있어."

다른 세 사람은 입을 꾹 다물고 있었다.

리처가 말했다. "뉴에이지의 보안 책임자는 전직 LA 경찰이야. 그의 부하 직원들 대부분도 마찬가지일 거야, 분명히. 안전장치는 걸어 놓고, 약실은 비워 둔다. 경찰학교에서 가르치는 안전관리 수칙이야."

세 사람은 아무 말이 없었다.

리처가 말했다. "다이애나 본드에게 전화해. 이리로 다시 오라고 해, 지금 당장."

"지금 막 떠났는데요." 니글리가 말했다.

"그러니까 멀리 가지 못했을 거야. 차만 돌리면 금방이야. 그 여자 차에도 핸들은 달려 있을 테니까."

"돌아오려 하지 않을 텐데요."

"돌아올 거야. 만약 돌아오지 않으면 내일 아침 신문에서 보게 될 게 단지 그녀 보스의 이름만은 아닐 거라고 말해."

다이애나 본드는 35분이 조금 더 지난 뒤에 돌아왔다. 교통 체증, 드문드문한 고속도로 출구. 그들은 그녀의 차가 주차장으로 들어서는 것을 지켜보았다. 1분 뒤, 그녀가 그들의 테이블로 다가왔다. 앉을 생각은 없는 것 같았다. 화가 난 채로 그냥 서 있었다.

"약속했잖아요." 그녀가 말했다. "모든 정보를 알려 주면 날 가만 내버려두겠다고."

"여섯 개의 질문이 남았소." 리처가 말했다. "그 대답만 듣고 나면 우리도 당신을 다시 볼 생각이 없소."

"지옥에나 가요."

"이건 중요한 일이오."

"나한텐 아니에요."

"당신은 돌아왔소. 핸들을 돌리지 않을 수도 있었소. DIA에 전화를 걸 수도 있었소. 하지만 그러지 않았소. 그러니 연극은 그만하시오. 당신이 대답해 줄 걸 난 알고 있소."

식당 전체가 조용했다. 들리는 거라곤 거리를 달리는 자동차 소리와 주방에서 나는 단조로운 소음뿐이었다. 식기세척기인 것 같았다.

"여섯 개의 질문?" 본드가 말했다. "좋아요. 하지만 더는 안 돼요. 난 정신 똑바로 차리고 셀 거예요."

"앉으시오." 리처가 말했다. "디저트도 주문하고."

"디저트 생각 없어요," 본드가 말했다. "여기서는." 하지만 자리에 앉기는 했다. 아까와 같은 자리였다.

"첫 번째 질문." 리처가 말했다. "어디에든 뉴에이지와 경쟁 관계에 있는 업체가 있소? 비슷한 기술을 지닌 라이벌이라든지?"

다이애나 본드가 말했다. "없어요."

"뉴에이지가 리틀 윙 프로젝트를 따낸 것에 대해 앙심을 품거나 많이 섭섭해할 만한 사람이 있소?"

"없어요." 그녀가 다시 말했다. "입찰한 회사는 뉴에이지 한 곳뿐이었어요."

"알겠소. 이제 두 번째 질문. 정부에서는 리틀 윙 프로젝트가 성공하기를 정말로 원하고 있소?"

"당연하죠. 그걸 묻다니 당신 머리가 이상한 거 아니에요?"

"효과적인 방어 장치가 없는 상태에서 가공할 위력을 지닌 신무기를 개발하는 게 걱정될 수도 있잖소."

"별 걱정을 다 들어보겠네요."

"진심이오? 리틀 윙이 적대 세력의 손에 넘어가 복제된다면? 펜타곤은 그 피해가 어느 정도일지 알고 있잖소. 그 가공할 무기가 우리 영공을 겨누고 있는데 편안히 발 뻗고 잘 수 있겠소?"

"그건 문젯거리가 될 수 없어요." 본드가 말했다. "그런 식으로 따진다면 아무 일도 못해요. 맨해튼 프로젝트_{미국의 원자폭탄 개발 프로젝트}도 취소됐을 거예요. 초음속 전투기도 그렇고. 전부 다."

"알겠소." 리처가 말했다. "이제 뉴에이지의 수작업 조립 공정에 관해 설명해 주시오."

"세 번째 질문인가요?"

"그렇소."

"그들의 수작업 조립 공정에 관해 어떤 점이 궁금한 거죠?"

"개괄적인 설명. 난 전자업계에서 일한 경험이 없으니까."

"말 그대로 손으로 조립하는 과정이에요." 본드가 말했다. "작업대를 들여놓은 소독된 밀실에서 샤워 캡을 쓰고 방진복을 입은 여자들이 돋보기와 납땜기를 사용해 가며 전자 장치를 조립하는 거죠."

"더디겠군." 리처가 말했다.

"물론이죠. 하루 생산량이 고작 열두 대 남짓이에요. 백이나 천 단위가 아니라."

"열두 대?"

"현재로선 그 정도예요. 평균적으로. 아홉 대나 열 대인 날도 있고 열두 대나 열세 대인 날도 있고."

"수작업 조립이 시작된 건 언제였소?"

"네 번째 질문인가요?"

"그렇소."

"수작업 조립이 시작된 건 대략 7개월 전이었어요."

"생산 실적은 어땠소?"

"다섯 번째 질문인가요?"

"아니, 보완 질문이오."

"처음 석 달 동안은 양호했어요. 거의 매일 목표량을 달성했죠."

"주 6일제 근무가 맞소?"

"맞아요."

"문제가 생긴 건 언제부터였소?"

"4개월쯤 전부터요."

"어떤 문제였소?"

"마지막 질문이죠?"

"아니, 이것도 보완 질문이오."

"조립이 끝난 제품은 곧장 테스트에 들어가요. 그런데 그 테스트를 통과하지 못한 제품들, 그러니까 제대로 작동하지 않는 장치들이 갈수록 많아진 거예요."

"테스트는 누가 담당하고 있소?"

"품질관리 감독관이 따로 있어요."

"외부 인사?"

"아뇨. 그 장치를 개발한 기술자예요. 현재로선 그 장치들의 성능을 테스트할 수 있는 유일한 사람이에요. 그 사람만이 그 장치의 작동 원리를 알고 있으니까요."

"테스트를 통과하지 못한 제품들은 어떻게 처리되고 있소?"

"부숴요."

리처가 입을 다물었다.

다이애나 본드가 말했다. "이제 정말 일어서야 해요."

"마지막 질문." 리처가 말했다. "그래서 당신들이 그 프로젝트의 예산을 삭감했소? 뉴에이지에서는 어쩔 수 없이 정리해고를 단행했고?"

"그랬을 리가 있겠어요?" 본드가 말했다. "그게 마지막 질문이라니 당신도 참 한심하군요. 우린 그들의 예산을 삭감하지 않았어요. 그들은 직원들을 자르지 않았고. 우린 그래야만 했어요. 그들도 그래야만 했고. 어떻게 해서든 이 프로젝트를 성공시켜야 하니까."

56

다이애나 본드가 두 번째로 떠난 뒤 리처는 남은 파이를 먹기 시작했다. 사과는 차가웠고 파이 껍질은 눅눅했다. 아이스크림은 녹아서 접시 밖으로 흐를 지경이었다. 하지만 그는 개의치 않았다. 사실 아무 맛도 느끼지 못하고 있었다.

오도넬이 말했다. "축배를 들어야겠네요."

"그래야 할까?" 리처가 말했다.

"그럼요. 어떤 상황인지 알게 됐으니까요."

"그게 축배를 들 일인가?"

"그럼 아닌가요?"

"지금까지의 상황을 종합해서 정리해봐. 그럼 자네도 뭔가 깨닫게 될 테니까."

"그렇죠, 뭐. 스완은 개인적인 문제를 해결하려던 게 아니었어요. 그의 회사 문제였죠. 그는 석 달이 지난 뒤부터 하자 있는 제품이 부쩍 늘어난 이유를 캐고 있었어요. 내부 인사가 연루된 비리가 있는지 의심스러웠겠죠. 하지만 회사에서는 엿듣는 귀와 무작위적인 데이터 검색 때문에 자유롭게 조사를 진행할 수가 없었어요. 그래서 믿을 만한 외부의 도움이 필요했죠. 그는 프란츠와 산체스와 오로스코에게 도움을 요청했어요. 그들 말고는 믿을 사람이 없었으니까요."

"그다음엔?"

"그들은 전자 장치 생산과 관련된 모든 수치들을 수집하고 분석했어요. 우리가 프란츠의 파일 속 자료를 통해 확인한 그 모든 숫자들. 7개월, 주 6일 근무. 그들은 사보타주의 가능성은 배제했어요. 사보타주를 통해 간접적 이익을 노릴 만한 라이벌이 뉴에이지에겐 없었으니까. 펜타곤이 뉴에이지에 불리한 상황을 사주할 리도 없었고요."

"그래서?"

"그다음엔 외길 수순이었겠죠. 품질관리 감독관이 정상적으로 작동하는 650개의 전자 장치를 불량품으로 선언했어요. 회사에서는 그것들을 폐기처분한 것처럼 장부를 꾸몄고요. 그러고선 뒷문으로 빼돌려서 어떤 가명을 썼을지는 모르지만 어쨌든 본명은 아자리 마흐무드인 작자에게 개당 10만 달러에 팔아넘겼어요. 그래서 프란츠의 명단과 산체스의 냅킨 메모가 남게 된 거고요."

"그다음엔?"

"그들은 성급하게 뉴에이지에 맞섰고 그래서 살해당한 거예요. 그자들은 스완의 실종을 설명할 만한 구실을 조작했고 그 교과서 같은 여자는 그걸 대장과 니글리에게 그대로 읊어댄 거죠."

"그래서 이제 축배를 들어야 한다는 말이야?"

"사건의 전모가 밝혀졌어요, 대장. 옛날엔 이쯤 되면 늘 축배를 들었잖아요."

리처는 아무 대꾸도 하지 않았다.

"이건 홈런이에요." 오도넬이 말했다. "안 그래요? 그리고 그거 알아요?

완전히 코미디라는 거. 대장이 그랬잖아요. 스완의 옛날 상사와 얘기를 해야 한다고. 내 생각엔 벌써 얘기를 나눈 것 같은데요? 그 전화를 받았던 자가 그 말고 누구겠어요? 뉴에이지의 보안 책임자."

"아마도."

"그런데 뭐가 문제죠?"

"저번에 베벌리 윌셔 호텔 방에서 자네가 했던 얘기 기억 나?"

"글쎄, 무슨 얘기였죠? 하도 얘길 많이 해서."

"그자들의 조상들 무덤에 오줌을 갈기겠다고 했어."

"그럴 거예요."

"자넨 그럴 수 없어." 리처가 말했다. "나도 그럴 수 없고. 우리 중 누구도 그럴 수 없어. 기분이 꺼림칙할 테니까. 그게 우리가 축배를 들 수 없는 이유야."

"놈들은 바로 여기, LA에 있어요. 독 안에 든 쥐라고요. 그런데 축배를 들 수 없다니, 진짜 이유가 뭐죠?"

"놈들은 제대로 작동하는 전자 장치를 빼돌려서 팔아먹었어. 650개씩이나. 잘 생각해봐. 누군가가 그 제조기술을 원했다면 딱 한 개만 사서 복제했을 거야. 하지만 누군가가 650개를 한꺼번에 샀다면 그건 기술이 아니라 그 미사일들 자체를 원한 거야. 따라서 그 누군가는 전자 장치만 따로 필요했던 게 아니야. LA에서 전자 장치를 샀으면 콜로라도에서 로켓과 발사대도 샀을 거라는 얘기지. 우린 그 사실에 주목해야 해. 아자리 마흐무드라는 이름을 가진 어떤 사내가 현재 가공할 위력을 지닌 650기의 차세대 지대공 미사일을 보유하고 있어. 그자의 정체가 뭐든, 그 목적은 뻔하잖아. 테러든 전쟁이든, 상상을 초월할 정도의 음모가 진행되고 있는 거야. 우리 힘으론 어찌해 볼 수 없는 규모야. 따라서 관계 당국에 알릴 수밖에 없어, 제군들."

세 사람은 입을 꾹 다물고 있었다.

"신고를 하고 난 뒤 1분도 지나기 전에 연방 요원들이 우리의 양 겨드랑이를 잡아챌 거야. 현장에서 밀려나는 거지. 놈들을 우리 손으로 때려잡기는커녕 허락 없인 길도 못 건너게 될 거야. 뒷전으로 물러나 앉아서 초일류 변호사들이 한 10년쯤 재판을 질질 끄는 동안 놈들이 하루 세 끼씩 배부르게 처먹어 가며 회심의 미소를 짓는 꼴을 지켜보고만 있어야 한다고."

아무도 입을 열지 않았다.

"그래서 우린 지금 축배를 들 수 없는 거야." 리처가 말했다. "놈들은 특수부대원들에게 덤볐어. 하지만 우린 놈들의 털끝 하나도 건드릴 수가 없어."

57

리처는 그날 밤을 뜬눈으로 꼬박 지샜다. 단 1분, 아니 1초도 눈을 붙일 수가 없었다.

놈들은 특수부대원들에게 덤볐어. 하지만 우린 놈들의 털끝 하나도 건드릴 수가 없어.

그는 침대에 누워 밤새 몸을 뒤척였다. 두 눈을 부릅뜨고 있었지만 환상과 환청은 머릿속 깊숙한 곳에서 물이 차오르듯 계속해서 떠올랐다. 열정과 에너지와 배려와 동정심으로 가득 찬 캘빈 프란츠가 걷고 말하고 웃었다. 일관적인 냉소주의를 결국은 유머로 연결시키며 사람들의 마음에 온기를 불어넣어 주던 조지 산체스가 두 눈을 가늘게 뜨고 금니를 살짝 드러내며 특유의 보일 듯 말 듯한 미소를 지었다. 작은 키에 넓은 어깨, 항아리 몸통의 소유자 토니 스완이 언제나처럼 점잖게 리처를 불렀다. 사연이 기막힌 문신을 하고 꾸며낸 말투를 쓰는 마누엘 오로스코는 농담의 달인답지 않게 아무 말이 없었다. 다만 그가 항상 지니고 다니던 지포 라이터의 뚜껑을 여닫는 금속성 메아리가 끝없이 울렸다.

친구들. 복수해주지 못하는 친구들. 배신당한 친구들.

그 친구들의 뒤를 이어 여러 사람들의 모습이 두 눈에 들어왔다. 모두들 천장 바로 아래에서 실제로 둥둥 떠다니고 있는 것처럼 생생한 모습들이었다. 말간 얼굴에 단정한 차림새였지만 겁에 질려 두 눈을 크게 뜨고 있는 안젤라 프란츠. 아빠가 만들어 준 작은 나무 의자 위에 앉아 있는 찰리. 햇빛 쨍쨍한 한낮의 베이거스 거리에서 바의 어둠 속으로 유령처럼 미끄러져 들어가는 밀레나. 소파에 웅크리고 있는 태미 오로스코. 겁에 질린 채 아빠를 찾아 아수라장이 된 아파트 안을 헤매고 있는 그녀의 세 아이들. 실제로 만나 본 적은 없지만 리처의 눈앞에 나타난 그 아이들은 여자아이 둘과 남자아이 하나였다. 아홉 살, 일곱 살, 다섯 살. 스완의 개도 보였다. 늠름하게 살아 있는 모습으로 긴 꼬리를 살랑거리며 우렁찬 목소리로 짖었다. 스완의 우편함까지도 보였다. 흰 백조가 산타애나 밤거리의 불빛을 받고 눈부시게 빛났다.

그 모든 모습을 애써 지워 버리고 자리에서 일어나니 새벽 5시였다. 그는 옷을 챙겨 입고 산책에 나섰다. 선셋 대로를 서쪽을 향해 뚜벅뚜벅 걸었다. 그에게 부딪쳐 오거나, 그를 밀치거나, 혹은 앞에서 얼쩡거리는 사람이 있기를 바랐다. 그자의 멱살을 쥐고 흔들면서 고래고래 고함을 질러서 가슴속의 울분을 토해내고 싶었다. 그렇게 1킬로미터를 무작정 걸었다. 하지만 인도는 텅 비어 있었다. LA였다. 그것도 새벽 5시. 걸어 다니는 사람은 없었다. 설사 있었다고 해도 이를 악물고 있는 거인 근처로 다가올 사람은 없었다. 도로도 조용하기는 마찬가지였다. 막노동꾼들을 가득 태운 낡은 중고차들이 이따금씩 오갔을 뿐이었다. 딱 한 번 기회가 올 뻔하기는 했다. 가죽옷을 입은 덩치 큰 흰머리 사내가 모는 할리였다. 요란한 배기음이 귀에 아주 거슬렸다. 리처가 그의 곁을 지나가는 오토바이에 대고 가운데 손가락을 들어 올렸다. 사내가 속도를 줄였다. 리처는 그자가 오토바이를 세운 뒤 그를 향해 달려올 달콤한 순간을 기다렸다. 하지만 부질없는 바람이었다. 사내는 흘깃 한 번 뒤돌아보더니 손잡이 액셀을 힘껏 돌렸다. 오토바이는 올 때보다 더 빠른 속도로 멀어져 갔다.

전방의 오른쪽 길모퉁이에 철망으로 에워싸인 공터가 보였다. 그 앞 버스 정류장 벤치 부근에 일용직 근로자들 몇 명이 모여 서 있었다. 해가 뜨기를, 하루 벌어먹을 일감이 생기기를 기다리는 왜소한 몸집의 사내들이었다. 모두 갈색 피부에 얼굴 표정은 딱딱하게 굳어 있었다. 그들은 정류장 옆, 커뮤니티 센터 앞에 내놓은 자선 테이블에서 집어 온 커피를 홀짝거리고 있었다. 리처는 그 테이블 앞으로 다가가 100달러를 내고 커피 한 잔을 집어 들었다. 봉사자들에겐 기부금이라고 말했다. 그 여인들은 아무것도 묻지 않고 그 돈을 받았다. 이 거리에선 그보다 더 이상한 일도 많이 겪었을 것이다. 리처는 그렇게 생각했다.

커피 맛은 생각보다 괜찮았다. 데니스 수준이었다. 그는 공터 철망에 등을 기댔다. 뒤로 밀려나던 철사 줄들이 적당한 선에서 멈춰 마치 트램펄린처럼 그의 몸무게를 지탱해 주었다. 그는 비스듬한 자세로 반쯤 허공에 뜬 채 커피를 마셨다. 머릿속엔 안개만 자욱할 뿐 아무 생각도 나지 않았다.

어느 순간 그 안개가 걷혔다. 사고능력이 다시 작동하기 시작했다.

니글리, 그리고 베일에 싸인 그녀의 펜타곤 협력자.

'그는 나에게 빚이 있어요.' 그녀는 그렇게 말했었다. '당신이 상상하는 것보다 훨씬 더 큰 빚.'

다 마신 커피 컵을 쓰레기통에 던져 넣을 즈음엔 그의 가슴에 희망의 새싹이 움터 오르고 있었다. 새로운 계획이 떠오른 것이다. 성공할 확률은 절반. 룰렛보다 확률이 높았다.

모텔로 돌아오니 6시였다. 그는 동료들을 깨울 수가 없었다. 누구도 전화를 받지 않았다. 다시 거리로 나왔다. 짐작대로 세 사람은 데니스에 있었다. 니글리와 처음 만났던 바로 그 테이블이었다. 그는 비어 있는 마지막 자리에 앉았다. 웨이트리스가 리처 앞에 종이 깔개를 편 다음 그 위에 나이프와 포크와 머그잔을 내려놓았다. 그는 커피와 팬케이크, 베이컨, 소시지, 계란, 토스트, 젤리를 주문했다.

"배가 많이 고팠군요." 딕슨이 말했다.

"아주 많이." 그가 말했다.

"어디 갔었어요?"

"산책."

"잠은요?"

"한숨도 못 잤어."

웨이트리스가 돌아와서 그의 머그잔을 채웠다. 그는 커피를 길게 한 모금 마셨다. 동료들은 말없이 각자 앞에 놓인 음식들을 깨작거리고 있었다. 다들 지쳐 보였다. 맥이 빠져 있었다. 리처가 보기엔 제대로 잠을 잔 사람은 없는 것 같았다. 아니, 다들 밤을 꼬박 새운 것 같았다.

오도넬이 물었다. "신고는 언제 할 거죠?"

리처가 말했다. "안 할 수도 있어."

다들 아무 말이 없었다. 하지만 좀 전과는 차원이 다른 침묵이었다.

"본론으로 들어가기 전에," 리처가 말했다. "일단 모두가 합의해야 할 원칙이 있어. 마흐무드가 그 미사일들을 이미 손에 넣었다면 우리 힘으로 감당할 수 있는 상황이 아니야. 우린 복수를 포기하고 즉시 당국에 신고해야 해. 머뭇거리는 건 엄청난 재난을 방조하는 것과 마찬가지야. 그자는 중동 전 지역을 비행 금지 구역으로 만들려는 전쟁 미치광이일 수도 있어. 혹은 쌍둥이 빌딩의 비극을 아이들 장난쯤으로 보이게끔 만들 어마어마한 규모의 재난을 계획하고 있는 테러리스트일 수도 있고. 어느 쪽이든 수천 명, 혹은 수만 명의 사망자가 발생할 게 분명해. 그 정도 숫자면 우리의 개인적인 복수심은 접어야 한다. 다들 동의할 수 있겠나?"

덕슨과 니글리는 고개를 끄덕이고 나서 눈길을 돌렸다.

오도넬이 말했다. "더 이상 가정은 있을 수 없어요. 우린 그 미사일들이 이미 마흐무드의 손에 들어갔다는 사실을 인정해야만 해요."

"아니." 리처가 말했다. "우린 마흐무드가 전자 장치들을 입수했다는 사실만을 인정해야 한다. 그자가 로켓과 발사대까지 입수했는지는 현재로선 알 수 없어. 확률은 50대 50이다. 그가 로켓을 먼저 입수했거나 아니면 전자 장치를 먼저 입수했거나. 중요한 건 그자가 그 두 가지를 모두 갖게 된 다음에야 신고할 필요가 생긴다는 사실이다."

"그걸 우리가 무슨 수로 알아내죠?"

"니글리가 그 펜타곤 친구를 다그치는 거야. 그녀가 갖고 있는 가상의 차용증들을 이용하는 거지. 그래서 그가 어떤 방법으로든 콜로라도의 로켓 제조 공장을 대상으로 감사를 실시하게 만드는 거다. 그 결과 로켓들이 사라진 게 드러난다면 그땐 더 이상 어쩔 수가 없어. 하지만 장부와 재고가 정확히 들어맞는다면 아직 게임은 끝나지 않은 거다."

니글리가 그녀의 손목시계를 들여다보았다. 6시를 조금 넘긴 시각이었다. 동부는 9시를 조금 넘긴 시각. 펜타곤은 이미 한 시간 전부터 돌아가고 있을 것이다. 그녀가 휴대폰을 꺼내서 번호를 눌렀다.

58

니글리의 채무자는 멍청한 사내가 아니었다. 그는 밖에 볼일이 있으니 좀 있다가 자기가 전화를 걸겠다고 말했다. 그리고 자기 휴대폰이 아닌 다른 전화선을 이용하게 될 것 같다고 덧붙이면서 전화를 끊었다. 니글리의 휴대폰은 꼬박 한 시간이 지난 뒤에야 울렸다. 그는 펜타곤을 중심으로 반경 1.5킬로미터 지역에 있는 공중전화들이 항상 도청되고 있다는 사실을 알고 있었다. 그래서 포토맥 강을 건너고서도 한참을 걸어서 시내 깊숙한 곳까지 들어갔다. 그리고 뉴욕 애비뉴 선상의 어느 잡화점의 외벽에 설치된 공중전화를 발견했다.

니글리가 전화를 받았다. 곧장 치열한 밀고 당기기가 전개되었다. 니글리가 그에게 원하는 걸 밝혔다. 그는 온갖 이유를 내세워 가며 그게 불가능한 까닭을 납득시키려고 애썼다. 니글리는 그녀가 지니고 있는 가상의 차용증들을 제시했다. 한 장씩 차례차례. 그가 니글리에게 지고 있는 빚이 정말로 엄청나긴 한 모양이었다. 그건 분명했다. 리처는 그에게 연민을 느꼈다. 불알이 바이스_{공작물을 끼워 고정하는 기구}에 껴도 비극을 면할 기회는 있다. 하지만 만약 니글리의 손이 바이스의 손잡이를 쥐고 있다면 기회는 없다. 결국 그 사내도 굴복하고 말았다. 통화가 시작된 지 채 10분이 지나지 않은 시점이었다. 그 이후로는 구체적인 계획에 관한 얘기만이 오갔다.

어떤 식으로 감사를 실시할 것인가, 감사는 누가 담당할 것인가, 어떤 증거를 수집해야 할 것인가.

니글리는 CID 미 육군 범죄수사대가 예고 없이 쳐들어가서 장부와 실 재고를 대조하는 시나리오를 제시했다. 전화기 반대편에서는 그 시나리오에 동의했고 일주일의 여유 시간을 요구했다. 니글리는 그에게 네 시간을 주고 통화를 끝냈다.

리처는 그 네 시간 동안 잠을 잤다. 계획이 수립되고 결단이 내려지자 더 이상 눈꺼풀을 주체할 수 없을 만큼 졸음이 몰려왔다. 그는 자기 방으로 가서 베개에 얼굴을 파묻었다. 한 시간 뒤 객실 청소부가 들어왔다. 리처는 그녀를 쫓듯이 내보내고 나서 다시 잠에 떨어졌다. 잠에서 깨어나니 덕슨이 문가에 서 있었다. 니글리가 라운지에서 기다리고 있다고 했다. 새로운 소식과 함께.

좋다고도 나쁘다고도 할 수 없는 소식이었다. 그 중간 어디쯤이었다. 뉴에이지는 콜로라도에서 직접 공장을 운영하고 있지 않았다. 달랑 지사 사무실뿐이었다. 그들은 덴버 소재의 어느 항공 우주 관련 제조업체와의 하청 계약을 통해 로켓을 생산하고 있었다. CID가 예고 없이 덮친 곳도 그 업체의 공장이었다. 작전을 지휘한 장교는 공장에 쌓여 있는 로켓 부품들을 일일이 확인하고 숫자를 세었다. 감사 결과는 장부의 기록과 정확히 일치했다. 하나도 빠진 게 없었다. 아무 문제도 없었다. 정확히 650기의 로켓 본체가 현재 별도의 창고에 안전하게 보관되어 있는 상태라는 것만 빼고는. 거기서 네바다의 모처에 있는 어느 시설로 옮겨진 다음 폐기될 예정이라고 했다.

"왜 폐기되는 거지?" 오도넬이 물었다.

"현재 생산되고 있는 모델은 마크 투예요." 니글리가 말했다. "남아 있는 구식 마크 원들은 폐기 처리하고 있는 거죠."

"남아 있는 마크 원이 정확히 650기란 얘기군."

"맞아요."

"두 모델의 차이점이 뭐지?"

"마크 투는 동체 위에 형광으로 화살표가 그려져 있어요. 어두운 상황에서도 장전하기 쉽도록."

"달랑 화살표 하나? 그게 다야?"

"네."

"완전 사기극이군."

"물론 사기극이죠. 마흐무드가 보낸 자들이 그것들을 공장 밖으로 실어 내올 때 아무런 제지를 받지 않도록 합법적인 구실을 만든 거예요."

리처가 고개를 끄덕였다. 정문 초소의 경비원은 대형 살상무기가 공인되지 않은 상태로 공장을 빠져나가려 하는 경우, 죽기를 각오하고 막아설 것이다. 하지만 합법적인 서류만 제시된다면 그는 웃으면서 통과시킬 것이다. 트럭 뒤에 대고 손까지 열심히 흔들어 줄 것이다. 한 대 가격이 자신의 연봉을 능가하는 미사일이 단지 화살표 그림이 없어서 폐기처분된다는 것이 그 서류에 적힌 이유라고 할지라도. 리처는 그것보다 훨씬 더 터무니없는 이유를 내세워서 펜타곤이 값비싼 장비들을 폐기처분하는 걸여러 차례 목격한 적이 있었다.

리처가 물었다. "전자 장치는 동체 위에 어떤 식으로 부착되는 거지?"

"속이에요." 니글리가 말했다. "표면이 아니라. 동체 옆 부분에 공간이 마련돼 있어요. 나사를 풀어서 덮개를 연 다음, 그 공간 속에 내장된 콘센트에 전자 장치 플러그를 꽂는 거예요. 그러고 나서 테스트를 거쳐 정확히 조절을 하는 거죠."

"나도 할 수 있는 일인가?"

"안 될 걸요. 훈련을 받아야 할 거예요. 현장에서는 전문 기술자들만이 그 과정을 담당하거든요."

"그렇다면 마흐무드도 못하겠군. 그의 부하들도 마찬가지겠고."

"그들이 그 기술이나 기술자를 확보하고 있다고 추정해야 해요. 로켓과 전자 장치를 연결할 방법을 모르고서는 6,500만 달러를 지불하지 않았을 테니까요."

"우리가 네바다로의 운송 명령을 취소시킬 방법은 없을까?"

"긴급사태라는 걸 설명하지 않고는 불가능해요. 그건 신고하는 것과 마찬가지잖아요."

"펜타곤 친구한테 제시할 수 있는 차용증이 아직 남아 있어?"

"두어 장쯤?"

"그럼 그 로켓들이 공장 정문을 빠져나오는 즉시 전화를 걸어서 알려줄 사람을 부탁해둬."

"그 전에는?"

"그 전에는 마흐무드가 미사일을 입수하지 못한 거지. 그때까지 우린 뭐든 해볼 수 있는 거고."

59

그 시점부터는 시간과의 싸움이었다. 콜로라도의 창고 문이 활짝 열리면 LA에서는 전자 장치를 실은 차량의 시동이 걸릴 것이다. 리처로서는 아직 준비할 게 많았다. 알아내야 할 것도 많았다. 당장 실질적인 본거지의 위치부터 알아내야 했다. LA 동부의 뉴에이지 유리 건물이 사건의 주 무대가 아닌 것만은 틀림없었다. 그 확신을 뒷받침해 주는 한 가지 확실한 증거가 있었다. 그곳엔 헬리콥터가 없다는 것. 리처는 사건에 연루된 자들의 정체도 밝혀내야 했다. 음모에 가담한 자들부터 헬리콥터를 조종한 자까지.

"난 그들 모두를 원해." 리처가 말했다.

"그 교과서 같은 여자도요?" 니글리가 물었다.

"바로 그 여자가 첫 번째야. 내게 거짓말을 했잖아."

그들은 무기와 옷과 통신수단과 운송수단이 필요했다.

그리고 훈련. 훈련은 니글리의 생각이었다.

"우린 늙었어요. 몸도 느려지고 녹슬었어요." 그녀가 말했다. "옛날의 우리 모습과는 하늘과 땅 차이예요."

"그렇게까지 망가진 건 아니야." 오도넬이 말했다.

"베이거스에서 어땠죠? 그자의 어딜 맞췄더라?" 니글리가 말했다. "조준이 턱없이 낮았지만 운이 좋아서 다리라도 맞힌 거잖아요."

그들은 하루를 어떻게 보낼지에 관해 얘기를 나누고 있는 네 사람의 관광객들처럼 라운지에 앉아 그들의 현재 상태를 점검했다.

무기는 세 자루. 하드볼러 두 자루와 베이거스에서 노획한 대우 DP 51 한 자루. 실탄은 하드볼러가 각각 열세 발씩, 대우가 열한 발이었다. 무기 부분 실격.

휴대폰은 세 대, 각자의 실명과 집 주소로 등록된 오도넬과 딕슨과 니글리의 휴대폰. 리처는 그마저도 없었다. 통신수단 부분 실격.

차량은 두 대, 딕슨이 실명으로 렌트한 포드 500 한 대와 베이거스에서 노획한 크라이슬러 한 대. 운송수단 부분 실격.

복장은 다양했다. 오도넬은 동부 양복점에서 구입한 천 달러짜리 양복, 딕슨과 니글리는 청바지, 정장, 야외복. 하나같이 작전에 적합한 복장은 아니었다. 복장 부분 실격.

니글리는 돈 걱정은 하지 말라고 누누이 강조했다. 하지만 돈만으로 해결할 수 있는 문제들이 아니었다. 시간이 부족했다. 그들에겐 추적이 불가능한 선불 요금제 휴대폰 네 대와 가명으로 구입할 수 있는 중고차 네 대, 그리고 활동복이 필요했다. 현찰이 있으니 구입하기는 쉽겠지만 하루는 꼬박 투자해야 할 것이다. 그러고 나선 무기를 구입해야 한다. 최선의 경우, 각자의 기호에 맞는 권총 네 자루와 다량의 실탄. 최악의 경우, 총알만 나가면 되는 권총 한 자루와 다량의 실탄. 아무튼 무기 구입에도 꼬박 하루를 투자해야 할 것이다. 대부분의 대도시들과 마찬가지로 LA에도 추적이 불가능한 무기들을 취급하는 암시장이 형성되어 있다. 하지만 그 시장을 뚫고 들어가기까지는 시간이 걸린다.

장비를 준비하는 데 이틀, 범인들의 동태를 감시하고 조사하는 데 이틀. "훈련할 시간까지는 없어." 리처가 말했다.

아자리 마흐무드는 느긋한 점심을 즐길 시간적 여유가 있었다. 그는 라구나 비치의 길거리 카페에 앉아 있었다. 그가 잠시 머물고 있는 숙소는 거기서 금방이면 걸어갈 수 있는 임대 타운하우스였다. 안전한 장소였다. 임대 계약도 합법적이었다. 개발 지구였기에 이삿짐들이 빈번히 드나들었다. 따라서 밤새 주차돼 있는 트럭을 눈여겨볼 사람은 없었다. 마흐무드의 트럭은 두 블록 떨어진 공터에 세워져 있었다. 자물쇠가 채워져 있었지만 짐칸은 텅 빈 상태였다. 그 상태가 오래가진 않을 것이다.

뉴에이지 친구들은 리틀 윙이 절대로 미국 내에서 사용되어서는 안 된다고 거듭 강조했었다. 마흐무드는 그런 일은 없을 거라고 그들을 안심시켰다. 카슈미르 접경 지역에서 인도 공군기들을 향해 그 무기들을 쏠 것이라고 말해 주었다. 물론 거짓말이었다. 그는 그들이 자신을 파키스탄 사람이라고 믿어 의심치 않는 게 놀라웠다. 그는 그들이 자신의 무기 구입 목적에 관심을 갖는 게 놀라웠다. 어쩌면 그들 모두 애국자일 것도 같았다. 아니면 미국 내에서 비행기 여행을 자주 하는 가족들이 많은 사람들이든지.

거래를 성사시키기 위해 상대편의 사소한 조건들을 수용하는 건 기본적인 협상 기술이다. 그래서 마흐무드는 그들이 자신의 소중한 물건들을 적재한 컨테이너를 LA 항구의 수출 컨테이너 집하장에 가져다 놓도록 내버려두었다. 번거롭기는 했지만 간단히 해결할 수 있었다. 캘리포니아 남부는 일용직 근로자들로 넘쳐 나는 곳이다. 그들 몇 사람이면 중간 크기의 유홀 트럭은 30분도 안 되어 채워질 것이다.

네 사람은 계속해서 장비 구입에 관해 대화를 나누고 있었다. 옷과 휴대폰은 쉽게 넘어갔다. 어느 몰에서든지 그들이 원하는 걸 팔고 있을 테니까. 하지만 총은 달랐다. 하루 만에 구할 수도 있겠지만 그 이상의 시간이 걸릴 수도 있었다. 딕슨이 원하는 건 글록 19였다. 손이 좀 더 큰 니글리는 글록 17을 원했다. 오도넬은 원래부터 베레타에 꽂혀 있었다. 리처는 아무거나 상관없었다. 그는 누구든 총으로 쏠 생각이 없었다. 맨손으로 때려눕힐 작정이었다. 하지만 동료들에겐 글록, 시그, 베레타, H&K 가운데서 한 자루 고르겠다고 말했다. 9밀리 파라벨룸 실탄을 발사할 수 있다면 뭐든 괜찮다고도 말했다. 그러면 그들 네 사람 모두 같은 종류의 실탄을 사용하게 되는 것이다. 실전에서 훨씬 유리할 것이다. 자동차는 총보다 더 까다로웠다. 사람들의 눈길을 끌지 않는 차. 의견이 분분했다. 오도넬이 제시한 마지막 의견이 가장 그럴듯했다. '쌀 로켓'이라고 불리는 일제 소형 세단이나 쿠페. 작은 차체 꽁무니에 불쑥 튀어나온 커다란 머플러, 낮은 완충 장치, 실패 같은 타이어, 푸른색 헤드라이트, 검게 선팅한 유리창. 장식은 요란했다. 하지만 LA였다. 그런 차들은 지천에 널려 있었다. 아무도 눈여겨보지 않을 것이다. 게다가 3~4년 된 모델들은 가격도 싸다. 오도넬은 또 한 가지 장점을 꼽았다. '쌀 로켓'에 관한 일반적인 인식을 역이용해서 신분을 위장하는 효과까지 노릴 수 있다는 것이었다. 'LA 사람들은 쌀 로켓과 남미 출신의 갱단을 연관지어 인식한다. 따라서 검게 선팅된 차 유리 속에 건전한 백인 시민이 앉아 있을 거라고는 생각하지 못할 것이다.'

그들은 차와 휴대폰을 먼저 구입하기로 결정했다. 그러면 한두 사람이 총을 마련하는 동안 두세 사람은 곧장 감시 임무에 돌입할 수 있을 터였다. 옷은 부수적인 문제였다. 전자제품 대리점 근처에는 옷가게도 있게 마련이다. 휴대폰을 구하러 가는 길에 같은 몰에 있는 갭 매장에 들르면 그만이라는 얘기였다. 그렇게 통신장비와 복장을 갖추고 나면 각자 흩어져서 중고차 판매장을 돌아다니며 '쌀 로켓'들을 찾을 요량이었다.

그 모든 비용은 현찰로 지불해야 했다. 적은 액수가 아니었다. 리처는 노획한 크라이슬러에 니글리를 태우고 베벌리 힐스의 어떤 은행으로 갔다. 15분 뒤, 은행 문을 나선 그녀의 손에는 5만 달러가 들어 있는 갈색 샌드위치 봉투가 들려 있었다. 그리고 다시 90분 뒤, 그들은 휴대폰과 옷가지들을 구입했다. 오직 통화만 가능한 선불제 휴대폰이었다. 카메라 기능도, 게임기 기능도, 심지어 계산기 기능도 없었다. 그들은 차량용 충전기와 이어폰도 함께 구입했다. 복장은 부드러운 질감의 회색 데님 셔츠와 바지, 그리고 검정색 순면 윈드브레이커로 통일했다. 오도넬과 딕슨과 니글리는 각자 두 벌씩, 리처는 한 벌만. 옷들은 산타모니카 대로 선상에 있는 삼류 브랜드 가게에서 구입했고, 장갑과 챙모자와 부츠는 멜로즈에 있는 아웃도어 전문점에서 따로 구입했다.

모텔로 돌아온 그들은 각자의 객실로 흩어져 유니폼으로 갈아입은 뒤 라운지에서 다시 모였다. 거기서 각자의 휴대폰에 동료들의 전화번호를 입력한 다음 다자간 통화하는 방법을 익혔다. 10분 뒤, 다시 모텔을 나온 그들은 크라이슬러를 타고 북동쪽의 반누이스 대로를 향해 출발했다. 처음 계획대로 각자 흩어지지는 않았다. 그럴 필요가 없었다. 모든 도시에는 자동차 대리점이 밀집해 있는 구역이 최소한 한 군데씩은 있게 마련이다. LA에는 물론 여러 군데가 있다. 하지만 오도넬이 귀동냥한 정보에 의하면 벤투라 고속도로 북쪽의 반누이스 구역이 단연 최고라고 했다. 그리고 그 정보는 옳았다. 도착하고 보니 한마디로 자동차 천국이었다. 선택은 무제한이었다. 신차, 중고차, 싼 차, 비싼 차. 게다가 현찰을 본 세일즈맨들은 귀찮은 질문들은 아예 입에 올리지도 않았다. 네 시간 후, 니글리의 자동차 구입 예산은 거의 바닥이 났다. 대신 네 대의 혼다 중고차가 그들의 소유가 되었다. 여기저기 우그러진 시빅 두 대, 여기저기 찌그러진 프렐류드 두 대. 두 대는 흰색, 나머지 두 대는 은색. 네 대 모두 상당한 거리를 달린 차답게 많이 낡은 상태였다. 하지만 시동은 걸렸고 브레이크도 작동했으며 핸들도 돌아갔다. 그리고 아무도 눈여겨보지 않을 차들이었다.

타고 온 크라이슬러까지 자동차는 모두 다섯 대였다. 운전자는 넷, 결국 한 번 더 왕복해야 했다. 크라이슬러를 눈에 잘 띄지 않는 곳에 세워 둔 뒤 네 사람은 각자의 차에 올라타고 LA 동부를 향해 출발했다. 뉴에이지의 사각형 유리 건물 주변의 동정을 지나치면서라도 살펴보기 위해서였다. 하지만 교통이 지독히도 혼잡해서 그들이 그곳에 도착했을 때는 이미 상당히 늦은 시각이었다. 굳게 잠긴 정문 너머로는 어떤 움직임도 없었다. 그럴 계획도 아니었지만 머물러 있어 봐야 아무 소득이 없을 터였다.

그들은 다자간 통화를 통해 의견을 나누다가 패서디나에서 저녁을 먹기로 합의했다. 얼마 후 패서디나의 어느 번화가에서 햄버거 식당을 찾아 들어간 그들은 4인용 식탁에 둘씩 마주하고 앉았다. 아무도 속내를 털어놓지는 않지만 리처는 동료들의 들뜬 기분을 분명히 감지할 수 있었다. 얼마만이던가. 싸구려 식당에서 유니폼을 갖춰 입고 옆자리의 동료와 어깨를 나란히 하고 있는 상황. 엄청난 위험을 무릅써야 할 작전이었다. 그래서 그들은 더욱 달아오른 것이다. 적이 강할수록 더 힘이 나는 종족이었다. 정신이 통일되고 활력이 솟아오르며 온몸이 근질거렸다. 분위기가 이러니 끓어오르는 혈기를 주체할 수 없었던 시절의 얘기들이 물 흐르듯 식탁 위를 오갔다. 객기, 패싸움, 탈선, 염문, 과도한 웅징. 이야기가 계속되는 동안 시간은 거꾸로 흘러 리처의 마음속 눈에는 회색의 유니폼이 초록색으로, 그리고 패서디나가 하이델베르크나 마닐라, 혹은 서울처럼 비쳤다.

옛 시절의 특수부대가 드디어 진정으로 재건된 것이다.

비록 대원들의 숫자는 반 이하로 줄었지만.

두 시간 뒤, 다시 선셋 대로로 돌아왔을 때 오도넬과 니글리가 첫 번째 감시조를 자원했다. 두 사람은 다음 날 새벽 5시 이전에 뉴에이지의 유리 건물 근처에 진을 칠 것이라고 말했다. 자연히 총을 구하는 일은 리처와 딕슨의 몫이 되었다.

내일을 기약하며 동료들이 각자의 객실로 흩어지고 난 뒤, 리처는 크라이슬러에서 죽은 사내의 휴대폰을 꺼냈다. 베이거스에서 걸었던 전화. 리처의 손가락이 재발신 버튼을 눌렀다. 응답이 없었다. 음성사서함뿐이었다. 리처는 메시지를 남기지 않았다.

60

추적이 불가능한 총을 입수하는 가장 좋은 방법은 훔친 총을 다시 훔치는 것이다. 리처가 경험을 통해 익히 알고 있는 사실이었다. 두 번째로 좋은 방법은 불법적으로 소지하고 있는 사람으로부터 훔치는 것이다. 두 가지 경우 모두, 당한 사람들은 합법적으로 반환을 요구할 방법이 없다. 밀랍 박물관 뒤 공터의 마약 밀매꾼들처럼 가끔씩 비합법적인 수단을 동원해서 반환, 혹은 그 이상을 요구하는 경우가 있을 수는 있다. 하지만 리처는 그들을 빈손으로 돌아가게 만들 자신과 능력이 있었다. 아니면 영영 돌아가지 못하게 만들거나.

하지만 그들 네 사람이 각자 원하는 무기를 불법적으로 입수하는 건 차원이 다른 문제였다. 우선, 한 자루가 아니라 네 자루이기 때문에 어렵다. 실탄 종류가 워낙에 많기 때문에 더 어렵다. 입수하기 전에 총기의 작동 여부와 관리 상태를 점검할 수 없기 때문에 더욱 더 어렵다. 아침 첫 커피를 음미하면서 리처는 조금은 느긋한 기분으로 상식과 경험을 동원해서 암산을 해보았다. 9밀리 파라벨룸이 가장 일반적인 탄환이라는 건 확실하다. 하지만 38, 45, 22, 40구경 탄환들도 많이 사용되고 있다. 따라서 만약에, 정말 만약에, 그들이 강도 행각에 나선다면 9밀리 파라벨룸을 사용하는 권총을 입수할 확률은 네 번에 한 번 정도일 것이다. 그리고 제대로 작동할 권총을 노획할 확률은 세 번에 한 번 꼴일 것이다. 따라서 파라벨룸 실탄을 사용하고 제대로 작동하는 권총을 네 사람이 모두 손에 쥐려면 무려 마흔여덟 번을 시도해야 한다. 어떤 손실도 입지 않고 그 많은 강도 행각에 성공한다는 건 있을 수 없는 일이다. 아무리 노련한 강도라도 불가능한 일이다. 설사 그럴 수 있다고 해도 하루에 할 수 있는 일은 아니다. 아무리 부지런한 강도라도 어림없는 일이다. 불법적으로 무기를 입수할 수 있는 방법은 또 있었다. 부패한 육군 군수 장교. 포트 어윈이 멀지 않은 거리에 있었다. 어쩌면 부패한 해병대 장교가 더 수월할 수도 있었다. 그렇다면 캠프 펜들턴이 있다. 실제 거리는 어윈보다 멀지만 훨씬 나은 도로 사정을 감안하면 소요 시간은 오히려 짧을 수도 있었다. 해병대원들은 원래 베레타 M9의 성능을 그다지 신임하지 않는다. 따라서 해병대에서는 다른 어느 부대에서보다 베레타 M9가 작동 불량으로 인한 폐기 판정을 받는 비율이 높다. 실제로 그런 것들도 있고 그렇지 않은 것들도 있다. 그렇지 않은 것들은 기지 뒷문을 통해 빼돌려진 뒤 자루당 100달러 선에서 암거래된다. 뉴에이지의 사기극과 같은 맥락이다. 하지만 그런 물건을 구하려면 며칠이 걸릴 수도 있다. 몇 주까지도 각오해야 한다. 돈보다 신뢰가 앞서야만 가능한 거래이다. 쉬운 일이 아니었다. 리처도 현역 시절, 수사상 신분을 위장하고 그런 거래를 해본 적이 몇 차례 있었다. 결과에 비해 시간과 노력이 너무 많이 소요되는 일이었다.

딕슨도 궁리를 많이 한 모양이었다. 아침을 먹으면서 그녀는 리처에게 자신의 생각을 장황하게 설명했다. 그녀 역시 총포상에서 합법적으로 무기를 구입하는 방법은 염두에 두고 있지 않았다. 두 사람 다 캘리포니아의 총기류 관련 법규를 잘 몰랐지만 최소한 총기 소지 허가증과 신분증은 제시해야 하며 복잡한 확인 절차를 거쳐야 한다는 것쯤은 기본 상식으로 알고 있었다. 그래서 그녀가 고심 끝에 생각해낸 방법은 다음과 같았다.

일단 총기 소지를 반대하는 민주당원들의 목소리가 상당히 높은 LA 카운티를 벗어나 공화당 지지도가 월등한 인접 카운티로 간다. 그런 카운티의 총기류 관련 법규는 LA에 비해 훨씬 허술하다. 그렇게 보면 남쪽의 오렌지카운티가 가장 적합하다. 그곳의 전당포를 찾아가서 니글리에게서 받아 둔 현금뭉치를 슬쩍 보여준다. 전당포 주인이 수정헌법 제2조_{총기소유권을 보장한 헌법 조항}를 신봉하는 보수파라면, 그리고 현금 거래를 통해 좀 더 차익을 누리고자 하는 상인이라면, 관련 법규에서 규정하고 있는 절차를 무시하고 넘어갈 가능성이 높다. 그리고 그곳은 총기 종류가 훨씬 다양할 것이다. 그것도 부수적인 장점이다.

결국 원하는 무기들을 손에 넣을 수 있다는 단정을 마지막으로 딕슨의 장황한 얘기는 끝이 났다. 리처로선 썩 마음에 드는 아이디어는 아니었지만 어쨌든 동의를 했다. 대신 보강 차원에서 그녀에게 두 가지를 제안했다. 첫째, 회색 데님 유니폼을 벗고 검은 정장으로 갈아입을 것. 둘째, 낡은 혼다 대신 군청색 크라이슬러를 타고 갈 것. 그래야만 그녀가 자기방어에 관심이 많은 중산층 여성으로 보일 테니까. 전당포 주인들의 입장에선 편법으로 거래해도 뒤탈이 없을 것 같은 고객. 물론 한 점포에서 한 자루씩만 구입해야 한다. 한편 리처는 그녀가 무기를 고르는 걸 도와주기 위해 따라온 이웃 사람의 역할을 맡을 작정이었다. 무기를 다뤄 본 경험이 많은 보수적인 시민.

"그들도 이 정도까지는 준비했을 거예요. 그랬겠죠?" 딕슨이 물었다.

"더했을 거야." 리처가 말했다.

그녀가 고개를 끄덕였다. "그 네 사람은 모든 걸 알고 있었어요. 누가, 어디서, 무엇을, 어떻게, 왜. 하지만 뭔가가 그들을 쓰러뜨렸어요. 그게 뭐였을까요?"

"나도 모르겠어." 리처가 말했다. 사실 그는 그 질문을 벌써 며칠째 스스로에게 계속해서 묻고 있는 중이었다.

아침 식사를 끝내자마자 두 사람은 곧장 오렌지카운티를 향해 출발했다. 그들은 전당포가 몇 시에 문을 여는지 몰랐다. 하지만 오전 시간이 오후 시간보다 조용할 거라고 판단했다. 운전대는 리처가 잡았다. 군청색 크라이슬러는 101번을 거쳐서 5번 도로로 들어섰다. 거기까지는 오도넬의 내비게이션에 의지해서 스완의 집을 찾아갔을 때와 똑같은 경로였다. 하지만 이번엔 고속도로를 좀 더 오래 달렸고 빠져나온 출구도 반대편이었다. 딕슨은 터스틴부터 들러 보자고 말했다. 그녀는 그 도시에 관해 안 좋은 소문들을 들은 적이 있었다. 하지만 어떤 입장에서 듣느냐에 따라 좋은 소문이 될 수도 있었다.

"이번 일을 마무리 짓고 나면 뭘 할 거죠?"

"살아남았을 때 생각할 문제야."

"살아남지 못할 거라고 생각해요?"

"니글리가 맞는 말을 했어. 우린 옛날의 우리가 아니야. 최소한 그 친구들은 옛날의 그들이 아니었던 게 확실해."

"난 우리 모두 살아남을 거라고 생각하는데요."

"물론 나도 그러길 바라지."

"이번 일이 끝난 뒤에 뉴욕에 한번 들를래요?"

"그러고야 싶지만."

"싶지만?"

"난 계획을 세우지 않아, 칼라."

"왜죠?"

"그 이유에 관해서는 벌써 데이비드하고 충분히 얘기를 나눴어."

"사람들은 계획을 세우며 살아요."

"알아. 캘빈 프란츠 같은 사람들. 그리고 조지 산체스와 마누엘 오로스코 같은 사람들. 그리고 토니 스완. 그는 55.5주 동안 자기 개에게 매일 아스피린을 먹일 계획까지 세웠던 사람이야."

그들은 고속도로와 나란히 뻗은 시내 도로들을 따라 천천히 차를 몰며 여기저기 기웃거렸다. 대형 상가들, 주유소들, 드라이브스루 은행 지점들처럼 아침 햇살 아래서 활기를 띠어가고 있는 업소들도 있었고 매트리스 대리점, 태닝 살롱, 가구 아웃렛처럼 아예 문조차 열지 않은 업소들도 있었다.

딕슨이 자신에게 묻듯이 말했다. "캘리포니아 남부에서 태닝 살롱이 장사가 될까?"

그들은 고급 상가지역의 어느 서점 옆에서 첫 번째 전당포를 발견했다. 하지만 그들의 목적을 달성시켜 줄 수 있는 곳이 전혀 아니었다. 첫째, 영업시간 전이었다. 진열창마다 격자 모양의 철제 셔터가 내려져 있었다. 둘째, 전혀 동떨어진 품목들만을 취급하고 있었다. 쇼윈도에 진열된 상품들은 오래된 은제품들이나 보석류 일색이었다. 은으로 만든 식기, 쟁반, 냅킨 링, 보석 펜던트, 보석 장식 핀, 보석 장식 액자 등. 글록은 보이지 않았다.

시그도, 베레타도, H&K도 없었다.

그들은 계속해서 차를 몰았다. 고속도로 동쪽으로 두 개의 긴 블록을 지난 뒤, 그들은 마침내 적당한 곳을 발견했다. 영업을 하고 있었다. 전자 기타, 모조 다이아몬드가 박힌 투박한 남성용 금반지, 싸구려 시계 등이 쇼윈도마다 수북했다.

그리고 총도 있었다. 쇼윈도에 늘어놓은 건 아니었다. 하지만 카운터 겸용으로 사용하는 긴 유리 진열장 속에 들어 있는 총들이 밖에서도 똑똑히 보였다. 리볼버와 자동권총, 검정색과 은색, 고무 손잡이와 나무 손잡이, 여러 가지 모델의 권총 쉰 자루가량이 깔끔하게 진열되어 있었다. 제대로 가게를 찾은 것이다.

하지만 주인은 잘못 만났다. 정직한 사람이었다. 법규를 준수하는 선량한 시민. 30대의 백인 사내였다. 과식으로 인해 곳곳에 군살이 붙어서 우수하게 타고난 골격과 용모가 아깝게 묻혀 버린 대표적인 유형이었다. 그의 머리 뒤쪽 벽에는 총기류 판매 허가증이 붙어 있었다. 그는 기도서를 암송하는 성직자처럼 그 허가증이 부과하고 있는 의무조항들을 줄줄 읊어댔다. 첫째, 구매자는 권총 안전관리 자격증을 취득해야 한다. 그 자격증 없이는 권총을 구입할 수 없다. 둘째, 구매자는 세 가지 확인 절차를 통과한 뒤에야 총기를 구입할 수 있다. 그 절차들은 다음과 같다. 하나, 한 번에 두 자루 이상은 물론, 한 자루를 구입한 뒤 30일 이내에 두 번째 권총을 구입할 의사가 없음을 명백히 밝힐 것. 둘, 해당 주가 규정하고 있는 관련 법규 위반 여부에 관한 전과 조회에 충실히 응할 것. 셋, 연방 차원에서 국가범죄정보센터의 컴퓨터를 통해 실시하는 둘째 항과 동일한 내용의 전과 조회에 충실히 응할 것. 셋째, 구입한 무기를 강력범죄에 사용할 의사가 없다는 것을 확인하기 위한 유예기간으로서 구매자는 매매가 성립되고 나서 10일이 경과한 이후에 해당 총기류를 찾아갈 수 있다.

딕슨이 가방을 연 뒤 그 사내가 현금뭉치를 충분히 확인할 수 있도록 요령 있게 각도를 잡았다. 하지만 그는 흔들리지 않았다. 가방 속을 흘깃 들여다보긴 했지만 이내 눈길을 돌려 버렸다.

잠시 후 두 사람은 빈손으로 다시 차에 올랐다.

그들로부터 북서쪽으로 50킬로미터 떨어진 곳에서 아자리 마흐무드는 내리쬐는 태양 아래 땀을 흘리며 선 채로 그의 컨테이너가 비어 가는 대신 그의 유홀 트럭이 채워지고 있는 광경을 지켜보고 있었다. 상자들의 크기는 그가 상상했던 것보다 작았다. 당연했다. 상자 속에 들어 있는 물건의 크기가 담뱃갑 정도였으니까. 통관 신청 서류에 그것들을 가정용 영상기기로 기재하다니 그자들도 멍청하다고 생각했다. 정말로 통관 절차를 밟았으면 큰일 날 뻔하지 않았는가. 휴대용 DVD플레이어라고 기재했어야 했다. 사람들이 비행기에 갖고 타는 물건. 아니면 MP3든지. 흰 와이어와 작은 이어폰, 모양새가 흡사하니 훨씬 안전했을 것이다.

거기까지 생각을 굴리던 마흐무드의 얼굴에 회심의 미소가 피어올랐다. '비행기.'

리처는 입간판들을 눈여겨보면서 동쪽을 향해 지그재그로 차를 몰았다. 그 도시의 가장 허름한 상업지역을 찾기 위해서였다. 베벌리 힐스에서부터 말리부에 이르기까지, 캘리포니아의 가장 부유한 지역에도 경기 불황의 흔적들이 엄연히 존재한다는 사실을 그도 알고 있었다. 하지만 그곳의 흔적들은 오히려 화사하게 포장이 된 채 감춰져 있었다. 반면에 그 아래쪽, 터스틴의 일부 지역에서는 그 흔적들이 꾸밈없이 드러나 있었다. 타이어 네 개를 교체하는 데 100달러 미만이라는 내용의 프랜차이즈 타이어 대리점 광고판이 나타나자마자 리처는 정신을 바짝 차리고 사방을 훑기 시작했다. 거의 즉각적으로 보상이 돌아왔다. 그와 딕슨이 동시에 각각 오른쪽과 왼쪽에서 전당포 한 곳씩을 발견한 것이다. 딕슨이 발견한 곳이 규모가 더 커보여서 그들은 유턴을 하기 위해 다음 번 신호등까지 내려갔다. 그 잠깐 동안에도 세 군데를 더 찾아낼 수 있었다.

"선택의 폭이 넓군." 리처가 말했다. "실험을 할 수도 있겠는걸."

"무슨 실험이요?" 딕슨이 물었다.

"한두 군데에서는 곧바로 흥정을 하는 거지. 하지만 당신은 차 안에 머물러 있는 게 좋겠어. 누가 봐도 경찰 같으니까."

"당신이 이렇게 입으라고 시켰잖아요."

"작전 변경."

리처는 가게 안에서는 보이지 않을 만한 도로변에 크라이슬러를 세운 뒤 딕슨의 가방에서 니글리의 돈다발을 챙겨서는 바지 주머니에 쑤셔 넣었다. 그는 전당포로 곧장 들어가지 않았다. 일단은 그 앞을 그냥 지나가면서 대충 살펴보았다. 전당포치고는 상당한 규모였다. 리처의 관념 속에 자리 잡고 있는 전당포는 외쪽 문이 달린 좁고 어두운 공간이었다. 하지만 지금 그의 눈앞에 있는 가게는 달랐다. 문부터 두 짝이었고 어느 카펫 가게 못지않게 넓었다. 환하게 조명을 밝힌 진열창엔 전자제품, 카메라, 악기, 보석류 등이 가득했다.

사냥용 소총들도 있었다. 열두 자루쯤 되는 엽총들이 똑바로 세워진 기타들 뒤에 수평으로 진열돼 있었다. 하나같이 고급스러워 보였다. 하지만 리처는 그런 무기가 사냥에 이용되는 게 늘 유감이었다. 그의 생각으로는 총을 사용한 사냥은 스포츠가 아니었다.

100미터 떨어진 나무 뒤에 몸을 숨긴 채 초고속으로 날아가는 실탄 한 박스를 쏴서 무방비 상태의 사슴을 쓰러뜨리는 건 절대 공정한 게임이 아니다. 사슴뿔을 부착한 헬멧을 쓰고 수사슴과 머리와 머리를 맞부딪쳐 승부를 겨루는 게 스포츠 정신에 훨씬 더 가까울 것이다. 그래야 그 불쌍한 동물에게도 공평한 기회를 주는 것이다. 어쩌면 사슴이 더 유리할 수도 있겠다. 그래서 사냥꾼들이 감히 진정한 스포츠를 즐길 생각을 못하는 거라고 리처는 생각했다. 그가 문 앞으로 다가가 안을 살펴보았다. 그리고 그 즉시 포기했다. 가게가 너무나 넓었다. 직원이 너무나 많았다. 주인과 일대일로 은밀한 흥정을 할 수 있는 분위기가 아니었다.

차로 돌아온 리처가 딕슨에게 말했다. "내가 잘못 생각했어. 작은 가게를 찾아야 해."

그들은 서쪽으로 100미터 떨어진 신호등 아래에서 유턴을 했다. 다시 100미터를 동쪽으로 올라간 뒤, 문 닫은 맥주집 앞의 금이 간 콘크리트 주차 공간 위에 차를 세웠다. 맥주집 옆은 이름이 복잡한 비타민 가게였다. 전당포는 그 옆이었다. 외짝문이었다. 조명도 밝지 않았다. 지저분한 진열창 안에는 온갖 잡동사니들이 가득했다. 그 잡동사니들 너머로 어둑한 실내가 눈에 들어왔다. 안쪽 벽면엔 긴 유리 진열장이 설치되어 있었다. 철망이 쳐진 그 진열장 속에는 권총이 들어차 있었다. 최소한 300자루는 될 것 같았다. 그것들은 모두 못에 방아쇠울이 걸린 채 거꾸로 매달려 있었다. 진열창과 직각을 이루고 설치된 카운터 뒤에 한 사내가 서 있었다. 가게 안엔 그 사내 혼자뿐이었다.

"제대로 찾았군." 리처가 말했다. 그는 혼자 가게 안으로 들어갔다. 언뜻 보기에는 이번 사내도 법규만 읊어댔던 지난번 사내와 같은 유형이었다. 백인, 30대, 딱딱한 표정. 형제라고 해도 믿을 것 같았다. 하지만 자세히 보고 나니 전혀 다른 유형이었다. 형제였다면 돌연변이였을 것이다. 가족 중에 내놓은 자식. 먼젓번 사내의 혈색은 핑크빛이었다. 하지만 이번 사내는 회색이 감돌 정도로 창백했다. 마약이다. 게다가 파랗고 붉은 문신들이 양 팔뚝을 뒤덮고 있었다. 소년원이나 교도소에서 새겼을 것이다. 아니면 해군에서였든지. 마치 감전된 사람처럼 흰자위는 빨갛게 충혈되어 있었고 그 위로 초점이 불분명한 눈동자가 반쯤 떠 있었다.

'간단하겠군.' 리처가 생각했다.

그는 주머니에서 니글리의 돈을 거의 전부 꺼내서 부채 모양으로 펼쳤다가 밑동을 추슬러서 가지런하게 정리한 다음 적당한 높이에서 카운터 위로 떨어뜨렸다. 신권이 아닌 지폐 다발은 대부분의 사람들이 생각하는 것 이상으로 무게가 나간다. 종이, 잉크, 먼지, 기름때. 주인 사내는 기분 좋은 소리와 함께 카운터 위에 떨어진 돈뭉치를 핥듯이 바라보다가 입을 열었다. "뭘 도와 드릴까요?"

"당신 능력으로 가능한 일." 리처가 말했다. "길 아래쪽에서 시민 정신 교육을 받고 오는 길이오. 온갖 고리들을 통과해야 권총 네 자루를 살 수 있는 것 같더군."

"제대로 교육 받으셨네." 사내가 말했다. 이어서 그는 엄지손가락으로 뒷벽을 가리켰다. 지난번 가게처럼 총기류 판매 허가증이 액자에 끼워져 걸려 있었다.

"그 고리들을 돌아갈 수 있는 방법이 없겠소?" 리처가 물었다. "아래로 기거나 위로 타고 넘는 것도 좋고."

"없죠." 사내가 말했다. "고리는 고리니까." 사내의 창백한 얼굴에 미소가 피어올랐다. 마치 감동적인 연설이라도 끝낸 것처럼. 일순, 그자의 멱살을 움켜쥔 뒤 그 머리통을 망치 삼아 진열장을 부숴버릴까 하는 생각이 리처의 머릿속에 일었다. 그때 사내가 다시 눈길을 돈다발 위로 떨어뜨리며 말했다. "난 캘리포니아 총기류 관련 법규를 지켜야 해요." 말은 그렇게 했지만 어조는 뭔가를 암시하고 있었다. 돈다발 위로 모아진 사내의 두 눈도 입과는 다른 얘기를 하고 있었다. 리처는 속으로 쾌재를 불렀다.

"변호사예요?" 사내가 물었다.

"내가 변호사처럼 보이시오?" 리처가 되물었다.

"난 옛날에 변호사랑 얘기해 본 적이 있어요, 한 번." 사내가 말했다.

'한 번이 아니라 여러 번이었겠지.' 리처가 생각했다. '의자와 책상이 바닥에 볼트로 고정되어 있는 꽉 막힌 구치소 면회실에서.'

"솔직히 말하자면 고리를 돌아갈 수 있는 방법이 있어요."

"어떻게?"

"캘리포니아 총기류 관련 법규에 구멍이 하나 뚫려 있어요. 웬만한 사람은 잘 모르는." 뻐기고 싶은 마음이 앞섰기 때문인지 사내의 발음이 꼬였다. "나든, 당신이든, 아니면 그 누구든, 법에서 규정하고 있는 모든 절차를 밟지 않고는 누구에게도 총을 팔 수가 없어요."

"그런데?"

"나든, 당신이든, 아니면 그 누구든, 딱 한 자루는 빌려줄 수 있어요. 30일까지."

"사실이오?" 리처가 말했다.

"법규에 그렇게 나와 있어요."

"흥미롭군."

"식구들 사이에선 가능해요." 사내가 말했다. "남편이 아내에게, 아버지가 딸에게, 30일까지."

"그렇긴 하지."

"친구들 사이에서도 그렇고." 사내가 말했다. "친구가 친구에게 총을 빌려주는 건 법에 안 걸려요. 30일까지는."

"우리가 친구사이던가?" 리처가 물었다.

"친구가 될 수도 있죠." 사내가 말했다.

리처가 물었다. "친구들이 서로를 위해 할 수 있는 일이 뭐가 있겠소?"

사내가 말했다. "서로에게 뭐든 빌려주는 거. 한 친구가 총을 빌려주면 상대 친구는 돈을 빌려준다든지."

"하지만 곧 돌려줘야 하잖소." 리처가 말했다. "30일 뒤에."

"친구들 간에 갚겠다는 약속이 반드시 지켜지는 건 아니죠. 처음부터 떼먹을 생각으로 빌리는 경우도 있고, 이사를 가는 경우도 있고, 다시는 연락이 안 되는 경우도 있고. 친구들이라는 게 다 그런 거 아니겠어요? 뭘 빌려줄 땐 돌려받지 못할 각오를 하는 게 현명하죠."

리처는 돈을 카운터 위에 그대로 놔둔 채 진열장 앞으로 다가갔다. 형편없는 물건들도 있었다. 하지만 쓸 만한 물건들도 있었다. 리볼버와 자동권총의 비율은 반반 정도였다. 자동권총의 3분의 2가량은 쓰레기였고 나머지 3분의 1은 쓸 만했다. 그리고 쓸 만한 자동권총의 4분의 1이 9밀리였다. 따라서 선택의 폭은 열세 자루 정도였다. 300자루 가운데서.

4.33퍼센트. 열세 자루 가운데 글록은 일곱 자루였다. 한때는 최신식이었던 시절이 있었겠지만 더 이상은 아니었다. 그 가운데 19는 딱 한 자루였다. 나머지 여섯 자루는 17이었다. 얼핏 보기에 상태는 모두 꽤 괜찮았다.

"당신이 내게 글록 네 자루를 빌려준다면," 리처가 여전히 진열장 속을 살펴보면서 말했다.

"내가 빌려주지 않는다면," 사내가 말했다.

리처가 돌아섰다. 카운터 위에 있던 돈다발은 사라지고 없었다. 그건 리처도 예상하고 있던 일이었다. 사내의 손에 권총이 들려 있었다. 그건 리처가 예상하지 못했던 일이었다.

'우린 늙었어요, 우린 느려졌어요, 우린 녹슬었어요.' 니글리가 그렇게 말했었다. '옛날의 우리와는 하늘과 땅 차이예요.'

'자네 말이 맞군.'

사내가 들고 있는 총은 콜트 파이돈이었다. 푸른빛이 감도는 카본 스틸, 호두나무 손잡이, 357 매그넘, 20센티미터의 총신. 베레타 중에 가장 큰 모델은 아니었지만 소형 권총이라고는 할 수 없는 크기였다. 그리고 명중률이 가장 높은 모델 중 하나였다.

"이건 친구끼리 하는 장난이 아닌 것 같은데." 리처가 말했다.

"친구는 개뿔." 사내가 말했다.

"그리고 이건 멍청한 짓이야." 리처가 말했다. "난 지금 기분이 아주 상했어."

"쓸데없는 소리 집어치우쇼. 내 눈에 보이도록 두 손이나 들어 올리시지."

리처가 잠시 망설이다가 양손을 들어 올렸다. 손가락을 활짝 벌리고, 손바닥을 밖으로 향하게 하고, 팔꿈치를 반쯤만 펴고, 전혀 위협적이지 않게.

사내가 말했다. "그럼 살펴 가쇼. 문에 엉덩이 채이지 않게 조심하고."

작은 가게였다. 리처의 위치는 안쪽 벽 앞이었다. 사내는 카운터 뒤에 서 있었다. 안쪽 벽에서 카운터까지의 거리는 카운터에서 출입문까지 거리의 절반이었다. 통로는 비좁았다. 진열창을 통해 햇빛이 쏟아져 들어오고 있었다.

사내가 말했다. "어서 꺼지라니까!"

리처는 잠시 그대로 서 있었다. 그는 두 귀에 신경을 모으고 재빨리 주위를 확인했다. 안쪽 벽의 왼쪽 귀퉁이에 문이 하나 나 있었다. 화장실인 것 같았다. 사무실은 아니었다. 카운터 뒤에 서류들이 쌓여 있었다. 별도의 사무 공간이 있다면 카운터에서 서류 작업을 할 리가 없었다. 따라서 사내는 혼자인 게 분명했다. 동업자도 없고 지원군도 없다.

더 이상 예상 밖의 일은 일어나지 않을 것이다.

리처는 베이거스에서 눈에 익혔던 루저들의 만감 어린 표정을 자기 얼굴에 떠올렸다.

'한번 도전해 볼 만한 가치는 있었어. 낸들 이기려고 도박했지, 지려고 했을까.'

그 표정을 본 사내의 얼굴에 득의양양한 미소가 피어올랐다. 리처는 양손을 어깨 높이로 들어 올린 채 출입문을 향해 걸음을 옮겼다. 한 걸음, 두 걸음, 세 걸음. 네 걸음을 걷고 나자 사내와 나란한 위치가 됐다. 둘 사이의 거리는 딱 카운터 너비만큼이었다. 리처의 얼굴과 몸은 출입문 쪽을 향하고 있었다. 따라서 리처의 왼쪽 옆구리와 사내의 정면이 직각을 이뤘다. 카운터의 너비는 75센티미터가량이었다.

리처의 왼팔이 사내를 향해 직선으로 뻗어나갔다.

무하마드 알리의 팔 길이는 1미터 정도라고 한다. 전성기 때, 스트레이트로 뻗어나가는 그의 주먹의 평균 시속은 130킬로미터였다. 리처의 속도를 알리와 비교할 수는 없었다. 느려도 한참 느렸다. 더구나 오른손잡이인 리처가 지금 뻗은 건 왼팔이었다. 그의 왼손 스트레이트의 최고 속도는 시속 96킬로미터 정도였다. 하지만 시속 96킬로미터라면 분속으로는 1.6킬로미터이다. 초속으로는 270미터 남짓이다. 따라서 리처의 왼손이 카운터를 완전히 건너가기까지 걸린 시간은 1,000분의 30초 미만이다. 중간에 주먹을 말아쥔 건 물론이다.

사내가 파이돈의 방아쇠를 당기기에 1,000분의 30초라는 시간은 턱없이 짧았다. 모든 리볼버의 기계 장치는 복잡하다. 그리고 파이돈처럼 중형 모델은 소형 모델들에 비해 충격에 둔감하다. 파이돈의 오발률이 상대적으로 낮은 것도 그래서이다. 방아쇠에 걸려 있던 사내의 손가락은 아직 움츠러들기도 전이었다. 리처의 주먹에 얼굴을 가격당한 순간까지도 그자의 두뇌는 그 손가락이 반사적으로 작동한다는 신호를 접수하지 못한 상태였다. 리처의 주먹은 무하마드 알리보다 훨씬 느리다. 하지만 그의 팔은 알리보다 20센티미터가량 더 길었다. 따라서 75센티미터의 카운터를 넘어간 다음에도 아직 완전히 펴지지 않은 45센티미터가 남아 있었다. 그것은 곧 사내의 머리통이 리처의 주먹에 가격당한 뒤에도 나머지 45센티미터가 완전히 펴질 때까지 그만한 거리를 엄청난 속도로 밀려가야 한다는 뜻이었다. 그리고 그만한 거리 뒤에는 벽이 버티고 있었다. 결국 사내의 뒤통수는 정확히 총기류 판매 허가증을 들이받았고 그 충격으로 인해 액자 유리가 산산이 부서졌다.

그제야 사내의 머리통은 뒤쪽으로의 돌진을 멈추고 대신 벽을 타고 아래로 미끄러져 내려갔다. 사내의 몸뚱이가 바닥에 완전히 널브러지기도 전에 리처는 카운터를 훌쩍 넘어가서 파이돈을 멀리 차버린 뒤 사내의 손가락을 발꿈치로 짓이겨 부러뜨려 버렸다. 열 손가락 모두. 무기가 도처에 널려 있는 상황에서는 반드시 필요한 조치였다. 손목을 부러뜨리는 것보다 빠른 방법이기도 했다. 이어서 사내의 주머니를 뒤져 니글리의 현찰 더미와 가게 열쇠를 찾아냈다. 다시 카운터를 훌쩍 넘어간 다음엔 가게 안쪽으로 다가가 철망으로 싸인 유리 진열장 문을 열쇠로 열었다. 글록 일곱 자루를 모두 꺼내 따로 진열되어 있는 중고 가방 하나를 열고 그 속에 집어넣었다. 마지막으로 열쇠에 묻은 지문과 카운터에 찍힌 손바닥 자국을 깨끗이 닦은 뒤 햇빛 환한 바깥세상을 향해 걸음을 옮겼다.

두 사람은 터스틴을 벗어나기 전에 전당포가 아닌 진짜 총포상에 들러 실탄을 구입했다. 아주 많이. 실탄 구입량에 관한 조항은 법규에 없는 모양이었다.

돌아오는 길은 많이 막혔다. 그들의 차가 애너하임 부근을 느릿느릿 지날 때 LA 동부에 나가 있는 오도넬로부터 전화가 걸려왔다.

"여긴 어떤 움직임도 없어요." 오도넬이 말했다.

"전혀?"

"전혀. 대장이 베이거스에서 그 전화를 하지 말았어야 했어요. 단단히 실수한 거예요. 그래서 놈들이 겁을 잔뜩 집어먹고 바닥에 납작 엎드려서 움직일 생각을 안 하는 거라고요."

61

리처와 딕슨은 101번 도로를 타고 할리우드로 돌아왔다. 모텔에 도착한 다음엔 크라이슬러를 주차장에 세워 놓고 각자의 혼다에 올라탔다. 두 대의 혼다는 곧장 LA 동부를 향해 출발했다. 리처의 혼다는 은색 프렐류드 쿠페였다. 폭 넓은 타이어가 울퉁불퉁한 아스팔트 노면의 촉감을 시트까지 그대로 전달하는 불편한 승차감. 승차 후 잠시 동안은 재미있지만 세 블록을 지나면서부터 귀에 거슬리기 시작하는 축 늘어진 배기음. 실내에서 진동하는 차량용 세제 냄새. 낮은 앞머리가 노면과 충돌할 때마다 눈에 띄게 퍼져가는 앞 유리창의 균열. 그래도 운전석은 그가 편히 자리를 잡을 수 있을 만큼 충분히 뒤로 밀려나 있었고 에어컨도 작동했다. 전체적으로 평가했을 때, 감시 차량으로서는 그다지 나쁜 편은 아니었다. 그는 훨씬 더 후진 차들도 몰아 본 적이 있었다. 아주 여러 번.

그들은 다자간 통화 모드로 계속해서 얘기를 나눴다. 목적지 부근에 이르러서는 서로의 위치를 확인해 가며 차들을 서로 상당한 거리를 두고 주차시켰다. 리처는 뉴에이지 건물에서 두 블록 떨어진 지점에 프렐류드를 세웠다. 대각선으로 55미터가량 떨어진 정문의 일부분이 서류 보관실 같은 건물과 회색 창고 건물 사이로 보이는 위치였다. 뉴에이지의 정문은 굳게 닫혀 있었다. 주차장도 거의 비어 있는 것 같았다. 담장 너머로 보이는 유리 건물의 출입문들도 닫혀 있었다. 건물 전체에 정적이 내려앉아 있었다.

"건물 안에 누가 있지?" 리처가 물었다.

"아무도 없는 것 같아요." 오도넬이 말했다. "니글리와 함께 새벽 5시부터 진을 치고 있었는데 지금까지 아무도 들어간 사람이 없어요."

"그 교과서 같은 여자도 안 들어갔어?"

"네."

"로비 안내 직원도?"

"네."

"여기 전화번호 아는 사람 있어?"

니글리가 말했다. "그들의 대표전화 번호를 가지고 있어요. 교환대로 연결되는."

니글리가 번호를 불렀다. 리처는 전화를 끊은 뒤, 엄지손가락으로 그 번호를 누르고 나서 녹색 버튼을 눌렀다.

신호가 갔다.

하지만 응답은 없었다.

그가 다시 다자간 통화 버튼을 눌렀다.

"난 여기 직원을 뒤쫓아 가서 제조 공장을 확인할 수 있게 되길 바랐어."

"그렇게 되긴 틀린 것 같은데요." 오도넬이 말했다.

아무도 말이 없었다. 사각형의 유리 건물에선 아무 기척도 없었다.

5분이 흘렀다. 10분. 20분.

"이제 접자." 리처가 말했다. "기지로 돌아간다. 제일 늦게 도착하는 사람이 점심 사는 거다."

제일 늦게 도착한 사람은 리처였다. 그는 제대로 속력을 낼 줄 모르는 운전자다. 그의 혼다가 모텔 앞에 이르렀을 때 다른 세 대의 혼다는 이미 주차장에 세워져 있었다. 그는 프렐류드를 눈에 잘 띄지 않는 구석 자리에 세운 뒤, 크라이슬러의 트렁크에서 권총들이 들어 있는 가방을 꺼내 자기 객실에 옮겨 놓았다. 잠시 후 데니스를 향해 걸어가고 있는 그의 눈에 커티스 모니의 자동차가 보였다. 외관상의 특징이 없는 게 특징인 그의 크라운 빅토리아가 데니스 주차장에 세워져 있었다. LA 카운티 보안관. 그 차 다음으로 리처의 눈에 들어온 건 모니의 모습이었다. 그는 식당 안에서 니글리, 오도넬 그리고 딕슨과 한 테이블에 앉아 있었다. 다이애나 본드와 얘기를 나눴던 바로 그 테이블이었다. 다섯 개의 의자 가운데 하나만 빈 채로 주인을 기다리고 있었다. 식탁 위엔 아무것도 없었다. 물도 냅킨도 식기도 없었다. 아직 주문을 하지 않은 모양이었다. 리처는 안으로 들어가 아무 말 없이 다섯 번째 의자에 앉았다. 긴장이 감도는 침묵을 깨고 모니가 말했다. "다시 만나 반갑소."

부드러운 어조였다.

나직했다.

연민이 배어 있었다.

리처가 물었다. "산체스? 아니면 스완?"

모니는 대답하지 않았다.

리처가 물었다. "그럼 둘 다?"

"그 얘기는 잠시 미뤄 둡시다. 일단 당신들이 숨어 있는 이유부터 내게 설명해 주시오."

"우리가 숨어 있다고? 누가 그럽디까?"

"당신들은 내게 통보도 없이 베이거스로 떠났소. 다녀온 뒤엔 어떤 호텔에도 투숙하지 않았고."

"그건 숨은 게 아니잖소."

"당신들은 현재 웨스트 할리우드의 허름한 숙박업소에 묵고 있소. 그것도 가명으로. 프런트 직원이 모두 불었소. 당신들은 특히 함께 뭉쳐 있으면 눈에 확 띄지. 그래서 나도 어렵지 않게 당신들이 숨어 있는 곳을 찾을 수 있었소. 그리고 당신들이 밥을 먹기 위해 이곳에 들르리라는 것도 쉽게 짐작할 수 있었소. 만약 지금 못 만났다면 저녁 때 다시 와봤을 거요. 아니면 내일 아침 때든지."

리처가 말했다. "조지 산체스? 아니면 토니 스완?"

모니가 말했다. "토니 스완."

62

모니가 말했다. "우린 지난 몇 주 동안 한두 가지 요령을 터득하게 됐소. 현재 우리는 수색대 대신 독수리들을 활용하고 있소. 그 넓은 황무지를 고작 몇 명이서 헤매다가 아무 수확 없이 돌아오는 대신 가끔씩 짬이 날 때마다 그리로 나가서 조류학자처럼 독수리들의 움직임을 관찰하다 돌아온다는 얘기요. 망원경을 들고 차 지붕 위에 올라서기만 하면 되는 일이지. 독수리 두 마리가 하늘을 맴돌고 있으면 그 아래 독사에 물린 코요테가 있는 거고, 세 마리 이상의 독수리가 몰려 있으면 좀 더 큰 시체인 거고."

리처가 물었다. "어디였소?"

"똑같은 지역."

"언제였소?"

"얼마 전."

"헬리콥터?"

"다른 수단일 수는 없으니까."

"그가 틀림없소?"

"그는 똑바로 누워 있었소. 양손이 등 뒤로 묶인 채. 지문이 손상되지 않은 상태였소. 지갑도 주머니 속에 있었고. 유감이오."

웨이트리스가 다가왔다. 지난번 그 여자였다. 테이블을 몇 발짝 남겨 두고 그녀가 멈춰 섰다. 잠시 후 그녀는 그냥 돌아섰다. 심상치 않은 분위기를 감지한 모양이었다.

모니가 물었다. "당신들은 왜 숨어 있는 거요?"

"숨어 있는 게 아니라니까." 리처가 말했다. "단지 장례식을 기다리고 있는 것뿐이오."

"그럼 왜 가명으로 투숙했소?"

"당신은 우릴 미끼로 삼기 위해 이 도시로 끌어들였소. 범인들이 누구든 간에 우린 쉽게 당하고 싶지 않소."

"그자들이 누군지 아직 모르고 있소?"

"당신은?"

"개별 행동 절대 금지. 알겠소?"

"여긴 선셋 대로요. LA 경찰서 관할이지. 당신은 지금 그들을 대변하고 있는 거요?"

"친구로서의 충고라고 생각하시오." 모니가 말했다.

"기억해 두겠소."

"앤드루 맥브라이드가 베이거스에서 사라졌소. 도착한 건 분명한데 호텔은 물론 어느 숙박업소에도 투숙하지 않았소. 차를 렌트하지도 않았소. 다시 비행기를 타고 떠난 것도 아니고. 그냥 증발해 버렸소."

리처가 고개를 끄덕였다. "경찰로선 정말 똥줄 타는 일이겠군."

"그런데 앤서니 매슈스라는 이름의 사내가 유홀 트럭을 빌렸소."

"오로스코가 작성한 명단의 마지막 이름."

모니가 고개를 끄덕였다. "게임이 막판에 이르렀다는 얘기 아니겠소?"

"그자가 어디로 트럭을 몰고 갔소?"

"그건 나도 모르오." 모니가 윗도리 주머니에서 명함 네 장을 꺼내어 테이블 위에 가지런히 펼쳐 놓았다. 네 장 모두에 그의 이름과 두 개의 전화번호가 인쇄되어 있었다. "전화하시오. 진심으로 말하는 거요. 당신들은 도움이 필요하게 될 거요. 당신들의 상대는 아마추어가 아니오. 토니 스완은 보통 사람이 아닌 것처럼 보였소. 물론 남아 있는 부분만으로 판단한 거지만."

모니가 할 일이 있다며 자리를 뜨고 나서 5분 뒤 웨이트리스가 다시 식탁으로 다가와 머뭇거렸다. 아무도 밥 생각이 없었지만 그래도 다들 주문을 했다. 몸에 밴 습관이었다.

먹을 수 있을 때 먹어 둬라, 다음 식사는 언제가 될지 모른다.

스완이 그 자리에 있었다면 서슴지 않고 음식을 시켰을 것이다. 스완은 언제, 어디서든, 배를 채워 두는 사람이었다. 부검 현장, 시체 발굴 현장, 살인 사건 현장, 그 어디든 개의치 않았다. 머리에 삽이 꽂혀 있던 피살자, 다수의 부패된 시체 발굴 현장 옆에서도 스완이 로스트비프 샌드위치를 먹던 걸 리처는 선명하게 기억하고 있었다. 다른 사람들은 모두 생각이 잘 안 난다고 했지만.

아무도 입을 열지 않았다. 창밖에선 태양이 빛나고 있었다. 아름다운 날이었다. 파란 하늘, 희고 작은 구름들. 차들은 선셋 대로 위를 달려 지나가고 식당엔 손님들이 들락거렸다. 주방과 홀에서 서로 다른 전화기들이 서로 다른 벨소리를 울려댔다. 리처는 접시에 담긴 음식의 맛은 물론, 그 음식이 뭔지조차 모른 채 기계적으로 포크질을 했다.

"숙소를 옮겨야 하지 않을까요?" 딕슨이 물었다. "모니가 이곳을 알아냈으니까."

"난 그 프런트 직원이 우리에 대해 불었다는 게 기분 나빠요." 오도넬이 말했다. "그 망할 놈의 TV 리모컨이라도 훔쳐야겠어요."

"움직일 필요 없어." 리처가 말했다. "모니는 우리에겐 위험인물이 아니야. 게다가 산체스가 어떻게 됐는지를 알려면 그와 연락을 끊어선 안 돼."

"그럼 다음 작전은요?" 딕슨이 물었다.

"쉬는 거야." 리처가 말했다. "그랬다가 날이 어두워진 뒤에 다시 출동하는 거다. 뉴에이지 건물로. 숨어서 감시만 해서는 아무것도 알아낼 수가 없어. 이제부터는 적극적으로 움직여야 해."

그는 식탁 위에 팁으로 10달러를 내려놓고 카운터로 가서 계산을 했다. 다시 밝은 세상으로 나선 네 사람은 주차장에 서서 잠시 눈들을 깜빡이다가 숙소를 향해 걸음을 옮겼다.

그들은 오도넬의 객실에 함께 모였다. 리처가 자기 객실에서 가져온 가방을 열었다. 글록 19를 집어든 딕슨은 무척 마음에 든다며 좋아했다. 오도넬은 남아 있는 여섯 자루 중 가장 괜찮아 보이는 세 자루를 골라냈다. 그는 선택받지 못한 나머지 세 자루의 탄창들을 뽑아서 선택받은 세 자루 곁에 하나씩 내려놓았다. 총격전이 벌어졌을 때 그와 니글리와 리처가 최소한 한 번은 실탄들을 탄창에 먹이는 시간을 벌 수 있도록. 하지만 딕슨은 여벌의 탄창이 없었다. 그녀는 처음 열일곱 발을 다 쏘고 나면 손으로 실탄을 다시 먹여야 할 것이다. 하지만 크게 문제될 건 없었다. 권총만을 사용하는 총격전에서 열일곱 발을 다 쏘도록 상대방을 쓰러뜨리지 못한다면 그건 정신을 집중하지 않았기 때문이다. 그리고 리처가 아는 딕슨은 최소한 실전에서만큼은 반드시 정신을 집중한다. 물론 과거엔 그랬다는 얘기다.

리처가 물었다. "그 건물의 보안 상태는 어느 정도일까?"

"일단 정문 잠금장치는 최첨단이에요." 니글리가 말했다. "그리고 정문엔 알람 장치가 있어요. 본관 출입문에도 당연히 알람 장치가 있을 거예요. 밤에는 일정 반경 내의 동작 감지 센서도 작동할 테고. 건물 내에는 곳곳에 동작 감지 센서가 설치돼 있을 게 분명해요. 문에 알람이 설치된 사무실들도 있을 거예요. 그리고 모든 전화선에는 자동 정보 송달 장치가 당연히 부착돼 있을 거고. 무선이나 심지어는 인공위성을 통한 정보 송달 장치까지도 예상해야 해요."

"정보는 누가 접수하고 대처하는 거지?"

"좋은 질문이에요. 내 생각에 경찰은 아니에요. 출동이 늦는 경우가 많으니까. 분명히 자체 보안팀일 거예요."

"국토안보부가 아니라?"

"이치상으로는 그래야겠죠. 펜타곤이 천문학적인 액수를 리틀 윙 프로젝트에 쏟아 부었으니까 최소한 보안 문제는 정부에서 직접 관리하지 않겠느냐는 생각도 당연해요. 하지만 난 아니라고 봐요. 요즘 정부에서 하는 일들이 모두 다 상식적으로 타당한 건 아니잖아요. 당장 공항 경비부터 사설 업체에 하청을 주고 있어요. 국방정보국 사무실은 한참 먼 곳에 떨어뜨려 놓고. 그러니 뉴에이지의 보안도 자체적으로 관리되고 있을 거예요. 리틀 윙이 아무리 중요하다고 해도."

"정문을 돌파한 뒤에 우리에게 주어질 시간적 여유는?"

"거길 들어갈 수 있다고 생각하는 거예요? 우린 열쇠가 없어요. 정문 잠금장치는 녹슨 못으로 어떻게 해볼 수 있는 게 아니에요. 절대 열 수 없을 거예요."

"잠금장치들은 내가 알아서 할게. 안으로 들어간 뒤 우리에게 주어질 시간은?"

"2분." 니글리가 말했다. "이런 상황에서는 2분 내에 빠져나와야 해요."

"알았어." 리처가 말했다. "새벽 1시에 출동한다. 저녁 식사는 6시. 그때까지 다들 편히 쉬도록."

니글리와 딕슨과 오도넬은 각자의 객실을 향해 몸을 돌렸다. 하지만 리처는 노획한 크라이슬러의 키를 꺼내 쥐고 밖을 향해 돌아섰다. 니글리가 의아한 표정으로 그를 쳐다보았다.

"저 차는 더 이상 필요 없어." 리처가 그녀에게 말했다. "그러니 이제 돌려주려고. 하지만 그 전에 세차를 할 거야. 우리도 예의를 지켜야지."

리처는 크라이슬러를 몰고 벤투라 고속도로 북쪽, 반누이스 대로로 갔다. 자동차 관련 업체들이 열을 지어 들어서 있는 자동차 천국. 신차, 중고차, 싼 차, 비싼 차, 요란한 차, 수수한 차 들을 입맛대로, 그리고 예산대로 얼마든지 고를 수 있는 곳이었다. 하지만 그곳엔 자동차 판매업소들만 있는 건 아니었다. 타이어 대리점, 핸들 가게, 차체 수리 공장, 오일 교환소, 머플러와 충격완화장치 전문업소, 차량용 액세서리 가게.

그리고 세차장.

선택의 폭이 아주 넓었다. 기계 세차, 손 세차, 엔진 스팀 세차, 3단계 왁

싱, 입구에서 맡기고 출구에서 찾아가는 풀서비스 세차. 그는 1킬로미터 정도를 천천히 올라간 뒤 유턴을 해서 제자리로 돌아왔다. 괜찮아 보이는 풀서비스 세차장이 네 곳 있었다. 그는 가장 가까운 세차장 입구에 차를 세웠다. 풀서비스를 부탁하자마자 정비복과 비슷한 유니폼을 입은 한 떼의 사내들이 크라이슬러에 달려들었다. 리처는 햇빛 아래 서서 그들이 일하는 모습을 지켜보았다. 그들은 즉석에서 진공청소기로 실내 먼지들을 빨아들였다. 곧이어 크라이슬러는 움직이는 체인 위에 얹혀 유리 터널 속으로 들어갔다. 터널 안쪽 벽 곳곳에 열을 지어 설치된 수도꼭지들이 차례로 물과 거품과 각종 용액들을 뿜었다. 스펀지를 든 사내들이 차체를 문질러댔다. 차 지붕은 플라스틱 계단에 올라선 사내들이 맡았다. 이어서 차는 굉음을 울리는 건조기 아래를 지나 치렁치렁한 장막을 통과하며 물기가 닦였다. 유리 터널을 완전히 벗어난 크라이슬러에 다시 한 떼의 사내들이 스프레이와 손걸레를 들고 달려들었다. 얼마 후 크라이슬러는 도로 쪽으로 앞머리를 향하고 출구 앞에 세워졌다. 실내는 먼지 한 톨 없이 깨끗했고 곧 증발할 기름기가 번들거리는 차체는 햇빛을 받아 눈부시게 반짝거렸다. 리처는 팁을 얹은 계산을 마친 뒤, 주머니에서 장갑을 꺼내 양손에 끼고 차에 올라탔다.

100미터쯤 도로를 올라가던 리처는 점찍어 두었던 두 번째 세차장으로 들어갔다. 그에게 풀서비스를 부탁받은 안내 직원은 일순 멍한 표정을 지었다가 이내 어깨를 한 번 으쓱거리고선 손짓으로 담당직원을 불렀다. 리처는 다시 햇빛 아래 서서 똑같은 쇼가 재연되는 광경을 지켜보았다. 진공청소기, 유리 터널, 스프레이와 손걸레. 얼마 후 팁을 포함한 계산을 마친 뒤 리처가 다시 차에 올랐다. 이번 목적지는 모텔이었다.

그는 차체의 물기와 기름기가 완전히 증발하도록 햇볕이 잘 드는 주차장 한쪽 구석에 크라이슬러를 주차시켰다. 거리로 나선 그는 남쪽을 향해 걸음을 옮겼다. 긴 블록을 거의 다 지나서 파운틴 가에 이를 즈음 마침내 그가 찾던 가게가 눈에 띄었다. 두 구역이 상품들로 구분되어 있는 가게였다. 앞쪽은 의약품, 뒤쪽은 잡다한 가정용품. 리처는 곧장 안쪽으로 들어가 플래시라이트 네 개를 샀다. 건전지 세 개들이 검정색 맥라이트였다. 충분히 도움이 될 만큼 불빛이 강력했다. 손쉽게 다룰 수 있을 만큼 몸체가 작았다. 손 안에 꼭 쥐면 파괴력을 더해 줄 무기로도 사용할 수 있었다. 카운터의 여직원은 'I love LA'라는 문구와 빨간 하트가 찍힌 흰 봉투에 그것들을 담아 주었다. 리처는 그 봉투를 앞뒤로 조금씩 흔들면서, 그 탓에 바스락거리는 비닐의 마찰음을 들으며 모텔로 돌아왔다.

그들은 저녁을 먹기 위해 데니스로 나가지 않았다. 대신 도미노에서 피자를 배달시켜 세탁실 옆의 휑한 라운지에서 먹었다. 로비 밖에서 요란한 전자음을 울려대는 빨간색 자판기에서 뽑아 온 음료수와 함께. 그들에게 필요한 성분을 모두 갖춘 완벽한 식사였다. 칼로리, 지방, 탄수화물. 앞으로 열두 시간은 버틸 수 있는 에너지.

"오늘 밤 작전 목표는?" 오도넬이 물었다.

"세 가지." 리처가 말했다. "하나, 딕슨은 안내 데스크를 친다. 둘, 니글리는 그 교과서 같은 여자의 사무실을 찾아내서 친다. 오도넬과 나는 나머지 사무실들을 친다. 뭐든 찾아보자. 들어갔다 나올 때까지 120초의 시간이 있으니까. 셋, 뉴에이지 보안팀이 출동할 때까지 기다렸다가 그들의 얼굴을 확인한다."

"밖에 나온 뒤에도 함께 기다리자는 얘긴가요?"

"나 혼자 기다린다." 리처가 말했다. "자네들은 즉시 돌아오고."

방으로 올라간 리처는 양치를 한 뒤 오랫동안 뜨거운 물줄기 아래 서 있었다. 샤워를 마친 뒤엔 곧장 침대에 대자로 드러누워 잠을 잤다. 12시 30분에 그의 머릿속 시계가 그를 깨웠다. 그는 기지개를 켠 뒤 다시 한번 양치를 하고 나서 유니폼을 챙겨 입었다. 회색 데님 바지, 회색 셔츠. 검은색 윈드브레이커는 맨 위까지 지퍼를 올렸다. 부츠 끈을 단단히 졸라맨 뒤, 마지막으로 장갑을 꼈다. 크라이슬러 열쇠고리는 한쪽 바지 주머니, 여벌의 글록 탄창은 다른 쪽 바지 주머니, 베이거스에서 노획한 휴대폰은 한쪽 셔츠 주머니, 그리고 그의 휴대폰은 다른 쪽 셔츠 주머니에 각각 집어넣었다. 윈드브레이커의 양쪽 주머니에는 각각 맥라이트와 글록을 집어넣었다.

그렇게 채비를 하고 주차장으로 내려오니 1시 10분 전이었다. 다른 세 사람은 이미 나와 있었다. 리처는 어둑한 그늘 속에 모여 서 있는 그들에게 다가갔다.

"좋았어." 그가 오도넬과 니글리에게 말했다. "자네 둘은 각자의 혼다를 몰고 가." 이어서 딕슨에게 말했다. "칼라, 당신이 내 차를 몰도록. 뉴에이지 건물과 가까운 곳에 세워. 앞머리를 서쪽으로 향하게 하고. 키를 꽂아 두고 내리는 거 잊지 마. 돌아올 때는 데이비드의 차를 함께 타고."

딕슨이 말했다. "정말로 크라이슬러를 거기 놓고 올 생각인 거예요?"

"그 차는 더 이상 필요 없잖아."

"우리 지문하고 머리카락 천지일 텐데."

"걱정할 필요 없어. 반누이스 친구들이 깨끗이 치워줬으니까. 자, 이제 출발하자."

네 사람은 야구 선수들처럼 주먹을 서로 맞부딪친 뒤 각자의 차로 흩어졌다. 리처는 크라이슬러에 올라타 시동을 걸었다. 무거운 V-8 엔진이 어둠 속에서 낮고 무겁게 신음을 울렸다. 뒤에서는 혼다들의 작은 엔진이 콜록거리며 머플러가 퉁퉁거리는 소리가 들려왔다. 후진으로 차를 뺀 리처는 주차장 안에서 앞머리를 돌린 뒤 출구를 빠져나왔다. 후면경에 세 쌍의 푸른 헤드라이트 불빛이 비쳤다. 선셋에서는 동쪽, 라브레아에서는 남쪽으로 방향을 꺾은 뒤, 윌셔 동쪽 차선에 진입했다. 혼다들은 착실히 그의 뒤를 쫓아오고 있었다. 한밤의 대로 위에 작고 볼품없는 편대를 이룬 채.

63

맥아더 공원을 지나 110번 도로에 올라설 때쯤엔 도로는 물론 도시 전체가 조용해졌다. 그들 오른쪽의 다운타운은 고요했다. 차이나타운에는 불빛이 있었지만 낮의 부산스러움은 사라진 지 오래였다. 반대쪽의 다저스타디움은 텅 빈 채 커다란 그림자로 서 있었다. 그 그림자를 지나치고 나서 잠시 후, 그들은 고속도로를 빠져나간 뒤 곧장 시내 도로를 타고 동쪽으로 달려갔다. 낮에도 찾기 힘들던 길이었다. 한밤중이었으니 말할 것도 없었다. 하지만 리처에겐 네 번째 가는 길이었다. 두 번은 조수석, 한 번은 운전석. 그는 제대로 찾아갈 수 있을 거라고 생각했다.

그리고 제대로 찾아갔다. 그는 뉴에이지 건물 세 블록 전부터 차의 속력을 줄였다. 다른 차량들이 바짝 따라붙자 그들을 인도해서 두 블록을 크게 원을 그리며 돌았다. 수상한 낌새는 없었다. 이번엔 반경을 좁혀서 한 블록을 돌았다. 아무 이상이 없었다. 안개 낀 밤이었다. 검은 그림자로 서 있는 유리 건물 안팎에서는 어떤 기척도 없었다. 몇 개의 장식 조명등이 주차장 주위에 서 있는 정원수들을 비추고 있었다. 하지만 그 불빛은 너무 약해서 건물의 검은 유리창 위에 부분부분 아주 희미한 빛의 얼룩을 만들고 있을 뿐이었다. 그것 말고는 어떤 것도 비치지 않았다. 철책 위에 설치된 레이저 철조망은 짙은 회색의 실루엣만을 그려냈다. 정문은 굳게 닫혀 있었다. 리처는 정문 앞으로 천천히 차를 몰고 가면서 유리창을 끝까지 내린 뒤 장갑 낀 왼손을 바깥으로 내밀곤 한 손가락으로 원을 그렸다. 홈런을 알리는 심판의 신호 같았다. '한 바퀴 더 돌자.'

4분의 3바퀴를 돌 때쯤 리처의 손이 다시 창밖으로 나왔다. 이번엔 그의 손가락이 바닥을 가리켰다. 니글리와 오도넬과 딕슨이 차례로 차를 세웠다. 이어서 리처가 손칼로 목을 긋는 시늉을 했다. 세 사람은 시동을 끄고 차에서 내렸다. 오도넬이 정문까지 걸어갔다 온 뒤에 말했다. "자물쇠가 무지 큰데요."

리처는 여전히 크라이슬러의 운전석에 앉아 있었다. 시동도 켜 놓은 상태였다. 열린 창문을 통해 그가 말했다. "큰 게 부서질 땐 더 통쾌하지."

"소리를 내지 않고 열 수 있을까요?"

"그러긴 힘들걸." 리처가 말했다. "자네들은 정문까지 걸어가. 거기서 만나."

세 사람을 먼저 보내고 나서 리처는 차를 몰고 그들 뒤를 천천히 따라갔다. 뉴에이지 건물은 한 블록을 통째로 차지하고 있었다. 당연히 사면이 모두 도로였다. 도로들은 새로 조성된 사업지구답게 6미터 너비의 아스팔트 신작로였다. 인도는 처음부터 없었다. LA 시내 도로의 총 연장 길이는 3만 킬로미터가 넘는다. 반면 인도의 총 연장 길이는 20킬로미터에도 미치지 못할 것이다. 뉴에이지의 정문과 도로 사이에는 들고나는 차량들의 편의를 위해 6미터 길이의 부채꼴 공간이 마련되어 있었다. 따라서 정문에서부터 도로 건너편까지의 길이는 12미터를 조금 웃도는 거리였다. 그는 핸들을 직각으로 꺾고서 부채꼴 모양의 공간으로 들어섰다. 정문과 범퍼의 간격을 3센티미터쯤 남겨 놓고 차를 세웠다. 즉시 일직선으로 후진을 했다. 뒷바퀴가 건너편 도로가에 닿자 차를 세웠다. 브레이크를 힘껏 밟은 채 직진 기어를 넣고 창문 네 개를 모두 내렸다. 제법 쌀쌀한 기운을 머금은 밤바람이 차 안으로 밀려들어 왔다. 그를 바라보고 있는 세 사람에게 대기할 위치를 손가락으로 지정해 주었다. 둘은 정문 왼쪽, 한 명은 오른쪽.

"시계를 작동시켜!" 그가 소리쳤다. "2분!"

그는 한쪽 발로 브레이크를 힘껏 밟은 상태에서 다른 쪽 발로 액셀을 한껏 밟았다. 트랜스미션에 과부하가 걸리면서 차체가 요동쳤다. 액셀을 밟은 발은 그대로 놔두고 브레이크를 밟은 발을 뗐다. 크라이슬러가 전방을 향해 쏘아져 나갔다. 소름 돋는 마찰음과 푸른 연기를 끌면서 약 13미터를 전속력으로 달려간 차는 정문을 그대로 들이받았다. 잠금장치가 즉시 부서지면서 문이 안쪽으로 활짝 젖혀졌다. 동시에 차 안에서는 에어백들이 여기저기서 터져 나왔다. 리처는 그 상황을 대비해서 한 팔로는 얼굴을 가리고 한 손으로만 핸들을 잡고 있었다. 운전석의 에어백은 그의 팔꿈치에 걸려 그의 얼굴까지 덮치지 못했다. 아무 문제도 없었다. 창문을 모두 열어 둔 덕분에 충돌 순간에 발생한 엄청난 파장으로부터 그의 고막도 안전할 수 있었다. 그래도 귀가 먹먹해졌다. 차 안에 앉아 있는 그에게 누가 44구경을 발사한 것과 비슷한 강도의 소음과 진동이었다. 건물 전면에서 푸른 경광등 불빛이 요란하게 명멸하기 시작했다. 사이렌도 울렸을지 모르지만 먹먹한 그의 귀에는 아무 소리도 들리지 않았다.

리처는 액셀을 밟은 발에 힘을 빼지 않았다. 차는 정문과 충돌한 직후 아주 잠시 동안 줄었던 속도를 다시 올리며 이번엔 로비 현관을 향해 쏘아져 나갔다. 리처는 핸들을 단단히 붙들고 룸미러를 향해 잠깐 고개를 돌렸다. 동료들이 전속력으로 쫓아오고 있었다. 그가 다시 눈길을 정면으로 돌렸다. 핸들을 잡은 두 손에 힘을 주고 곧장 로비 출입문을 향해 돌진했다. 크라이슬러는 시속 80킬로미터의 속도로 낮은 계단을 넘어선 뒤, 앞바퀴가 허공에 30센티미터가량 뜬 상태로 출입문을 들이받았다. 문짝은 물론 문틀까지도 부서지고 우그러지면서 벽면에 구멍이 뚫렸다. 사방으로 튀어올랐던 유리 조각들이 비가 되어 쏟아져 내렸다. 하지만 크라이슬러는 타격을 입기는커녕 속도조차 줄지 않은 채 로비로 진입했다. 리처가 브레이크를 힘껏 밟았다. 네 바퀴가 회전을 멈췄다. 차의 앞머리가 건물 바닥에 박혔다. 하지만 차는 멈추지 않고 소름끼치는 금속성 마찰음을 울리며 곧장 리셉션 카운터로 돌진했다. 카운터를 완전히 박살내고서도 기운이 남은 차는 뒷벽을 뚫고 들어가 보닛까지 그 속에 파묻은 뒤에야 멈춰 섰다. 천장을 향해 날아올랐던 카운터의 파편들이 그제야 차 지붕 위로 분분이 떨어져 내렸다.

'딕슨이 카운터를 뒤지기가 어렵겠군.' 리처가 생각했다.

하지만 지금은 딕슨을 걱정하고 있을 때가 아니었다. 서둘러 안전벨트를 풀고 문을 활짝 열었다. 구르듯 바닥으로 떨어져 내려와 네 발로 기어서 차에서부터 수 미터 물러났다. 사방에서 흰색의 알람 불빛이 명멸하고 있었다. 그의 청각이 돌아오고 있었다. 사이렌 소리가 들려왔다. 그가 몸을 일으키는 것과 거의 동시에 세 사람이 출입구를 통해, 아니 출입문이 있었던 구멍을 통해 로비로 들어왔다. 딕슨은 곧장 안쪽으로 달려갔다. 오도넬과 니글리는 교과서 같은 여인이 두 차례 모습을 나타냈던 복도 입구를 향해 달려갔다. 그들은 진즉에 플래시를 켜놓고 있었다. 그들 앞으로 뻗어나간 좁은 부채꼴의 빛줄기들이 자욱한 먼지 속에서 정신없이 요동쳤다. 리처도 자신의 플래시를 꺼내어 스위치를 올린 뒤 두 사람을 쫓아갔다.

'21초 경과.' 머릿속 시계가 시간의 흐름을 알렸다.

복도 중간에 두 대의 엘리베이터가 있었다. 버튼 패널의 숫자가 그 건물이 3층이라는 사실을 알려 주고 있었다. 리처는 그 버튼을 누르지 않았다. 일반적으로 알람이 울리면 엘리베이터가 자동으로 작동을 중지하기 때문이다. 바로 옆 벽에 비상구가 나 있었다. 그는 3층까지 곧장 뛰어 올라갔다. 한 번에 두 계단씩. 방음이 안 되는 계단통에서는 사이렌 소리가 고막을 찢을 것처럼 크게 울렸다. 거의 고문 수준이었다. 그가 3층 비상구 문을 거칠게 밀어 열고 복도로 나섰다. 그제야 그는 플래시가 별 쓸모가 없다는 사실을 깨달았다. 복도에서는 수많은 알람 불빛들이 각자 다른 박자로 명멸하고 있었기 때문이다. 마치 지옥의 디스코 클럽처럼.

복도 양쪽에는 서로 6미터 정도의 간격을 두고 단풍나무 재질의 문들이 열을 지어 나 있었다. 사무실들. 문 위에는 각각 방 주인의 명패가 붙어 있었다. 긴 직사각형의 검정색 플라스틱 바탕에 흰 바닥이 드러나도록 철자를 새겨 만든 명패였다. 그의 바로 앞에서 니글리가 마거릿 베런슨의 명패가 달린 문짝에 연거푸 발길질을 해대고 있었다. 명멸하는 알람 불빛들의 스타카토 효과 때문에 그녀의 동작은 기괴하면서도 우스꽝스러워 보였다. 발길질이 소용이 없자 그녀가 글록을 빼들고 문의 잠금장치를 겨눴다. 세 차례의 총성이 연달아 울렸다. 글록에서 튕겨져 나온 탄피들이 카펫 위로 떨어진 뒤 제 좋을 곳으로 되튀어 가며 스타카토로 끊어지는 알람 불빛을 받아 긴 금목걸이가 너울대는 듯한 동선을 그려냈다. 니글리가 다시 한번 문짝에 대고 발길질을 했다. 문이 힘없이 열렸다. 그녀가 사무실 안으로 들어갔다. 리처는 계속해서 잰걸음을 옮겼다.

'52초 경과.' 머릿속 시계가 시간의 흐름을 알렸다.

앨런 라메이슨이라는 명패가 붙은 사무실을 지난 뒤 카펫 깔린 복도를 6미터 더 나아가 다음 사무실 앞에 이르렀다.

토니 스완.

리처는 맞은편 벽을 지지대 삼아 등을 기댄 뒤 한쪽 다리를 감아올린 다음 거기에 온 힘을 실어 스완의 사무실 문손잡이 바로 윗부분에 발뒤꿈치를 꽂았다. 그 부분의 널판이 부서지며 틈새가 벌어졌지만 잠금장치가 완전히 떨어져 나가진 않았다. 그는 장갑 낀 손바닥으로 문짝을 세게 밀어쳐 마무리를 한 뒤 안으로 들어갔다.

'63초 경과.' 머릿속 시계가 시간의 흐름을 알렸다.

그는 죽은 친구의 사무실 구석구석에 플래시 불빛을 들이댔다. 치워지지 않은 상태였다. 마치 스완이 화장실이나 식당에 가기 위해 잠시 자리를 비운 것 같았다. 모자걸이 위에 재킷이 한 벌 걸려 있었다. 골프 재킷처럼 격자무늬의 낡고 오래된 카키색 윈드브레이커였다. 길이는 짧고 품은 넓었다.

서류함들이 있었다. 전화기들도 있었다. 항아리 같은 몸통을 지닌 사람의 육중한 무게에 눌려 움푹 꺼진 가죽 의자도 하나 있었다. 책상 위엔 컴퓨터가 놓여 있었다. 한 장도 뜯어지지 않고 아무것도 적혀 있지 않은 메모용지첩도 있었다. 그리고 펜과 연필들, 스테이플러 하나, 탁상시계 하나, 몇 장 안 되는 서류뭉치 하나.

그리고 그것도 있었다. 소련의 콘크리트. 아무렇게나 깨진 모양새. 어른 주먹만 한 크기. 평평한 한쪽 표면에 희미하게 남아 있는 파랗고 빨간 낙서의 흔적. 손때가 묻어 반질거리는 회색빛의 문진. 스완이 베를린에서 가져온 장벽 조각이 책상 위의 서류뭉치 위에 얹혀 있었다.

리처가 책상 앞으로 다가가 그 콘크리트 조각을 집어서 주머니에 넣었다. 그 밑에 깔려 있던 서류뭉치도 빡빡하게 말아서 다른 쪽 주머니에 넣었다. 그러다 갑자기 신발 밑창을 통해 푹신한 느낌이 전해져 오는 걸 깨달았다. 그가 플래시로 발밑을 비췄다. 붉은색 계열의 풍염한 색조들이 불빛 아래 드러났다. 화려한 문양, 상당한 두께, 동양의 양탄자였다. 새것이었다. 그의 머릿속에 오로스코의 손목과 발목을 묶고 있던 밧줄이 떠올랐다. 그리고 커티스 모니의 얘기도. '인도 아대륙에서 나는 사이잘삼을 꼬아서 만든 밧줄이오. 미국으로 들어오는 모종의 수입품에서 추출된 것이오.'

'89초 경과.' 그의 머릿속 시계가 시간의 흐름을 알렸다. '남은 시간 31초.'

창문 앞으로 다가가 아래를 내려다보았다. 칼라 딕슨이 정문을 향해 주차장을 가로질러 달리고 있었다. 바지와 재킷은 온통 구겨진 채 흰 먼지를 뒤집어쓰고 있었다. 유령 같았다. 카운터의 잔해 속을 네 발로 헤집고 다닌 모양이었다. 그녀는 종이뭉치와 링 세 개짜리 바인더를 들고 있었다. 스타카토로 명멸하는 건물 앞 벽의 파란 알람 불빛 속에서 그녀는 끊어졌다 이어지기를 반복하는 푸른 맥박이 되어 정문을 향해 한 발 한 발 나아가고 있었다.

'남은 시간 26초.'

이어서 오도넬의 모습도 눈에 들어왔다. 불난 집을 빠져나오고 있는 사람처럼 그는 가슴에 뭔가를 잔뜩 보듬은 채 긴 다리를 이용해 엄청난 속도로 정문을 향해 달려갔다. 그 뒤를 이어 니글리. 두 손에 두툼한 녹색 파일 폴더들을 움켜쥔 그녀는 양팔을 앞뒤로 번갈아 휘저으며 전속력으로 정문을 향해 뛰어갔다.

'남은 시간 19초.'

그가 창문 앞을 떠나 모자걸이로 다가갔다. 마치 스완이 그걸 입고 있기라도 한 듯, 재킷의 어깨 부분을 부드럽게 어루만졌다. 그가 다시 책상 앞으로 다가가 의자에 몸을 내려놓았다. 가죽 시트가 바람 빠지는 소리를 냈다. 그 소리가 사이렌 소리 위로 떠오르듯 그의 귓속을 파고들었다.

'남은 시간 12초.'

복도에 펼쳐진 지옥의 디스코 클럽을 내다보았다. 이제 기다리는 일만 남아 있었다. 1분도 지나기 전에 그의 친구들을 살해한 자들이 나타날 것이다. 놈들의 숫자가 서른네 명만 넘지 않는다면 그는 책상 뒤에 앉은 채로 그들을 한 발에 하나씩, 차례대로 쓰러뜨릴 자신이 있었다.

'남은 시간 5초.'

그게 불가능한 일이라는 걸 물론 그도 잘 알고 있었다. 놈들이 바보 천치일 때만 가능한 일이었다. 세 명 또는 네 명이 문 앞에 쓰러지고 나면 남은 패거리들은 안전한 복도 한쪽으로 물러나서 최루탄이나 지원군, 혹은 방탄복 등의 옵션을 놓고 궁리를 거듭할 것이다. 경찰이나 FBI에 신고하자는 의견까지도 나올 것이다. 최정예 SWAT팀과 대치하게 되면 사흘이나 나흘, 혹은 그 이상을 버틴들 친구들의 죽음을 복수할 기회는 영영 사라지게 될 것이다.

'남은 시간 1초.'

그는 앉았던 의자에서 대포알처럼 몸을 일으켜 부서진 사무실 문을 빠져나갔다. 복도에서 왼쪽으로 방향을 꺾은 뒤 질풍처럼 내달려서 오른쪽에 난 비상구로 뛰어들어갔다. 문을 여는 수고는 없었다. 니글리가 그를 위해 문짝을 괴어 놓고 떠났기 때문이다. 주어진 시간에서 10초가 경과한 시점에서 1층 비상구를 빠져나왔다. 벽에 박힌 크라이슬러를 빙 돌아 로비 출입문이 있었던 구멍을 통과했을 때는 15초가 경과한 시점이었다. 부서진 정문을 통과해서 다시 거리로 나왔을 때는 40초가 경과한 시점이었다. 거기선 곧장 그의 프렐류드를 향해 달려갔다. 정문에서 90미터가량 떨어진 거리였다. 자기는 그 밤에 벌어진 일과는 아무 관계도 없다는 듯, 프렐류드는 어둠 속에서 희미하게 빛나는 은색의 몸체를 버젓이 드러내 놓고 있었다. 다른 두 대의 혼다는 이미 떠나고 없었다. 리처는 90미터를 20초에 주파한 뒤 프렐류드의 운전석으로 파고들어 갔다. 차문을 꽉 닫은 뒤 자세를 고쳐 앉았다. 입을 크게 벌리고 숨을 몰아쉬었다. 고개를 돌렸다. 멀리서 일단의 헤드라이트 불빛들이 보였다. 그가 있는 쪽을 향해 빠르게 다가오던 그 불빛들이 방향을 바꿨다. 건물 모퉁이를 돈 것이다. 이내 불빛들이 아래로 꽂혔다. 급브레이크를 밟은 것이다.

64

모두 세 대였다. 속도를 내서 달려온 그 차들은 부서진 정문 앞에 급히 멈춰 섰다. 앞머리는 서로 다른 방향을 향하고 있었고 시동은 끄지 않은 상태였다. 역시 끄지 않은 헤드라이트 불빛들이 밤안개 속을 줄기줄기 헤집고 있었다. 세 대 모두 군청색 신형 크라이슬러 300C였다. 뉴에이지 건물 로비에 멋지게 주차되어 있는 것과 똑같은 색깔, 똑같은 모델이었다. 세 대의 차에서 내려 선 사람은 모두 다섯 명이었다. 첫 번째 차에서 둘, 두 번째 차에서 하나, 세 번째 차에서 둘. 모두 사내들이었다.

90미터 떨어진 거리였다. 뉴에이지의 담장 모퉁이였다. 프렐류드의 유리창은 짙게 선팅되어 있었다. 여섯 개의 헤드라이트 불빛이 안개 바다 속에서 더욱 눈부셨다. 그래서 세세한 부분들까지 확인할 수는 없었다. 하지만 두 번째 차를 혼자 타고 온 사내가 책임자인 것 같긴 했다. 짧은 레인코트를 입은 마른 몸매의 사내였다. 검정색인 것 같은 레인코트 아래로 흰색 티셔츠가 언뜻거렸다. 차에서 내릴 때부터 그의 고개는 부서진 정문을 향해 고정되어 있었다. 그는 그 부근에 폭탄이 설치되어 있을 것을 경계하는 것처럼 약간 과장된 동작으로 일단 일행들의 접근을 제지했다.

'전직 경찰.' 리처에게 느낌이 왔다. '범죄 현장을 보존하려는 몸에 밴 습관.'

잠시 후, 다섯 사내가 함께 뭉쳐서 화살표 대형을 이루었다. 레인코트 사내가 중앙이자 선두였다. 그들은 한 번에 한 걸음씩 천천히, 조심스럽게 정문을 향해 다가갔다. 하나같이 상체와 머리를 앞으로 내민 자세였다. 눈앞에 벌어진 상황이 겁도 나고 궁금하기도 한 모양이었다. 그렇게 앞으로 나가던 그들이 갑자기 걸음을 멈췄다. 그들 모두 급히 차로 돌아왔다. 이어서 세 대의 차 모두 시동이 꺼졌다. 헤드라이트도 꺼졌다. 현장 주변은 다시 어두운 안개 바다 속에 잠겼다.

'완전히 멍청이들은 아니군.' 리처가 생각했다. '매복을 대비한 조치. 우리가 아직도 건물 안에 있을 거라고 판단한 것이다.'

그는 다섯 사내를 지켜보며 눈이 어둠에 완전히 익을 때까지 기다렸다. 잠시 후, 베이거스에서 노획한 휴대폰을 꺼낸 뒤 어렵사리 마지막 통화기록을 찾아냈다. 재발신 버튼을 누른 다음 전화기를 귀에 바짝 갖다 댄 채 다섯 사내 가운데 응답하는 사람이 있는지 지켜보았다.

레인코트 사내가 번호의 주인공일 거라고 절반쯤은 확신한 상태였다.

아니었다.

레인코트는 전화를 받지 않았다. 다른 네 사내도 마찬가지였다. 주머니에서 휴대폰을 꺼내는 사람은 없었다. 아예 움직이지도 않았다. 계속해서 벨이 울리다가 음성사서함으로 넘어갔다. 전화를 끊었다. 다시 걸었다. 마찬가지였다. 차창을 통해 열심히 지켜봤지만 주머니 속으로 손을 넣는 사람은 없었다. 한밤중에 알람이 울린 상황에서 보안 책임자가 휴대폰을 끈채로 현장에 출동한다는 건 있을 수 없는 일이었다. 그런 상황에서 걸려오는 전화를 무시한다는 것도 있을 수 없는 일이었다. 따라서 그 다섯 사내 가운데에는 뉴에이지의 보안 책임자가 없다는 결론이 나온다. 레인코트도 아니었다. 그는 기껏해야 보안실의 3인자일 것이다. 스완이 2인자였으니까. 실제로도 레인코트의 행동거지는 3인자 수준이었다. 판단이 느렸고 몸놀림이 둔했다. 즉각적인 대처 능력이 없는 사내였다. 2인자나 1인자였다면 진작 최선의 조치를 취했을 것이다. 생각해 내기 힘든 작전도 아니었다.

비교적 작은 건물이었다. 그리고 얼마든지 이용할 수 있는 세 대의 차량이 있었다. 매복이 걱정된다면 효과적인 작전은 단 하나다. 차를 몰고 정문 안으로 돌진한다, 각기 다른 방향으로 산개해서 건물을 포위한다, 총을 뽑고 무전기를 켠다, 둘은 뒷문으로 들어가고 둘은 앞문으로 들어간다, 레인코트는 밖에 남아서 작전을 지휘한다.

뇌가 반편인 소대장이라도 충분히 생각해 낼 수 있는 작전이었다.

'민간인들.' 리처가 생각했다.

그는 기다렸다.

마침내 레인코트의 머릿속에도 그 작전이 떠오른 모양이었다. 속 터질 만큼 늦긴 했지만 아무튼 정석대로 작전이 전개됐다. 레인코트가 부하들에게 차에 탈 것을 지시했다. 잠시 후 세 대의 차량이 속도를 내며 정문 안으로 몰려들어 갔다. 리처는 그 차들이 건물 주위를 두 바퀴 돌 때까지 지켜보다가 혼다에 시동을 걸고 서쪽을 향해 출발했다.

LA의 경찰들은 야간엔 고속도로에 몰려 있다. 리처는 밤 시간에 고속도로가 아닌 곳에서 경찰을 본 적이 없었다. 그래서 돌아오는 길엔 내내 시내 도로를 탔다. 덕분에 난관에 봉착했다. 다저스타디움 근처에서 길을 잃은 것이다. 여기저기 헤매 다니다가 LA 경찰학교 앞도 지났다. 에코 공원에 차를 세우고 다른 세 사람에게 전화를 걸었다. 그들 모두 모텔에 거

의 다 와 간다고 했다. 야간공습을 마치고 기지로 귀환하는 폭격기 조종사
들처럼.

정각 새벽 3시에 리처는 오도넬의 방에서 세 사람과 합류했다. 침대 위
에는 노획한 서류들이 세 무더기를 이룬 채 쌓여 있었다. 리처는 주머니에
서 스완의 서류뭉치를 빼내어 네 번째 무더기를 만들었다. 그의 무더기엔
이거다 할 만한 게 없었다. 보안팀 직원들의 시간 외 근무 시간표가 대부
분이었다. 나머지는 그들의 시간 외 근무 사실을 확인하는 결재 서류였다.
오도넬의 무더기도 거의 마찬가지였다. 다만 그 서류들을 통해 유리 건물
의 보안 상태가 상대적으로 부실했던 까닭을 알 수 있었다. 그 유리 건물
은 뉴에이지의 관리 센터에 불과했다. 인사 관리, 회계, 운송, 시설 보수 등
제반 관리업무가 그 건물의 주 기능이었다. 디자인 작업도 가끔씩 이루어
지긴 하지만 그것도 아주 기초적인 수준일 뿐이었다. 따라서 그곳엔 특별
히 도난을 우려할 만한 게 없었다. 결국 오도넬의 무더기는 공장의 위치를
알아내야 할 필요를 더욱 절실히 느끼게 만들었을 뿐이다.

하지만 딕슨의 무더기는 달랐다. 그녀는 쑥대밭이 된 리셉션 카운터 주
변을 샅샅이 뒤진 뒤, 크라이슬러 아래로까지 기어들어가 50초 만에 노다
지를 캐냈다. 차 밑에 깔려 있던 부서진 서랍 속에서 뉴에이지의 내선 전
화부를 찾아낸 것이다. 스타카토로 주차장을 달릴 때 딕슨의 손에 들려 있
던 바인더였다. 이제 그 바인더는 침대 위에 놓여 있었다. 제법 두툼했다.
여기저기 생채기가 난 데다가 먼지까지 하얗게 덮어쓴 표지 위에는 뉴에
이지의 로고가 찍혀 있었다. 직원들의 이름과 직급, 그리고 각자의 책상으
로 연결되는 내선번호. 어느 회사에서나 당연히 작성해 두고 있는 자료였

다. 하지만 네 사람에겐 매우 고마운 정보의 보고였다. 당장 첫 페이지부터 그랬다. 그 위엔 뉴에이지의 부서 계보도가 인쇄되어 있었다. 직사각형의 공간들이 직선으로 연결되며 아래와 옆으로 가지를 뻗어 내려가는 피라미드 구조. 보안부서의 맨 위 칸에 기입된 이름은 앨런 라메이슨이었다. 그 아래 칸에는 스완, 다시 그 아래에는 각각 낯선 이름이 기입된 나란한 두 칸, 맨 아래에는 역시 들어 본 적도 없고 알 필요도 없는 이름들이 적힌 다섯 칸이 나란히 배열되어 있었다. 아니, 그 가운데 하나는 눈에 익은 이름이었다. 사로피언, 베이거스의 공사 현장에 묻혀 있는 사내.

보안부서의 팀원은 모두 아홉 명이었고 그 가운데 둘이 죽었으니 일곱이 남아 있는 것이다.

"맨 뒷장을 봐요." 딕슨이 말했다.

바인더의 마지막 장에는 페덱스, UPS, DHL의 전화번호와 계좌번호들이 적혀 있었다. 그리고 LA 동부 유리 건물과 콜로라도 지사의 상세한 주소와 각 부서의 대표 전화번호들도 적혀 있었다. 마지막으로 뉴에이지의 세 번째 거점의 주소가 적혀 있었다. 그 주소 밑에 밑줄이 쳐져 있었고 굵은 글씨체로 '이 주소로는 우편물 배달 금지'라고 적혀 있었다.

세 번째 주소가 바로 전자 장치 제조 공장이었다. 하이랜드 파크였다. 패서디나 남부와 글렌데일 중간에 위치한 신도시. LA 다운타운에서의 거리는 10킬로미터. 듄스 모텔에서의 거리는 15킬로미터.

지척이었다.

"이제 다시 몇 장 앞으로 넘겨 봐요." 딕슨이 말했다.

거기엔 리처의 눈에 확 들어오는 자료가 있었다. 제조 공장의 내선 전화번호 색인이었다.

"P자 섹션을 봐요." 딕슨이 말했다.

P자 섹션은 패스코Pascoe라는 이름으로 시작해서 퍼셀Purcell로 끝났다. 그 중간에 조종사 사무실Pilot's office도 나와 있었다.

딕슨이 말했다. "헬리콥터를 찾았네요."

리처가 고개를 끄덕이고 나서 그녀를 향해 웃음을 지어 보였다.

단 50초 만에 먼지를 뒤집어 쓴 채 푸른 맥박처럼 주차장을 달려 나가던 그녀의 모습이 떠올랐다. 과연 특수부대원다웠다.

그들을 애틀랜타로 보내면 코카콜라 제조 비법을 가지고 돌아올 것이다.

니글리의 무더기도 만만치 않았다. 그 속엔 보안부서 직원들의 이력서 파일들이 있었다. 아홉 개의 녹색 파일 폴더들, 그중 두 개는 사로피언과 스완의 파일이었다. 리처는 그 두 개는 아예 제쳐 놓고 부서의 우두머리, 앨런 라메이슨의 파일부터 펼쳤다. 폴라로이드 사진이 첫 장에 클립으로 꽂혀 있었다. 표정 없는 검은 눈, 턱에 비해 너무나 작아 보이는 입, 엄청나게 두꺼운 목, 살벌한 인상이었다. 다음 장에는 그 살벌한 얼굴의 주인공의 이력이 적혀 있었다. LA 경찰 경력 20년, 은퇴하기 전까지 12년 동안 강력계 근무, 나이 49세.

이어서 보안부서의 공동 3인자 두 사람. 그중 첫 번째 사내의 이름은 레닉스였다. 짧게 친 잿빛 머리, 우람한 체격, 살집이 두둑한 붉은 얼굴, 전직 LA 경찰, 41세. 두 번째 사내는 그 레인코트였다. 이름은 파커, 홀쭉한 몸매, 내려앉은 코 때문에 망가져 버린 얼굴, 전직 LA 경찰, 42세.

"전부 LA 경찰 출신이네요." 니글리가 말했다. "게다가 거의 비슷한 시기에 옷을 벗었고."

"같은 비리에 연루된 건가?"

"대도시의 경찰서에선 늘 비리가 일어나요. LA 경찰이 사직을 하는 이유는 단 두 가지죠. 정년과 비리."

"자네의 시카고 직원이 이자들의 이력을 알아볼 수 있겠지?"

니글리가 어깨를 한 번 으쓱했다. "LA 경찰국의 컴퓨터로 접속하면 뭐든 나오겠죠. 아니면 그쪽 사람들에게 물어보든지. 최소한 소문 정도는 입수할 수 있을 거예요."

"베런슨의 사무실 바닥엔 뭐가 깔려 있었지?"

"동양의 양탄자. 아주 새것. 페르시아 스타일이긴 하지만 파키스탄에서 만든 모조품일 거예요."

리처가 고개를 끄덕였다. "스완의 사무실도 마찬가지였어. 간부급들 사무실 바닥은 모두 그걸 깔았나 봐."

니글리가 자기 휴대폰으로 전화를 걸어서 시카고 직원의 음성사서함에 메시지를 남겼다. 리처는 파커의 파일을 한쪽에 따로 내려놓은 뒤 보안팀의 말단직원 네 사람의 사진을 확인했다. 그러고 나선 그 네 개의 파일을 모로 세워 추스른 다음 파커의 파일 위에 가지런히 내려놓았다. 그룹을 따로 분류한 것이다.

"난 오늘 밤 이 다섯 명을 봤어." 그가 말했다.

"솜씨가 어때 보였어요?" 오도넬이 물었다.

"형편없었어. 느려터진 데다 멍청해."

"나머지 둘은 어디 있었을까요?"

"하이랜드 파크에 있었겠지. 귀중한 것들은 모두 거기 있으니까."

오도넬이 다섯 개의 파일 무더기를 자기 앞으로 당기며 물었다. "비리를 저지르고 쫓겨난 경찰 나부랭이들이 어떻게 우리 대원들을 넷씩이나 쓰러뜨렸을까요?"

"모르겠어." 리처가 말했다.

65

리처는 결국 토니 스완의 파일을 집어 들었다. 손이 가는 걸 어쩔 수 없었다. 스완의 사진도 볼 수밖에 없었다. 1년 전에 찍은 폴라로이드 사진이었다. 스튜디오 증명사진에 비해 화질이 형편없이 떨어졌지만 그래도 커티스 모니가 보여 주었던 감시카메라 스냅 사진보다는 한결 나았다. 제대한 지 10년이 지났는데도 스완의 머리는 군에 있을 때보다 훨씬 짧았다. 당시는 사병들 사이에서 스킨헤드 스타일이 유행을 타기 시작하던 때였다. 하지만 장교들 사이에까지는 아직 번지지 않은 상태였다. 스완 역시 가르마를 타고 빗질을 할 수 있을 정도의 머리 길이를 유지하고 있었다. 하지만 세월이 흐르면서 머리숱이 점점 줄어들었을 것이다. 그래서 2센티미터 길이로 밀어 버렸을 것이다. 변한 건 길이만이 아니었다. 군에 있을 때는 짙은 밤색이었던 머리색이 칙칙한 회색으로 변했다. 얼굴도 마찬가지였다. 눈가엔 주름이 여러 가닥 잡혔고 지방질과 근육이 뭉친 턱 주변은 두루뭉술하게 늘어져 있었다. 목도 전보다 훨씬 두꺼웠다. 완전히 자동차 타이어였다. 과연 그 목에 맞는 셔츠는 누가 만드는지, 리처는 잠시 궁금했다.

"다음 작전은 뭐죠?" 딕슨이 물었다. 그건 질문이라기보다는 배려였다. 리처가 스완의 파일을 그만 덮기를 바라는 마음. 감상에서 헤어 나오기를

440

바라는 마음. 그녀의 마음을 헤아린 리처가 파일을 덮었다. 그 파일을 다른 파일들과 떨어진 곳에 내려놓았다. 별도의 구역. 비록 종이쪽에 불과했지만 스완의 일부분이 그의 직장동료들, 아니, 그의 원수들과 맞닿게 할수는 없었다.

"음모에 가담한 게 누군지, 그리고 헬리콥터에 탄 게 누군지," 리처가 말했다. "우리가 알아내야 할 건 바로 그거야. 다른 사람들은 명대로 살게 내버려두겠지만 그놈들만은 반드시 죽여야 해."

"그걸 언제쯤 알게 될까요?"

"오늘 늦게쯤엔 모든 게 드러날 거야. 당신과 데이비드는 하이랜드 파크로 가서 놈들의 동태를 감시해. 나와 니글리는 LA 동부를 감시할 거야. 한 시간 뒤 출동이다. 그때까지 다들 눈을 붙여 둬. 아주 고단한 하루가 될 테니까."

리처와 니글리는 새벽 5시에 각자의 혼다를 몰고 모텔을 떠났다. 한 손으론 핸들, 다른 손으론 휴대폰을 잡은 모습이 여느 출근자들과 다를 바 없었다. 리처가 휴대폰에 대고 자신의 생각을 정리해 가며 말했다.

"알람을 접수하자마자 라메이슨과 레녹스는 곧장 하이랜드 파크로 출동했을 거야. 그게 그자들의 위기 대응 방침인 게 분명해. 하이랜드 파크가 전략상 훨씬 중요하니까. LA 동부에서 울린 알람이 실상은 하이랜드 파크를 습격하려는 양동작전일 가능성을 늘 염두에 두고 있겠지. 하지만 그곳엔 아무 이상도 없으니 그들은 유리 건물로 갈 거야. 피해 상태를 확인한 뒤엔 정상적인 운영이 불가능하다고 판단하고 평직원들에게 하루 휴무를 공지하겠지. 하지만 부서장급 인사들은 출근해서 피해 상황을 점검하고 분실물 목록을 작성할 거야."

니글리는 그의 분석이 옳다고 말했다. 그녀는 리처에게 묻지 않고서도 이제 뭘 해야 할지 알고 있었다. 리처가 그녀를 좋아하는 데에는 다 이유가 있었다.

그들은 100미터 거리를 두고 서로 다른 도로가에 차를 세웠다. 차를 숨길 필요는 없었다. 평범한 출근 차량처럼 보이면 그만이었다. 먼동이 터오고 있었다. 어둠이 위력을 잃어 가고 있었다. 리처의 위치는 뉴에이지 건물에서 50미터 거리였다. 건물 유리벽에 그의 차의 형체가 조그맣게 비쳤다. 주변에 세워진 수백 대의 차량 가운데 한 대일 뿐, 객관적으로 봐도 의심이 가는 모습이 아니었다. 트레일러 한 대가 로비 현관에 꽁무니를 들이대고 서 있었다. 철제 케이블이 어둑한 건물 안쪽으로 뱀처럼 기어들어가 있었다. 파커도 아직 남아 있었다. 여전히 레인코트 차림으로 현장을 지휘하는 중이었다. 보안팀의 말단직원 하나도 그의 옆에 바짝 붙어 있었다. 나머지 세 사람은 하이랜드 파크로 갔을 것이다. 그들과 교대한 라메이슨과 레넉스가 유리 건물로 달려오고 있는 중일 테고.

트레일러의 케이블이 팽팽해지더니 곧이어 감기기 시작했다. 군청색 크라이슬러가 꽁무니부터 현관 쪽으로 딸려 나오고 있었다. 들어갈 때보다 훨씬 느린 속도로. 차체는 거의 말짱했다. 앞 유리창 두어 군데가 찍혔고 보닛과 범퍼가 살짝 긁히고 우그러든 정도였다. 망치처럼 단단한 차였다. 마침내 크라이슬러가 트레일러 짐칸 위로 완전히 끌어올려졌다. 운전사는 차의 네 바퀴를 바닥에 단단히 고정시킨 다음 곧장 출발했다. 그 크라이슬러가 퇴장하자마자 그 차의 완전히 말짱한 쌍둥이가 현장에 나타났다. 빠르면서도 중후한 군청색 300C. 정문을 통과한 즉시 차가 멈춰 섰다. 라메이슨. 그는 운전석에서 내리자마자 부서진 정문으로 다가갔다.

파일에 꽂혀 있던 사진을 본 터라 리처는 그를 즉시 알아볼 수 있었다. 실제로 보니 182센티미터의 키에 110킬로그램 정도의 체구였다. 넓은 어깨, 작은 엉덩이, 가는 다리. 동작이 민첩하고 판단력이 예리한 타입이었다. 회색 양복에 흰 와이셔츠와 빨간 넥타이 차림이었다. 바람이 불지 않는데도 한 손바닥으로 넥타이를 가슴에 눌러 붙이고 있는 모습이 특이해 보였다. 잠시 동안 정문을 살펴본 라메이슨이 다시 차에 올라타고 주차장을 가로질렀다. 그가 부서진 로비 출입문 앞에서 차를 내리자 파커가 다가왔고 두 사람은 얘기를 나누기 시작했다.

리처가 베이거스에서 노획한 휴대폰을 꺼내어 재발신 버튼을 눌렀다. 이미 확신하고 있었기에 단순히 확인 차원이었다. 아니나 다를까 50미터 떨어진 거리에 서 있는 라메이슨의 손이 곧장 주머니 속으로 들어갔다. 휴대폰 스크린에 떠오른 발신자 번호를 확인한 순간 그의 몸이 얼어붙었다.

'잡았다.' 리처가 속으로 쾌재를 불렀다.

리처는 라메이슨이 전화를 받을 거라곤 기대하지 않았다. 하지만 그자는 휴대폰을 열었다. "뭐 하자는 거야?"

"오늘 하루 어떠셨나 해서." 리처가 말했다.

"이제 막 동이 텄는데 무슨 헛소리야." 라메이슨이 말했다.

"어젯밤은 어떠셨나?"

"네놈을 반드시 잡아 죽일 거다."

"그러려고 했던 자들이 수없이 많았지." 리처가 말했다. "하지만 나는 아직 이렇게 멀쩡히 살아 있어. 그자들은 그렇지 못하고."

"지금 어디에 있나?"

"우린 시내를 벗어난 곳에 있다. 이게 더 안전하니까. 하지만 곧 돌아갈 거다. 아마 다음 주? 아니면 다음 달? 혹은 내년? 그때까지는 늘 등 뒤를 살피며 마음을 졸여라. 물론 내가 시키지 않아도 그러겠지만."

"난 네놈이 조금도 두렵지 않아."

"그래? 생각보다 아주 멍청하군." 리처가 말했다. 그리고 전화를 끊었다. 50미터 떨어진 곳에서 라메이슨이 자기 휴대폰을 노려보고 있었다. 이어서 그자의 손가락이 번호판을 찍었다. 리처는 기다렸다. 하지만 그의 휴대폰은 울리지 않았다. 라메이슨이 통화를 시작했다. 누군가 다른 사람과.

10분 뒤, 레녹스가 또 다른 군청색 300C를 몰고 나타났다. 검정색 정장, 짧게 친 잿빛 머리, 육중한 몸집, 살집이 두둑한 붉은 얼굴. 보안팀의 공동 3인자. 스완의 바로 아래, 파커와 동급. 커피 받침대를 들고 내린 그는 곧장 건물 안으로 들어갔다. 다시 50분이 지난 뒤, 마거릿 베런슨이 나타났다. 교과서 같은 여자. 인사부장. 아침 7시. 그녀가 몰고 온 차는 중간 크기의 은색 도요타였다. 도로에서 곧장 정문으로 꺾어져 들어간 그녀는 로비 출입구에 가까운 주차 공간에 차를 세웠다. 그녀 역시 곧장 문 안으로, 아니 구멍 속으로 들어갔다. 라메이슨이 잠시 나와서 말단직원에게 정문 감시를 지시한 뒤 다시 들어갔다. 그자가 정문 앞에 자리를 잡은 뒤, 파커가 로비 현관으로 나와 버티고 섰다. 이중의 보초선이 형성된 것이다. 그 뒤에도 두 명의 부서장급 인사들이 차례로 나타났다. 회계부서와 관리부서 책임자들인 것 같았다. 정문의 보초는 손짓으로 그들을 들여보냈고 파커는 현관에서 그들을 맞았다. 마지막으로 재규어 세단이 나타났다. 차에 타고 있는 나이 든 사내는 CEO인 게 분명했다. 정문을 통과할 때 보초의 공손한 인사, 다가오는 차량을 향해 취한 파커의 차렷 자세. 나이 든 사내는 차 유리창을 통해 파커와 몇 마디를 나눴다. 잠시 후 재규어는 다시 정문을 빠져나와 어딘가로 사라졌다. 관리 부분의 문제는 부하 직원들에게 일임하는 스타일의 리더가 분명했다. 그 이후로 현장 주변은 잠잠해졌다. 그 상태는 두 시간 동안 지속되었다.

중간에 하이랜드 파크에 나가 있는 딕슨에게서 전화가 왔다. 그녀와 오도넬은 6시가 되기 전에 도착해서 이제껏 지켜보고 있는 중이라고 했다. 보안팀의 말단직원 셋이 나타났다고 했다. 라메이슨과 레닉스가 떠나는 것도 봤다고 했다. 공장 직원들이 출근하는 모습도 봤다고 했다. 두 블록을 반경으로 공장 주변을 돌며 전체적인 구도를 파악했다고도 했다.

"장난이 아니에요." 딕슨이 말했다. "건물이 여러 동이고 철책도 살벌해요. 보안 상태가 유리 건물과는 차원이 달라요. 그리고 뒤쪽에 헬리콥터 이착륙장이 있어요. 헬리콥터도 있고. 흰색 벨 222."

오전 9시 반에 교과서 같은 여자가 떠났다. 발밑을 조심해 가며 구멍을 빠져나온 그녀는 낮은 층계 위에 잠시 멈춰 섰다가 이내 자신의 도요타를 향해 걸음을 옮겼다. 그 순간 리처의 휴대폰이 울렸다. 니글리였다.

"우리 둘이 같이 가는 건가요?" 명령을 받지 않고도 해야 할 일을 알고 있는 사랑스러운 부하.

"당연하지." 리처가 말했다. "자네는 바짝, 나는 멀리서. 자, 이제 본격적으로 시작해 보자고."

그는 장갑을 끼고 기다리다가 베런슨의 도요타가 출발하는 것과 동시에 프렐류드에 시동을 걸었다. 정문을 들어올 때 오른쪽으로 꺾었으니 나갈 때는 당연히 왼쪽으로 꺾을 것이다. 리처는 도로변에서 차를 빼고 20미터가량을 직진한 뒤 사잇길 어귀에서 유턴을 했다. 너무 오래 앉아 있었던 탓에 뻣뻣해진 팔로 핸들을 잡고 뉴에이지의 철책을 따라 정문을 향해 천천히 차를 몰았다. 베런슨의 도요타가 주차장을 빠져나오고 있었다. 한 블록 떨어진 곳에서는 니글리의 혼다가 포복한 듯 낮은 차체의 꽁무니에서 흰 연기를 뿜어내고 있었다. 도요타가 곧장 좌회전을 해서 도로로 들어섰다. 니글리의 혼다도 곧장 좌회전을 한 뒤 도요타 꽁무니에 20미터 거리를 두고 따라붙었다. 리처는 차의 속도를 좀 더 줄이고 천천히 나아가다가 잠시 후 핸들을 틀었다. 70미터 앞엔 니글리의 혼다, 90미터 앞엔 베런슨의 도요타.

66

프렐류드는 차체가 아주 낮은 쿠페다. 따라서 시야가 상대적으로 좁다. 하지만 리처는 달리는 동안 은색 도요타의 모습을 거의 놓치지 않았다. 베런슨은 제한속도를 충실히 지켜 가며 차를 몰았다. 교통 위반 벌점이 쌓여 있거나 머릿속이 복잡하기 때문일 수도 있었다. 아니면 그녀의 얼굴에 영원한 흉터를 남겨 준 자동차 사고의 기억이 생생하기 때문일지도 몰랐다. 베런슨이 우회전을 해서 헌팅턴 드라이브 도로로 들어섰다. 리처의 생각으로는 66번 구 도로의 한 자락이었다. 그녀는 거기서 남동쪽으로 나아갔다. 리처는 문득 즐거운 기분이 들어서 흥얼흥얼거렸다. 그러다 갑자기 브레이크를 밟았다. 도요타의 속도가 급작스럽게 줄어들었기 때문이었다. 왼쪽 후미등이 깜빡이고 있었다. 좌회전. 패서디나 남부로 가는 길.

리처의 휴대폰이 울렸다. 니글리였다.

"난 너무 오랫동안 저 여자 꽁무니에 붙어 있었어요." 그녀가 말했다. "다음 블록에서 세 차선 옆으로 비켜날 테니 대장이 그녀 뒤에 붙어요."

그는 휴대폰을 켜둔 채 액셀을 밟은 발에 힘을 주었다. 베런슨은 반 혼 애비뉴 도로로 접어들었다. 약 45미터 거리를 두고 쫓아가던 리처도 핸들을 꺾었다. 은색 도요타의 모습이 보이지 않았다. 커브가 많은 도로였다. 그가 차의 속도를 높였다. 마지막 모퉁이를 돌자 35미터 전방에서 달리고 있는 은색 도요타가 보였다. 다시 속도를 늦추면서 룸미러에 잠시 눈길을 주었다. 니글리의 혼다가 모퉁이를 돌고 있었다.

몬트레이 힐과 패서디나 남부의 시 경계선 부근이었다. 똑같은 도로였지만 이름이 바뀌었다. 비아 델 레이, 왕의 길. 아름다운 이름이다. 이름만큼이나 주변 풍경도 아름다웠다. 캘리포니아 드림의 산실이라고 해도 부족함이 없었다. 낮은 언덕들, 맵시 있게 구불구불한 도로들, 나무들, 영원한 봄, 영원한 꽃동산. 리처는 유럽과 태평양의 칙칙한 군 기지에서 태어나고 자랐다. 어른들은 어린 그에게 고향을 주제로 한 그림책들을 보여 주곤 했다. 거기서 본 그림들이 바로 지금 도로 양옆으로 펼쳐져 있는 패서디나 남부의 풍경과 똑같았다.

은색 도요타가 우회전을 했다가 이내 좌회전을 했다. 조용한 주택가였다. 크지는 않지만 그림처럼 아름다운 집들이 아침 햇살을 흠뻑 받으며 자태를 뽐내고 있었다. 리처는 도요타를 따라 들어가지 않았다. LA 대부분의 지역에서는 찌그러진 혼다에 아무도 눈길을 주지 않는다. 하지만 이런 동네에서는 얘기가 달랐다. 그가 브레이크를 밟았다. 프렐류드는 30미터쯤 더 나아간 뒤에 멈춰 섰다. 니글리의 혼다가 바로 뒤에 멈춰 섰다.

"지금?" 그녀가 전화로 물었다.

집으로 돌아온 사람을 만나는 방법은 크게 두 가지다. 하나는 그 사람이 집으로 들어갈 때까지 기다렸다가 벨을 누르고 나서 찾아온 이유를 설명하는 것이다. 다른 하나는 그 뒤를 바짝 쫓아가서 키를 꺼내거나 현관문을 여는 순간 덮치는 것이다.

"지금." 리처가 말했다.

두 사람은 동시에 차에서 내려 차문을 잠근 뒤 달리기 시작했다. 사람들은 운동복을 입지 않은 남자 혼자서 달리는 걸 보면 수상하게 생각한다. 드물긴 하지만 운동복을 입지 않은 여자 혼자서 달리는 걸 보면 큰일이 난 줄 안다. 하지만 운동복을 입지 않은 남자와 여자가 함께 달리는 걸 보면 재미로 그러려니 한다. 혹은 준비 없이 조깅을 하는 거라고 봐 넘긴다.

두 사람이 주택가로 들어가는 도로 어귀에 이르렀을 때는 은색 도요타도, 베런슨도 보이지 않았다. 언덕바지인 데다가 휘어들어간 길이었기 때문이다. 언덕을 넘고 모퉁이를 돌아든 곳에 그녀의 집이 있는 모양이었다. 두 사람은 달음질로 언덕을 넘고 모퉁이를 돌았다. 도로는 제법 길게 뻗어 나가다가 끝이 났다. 그 막다른 길의 3분의 1가량 되는 지점에 자리 잡은 어느 집의 차고 문이 올라가고 있었다. 차고 앞, 아스팔트 진입로에 베런슨의 은색 도요타가 문이 다 열리기를 기다리며 서 있었다. 작고 깔끔한 집이었다. 전면은 벽돌이었다. 다른 부분들의 페인트칠은 아주 깔끔했다. 바위와 자갈을 보기 좋게 세우고 깔아서 조성한 앞마당엔 온갖 꽃들이 흐드러지게 피어 있었다. 차고 문 위쪽 벽엔 농구 골대가 부착되어 있었다. 올라가는 문 안으로 햇살이 영역을 넓혀 가고 있었다. 덕분에 차고 안이 훤히 눈에 들어왔다. 안쪽 벽 앞에 어린아이의 물건들이 널려 있었다. 자전거, 스케이트보드, 어린이용 야구방망이, 무릎보호대, 헬멧, 야구장갑.

브레이크 등이 꺼지면서 도요타가 차고 안으로 천천히 기어들어가기 시작했다. 니글리가 뛰기 시작했다. 그녀는 리처보다 훨씬 빨랐다. 차고 문이 닫히기 시작하려는 시점에 이미 그녀는 차고 안에 들어가 있었다. 리처가 10초 늦게 도착했을 때는 문이 거의 바닥에 내려와 있었다. 그가 잽싸게 한쪽 발을 들이밀었다. 장애물을 감지한 제어 장치에 의해 문이 다시 위로 올라가기 시작했다. 그는 허리 높이까지 공간이 트이기를 기다렸다가 상체를 접고 안으로 들어갔다.

마거릿 베런슨은 차 밖으로 나와 있었다. 니글리가 장갑 낀 한 손으로 그 교과서 같은 여자의 머리채를 휘어잡고 다른 손으로는 그녀의 양 손목을 등 뒤로 돌려 움켜쥐고 있었다. 베런슨은 빠져나오려고 몸을 뒤챘지만 상대는 니글리였다. 아무 소용이 없었다. 그나마 니글리의 힘에 눌려 도요타의 보닛에 얼굴을 두 차례 눌려 박힌 다음에는 더 이상 몸부림도 치지 않았다. 하지만 몸을 움직이지 않는 대신 악을 쓰기 시작했다. 니글리는 베런슨을 일으킨 뒤, 리처를 향해 돌려세웠다. 리처가 그녀의 명치에 주먹을 한 차례 찔러 넣었다. 폐에서 공기만 뽑아내 더 이상 큰 소리를 내지 못하게 만들 정도의 가벼운 일격이었다.

리처가 몇 걸음 물러나서 벽에 붙은 버튼을 눌렀다. 차고 문이 다시 내려오기 시작했다. 천장에 부착된 작동 장치에는 작은 전구가 달려 있었다. 햇빛이 차단되자 전구의 노란 불빛이 희미하게나마 되살아났다. 차고 안쪽 벽에는 두 개의 문이 나 있었다. 오른쪽 문은 마당으로 나가는 것이었다. 따라서 왼쪽에 나 있는 문은 집 안으로 통할 게 분명했다. 문 옆에는 알람 장치가 부착되어 있었다.

"켜져 있는 거요?" 리처가 베런슨에게 물었다.

"네, 켜져 있어요." 그녀가 헐떡이며 말했다.

"아뇨." 니글리가 말했다. 그녀가 자전거와 스케이트보드를 턱으로 가리켰다. "이 집 아이는 열두 살쯤 됐을 거예요. 엄마는 오늘 아침엔 다른 날보다 일찍 출근했어요. 아이는 혼자서 스쿨버스를 타야 했겠죠. 처음은 아니라도 드문 경우였을 거예요. 그런 상황에서 아이가 차고 알람까지 켜놓을 겨를이 있었을까요?"

"애 아빠는 뭐 하고?"

"애 아빠는 오래전에 이 집을 떠났어요. 이 여자 손에 반지가 없잖아요."

"남자친구는?"

"웃자고 하는 말이에요?"

리처가 문손잡이를 돌려 보았다. 잠겨 있었다. 도요타에 그대로 꽂혀 있는 열쇠뭉치를 뽑아서 집 열쇠처럼 생긴 걸 엄지손가락으로 솎아냈다. 맞았다. 손잡이가 제대로 돌아갔다. 문이 열렸다. 알람은 작동하지 않았다. 30초가 지나도록 불빛도 깜빡이지 않았고 사이렌도 울리지 않았다.

"거짓말의 명수군, 베런슨 부장." 그가 말했다.

베런슨은 아무 대꾸도 하지 않았다.

니글리가 말했다. "인사부장님이시잖아요. 거짓말이 주특기가 될 수밖에 없죠."

리처는 문을 붙들고 서서 두 여자를 먼저 들여보냈다. 니글리는 베런슨을 앞세우고 세탁실을 통해 주방으로 들어갔다. 넓은 주방이 인기를 끌기 이전에 지어진 집이었다. 주방은 네모반듯했지만 비좁았다. 벽을 메우듯 찬장들이 부착되어 있었고 여러 해 묵은 가전제품들도 한 자리씩 차지하고 있었다. 한쪽 공간에는 의자 두 개가 딸린 식탁이 놓여 있었다. 니글리가 베런슨을 의자에 눌러 앉혔다. 리처는 다시 차고로 나갔다가 반쯤 감겨 있는 덕 테이프 롤을 어렵지 않게 찾아서 돌아왔다. 하지만 장갑 낀 손으로 테이프의 시작 부분을 뜯어내는 건 너무나 어려웠다. 그래서 단풍나무 칼집에 꽂혀 있던 식칼을 사용했다. 잠시 후 베런슨은 몸통과 두 팔, 두 다리까지 덕 테이프로 칭칭 감긴 채 의자와 한 몸이 되었다.

"우린 군 출신들이오." 리처가 베런슨에게 말했다. "이미 당신에게 일러 준 걸로 아는데. 현역 시절, 정보가 필요할 때 우리가 제일 먼저 찾아갔던 사람들은 행정직원들이었소. 지금은 그게 당신이고. 그러니 이제 모든 걸 털어놓으시오."

"당신들은 미쳤어요." 베런슨이 날카롭게 되받아쳤다.

"그 자동차 사고에 관해 말해 보시오."

"뭐라고요?"

"당신 얼굴의 상처."

"아주 오래전 얘기예요."

"큰 사고였소?"

"끔찍했죠."

"이번엔 그때보다 더 끔찍할 거요." 리처가 식탁 위에 물건들을 주섬주섬 내려놓았다. 식칼, 글록, 토니 스완의 콘크리트 덩어리.

"자상, 총상, 타박상. 당신이 선택하시오."

베런슨이 울음을 터뜨렸다. 절망과 무력감에 가득 찬 흐느낌과 통곡이었다. 그녀의 양어깨가 들썩였다. 수그린 고개 아래로 눈물이 쏟아져 무릎을 적셨다.

"울어 봐야 소용없소." 리처가 말했다. "눈물 따위에 마음이 약해질 만한 사내는 다른 곳에 가서 찾으시오."

베런슨이 머리를 들었다. 그녀의 고개가 니글리를 향해 돌아갔다. 니글리의 얼굴은 스완의 콘크리트 덩어리만큼이나 딱딱하게 굳어 있었다.

"이제 얘기를 시작하시오." 리처가 말했다.

"못해요." 베런슨이 말했다. "그자가 내 아들을 해칠 거예요."

"그자라면?"

"말할 수 없어요."

"라메이슨?"

"말 못한다고요."

"마거릿, 이제 결정을 내려야 할 때가 됐소. 우린 연루된 자들과 헬리콥터를 탔던 자들이 누군지 알아야 하오. 현재로선 당신도 그들 가운데 하나라는 심증이 굳어진 상태요. 만약 당신이 이번 사건과 직접적인 연관이 없다면 모든 걸 빨리 털어놓는 게 옳지 않겠소?"

"그자가 내 아들을 해칠 거예요."

"라메이슨이?"

"누구라고는 밝힐 수 없어요."

"우리 입장에서 한번 생각해 보겠소? 당신이 진술을 거부하면 우린 심증만 갖고 당신을 죽일 수밖에 없소."

베런슨은 아무 말도 하지 않았다.

"마거릿, 좋은 머리를 한번 굴려 보시오." 리처가 말했다. "당신 아들의 안전을 위협하는 게 누구든 이번이 그자를 제거할 수 있는 좋은 기회라는 걸 모르겠소? 그는 반드시 죽게 될 거요. 당신 아들은 물론 그 누구에게도 해코지할 수 없는 신세가 되는 거지."

"그걸 어떻게 보장하죠?"

"그냥 쏴 버리죠." 니글리가 말했다. "이 여자 때문에 아까운 시간만 허비하고 있잖아요."

리처가 냉장고 앞으로 다가갔다. 냉장고 문을 열고 에비앙 생수 한 통을 꺼냈다. 프랑스산 광천수. 갤런 대 갤런으로 따져서 휘발유보다 세 배나 비싼 물. 리처는 플라스틱 통의 마개를 따고 한참을 들이켰다. 니글리에게 권했다. 그녀는 고개를 가로저었다. 남은 물을 싱크대에 부어 버렸다. 빈 통에 마개를 돌려 닫았다. 다시 테이블로 다가가서 식칼을 집었다. 물통 바닥에 타원형으로 구멍을 냈다. 그 구멍에 글록의 총신을 끼웠다. 길이가 딱 맞았다.

"간이 소음기." 그가 말했다. "이웃 사람들은 어떤 소리도 듣지 못할 거요. 물론 일회용인 게 흠이긴 하지만 어차피 딱 한 번만 쓸 거니까 상관없소."

그가 물통을 장착한 권총으로 45센티미터의 거리를 두고 베런슨의 오른쪽 눈을 겨눴다.

베런슨이 입을 열기 시작했다.

67

굳이 그녀가 실토하지 않았다고 해도 굵은 줄거리는 충분히 미루어 짐작할 수 있었던 얘기였다. 리틀 윙을 개발한 기술자가 현재 하이랜드 파크 공장의 품질 감독관으로 근무하고 있다는 건 이미 알고 있는 사실이었다. 베런슨의 얘기는 그가 극심한 스트레스에 시달리고 있는 걸 그녀가 알아차린 시점에서부터 시작됐다. 그의 이름은 에드워드 딘이다. 그는 LA 북쪽 산악지대를 넘어간 곳에서 살고 있다. 그의 행동이 평소에 비해 현격히 달라진 건 하필이면 직원들의 업무 실적 평가를 위한 연례 감사가 시작되기 3주 전부터였다. 베런슨은 당연히 연유를 캐물었다.

처음에 딘은 북쪽으로 이사했기 때문이라고 잡아뗐다. 조용히 살고 싶어서 팜데일 남쪽 사막 지역에 몇 에이커의 땅을 사서 집을 지었는데 출퇴근이 이렇게 힘들 줄은 몰랐다고 했다. 물론 베런슨은 그 얘기를 믿지 않았다. LA에 직장을 가진 사람들에게 교통지옥은 피할 수 없는 삶의 일부니까. 그러자 딘은 동네 환경 탓도 있다고 둘러댔다. 폭주족들과 마약중독자들이 판을 치는 지역이라는 걸 뒤늦게 알게 됐다고 했다. 베런슨은 그 얘기엔 어느 정도 믿음이 갔다. 그녀도 그쪽 지역의 흉흉한 얘기들을 뉴스와 소문을 통해 익히 알고 있었으니까. 게다가 생각 없이 튀어나온 딘의 몇 마디를 통해 그의 딸아이에게 문제가 있다는 걸 감지했다. 딘의 딸은 열네 살이었다. 그 아이가 폭주족들이나 마약중독자들과 어울려 다닌다면 딘의 스트레스가 엄청날 수밖에 없었다.

하지만 그녀는 딘이 구실로 내세운 환경문제와 은연중에 내비친 자식 문제보다 더 심각한 스트레스 요인이 있다는 결론을 내렸다. 최근 들어 하이랜드 파크의 제품 하자율이 급격히 증가하고 있다는 건 그녀만이 아니라 뉴에이지 직원이라면 모두 알고 있는 사실이었다. 그 일로 인해 딘이 얼마나 큰 압박감을 느끼고 있는지 베런슨은 잘 알고 있었다. 상당한 급여를 받는 간부직원의 입장에서는 신속한 제품 생산을 통해 회사의 수익을 증대시켜야 했다. 반면에 국가안보에 관계된 프로젝트이기에 조금이라도 하자가 있는 제품들은 가차 없이 폐기해야 했다. 베런슨은 그 두 개의 상반된 책임감 사이에서의 갈등이 딘이 겪고 있는 스트레스의 주원인이라고 판단했다. 그녀가 분석하기에는 하자율이 급격히 증가한 건 결국 회사의 이익보다는 국익을 우선하는 그의 양심이 작용했기 때문이었다. 그 분석을 끝으로 베런슨은 더 이상 딘을 추궁하지 않았다. 하지만 그건 둘 더하기 둘을 묻는 질문에 다섯이라고 대답한 꼴이었다.

그러고 나서 얼마 후 토니 스완이 사라졌다. 그냥 증발해 버렸다. 어느 날부터인가 회사에 나오지 않았다. 아무 통보도 없었다. 연락도 되지 않았다. 마거릿 베런슨은 인사 계통의 베테랑이었다. 상황이 심상치 않다는 걸 직감한 그녀는 토니 스완의 행방을 추적하기 시작했다. 이번엔 그녀 역시 국가에 대한 책임감을 느꼈다. 스완은 회사 기밀을 모두 알고 있었다. 따라서 그의 실종은 국가안보에 위협이 될 수도 있는 사건이었다. 그녀는 모든 사람을 만나서 모든 질문을 퍼부었다. 그렇게 며칠이 지난 어느 날, 퇴근하고 집에 돌아와 보니 앨런 라메이슨이 와 있었다. 그는 차고 벽 아래에서 그녀의 아들과 농구를 하고 있었다. 베런슨은 라메이슨이 두려웠다. 늘. 하지만 그날, 그 사내가 아이의 조그만 머리통을 가볍게 으스러뜨릴 수 있을 것 같은 커다란 손으로 그녀의 열두 살짜리 아들의 머리카락을 쓰다듬고 있는 광경을 보기 전까지는 그 두려움이 얼마나 큰지 모르고 지냈었다. 그는 아이에게 자기는 집 안에서 엄마와 얘기를 해야 하니 그동안 슈팅 연습을 하라고 말했다.

집 안에서의 대화는 고백으로 시작됐다. 라메이슨은 베런슨에게 스완에게 일어난 일을 사실대로 얘기해 주었다. 아주 세세한 부분들까지 정확히 묘사하면서 그는 그 일이 일어나게 된 까닭을 넌지시 내비쳤다. 이번엔 그녀도 둘 더하기 둘은 넷이라는 정확한 답을 계산해냈다. 그녀는 그제야 비로소 딘의 스트레스의 원인을 깨닫게 되었다. 그러자 라메이슨은 노골적으로 마각을 드러냈다.

현재 딘이 자신들의 프로젝트에 협조하고 있는 중이다, 그러지 않았다가는 그의 딸에게 안 좋은 일이 생길 것이기 때문이다, 어느 날 그의 딸은 갑자기 실종됐다가 몇 주가 지난 뒤에 발목까지 피에 젖은 채 정신을 잃고 있는 모습으로 발견될 것이다, 딸의 주위에서는 폭주족들이 흡족한 미소를 지으며 바지춤을 추스르고 있을 것이다, 아니 어쩌면 영영 발견되지 않을 수도 있다.

라메이슨은 베런슨에게 그녀의 아들도 똑같은 일을 당할 거라고 협박했다. 폭주족들 가운데 전과자는 양성애자인 경우가 많으므로 충분히 가능한 일이라고 말했다. 감옥은 성적 취향을 뒤틀어 놓는 곳이니까.

그는 한 가지 예측과 함께 두 가지 지시를 내렸다. 조만간 남자 둘과 여자 둘이 회사로 찾아와서 질문을 퍼부을 것이라는 게 예측의 내용이었다.

군에 있을 때부터 스완과 친하게 지내온 동료들이라고 했다. 첫 번째 지시는 그 네 사람을 공손하면서도 단호한 태도로 응대하면서 철저히 속여 넘기라는 것이었다. 두 번째 지시는 그 모든 얘기를 절대 발설해서는 안 된다는 것이었다. 얘기는 거기까지였다. 하지만 라메이슨의 용건은 끝난 게 아니었다. 그는 베런슨을 2층 침실로 데리고 올라가 자신은 침대에 등을 대고 누운 채 그녀에게 섹스 행위를 강요했다. 비밀을 보장하기 위한 조치라면서. 얼마 후 밖으로 다시 나간 라메이슨은 골대에 농구공을 몇 차례 꽂아 넣은 뒤 차를 몰고 떠났다.

　리처는 그녀의 진술에 믿음이 갔다. 평생 동안 그는 사람들이 거짓말하는 걸 귀담아들어 왔다. 그보다 빈도는 훨씬 적었지만 사람들이 진실을 말하는 것도 귀담아들어 왔다. 그의 귀는 그 둘을 구분할 수 있었다. 그는 믿어야 할 것과 믿지 말아야 할 것을 가려낼 수 있었다. 냉소주의로는 둘째가라면 서러워할 그였지만 그의 진정한 재능은 사람들의 거짓말을 집어내는 것보다는 장황한 진술 속에 녹아 있는 진실을 간파하는 데 있었다. 농구 장면, 아들에 대한 위협, 그리고 강요된 섹스 부분은 사실이 틀림없었다. 마거릿 베런슨 같은 사람들은 그런 거짓말을 지어낼 수 없기 때문이다. 절대 그럴 수가 없는 일이었다. 그들의 인생 경험은 한정되어 있으며 온건하기 때문이다. 그는 식칼을 집어서 그녀를 묶고 있는 덕 테이프를 끊었다. 그녀를 부축해서 일으킨 다음 리처가 물었다. "연루된 자들이 누구요?"

　"라메이슨," 베런슨이 말했다. "레녹스, 파커, 그리고 사로피언."

　"그게 전부요?"

"네."

"나머지 보안요원 네 명은? 그들도 LA 경찰 출신인데?"

"그들은 한 패거리가 아니에요. 근무 시기도 달랐고 부서도 달랐어요. 라메이슨은 이런 일에 아무나 끌어들일 사람이 아니에요."

"그럼 그가 왜 그들을 고용했을까?"

"인력이 필요하니까. 보안부서는 할 일이 많은 곳이에요. 그리고 라메이슨은 다른 모든 일에서는 그 네 사람을 신임했어요. 그들도 그자가 시키는 일은 뭐든 다 해왔고. 이번 일에서는 빠졌지만 그동안 다른 못된 짓들을 많이 해왔던 자들이에요."

"그럼 그가 토니 스완은 왜 채용했던 거요? 언제든 자신의 등을 찌를 수 있는 사람이란 걸 한눈에 알아봤을 텐데."

"스완을 고용한 건 라메이슨이 아니에요. 그자는 스완을 원하지 않았어요. 내가 우리 CEO에게 스완을 추천했어요. 보안요원들의 출신 배경이 다채로워야 할 필요가 있다고 강력히 주장했죠. 모두 같은 출신이어서는 자칫 불상사가 일어날 수도 있으니까요."

"결국 스완을 채용한 건 당신이로군."

"그런 셈이죠. 미안해요."

"이 모든 음모의 현장이 어디요?"

"하이랜드 파크. 헬리콥터가 거기 있어요. 부속 건물도 몇 동 있고요. 아주 넓은 곳이에요."

"가 있을 만한 곳이 있소?" 리처가 물었다.

"가 있을 만한 곳이라뇨?" 베런슨이 되물었다.

"한 이틀 정도만. 모든 게 끝날 때까지."

"끝날 수 있는 일이 아니에요. 당신들이 라메이슨을 몰라서 그래요. 당신들은 절대 그자를 쓰러뜨릴 수 없을 거예요."

리처가 니글리를 바라보았다.

"우리가 그를 해치울 수 있을까?" 그가 물었다.

"아예 태어나지도 않았던 것처럼 완벽하게." 니글리가 말했다.

베런슨이 말했다. "하지만 저쪽은 네 명이에요."

"셋." 리처가 말했다. "사로피언은 이미 저세상으로 보냈소. 이제 저쪽은 셋이고 우린 넷이 됐지."

"당신은 제정신이 아니에요."

"놈들은 틀림없이 그렇게 생각하게 될 거요. 내 장담하지. 날 완전히 정신병자로 생각하게 만들어 줄 테니까."

베런슨은 한동안 아무 말이 없었다.

"호텔에 묵을래요." 그녀가 말했다.

"당신 아들이 학교에서 돌아오는 시각은?"

"학교가 파하기 전에 내가 가서 데리고 나올 거예요."

리처가 고개를 끄덕였다. "짐을 챙기시오."

베런슨이 말했다. "그럴게요."

"헬리콥터엔 누가 함께 탔소?" 리처가 물었다.

"라메이슨, 레녹스, 그리고 파커, 그 세 사람."

"거기다 조종사까지." 리처가 말했다. "다시 넷이 됐군."

베런슨이 짐을 꾸리러 2층에 올라간 뒤 리처는 식칼을 제자리에 가져다 놓았다. 이어서 스완의 콘크리트 덩어리를 주머니에 넣은 뒤 글록의 총신에 꽂혀 있던 에비앙 물통을 뽑았다.

"그게 정말로 구실을 할 수 있었을까요?" 니글리가 물었다. "소음 장치 말이에요."

"아닐걸." 리처가 말했다. "전에 어느 소설책에서 읽었던 게 생각나서 흉내를 내본 것뿐이야. 거기선 멋지게 소음기 역할을 하더군. 하지만 실제론 그냥 폭발해 버릴 게 분명해. 플라스틱 파편에 맞아 난 눈이 멀게 될 거고. 그래도 제대로 먹혔지. 안 그래? 저 여자는 달랑 총구만 보는 것보다 훨씬 더 무서웠을 거야."

그때 그의 휴대폰이 울렸다. 딕슨이었다. 그녀와 오도넬이 하이랜드 파크에 진을 친 지 네 시간 반이 지났다고 했다. 이미 볼 것은 다 봤다고 했다. 이젠 그들을 수상하게 여기는 눈초리들이 느껴진다고 했다.

"모텔로 복귀해." 리처가 말했다. "필요한 정보는 모두 입수했으니까."

다음 순간 니글리의 휴대폰이 울렸다. 니글리의 원래 휴대폰. LA는 오전 10시 30분이었다. 일리노이는 점심때였다. 그녀가 귀를 기울였다. 묻지도 않고 움직이지도 않고 서서 전화선 반대쪽에서 일러 주는 정보를 듣기만 했다. 마침내 통화를 끝낸 그녀가 말했다. "내 부하 직원이 LA 경찰국의 정보망을 통해 개략적인 자료를 입수했어요. 20년 동안 라메이슨 때문에 열여덟 번이나 내부 감사가 실시됐대요. 하지만 그자는 번번이 혐의를 벗었대요."

"혐의 내용은?"

"뭐겠어요? 전부 다지. 과잉 진압, 뇌물 수수, 청탁, 압수한 마약 빼돌리기, 증거품으로 보관 중인 현찰 착복. 정말이지 악질이었어요. 게다가 머리까지 잘 돌아가니 말 다했죠."

"그런 작자가 어떻게 방위산업체의 보안책임자로 발탁됐을까?"

"그보다 먼저 LA 경찰엔 어떻게 들어갔겠어요? 승진을 거듭한 건 또 어떻고? 가면을 쓴 채 주위를 속여가면서 뒷청소를 깨끗이 했겠죠. 그게 그자의 처세술이에요. 그 협잡질에 장단을 맞춰 준 파트너도 있었을 테고."

"그 파트너도 그놈 못지않은 악질일 거야. 원래 그런 거니까."

"정답." 니글리가 말했다.

베런슨은 40분 뒤에 가방 두 개를 가지고 아래층으로 내려왔다. 하나는 값비싼 가죽 재질의 여행 가방이었고 다른 하나는 스포츠 브랜드 로고가 새겨진 밝은 녹색 나일론 더플백이었다. 그녀의 짐과 아이의 짐을 한 가방씩 챙긴 모양이었다. 그녀가 그 가방들을 도요타의 트렁크에 실었다. 리처와 니글리는 큰길로 나가 각자의 차를 몰고 도요타와 합류했다. 올 때와 마찬가지로 니글리는 바짝 붙고 리처는 멀찌감치 떨어져 차를 몰았다. 하지만 목적은 전혀 달랐다. 이번엔 미행이 아니라 경호였다. 그렇게 2킬로미터 정도를 가다가 리처는 문득 혼다에 관한 오도넬의 판단이 틀렸다는 걸 깨달았다. 캘리포니아에서 가장 눈에 띄지 않는 차는 혼다가 아니라 도요타였다. 베런슨의 도요타를 눈앞에 두고 쫓아가고 있으면서도 그 차가 통 눈에 들어오지 않았으니까.

베런슨이 어느 초등학교 앞에 차를 세웠다. 학생들이 모두 교실에 들어가 있는 시간대라면 어느 학교나 그렇듯 날개를 쭉 편 갈색 두루미 같은 건물이 블랙홀 같은 적막에 잠겨 있었다. 혼자 안으로 들어갔던 베런슨은 20분 뒤에 갈색 머리의 사내아이를 데리고 나왔다. 아이는 엄마의 어깨에도 미치지 못할 만큼 키가 작았다. 얼굴에 어리둥절한 기색이 약간 내비치긴 했지만 수업이 끝나기 전에 학교를 나오게 됐으니 그 순간만큼은 세상에서 가장 행복했을 것이다.

베런슨은 110번 도로를 잠시 탔다가 패서디나에서 빠져나갔다. 잠시 후 그녀의 도요타는 조용한 거리에 자리 잡은 어느 호텔의 주차장으로 들어갔다. 리처는 그녀의 선택이 마음에 들었다. 주차장이 건물 뒤쪽이라 거리에서는 도요타가 보이지 않았다. 게다가 현관에는 벨보이가 항시 대기하고 있었다. 프런트에도 여직원 둘이 서 있었다. 그들의 눈길을 피해서 엘리베이터를 탈 수 있는 방법은 없었다. 모텔에 비해 여러모로 안전했다.

리처와 니글리는 베런슨 모자가 객실에 올라가 짐을 풀고 안정을 찾을 때까지 기다리기로 했다. 10분이면 충분하지 않을까 싶었다. 그 시간 동안 그들은 로비 한쪽의 식당에서 점심을 먹었다. 둘 다 클럽샌드위치에 리처는 커피, 니글리는 음료수를 마셨다. 리처는 샌드위치의 내용물이 흐트러지지 않도록 세 쪽의 빵조각에 꽂아 놓는 꼬챙이 때문에라도 클럽샌드위치를 주문하곤 했다. 식사가 끝난 뒤 그걸로 이를 쑤실 수 있기 때문이었다. 외모에 신경을 쓰지 않는 그였지만 잇새에 닭고기 조각이 낀 채로 사람들과 대화를 나누고 싶진 않았다.

커피잔을 다 비울 때쯤 그의 휴대폰이 울렸다. 이번에도 딕슨이었다. 오도넬과 함께 모텔로 철수했는데 프런트에서 긴급 메시지를 건네받았다고 했다. 커티스 모니의 메시지였다.

"글렌데일 북쪽의 그곳으로 오라네요." 딕슨이 말했다. "지금 당장."

"오로스코 때문에 갔던 그곳?"

"네."

"이번엔 산체스래?"

"그런 얘기는 없었어요. 하지만 리처, 시체안치소가 아니라 그 맞은편 병원으로 오래요. 만약 산체스 때문이라면 그가 아직 살아 있다는 얘기잖아요."

68

딕슨과 오도넬은 듄스 모텔에서부터 출발했고 리처와 니글리는 패서디나의 호텔에서부터 출발했다. 글렌데일 북쪽 병원까지의 거리는 똑같았다. 평면적으로 얘기하자면 꼭지각이 좁은 이등변 삼각형의 양변을 타고 올라가는 셈이었다. 변의 길이는 16킬로미터.

리처는 그와 니글리가 먼저 도착할 거라고 예상했다. 그들의 현재 위치에서는 샌 가브리엘 산맥 옆으로 나 있는 210번 도로를 곧바로 탈 수 있었기 때문이다. 하지만 딕슨과 오도넬은 시내 도로를 타고 가다가 직각으로 꺾어서 고속도로를 타야 했다. 시내 도로의 교통 혼잡을 감안하면 리처와 니글리보다 얼마가 늦을지 모를 일이었다.

하지만 210번 도로는 꽉 막혀 있었다. 진입로를 타고 210번에 올라선 뒤 100미터가량은 아예 주차장이었다. 속절없이 휘발유만 허비하고 있는 정지된 차량의 긴 대열이 멀리 전방에서 도로를 따라 꺾여 이른 오후의 햇살 아래 뱀 비늘처럼 번뜩이고 있었다. LA 시내 도로도 그렇게까지 막히진 않는다. 리처가 룸미러에 눈길을 주었다. 니글리의 혼다가 그의 차 꽁무니에 붙어 있었다. 4년 전에 출시된 흰색 시빅이었다. 그녀의 모습은 볼 수가 없었다. 앞 유리의 선팅이 너무 짙었기 때문이다. 지붕과 앞 유리 사이의 테두리에는 군청색 플라스틱 띠가 부착되어 있었다. 그 띠 위에는

'두려울 게 없다'라는 은색 글씨가 들쭉날쭉하게 적혀 있었다. 니글리에게 딱 들어맞는 문구였다. 리처는 그녀에게 전화를 걸었다.

"앞쪽에 차 한 대가 고장이 나서 서 있대요." 그녀가 말했다. "방금 라디오로 들었어요."

"하필이면 지금."

"산체스가 여태까지 목숨을 부지하고 있다면 몇 분 정도는 더 숨을 쉬겠죠."

리처가 물었다. "그 친구들이 어쩌다가 이 지경이 됐을까?"

"나도 모르겠어요. 이 정도 사건은 손쉽게 해결할 수 있는 전문가들인데."

"뭔가에 걸려 넘어간 거야. 전혀 예상하지 못했던 함정 같은 거. 스완은 어디서부터 시작했을까?"

"딘." 니글리가 말했다. "품질 관리 감독. 평상시와는 전혀 다른 그의 행동이 스완의 주의를 끌었을 거예요. 급격히 증가한 하자율 자체는 그럴 수도 있는 문제니까."

"그다음엔?"

"두 가지 일을 병행했겠죠." 니글리가 말했다. "딘의 안전을 확보하는 동시에 음모의 증거를 찾아 나섰을 거예요."

"다른 세 친구들의 도움을 받아서."

"단순히 도움 차원이 아니에요." 니글리가 말했다. "엄밀히 말하자면 스완이 세 사람에게 일을 맡겼다고 보는 게 좋아요. 그럴 수밖에 없었겠죠. 뉴에이지 사무실에서는 운신의 폭이 아주 좁았으니까."

"그 문제에 관해서 스완이 라메이슨과 상의하진 않았을까?"

"절대로 그런 일은 없었을 거예요. 첫 번째 규칙, 아무도 믿지 마라."

"그럼 도대체 뭐에 걸려 넘어진 걸까?"

"나도 모르겠어요."

"스완이 어떤 식으로 딘의 안전을 확보했을까?"

"그쪽 관할 경찰서에 신고했겠죠. 아예 신변보호를 요청했을 수도 있고. 아니면 딘의 집 주변을 정기적으로 순찰해 주기를 부탁했겠죠."

"라메이슨은 LA 경찰 출신이야. 그러니 아직 현직에 남아 있는 친구들이 반드시 있을 거야. 그자들이 그에게 귀띔해 준 게 아닐까?"

"불가능한 얘기예요." 니글리가 말했다. "스완은 LA 경찰서에 신고하지 않았어요. 딘은 산 너머에 살고 있어요. LA 경찰서의 관할을 벗어난 구역이죠."

리처는 잠시 생각을 정리한 뒤에 입을 열었다.

"그렇다면 스완이 이 사건에 관해서는 아무에게도 발설하지 않았다는 얘기가 되는군. 딘이 사는 곳은 커티스 모니의 관할 구역인데 그는 딘이나 뉴에이지에 관해 전혀 모르고 있잖아. 프란츠의 유물을 통해서 파악한 것 말고는 스완에 관해서도 모르고."

"스완이 딘을 무방비 상태로 내버려뒀을 리가 없어요."

"그렇다면 사건의 발단은 딘이 아니었을 거야. 스완은 그에 관해 아무것도 모르고 있었을 수도 있어. 다른 계기로 인해 이 사건에 매달리게 됐을 거야."

"어떤 계기요?" 니글리가 물었다.

"그걸 모르겠어." 리처가 말했다. "산체스를 만나면 모든 걸 알게 되겠지."

"그가 살아 있을 거라고 생각해요?"

"희망은 최선의 상황을 기대하며 품는 거야."

"계획은 최악의 사태를 대비해서 세우는 거고요."

두 사람이 통화를 끝냈다. 그동안 그들 차선의 대열이 앞으로 나아가긴 했다. 1분 15초 동안 차 다섯 대 길이만큼. 이어진 10분 동안 두 사람은 침묵 속에서 차 열 대 길이만큼의 거리를 더 나아갔다. 도보보다 여섯 배 이상 느린 속도였다. 그들 주변의 모든 사람들이 인내심을 발휘하며 뭐로든 시간을 때우고 있었다. 전화 통화, 독서, 면도, 화장 고치기, 담배 피우기, 군것질, 음악 감상. 태닝을 하는 사람들도 있었다. 그들은 소매를 바짝 걷어붙인 팔을 차창 밖으로 내밀고 뜨거운 햇볕이 그 위에 쉽게 지워지지 않는 그림자를 남기기를 기다렸다.

리처의 휴대폰이 울렸다. 다시 니글리였다.

"시카고에서 좀 더 구체적인 정보가 들어왔어요. 이번엔 단순한 소문 차원이 아니라 LA 경찰서 관계자에게서 직접 따온 정보예요. 레녹스와 파커도 라메이슨 못지않게 추잡했네요. 둘이 수사 파트너였어요. 12년 동안 LA 경찰서에 몸을 담고 있으면서 공식적인 내부 감사에 적발된 것만 열두 번이에요. 마지막에 걸렸을 땐 쫓겨나느니 알아서 관두는 게 낫겠다 싶어 옷을 벗은 거고. 실직자 신세는 일주일 만에 면했어요. 라메이슨이 뉴에이지로 불러들인 덕분에."

"뉴에이지 주식을 사두지 않은 게 천만다행이군."

"안됐지만 당신도 계속해서 거기에 투자를 하고 있는 셈이에요. 거긴 순전히 펜타곤의 자금으로 운영되고 있어요. 펜타곤은 그 돈을 어디서 마련할까요?"

"나한테서는 아니야." 리처가 말했다.

거북이걸음으로 200미터를 더 나아가며 커브를 돌자 도로는 다시 직선으로 뻗으며 약간 오르막을 이뤘다. 그 오르막 꼭대기에 오르자 리처는 비로소 정체의 원인을 확인할 수 있었다. 아지랑이가 가물거리는 먼 전방 왼쪽 차선에 차 한 대가 퍼져 있었다. 사고는 아니었고 큰 고장도 아닌 것 같았다. 하지만 도로는 거기까지 꽉 막혀 있었다. 리처는 니글리와의 통화를 끝낸 뒤 딕슨에게 전화를 걸었다.

"도착했어?" 그가 물었다.

"10분 정도 남은 거 같아요."

"우린 도로에 갇혀서 꼼짝 못하고 있어. 도착한 다음에 좋은 소식이면 곧장 전화해. 나쁜 소식이어도 곧바로 알려 주고."

퍼져 있는 차에 이를 때까지 다시 15분이 소요됐다. 리처와 니글리는 염치없이 끼어들기를 시도해서 그 차 옆을 통과했다. 이제 도로는 뻥 뚫렸다. 모든 차들이 언제 막혔느냐는 듯, 시속 120킬로미터의 속도로 달려 나갔다. 10분 뒤, 리처와 니글리는 목적지에 도착했다. 거리는 16킬로미터, 소요시간은 40분. 평균 시속 24킬로미터로 달려온 셈이다. 자랑할 만한 기록은 절대 아니다.

그들은 시체안치소는 무시한 채 병원 방문객 주차장에 차를 세웠다. 내리쬐는 햇볕을 온몸으로 받으며 주차장을 가로질러 병원 로비 출입구로 걸어가는 동안 리처는 한쪽에 세워져 있는 오도넬과 딕슨의 혼다를 보았다. 로비 안에는 빨간 플라스틱 의자들이 무더기로 열을 짓고 있었다. 빈자리가 대부분이었다. 실내는 상당히 조용했다. 그 한적한 공간에서 딕슨과 오도넬의 모습은 찾을 수 없었다. 커티스 모니도 보이지 않았다. 로비 한쪽에 설치된 긴 데스크 뒤에 사람들이 쭉 늘어앉아 있었다. 간호사들은 아니었다. 행정직원들이었다. 리처가 그들 중 한 명에게 모니에 관해 물었다. 모른다는 대답이 돌아왔다. 조지 산체스에 관해 물었다. 모른다는 대답이 돌아왔다. 응급실로 실려 온 신원 불명의 환자가 있는지 물었다. 모퉁이를 돌아서 다른 데스크로 가보라는 대답이 돌아왔다.

가서 다시 물어보니 최근에 입원한 신원 불명의 환자는 없다고 했다. 조지 산체스라는 이름의 환자도 없다고 했다. 커티스 모니라는 이름의 LA 카운티 보안관도 모른다고 했다. 리처가 휴대폰을 꺼내 들었다가 즉시 제지당했다. 병원 안에서는 휴대폰 사용금지라고 했다. 휴대폰 전파가 섬세한 의료장비들에 좋지 않은 영향을 미칠 가능성이 있기 때문이라고 했다. 리처는 주차장으로 나와 딕슨에게 전화를 걸었다.

응답이 없었다.

이번에는 오도넬의 번호를 눌렀다.

받지 않았다.

니글리가 말했다. "전화기를 꺼뒀을 수도 있어요. 중환자실이나 그 비슷한 곳에 들어가 있다면."

"누굴 보려고? 여기 직원들은 산체스의 이름을 들어본 적이 없다잖아."

"그들은 여기 어딘가에 반드시 있어요. 아마 방금 전에 도착했을 거예요."

"느낌이 좋지 않아." 리처가 말했다.

니글리가 주머니에서 커티스 모니의 명함을 꺼내 리처에게 건넸다. 그가 거기 적힌 휴대폰 번호로 전화를 걸었다.

응답이 없었다.

그의 사무실 전화.

응답이 없었다.

그 순간 니글리의 휴대폰이 울렸다. 그녀의 원래 휴대폰. 그녀가 응답을 했다. 귀를 기울였다. 낯빛이 창백해졌다. 순식간에 핏기가 모두 사라졌다. 밀랍인형 같았다.

"시카고였어요." 통화를 끝낸 뒤 그녀가 말했다. "커티스 모니가 앨런 라메이슨의 수사 파트너였대요. LA 경찰서 강력반에서 12년 동안 한솥밥을 먹은."

69

그들은 뭔가에 걸려 넘어간 거예요. 전혀 예상치 못했던 함정 같은 거.

니글리의 말이 맞았다. 하지만 절반만 맞았다. 딘이 사건의 핵심 인물 가운데 하나였던 건 맞지만 그가 이번 사건의 단초는 아니었다는 얘기다. 스완이 딘을 주목한 건 내밀한 사전조사를 끝낸 뒤 세 친구들까지 끌어들인 다음이었다. 그래야 앞뒤가 맞는다. 네 사람이 전혀 예상치 못한 함정에 걸려 비명횡사하게 된 까닭을 설명할 수 있는 방법은 오직 그것뿐이었다. 리처는 병원 주차장에 서서 두 눈을 감고 당시 상황을 눈앞에 그려 보았다.

스완이 딘을 만난다. 장소는 딘의 집이다. 산악지대 너머의 팜데일 근처 사막. 도시에 환멸을 느낀 사람들의 천국 혹은 영혼의 안식처. 배경에는 딘의 딸아이도 얼굴 없이 언뜻거린다. 딘의 얼굴에는 공포가, 스완의 얼굴에는 배려가 어려 있다. 스완은 늘 그렇듯 자신 있고 침착한 태도다. 믿음이 가고 안심이 된 딘은 스완에게 모든 걸 털어놓는다. 그다음 장면의 배경은 어느 퀴퀴한 보안관 사무실이다. 거기서 스완이 모니와 마주하고 있다. 스완이 사건의 전말을 상세히 설명한 뒤, 자신과 동료들의 계획을 밝히고 딘의 신변보호를 요청한다. 신속하고 효율적인 조치를 촉구한다. 잠시 후 스완이 사무실을 나간다. 모니가 전화기를 집어 든다. 스완의 운명이 결정지어지는 순간이다. 프란츠, 오로스코, 그리고 산체스의 운명도.

카운티 보안관.

전혀 예상치 못했던 함정.

리처가 두 눈을 번쩍 뜨며 말했다. "절대로 두 사람을 마저 잃을 수는 없어. 그런 일은 일어나지 않을 거야. 내가 살아서 숨 쉬는 동안에는."

리처와 니글리는 시빅을 병원 주차장에 버려 두고 프렐류드에 함께 올라탔다. 갈 곳은 없었다. 가만히 있을 수가 없어서 움직이는 것뿐이었다. 입을 다물고 있을 수가 없어서 말을 하는 것과 같은 이치였다.

니글리가 말했다. "놈들은 조만간 우리가 나타날 걸 알고 있었어요. 하지만 정확한 시간을 알 수가 없었으니 초조해서 미칠 지경이었을 거예요. 그래서 그들이 먼저 나선 거예요. 우리를 해치울 계략을 짠 뒤 거기에 맞춰 시간을 조절한 거죠. 일단 모니가 안젤라 프란츠를 시켜 내게 전화를 하게 만들었어요. 우리를 미끼로 사용하겠다는 그럴듯한 거짓말을 내세워서 자기 부하, 토머스 브란트를 사냥개처럼 이용했고. 덕분에 모니는 우리의 일거수일투족을 실시간으로 보고받을 수 있었죠. 몇 차례 우리를 직접 만난 자리에서는 우리가 이미 알고 있는 정보들을 던져 주면서 우리가 어디까지 알아냈는지, 그리고 앞으로 어떻게 할 것인지 떠보려 했어요. 건실하고 노련한 베테랑 수사관의 가면을 쓴 채 절대 독자적인 행동은 안 된다며 엄포도 놓고, 친구들의 죽음에 거짓으로 심심한 애도까지 표하면서. 우리가 장례식만 마친 뒤, 모든 걸 포기하고 그냥 떠나기를 기대했던 거죠. 하지만 우리의 의지를 확인한 뒤에는 선수를 쳐서 우릴 없애려는 계략을 짠 거예요. 처음엔 베이거스에서, 이번엔 바로 여기서."

그들은 다시 210번 도로로 들어섰다. 길은 시원하게 뚫려 있었다.

"작전 계획은요?" 니글리가 물었다.

"없어." 리처가 말했다.

딕슨이 노획한 전화번호부는 오도넬의 모텔 객실에 있었다. 하지만 두 사람은 선셋 대로 근처로는 가고 싶지 않았다. 너무나 위험했다. 그래서 각자의 불완전한 기억을 함께 조합해서 하이랜드 파크 공장 주소를 떠올린 다음 곧장 그곳을 향해 차를 몰았다.

하이랜드 파크는 정연한 거리, 아늑한 주택가, 대규모 상업구역, 중소 하이테크 단지 등이 조화롭게 배합된 신도시였다. 리처는 그곳까지 어렵지 않게 찾아갈 수 있었다. 하지만 뉴에이지의 공장을 찾는 건 다른 문제였다. 상세한 약도가 그려진 큼지막한 광고판은 처음부터 기대도 하지 않았다. 눈에 띄는 간판은 없겠지만 살벌한 철책 안에 헬리콥터 이착륙장과 몇 동의 건물이 있는 곳만 찾으면 되겠지 싶었다. 하지만 그런 곳이 한둘이 아니었다.

"딕슨은 그 헬리콥터가 벨 222라고 했어." 리처가 말했다. "자넨 그 기종을 알아볼 수 있나?"

"지난 5분 동안 모두 세 대를 봤어요." 니글리가 말했다.

"딕슨은 흰색이라고 했어."

"지난 5분 동안 흰색 벨 222는 두 대였어요."

"어디와 어디였지?"

"두 번째 흰색 벨 222는 2킬로미터 전에 지나쳤어요. 좌회전 두 번, 우회전 한 번. 첫 번째 건 거기서 다시 뒤쪽으로 세 번째 철책 안에서 봤고."

"두 군데 모두 철책이 있어?"

"네."

"건물도 여러 동이고?"

"둘 다."

리처는 불법 유턴을 해서 왔던 길을 거슬러 올라갔다. 좌회전 두 번과 우회전 한 번을 한 뒤, 그가 차의 속도를 늦추자 니글리가 손을 들어 한 곳을 가리켰다. 그곳엔 몇 동의 철제 건물들이 흉악범 교도소의 외곽을 연상케 하는 살벌한 철책 안에서 회색빛 형체를 웅크리고 있었다. 높이 3미터, 너비 1미터의 촘촘한 이중 철책이었다. 철책들 위는 물론 철책 사이의 공간에도 가시철조망이 휘감겨 있었다. 그 완벽한 테두리 안에 자리 잡고 있는 건물은 모두 네 동이었다. 그 가운데 가장 큰 건물은 모양이 조악한 것으로 미루어 창고가 분명했다. 나머지 세 건물은 제법 외양을 갖추고 있었다. 상당한 면적을 차지하고 있는 직사각형의 콘크리트 헬리콥터 이착륙장 위엔 앞머리가 길쭉한 흰색 헬리콥터가 한 대 내려앉아 있었다.

"저게 벨 222야?" 리처가 물었다.

"틀림없어요." 니글리가 말했다.

"그럼 제대로 찾은 건가?"

"글쎄요."

헬리콥터 이착륙장 바로 옆에는 긴 기둥이 세워져 있었고 그 기둥에는 오렌지색 풍향 측정 깃발이 바람 없는 날씨 탓에 축 늘어진 채 걸려 있었다. 그다지 넓지 않은 주차장에 세워진 차들은 모두 열세 대였다. 고물차들뿐이었다. 군청색 크라이슬러는 없었다.

"조립공장 생산직 직원들은 어떤 차를 타고 다닐까?"

"바로 저런 차들." 니글리가 말했다.

리처가 다시 차를 몰았다. 공장 하나를 지나고 다시 또 하나를 지났다. 그리고 세 번째 공장 앞에 이르렀다. 좀 전에 살펴봤던 공장과 거의 똑같았다. 살벌한 철책, 회색빛 금속 자재로 외벽을 꾸민 밋밋한 네 동의 건물, 고물차들이 들어차 있는 주차장, 헬리콥터 이착륙장, 그 위에 앉아 있는 흰색 벨 222. 간판도 없고 현수막도 없고 표석도 없었다.

리처가 말했다. "정확한 주소가 필요해."

"시간이 없어요. 듄스 모텔까진 너무 머니까."

"하지만 패서디나는 가까워."

그들은 요크 대로를 잠시 달리다가 110번 도로로 진입했다. 15분 뒤 프렐류드는 패서디나의 호텔 앞에 멈춰 섰다. 그 5분 뒤 두 사람은 마거릿 베런슨의 객실에서 그녀와 만났다. 그들은 그녀에게 용건을 말했다. 자초지종은 설명하지 않았다. 특수부대에 대한 그녀의 환상을 깨고 싶지 않았기 때문이다. 물론 순전히 베런슨의 마음의 평화를 위한 배려였다.

그녀는 그들이 첫 번째로 살펴봤던 곳이 뉴에이지의 공장이라고 알려주었다.

15분 뒤, 그들은 뉴에이지 공장의 철책 주변을 탐색차 한 바퀴 돌았다. 대단한 철책이었다. 탱크를 몰고 와야 뭉개고 넘어갈 수 있을 것 같았다. 혼다 프렐류드로는 어림도 없는 일이었다. 망치 같은 크라이슬러 세단으로도 마찬가지였다. 육중한 트럭으로도 불가능했다. 철사줄의 탄성이 문제였다. 바깥쪽 철책은 기타줄처럼 견딜 수 있을 때까지 늘어나다가 끊어지게 된다. 철사줄의 완충작용 때문에 운동에너지를 뺏긴 차량의 추진력은 감소하고 속도는 줄어들게 된다. 그 앞을 안쪽 철책이 막아선다. 스펀지처럼, 스프링처럼. 결국 바퀴로는 그 이중 철책을 통과할 수 없다. 그건 발로도 마찬가지다. 전기 철책 절단기로 바깥쪽 철책은 뚫고 들어갈 수 있겠지만 안쪽 철책에 이르기 전에 과다출혈로 죽게 될 것이다. 두 철책 사이에 덤불처럼 빽빽하게 설치된 가시철조망 때문이다. 사다리를 놓고 타넘는 것도 불가능했다. 철책 위를 빙 둘러 가시철조망이 넓고 느슨하게 설치되어 있었다. 사다리를 걸칠 곳 자체가 없었다.

한 바퀴 둘러보고 나자 리처는 공장의 전체적인 구도를 파악할 수 있었다. 부지는 8천 제곱미터 정도였다. 얼추 정사각형의 땅으로 한 변의 길이는 100미터 남짓이었다. 하나는 크고 나머지 셋은 작은 네 동의 건물들. 그 건물들을 이어 주고 있는 콘크리트 보도들, 그 주변의 누런 잔디밭. 전체 길이가 400미터에 달하는 철책에는 허술한 곳이 전혀 없었다. 출입구는 달랑 정문 하나뿐이었다. 아래쪽에 바퀴가 달려 옆으로 여닫히는 구조의 널찍한 철문이었다. 문짝 위에도 가시철조망이 똬리를 틀고 있었다. 아예 용접을 한 것 같았다. 그리고 문 옆에는 경비 초소도 있었다.

"펜타곤의 요구 조건이에요." 니글리가 말했다. "이 정도는 돼야겠죠."

초소에는 경비원이 한 명 있었다. 머리가 흰 노인네였다. 허리 아래 두르고 있는 벨트에는 권총이 꽂혀 있었다. 단순한 업무였다. 신분증과 적절한 서류가 제시되면 버튼을 누를 것이고 이어서 문이 열린다. 신분증도, 적절한 서류도 제시되지 않으면 버튼을 누르지 않을 것이고 문도 열리지 않는다. 경비원의 머리 위쪽에는 전구가 매달려 있었다. 어두워지고 나면 그 전구는 주변 6미터 반경에 노란 불빛을 뿌릴 것이다.

"뚫고 들어갈 방법이 없군." 리처가 말했다.

"딕슨과 오도넬이 이 안에 있기는 한 걸까요?"

"반드시 있을 거야. 여긴 사설 감옥과 같은 곳이야. 다른 곳에 가둬 두는 것보다 안전하지. 다른 친구들도 일단 여기에 감금했다가 죽인 거야."

"두 사람은 어쩌다 당했을까요?"

"모니가 병원 주차장에서 총을 들이대고 그들을 체포했겠지. 사람들이 보도록 보안관 배지를 휘두르면서. 라메이슨의 부하들도 몇 놈 있었을 테고. 꿈에도 생각하지 못했던 일을 졸지에 당했으니 딕슨과 오도넬도 어쩔 수가 없었던 거지."

리처는 계속해서 차를 몰았다. 프렐류드가 눈길을 끌지 않는 차인 건 분명했지만 같은 장소에서 여러 차례 눈에 띄어서는 좋을 게 없었다. 그가 모퉁이를 돌아 400미터 떨어진 곳에 차를 세웠다. 입은 꼭 다문 채였다. 할 말이 없었기 때문이다.

니글리의 휴대폰이 울렸다. 원래부터 갖고 있던 휴대폰.

그녀가 응답했다.

귀를 기울였다.

통화를 끝냈다.

두 눈을 감았다.

"펜타곤의 그 사람이었어요." 그녀가 말했다. "미사일들을 실은 트럭이 지금 막 콜로라도 창고 문을 나섰대요."

70

'마흐무드가 미사일들을 손에 넣는다면 더 이상 우리 힘으로는 감당할 수 없게 돼. 패배를 인정하고 손을 뗄 수밖에 없어.'

리처가 니글리를 바라보았다. 그녀가 눈을 뜨고 그를 마주 바라보았다.

"그것들은 얼마나 나가지?" 리처가 물었다.

"나가다뇨?"

"무게 말이야."

"모르겠어요. 최신 무기라 나도 아직까지 본 적이 없어요."

"어림이라도 해봐."

"스팅어보다는 무거울 거예요. 기능이 훨씬 복잡하니까. 하지만 그렇다고 해도 휴대용 미사일이에요. 미사일과 발사대, 그리고 예비 부품들과 매뉴얼까지 모두 꾸려진 한 상자의 무게가, 어디 보자, 25킬로그램 정도?"

"그럼 전체 무게는 16톤 250킬로그램이 되는군."

"중간 크기의 트레일러."

"주간고속도로의 평균 주행속도가 어느 정도지? 시속 80킬로미터?"

"아마도."

"25번 주간고속도로를 북쪽으로 달리다가 80번으로 바꿔 타고 서쪽으로 달려서 네바다로 진입하는 경로야. 1,450킬로미터쯤 되는 거리지. 그렇다면 우리에게 주어진 시간은 열여덟 시간. 하지만 실제로는 스물네 시간쯤일 거야. 운전사도 쉬어야 할 테니까."

"그 트럭의 진짜 목적지는 네바다가 아니에요." 니글리가 말했다. "네바다는 개뿔. 그자들은 그 미사일들을 사용하려는 거지 폐기하려는 게 아니니까요."

"네바다가 아니라도 마찬가지야. 덴버에서 어디든 중요한 지역으로 가려면 열여덟 시간은 달려야 하니까."

니글리가 고개를 설레설레 저었다. "이건 정신 나간 짓이에요. 우린 스물네 시간을 지체할 여유가 없어요. 열여덟 시간이라도 안 돼요. 당장 당국에 신고해야 해요. 당신 입으로 말했잖아요. 사망자가 만 명이 될 수도 있는 엄청난 위기라고."

"하지만 아직은 아니야."

"지체할 시간이 없어요." 니글리가 다시 말했다. "경찰 병력을 동원해서 덴버에서 빠져나오는 길목들을 지키고 있다가 트럭을 덮치는 게 최선책이에요. 정확한 목적지가 어딘지 모르니까요. 뉴욕 공항일 수도 있고 JFK나 라가디아 공항일 수도 있어요. 시카고일 수도 있겠고 오헤어 공항에서 리틀 윙이 발사되면 어떻게 될까요?"

"별로 즐거운 상상은 아니군."

"우리가 지체하면 할수록 그 트럭의 행방을 찾기가 점점 더 어려워져요."

"도덕적 딜레마군." 리처가 말했다. "우리가 알고 있는 두 사람을 구하느냐, 우리가 모르는 만 명을 구하느냐."

"신고해야 해요."

리처는 아무 말이 없었다.

"신고해야 해요, 대장."

"당국에선 우리 얘기를 귀담아듣지 않을 수도 있어. 9·11 때도 그랬다고."

"어떻게든 구실을 만들려는 당신의 마음은 충분히 이해해요. 하지만 이제 당국의 태도도 변한 게 사실이잖아요. 어서 신고해야 해요."

"그래야지." 리처가 말했다. "하지만 지금은 아니야."

"SWAT팀이 출동하면 칼라와 데이비드가 살아날 수 있는 확률도 높아져요."

"농담하는 거야? 그 두 사람은 지금 저 안 어딘가에 묶여 있어. 총격전이 벌어지는 즉시 어느 쪽 총에든 맞아 죽게 될 거야."

니글리가 말했다. "우린 당장에 저 철책을 뚫고 들어갈 방법조차 없어요. 딕슨은 죽게 될 거예요. 오도넬도 죽게 될 거예요. 우리가 모르는 만 명도 죽게 될 거예요. 우리도 죽게 될 거예요."

"자넨 영원히 살고 싶은가?"

"난 오늘 죽고 싶진 않은 것뿐이에요. 대장은요?"

"난 언제 죽어도 상관없어."

"정말이에요?"

"이제껏 죽음이 두려웠던 적은 한 번도 없었어. 그러니 언제 죽든 상관없어."

"당신은 정말 별난 사람이에요."

"초조해하지 말고 이제 밝은 면을 좀 봐."

"지금은 다른 방법이 없다니까요."

"우리 넷은 물론이고 선량한 시민들이 죽거나 다치는 일이 일어나지 않을 수도 있어."

"어떻게 그럴 수 있죠?"

"우리가 해결하면 되잖아. 자네와 나 둘이서."

"여기서? 그건 그럴 수 있다고 쳐요. 하지만 리틀 윙은 어쩌죠? 꿈 깨요, 대장. 우린 그 트럭의 목적지조차 모르고 있잖아요."

"그건 나중에 알아낼 수 있어."

"정말 그럴 수 있다고 생각하는 거예요?"

"그게 우리 주특기니까."

"두 명의 목숨과 만 명의 목숨을 놓고 벌이는 도박이에요. 우리에게 그들 모두를 구할 수 있는 능력이 있다고 믿는 건가요?"

"희망은 품을 수 있잖아."

리처가 다시 차를 남쪽으로 2킬로미터 몰고 가서 할리 대리점 앞, 휘어져 들어간 사잇길 어귀에 세웠다. 멀리 뉴에이지의 헬리콥터가 보였다.

그가 물었다. "저곳의 보안 상태는 어느 정도일까?"

"평상시?" 니글리가 말했다. "철책엔 동작 감지 장치, 정문과 각 건물의 출입문엔 최신형 잠금장치, 요소에는 알람 장치, 경비원이 24시간 지키고 있는 경비 초소. 그 정도겠죠. 하지만 오늘은 다를 거예요. 그 점을 명심해야 해요. 저자들은 우리가 여길 노리고 있다는 걸 분명히 알고 있어요. 그러니 보안팀의 자원을 총동원했을 거예요. 모든 곳에 보안 장치가 설치되고 보안요원들 전체가 중무장을 하고 지키고 있겠죠."

"일곱 명."

"그건 우리가 파악하고 있는 숫자일 뿐이고 실제로는 더 많을 수도 있어요."

"그럴 수도 있겠지."

"게다가 그들은 철책 안에서 수비를 하고 있어요. 우리는 밖에서 공격을 해야 하고."

"철책은 내게 맡겨."

"뚫고 들어갈 방법이 없잖아요."

"꼭 거길 뚫고 들어갈 필요는 없어. 정문이 있잖아. 몇 시쯤이면 날이 완전히 어두워질까?"

"9시는 돼야겠죠."

"완전히 어두워지기 전까지는 헬리콥터가 뜨지 않을 거야. 그러니 아직 일곱 시간의 여유가 있는 거야. 스물네 시간 중에서."

"우리에겐 스물네 시간의 여유가 없다니까요."

"자네들은 날 대장으로 뽑았어. 내가 있다고 하면 있는 거야."

"저자들이 이미 칼라와 데이비드를 쏴 죽였을지도 모르잖아요."

"놈들은 프란츠도, 오로스코도, 스완도 쏘지 않았어. 어떤 식으로든 흔적을 남기게 될까 봐 총을 사용하지 않은 거야."

"이건 미친 짓이에요."

"저 두 사람을 또 잃게 되면 그땐 정말로 미쳐버릴 거야."

그들은 눈길을 끌지 않도록 조심해 가며 뉴에이지 공장 둘레를 한 바퀴 더 돌았다. 이제 철책 안의 지형지물은 그들의 머릿속에 단단히 새겨졌다. 정문은 철책의 한가운데 자리 잡고 있었다. 정문에서부터 일직선으로 뻗어 들어간 짧은 진입로 끝에 서 있는 첫 번째 건물이 본관이었다. 나머지 세 동의 부속 건물은 그 뒤에 흩어져 배치되어 있는 구도였다. 한 동은 헬리콥터 이착륙장과 가까웠다. 다른 한 동은 거기서 안쪽으로 약간 더 떨어져 있었다. 나머지 한 동은 부지 내의 다른 구조물들과 최소한 30미터 거리를 두고 동떨어져 있었다. 네 동 모두 기단이 콘크리트였다. 하지만 외벽은 아연 계통의 회색빛 금속 건자재로 덮여 있었다. 그 외벽 위엔 어떤 표식도 없었다. 간판도, 현수막도 없었다. 출입구들의 위쪽 벽조차 횅하게 비어 있었다. 아주 견고하면서도 실용성을 강조한 건물들이었다. 부지 안에 나무는 없었다. 아예 조경이랄 게 없었다. 키가 고르지 않은 누런 잔디밭과 흙으로 다져진 통행로, 그리고 주차장이 전부였다.

"크라이슬러들은 어디 있기에 안 보이는 거지?" 리처가 물었다.

"밖에 있겠죠." 니글리가 말했다. "우릴 찾느라고."

두 사람은 다시 글렌데일 북쪽의 의료센터로 갔다. 니글리의 차를 가져오기 위해서였다. 돌아오는 길에 슈퍼마켓에 들렀다. 주방용 나무성냥 한 상자를 샀다. 1리터짜리 에비앙 생수 여섯 개들이 두 박스도 샀다. 그다음엔 자동차 부품 가게에 들렀다. 19리터짜리 플라스틱 휘발유통을 샀다. 빨간색이었다. 차 닦는 헝겊도 한 박스 샀다. 마지막으로 주유소에 들렀다. 차에 기름을 채웠다. 빨간색 플라스틱 통에도 기름을 채웠다.

글렌데일을 벗어나 남서쪽으로 달리다가 실버 레이크에 들어선 직후, 리처가 프렐류드를 세우고 니글리에게 전화를 걸었다. "이 길로 곧장 모텔에 들러야겠어."

니글리가 말했다. "아직 감시병이 남아 있을지도 몰라요."

"그럼 더더욱 그리로 가야지. 지금 한 놈을 없애면 나중에 그만큼 수고를 덜게 될 테니까."

"한 놈이 아닐 수도 있어요."

"얼마든지. 많으면 많을수록 좋아."

선셋 대로는 긴 도로이다. 리처는 실버 레이크 저수지 남쪽으로 뻗어 있는 그 도로에 곧장 진입했다. 서쪽으로 10킬로미터를 달려 듄스 모텔 앞에 이르렀다. 하지만 그는 속도를 줄이지 않고 지나쳤다. 20미터 후방에서 니글리의 시빅이 열심히 쫓아오고 있었다. 리처는 모텔이 자리 잡은 블록 모퉁이를 끼고 좌회전을 한 뒤 모텔 뒤로 통하는 좁은 도로 어귀에 차를 세웠다. 니글리의 시빅이 곧 뒤따라 멈춰 섰다. 두 사람은 차에서 내린 뒤 5미터 간격을 유지하며 뒷길로 걸어 들어갔다. 둘이 바짝 붙어서는 건 절대 금물이다. 표적으로서의 크기가 두 배가 되니까. 리처가 앞장섰다. 그의 한 손은 주머니 속으로 들어가 글록을 움켜쥐고 있었다. 그는 모텔 뒤쪽에 일렬로 늘어선 대형 쓰레기통들 옆을 지나 주차장으로 조심스럽게 들어섰다. 수상한 기미는 없었다. 주차되어 있는 여덟 대의 차량들 가운데 다섯 대가 다른 주 번호판을 달고 있었다. 군청색 크라이슬러는 없었다. 어둑한 구석에 몸을 감추고 있는 사내도 없었다. 그가 오른쪽으로 방향을 꺾었다. 그와 동시에 5미터 후방에서 니글리가 왼쪽으로 방향을 꺾었다는 걸 보지 않고도 알 수 있었다. 오랜 세월이 흘렀어도 그나 니글리가 그 수색 대형을 잊을 수는 없었다. 그들끼리의 작전상 묵계. 리처는 성의 첫 철자 R대로 오른쪽, 니글리는 가운데 이름 첫 철자 L대로 왼쪽. 그는 모텔 건물을 오른쪽으로 정확히 절반을 돌며 주위를 살폈다. 수상한 사람은 눈에 띄지 않았다. 라운지에는 아예 아무도 없었다. 세탁실도 마찬가지였다. 로비는 볼 수 없었지만 거기에도 사람이 없는 게 분명했다. 예의 프런트 직원이 사무실에 혼자 들어와 있는 모습을 유리창 너머로 확인할 수 있었기 때문이다.

리처는 인도로 나가 거리의 동정을 살폈다. 아무 이상이 없었다. 도로는 제법 분주했고 서 있는 차들도 더러 있었지만 수상한 기미는 전혀 없었다. 그는 다시 모텔 주차장으로 들어갔다. 잠시 후 모텔 건물을 왼쪽으로 정확히 절반을 돌며 정찰을 마친 니글리가 그와 합류했다. 그녀가 그를 향해 고개를 저어 보였다. 이상 무. 그들은 오도넬의 객실을 향해 걸음을 옮겼다. 만일을 대비해 여전히 5미터 거리는 유지하면서.

오도넬의 객실 문은 부서져 있었다.

잠금장치 자체는 멀쩡했다. 부서진 건 문설주였다. 나무틀이 너덜너덜하게 뜯겨져 나간 상태였다. 철거용 못뽑이나 타이어 탈착용 쇠지렛대를 사용해서 잠금장치가 질러 박혀 있는 부분을 통째로 떠낸 것이다. 리처가 주머니에서 글록을 빼들고 문짝의 경첩 쪽에 비스듬히 섰다. 니글리는 손잡이 쪽에 역시 비스듬히 섰다. 그녀가 리처에게 고개를 끄덕여 보이자 그가 발로 문을 걷어찼다. 그녀는 총을 쥔 손을 앞으로 쭉 뻗고 무릎으로 미끄러져 들어갔다. 그들끼리의 또 다른 작전상의 묵계였다. 문돌쩌귀 쪽에 선 사람이 문을 연다, 손잡이 쪽에 선 사람은 자세를 바짝 낮추고 진입한다. 문 안쪽의 총구는 곧게 편 자세의 가슴 부분을 겨누고 있게 마련이다. 따라서 가슴선 이하로 자세를 낮추고 진입하는 것이 정석이다.

하지만 그 문 안쪽에서 총을 겨누고 있는 자는 없었다. 숨어 있는 자도 없었다.

오도넬의 객실은 완전히 비어 있었다. 하지만 완전히 난장판이었다. 뒤지고 부수고, 뉴에이지 유리 건물에서 탈취해 온 서류들은 모두 사라졌다. 선택받지 못했던 글록 17들도 사라졌다. 여분의 탄창들도 사라졌다. 하드볼러 두 자루도 사라졌다. 사로피언의 대우 DP 51도 사라졌다. 맥라이트 플래시들도 사라졌다. 오도넬의 옷가지들은 사방에 널려 있었다. 그가 옷장에 고이 모셔 두었던 천 달러짜리 양복도 걸레처럼 형편없이 구겨진 채 한구석에 처박혀 있었다. 그의 세면도구들도 철저히 헤집어진 채 낱낱이 흩어져 있었다.

딕슨의 객실도 마찬가지였다. 비어 있었다. 난장판이었다.

니글리의 객실도, 리처의 객실도. 그의 접이식 칫솔이 바닥에 떨어져 있었다. 짓밟혀 으스러진 채.

"이 개자식들." 리처가 말했다.

두 사람은 모텔 건물 전체를 다시 한번 정탐한 뒤 블록 전체를 한 바퀴 돌며 주위를 살폈다. 역시 이상 무.

니글리가 말했다. "모두 하이랜드 파크에 모여서 우리를 기다리고 있겠군요."

리처가 고개를 끄덕였다. 그들이 가진 건 글록 두 자루와 실탄 68발. 그리고 글렌데일에서 구입한 트렁크 속의 물건들.

그들은 달랑 둘. 적은 일곱, 혹은 그 이상.

시간은 없고 기습할 방법도 없고 잠입을 허용하지 않는 철책.

승산이 없었다.

"자, 출동이다." 리처가 말했다.

71

어두워지기를 기다리는 건 지루한 일이다. 지구의 자전 속도는 일정하지 않은 것 같다. 어떤 때는 너무 빨리 돌고, 또 어떤 때는 너무 늦게 돈다. 그들은 뉴에이지 공장에서 세 블록 떨어진 한적한 도로가에 각자 몰고 온 차를 세웠다. 도로를 사이에 두고 서로 반대 방향이었다. 리처의 프렐류드 앞머리는 동쪽, 니글리의 시빅 앞머리는 서쪽. 양쪽 다 공장이 훤히 보이는 위치였다. 철책 안의 풍경은 변해 있었다. 공장 직원들의 차량들은 사라지고 없었다. 대신 그 자리에 군청색 크라이슬러 300C 여섯 대가 주차되어 있었다. 야간 조업을 취소한 게 분명했다. 곧 벌어질 격전을 대비해 무대를 치워 놓은 것이다. 크라이슬러들 너머로 헬리콥터가 보였다. 얼추 400미터 거리였다. 마치 장난감처럼 보였다. 하지만 시동이 걸리는 건 충분히 알아볼 수 있을 것이다. 그 헬리콥터에 시동이 걸리면 모든 게 물거품이 되고 만다.

리처는 갖고 있는 휴대폰 두 개를 진동 모드로 조절했다. 기다리는 동안 휴대폰은 두 번 몸을 떨었다. 두 번 모두 니글리였다. 심심해서. 도로 하나를 사이에 두었을 뿐이기에 창문을 내리고 목소리를 높일 수도 있었지만 혹시나 주의를 끌게 될까 봐 걱정스러웠던 모양이었다.

첫 번째 통화에서 그녀가 물었다. "칼라랑 잔 적이 있나요?"

"언제?" 리처가 말했다. 대답을 궁리해야 했다.

"이번에."

"두 번." 리처가 말했다. "그게 다야."

역시 솔직한 게 최선이다.

"잘됐네요."

"고마워."

"당신네 둘은 늘 그러길 원했잖아요."

15분 뒤, 두 번째 통화에서 그녀가 물었다. "유언장을 작성해 뒀나요?"

"뭐하게?" 리처가 말했다. "저자들이 내 칫솔을 부숴 버렸으니 난 이제 가진 게 하나도 없어."

"기분이 어때요?"

"엿 같지. 난 그 칫솔이 참 좋았거든. 아주 오랫동안 함께해서 정이 들었어."

"아니, 칫솔 얘기가 아니라 지금 기분을 묻는 거예요."

"괜찮아. 칼라나 데이비드보다 더 편안한 기분이야."

"그 두 사람 마음이 지금 편할 거라는 얘기예요?"

"우리가 구하러 올 걸 아니까."

"넷이 함께 죽게 될 게 뻔한데 퍽도 편하겠네요."

"혼자 죽는 것보단 낫잖아." 리처가 말했다.

그 시각, 콜로라도에서는 흰색의 중형 트레일러 한 대가 유타 주를 향해 70번 주간고속도로 위를 달리고 있었다. 짐칸은 절반 넘게 비어 있었다. 총 적재량 41톤짜리 짐칸에 실린 화물의 무게는 16톤 남짓이었다. 따라서 속도가 올라야 정상이겠지만 트럭은 오히려 천천히 달리고 있었다. 산악지역이기 때문이었다. 15번 주간고속도로로 바꿔 탈 때까지는 그 속도를 유지해야 할 것이다. 하지만 그 이후로는 캘리포니아까지 곧장 내달릴 것이다. 운전자는 전체 구간 동안의 평균 속도를 시속 80킬로미터쯤으로 어림하고 있었다. 콜로라도의 창고에서 캘리포니아의 하역 지점까지 열여덟 시간이면 충분하다고 생각했다. 도중에 쉬는 시간은 계산에 넣지 않았다. 쉬지 않을 거니까. 절체절명의 사명을 부여받은 그로서는 쉰다는 건 생각할 수도 없는 호사였다.

아자리 마흐무드는 벌써 세 번째로 지도를 확인하고 있었다. 세 시간은 걸릴 것 같았다. 넓디넓은 LA를 남쪽에서 북쪽으로 통과해야만 한다. 쉽지 않은 일이다. 유홀은 속도가 나지 않는 데다가 상대적으로 운전이 까다로운 차량이다. 게다가 길도 엄청 막힐 것이다. 그는 처음의 세 시간에 다시 한 시간을 보탰다. 그보다 일찍 도착한다면 기다리면 될 일이다. 시간은 늘 여유 있게 잡아야 한다. 그는 알람을 맞춘 뒤, 침대에 누웠다. 1초라도 빨리 잠들기 위해 자신에게 최면을 걸었다.

리처는 동쪽 하늘을 바라보았다. 어두웠다. 기다림의 시간이 거의 끝나가는 것 같았다. 하지만 속단은 금물이었다. 짙게 선팅된 유리창의 장난일 수도 있었기 때문이다. 유리창을 내렸다. 역시 그랬다. 맨눈으로 바라본 하늘는 아직 훤했다. 한 시간은 더 기다려야 해가 질 것이다. 그다음엔 땅거미가 스물거릴 시간도 감안해야 했다. 황혼 없이 곧장 찾아오는 밤은 없으니까. 그는 다시 차창을 올리고 좌석에 몸을 파묻었다. 심장 박동을 늦은 템포로 조절하고 호흡수를 낮췄다. 그의 휴식 모드였다.

그를 휴식 모드에서 깨어나게 만든 건 라메이슨의 전화였다.

72

스크린에 떠오른 발신자는 칼라 딕슨이었다. 라메이슨이 그녀의 휴대폰을 사용해서 전화한 것이다. 노골적인 도발이었다. 그의 목소리는 자신감에 차 있었다.

"리처?" 그가 말했다. "얘기 좀 하지."

"말해." 리처가 말했다.

"넌 형편없는 무능력자야."

"맘대로 지껄여."

"지금까지 넌 모든 라운드에서 졌어."

"그럼 사로피언은?"

"아, 사로피언." 라메이슨이 말했다. "그래서 난 심기가 아주 불편해."

"이제 곧 그 기분에 익숙해질 거다. 나머지 부하 여섯도 잃게 될 테니까. 그리고 나선 너랑 나, 단 둘이서 붙는 거다."

"아니." 라메이슨이 말했다. "그런 일은 일어나지 않을 거야. 우린 협상을 하게 될 테니까."

"꿈 깨시지."

"조건이 아주 마음에 들 텐데. 듣고 싶지 않나?"

"군소린 집어치우고 빨리 옮기나 해. 난 지금 LA 다운타운에 있다. FBI

와 약속이 있거든. 난 그들에게 리틀 윙에 관한 모든 걸 알릴 생각이다."

"그들에게 뭘 알려?" 라메이슨이 말했다. "뭐가 있어야 알리든 말든 하지. 우린 하자가 있는 제품들을 폐기한 것뿐인데? 펜타곤에서 보증한 서류에 명백히 그렇게 적혀 있거든."

리처는 아무 말도 하지 않았다.

"어쨌든 넌 FBI와 약속을 하지 않았어. 앞으로도 그럴 리 없고. 절대로." 라메이슨이 말했다. "넌 지금 네 친구들을 구해 낼 궁리만 하고 있을 테니까."

"상상은 자유지."

"넌 그들의 안전을 FBI에게 맡길 사람이 아니야."

"나에 대해 크게 잘못 생각하고 있군. 나도 나름 현명한 사람이야."

"현명하다면 애초에 이 일에 끼어들지도 않았겠지. 토니 스완, 캘빈 프란츠, 마누엘 오로스코, 조지 산체스, 모두에게서 너에 관한 얘기를 들었다. 그들이 죽기 전에 말이지. 특수부대원들에게 덤비다간 정말 큰일 날 것 같더군."

"그건 하나의 슬로건에 불과할 뿐이다."

"그 친구들의 태도로 볼 땐 단순한 슬로건 차원이 아니던데? 딕슨과 오도넬도 그렇고. 그 친구들이 널 믿고 따르는 마음은 정말 감동적이더군. 그러니 넌 내 제안에 따라야 해. 그래야 그 착한 부하들이 끔찍한 고통을 면할 테니까."

"조건은?"

"니글리와 함께 지금 당장 이리로 와라. 모든 게 잠잠해질 때까지 우리와 함께 있는 거다. 일주일이면 충분할 거야. 그다음엔 풀어 주지. 너희 넷 모두."

"그렇게 못하겠다면?"

"오도넬의 팔과 다리를 모두 분지를 거다. 그리고 그 친구의 칼을 빌릴 거야. 명색이 전우인데 딕슨도 함께 아파야지. 물론 그건 우리 모두 실컷 재미를 보고 난 다음 얘기고. 마지막엔 그 두 사람도 헬리콥터를 타게 될 거야. 물론 편도행으로."

리처는 아무 말도 하지 않았다.

"리틀 윙은 잊어버려." 라메이슨이 말했다. "이미 끝난 거래야. 이제 와서 돌이킬 순 없어. 어쨌든 그것들은 카슈미르로 갈 거야. 거기 가본 적 있나? 정말 형편없는 곳이야. 생지옥이지. 머리에 똑같이 수건을 두른 놈들이 편을 갈라서 오랫동안 싸워 왔던 곳이야. 지들끼리 어떤 무기를 갖고 싸우든 네가 신경 쓸 필요는 없다고."

리처는 아무 말도 하지 않았다.

라메이슨이 말했다. "내 제안을 수락하는 건가?"

"아니."

"다시 한번 생각해봐. 딕슨이 내 부하들을 그리 좋아하지 않을 것 같아서 그래."

"내가 네 말을 어떻게 믿을 수 있지? 내가 걸어 들어가면 그 자리에서 내 머리에 총을 쏠 텐데."

"물론 쉽게 믿음이 가진 않을 거야." 라메이슨이 말했다. "하지만 난 네가 결국엔 내 제안을 받아들일 거라고 생각해. 부하들을 책임져야 할 테니까. 넌 벌써 그들을 실망시켰어. 대장이라는 자가 실수를 연발해서 작전을 망쳐 버렸잖아. 난 너라는 사람에 대해 많은 걸 들어 알고 있다. 솔직히 말해서 이젠 네 이름을 듣는 것만으로도 신물이 날 지경이야. 어쨌든 넌 부하들을 구하기 위해서라면 물불을 가리지 않는 사람이라고 들었다."

"넌 지금 어디에 있지?" 리처가 물었다.

"잘 알고 있을 텐데."

리처는 앞 유리창 밖을 내다보았다.

완전히 어두워질 때까지 남은 시간을 어림하고 나서 그가 말했다. "우린 지금 거기서 두 시간 떨어진 곳에 있다." 목소리가 살짝 떨리는 걸 그로서도 어쩔 수가 없었다. 다행히 라메이슨은 눈치채지 못한 것 같았다.

"거기가 어디지?" 라메이슨이 물었다.

"팜데일 남쪽."

"거긴 왜?"

"딘을 만나려고. 네놈들의 음모를 확실히 파악하기 위해서. 스완이 그랬던 것처럼."

"차를 돌려." 라메이슨이 말했다. "지금 당장. 딕슨을 위해. 내 부하들이 그녀를 돌아가며 겁탈할 거야. 내가 전화로 생중계해주지. 귀가 좀 따가울 거야."

리처가 잠시 뜸을 들였다.

"두 시간." 그가 말했다. "다시 통화하자."

리처는 전화를 끊은 즉시 니글리의 번호를 눌렀다.

"60분 뒤에 친다." 그가 말했다.

통화를 마친 그는 뒷좌석에 등을 기대고 두 눈을 감았다.

60분 뒤, 동쪽 하늘은 거의 검정색에 가까운 짙은 군청색으로 물들었다. 그 하늘 아래 모든 것이 급속히 형체를 잃어 가고 있었다. 수십 년 전, 태평양 어딘가에서 어느 꼬장꼬장한 여선생으로부터 날이 저무는 순서를 배웠다. 땅거미, 황혼, 밤. 그녀는 땅거미와 황혼은 절대 같은 게 아니라고 했다. 그리고 저녁 무렵의 어둑함을 표현하려면 어스름이라는 단어를 사용해야 한다고 가르쳤다. 이제 리처의 주위는 어스름이었다. 하지만 그가 원하는 만큼 충분히 어두워진 건 아니었다.

그가 니글리의 번호를 눌렀다. 신호가 가자 바로 끊겼다. 니글리의 운전석 창문이 내려갔다. 그녀가 손짓을 했다. 어둠 속에서 희미하게 빛나는 작은 손. 리처가 시동을 건 뒤 도로가에서 차를 뺐다. 헤드라이트는 켜지 않았다. 프렐류드는 점점 세력을 확장하고 있는 어둠을 맞이하려는 듯 동쪽을 향해 나아가다가 우회전을 한 뒤 세 블록을 지나 뉴에이지 공장의 철책 앞에 이르렀다. 이어서 철책을 시계 반대 방향으로 돌아 공장 뒤쪽으로 간 다음 주차장을 오른쪽에 끼고 측면 철책을 3분의 2가량 따라 내려간 뒤 도로변에 멈춰 섰다. 뉴에이지 공장 부지가 시계라면 4시가 되는 위치였다. 그 부지가 나침판이라면 남동쪽이었다.

리처가 차에서 내렸다. 그 자리에 가만히 서서 귀를 기울였다. 아무 소리도 들리지 않았다. 아무것도 보이지 않았다. 하이랜드 파크는 인구 밀도가 높은 도시다. 하지만 뉴에이지 공장은 하이테크 단지에 자리 잡고 있다. 하루 일과가 끝난 시각이었다. 사람들은 모두 퇴근했다. 길거리는 어둡고 조용했다.

그가 프렐류드의 트렁크를 열었다. 실내등을 주먹으로 부숴 버렸다. 에비앙 물병들을 덮고 있는 비닐을 엄지손톱을 사용해서 찢었다. 물병 하나를 집어서 뚜껑을 연 다음 꿀꺽꿀꺽 마셨다. 남은 물을 배수로에 쏟아 버렸다. 빈 물병을 트렁크 바닥에 똑바로 세웠다. 잠시 후 트렁크 바닥에는 열두 개의 1리터짜리 빈 물병들이 나란히 서게 되었다.

그가 휘발유 통을 꺼냈다. 통 속에 든 휘발유는 20리터에 약간 못 미치는 양이다. 그가 빈 물병들을 휘발유로 채우기 시작했다. 아주 조심스럽게. 무연 휘발유의 벤젠 냄새가 코끝에 확 풍겨 왔다. 그는 그 냄새가 좋았다. 그에겐 세상에서 가장 향기로운 냄새들 가운데 하나였다. 열두 번째 물병까지 채우고 나서 휘발유 통을 바닥에 내려놓았다. 아직 8리터가량이 남아 있었다.

이어서 차 닦는 헝겊 포장지를 뜯었다. 가로와 세로 모두 30센티미터 길이의 희고 네모난 면제품이었다. 러닝셔츠와 같은 재질이었다. 그것들을 마치 시가처럼 돌돌 말았다. 하나씩 물병, 아니 휘발유병에 쑤셔 넣었다. 절반이 병 밖으로 나오도록. 나머지 절반은 이내 무색의 휘발유에 흠씬 젖었다. 화염병. 스페인 내전 당시 파시스트들에 의해 발명된 조악하지만 강력한 무기. 그 무기에 몰로토프 칵테일이라는 별칭을 붙인 건 핀란드 사람들이었다. 1939년 붉은 군대와 전쟁을 치르던 그들이 당시 소련 외무상 비야체슬라프 몰로토프를 조롱하기 위해 조합한 단어이다. '탱크가 그렇게 오랫동안 불에 탈 수도 있다는 걸 그제야 알게 됐다.' 그 전쟁에 참전했던 어느 핀란드 퇴역군인은 그렇게 회상했었다.

그가 열세 번째 헝겊을 말아서 땅바닥에 내려놓았다. 빨간 통을 집어들고 헝겊이 흠씬 젖을 때까지 휘발유를 부었다. 성냥을 찾아 주머니에 쑤셔 넣었다. 열두 개의 화염병을 하나씩 조심스럽게 들어서 프렐류드 뒤쪽 2미터 되는 지점에 일렬로 세웠다. 열세 번째 헝겊을 집어 들었다. 4분의 3이 밖으로 비어져 나오도록 트렁크 문틀 위에 그걸 걸쳐놓은 다음 트렁크를 닫았다. 프렌류드에 흰 꼬리가 생겼다.

성냥을 그어 그 꼬리에 불을 붙였다. 손을 털어 성냥을 껐다. 첫 번째 몰
로토프 칵테일을 집어 들었다. 활활 타고 있는 헝겊에 병의 심지를 갖다
댔다. 곧장 불이 옮겨 붙었다. 뒤로 몇 걸음 물러섰다. 철책 너머의 허공을
향해 힘껏 던졌다. 말 그대로 불타는 곡선을 그리며 날아간 화염병이 본관
앞쪽 벽 오른쪽 모서리 아래를 맞췄다. 화염병이 폭발했다. 화염이 크게
일었다가 이내 잦아들며 키 작은 불길로 변했다.

두 번째 화염병. 똑같은 과정. 차 꼬리 심지에 화염병 심지를 갖다 대어
불을 붙인 뒤 몇 발짝 물러서서 힘껏 내던졌다. 화염병은 붉은 선을 그리
며 허공을 날아가 똑같은 지점을 맞췄다. 순간적으로 흰 화염이 거세게 일
었다가 가라앉았다. 불길은 높지 않았지만 범위는 그만큼 넓어졌다. 빨간
거미가 벽을 타고 느릿느릿 올라가는 것 같았다. 그가 그 거미를 겨냥해서
세 번째 화염병을 던졌다. 네 번째 것도.

다섯 번째 화염병은 조금 왼쪽을 겨냥해서 던졌다. 벽에 새로운 불길
이 일기 시작했다. 여섯 번째와 일곱 번째 화염병은 그 새로운 불길을 키
웠다. 힘을 다해 던지느라 어깨가 아파 오기 시작했다. 벽 아래의 잔디밭
에 불이 붙었다. 연기가 피어오르기 시작했다. 여덟 번째 화염병은 두 불
길 사이의 공간을 맞췄다. 두 개의 불길이 서로 이어졌다. 가로, 세로가 각
각 3미터와 2미터쯤 되는 큰 불길이 형성됐다.

아홉 번째 화염병은 더욱 힘차게 내던졌다. 왼쪽으로 치우친 겨냥이었
다. 화염병은 출입문 근처의 벽면에 맞고 폭발했다. 열 번째 화염병이 다
시 허공에 불꽃 띠를 그렸다. 하지만 그 병은 폭발하지 않았다. 대신 벽 아
래의 땅바닥에 떨어져 떼구루루 굴렀다. 휘발유가 쏟아져 나왔고 주변의

잔디밭은 이내 불바다가 되었다. 열한 번째 화염병 심지에 불을 붙였다. 이번엔 왼쪽 모서리를 겨냥했다. 명중이었다. 열두 번째이자 마지막 화염병도 정확히 같은 자리에서 폭발했다. 이제 벽면에는 굵은 불꽃 띠가 형성되었다. 불길의 기세도 맹렬했다.

리처가 트렁크 덮개를 열고 불붙은 꼬리를 바닥에 떨어뜨린 다음 짓밟았다. 철책 앞으로 다가가 상황을 살폈다. 본관 건물 앞의 잔디밭에서는 불길이 맹렬한 기세로 일어나고 있었다. 키 높은 불줄기들이 넘실대며 연기가 뭉실뭉실 피어올랐다. 금속 자재로 지어졌기에 건물 자체는 큰 피해가 없었다. 하지만 내부는 슬슬 더워지고 있을 게 분명했다.

'이제 곧 아주 따뜻해질 거다.' 리처가 생각했다.

그가 휘발유통의 마개를 돌려 연 다음 원반던지기 선수와 똑같은 동작을 구사했다. 그의 손을 벗어난 휘발유통은 철책을 높이 날아 넘어가서 정확히 불바다 한가운데 떨어졌다. 8리터의 휘발유가 들어 있는 얇은 플라스틱 통이 잠시 후 꽹음을 울리며 폭발했다. 흰색의 거대한 화염이 치솟았다. 건물 전체가 불길에 사로잡힌 것 같은 착시현상이 일어났다. 잠시 후화염은 사라졌지만 대신 전보다 키가 두 배로 커진 불줄기들이 넘실거리며 위쪽의 페인트까지 태우기 시작했다. 리처는 프렐류드로 돌아와 시동을 걸고 유턴을 했다. 머플러가 특유의 낮은 신음을 울려댔다. 그들이 어디에 있건 리처는 딕슨과 오도넬이 그 소리를 듣기를 바랐다.

기병대의 나팔소리.

세 블록을 반대로 지나쳐서 출발지점으로 돌아온 뒤 리처는 니글리의 시빅 뒤에 차를 세우고 시동을 껐다. 차창 밖을 내다보았다. 왼쪽 먼 곳이 환했다. 검은 연기가 뭉실뭉실 피어오르고 그 아래에서는 키 높은 불줄기들이 넘실거렸다. 상당한 규모의 화재였다.

대성공.

리처는 몰로토프 동지에게 상상의 축배를 들어 올렸다.

그가 다시 운전석 등받이에 몸을 파묻었다. 이제 소방차를 기다리는 일만 남았다.

73

　기다림은 4분도 되지 않아 끝이 났다. 뉴에이지 공장의 화재 경보 장치는 관할 소방서와 직통으로 연결되어 있는 게 분명했다. 정문 앞의 경비 초소 설치와 함께 펜타곤과의 계약서에 명시된 조건일 것이다. 그의 오른쪽 멀리에서 육중한 사이렌 소리가 연속적으로 울렸다. 마침내 그쪽 지평선에 푸른 경광등 불빛이 번쩍거렸다. 니글리가 차에 시동을 걸고 기어를 넣었다. 그도 차에 시동을 걸었다. 그리고 기다렸다. 급박한 사이렌 소리가 점점 크게 들려왔다. 그러다 갑자기 정신을 뒤흔들어 놓는 긴 경적 소리로 변했다. 혼잡한 교차로를 통과하고 있는 것이다. 그 소리는 잠시 후 한 차례 더 들려왔다. 그러고 나선 다시 급박한 경고음으로 돌아갔다. 푸른 불빛이 점점 더 밝아졌다. 소방차들이 그들로부터 두 블록 떨어진 지점까지 다가왔다. 대형 헤드라이트 불빛이 어둠 속을 훤히 밝혔다. 니글리가 도로 변에서 차를 뺐다. 리처가 그 뒤를 쫓아갔다. 시빅이 교차로에 멈춰 섰다. 프렐류드도 그 뒤에 바짝 붙어 멈춰 섰다. 소방차들이 교차로를 향해 무시무시한 속도로 달려오고 있었다. 사방을 향해 쏘아져 나가는 파란 빛줄기. 귀를 먹먹하게 만드는 경적 소리. 첫 번째 소방차가 거의 교차로에 이를 무렵 니글리가 핸들을 한껏 꺾고 좌회전을 했다. 리처도 곧장 그 뒤를 따랐다. 프렐류드의 타이어들이 비명을 올렸다. 맨 앞에 있는 소방차와의 거리는 고작 몇 미터. 성난 사이렌 소리가 길게 이어졌다. 니글리의 시빅은 200미터 정도를 달려서 두 개의 블록을 통과한 뒤 뉴에이지의 철책 앞에 이르렀다. 그녀는 속도를 늦추지 않고 몇십 미터를 더 달렸다. 리처도 그 꽁무니에 따라붙었다. 바로 뒤에서 소방차의 사이렌 소리가 고막을 찢으려는 듯 울려댔다. 갑자기 소방 법규가 생각난 선량한 시민처럼 니글리가 도로변에 차를 세웠다. 리처도 그 뒤에 차를 세웠다. 맨 앞의 소방차가 왼쪽으로 몸체를 비틀며 그들 옆을 지나쳐 갔다. 두 번째 소방차, 세 번째 소방차도 속도를 늦추지 않은 채 그들을 지나쳐 달려갔다. 잠시 후 소방차들의 속도가 급격히 줄어들었다. 뉴에이지의 정문 앞에 다다른 것이다. 정문이 열리고 있었다. 소방차의 사이렌 소리야말로 이 세상 어느 문이든 통과할 수 있는 가장 확실한 통행증이다.

니글리가 핸들을 왼쪽으로 꺾고 맞은편 샛길 속으로 6미터쯤 차를 몰고 들어갔다. 그녀가 차에서 내렸다. 그녀를 바짝 따라 들어간 리처도 차에서 내렸다. 두 사람은 즉시 전속력으로 달리기 시작했다. 길을 건너고 철책을 따라 달려서 정문 안으로 막 꺾여져 들어가는 마지막 소방차를 따라잡았다. 소방차의 왼쪽에 붙었다. 사각지대. 경비 초소의 경비원은 그들을 볼 수가 없었다. 설사 그 사내의 놀란 눈길이 화재 현장에 붙박여 있지 않았다고 하더라도 그건 불가능한 일이었다. 두 사람은 다시 속력을 높이기 시작한 소방차에 뒤처지지 않기 위해 이를 악물고 달렸다. 소방차가 정문을 통과했다. 두 사람도 정문을 통과했다. 여전히 묵직하게 울려대는 사이렌 소리와 대형 엔진의 신음소리 때문에 고막이 터질 것만 같았다. 소방차는 앞의 두 대를 따라 본관 앞으로 곧장 달려갔다. 화재 현장에서 피어나는 연기의 매캐한 냄새가 코를 찔렀다. 니글리가 직각으로 방향을 꺾고서 안쪽 철책과 나란히 왼쪽으로 내달렸다. 리처는 45도 각도로 방향을 꺾고서 왼쪽의 잔디밭을 향해 달려갔다. 10초 동안 죽을힘을 다해 달린 뒤, 잔디밭 위로 몸을 던졌다. 한 바퀴 구른 다음 배를 깔고 납작 엎드렸다. 얼굴까지 바닥에 파묻었다.

1분 뒤, 그가 머리를 들었다.

불길과의 거리는 55미터쯤이었다. 그와 불길 사이에는 세 대의 소방차가 헤드라이트와 경광등을 켠 채 여전히 사이렌 소리를 울리며 서 있었다. 소방차들 너머로 날름거리는 불줄기들이 보였다. 부산스럽게 움직이고 있는 사람들도 보였다. 뉴에이지의 보안팀. 그들은 측면 철책과 불타고 있는 건물 사이의 공간에 모여 서 있었다. 누구에 의해, 혹은 무엇 때문에 화재가 일어났는지 알아내려 하는 게 분명했다. 하지만 벽 앞으로 다가가다가 다시 후퇴하는 과정만 반복하고 있을 뿐이었다. 도저히 열기를 견딜 수 없는 모양이었다. 잠시 후 세 대의 소방차에서 쏟아져 나온 소방관들이 호스를 비롯한 온갖 소방 장비들을 들고 사방으로 달려 흩어졌다.

혼돈.

리처가 고개를 돌려 니글리가 달려간 쪽의 어둠 속을 뚫어지게 바라보았다. 눈이 어둠에 완전히 익고 나자 12미터 전방에 잔뜩 움츠리고 있는 형체를 구분할 수 있었다. 니글리였다.

잠입 작전 성공.

LA에서 가장 용감한 사람들이 리처가 일으킨 화재를 진압하는 데 소요된 시간은 8분이었다. 잿더미를 헤집어 불씨를 완전히 소화하고 행정 절차상 필요한 서류 작업을 하는 데에는 그 네 배 가까운 31분이 소요됐다.

따라서 그들이 뉴에이지 철책 안에 머문 시간은 총 39분이었다. 처음 20분 동안, 리처는 위험을 무릅쓰고 최대한 접근해서 건물들을 자세히 살폈다. 나머지 19분 동안엔 부지 안쪽으로 기어들어 갔다. 소방차들이 정문을 나설 무렵엔 화재 현장에서 130미터가량 떨어진 맨 안쪽 구석까지 들어가 있었다.

그의 위치에서 가장 가까운 뉴에이지의 지형지물은 헬리콥터였다. 사각형 부지의 대각선 중앙 어림의 이착륙장에 내려앉아 있는 헬리콥터, 대략 65미터 거리였다. 헬리콥터 바로 너머로 작은 건물이 보였다. 조종사 사무실이 분명했다. 가죽 재킷을 걸친 사내 하나가 그 문을 열고 달려 나오는 모습을 좀 전에 뒤로 기어가면서 보았다. 그 사내 뒤로 환한 조명이 밝혀진 사무실의 안쪽 벽에 지도와 도표가 여러 장 붙어 있는 것도 보았다. 따라서 딕슨과 오도넬이 거기 갇혀 있을 리는 없었다. 주차장은 조종사 사무실 건물에서 남쪽으로 30미터 떨어져 있었다. 거기엔 여섯 대의 군청색 크라이슬러가 주차되어 있었다. 여섯 대 모두 엔진이 식은 지 오래였다.

조종사 사무실 너머엔 두 번째 부속 건물이 서 있었다. 창고. 소방대장이 떠나기 전에 한 번 둘러봤던 곳이었다. 따라서 딕슨과 오도넬이 거기 갇혀 있을 리는 없었다.

그다음이 본관 건물이었다. 뉴에이지 공장의 중추. 조업이 이루어지는 현장. 샤워 캡을 쓴 여자들이 긴 작업대 위에서 전자 장치를 조립하는 곳. 따라서 딕슨과 오도넬이 거기 갇혀 있을 리는 없었다.

본관 주위에서는 여러 사람이 분주히 움직이고 있었다. 리처는 그들 가운데서 라메이슨의 형체를 어렵지 않게 분간해 낼 수 있었다. 키와 덩치, 그리고 아직 연기가 피어오르고 있는 예전의 잔디밭 자리를 짓밟고 다니며 연신 고함을 지르고 지시를 내리는 모습. 레넉스와 파커도 거기에 있었다. 그리고 조무래기들. 너무 어두운 데다가 그림자들이 겹쳐져서 정확한 숫자는 파악하기 어려웠다. 하지만 최소한 셋은 되는 것 같았다. 넷이거나 다섯일 수도 있었다.

세 번째 부속 건물은 리처가 숨어 있는 구석의 정확히 반대쪽 구석에 있었다. 부지 내의 다른 모든 지형지물로부터 동떨어진 위치였다. 리처가 잠입한 뒤로 그 건물의 출입문이 열린 적은 단 한 번도 없었다. 그 근처로 접근하는 사람조차 없었다. 라메이슨과 부하들은 물론 소방관들도 그쪽으론 가지 않았다.

딕슨과 오도넬이 거기 갇혀 있는 게 분명했다.

정문은 다시 굳게 닫혔다. 마지막 소방차가 통과하자마자 원위치로 스르르 굴러서 상단에 용접한 철조망 똬리가 부르르 떨 정도의 진동과 함께 거리로 통하는 공간을 완전히 가로막았다. 경비원은 여전히 초소를 지키고 있었다. 유리창을 통해 그의 실루엣을 뚜렷이 확인할 수 있었다. 그의 머리 위에 매달린 전깃불은 초소 6미터 주변을 밝히고 있었다. 네 개의 창살 그림자가 그어진 환하고 둥그런 빛의 연못.

본관 건물 앞에서는 수색이 계속되고 있었다. 어느 순간 라메이슨이 조무래기 넷을 불러 모았다. 그들을 둘씩 두 조로 나누어 철책 부근을 수색할 것을 지시했다. 한 조는 시계 방향, 나머지 한 조는 시계 반대 방향. 두 개의 수색조가 행동을 개시했다. 방향은 반대였지만 방법은 똑같았다. 철저했다. 발로는 잔디밭을 헤치고 눈으로는 전후좌우와 위아래를 훑었다. 철책과 평행을 유지하며 천천히 걸음을 옮기기 시작한 그들로부터 130미터 떨어진 곳에서 리처가 몸을 뒤채어 똑바로 누웠다. 하늘은 거의 칠흑빛에 가까웠다. 낮 동안엔 갈색이었던 스모그가 이제는 검은색 담요가 되어 낮은 하늘을 뒤덮고 있었다. 달은 없었다. 빛도 없었다. 다만 하늘 먼 곳에 하루의 마지막 빛의 여운과 도시의 오렌지색 빛무리가 드문드문할 뿐이었다.

리처는 다시 몸을 뒤채어 배를 깔고 누웠다. 여전히 둘씩 짝을 진 조무래기들은 천천히 움직이고 있었다. 본관 건물로 들어가는 라메이슨의 뒷모습이 보였다. 파커와 레녹스의 모습은 보이지 않았다. 이미 본관 건물로 들어간 모양이었다. 리처가 두 개의 수색조를 차례로 살펴보았다. 시계 방향으로 경로를 잡은 두 녀석은 니글리의 몫이었다. 시계 반대 방향의 두 녀석은 물론 리처의 차지였다. 135미터의 거리. 현재의 속도라면 최소한 4분은 걸릴 것이다. 그들은 철책과 그 바로 안쪽의 4미터 너비의 순환통행로에 신경을 집중하고 있었다. 플래시는 없었다. 그들은 오로지 느낌에 의지하고 있었다. 발끝에 걸려야 뭐든 찾을 수 있을 것이다. 리처가 그들을 향해 기기 시작했다. 18미터쯤 나아가자 잡초로 덮인 낮은 언덕이 나타났고 그 뒤에 웅덩이가 패어 있었다. 리처는 그 웅덩이 속에 납작 엎드렸다. 부지 안에서 가장 외진 곳이었다. 전체 부지는 대략 8천 제곱미터, 리처가 차지하고 있는 면적은 2제곱미터. 니글리도 마찬가지라고 볼 때 수색조들이 두 사람을 발견할 확률은 8,000분의 4, 즉 2,000분의 1이 된다. 물론 두 사람이 꼼짝하지 않고 웅크리고만 있다면.

하지만 리처는 그러고 있을 수 없었다. 그의 머릿속 시계가 라메이슨과 약속했던 두 시간이 거의 다 되어가고 있음을 알려 왔기 때문이다. 그는 양 팔꿈치에 의지해서 상체를 반쯤 일으켜 세운 뒤 휴대폰을 꺼내어 딕슨의 번호를 눌렀다.

74

100미터 이상 떨어진 곳에서 라메이슨이 전화를 받았다. 리처는 엄지 손가락으로 휴대폰 스크린을 가렸다. 밝은 LCD 불빛이 어둠에 익숙한 그를 방해하는 게 싫었고 수색대들에게 발각될까 봐 걱정스럽기도 했다. 그는 태연하려고 애쓰며 말했다. "현재 우리는 210번 도로에 갇혀 있다. 앞쪽에 고장 난 차량이 서 있어서."

"웃기지 마!" 라메이슨이 말했다. "너희는 지금 이 근처 어딘가에 있어. 우리 공장 벽에 휘발유 폭탄을 던진 게 너희들이잖아!" 크고 성난 목소리였다. 휴대폰을 통해 흘러나온 변질된 고음이 주변으로 퍼져나갔다. 리처는 검지로 그 구멍을 막으며 고개를 들고 수색대의 동정을 살폈다. 아무 반응도 없었다.

"무슨 폭탄?" 리처가 휴대폰에 입을 바짝 가져다 대고 말했다.

"알면서 뭘 물어?"

"우린 지금 고속도로에 있다니까. 난 네가 무슨 말을 하고 있는지 도저히 이해가 가지 않는다."

"웃기지 마, 리처. 넌 지금 내 가까이에 있어. 네놈이 불을 질렀잖아. 하지만 이걸 어쩌나. 소방관들이 단 5분 만에 꺼버렸으니. 네 눈으로 똑똑히 지켜봤을 테니 너도 잘 알겠지만."

'5분이 아니라 8분이다, 이 얼간아. 내가 한 일을 그렇게도 깎아내리고 싶나?' 리처는 생각했다. 하지만 아무 말도 하지 않았다. 그에게로 다가오는 수색대를 지켜보고만 있었다. 이제 거리는 100미터로 가까워졌다.

"협상은 취소다." 라메이슨이 말했다.

"잠깐." 리처가 말했다. "난 아직 그 협상에 마음이 있다. 하지만 난 멍청이가 아니야. 난 그들이 아직 살아 있다는 증거를 원한다. 네놈이 그들을 이미 쏴 죽였을지도 모르는 일이니까."

"그들은 아직 살아 있어."

"증거를 대."

"어떻게?"

"길이 뚫리는 대로 곧장 그리로 가겠다. 도착한 뒤에 내가 전화를 하지. 그럼 그 두 사람을 정문까지 데리고 나와."

"말도 안 되는 소리. 지금 있는 곳에서 한 발짝도 못 움직여."

"이미 죽인 게 맞군. 이제 협상은 끝이다."

라메이슨이 말했다. "내가 그들에게 한 가지 질문을 해주지."

수색대가 80미터 앞으로 다가왔다.

"무슨 질문?" 리처가 말했다.

"그들 말고는 아무도 올바른 답을 댈 수 없는 질문이 있을 거 아니냐. 그럼 우리가 그걸 물어본 뒤에 네게 다시 전화하도록 하지."

"아니, 전화는 내가 해." 리처가 말했다. "난 운전 중엔 절대 전화를 받지 않거든."

"운전 같은 소리 하고 있네. 됐고, 질문이나 말해."

리처가 말했다. "110특수부대에 배속되기 전에 어디서 근무했는지 그들에게 물어봐."

수색대와의 거리가 이제 70미터로 가까워졌다. 리처는 철책과 평행을 유지하며 다시 20미터를 조심조심 기어서 나아갔다. 그러는 사이에 수색대는 10미터를 다가왔다. 이제 거리는 40미터, 36미터. 두 사내는 서로 1.5미터 간격을 유지한 채 계속해서 다가왔다. 발은 잡초 밭을 헤집고 고개는 침입의 흔적을 찾기 위해 철책을 향해 돌린 채.

다음 순간 본관 정면의 한 부분이 환해졌다. 홀쭉한 형체가 밖으로 걸어 나왔다. 파커인 것 같았다. 그자가 문을 닫은 뒤 본관 모퉁이를 돌아서 30미터 떨어진 외톨이 건물로 걸어갔다. 열쇠로 문을 따고 들어간 지 1분이 채 안 되어 그자는 다시 밖으로 나와 문을 잠갔다.

'감옥.' 리처가 생각했다. '고맙다, 이 개자식들아.'

수색대는 이제 20미터 앞까지 다가왔다. 18.25미터, 60피트, 720인치, 1마일의 1.13퍼센트. 리처도 앞으로 기어 나갔다. 이제 거리는 9미터. 철책에 바짝 붙어 있는 리처의 왼쪽으로는 7미터의 간격.

그때 주머니 속에서 휴대폰의 진동이 느껴졌다. 힘들게 꺼내서 손바닥으로 감싸고 스크린을 확인했다. 발신자는 딕슨이었다. 라메이슨. 파커가 두 죄수에게서 받아 온 대답을 전해 주려고 전화한 게 분명했다.

'내가 전화한다고 했잖아, 이 개자식아. 지금은 전화를 받을 상황이 아니란 말이다.' 리처가 속으로 투덜거렸다.

휴대폰을 주머니에 쑤셔 넣고 나서 다시 기다렸다. 마침내 두 사내가 리처가 웅크리고 있는 지점과 거의 나란한 위치에 도달했다. 왼쪽으로의 간격은 여전히 7미터. 리처는 바닥에 배를 깐 채로 아주 조심스럽게 반원을 그리며 그들의 움직임을 쫓았다. 그들이 리처와 나란한 지점을 지나쳐 계속 걸음을 옮겼다. 리처의 몸이 완전히 한 바퀴 돌았다. 이제 그의 위치는 두 사내의 뒤였다. 그가 소리 없이 일어섰다. 풀잎에 스치는 소리를 내지 않기 위해 연극 무대의 도둑 역할을 하듯 발을 높이 들어가며 두 사내 사이의 공간을 노리고 몇 걸음을 따라붙었다. 3미터, 2.5미터, 2미터. 둘 다 제법 쓸 만한 덩치들이었다. 185센티미터에 95킬로그램 정도? 백인들이었다. 군청색 양복, 흰 셔츠, 짧게 친 머리, 넓은 어깨, 굵은 목.

리처의 주먹이 첫 번째 사내의 뒷목 한가운데를 스트레이트로 가격했다. 110킬로그램의 몸무게와 친구들을 잃은 분노가 실린 주먹이었다. 충격에 의해 앞으로 밀려나갔던 사내의 고개가 반동에 의해 뒤로 되튕기더니 이내 턱을 가슴에 찧으며 다시 앞으로 꺾였다. 차량 충돌 충격 테스트 운전석의 마네킹과 같은 모습이었다. 사내의 몸이 꼿꼿한 상태를 끝까지 유지하며 앞으로 쓰러졌다. 그의 동료가 깜짝 놀라며 몸을 돌리는 순간 리처는 마치 댄스 스텝을 밟듯 발걸음을 떼며 그자의 얼굴을 머리로 받아 버렸다. 소리만으로도 충격의 강도를 충분히 짐작할 수 있었다. 뼈, 연골, 근육, 살점이 부러지고, 으깨지고, 찢어지고, 짓이겨지는 엄청난 충격. 의식은 충돌의 순간에 이미 육체를 떠나갔지만 사내는 잠시 꼿꼿이 서 있었다. 이윽고 그의 몸뚱이가 뒤로 천천히 넘어갔다.

첫 번째 사내의 주머니에서는 휴대폰과 총, 그리고 돈과 신용카드 때문에 두툼한 지갑이 나왔다. 리처는 총과 돈만 챙겼다. 총은 9밀리 시그 P226이었다. 돈은 200달러에 조금 못 미치는 액수였다. 두 번째 사내의 주머니에서도 휴대폰과 총, 그리고 두툼한 지갑이 나왔다.

그리고 한 가지 더.

오도넬의 세라믹 너클이 그자의 재킷 주머니에 들어 있었다. 글렌데일의 병원 주차장에서 오도넬을 덮친 뒤 그에게서 뺏었을 수도 있고 그냥 훔쳤을 수도 있다. 전리품. 하지만 원래 주인에게 돌려주겠다는 리처의 뜻에 그자는 더 이상 이의를 달 수 없는 신세였다. 그 물건은 주머니에 넣고 시그 두 자루는 허리띠에 꽂았다. 돈은 뒷주머니로 들어갔다. 양손을 두 번째 사내의 재킷에 문질러 닦은 뒤 다시 낮은 포복 자세로 열심히 기어서 현장을 벗어났다. 그의 눈길은 니글리가 있을 것 같은 어둠 속 한 부분에 고정되어 있었다. 하지만 그쪽에서는 아무 소리도 들려오지 않았다. 전혀. 하지만 걱정되지 않았다. 어둠 속에 도사리고 있는 니글리와 그녀의 존재를 전혀 의식하지 못한 채 다가간 두 사내의 대결. 전혀 걱정할 필요가 없었다.

또 다른 구덩이에 이르자 리처는 그 속에 들어가 양 팔꿈치로 상체를 지탱하고는 자신의 휴대폰을 꺼내 딕슨의 번호를 눌렀다.

"대체 어디 있는 거냐?" 라메이슨이 물었다.

"말했잖아." 리처가 말했다. "운전할 땐 전화를 받지 않는다고."

"넌 운전을 하고 있던 게 아니었어."

"그럼 내가 왜 전화를 받지 않았겠나?"

"어쨌든," 라메이슨이 말했다. "지금은 어디냐?"

"거의 다 와 간다."

"딕슨은 110특수부대에 배속되기 전에 53헌병대에서 근무했다고 대답했다. 오도넬은 131헌병대라고 했고."

"알았다." 리처가 말했다. "거기 도착하는 대로 다시 전화하겠다. 10분이면 충분할 거다."

통화를 끝낸 뒤 그는 흙바닥에 가부좌를 틀고 앉았다. 동료들이 살아 있다는 증거는 확보했다. 문제는 그 두 사람의 대답이 사실이 아니라는 데 있었다.

75

리처는 어둠 속에서 니글리를 찾아 남쪽을 향해 잔디밭 위를 빠르게 기어갔다. 그렇게 45미터쯤 나아가다가 바닥에 널브러진 사람의 몸뚱이를 양손과 양 무릎으로 타고 넘어갔다. 사내였다. 이미 피가 식기 시작한 시체. 군청색 양복, 흰 와이셔츠, 부러진 목.

"니글리?" 리처가 나직이 속삭였다.

"여기예요." 그녀가 역시 속삭이는 목소리로 대답했다.

그녀는 6미터 떨어진 곳에 한쪽 팔꿈치로 상체의 무게를 지탱한 채 옆으로 누워 있었다.

"괜찮은 거야?" 그가 물었다.

"기분만 좋은 걸요."

"다른 한 놈은?"

"당신 뒤쪽에 있어요." 그녀가 말했다. "오른쪽 뒤."

리처가 몸을 한 바퀴 돌렸다. 비슷한 몸집의 사내, 똑같은 양복, 똑같은 와이셔츠, 똑같은 치명상.

"문제는 없었어?" 리처가 물었다.

"간단했어요." 그녀가 말했다. "그리고 당신보다 조용하게 처리했고. 당신 박치기 소리가 여기까지 들리더군요."

두 사람은 어둠 속에서 서로의 주먹을 맞부딪쳤다. 오래된 의식이었다. 그리고 그녀가 자발적으로 허용하는 최대한의 신체적 접촉이었다.

"라메이슨은 우리가 철책 밖에서 안을 들여다보고 있는 줄 알아." 리처가 말했다. "그놈이 협상을 제안하더군. 우리가 순순히 항복하면 일주일만 가둬 두었다가 모든 게 잠잠해지면 네 사람 모두 풀어 주겠다는군."

"우리가 어린애인 줄 아나 보죠."

"내가 해치운 녀석 중에 하나가 데이비드의 세라믹 너클을 갖고 있었어."

"불길한 예감이 드네요."

"두 사람은 살아 있어, 아직까지는. 내가 그들이 살아 있다는 증거를 제시하라고 요구했어. 그놈이 우리만 그 답을 알 수 있는 질문을 하라더군. 그래서 110특수부대에 배속되기 전에 근무했던 부대를 물어보라고 했어. 딕슨은 53헌병대, 그리고 오도넬은 131헌병대라고 대답했대."

"그건 말이 안 되잖아요. 53헌병대는 존재하지 않아요. 그리고 오도넬은 후반기 교육대를 수료하자마자 곧장 110특수부대로 배속됐고."

"두 사람이 우리에게 암호로 메시지를 전달한 거야." 리처가 말했다. "53은 소수야. 칼라는 내가 그 암호를 충분히 풀 수 있다고 생각한 거지."

"어떤 메시지죠?"

"5와 3을 더하면 8. 그녀는 적의 병력이 여덟 명이라는 얘길 하고 있는 거야."

"그럼 이제 넷이 남은 거네요. 레닉스, 파커, 라메이슨, 거기다 또 한 명. 그 한 명은 누굴까요?"

"그게 데이비드의 메시지야. 그는 단어지향적인 친구야. 131, 열셋과

하나. 알파벳의 열세 번째 철자와 첫 번째 철자."

"M과 A네요." 니글리가 말했다.

"모니Mauney." 리처가 말했다. "커티스 모니도 여기 함께 있단 얘기지."

"그거 참 잘됐군요." 니글리가 말했다. "그자를 나중에 따로 사냥할 수고를 덜 수 있게 됐으니까요."

두 사람은 다시 한번 주먹을 맞부딪쳤다. 그때 휴대폰들이 울리기 시작했다. 크고 높고 끈질기게. 두 대의 휴대폰, 서로 다른 벨소리, 서로 엇갈리는 박자. 니글리가 해치운 두 사내의 주머니. 리처의 판단으론 45미터 떨어진 곳에서도 같은 상황이 벌어지고 있을 게 틀림없었다. 또 다른 시체 두 구, 또 다른 호주머니 두 개, 또 다른 휴대폰 두 대. 다자간 통화 모드. 라메이슨이 두 개의 순찰조와 교신을 시도하고 있는 중이었다.

전혀 예상치 못했던 일.

두 대의 휴대폰은 각각 여섯 번씩 울려대다 조용해졌다. 주위엔 다시 적막이 내려앉았다.

"자네라면 이제 어쩌겠어?" 리처가 물었다. "자네가 라메이슨이라면 말이야."

니글리가 말했다. "남은 병력을 크라이슬러에 나눠 태워야죠. 차를 동원한 사냥. 헤드라이트를 밝게 켜고 잠입한 두 사람을 수색하는 거예요. 1분 안에 찾아내서 깔아뭉개 죽이는 거죠."

리처가 고개를 끄덕였다. 걷는 사람에겐 상당히 넓게 느껴질 수도 있는 공간이었다. 하지만 차에 타고 있는 사람에겐 아주 좁은 공간일 수밖에 없었다. 아무리 한밤중이라 한들 그 공간에서 걸어 돌아다니는 침입자 둘을 헤드라이트 불빛을 앞세운 차량 네 대를 동원해서 사냥하는 건 어항 속에

든 금붕어를 낚는 거나 마찬가지였다. 리처는 그 상황을 잠시 눈앞에 그려 보았다. 수색에 나선 세 대의 크라이슬러들. 마침내 그 헤드라이트 불빛에 포착된 자신의 모습. 부신 눈을 한 손으로 가리고 이쪽저쪽으로 정신없이 도망다니는 그를 악착같이 쫓아오는 크라이슬러 한 대. 동시에 포위망을 좁혀 오는 다른 두 대.

그가 철책에 흘깃 눈길을 주었다.

"맞아요." 니글리가 말했다. "저 철책은 들어오지 못하게도 하지만 나가지도 못하게 해요. 우린 당구대 위에 놓인 당구공 두 개 신세예요. 이제 실내에 불이 환하게 켜지고 선수들이 큐대를 들 거예요."

"만약 우릴 찾지 못한다면 놈들은 어떻게 할까?"

"어떻게 우릴 못 찾겠어요?"

"만약이라는 것도 있으니까 말이야."

니글리가 어깨를 한 번 으쓱한 뒤 말했다. "어떻게든 밖으로 빠져나갔다고 생각하겠죠."

"그다음엔?"

"잔뜩 겁에 질린 상태일 테니 거기에 걸맞은 행동을 하겠죠."

"어떤 행동?"

"일단 칼라와 데이비드를 죽일 거예요. 그러곤 어딘가에 틀어박히겠죠."

리처가 고개를 끄덕였다.

"내 생각도 그래." 그가 말했다.

다음 순간 그가 벌떡 일어나서 달리기 시작했다. 니글리도 즉시 그 뒤를 쫓아갔다.

76

리처는 곧장 헬리콥터를 향해 달려갔다. 벨 222는 멀리서 비치는 도시의 불빛을 받아 몸체를 희게 번뜩이며 55미터 전방에 서 있었다. 니글리도 그의 옆에서 함께 달렸다. 끈기 있게 보조를 맞춰 주며. 리처는 단거리 달리기에 적합한 사람이 아니었다. 너무 무거웠고 너무 느렸다. 게다가 지금은 주머니와 허리춤에 온갖 물건들을 쑤셔 넣고 꿰찬 상태였다. 보통 대학 운동선수라면 55미터 거리를 6초 내지 7초면 주파할 것이다. 니글리도 제대로 달렸다면 8초면 충분했을 것이다. 하지만 리처는 거의 15초가 걸렸다. 어쨌든 헬리콥터까지 가기는 갔다. 그가 도착하는 것과 거의 동시에 본관 출입문이 활짝 열리며 빛줄기와 함께 사내들이 몰려 나왔다. 리처는 헬리콥터를 끼고 왼쪽으로 돌아서 사내들로부터 몸을 숨겼다. 니글리도 그의 옆에 바짝 붙었다. 사내들은 모두 셋이었다. 그들의 급한 걸음걸이는 주차장을 향하고 있었다. 파커와 레넉스, 그리고 라메이슨. 다들 서두르는 기색이 역력했다. 리처와 니글리는 그들로부터 사각을 유지하기 위해 손끝으로 벨의 불룩한 동체를 짚으며 시계 방향으로 조금씩 이동했다. 손끝으로 축축하고 차가운 감촉이 전해졌다. 밤새 길거리에 세워 놓은 차체를 짚은 느낌과 똑같았다. 코끝으로는 석유 냄새가 풍겨 왔다.

25미터 떨어진 곳에서 세 대의 크라이슬러에 시동이 걸렸다. 육중한

V-8 엔진 소리가 밤의 적막을 깨고 무겁게 울려 퍼졌다. 기어가 들어가고 곧이어 세 쌍의 헤드라이트가 켜졌다. 투명할 정도로 하얗고 윤곽과 초점이 분명한 여섯 개의 빛줄기가 일직선으로 쏘아져 나왔다. 그 빛은 한 쌍씩 차례차례 더욱 강력해졌다. 하이빔 모드로 전환된 것이다. 헤드라이트보다는 조명등에 더 가까웠다. 원뿔 모양의 눈부신 조명등들이 위아래로 흔들리기 시작했다. 사냥이 시작된 것이다. 리처와 니글리는 벨의 길고 뾰족한 앞머리를 돌아서 동체 반대편에 몸을 밀착시켰다. 세 대의 크라이슬러는 주차장을 꼭짓점으로 삼고서 부채꼴로 퍼져 나간 다음 각자 좋을 대로 방향을 바꿔 가며 부지 안을 만만치 않은 속도로 돌아다니기 시작했다.

그들이 네 구의 시체를 모두 찾아내기까지는 채 10초도 걸리지 않았다. 헤드라이트 불빛을 통해 조무래기들의 죽음을 확인한 그들은 더욱 적극적으로 수색을 펼치기 시작했다. 속도를 내서 휘젓고 다니는 크라이슬러들의 헤드라이트 불빛 때문에 전체 부지에 환히 불이 밝혀진 것 같았다.

"여기 이대로 있다간 위험해요." 니글리가 말했다. "저자들이 곧 우리 쪽으로 올 거예요. 그럼 우린 마치 할리우드 원형극장 무대에 올라선 것처럼 눈부신 조명을 받게 되겠죠."

"시간 여유가 얼마나 있을까?"

"철책들을 꼼꼼히 살피면서 다가올 테니까 한 4분쯤?"

"지금부터 시간을 재도록." 리처가 말했다. 그러곤 곧장 헬리콥터를 짚고 있던 손에 힘을 주고 밀어서 자세를 바로 세운 뒤, 본관 건물을 향해 달려갔다. 35미터, 10초. 출입문은 약간 벌어져 있었다. 그 벌어진 틈새만큼 불빛이 새어 나와 문 앞에 길쭉한 빛의 연못을 그리고 있었다. 리처는 잠시 호흡을 가다듬고 나서 소리 없이 문 안으로 들어갔다. 그의 한 손은 주머니 속으로 들어가 글록을 움켜쥐고 있었다. 아무도 보이지 않았다. 안에 있던 자들이 모두 빠져나온 것 같았다. 좁은 로비의 왼쪽 벽은 통유리였다. 그 통유리 건너편이 작업장이었다. 작업대들이 열을 지어 늘어서 있는 천장엔 먼지를 빨아들이기 위해 복잡한 구조의 배기 장치들이 설치되어 있었고 바닥엔 정전기를 방지하기 위해 격자무늬의 금속판이 깔려 있었다. 통유리벽에 설치된 여닫이문은 열려 있었고 그 문을 통해 온기를 품은 실리콘 냄새가 풍겨 나왔다. 오른쪽은 원래는 작업장처럼 터져 있던 공간을 가로, 세로 각각 2.5미터에 어른 키 높이쯤 되는 합판들을 사용해서 칸막이를 한 사무실들이 늘어서 있었다. 첫 번째 사무실 문 위에 '에드워드 딘'이라는 명패가 붙어 있었다. 리틀 윙을 개발한 기술자. 현재는 품질 감독관. 그 옆 사무실 문 위에 적힌 이름은 '마거릿 베런슨'이었다. 교과서 같은 여자. 공장 직원들을 현장에서 별도로 관리하는 모양이었다. 그다음엔 토니 스완의 사무실이었다. 그다음 사무실 문 위엔 앨런 라메이슨의 명패가 붙어 있었다.

문은 열려 있었다.

리처는 숨을 한 번 깊게 들이마셨다. 주머니에서 글록을 빼들었다. 안으로 두어 걸음 걸어 들어가서 멈춰 섰다. 가로, 세로 각각 2.5미터의 정사각형 공간. 책상, 의자, 간이 벽, 전화기 몇 대, 서류함 몇 개, 서류 더미, 메모첩들.

여느 사무실과 다를 게 없는 풍경이었다. 커티스 모니가 책상 뒤에 앉아 있는 것 말고는.

니글리가 어느새 따라 들어왔다.

"60초 경과." 그녀가 말했다.

모니는 전혀 움직이지 않고 그대로 앉아 있었다. 그의 얼굴에는 체념한 사람들 특유의 무심한 표정이 떠올라 있었다. 앞서 받았던 시한부 선고와 마찬가지 내용일 게 빤한 두 번째 진단 결과를 기다리고 있는 사람의 표정. 그는 마치 교미 중인 암수 꽃게 형상으로 깍지 낀 두 손을 책상 위에 얹고 있었다.

"라메이슨은 내 수사 파트너였소." 변명하듯 그가 말했다.

리처가 고개를 끄덕였다.

"악당끼리의 의리." 그가 말했다. "그거 아주 엿 같은 거지. 안 그래?"

아주 견고해 보이는 진회색의 샘소나이트 가방 하나가 책상 옆 벽에 비스듬히 기대어져 있었다. 큰 가방이 아니었다. 공항에서 여행객들이 운반하느라 쩔쩔매는 대형 가방은 아니었다. 하지만 그다지 작은 것도 아니었다. 기내에 들고 탈 수 있는 가방이 아니었다. 잠금장치 옆에 이니셜이 적힌 스티커가 붙어 있었다.

A. M.

"70초 경과." 니글리가 말했다.

모니가 물었다. "이제 어떻게 할 작정이오?"

"네놈을?" 리처가 물었다. "아직 결정한 바 없어. 당장은 어쩌지 않을 테니 안심해."

니글리가 모니의 얼굴에 총구를 겨눴다. 리처는 책상 옆으로 다가가 무릎을 꿇고 가방을 바닥에 눕혔다. 잠금장치를 풀려고 했지만 잠겨 있었다. 글록을 내려놓고 양손의 검지를 각각 양쪽 잠금장치의 돌출 부위에 꼬부려 건 다음 엄지손가락으로 밑을 받치고 어깨까지 오므려 가며 힘껏 잡아당겼다. 리처 대 가방 잠금장치 한 쌍. 상대가 되지 않는 게임이었다. 잠금장치들은 즉시 부서졌다.

그가 뚜껑을 열었다.

"80초 경과." 니글리가 말했다.

"월급날이군." 리처가 말했다.

가방 속은 화려한 문양이 새겨진 보증서들과 외국은행 직인이 찍힌 밀봉된 편지들, 그리고 리처의 손에서 제법 묵직하게 느껴지는 끈 달린 스웨이드 가죽 주머니들로 가득했다.

"6,500만 달러." 니글리가 리처의 어깨 너머로 가방 속을 들여다보며 말했다.

"어림잡아서." 리처가 말했다.

"90초 경과." 니글리가 말했다.

리처가 모니를 향해 고개를 돌리고 물었다. "이 가운데 네 몫은 얼마지?"

"약간." 모니가 말했다. "내 생각엔 많지는 않을 거요."

리처가 보증서와 봉투들을 추린 뒤 여러 번 접어서 니글리에게 건넸다. 이어서 스웨이드 가죽 주머니들도 그녀의 손으로 건너갔다. 니글리는 그것들을 받아드는 족족 주머니에 집어넣었다. 리처가 텅 빈 채 입을 벌리고 있는 가방은 바닥에 그대로 내버려두고 권총만 집어 들고 일어섰다. 그가 모니를 향해 몸을 돌렸다.

"틀렸어." 그가 말했다. "네 몫은 없어."

"2분 경과." 니글리가 말했다.

"당신 친구들이 이곳에 있소." 모니가 말했다.

"나도 알고 있어." 리처가 말했다.

"라메이슨은 내 수사 파트너였소."

"좀 전에도 말했잖아."

"그냥 한 번 더 얘기하고 싶었소."

"여기 사람들이 당신을 알고 있나?"

"난 전에도 여기 온 적이 있었소. 아주 여러 번."

"전화기를 들어."

"거부한다면?"

"네놈 머리에 구멍을 낼 거야."

"전화기를 들든 안 들든 그렇게 할 거잖소."

"당연하지." 리처가 말했다. "너는 내 친구들을 여섯 명씩이나 죽음의 구렁텅이에 몰아넣었어. 그 가운데 네 명은 영영 빠져나오지 못했고."

모니가 고개를 끄덕였다.

"난 이렇게 끝나게 될 줄 알았소." 그가 말했다. "병원에서 당신을 잡지 못했을 때."

"LA의 교통 체증을 원망해." 리처가 말했다. "그게 상황을 이렇게 만들었으니까."

"2분 15초." 니글리가 말했다.

모니가 물었다. "지금 협상을 하자는 거요?"

"전화기를 들어!"

"그러고 나선?"

"정문 초소의 경비원에게 지금부터 정확히 1분 뒤에 문을 열라고 말해."

모니가 머뭇거렸다. 리처가 글록의 총구를 모니의 관자놀이에 들이댔다. 모니가 전화기를 들었다. 번호를 눌렀다. 리처가 두 귀에 신경을 모았다. 전화선 저편에서 울리는 벨소리가 수화기를 통해 들렸다. 크라이슬러들이 90미터가량 떨어진 곳에서 돌아다니는 소리도 들렸다. 35미터 떨어진 경비 초소에서 울리는 먹먹한 벨소리까지 들렸다. 상대편에서 전화를 받았다.

모니가 말했다. "나 커티스 모니요. 지금부터 정확히 1분 뒤에 정문을 여시오."

그가 전화를 끊었다. 리처가 니글리를 향해 돌아섰다.

"내가 자네 대장이 맞나?"

"그럼요." 그녀가 말했다. "대장님."

"그럼 지금부터 내 말을 명심해서 듣도록." 그가 말했다. "1분 뒤에 정문이 열린다. 우린 밖에 세워 놓은 차를 향해 달린다. 죽을힘을 다해 달려서 여길 빠져나가는 거다."

"그다음은요?" 그녀가 물었다.

"나중에 다시 여길 찾아오는 거다."

"시간상으로 가능할까요?"

"지금 당장 뛰기 시작한다면 충분히 가능하다. 그러니 죽자고 달려야 한다. 놈들은 이미 차에 타고 있는 상태니까. 자네의 달리기는 나보다 훨씬 빠르다. 따라서 난 자네 뒤로 처질 거다. 하지만 나를 기다리지 마라. 무조건 달려야 한다. 절대 날 챙기려 하지 마라. 뒤조차 돌아보지 마라. 단 1미터도 지체해서는 안 된다. 물론 나도 열심히 뛰겠다."

"알았어요." 그녀가 말했다. "3분 경과."

리처가 모니의 멱살을 잡고 자리에서 일으켜 세웠다. 책상 뒤, 사무실

문, 복도, 본관 출입문, 그리고 밖으로 1미터를 나설 때까지도 모니의 멱살을 쥔 손을 풀지 않았다. 물에 젖은 재 냄새가 코끝에 짙게 풍겨 왔다. 세 대의 크라이슬러는 아직 멀리 있었다. 교도소 배경의 영화에 나오는 서치 라이트처럼 헤드라이트 빛줄기들이 살벌한 철책들 곳곳을 번갈아가며 훑어대다가 좁은 원을 그리며 잡초 밭 위를 맴돌기를 반복하고 있었다.

"총소리가 출발 신호다." 리처가 니글리에게 말했다.

그의 눈길은 초소 부근에 고정되어 있었다. 경비원이 초소 안에서 움직이는 걸 보았다. 문짝 위에 똬리를 틀고 있는 철조망이 흔들리는 걸 보았다. 바퀴들이 철제 레일 위를 서서히 굴러가며 연신 울려대는 날카로운 금속성의 비명 소리를 들었다. 그가 글록의 총구를 모니의 관자놀이에 대고 방아쇠를 당겼다. 모니의 두개골이 터져 나가는 것과 동시에 발지지대를 박차고 출발하는 단거리 선수들처럼 니글리와 리처는 전속력으로 내달리기 시작했다. 아니, 둘 다 그런 건 아니었다.

첫 발이 땅에 채 닿기도 전에 니글리가 앞서 나가기 시작했다. 리처는 첫 발을 제자리에 내려놓고 돌처럼 멈춰 서서 그녀의 뒷모습을 지켜보았다. 그녀는 경비 초소 주변에 펼쳐진 빛의 연못을 암사슴처럼 날렵하게 뛰어 건너서 채 다 열리지 않은 정문 틈새로 요령 있게 빠져나간 다음 곧장 거리의 어둠 속으로 사라졌다.

그제야 리처는 몸을 돌리고 그녀와 반대 방향으로 달려 나갔다. 15초 뒤, 그는 본관 건물에 진입하기 전의 위치에 돌아가 있었다. 벨 222의 길고 뾰족한 앞머리 뒤편.

77

어쩌면 그들도 정문을 빠져나가는 니글리의 뒷모습을 보았을 수도 있었다. 그랬다면 그들은 리처가 그녀보다 앞서서 달려 나갔다고 판단했을 것이다. 아니면 열리고 있는 정문을 보았거나 움직이는 소리를 들은 것뿐일 수도 있었다. 어쨌든 총소리는 틀림없이 들었을 것이다. 나머지 상황은 그 소리가 설명해 주었을 것이다. 단 하나, '전혀 예상치 못한 함정'만 빼고. 그들은 리처의 미끼를 덥석 물었다. 즉각적인 반응을 보였다. 세 대의 크라이슬러가 일제히 정문 쪽으로 방향을 돌리면서 내는 브레이크와 바퀴들의 마찰음이 밤공기를 찢었다. 이어서 덜컹덜컹 정문을 향해 전속력으로 달려가는 서슬에 밤하늘 가득 먼지가 피어올랐다. 코너를 도는 경주용 차량들처럼 꼬리를 털어 가며 정문을 통과한 크라이슬러들의 헤드라이트 불빛 때문에 밤거리가 대낮처럼 환해졌다. 리처는 그 빛무리가 아스라이 사라진 뒤에도 조용히 서서 기다렸다. 마침내 다시 밤의 적막이 내려앉고 그의 두 눈이 다시 어둠에 익숙해지자 그는 속으로 열까지 센 뒤 벨 222의 오른쪽 측면을 따라 천천히 걸음을 옮겼다. 조종석 문을 그냥 지나친 뒤 뒷문 앞으로 다가가 손잡이를 잡았다.

시험 삼아 힘을 주어 보았다. 잠겨 있지 않았다.

어깨 너머로 고개를 돌려 조종사 사무실을 바라보았다. 아무 기척이 없었다. 손잡이를 아래쪽으로 비틀었다. 걸쇠가 풀렸다. 문이 열렸다. 널찍한 금속 문짝이 저항 없이 스르륵 미끄러지며 열렸다. 칸막이 밴의 옆문을 열 때와 비슷한 느낌이었다. 사실 그는 비행기의 문짝과 같은 느낌일 거라고 생각했었다. 하지만 아니었다. 전혀 무겁지 않았고 공압식 개폐 장치도 없었다.

그는 60센티미터가량의 틈을 유지하도록 문짝을 한 손으로 붙들고 다른 한 손을 지렛대 삼아 헬리콥터에 올라탔다. 안쪽에서 문을 닫는 것도 수월했다. 한 번 힘주어 당기니 스르르 끌려와서 딸깍 소리와 함께 완전히 닫혔다. 이제 밀폐된 헬리콥터 내부에서 리처는 자세를 낮추고 창문을 통해 조종사 사무실을 살폈다.

아무 기척이 없었다. 그는 어둠 속에서 웅크린 자세를 유지한 채 몸을 한 바퀴 돌린 뒤 바닥에 무릎을 꿇고 앉았다. 안에서 본 벨 222는 몸통 부분이 부풀어 오른 미니밴 같았다. TV 광고에 나오는 열성 엄마들의 밴보다 좀 더 넓었고 좀 더 길었다. 각은 훨씬 완만했고 그만큼 각 부분의 너비와 높이에 차등이 있었다. 앞쪽과 뒤쪽은 몸통 부분에 비해 사뭇 좁았다. 몸통 부분도 바닥은 넓었다가 어깨 높이 정도에서 천장까지는 점차 좁아졌다. 원래는 좌석 일곱 개가 들어가는 구조였다. 조종 공간에 두 개, 중앙에 세 개, 맨 뒤에 두 개. 하지만 가운데 세 개를 통째로 들어낸 모양이었다. 남아 있는 네 개의 좌석들은 모두 등받이가 높고 기울기가 조절되는 두툼한 가죽 제품들이었다. 머리받침대와 팔걸이, 그리고 안전벨트도 부착되어 있었다. 「스타 트렉」 우주선의 선장 의자 같았다. 내벽을 치장한 소재는 허리 높이까지는 검은 융단이었고 그 위부터는 큰 마름모꼴로 누빈 검정색 비닐이었다. 그럴듯한 배합이었다. 하지만 약간 촌스러웠다. 구식 모델을 리스한 것 같았다. 실내에는 항공 연료 냄새가 옅게 배어 있었다.

뒷좌석 뒤에 여유 공간이 있었다. 미니밴의 트렁크 공간과 흡사한 구조였다. 넓지는 않았다. 그래도 충분할 것 같았다. 그가 좌석의 기울기 조절레버를 찾아서 등받이들을 앞으로 젖혔다. 그걸 타고 넘어 들어가 옆으로 비비고 앉았다. 등은 실내벽에 바짝 기대고 두 다리는 반대쪽으로 쭉 뻗은 자세였다. 그렇게 앉은 채 허리춤에 꽂고 있던 시그 두 자루를 뽑아서 무릎 옆에 내려놓았다. 이어서 상체를 앞으로 숙이고 팔을 뻗어서 좌석 등받이들을 원상태로 복구시켰다. 다시 벽에 등을 기대고 앉은 다음에는 머리와 등받이의 높이를 가늠해 보았다.

보이지 않을 것 같았다. 그의 은밀한 동승이 들킬 염려는 없었다. 그가다시 고개를 빼들었다. 이슬 맺힌 객실 유리창들을 통해서 보이는 건 형체없는 암흑뿐이었다. 마치 전원이 꺼진 TV 스크린을 들여다보고 있는 것 같았다. 밀폐된 공간인 데다 카펫과 비닐의 방음 효과가 상당해서 소리조차 제대로 들을 수 없었으니 밖의 기척을 알 도리가 없었다. 그냥 움직이지 않고 기다리는 수밖에 없었다.

그래서 기다렸다.

5분.

10분.

김 서린 유리창이 밝고 어두워지기를 반복하기 시작했다. 차들이 돌아오고 있는 것이다. 크라이슬러들이 덜컹이고 방향을 바꾸는 것을 따라 유리창엔 너울거리는 빛무리와 칙칙한 그림자가 번갈아 수놓아졌다. 그러다가 어느 순간 유리창 전체가 빛으로 꽉 들어찼다. 잠시 그 상태가 유지되더니 이내 다시 암흑이 되었다. 차들이 주차장에 멈춰 섰고 뒤이어 헤드라이트들이 꺼진 것이다.

리처는 두 귀에 신경을 모았다. 느릿느릿한 발자국 소리와 낮게 웅얼거리는 소리가 마치 멀리 떨어진 곳에서 나는 것처럼 먹먹하게 들려왔다. 동요와 불안. 절대 승전보는 아니었다.

사냥은 끝났다. 아무런 성과도 없이.

리처는 계속 기다렸다.

78

꼼짝 않고 기다리고 있으려니 몸이 으슬으슬해지고 여기저기가 저려 오기 시작했다. 리처는 35미터 밖의 상황을 머릿속에 그려 보았다. 본관 출입문 앞에는 널브러진 모니의 시체, 사무실 바닥에는 텅 빈 샘소나이트 가방, 토론, 논쟁, 추측, 혼란, 걱정, 공포.

좌석 등받이가 그의 뺨에 닿을 듯 가까웠다. 가죽 냄새가 솔솔 풍겨 왔다. 보통 때 같았으면 심각한 공황상태에 빠졌을 것이다. 그는 갇히는 게 싫었다. 폐쇄공포증. 리처도 두려워하는 게 있었다. 하지만 다행히 지금은 다른 생각에 마음을 뺏긴 상태였다.

기다렸다. 길고 긴 20분이 흘러갔다.

드디어 문이 열렸다. 앞문이었다. 누군가 올라탔다. 헬리콥터 동체가 그 하중을 흡수하느라 약간 흔들리며 밑으로 꺼졌다가 다시 원상태로 돌아왔다. 문이 닫혔다. 좌석이 삐걱거렸다. 안전벨트가 채워졌다. 스위치들이 켜졌다. 수십 개는 될 것 같은 조종석 보드의 각종 계기판들에 희미한 오렌지색 불이 들어오면서 천장에 그림자들이 너울거렸다. 연료 펌프가 은은한 소음을 울리며 작동하기 시작했다. 리처는 허리를 숙이고 고개를 꺾어서 두 좌석 사이의 빈틈에 한쪽 눈을 들이댔다. 조종사의 가죽 재킷 소매 한쪽이 보였다. 그게 전부였다. 큼지막한 조종석 등받이에 가려 그자의 나머지 부분은 보이지 않았다. 그의 손이 계기판들 위에서 춤추듯 움직이고 있었다. 하나하나 상태를 점검하는 모양이었다. 마치 주문을 외듯 비행에 필요한 모든 기계적 절차를 차례로 암송하면서.

리처가 다시 등을 벽에 기댔다. 순간 엄청난 소음이 고막을 강타했다. 압축공기의 순간적인 폭발음과 총성의 중간쯤 되는 강도였다. 그 소리는 연속해서 들려왔다. 갈수록 간격도 급해졌다. 회전날개를 작동시키는 시동 장치. 바닥이 흔들렸다. 이어서 본격적으로 엔진이 가동되고 기어가 제자리에 물렸다. 회전날개는 어느새 휩휩 소리를 내며 육상 모드로 빠르지 않게 돌아가고 있었다. 그 장단에 맞춰 동체가 춤을 추듯 들썩거렸다. 구동축의 회전이 점점 빨라지면서 시끄럽게 두들겨대는 소리가 실내를 가득 채웠다. 밖에서는 엔진에서 빠져나가는 배기가스 소리가 귀에 거슬리도록 높아지고 있었다. 리처는 시그들이 바닥에서 튀지 못하도록 다리로 누른 뒤 주머니에서 글록을 뽑아 손에 쥔 채로 바닥에 내려놓았다.

기다렸다.

1분 뒤, 뒷문이 활짝 열렸다. 바깥의 소음이 한꺼번에 쏟아져 들어왔다. 뒤이어 코를 찌르는 석유 냄새가 밀려 들어왔다. 그다음엔 칼라 딕슨이었다. 리처가 고개를 살짝 틀었다. 그녀가 짐짝처럼 머리부터 안으로 내던져지는 걸 보았다. 바닥에 떨어진 그녀는 옆으로 돌아누웠다. 리처에게 등을 보인 자세였다. 그 등 뒤로 양 손목이 묶여 있었다. 양 발목도 묶여 있었다. 사이잘삼으로 만든 줄이었다. 리처가 마지막으로 그녀의 누운 모습을 본 건 베이거스 호텔 방, 그의 침대 위에서였다.

2분 뒤, 두 번째 짐짝이 실렸다. 오도넬이었다. 딕슨과는 반대로 다리부터 들어왔다. 그녀보다 훨씬 크고 무거웠기에 그만큼 바닥에 부딪히는 충격이 컸을 것이다. 하지만 그는 신음소리 한 번 흘리지 않고 몸뚱이를 굴려 딕슨 옆에 자리를 잡았다. 그 역시 양 손목과 양 발목이 묶인 상태였다. 묶인 방식도 똑같았다. 여지없는 나무토막들이었다. 줄을 풀어 보려고 부질없이 안간힘을 쓰는 통에 조금씩 흔들리고 있는 두 개의 나무토막.

잠시 후, 동체가 두 번 연속해서 출렁거렸다. 레닉스와 파커였다. 그들은 문을 닫고 나서 뒷좌석에 털썩 주저앉았다. 무게에 밀린 등받이가 리처의 뺨에 닿았다. 그는 반대쪽 구석으로 고개를 한껏 돌렸다. 짧게 깎은 머리가 카펫에 쓸렸다.

프로펠러는 계속해서 휩휩거리며 지상 모드로 돌고 있었다. 그 진동을 흡수한 완충 장치 때문에 헬리콥터의 바퀴들이 번갈아가며 지상에서 3센티미터가량씩 떴다 내려앉기를 반복했다.

리처는 기다렸다.

마침내 조종실 조수석 문이 활짝 열렸다. 라메이슨이었다. 좌석에 올라앉은 그가 말했다. "가자."

터빈이 돌아가는 소리가 들렸다. 지속적인 진동이 실내에 차오르는 걸 느꼈다. 느긋했던 프로펠러의 회전 소리가 급박한 연타음으로 바뀌는 걸 들었다. 다음 순간 몸이 가볍게 느껴졌다.

이륙.

리처는 바닥이 그를 향해 올라오는 것 같은 착각을 느꼈다. 바퀴들이 홈 속으로 거둬들여지는 소리를 들었다. 상승은 그의 생각보다 오랫동안 계속됐다. 그러다 어느 순간 바닥이 앞으로 기울어졌다. 비행고도에 오른 벨 222가 본격적으로 날아가기 위해 기수를 숙인 것이다. 몸뚱이가 미끄러져서 좌석 등받이에 부딪히지 않도록 리처는 활짝 편 양 손바닥으로 바닥과 벽을 짚고 버텼다. 어느새 엔진의 소음이 먹먹한 진동음으로 바뀌어 있었다. 헬리콥터 특유의 흔들리며 가는 비행이 시작됐다. 시계추 여행. 군 시절에 수도 없이 해봤던 여행이었다. 대부분 바닥에 앉아서.

익숙한 경험이었다. 그래서 지금도 그다지 불편하진 않았다.

79

리처의 머릿속 시계에 따르자면 비행은 정확히 20분 동안 계속됐다. 그의 예상과 얼추 맞아떨어지는 시간이었다. 그가 군에 있을 때는 휴이 시리즈 헬기가 주력 기종이었다. 벨 222에 대해서는 잘 모르지만 그때로부터 세월이 상당히 흘렀고 더구나 민간 기업에서 사용하는 헬기이니 아무리 중고 리스라고 해도 휴이 기종들보다는 성능이 우수할 것 같았다. 군용 AH-1이었다면 20분 이상 걸렸을 것이다. 검은 가죽 시트에 카펫이 깔린 헬기라면 그 몇 분을 단축하는 건 너무나 당연할 것 같았다.

그 20분 내내 리처는 고개를 푹 수그리고 있었다. 수백만 년 전에 DNA에 새겨진 동물적 본능이다. 지금도 개나 어린아이들은 그 본능을 잊지 않고 있다.

'내가 그들을 볼 수 없으면 그들도 나를 보지 못하겠지.'

그래도 팔과 다리는 소리 나지 않게 아주 조금씩이나마 쉬지 않고 움직였다. 관절과 근육이 뻣뻣해져서는 안 될 일이었다. 더 이상 춥지는 않았다. 엔진의 소음이 크긴 했지만 요란하지는 않았다. 프로펠러의 소음과 기체를 스치는 바람소리는 단조롭게 지속될 뿐 귀에 거슬리지 않았다. 대화는 없었다. 아무 얘기도 없었다. 누구의 입에서든 단 한 마디도 나오지 않았다.

20분간의 비행이 끝날 때까지.

어느 순간 헬리콥터가 속력을 늦췄다. 리처의 느낌만이 아니었다. 바닥이 수평을 이뤘다가 이번엔 뒤쪽으로 3도가량 기울어졌다. 헬리콥터의 기수가 들렸기 때문이었다. 기체가 왼쪽으로 약간 돌았다. 고삐가 당겨진 말처럼. 엔진의 소음이 높아졌다. 사람들의 움직임이 느껴졌다.

리처가 허리를 굽히고 좌석 사이의 틈새로 실내를 살펴보았다. 몸을 기울이고 유리창에 이마를 밀착시키고 있는 라메이슨의 모습이 보였다. 잠시 후 그의 몸이 반대쪽으로 기울어졌다. 리처는 그가 조종사와 나누는 대화를 들을 수 있었다. 아니, 어쩌면 들려온다고 상상을 한 것일 수도 있었다. 며칠 전, 프란츠의 부검 기록을 본 이후로 그의 머릿속에서 천 번은 되울렸던 대화였다. 귀가 아니라 머리로 알고 있는 대화.

"현재 위치는?" 라메이슨이 물었다. 리처의 머릿속에서. 아니, 실제로.

"황무지입니다." 조종사가 말했다.

"우리 아래에 뭐가 있지?"

"모래요."

"고도는?"

"900미터입니다."

"바람은?"

"잔잔합니다. 상승기류는 있지만 바람은 없습니다."

"안전한가?"

"항공학적으로는요."

"그럼 시작하자."

리처는 헬리콥터가 정지비행모드로 들어가는 것을 느꼈다. 엔진의 소음이 묵직하게 가라앉았고 프로펠러의 연타음은 훨씬 더 요란스러워졌다. 바닥이 회전을 멈추기 직전의 팽이처럼 역동감 없이 어질어질 돌기 시작했다. 라메이슨이 시트에 앉은 채 상체를 뒤로 돌리곤 레넉스와 파커에게 각각 한 번씩 고갯짓을 했다. 안전벨트 푸는 소리가 들렸다. 시트 등받이 맞은편에서 전해져 오던 무게감이 사라졌다. 짓눌려 있던 가죽 쿠션이 바람 들어가는 소리를 내며 원상태를 회복했고 억눌려 있던 스프링들이 금속성의 탄성을 올리며 다시 늘어났다. 등받이가 원상 복구되면서 리처도 3센티미터 정도의 소중한 여유 공간을 얻게 되었다. 계기판들의 오렌지색 불빛 말고는 어떤 조명도 없었다. 파커는 왼쪽, 레넉스는 오른쪽이었다. 두 사내 모두 낮은 천장을 의식해서 무릎은 굽히고 고개는 수그린 채 일어섰다. 돌아가는 바닥 위에서 중심을 잡기 위해 두 다리를 벌리고 양팔을 밖으로 뻗고 있는 엉거주춤한 자세였다. 자세야 어떻든 둘 중 하나는 처리하기 쉬울 것이고 나머지 하나는 좀 더 어려울 것이다. 둘 중 누가 문을 여느냐에 따라 결정될 문제였다.

레넉스였다.

그가 몸을 절반쯤 돌렸다. 안전벨트를 왼손으로 단단히 부여잡았다. 문을 향해 오른손을 쭉 뻗고 주춤주춤 옆걸음질을 쳤다. 문손잡이를 잡았다. 그걸 비틀면서 밀었다. 문이 절반쯤 열렸다. 바람과 소음이 한꺼번에 밀려들어왔다. 조종사가 상체를 틀어 어깨 너머를 돌아보면서 조종간을 돌렸다. 기체가 기울어졌다. 문짝이 제 무게에 의해 스르르 미끄러지며 활짝 열렸다. 조종사가 다시 조종간을 돌렸다. 수평을 되찾은 기체가 시계 방향으로 천천히 돌기 시작했다. 회전 에너지, 관성, 그리고 기압까지 감안해서 문짝의 열린 상태를 유지하는 노련한 조종술이었다. 여러 차례 해본 솜씨다웠다.

레너스가 원위치로 돌아왔다. 큰 덩치, 불그스레한 얼굴, 두둑한 살집, 고릴라 같은 자세. 왼손으론 여전히 안전벨트를 부여잡고 오른손은 쭉 뻗은 채 중심을 유지하기 위해 날갯짓을 하고 있었다.

리처가 상체를 수그리고 왼팔을 뻗었다. 손끝에 시트 기울기 조절 레버가 걸리자 엄지로 아래를 받치고 다른 두 손가락을 사용해서 비틀었다. 등받이가 앞으로 덜컥 기울어졌다. 레버에서 손을 떼고 등받이를 완전히 접었다. 허리를 틀고 글록을 쥔 오른손 팔뚝을 수평이 된 등받이 위에 걸쳤다. 한쪽 눈을 감았다. 레너스의 배꼽 위 3센티미터 되는 부분을 겨눴다.

방아쇠를 당겼다.

총소리는 주변의 소음에 묻혔다. 들리긴 했지만 도서관에서처럼 시끄럽지는 않았다. 총알은 레너스의 하복부를 관통했다. 1미터 거리에 9밀리 실탄이었으니 당연했다. 그래서 리처는 파커가 아니라 레너스를 쏜 것이다. 리처는 비행을 하는 게 전혀 두렵지 않았다. 하지만 그건 말짱한 헬리콥터를 타고 있을 때의 얘기였다. 만일 리처가 파커를 쐈다면 그의 복부를 관통한 유탄이 벨의 유압 장치나 전선을 맞힐 위험이 컸다. 하지만 레너스의 배를 뚫고 나간 총알은 활짝 열린 문밖의 허공 속으로 날아갔다.

레너스는 엉거주춤한 자세를 유지하고 있었다. 셔츠에 뚫린 구멍 주위로 꽃잎 같은 피 얼룩이 둥그렇게 영역을 넓혀가고 있었다. 침침한 오렌지색 불빛 아래여서 그저 까맣게만 보이는 꽃잎. 그의 왼손이 안전벨트를 놓고 허공을 할퀴어댔다. 오른손도 마찬가지였다. 처참하게 일그러진 얼굴로 무릎은 굽히고 고개는 숙인 채 중심을 유지하려고 안간힘을 쓰는 그의 등 뒤로 칠흑 같은 허공이 끝 모르게 펼쳐져 있었다. 거리는 고작 30센티미터.

　리처는 글록의 총구를 살짝 들어 올린 뒤 다시 방아쇠를 당겼다. 두 번째 탄환이 레넉스의 몸뚱이에 두 번째 구멍을 뚫었다. 이번에는 흉골이었다. 레넉스 정도의 나이와 몸집의 사내라면 뼈의 경화가 상당히 진행되어서 흉골이 1센티미터 두께의 석고 벽처럼 변해 있는 법이다. 9밀리 탄환은 물론 그 벽을 아주 쉽게 격파한다. 뼈를 조각내면서 몸속으로 뚫고 들어간 탄환이 등을 통해 빠져나오는 동안 그 운동에너지에 의해 몸이 뒤로 밀리게 된다. 가슴을 주먹으로 가격 당했을 때와 마찬가지다. 리처는 바로 그 효과를 노려 레넉스의 흉골을 쏜 것이다. 머리를 쐈다면 단번에 목숨은 뺏었겠지만 반드시 뒤로 쓰러진다는 보장이 없었다.

　하지만 리처의 예상과는 달리 흉골이 아니라 무릎이 레넉스의 쓰러질 자리를 결정지었다. 가슴에 총을 맞았지만 레넉스는 뒤로 밀려나지 않았다. 대신 몸의 각도가 수직에서 2도쯤 뒤로 넘어간 채 쪼그려 앉는 자세를 취했다. 키가 크고 몸집이 큰 사내였다. 게다가 마흔 살이었다. 무릎 관절도 경화가 진행되고 있는 나이였다. 90도를 넘어서 구부러지던 무릎이 더 이상 상체의 무게를 버티지 못하게 되자 레넉스는 뒤로 엉덩방아를 찧었다. 바로 문틀 위였다. 그 서슬에 무거운 머리와 어깨가 뒤로 젖혀졌고 무게 중심이 뒤로 이동한 그의 몸뚱이는 곧장 문밖의 어둠 속으로 떨어졌다. 리처가 마지막으로 본 건 레넉스의 신발 바닥이었다. 그것들은 서로 적당히 벌어진 채 마치 짧은 후회처럼 버둥거리다가 이내 나머지 몸뚱이를 따라 시야에서 사라졌다.

　좌석 등받이를 젖힌 시점에서부터 그때까지 2초도 안 되는 짧은 순간이었지만 리처에겐 삶을 두 번 산 것처럼 길게 느껴졌다. 프란츠와 오로스코의 삶. 갑자기 맥이 풀렸다. 하지만 이내 복수심이 다시 불타올랐다. 악을 응징하기 위해선 악당들보다 더 독해져야 한다. 이미 수순은 마련해 두었다. 모든 변수를 감안한 수순이었다. 하지만 헬리콥터의 다른 승객들은 그렇지 않았다. 느닷없는 리처의 등장과 공격에 넋이 나간 채 어떤 식으로든 반응할 엄두도 내지 못하고 있었다. 오도넬은 바닥에 묻고 있던 얼굴을 들려는 참이었다. 딕슨은 똑바로 누우려고 몸을 굴리려는 참이었다. 조종사는 뒤로 몸을 반쯤 돌린 자세를 유지한 채 손끝 하나 까딱하지 않았다. 파커는 엉거주춤한 자세 그대로 얼어붙어 있었다. 라메이슨은 레녹스가 사라져간 칠흑 같은 허공 어딘가를 응시하고 있었다. 방금 무슨 일이 일어난 건지 도무지 이해가 가지 않는다는 표정이었다.

리처가 몸을 일으켰다.

두 번째 등받이를 앞으로 접은 뒤 그걸 성큼 건너는 그의 모습은 악몽속의 유령과도 같았다. 거대한 형체가 갑자기 침침한 오렌지색 불빛 속에 모습을 드러냈으니 말이다. 그는 고개를 약간 수그린 채 가만히 서 있었다. 그래도 정수리가 천장에 꽉 끼었다. 거기다 두 다리를 1미터가량 벌리고 서 있었으니 안정적인 삼각형 구도라 중심을 잃을 염려는 없었다. 왼손에 쥔 시그와 오른손에 쥔 글록은 각각 파커와 라메이슨의 얼굴을 겨누고 있었다. 총신은 전혀 흔들림이 없었다. 리처의 얼굴엔 어떤 표정도 없었다. 프로펠러의 급박한 연타음이 계속해서 고막을 때렸다. 기체는 여전히 시계 방향으로 천천히 선회하고 있었다. 문은 활짝 열어젖혀진 채 소음과 바람, 그리고 석유 냄새를 고스란히 맞아들이고 있었다.

오도넬이 한껏 치켜든 고개를 리처 쪽으로 꺾었다. 그의 눈길이 리처의 부츠에 꽂혔다. 딕슨은 간신히 똑바로 누운 다음 다시 몸을 뒤채어 반대쪽 어깨를 깔고 누웠다. 이제 얼굴이 뒷좌석 쪽을 향한 자세가 됐다. 리처를 노려보는 조종사의 눈에 수상한 기색이 떠올랐다. 파커의 눈도, 라메이슨의 눈도 마찬가지였다.

절체절명의 위기였다.

앞을 향해 총을 쏠 수는 없었다. 중요한 항법 장치에 손상을 입힐 위험이 너무나 컸다. 총을 내려놓고 오도넬이나 딕슨을 풀어 줄 수도 없었다. 1미터 거리에 버티고 선 파커가 총을 뽑을 테니까. 그렇다고 그자를 먼저 맨손으로 때려눕힐 수도 없었다. 공간이 허락하지 않았다. 발을 옮길 여유조차 없었다. 오도넬과 딕슨이 바닥 전체를 차지하고 있었기 때문이다.

라메이슨은 아직 안전벨트를 매고 있었다. 조종사도 마찬가지였다. 조종사가 헬리콥터를 뒤채면서 밤하늘을 얼마간 날아다니기만 하면 뒤쪽에 있는 사람들은 모두 레넉스의 뒤를 따르게 될 것이다. 물론 파커까지 희생될 것이다. 하지만 라메이슨은 그 결단을 후회할 인간이 절대 아니었다.

그들이 상황을 파악할 때까지는 잠시 교착 상태가 지속될 것이다. 그들이 결단을 내리고 조종사가 조종간을 뒤흔든다면 그땐 모든 게 끝이다.

80

 그들은 상황을 파악하지 못했다. 결단을 내리지도 못했다. 그럴 짬이 없었다. 오도넬과 딕슨이 선수를 쳤기 때문이다. 오도넬이 고개를 있는 대로 젖히고 묶인 다리를 들어 올린 자세로 돌고래처럼 펄떡거려서 리처 쪽으로 15센티미터가량 이동했다. 딕슨은 그와 반대쪽으로 역시 15센티미터가량 몸을 굴렸다. 그들 사이에 30센티미터의 통로를 만든 것이다. 리처는 감사히 그 통로를 따라 몇 발자국을 옮겨서 파커 바로 앞으로 다가선 다음 시그 총부리로 그의 배를 힘껏 찔렀다. 헉 하는 신음과 함께 파커의 폐에서 공기가 빠져나왔다. 그의 허리가 접혔다. 그가 오도넬과 딕슨이 만들어 놓은 통로 위로 비척거리며 한 걸음을 내디뎠다. 본능적인 반응이었다. 리처는 투우사처럼 몸을 옆으로 세우며 파커를 피했다. 의도적인 반응이었다. 이제 파커의 등 뒤에 서게 된 리처가 한쪽 발을 들어서 파커의 엉덩이를 힘껏 밀었다. 파커는 남은 통로를 어쩔 수 없이 허우적거리며 나아간 뒤 곧장 문 바깥의 칠흑 같은 어둠 속으로 떨어졌다. 그의 비명 소리가 채 다 사라지기도 전에 리처는 왼팔로 라메이슨의 목을 휘어 감고 그 손에 쥔 시그의 총구를 조종사를 향해 겨눴다. 오른손에 쥔 글록의 총부리는 라메이슨의 목 뒤 오목한 부분에 찔러 넣었다.

 그러고 나선 모든 게 수월해졌다.

조종사는 바짝 얼어붙은 채 조종간만 붙들고 있었다. 프로펠러의 연타음이 계속해서 고막을 두드렸고 헬리콥터는 여전히 천천히 돌고 있었다. 기류의 압력 때문에 문짝은 활짝 열어젖혀진 상태를 유지하고 있었고 그 공간을 통해 바람과 소음이 거침없이 밀려들어 왔다. 리처가 라메이슨의 목에 감은 팔을 더욱 조이면서 동시에 자기 가슴 쪽으로 끌어당겼다. 라메이슨의 상체가 들리면서 안전벨트가 그의 어깨를 파고들었다. 리처가 글록을 바닥에 내려놓고 주머니에서 오도넬의 세라믹 너클을 찾아 자기 손에 꼈다. 잠깐 뒤를 흘깃거려서 거리를 가늠한 다음 팔을 뒤로 쭉 뻗었다. 그 팔로 딕슨을 밀어서 배를 깔고 눕게 만들었다. 세라믹 너클의 상어 이빨 같은 돌기들을 그녀의 양 손목을 묶은 밧줄에 대고 문질렀다. 그녀도 양팔에 힘을 주었다. 밧줄의 올이 풀리기 시작했다. 하나씩, 가끔은 두 개씩, 천천히. 올이 풀릴 때마다 현악기의 줄이 끊어지는 것과 같은 진동이 너클을 통해 느껴졌다. 라메이슨이 버둥거리기 시작했다. 리처가 그의 목을 감은 팔에 힘을 더했다. 숨이 막힌 라메이슨이 동작을 멈췄다. 하지만 시그의 총부리가 조종사의 얼굴에서 벗어나게 됐다. 다행히 조종사는 그 기회를 활용할 엄두를 내지 못했다. 그는 저항하는 걸 아예 포기한 것 같았다. 양손으로는 조종간을 붙들고 발은 페달 위에 얹은 채 꼼짝도 하지 않았다.

리처는 돌아보지 않은 채 계속해서 너클을 문질러댔다. 1분이 지났다. 2분이 지났다. 딕슨도 양팔을 계속해서 움직이며 용을 썼다. 라메이슨이 다시 몸부림쳤다. 아까보다 더 강도 높은 몸부림이었다. 그는 덩치가 큰 사내였다. 굵은 목, 떡 벌어진 어깨. 강한 사내였다. 그리고 그는 겁을 집어 먹은 상태였다. 하지만 리처는 그보다 덩치가 더 컸다. 그리고 더 강했다. 그리고 화가 나 있는 상태였다. 그의 분노의 강도는 라메이슨이 겁을 집어

먹은 수준을 훨씬 넘어서 있었다. 라메이슨은 계속해서 몸부림쳤다. 때려서 기절시키면 간단히 해결될 문제였다. 하지만 리처는 그럴 생각이 없었다. 라메이슨이 의식을 잃어선 안 될 일이었다. 두 눈을 똑바로 뜨고 자신의 최후를 지켜보게 만들어야 했다. 그래서 밧줄을 문지르는 일에만 열중했다. 어느 순간 사이잘삼 밧줄의 저항이 사라졌다. 딕슨의 두 손이 자유를 되찾았다. 그녀가 바닥에서 일어나 무릎을 꿇고 앉았다. 리처는 그녀에게 너클과 글록을 건넨 뒤 시그를 오른손으로 옮겨 쥐었다.

그러고 나자 모든 게 훨씬 더 수월해졌다.

딕슨은 역시 머리가 잘 돌아가는 여자였다. 그녀는 너클을 포기하고 마치 인어처럼 반동을 이용해서 라메이슨에게 다가갔다. 라메이슨의 주머니에서 그녀가 찾아낸 것은 지갑과 시그 한 자루, 그리고 오도넬의 잭나이프였다. 2초 뒤, 그녀의 두 다리가 자유를 되찾았다. 그리고 다시 5초 뒤, 오도넬 역시 밧줄에서 완전히 풀려났다. 두 사람은 몇 시간 동안 묶여 있었다. 몸이 뻣뻣하게 굳고 여기저기가 저렸다. 손은 바들바들 떨렸다. 하지만 그들이 해야 할 어려운 일은 없었다. 딴마음을 먹지 못하도록 조종사를 제압하는 일뿐이었다. 오도넬이 그자의 목깃을 한 손으로 움켜쥐고 다른 손으로는 그의 턱밑에 시그의 총부리를 찔러 넣었다. 손을 아무리 떨고 있다고 한들 총알이 빗나갈 수는 없었다. 조종사도 그걸 똑똑히 알고 있었다. 그래서 저항의 기미를 눈곱만큼도 보이지 않았다. 리처가 시그의 총구를 라메이슨의 귀에 찌르듯 들이대곤 조종사를 향해 상체를 기울였다.

리처가 물었다. "고도는?"

조종사가 마른 침을 삼킨 뒤 말했다. "900미터입니다."

"고도를 높여." 리처가 말했다. "1,500미터까지."

81

조종사가 느린 선회 비행을 중단하고 고도를 높이자 문짝이 잠시 덜덜거리다가 저절로 닫혔다. 기내가 조용해졌다. 좀 전과 비교하자면 거의 적막 수준이었다. 오도넬은 여전히 조종사의 머리에 총구를 겨누고 있었다. 리처는 여전히 라메이슨의 목을 한 팔로 휘감고 있었다. 등이 휘어진 상태에서 라메이슨은 양손으로 리처의 팔뚝을 잡아 뜯으며 상체를 내려앉히려 했지만 그건 부질없는 몸부림일 뿐이었다. 어느 순간 그가 몸부림을 멈추고 온몸의 맥을 풀었다. 조만간 자신에게 닥칠 일을 분명히 알고 있으면서도 현실감은 들지 않는 모양이었다.

'스완도 그랬을 것이다.' 리처가 생각했다. '오로스코도, 프란츠도, 산체스도 그랬을 것이다.'

고도를 높이는 동안 기울어져 있던 동체가 어느 순간 수평을 되찾았다. 프로펠러가 정지비행모드로 회전하기 시작했다. 터빈의 금속성 신음소리가 한결 급박해졌다. 조종사가 계기판을 흘깃 보고 난 뒤 리처를 향해 고개를 끄덕였다.

"더." 리처가 말했다. "100미터 더 올라가. 1,600미터. 기왕이면 1마일을 채우자고."

엔진 소리와 프로펠러 연타음이 바뀌었다. 기체가 다시 기울어졌다. 잠시 후 기체가 약간 선회하는가 싶더니 바닥이 다시 수평을 찾았다.

조종사가 말했다. "1마일입니다."

리처가 물었다. "우리 아래 뭐가 있지?"

"모래요."

리처가 딕슨을 향해 몸을 돌리며 말했다. "문을 열어."

라메이슨이 다시 몸부림치기 시작했다. 자리에 엉거주춤 엉덩이를 걸친 채 팔다리를 마구 뻗대고 고개를 거세게 도리질쳤다. "안 돼! 제발, 제발, 안 돼!"

리처가 팔꿈치를 조이며 물었다. "내 친구들이 애걸하던가?"

라메이슨이 고개를 가로저었다.

"그들은 절대 그러지 않았을 거야." 리처가 말했다. "자존심이 허락하지 않았을 테니까."

딕슨이 뒤쪽으로 물러나서 레넉스의 안전벨트를 왼손으로 그러쥐었다. 오른손은 문손잡이를 향해 뻗었다. 그녀는 레넉스보다 훨씬 작았다. 당연히 팔도 훨씬 짧았다. 하지만 양팔을 최대한 벌리자 손잡이에 닿을 수 있었다. 그녀가 활짝 벌린 손끝으로 손잡이를 비틀어 밀었다. 문이 열렸다. 리처가 조종사를 향해 몸을 돌리며 말했다. "아까처럼 선회해."

헬기가 시계 방향으로 천천히 돌기 시작했다. 문짝이 저절로 활짝 열렸다. 귀를 먹먹하게 만드는 소음과 차가운 밤공기가 한꺼번에 몰려들어 왔다. 먼 지평선에는 산들이 실루엣으로 솟아 있었다. 그 너머가 LA였다. 80킬로미터 떨어진 그곳에선 헤아릴 수 없이 많은 불빛들이 수프처럼 걸쭉한 밤공기 속에서 반짝이고 있었다. 헬리콥터가 선회하면서 그 불빛들은 곧 시야에서 사라졌다. 대신 끝 모를 사막의 어둠이 펼쳐졌다.

딕슨이 파커의 접힌 좌석 위에 앉았다. 오도넬은 조종사의 목깃을 잡은 손에 힘을 보탰다. 리처가 라메이슨의 목을 감은 팔뚝을 위로 들어 올리는 동시에 자기 쪽으로 힘껏 당겼다. 라메이슨의 고개가 들리면서 뒤로 젖혀졌다. 그의 몸뚱이도 머리를 따라 일어설 수밖에 없었다. 최대 한계까지 늘어난 안전벨트가 마치 고문 도구처럼 그의 가슴과 양어깨로 파고들었다. 리처가 오른손을 앞으로 뻗어서 시그 총신을 이용해 안전벨트 고리를 풀었다. 자유로워진 라메이슨의 몸뚱이를 힘껏 뒤로 잡아당겨서 등받이를 넘어오게 만든 뒤 바닥에 내동댕이쳤다. 라메이슨이 죽음을 모면할 수 있는 마지막 기회를 포착했다. 그리고 그 기회에 매달렸다. 몸을 굴려 열린 문짝 맞은편 벽에 붙더니 두 발을 엉덩이에 깔고 앉아서 고치처럼 몸을 웅크렸다. 하지만 리처는 그럴 줄 알고 있었다. 대책도 세워 두었다. 일단 발로 라메이슨의 옆구리를 세게 걷어찼다. 이어서 팔꿈치로 귀 부분을 가격했다. 자세가 풀어진 그를 배를 깔고 눕게 만든 다음, 양어깨 사이에 자신의 한쪽 무릎을 박아 넣고 시그 총부리를 척추 상단에 찔러 넣었다. 라메이슨의 고개가 들렸다. 그의 눈이 문밖의 허공을 응시하고 있다는 걸 리처는 알 수 있었다. 라메이슨의 두 다리가 북채처럼 바닥을 번갈아 두드렸다. 입에서는 비명이 쉴 새 없이 터져 나왔다. 가슴은 리처의 무릎에 눌려 있는데도 심하게 요동쳤다.

'너무 늦었어.' 리처가 생각했다. '뿌린 대로 거두는 거다.'

라메이슨이 양손을 뒤로 휘저었다. 하지만 리처를 붙잡거나 가격하기는커녕 할퀴지도 못했다. 그러자 몸의 반동을 이용해 리처를 털어 내려고 했다.

'순순히 포기해.' 리처가 생각했다. '110킬로그램짜리 바벨을 등에 얹고

푸시업을 할 수 있어야 가능한 일이다.'

실제로 그럴 수 있는 사람들도 있다. 하지만 라메이슨은 아니었다. 그는 강한 사내였지만 그 정도로 강한 건 아니었다. 라메이슨이 가까스로 상체를 일으키는가 싶더니 이내 다시 퍼져 버렸다.

리처가 시그를 왼손으로 옮겨 쥐고 오른손을 집게 모양으로 만들어서 라메이슨의 뒷덜미에 가져다 댔다. 라메이슨의 목은 굵었다. 하지만 리처의 손도 엄청나게 컸다. 그가 오른손 엄지와 중지를 라메이슨의 양쪽 귀 뒤, 움푹 팬 부분에 대고 힘껏 눌렀다. 동맥을 눌러 뇌에 산소 공급을 차단한 것이다. 라메이슨의 두 다리가 버둥질을 멈췄다. 비명 소리가 끊겼다. 가슴의 기복이 가라앉았다. 라메이슨이 완전히 의식을 잃은 뒤에도 리처는 오른손의 힘을 풀지 않았다. 1분이 지난 뒤 그는 축 늘어진 라메이슨의 몸뚱이를 굴리고 구부리고 추슬러서 앉은 자세를 취하게 만들었다. 영락없이 술에 곯아떨어진 주정뱅이의 모양새였다. 이어서 라메이슨의 목깃과 허리춤을 단단히 그러쥔 다음 반은 들고 반은 밀어서 활짝 열린 문 앞으로 옮겼다. 라메이슨의 두 다리가 문틀 너머의 먹물 같은 허공 속에 잠겼다.

헬리콥터가 천천히 선회하고 있었다. 엔진이 지속적으로 금속성의 신음을 토해내고 프로펠러는 먹먹한 연타음을 연주했다. 리처는 그 소리들 마디마디를 가슴으로 느꼈다. 어둠 속으로 떨어져 간 친구들의 심장박동 소리.

몇 분이 흘렀다. 찬 공기 덕분에 라메이슨이 의식을 회복했다. 그의 눈에 처음 들어온 것은 허공 속에서 건들거리고 있는 자신의 두 다리였다. 사막 상공 1마일, 1,600미터.

리처는 일장 연설을 준비해 두었다. 초고를 작성한 건 프란츠의 부검 기록을 읽었던 선셋의 데니스에서였다. 그 이후로 짬 날 때마다 다듬어서 스스로 만족할 만한 원고로 만들었다. 충성심과 인과응보에 관한 현자들의 명문장들을 씨줄로 삼고 불귀의 객이 된 네 친구를 기리는 리처 자신의 애통한 심정을 날줄로 삼아 엮어 낸 원고였다. 이제 그걸 낭독할 시간이 됐다. 하지만 리처는 그러지 않았다. 시간 낭비일 뿐이었다. 목청껏 읊어 봤자 라메이슨에게는 단 한 단어도 와 닿지 않을 것이다. 그는 극심한 공포에 질려 완전히 넋이 나간 상태였다. 게다가 이런저런 소음들이 너무나 시끄러웠다. 모든 요소가 불협화음을 이루고 있었다.

그래도 말 한마디 없이 보낼 순 없었다. 리처가 앞으로 몸을 수그리고 라메이슨의 귀에 입을 가져다 댔다. "넌 엄청난 실수를 저질렀어. 덤비면 안 될 사람들에게 덤빈 게 너의 실수다. 이제 대가를 치를 때가 됐다."

말을 마친 리처가 그때까지 등 뒤로 돌려 잡고 있던 라메이슨의 양팔을 뒤로 잡아당겨 나란히 했다. 그랬다가 힘의 방향을 반대로 바꿔 앞으로 힘껏 밀었다. 라메이슨의 몸뚱이가 앞으로 3센티미터가량 밀려 나갔다. 하지만 거기까지였다. 라메이슨이 잽싸게 상체를 앞으로 바짝 수그리고 하체는 뒤로 뺐다. 그의 엉덩이가 문틀 안쪽에 걸렸다. 리처가 다시 한번 밀었다. 하지만 라메이슨의 몸뚱이는 밀려 나가지 않았다. 그가 상체를 완전히 접어서 운동에너지를 흡수해 버렸기 때문이다. 그의 가슴이 양 무릎에 닿았다. 그의 눈길이 먹물 같은 허공 속에 수직으로 내려 꽂혔다. 1마일. 자동차로 속도를 내서 1분은 달려야 할 거리.

리처가 또다시 밀었다. 이번에도 라메이슨의 몸뚱이는 밀려 나가지 않았다. 그가 양어깨에서 완전히 힘을 빼서 또다시 운동에너지를 흡수해 버렸기 때문이다. 리처가 한쪽 발바닥을 들어서 라메이슨의 등짝 아랫부분에 가져다 대고 다리를 굽혔다. 잡고 있던 라메이슨의 양팔을 놓으며 굽혔던 다리를 쭉 폈다. 빠르면서도 유연하게.

라메이슨의 몸뚱이가 문틀 너머로 넘어갔다. 그러고는 먹물 같은 어둠 속으로 사라졌다.

비명 소리는 없었다. 아니, 있었지만 프로펠러의 연타음에 묻혀 버렸을 것이다. 오도넬이 총부리로 조종사를 쿡 찔렀다. 조종사가 조종간을 반대 방향으로 틀었다. 헬리콥터가 시계 반대 방향으로 선회하기 시작했다. 이내 문이 저절로 미끄러져 내려와 철컥 소리와 함께 완전히 닫혔다. 실내가 조용해졌다. 딕슨이 리처의 품 안으로 와락 달려들어 안겼다.

오도넬이 말했다. "우리 심장을 졸아붙게 만들려고 마지막 순간까지 기다렸던 거죠?"

리처가 말했다. "저자들이 자넬 밖으로 내던진 다음에 칼라를 구하는 게 더 나을 것 같아서 한참을 고민했어. 그래서 시간이 걸린 거라고."

"니글리는 어디 있죠?"

"정신없이 뛰어다니고 있을 거야. 그래야만 해. 미사일이 콜로라도의 창고를 빠져나간 게 여덟 시간 전이거든. 우린 그 목적지조차 모르고 있고."

82

조종사가 설령 딴마음을 먹는다고 해도 그걸 실천에 옮기려면 자신의 목숨도 버려야 했다. 그래서 그들은 조종사를 혼자 내버려두었다. 하지만 그 전에 유량계를 확인했다. 눈금은 거의 바닥을 가리키고 있었다. 한 시간을 비행하기에도 턱없이 모자랐다. 현재 그들의 위치에서는 휴대폰이 터지지 않았다. 리처가 조종사에게 휴대폰 신호가 잡힐 때까지 고도를 낮추고 남쪽으로 비행하라고 지시했다. 딕슨과 오도넬은 뒷좌석 등받이들을 다시 세운 다음 나란히 앉았다. 둘 다 안전벨트를 매지 않았다. 어떤 식으로든 다시는 묶이고 싶지 않은 모양이었다. 리처는 바닥에 큰 대자로 벌렁 드러누웠다. 피곤했다. 허무했다. 라메이슨은 떠났다. 하지만 아무도 돌아오지 않았다.

오도넬이 물었다. "마흐무드는 지대공 미사일 650기를 어디로 가져갈 계획인 걸까요?"

"중동." 딕슨이 말했다. "만일 나라면 배로 운반할 거야. 전자 장치는 LA 항구, 미사일 몸체는 시애틀 항구."

리처가 머리를 들었다. "라메이슨은 그것들이 카슈미르로 보내질 거라고 말하더군."

"그 말을 믿었단 말이에요?"

"그렇다고도 할 수 있고 그렇지 않다고도 할 수 있어. 그자도 그게 거짓말인 줄 알고 있었을 거야. 양심의 가책을 덜기 위해 그 거짓말을 믿는 쪽을 선택한 거고. 나쁜 놈인 건 맞지만 어쨌든 그자도 미국 시민이야. 진실을 외면하고 싶었겠지."

"진실이라면?"

"미국 본토에서 그 미사일들을 사용한 테러가 발생할 거라는 진실. 그게 마흐무드 일당의 목적이야. 틀림없어. 카슈미르는 국가들 간의 이권 다툼이 계속되고 있는 지역이야. 어느 나라든 무기를 구매하는 공식 창구가 따로 있어. 그쪽 관계자들은 무기명 채권과 은행 비밀 계좌번호, 그리고 다이아몬드가 가득 들어 있는 샘소나이트 가방을 들고 돌아다니진 않아."

딕슨이 물었다. "그런 가방을 찾은 건가요?"

"하이랜드 파크에서. 6,500만 달러어치. 니글리가 전부 갖고 있어. 그것들을 현찰로 바꾸는 일은 당신 몫이야, 칼라."

"기꺼이 그러죠. 살아남기만 한다면. 내가 탄 비행기가 뉴욕으로 가는 도중에 피격될 수도 있으니까요."

리처가 고개를 끄덕였다. "자칫하다간 엄청난 참극이 벌어질 수도 있어. 내일 아니면 모레, 아니면 글피, 아무튼 아주 빠른 시일 내에."

"그것들을 어떻게 찾아내죠? 시속 80킬로미터로 여덟 시간이라면 이미 반경 640킬로미터 지점 어딘가에 이르러 있다는 얘긴데. 면적으로 따지면 128만 6천 제곱킬로미터고."

"128만 6천 7백 제곱킬로미터." 리처가 반사적으로 말했다. "원주율을 3.14159로 계산하면 그렇다는 얘기야. 사실 니글리와 나도 고민을 좀 했어. 수색 범위가 더 넓어지기 전에 그 트럭을 잡을 것인가, 아니면 자네들을 먼저 구할 것인가."

"고마워요, 대장." 오도넬이 말했다.

"이봐, 나한테 고마워할 것 없어. 사실 난 트럭을 먼저 잡아야 한다고 우겼거든. 니글리가 방방 뛰기에 할 수 없이 하이랜드 파크를 먼저 친 거야."

"그럼 이제 어떻게 하죠?"

"정말로 위대한 중견수가 수비하는 모습을 본 적 있어? 절대로 볼을 쫓아다니지 않아. 볼이 떨어질 지점으로 달려가는 거지. 미키 맨틀이 딱 그랬어."

"맨틀이 경기하는 모습을 대장이 언제 봤다고."

"옛날 필름에서 봤어."

"미국 본토의 총 면적은 거의 천만 제곱미터예요. 양키스 스타디움의 중견수 수비 범위보다는 좀 넓은 것 같지 않아요?"

"공이 떨어질 곳만 알고 있다면 면적은 문제가 아니야." 리처가 말했다.

"그럼 어디로 달려가면 되는 거죠?"

"마흐무드는 멍청이가 아니야. 아주 명석하면서도 신중한 타입이 분명해. 그런 그가 조립되지 않은 상태의 부품들을 구입하는 데 6,500만 달러를 썼어. 누군가가 자기에게 그것들을 조립하는 방법을 가르쳐 줄 거라는 다짐을 받지 않고선 그런 거래를 했을 리가 없어."

"누군가라면?"

"니글리의 친구가 우리에게 뭐라고 말했지? 그 정치하는 여자 말이야, 다이애나 본드."

"많은 얘기를 했죠."

"뉴에이지의 어떤 기술자가 전자 장치의 품질 관리를 맡고 있다고 했어. 현재로선 오직 그 기술자만이 리틀 윙의 작동원리를 알고 있기 때문이라고 설명까지 했잖아."

딕슨이 말했다. "그래서 라메이슨이 그 기술자를 이 음모에 끌어들인 거예요?"

"그 사람 딸의 인생을 짓밟아 놓겠다고 협박했어."

오도넬이 말했다. "그럼 라메이슨은 그 기술자를 계속해서 이용해 먹을 심산이었겠군요. 당장엔 그 사람을 마흐무드에게 데려갈 계획이었고. 그런데 대장은 그 접선 장소를 묻지도 않고 그 자식을 헬리콥터 밖으로 던져 버렸어요."

리처가 고개를 가로저었다. "라메이슨은 이 모든 게 이미 끝난 일이라고 말했어. 난 그게 빈말이 아니라는 걸 알 수 있었어. 이번 일을 철저하게 묻어 버리고 싶은 그의 진심을 느꼈거든. 따라서 라메이슨은 그 기술자를 어디로든 데려갈 계획이 아니었어."

"그럼 누구를?"

"누구냐가 아니야." 리처가 말했다. "어디냐가 문제인 거지."

딕슨이 말했다. "조립 방법을 알고 있는 기술자는 단 한 사람뿐이고 라메이슨이 그 사람을 어디로도 데려갈 생각이 없었다면 미사일이 그 기술자가 있는 곳으로 가는 방법밖에 없겠네요."

"그건 말도 안 돼요." 오도넬이 말했다. "센추리 시티가 됐든 어디가 됐든, 뉴에이지 인근의 아파트 단지로 미사일을 가득 실은 트럭을 몰고 간다는 게 말이나 되는 소리예요?"

"그 기술자는 센추리 시티에 살고 있지 않아." 리처가 말했다. "그의 집은 사막 깊숙한 곳에 있어. 황무지 중에서도 황무지. 세상 너머의 세상. 미사일을 가득 실은 트럭을 몰고 가기에 거기보다 더 이상적인 곳이 있을까?"

"휴대폰 신호가 잡힙니다." 조종사가 말했다.

리처가 휴대폰을 꺼내 들었다. 니글리의 번호를 찾아서 녹색 버튼을 눌렀다. 그녀가 응답했다.

"딘의 집은 찾았나?" 그가 물었다.

그녀가 말했다. "물론이죠. 20분 뒤에 도착해요."

83

벨 222에도 내비게이션이 장착돼 있었다. 하지만 스크린 위에 도로 지도를 펼쳐 보이는 차량용 내비게이션이 아니었다. 오도넬의 렌터카에 달려 있던 모델과는 전혀 달랐다. 벨의 내비게이션 위엔 각각 위도와 경도를 나타내는 숫자들이 이루고 있는 두 개의 밝은 녹색 줄이 서로 십자로 교차하며 시시각각으로 늘고 줄기를 반복하고 있었다. 달랑 그것뿐이었다. 리처가 조종사에게 일단 팜데일 남쪽 지역 상공까지 날아간 다음 정지비행 모드로 전환하라고 지시했다. 조종사는 남아 있는 연료로는 힘들 것 같다고 말했다. 리처는 저공비행을 하라고 말했다. 100~200미터 상공이라면 엔진이 작동을 멈춰도 불시착에 성공할 가능성이 어느 정도는 있다. 하지만 그 이상의 고도에서는 거의 불가능하다.

리처가 다시 니글리에게 전화를 걸어 전후 사정을 들었다. 그녀는 패서디나 호텔로 가서 마거릿 베런슨으로부터 딘의 주소를 알아냈다. 하지만 그녀의 시빅에는 내비게이션이 없었다. 그래서 현재 딘의 집을 찾아 헤매고 있는 중이었다. 가뜩이나 성능이 떨어지는 판에 파란 유리 덮개까지 씌워서 밝기가 현격히 떨어지는 구형 헤드라이트 불빛에만 의지한 채. 게다가 휴대폰이 터지지 않는 구역이 여기저기 널려 있었다. 실제로 그녀와 통화하는 동안 두 차례나 접속이 끊겼다. 세 번째로 끊기기 전에 리처는 서

둘러 지시를 내렸다.

'딘의 집을 찾게 되면 상향 빔을 켜고 그 집 주위를 좁은 원을 그리며 돌 것.'

리처는 라메이슨이 앉았던 조수석에 앉아 라메이슨이 그랬던 것처럼 유리창에 이마를 밀착시켰다. 딕슨과 오도넬도 각자의 유리창 아래를 열심히 지켜보았다. 하지만 360도 시야를 확보할 수는 없었다. 그래서 리처는 이따금씩 조종사에게 원을 그리며 돌라고 지시했다.

아무것도 보이지 않았다. 어떤 형체도 감지할 수 없는 먹물의 바다만이 끝 모르게 펼쳐져 있었다. 간혹가다 오렌지색 불빛들이 한두 개씩 눈에 띄기는 했다. 주유소, 혹은 소형 슈퍼마켓의 주차장 불빛인 것 같았다. 어쩌다 한 대씩 쓸쓸한 도로 위를 달리는 차의 헤드라이트 불빛도 보이긴 했다. 하지만 하나같이 노란색 빛줄기들이었다. 시빅의 파란색 빛줄기를 찾아야 했다.

리처가 다시 니글리의 휴대폰 번호를 눌렀다. 신호가 터지지 않았다.

"연료가 다 떨어져 갑니다." 조종사가 말했다.

"왼쪽 아래로 고속도로가 보여요!" 딕슨이 소리쳤다.

리처가 아래를 내려다보았다. 다섯 쌍의 헤드라이트 빛줄기가 1킬로미터쯤 될 것 같은 일직선상에서 움직이고 있었다. 두 쌍은 남쪽, 세 쌍은 북쪽. 리처는 눈을 감고 기억 속에 입력시켰던 지도를 떠올렸다.

"저건 고속도로가 아니야." 그가 말했다. "우린 현재 서쪽으로 멀리 떨어져 있어. 남북 고속도로가 보이지 않는 위치야."

벨의 동체가 기울어지며 동쪽을 향해 급회전을 한 다음 다시 수평 상태로 돌아왔다.

조종사가 말했다. "당장 착륙해야 합니다."

"내가 착륙하라고 할 때 착륙해." 리처가 말했다.

산악지대 북쪽은 기상 상태가 한결 나았다. 먼지, 그리고 열기에 의한 아지랑이가 어느 정도 시야를 가리고는 있었지만 지평선까지 살펴보기엔 별 무리가 없었다. 그 지평선 어림에서 반짝이는 불빛들이 한데 모여 작은 빛의 연못을 이루고 있었다. 팜데일인 것 같았다. 리처가 듣기로는 개발이 활발히 진행되고 있는 도시였다. 땅값도 비쌀 테고 분위기도 부산스러울 게 분명했다. 마당 넓은 외딴 집에서 조용히 살기를 꿈꾸는 사람이라면 보금자리를 틀고 싶어 할 곳은 아니었다.

"남쪽으로 기수를 돌려." 리처가 말했다. "고도도 높이고."

"고도를 높이면 기름이 더 먹힙니다." 조종사가 말했다.

"시야를 좀 더 넓혀야 하니 군소리 말고 높여."

조종사가 조종간을 당겼다. 벨이 기수를 들고 70~80미터를 더 올라갔다. 조종사가 다시 기수를 떨어뜨렸다. 이어서 마치 헬리콥터 앞머리에 서치라이트라도 달린 것처럼 기수를 먼 지평선으로 향하고 크게 원을 그리며 돌았다.

아무것도 보이지 않았다.

휴대폰도 터지지 않았다.

"더 높이." 리처가 말했다.

"더 이상 올라갈 수 없습니다." 조종사가 말했다. "유량계 눈금을 좀 보세요."

리처가 유량계를 보았다. 화살표는 맨 아래 눈금을 가리킨 채 미동도 하지 않았다. 계기상으로는 탱크가 빈 것이다. 그는 다시 눈을 감고 지도를 떠올렸다. 그 지역에서 하이랜드 파크로 차를 몰고 가는 길은 단 둘뿐이다. 138번 도로를 타고 샌안토니오 산의 동쪽 자락을 지나가든가, 2번 도로를 타고 윌슨 천문대 산의 서쪽 자락을 지나가든가. 2번 도로가 훨씬 좁고 구불구불하다. 게다가 그 도로는 글렌데일에서 210번과 합류한다. 가장 악명 높은 상습 정체 구역이다. 베런슨은 딘이 교통지옥을 호소했다고 말했다. 따라서 그는 2번 도로를 타고 다닌 게 분명했다. 어쩔 수 없이. 그렇다면 그의 집은 팜데일의 남동쪽이 아니다. 정남쪽이다. 리처는 조용히 정면의 어둠 속을 바라보았다. 이윽고 지평선 어림의 반짝이는 빛의 연못이 다시 시야에 들어오자 그가 말했다. "기수를 180도 돌려. 그리고 곧장 돌아가."

"연료가 없어요."

"시키는 대로 해."

벨이 허공에서 180도 선회했다. 뾰족한 기수가 아래로 기울어졌다.

60초 뒤, 그들은 니글리를 발견했다.

그들의 120미터 아래, 1킬로미터 전방에서 푸른색 빛줄기 한 쌍이 번쩍이며 돌고 있었다. 니글리가 시빅의 핸들을 한껏 꺾고 반경 9미터의 원을 그리며 돌면서 동시에 헤드라이트를 상향과 하향으로 번갈아 조절해서 번쩍이는 효과까지 만들어내고 있는 게 분명했다. 그 효과는 대단했다. 주변을 샅샅이 훑으며 돌아가는 푸른 빛줄기의 궤도 주변의 모든 지형지물들이 그림자들을 너울대다가 다시 어둠 속으로 사라지기를 반복하고 있었다. 아무것도 없는 구간에서는 전방 30~40미터까지 환해지곤 했다. 한마디로 바위 해변Rocky shore에 세워진 등대였다. 딘의 집 주위에는 크고 낮은 둔덕들이 널려 있었다. 한쪽에는 배수로도 있었다. 북쪽엔 키 낮은 건물들, 그리고 남쪽엔 전신주들이 늘어서 있었다. 서쪽으로 조금 떨어진 곳에 깊지 않은 협곡이 있었다. 그 한가운데는 가로 세로가 각각 12미터와 6미터쯤 될 것 같은 평지였다.

"저기에 착륙해." 리처가 말했다. "바퀴는 내리지 말고."

조종사가 말했다. "그건 왜죠?"

"내가 그러길 원하니까."

조종사는 서쪽으로 방향을 잡고 짧은 거리를 비행하면서 고도를 100미터쯤 낮추고 난 뒤, 기수를 틀어 협곡 상공에서 잠시 정지비행모드로 떠 있다가 수직 강하를 시작했다. 착륙기어를 내리지 않은 실수를 지적하는 경고음이 기내에 울려 퍼졌다. 조종사는 그 소리를 무시한 채 계속 하강을 해서 지면으로부터 6미터 떨어진 지점에 이른 뒤 속도를 한껏 줄이고선 평평한 바위 표면에 사뿐하게 벨을 착륙시켰다. 동체 아래에서 잔돌들이 으스러지고 금속이 우그러지는 소리가 연거푸 들려왔다. 바닥도 30센티미터 정도 기울었다. 리처가 창문을 내다보았다. 벨의 프로펠러가 일으킨 모래바람을 뚫고 니글리의 시빅이 그들을 향해 달려오고 있었다.

이제 벨의 연료가 완전히 바닥났다. 엔진의 소음이 그치고 난 뒤에도 잠시 더 몸체를 떨어대던 프로펠러마저 완전히 멈춰 섰다. 기내가 조용해졌다.

리처가 제일 먼저 헬기에서 내렸다. 하지만 곧장 니글리에게 다가가지는 않았다. 얼굴로 몰려오는 뜨뜻한 먼지바람을 손으로 휘저으며 딕슨과 오도넬이 내리기를 기다린 뒤 그들을 먼저 니글리에게 보냈다. 그가 헬기를 향해 돌아섰다. 앞머리를 돌아서 조종석 문 쪽으로 다가갔다. 조종사는 여전히 안전벨트를 매고 있었다. 손가락 끝으로는 연료계의 유리 덮개를 연속해서 두드리고 있었다.

"아주 인상적인 착륙이었어." 리처가 말했다. "자넨 훌륭한 조종사야."

사내가 말했다. "감사합니다."

"선회비행 있잖아." 리처가 말했다. "저 위에서 문짝이 계속 열려 있게 만들었던 비행기술 말이야. 그것도 아주 대단했어."

"기본적인 기체역학인데요, 뭐."

"하지만 자넨 그 기술을 여러 번의 경험을 통해 완전히 터득했잖나."

조종사는 아무 말도 하지 않았다.

"네 번." 리처가 말했다. "내가 정확히 알고 있는 것만."

조종사는 아무 말도 하지 않았다.

"그들은 내 친구들이었어." 리처가 말했다.

"라메이슨이 강요했기 때문에 난 어쩔 수가 없었어요."

"만일 그자의 강요에 따르지 않았다면?"

"일자리를 잃었겠죠."

"고작 그거야? 일자리를 보존하기 위해서 그자들이 산 사람들을 헬리콥터 밖으로 내던지는 걸 지켜보고만 있었단 말이야? 그것도 네 번씩이나?"

"난 시키는 대로 일을 하고 월급을 받은 것뿐이에요."

"'뉘른베르크 재판'에 대해 들어 본 적 없나? 그따위 변명은 더 이상 먹히지 않아."

조종사가 말했다. "나도 잘못한 일이라는 건 알고 있습니다."

"그런데 왜 그랬지?"

"선택의 여지가 없었어요."

"선택의 여지는 늘 있는 법이야." 리처가 말했다. 그러고 나선 미소를 피워 올렸다. 조종사가 약간 긴장을 풀었다. 리처가 미소를 머금은 채 고개를 설레설레 저었다. 적의를 품고 있는 사람에게서는 나올 수 없는 표정과 동작이었다. 그가 상체를 수그렸다. 오른손을 뻗어 사내의 뺨을 가볍게 토닥거렸다. 자신에게서 가까운 오른쪽 뺨이 아니라 왼쪽 뺨. 뺨이야 어느 쪽이든 친근함을 나타내는 동작인 건 분명했다. 다음 순간 리처의 엄지손가락이 사내의 왼쪽 눈두덩을 향해 기어 올라갔다. 둘째손가락은 사내의 관자놀이를 눌렀다. 나머지 세손가락은 사내의 귀 뒤를 돌아 머리칼 속에 파묻혔다. 그러곤 사내의 목을 부러뜨렸다. 한쪽 손만으로. 손목을 단 한 번 획 비틀어서. 리처가 사내의 목을 앞뒤로 흔들어 보았다. 양옆으로도 흔들어 보았다. 척추가 완전히 끊어졌는지 확인하기 위해서였다. 그 사내가 깨어난 뒤 반신불수로 평생을 살아가게 만들고 싶지 않았다. 그 사내가 다시는 깨어나지 못하게 만들고 싶었다.

목뼈가 완전히 부러진 시체를 안전벨트에 묶인 자세 그대로 조종석에 내버려두고 돌아섰다. 15미터쯤 걸어간 뒤에 뒤를 돌아보았다. 약간 기울어진 채 협곡에 내려앉은 헬리콥터, 내려지지 않은 바퀴, 바닥 난 연료 탱크. 불시착. 그 충격으로 인한 조종사의 사망.

완벽하지는 않지만 만족스러웠다.

니글리의 시빅은 협곡 가운데의 불시착 현장에서부터 30미터 떨어진 지점에 세워져 있었다. 그 반대 방향으로 30미터를 가면 에드워드 딘의 집 현관문이었다. 시빅의 헤드라이트는 여전히 밝은 빛줄기를 쏘아대고 있었다. 차 앞에 이른 뒤 리처는 다시 한번 뒤를 돌아보았다. 마치 일부러 숨겨 놓은 것처럼 헬기의 모습은 거의 보이지 않았다. 왕관처럼 도드라진 프로펠러 상단의 중앙 부분만이 보일 뿐이었다. 그게 다였다. 프로펠러 날개들은 제 무게에 못 이겨 아래를 향해 처져 있었다. 먼지가 가라앉고 있었다. 니글리와 딕슨과 오도넬은 서로 바짝 붙어 서 있었다.

"우리 괜찮은 거지?" 리처가 물었다.

딕슨과 오도넬이 고개를 끄덕였다. 니글리의 고개는 움직이지 않았다.

"자네, 나한테 화난 거야?" 리처가 그녀에게 물었다.

"꼭 그런 건 아니에요." 그녀가 말했다. "당신이 일을 그르쳤더라면 돌아버렸겠지만."

"난 자네 스스로 그 미사일들의 목적지를 추리해 내길 바랐던 거야."

"당신은 이미 알고 있었고."

"확신하진 못했어. 정확한 주소도 몰랐고."

"자, 이제 우린 그 정확한 주소에 와 있어요. 미사일은 어디 있죠?"

"이리로 오고 있는 중이야."

"당신 말이 맞기만 바라야죠."

"이제 미스터 딘을 만나 보자고."

니글리가 다시 핸들을 잡았다. 좁디좁은 시빅에 다 함께 타서 30미터 떨어진 딘의 현관 앞으로 갔다. 첫 번째 노크 소리에 딘이 문을 열었다. 진작부터 일어나 있던 게 분명했다. 시빅의 헤드라이트 불빛, 헬리콥터의 소음. 첫 인상만으로 판단하자면 신무기를 개발할 만한 수재처럼 보이지는 않았다. 삼류 고등학교의 운동부 코치라면 딱 맞을 것 같았다. 큰 키, 건들거리는 팔과 다리, 엉클어진 머리칼. 나이는 마흔 전후로 보였다. 맨발, 운동복 바지, 티셔츠. 잠옷에 가까운 차림이었다. 자정이 다 된 시각이었다.

"당신들은 누구죠?" 그가 물었다.

리처가 일행의 신분과 용건을 밝혔다.

딘은 리처의 얘기를 전혀 이해하지 못하는 것 같았다.

84

딘이 순순히 털어놓지 않으리라는 걸 리처도 예상하고는 있었다. 라메이슨은 베런슨에게 입을 다물고 있으라고 경고했다. 딘에게도 그랬을 것이다. 어쩌면 더 심하게 을러댔을 것이다. 그걸 감안한다고 해도 딘의 연기는 완벽했다. 베런슨과는 차원이 달랐다. 얼버무리려는 수준이 아니었다. 어리둥절해하는 표정이 진짜 같았다.

"처음부터 짚어 봅시다." 리처가 말했다. "우린 당신이 그 전자 장치들을 어떤 식으로 처리했는지 알고 있소. 그럴 수밖에 없었던 이유도 알고 있고."

갑자기 딘의 표정에 모종의 변화가 일어났다. 마거릿 베런슨이 그랬던 것처럼.

리처가 말했다. "당신 딸을 해코지하겠다는 협박을 받았다는 것도 알고 있소."

"무슨 협박이요?"

"아이는 어디 있소?"

"잠시 집을 떠나 있어요. 아이 엄마와 함께."

"학기 중이잖소?"

"집안에 급한 일이 생겨서요."

리처가 고개를 끄덕였다. "아내와 딸을 피신시켰다는 말씀이군. 잘했소."

"도대체 무슨 말씀을 하고 있는 건지 모르겠군요."

리처가 말했다. "라메이슨은 죽었소."

딘의 두 눈이 일순간 반짝였다. 순식간에 떠올랐다 사라진 데다 주위가 어두워서 알아보기 어려웠지만 희망의 빛인 건 분명했다.

"내가 그자를 헬리콥터 밖으로 던져 버렸소." 리처가 말했다.

딘은 아무 말도 하지 않았다.

"혹시 야생조류 생태에 관심이 있소? 그렇다면 하루만 기다렸다가 차를 타고 남쪽으로 2~3킬로미터쯤 나가 차 지붕 위로 올라가시오. 독수리 두 마리가 하늘을 맴돌고 있다면 독사에 물려 죽은 코요테가 있기 때문일 거요. 독수리가 세 마리 이상이면 라메이슨의 시체고. 아니면 파커나 레녹스. 그들 모두 거기 어딘가에 있소."

"난 당신 얘기를 못 믿겠어요."

리처가 말했다. "칼라, 보여 드려."

딕슨이 라메이슨의 주머니에서 찾아낸 지갑을 꺼냈다. 딘은 그걸 건네받은 뒤 불빛이 환한 복도를 향해 돌아섰다. 그가 지갑의 내용물을 한쪽 손바닥 위에 모두 쏟은 뒤, 손가락으로 헤집어 가며 확인했다. 라메이슨의 운전면허증, 신용카드, 사진이 부착된 뉴에이지 직원 카드, 사회 보장 카드.

"라메이슨은 죽었소." 리처가 다시 말했다.

딘은 그 물건들을 다시 지갑 속에 넣은 뒤 딕슨에게 돌려주었다.

"그의 지갑인 건 분명하군요." 그가 말했다. "하지만 이게 그를 죽였다는 증거가 될 수는 없어요."

"그럼 헬리콥터 조종사를 보여드릴까?" 리처가 말했다. "그자도 죽었소."

"방금 전에 착륙했잖습니까?"

"방금 전에 내가 죽였소."

"당신 미쳤군요."

"내가 미친 덕분에 당신이 그들의 손아귀에서 벗어났소."

딘은 아무 말도 하지 않았다.

"찬찬히 생각해 보시오." 리처가 말했다. "내 얘기가 모두 사실이라는 걸 깨닫게 될 거요. 하지만 그 전에 누가, 그리고 언제 이리로 오기로 되어 있는지 말해 주시오."

"올 사람 없어요."

"누군가 반드시 오게 돼 있소."

"그런 얘기는 없었어요."

"없었다고?"

"다시 말씀해 보세요." 딘이 말했다. "라메이슨은 확실히 죽은 겁니까?"

"그자는 내 친구 넷을 살해했소." 리처가 말했다. "그가 죽지 않았다면 내가 여기서 시간 낭비나 하고 있을 리가 없잖소?"

딘이 고개를 끄덕였다. 천천히. 현실을 깨닫기 시작한 것이다.

"하지만 아직도 당신 얘기를 이해할 수가 없어요." 그가 말했다. "그래요, 내가 서류를 허위로 작성했어요. 인정합니다. 650번씩이나. 엄청난 잘못이란 건 잘 알고 있습니다. 하지만 그게 다예요. 그 전자 장치들을 미사일에 직접 장착한 적도 없고 누구에게 방법을 가르쳐 준 적도 없어요."

"그 방법을 알고 있는 사람이 당신 말고 또 있소?"

"어려운 작업이 아니에요. 그냥 플러그만 꽂는 정도예요. 간단합니다. 당연히 그래야죠. 군인들이 해야 하니까. 절대 군인을 무시해서가 아닙니다. 전쟁터, 한밤중, 그 밖에 엄청난 스트레스가 가해지는 상황 등을 감안해서 얘기한 것뿐입니다."

"당신에게나 간단한 일이겠지."

"누구에게나 마찬가집니다."

"군인들은 숙련된 조교의 시범이 있어야만 무슨 일이든 하는 법이오."

"물론 그들은 조작법에 관한 훈련을 받을 겁니다."

"누구에게서?"

"포트 어윈에 훈련 과정이 마련될 겁니다. 내가 1기생의 훈련을 담당할 것 같고요."

"라메이슨도 그 사실을 알고 있었소?"

"그건 이쪽 업계의 관행입니다."

"그렇다면 당신에게 시범을 보이라고 강요했겠군."

딘이 고개를 가로저었다. "그러지 않았습니다. 시범을 강요한 적은 한 번도 없었어요. 충분히 그럴 수 있는 상황이었는데도. 난 그의 제의를 거부할 수 있는 처지가 아니었으니까요."

"아홉 시간." 니글리가 말했다.

"수색 범위는 34만 제곱킬로미터가 늘었고." 딕슨이 말했다.

'34만 2천 제곱킬로미터.' 리처가 반사적으로 머릿속에 수치를 떠올렸다. 새롭게 보태진 면적만으로도 캘리포니아 크기와 거의 맞먹는다. 텍사스의 절반이 넘는 면적. 원의 넓이의 공식은 원주율 곱하기 반지름의 제곱이다. 제곱이기 때문에 시시각각으로 면적이 급격히 늘어날 수밖에 없다.

"그들은 이리로 올 거야." 리처가 말했다. "그래야만 해."

아무도 대꾸하지 않았다.

딘이 그들을 집 안으로 안내했다. 콘크리트와 원목으로 지어진 길고 낮은 구조의 건물이었다. 페인트칠을 하지 않은 콘크리트 벽면이 황록색으로 변색되어 있었다. 원목은 짙은 갈색의 얼룩투성이였다. 나바호 인디언 문양의 양탄자가 깔린 널찍한 거실에는 낡은 가구들이 들여져 있었고 한쪽 벽면에는 벽난로가 설치되어 있었다. 벽난로 속에는 지난겨울의 잿더미가 수북했다. 책이 많았다. CD도 많았다. 진공관 앰프와 나팔 스피커가 딸린 스테레오도 있었다. 도시를 떠나 살고 있는 집주인의 취향을 여실히 보여 주는 공간이었다. 딘이 커피를 타오기 위해 주방으로 들어가고 난 뒤 딕슨이 말했다. "아홉 시간 이십육 분."

니글리와 오도넬은 딕슨의 말이 단순히 시간만이 아니라 면적도 의미하고 있다는 사실을 알아채지 못했다. 하지만 리처는 즉시 암산을 끝냈다. 원주율을 3.14로 치고 트럭의 속도를 시속 80킬로미터라고 볼 때, 아홉 시간 이십육 분은 수색할 범위가 180만 제곱킬로미터라는 것을 의미했다.

"마흐무드는 신중한 사내야." 리처가 말했다. "허술하게 계약을 했을 리가 없어. 6,500만 달러야. 그게 자기 돈이라면 절대로 날리고 싶지 않겠지. 남의 돈이라면 더욱 그럴 테고. 모가지가 잘릴 테니까. 그는 이리로 오고 있어."

"딘이 아니라잖아요."

"사전에 그런 얘기를 듣지 못했다고 말했을 뿐이야. 전혀 다른 얘기잖아."

딘이 거실로 돌아왔다. 아무도 입을 열지 않은 채 각자 자신의 커피만 홀짝거렸다. 침묵 속에서 15분이 흘렀다. 리처가 딘을 향해 몸을 돌리고 물었다. "혹시 이 집의 전기 공사를 당신이 직접 했소?"

딘이 말했다. "부분적으로는요."

"그럼 플라스틱 케이블 타이가 남아 있소?"

"많죠. 뒤쪽 작업실에."

"차를 타고 북쪽으로 올라가시오." 리처가 말했다. "팜데일을 향해서. 거기 어디서 아침 식사를 하시오."

"지금요?"

"지금. 이따가 점심도 거기서 해결하시오. 오후가 되기 전까지는 집에 돌아오지 마시오."

"왜요? 여기서 무슨 일이 벌어지는 거죠?"

"나도 아직은 확실히 모르겠소. 하지만 무슨 일이 벌어지든, 당신은 여기 있어선 안 되오."

딘은 잠시 말없이 앉아 있다가 벌떡 일어섰다. 그가 열쇠 뭉치를 찾아들고 집 밖으로 나갔다. 잠시 후, 차에 시동이 걸리는 소리와 자갈밭 위를 구르는 바퀴 소리가 연속해서 들려왔다. 그 소음은 이내 사라졌고 거실은 다시 조용해졌다.

딕슨이 말했다. "아홉 시간 사십육 분."

리처가 고개를 끄덕였다. 192만 제곱킬로미터.

"그가 오고 있는 중이야."

새벽 1시 17분이 되자 면적은 250만 제곱킬로미터로 넓어졌다. 리처는 책장에서 찾아낸 지도를 펼쳐 놓고 덴버에서부터 그리로 오는 경로와 소요 시간을 어림해 보았다. 열여덟 시간. 그렇다면 도착 시간은 새벽 6시가 된다. 마흐무드로서는 아주 바람직한 타이밍일 것이다. 협박의 내용에 관해서는 라메이슨으로부터 귀띔을 받았을 터였다. 마흐무드의 상식으로는 10대 초반의 여자아이가 새벽 6시에 있을 곳은 오직 자기 집뿐, 따라서 딘이 협조를 거부할 경우, 목을 조일 수단은 확보됐다는 확신을 품고 달려오는 중일 것이다. 마흐무드가 사전에 자신의 방문을 통보할지, 아니면 느닷없이 들이닥칠지 현재로선 알 수 없었다. 하지만 자신이 원하는 바를 얻어낼 기대에 차 있을 건 분명했다.

리처가 산책 겸 정찰을 위해 자리에서 일어나 밖으로 나갔다. 건물은 모두 세 채였다. 집, 차고, 작업실. 플라스틱 케이블 타이가 잔뜩 있다는 그 작업실 뒤쪽으로는 아무것도 없었다. 칠흑 같은 어둠 속이었지만 리처는 광막하게 펼쳐진 황무지를 감지할 수 있었다. 이제 집 안을 둘러볼 차례였다. 내부 구조는 단순했다. 침실 하나의 벽면에는 잉크젯 프린트 사진들이 보드 위에 꽂혀 있었다. 서너 명씩 그룹을 지어 찍은 여자아이들 사진이었다. 그중에 사진마다 등장하는 여자아이가 있었다. 딘의 딸이었다. 키가 큰 금발 머리 소녀였다. 치아교정기를 끼고 있는 데다가 아직 아이 티를 벗어나지 못한 모습이었지만 1~2년 뒤에는 대단한 미인으로 바뀌어 있을 게 분명했다. 그리고 그 상태로 30년을 지낼 것이다. 그녀 때문에 전쟁이 일어난다고 해도 놀라울 게 없을 것 같은 미모였다. 리처는 딘의 두려움이 새삼 이해가 갔다. 그리고 1마일을 자유 낙하하는 동안 라메이슨의 비명이 조금이라도 더 오래 이어졌기를 바랐다.

사람들은 동트기 직전이 가장 어둡다고 말한다. 하지만 그건 틀린 말이다. 가장 어두울 때는 누가 뭐래도 한밤중이다. 5시가 되자 동쪽 하늘이 밝아 오기 시작했다. 30분 뒤에는 시야가 제법 분명해졌다. 리처는 다시 정찰에 나섰다. 딘에겐 이웃이 없었다. 그는 수십 제곱킬로미터에 달하는 황무지 한가운데에 혼자 살고 있었다. 동서남북, 네 방향의 지평선이 모두 휑하니 비어 있었다. 열사의 황무지, 태양이 오히려 만물의 생장을 억눌러 온 땅이었다. 높지 않은 허공에 그어 놓은 전깃줄의 직선들이 북쪽을 향해 뻗어 나가다가 아지랑이 속으로 자취를 감췄다. 울퉁불퉁한 진입로의 입구는 남동쪽을 향해 트여 있었다. 리처는 1킬로미터 이상 뻗어 있는 그 돌길을 따라 걸어 내려가다가 적당한 거리에서 멈춰선 뒤 딘의 집 쪽을 향해 몸을 돌렸다. 마흐무드가 그 진입로를 따라 올라오면서 보게 될 광경을 확인할 필요가 있었다. 헬리콥터는 보이지 않았다. 프로펠러 중앙의 불룩한 부분마저도 보이지 않았다. 사막식물의 덤불이 시야를 가리고 있었기 때문이다. 리처는 니글리의 시빅을 차고 건물 뒤에 주차시킨 다음 다시 진입로로 걸어 내려왔다가 거슬러 올라가며 찬찬히 살폈다.

완벽했다.

먼지에 덮여 웅크리고 있는 키 낮은 세 채의 건물들은 그저 삭막한 풍경의 일부였다. 건물들 뒤쪽으로 100미터가량 되는 지점에 크기와 모양이 관과 흡사한 바위가 하나 보였다. 리처는 그 바위로 걸어갔다. 주머니에서 토니 스완의 콘크리트 조각을 꺼냈다. 평평한 면이 아래로 가게끔 돌려 쥔 뒤 그걸 바위 위에 올려놓았다. 기념비.

돌아오는 길에 작업실에 들렀다. 문은 잠겨 있지 않았지만 허리를 숙여야 할 만큼 낮았다. 깔끔하게 정돈된 실내에는 햇볕에 달궈진 기계기름 냄새가 배어 있었다. 플라스틱 케이블 타이가 담긴 용기는 어렵지 않게 찾을 수 있었다. 그는 그중에서 긴 걸로 여덟 개를 골라냈다. 모두 60센티미터 내외의 길이에 두껍고 뻣뻣했다. 리처가 생각하고 있는 용도에 아주 적합했다.

모든 준비를 마친 뒤, 리처는 집 안으로 돌아가 기다렸다. 6시가 될 때까지 마흐무드는 오지 않았다. 이제 수색 면적은 640만 제곱킬로미터를 넘어섰다.

6시 15분, 660만 제곱킬로미터.

6시 30분, 690만 제곱킬로미터.

그리고 정확히 6시 32분, 거실 전화기가 짧고 낮게 울렸다. 전화가 걸려온 게 아니었다.

"왔군." 리처가 말했다. "누군가 방금 전화선을 끊었어."

그들은 창문 앞으로 자리를 옮겼다.

기다렸다.

남동쪽으로 8킬로미터 떨어진 곳에서 반짝이는 흰 점 하나가 나타났다. 갈수록 커져가는 흰색 물체, 그들 쪽을 향해 고속으로 달려오고 있는 자동차였다. 자동차 바퀴가 일으킨 황갈색 먼지구름이 뒤에서부터 비쳐오는 아침 햇살을 받고 후광처럼 번쩍였다.

85

그들은 창가에서 물러나 거실 깊숙한 곳으로 자리를 옮겼다. 모두 입을 꾹 다물고 긴장을 늦추지 않은 채 기다렸다. 5분이 지나자 돌길 위를 구르는 바퀴 소리가 들려왔다. 낡은 디트로이트 V-8 엔진이 머플러를 통해 연신 뿜어내는 금속성의 신음소리도 들려왔다. 이내 바퀴 구르는 소리가 멈췄다. 엔진 소리도 멈췄다. 그리고 수동 브레이크가 먹히는 소리가 들려왔다. 1분 뒤 차문이 세게 닫히는 소리와 자갈밭을 걸어오는 발자국 소리가 연이어 들려왔다. 발자국 소리가 불규칙한 걸로 미루어 하품을 하고 스트레칭을 하느라 운전자가 발끝을 주의하지 않고 걸어오는 게 분명했다.

다시 1분 뒤, 현관문을 두드리는 소리가 들려왔다.

리처는 기다렸다.

다시 노크소리가 들렸다.

리처는 속으로 20까지 센 뒤, 현관으로 나갔다. 문을 열었다. 한 사내가 서 있었다. 태양을 등지고 있어서 자세한 모습은 한눈에 들어오지 않았다. 하지만 그의 어깨 너머로 V-8 엔진소리의 주인공은 똑똑히 확인할 수 있었다. 자갈마당 초입에 주차되어 있는 차량은 무게 중심이 상단에 쏠린 데다 모양까지도 볼품없는 희고 빨간 무늬의 중간 크기 유홀 트럭이었다. 어디선가 본 듯한 느낌이 드는 차량이었다. 앞에 선 사내에게선 그런 느낌을 받지 못했다. 전혀 낯선 얼굴이었다. 보통 키에 보통 체격, 입고 있는 옷은 상당히 비싸 보였지만 약간 구겨진 상태였다. 마흔쯤 되어 보였다. 한껏 멋을 부려 다듬은 숱 많은 검은색 머리칼, 검지도 희지도 않은 갈색 피부, 크지도 작지도 않은 체구. 인도 사람인 것 같았다. 파키스탄 사람인 것 같기도 했다. 이란 사람일 수도 있었다. 시리아, 레바논, 알제리 사람일 수도 있었다. 이스라엘이나 이탈리아 사람일 가능성도 있었다.

맞은편에서는 아자리 마흐무드가 꾀죄죄한 외모의 흰 거인을 마주 보고 있었다. 그가 보기엔 키가 2미터도 넘을 것 같았다. 몸무게는 110킬로그램, 아니 120킬로그램은 나갈 것 같았다. 손목은 대형 각목처럼 두껍고 딴딴해 보였다. 손은 그 각목 끝에 부착된 부삽 대가리만 했다. 거기다 먼지와 얼룩투성이인 데님 의상, 그리고 작업화.

'정신이 어떻게 된 과학자로군.' 마흐무드가 생각했다. '사막의 오두막과 딱 어울리는 몰골이야.'

"에드워드 딘?" 그가 말했다.

"그렇소." 리처가 말했다. "뉘신지?"

"내가 알기로는 여기선 휴대폰이 터지지 않아."

"그래서?"

"내가 저 길 아래 15킬로미터 되는 지점에서 당신 집 전화선을 끊었으니 이제 당신은 외부와 연락할 수 있는 수단이 없어."

"당신은 대체 누구요?"

"내 이름은 중요하지 않아. 그냥 앨런 라메이슨의 친구라고만 알아 둬. 그리고 그 친구를 존중하듯 나를 예우하면 돼."

"난 앨런 라메이슨을 존중하지 않는데." 리처가 말했다. "썩 꺼지시지."

마흐무드가 고개를 끄덕였다. "다른 식으로 설명하지. 라메이슨이 했던 협박이 아직도 유효하다고 말하면 알아듣겠나? 오늘은 그 협박이 그가 아니라 내게 도움이 된다는 것만 다를 뿐이야."

"협박?" 리처가 말했다.

"당신 딸."

리처는 아무 말도 하지 않았다.

마흐무드가 말했다. "리틀 윙의 조립법을 내게 알려 줘."

"그럴 수 없소." 리처가 말했다. "당신이 갖고 온 건 전자 장치뿐이잖소."

"미사일 본체들도 지금 이리로 오고 있는 중이야." 마흐무드가 말했다. "곧 도착할 거고."

"그 무기를 어디서 사용할 계획이오?"

"여기저기서."

"미국 영토 내에서?"

"표적으로 삼을 만한 것들이 아주 많은 나라지."

"라메이슨의 얘기로는 카슈미르라던데?"

"몇 개쯤은 남겨 뒀다가 우리 친구들에게 배편으로 보내 줄 생각도 있긴 해."

"우리라면?"

"우린 규모가 큰 조직이거든."

"그렇다면 난 절대 그 방법을 가르쳐 주지 않겠소."

"당신은 반드시 가르쳐 주게 될 거야. 한 번 협조했는데 두 번은 못하겠나? 협조해야 할 이유는 당신이 더 잘 알고 있을 테고."

리처가 잠시 뜸을 들인 뒤에 말했다. "일단 들어오시오."

그가 옆으로 비켜섰다. 마흐무드는 예우를 받는 데 익숙한 사내였다. 그래서 그는 몸을 틀지 않고 그대로 리처를 통과한 뒤 현관 안쪽으로 앞서 걸어 들어갔다. 리처가 그의 뒤통수를 힘껏 때렸다. 마흐무드가 비척거리며 거실문 쪽을 향해 몇 걸음을 내디뎠다. 그 순간 니글리가 문 안쪽에서 나타나 그에게 멋들어진 어퍼컷을 날렸다. 마흐무드가 쓰러졌다. 1분 뒤, 마흐무드는 현관 안쪽 바닥에서 사냥 당한 멧돼지 신세로 전락해 있었다. 배를 깔고 누운 그의 왼 손목과 오른 발목, 그리고 오른 손목과 왼 발목이 각각 짝을 이뤄 등 뒤에서 플라스틱 케이블 타이에 의해 8자 매듭으로 묶여 있었다. 워낙에 단단히 묶인 터라 매듭 주변의 피부가 벌써 부어오르고 있었다. 마흐무드의 입에서는 피와 신음소리가 끊임없이 흘러나왔다. 리처가 그의 옆구리를 발길로 한 번 내지르고는 입 닥치라고 말했다. 마흐무드가 조용해지자 그는 다시 거실로 들어가 덴버에서 오는 트럭이 도착하기를 기다렸다.

덴버에서 온 트럭은 바퀴 열여덟 개짜리 흰색 트레일러였다. 운전석에서 내려선 지 1분 만에 트럭 운전수도 마흐무드와 똑같은 신세가 되었다. 리처가 마흐무드를 집 밖으로 질질 끌고 나와 유홀 트럭 옆에 하늘을 보는 자세로 팽개치듯 눕혔다. 마흐무드의 두 눈엔 공포가 가득했다. 그는 이제 곧 자신에게 닥쳐올 운명을 알고 있었다. 리처는 마흐무드가 당장에 죽여주기를 원한다는 걸 알고 있었다. 그자를 살려 둔 건 바로 그래서였다. 오도넬이 트럭 운전수를 질질 끌고 나와 그의 트럭 옆에 팽개쳤다. 네 사람은 밖에 서서 마지막으로 주위를 훑어보았다. 잠시 후 네 사람을 욱여 태운 니글리의 시빅이 남쪽을 향해 출발했다. 휴대폰이 터지는 구역에 들어선 순간 전속력으로 시빅을 몰던 니글리가 급브레이크를 밟았다. 차가 멈추자 그녀는 곧장 펜타곤 친구의 번호를 눌렀다. 현재 시각은 정각 7시. 전화선 반대편의 동부 시각은 정각 10시. 그녀는 전선줄에 묶인 채 공포에 질려 있는 멧돼지 두 마리의 위치를 알려 주었다. 통화는 그걸로 끝이었다. 시빅이 다시 출발했다. 리처는 계속해서 뒤 유리창을 지켜보았다. 차가 산악지대에 이르기도 전에 지평선 위에 서쪽으로 날아가는 첫 번째 헬기 편대가 모습을 드러냈다. 벨 AH-1 기종이었다. 근처의 국토안보부 기지에서 출동한 게 분명했다. 잠시 후 그쪽 하늘이 헬기들로 뒤덮였다.

산악지대를 통과한 뒤, 네 사람은 대화를 시작했다. 전리품을 처리하는 방법이 주제였다. 니글리가 금융상품과 다이아몬드를 모두 딕슨에게 건넸다. 딕슨이 그것들을 뉴욕으로 가지고 가서 현찰로 바꿔야 한다는 의견이 만장일치로 채택된 다음이었다. 이어서 그 현찰의 사용처에 관한 의견들도 연달아 제기됐고 역시 만장일치로 채택됐다.

첫째, 니글리가 자비로 지출했던 경비 변제.

둘째, 안젤라와 찰리 프란츠, 그리고 태미 오로스코와 세 자녀, 그리고 산체스의 여자친구 밀레나를 위한 신탁기금 조성.

셋째, '동물들의 윤리적 처우를 위한 사람들' 재단에 토니 스완의 애견, 메이시의 이름으로 마지막 기부.

하지만 활발하게 의견이 오간 건 거기까지였다. 갑자기 분위기가 어색해졌다. 니글리는 괜찮았다. 워낙에 월급봉투가 두둑하니까. 하지만 리처가 진작에 눈치 챘듯이 딕슨과 오도넬은 경제적으로 쪼들리고 있었다. 따라서 두 사람은 유혹을 느끼고 있었다. 하지만 선뜻 입 밖으로 꺼내기가 아무래도 껄끄러운 모양이었다. 그래서 리처가 총대를 맸다. 자신이 완전히 빈털터리라는 사실을 털어놓은 다음, 만약 조금이라도 남는 돈이 있으면 넷이서 나눠 갖자고 제안했다. 각자의 수고비로 생각하자고도 했다. 그 제안 역시 만장일치로 채택됐다.

그 이후로는 거의 대화가 끊겼다. 라메이슨은 죽었다. 마흐무드는 철창 뒤에 처박혔다. 하지만 아무도 돌아오지 않았다. 리처는 이틀째 머릿속에서 떠나지 않고 있는 질문을 다시 한번 자신에게 던졌다.

'만약 210번 도로가 막히지 않았다면, 그래서 제시간에 병원 주차장에 도착했다면, 나는 딕슨이나 오도넬보다 효과적으로 대처할 수 있었을까? 스완보다? 프란츠보다? 산체스보다? 오로스코보다?'

차 안에 있는 다른 세 사람들도 과연 자신들이 그 위기를 모면할 수 있었을지 각자 속으로 질문을 던지고 있을 것 같았다. 솔직히 말하자면 그는 그 대답을 알 수 없었다. 그리고 그는 뭔가를 모르고 있는 상태를 견디지 못하는 사내였다.

두 시간 후 그들은 LA 공항에 도착했다. 시빅은 소방도로에 그냥 내버려두기로 했다. 이제 헤어질 시간이었다. 그들은 인도에 서서 마지막으로 주먹을 맞부딪친 다음 조만간 다시 만날 것을 기약하며 작별 인사를 나눴다. 그러고 나선 각자의 항공사 터미널을 향해 뿔뿔이 흩어졌다. 니글리는 아메리칸, 딕슨은 아메리카 웨스트, 오도넬은 유나이티드, 하지만 한 사람은 그 자리에 남았다. 낯선 이들의 물결에 이리저리 떼밀리며 리처는 낯익은 이들의 뒷모습을 지켜보았다.

캘리포니아를 떠나올 때 리처의 주머니 속엔 2천 달러 가까운 현찰이 들어 있었다. 할리우드 밀랍 박물관 뒤편 공터의 마약밀매꾼, 베이거스의 사로피언, 하이랜드 파크, 뉴에이지 공장의 두 보안요원, 그들 덕분에 거의 4주 동안은 돈 걱정 없이 지낼 수 있었다.

지금 그는 뉴멕시코, 산타페의 어느 버스 터미널 구내의 현금지급기 앞에 서 있다. 여느 때처럼 이번에도 먼저 암산을 한 뒤 잔고와 대조를 해보았다. 그의 인생에서 두 번째로 그의 암산 결과와 잔고가 일치하지 않았다. 그가 예상했던 액수와 10만 달러 이상 차이가 나는 거액이 들어 있었다. 정확한 차액은 11만 1,822달러 18센트였다.

111,822.18

딕슨이었다. 의문의 여지가 없었다. 전리품.

처음엔 실망스러웠다. 액수가 적어서가 아니었다. 솔직히 그런 거액은 정말 오랜만이었다. 실망의 대상은 다름 아닌 그 자신이었다. 그 숫자 속에서 어떤 메시지도 간파해 낼 수 없었기 때문이다. 딕슨은 센트 단위까지 신경을 써가며 메시지를 보냈다. 그건 분명했다. 심각한 상황이 아닌 것도 분명했다. 1030이 아니니까. 아마 가벼운 농담 정도일 것이다. 하지만 어쨌든 그 내용을 읽어 낼 수가 없었다.

소수는 아니었다. 2보다 큰 짝수는 절대로 소수일 수가 없다.

인수는 수백 개다.

제곱근은 정형을 도출할 수 없는 숫자들의 나열에 불과하다.

세제곱근은 더욱 심각하다.

111,822.18

차츰 회의가 일기 시작했다. 실망의 대상이 그 자신에서 딕슨으로 바뀌었다. 머리를 쥐어짜면 짤수록, 분석하면 할수록, 아주 재미없는 숫자라는 확신이 더욱 깊숙이 뿌리를 내렸기 때문이다.

딕슨이 이번에는 제대 머리를 쓰지 않은 것이다.

리처는 서운한 느낌마저 들었다. 그녀는 그를 실망시켰다. 그럴 수도 있고, 그렇지 않을 수도 있었다.

그가 약식 명세표를 요청하는 버튼을 눌렀다. 얇은 종이쪼가리가 기계 구멍 사이로 비어져 나왔다. 흐릿한 회색 프린트. 최근 다섯 차례의 거래 내역.

맨 윗줄은 시카고에서 니글리로부터의 입금.

두 번째는 오리건, 포틀랜드 버스 터미널에서 50달러 출금.

세 번째는 포틀랜드발 LA행 항공권 구입.

네 번째는 10만 1,810달러 18센트 입금.

그리고 마지막은 같은 날짜의 1만 12달러 입금.

101,810.18

10,012

그의 얼굴에 미소가 피어올랐다. 딕슨은 제대로 머리를 썼다. 그것도 아주 똑똑하고 사랑스럽게. 첫 번째로 입금한 숫자에서는 1018이 두 차례 반복되고 있다. 임무 완수를 뜻하는 헌병대의 암호, 1018. 두 차례 반복한 것은 그녀와 오도넬이 목숨도 건졌고 경제적 궁핍에서도 벗어났음을 알리기 위한 의도였다. 혹은 라메이슨을 처치하고 마흐무드를 감방에 처넣은 두 가지 성과를 나타내려는 의도일 수도 있었다. 아니면 특수부대의 승리와 악당들의 패배일 수도 있었다.

'제법인걸, 칼라.' 그는 생각했다.

두 번째로 입금된 숫자는 그녀의 우편번호였다.

10012.

그리니치 빌리지. 그녀가 살고 있는 동네. 칼라가 자신의 주소를 일러준 것이다.

그녀가 이렇게 물은 적이 있었다. '이번 일이 끝난 뒤에 뉴욕에 한번 들를래요?'

그가 다시 미소를 지으며 명세서를 돌돌 말아 휴지통에 던져 넣었다. 기계에서 100달러를 인출한 다음 눈에 들어온 첫 번째 버스의 티켓을 구입했다. 어디로 가는 버스인지도 몰랐다.

그는 이렇게 대답했었다. '난 계획을 세우지 않아, 칼라.'

하드보일드 액션스릴러의 진수, 리 차일드의 잭 리처 컬렉션

코드 1030 Bad Luck And Trouble 리 차일드 지음 | 정경호 옮김

잭 리처의 진두지휘 아래 각종 임무를 수행했던 최정예 특수부대원 8명. 그 일원이었던 동료가 고도 900미터 상공에서 산 채로 내던져진다. 사건의 전모를 밝히기 위해 리처는 예전 부대원들을 모으고 죽은 동료의 복수를 거행한다.

인계철선 Tripwire 리 차일드 지음 | 다니엘 J. 옮김

'제이콥 부인'이 잭 리처를 찾고 있다는 어느 탐정의 말에 리처는 모르는 사람이라며 거짓말을 한다. 그날 밤 탐정은 살해당하고 리처는 직접 제이콥 부인의 집을 추적해 찾아간다. 그곳에서는 자신이 존경했던 가버 장군의 장례식이 치러지고 있었다. 그는 예상치 못했던 부인의 정체를 알게 된다.

하드웨이 The Hard Way 리 차일드 지음 | 전미영 옮김

아내와 딸이 납치되었다며 리처에게 사건 해결을 의뢰하는 레인. 리처는 수사 과정에서 5년 전 레인의 첫 번째 아내가 비슷한 방식으로 납치 후 살해되었다는 사실을 알게 된다. 두 사건 사이에 연결고리가 있음을 직감한 리처는 사립탐정 로런 폴링과 함께 사건의 내막을 파헤쳐 나간다.

출입통제구역 Blue Moon 리 차일드 지음 | 정세윤 옮김

우크라이나인과 알바니아인 갱단이 구역을 나눠 지배하는 마을. 리처는 이들에게 위협받는 노인을 대신해 사채 문제를 해결해주려다가 두 갱단에 오해를 불러일으키면서 조직 간에 난투극이 벌어지게 만든다. 리처는 이들 뒤에 존재하는 코어 집단을 파괴하기 위해 출입통제구역으로 향한다.

10호실 Past Tense 리 차일드 지음 | 윤철희 옮김

아버지의 고향인 뉴햄프셔 래코니아 도로 표지판을 발견한 리처는 충동적으로 래코니아로 향한다. 그 시각, 연인 사이인 쇼티와 패티가 중요한 물건이 담긴 여행 가방을 차에 싣고 뉴욕으로 가던 중 자동차가 고장 난다. 둘은 가까운 모텔을 찾아가는데 투숙객은 두 사람뿐이다. 꼼짝 못하는 신세가 된 두 사람에게 모텔 관리자는 선택의 여지가 없는 끔찍한 제안을 한다.

웨스트포인트 2005 The Midnight Line 리 차일드 지음 | 정경호 옮김

잠시 들른 휴게소에서 산책길에 나선 리처는 전당포 앞을 지나가다 진열창에 놓여 있는 반지를 보고 걸음을 멈춘다. 웨스트포인트의 2005년도 졸업 반지. 4년에 걸친 혹독한 훈련을 이겨낸 자만이 가질 수 있는 영광스러운 반지를 전당포에 맡길 졸업생은 아무도 없다. 리처는 반지의 주인인 여자 생도에게 심각한 문제가 생겼음을 직감하고 추적에 나선다.

나이트 스쿨 Night School 리 차일드 지음 | 정경호 옮김

펜타곤이 리처를 정체불명의 '학교'로 보냈다. 그곳에는 FBI 요원 워터맨과 CIA 분석전문가 화이트가 먼저 와 있다. 왜 그곳에 있는지 영문도 모른 채 앉아 있던 그들 앞에 국가안보위원회의 두 거물이 찾아와, 독일 함부르크 신흥 불법조직에 심어둔 CIA 스파이가 보내온 의문의 메시지를 전한다. '그 미국인이 1억 달러를 요구합니다.' 1억 달러의 어마어마한 가치를 지닌 것은 대체 무엇인가.

메이크 미 Make Me 리 차일드 지음 | 정경호 옮김

"Mother's Rest"라는 독특한 마을 이름에 끌려 기차에서 내리게 된 잭 리처. 그때 리처를 자신의 동료로 착각한 사설탐정 장이 다가와 말을 건네고, 그녀는 리처에게 예전 FBI 동료였던 키버가 이 마을에서 실종되었다며 도움을 청한다. 리처는 키버가 묵었던 객실에서 버려진 종이 뭉치를 발견한다. 거기에는 『LA 타임스』 기자의 전화번호와 "사망자 200"이라는 뜻 모를 메모가 적혀 있다.

퍼스널 Personal 리 차일드 지음 | 정경호 옮김

파리에서 벌어진 프랑스 대통령 저격 사건. 다행히 총알은 빗나갔지만 수사를 진행하는 과정에서 실수가 아니라 일부러 빗맞혔다는 사실이 드러난다. 대통령 저격 사건은 연습에 불과했고, 범인의 진짜 목표는 얼마 후 개최될 G8 정상회담에 참가하는 세계 각국의 정상들이라는 것. 사건을 파헤치던 리처는 이 모든 사건에 국제 범죄조직들이 연루되어 있음을 알게 된다.

원티드맨 A Wanted Man 리 차일드 지음 | 정경호 옮김

오래전 폐쇄된 펌프장에서 벌어진 미스터리한 살인 사건. 이를 해결하기 위해 CIA와 국무성에서도 특수요원을 파견한다. 대체 살해당한 사람은 누구인가? 설상가상으로 목격자마저 자취를 감춰버리고 사건은 점차 미궁으로 빠져든다.

악의 사슬 Worth Dying For 리 차일드 지음 | 정경호 옮김

25년간 미제로 남은 한 소녀의 실종 사건과 맞닥뜨리게 된 리처는 마을 전체를 장악한 던컨 일가에게서 악의 기운을 감지하고 사건을 파헤쳐나간다. 단단히 꼬여버린 악의 사슬은 어디서부터 시작된 것인가. 밝히려는 자와 막으려는 자, 이들의 피 튀기는 혈투가 시작된다.

61시간 61Hours 리 차일드 지음 | 박슬라 옮김

버스 사고로 낯선 마을에 머물게 된 리처. 이곳에서는 마약 밀매가 성행하고 경찰들은 속수무책이다. 우연히 마약 거래 현장을 목격한 한 노부인이 증언에 대한 굳은 의지를 보이며 증인으로 나서지만 적들은 시시각각 그녀의 목숨을 노린다. 노부인의 안전을 지킬 수 있는 사람은 잭 리처뿐이다.

사라진 내일 Gone Tomorrow 리 차일드 지음 | 박슬라 옮김

군 출신 유명 정치인의 수많은 훈장 속에 숨겨진 테러 집단과의 경악할 만한 비밀. 수수께끼에 싸인 우크라이나 출신의 미녀와 잭 리처의 만남, 이 모든 것들의 종착지에는 과연 어떠한 내일이 기다리고 있는가.

코드 1030

초판 1쇄 발행 2014년 6월 27일
개정판 1쇄 발행 2024년 7월 10일

지은이 | 리 차일드
옮긴이 | 정경호
펴낸이 | 정상우
편집 | 이민정
디자인 | 오하스튜디오
관리 | 남영애 김명희

펴낸곳 | 오픈하우스
출판등록 | 2007년 11월 29일(제13-237호)
주소 | 서울시 은평구 증산로9길 32(03496)
전화 | 02-333-3705 팩스 | 02-333-3745
페이스북 | facebook.com/openhouse.kr
인스타그램 | instagram.com/openhousebooks

ISBN 979-11-92385-28-0 04800
     979-11-86009-19-2 (세트)

VERTIGO 는 (주)오픈하우스의 장르문학 시리즈입니다.